西北

往事

三部曲·卷一

张学东 著

山西出版传媒集团 北岳文艺出版社

·太原·

图书在版编目（CIP）数据

西北往事三部曲 / 张学东著 . —太原 : 北岳文艺
出版社，2023.1

ISBN 978-7-5378-6629-3

Ⅰ. ①西… Ⅱ. ①张… Ⅲ. ①长篇小说—中国—当代
Ⅳ. ①I247.5

中国版本图书馆CIP数据核字（2022）第171281号

西北往事三部曲 · 卷一

张学东 著

//

出品人
郭文礼

策划编辑
刘文飞

责任编辑
范 戈

书籍设计
张永文

印装监制
郭 勇

出版发行 : 山西出版传媒集团 · 北岳文艺出版社

地址 : 山西省太原市并州南路57号

邮编 : 030012

电话 : 0351-5628696（发行部）　0351-5628688（总编室）

传真 : 0351-5628680

经销商 : 新华书店

印刷装订 : 山西人民印刷有限责任公司

开本 : 787 mm × 1092mm　1/16

总字数 : 750千字

总印张 : 57.75

版次 : 2023年1月第1版

印次 : 2023年1月山西第1次印刷

书号 : ISBN 978-7-5378-6629-3

总定价 : 198.00 元（全3卷）

目 录

楔　子

一条狗有一条狗的命，好比一个人有一个人的命。

有时，人命恐怕还硬不过狗命。一条家犬起早贪黑，猖狞吠吠，铁了心一辈子，不离也不弃，警觉地替主人看门护院。经常是，这家的爷爷奶奶相继下世了，爸爸妈妈也上了年岁，孩子们自个儿也都成家立业，那狗竟然还奇迹般地活着，只是行动越来越迟缓，趴在墙根或树荫下，再也懒得动弹，偶尔地汪汪两声，那声气听来比窗户纸还薄。更多时候，不过是暮气沉重地吐喘着不再鲜红的舌头，终于离最后的日子不远了。

这些话搁在大黄蜂身上，或许还算贴切。大黄蜂命就硬，活的年头真够久的。大伙儿成天大黄蜂大黄蜂叫惯了嘴的，你可别当真以为是什么黄蜂啦、牛虻啦，它实实在在是一条体格健硕、有着牧羊犬血统的北方大黄狗。

镇上男女老少提起它来，似乎无人不知：老人家常说，这家伙我甩开膀子干革命的时候，它就满街乱窜了；中年人见了它，总会不由得想起自己少不更事的顽劣模样；而岁数更小点儿的人呢，往往又把它当成亲密伙伴，好像跟它之间没有什么代沟，整天在一伙里嬉戏玩闹好不快活。

事实上，在这个小地方的狗群里，确实数大黄蜂最壮实也最凶悍，大大小小的撕咬场面总少不了它，别说本镇本街的住户，就是打外面来的陌生人，头一次见面，总是被它那副模样怔住，抬眼偷偷一打量，便要暗挑大拇指了，都夸这家伙好体魄好威风啊，看着三分像狗，七分像狼，满身杀气，尤其是那响亮如锣的吠叫声，实在是瘆人得慌。

这条家喻户晓的看家犬，通体毛色蜡黄，那一寸来长的黄毛均匀地铺满身躯，质地柔软，色泽鲜亮。特别是从脖颈儿起头到脊背，再到尾巴梢尖，恰到好处地覆盖着一条一拃来宽的棕褐色的过渡带，像是云彩投下的一片奇谲的暗影，发着油亮油亮的一抹荧光。乍一看，很像是披着一条闪闪发亮的长披风。

大黄蜂只要吃饱喝足了，立刻显得肚腹浑圆，跑动起来结实的尻尾一拧一晃，四爪抓地时叭叭有声；还有，它那条不粗不细不长不短的尾巴，若不翻卷起来或左右摇摆时，总是那么直愣挺拔，这倒是多少有点儿狼的架势了，远远瞧去，恰似那马蜂身上最能蜇人的一根毒刺。

但凡五尺铺镇那些半大的孩子，都曾在盛夏里领教过马蜂的厉害，马蜂那根尖细发黑的毒刺，比大夫手里的针管还凶狠，只要在娃娃的眼皮、脸蛋或脖颈儿上轻轻来那么一下，当即就肿包惨惨，一连好几日都不消退，大人们只好用蒜汁往肿包上涂抹，小家伙们往往疼得鬼哭狼嚎。

当然，孩子们也都知晓，大黄蜂的尾巴是伤不了人的，可它的牙齿和爪子向来不是吃素的。因为，直到那条威风八面的军犬来到五尺铺之前，在这仅有两条窄窄短短的柏油路面的镇街上，大黄蜂还从来没有被什么野狗斗败，或咬伤过的记录呢。

第一章　初来乍到

1

　　天将傍晚，暮色比往常要些微暗了那么一点儿。西面的杨树林子中，静静地浮动着铁锈色赤霞；杨树林子背后那条浑浊的河水，正自南向北不紧不慢流淌着；而更远处的山谷里，日头已悄然隐没了涨红的脸面，整个五尺铺镇便被暮气轻轻收拢，活像一只刚刚降落在地面上的大风筝，倏忽静了下来。

　　大黄蜂最先听到马蹄和车轱辘声，便箭一般离开了家门奔向路口。此刻，它正虎视眈眈蹲守在平时自己最喜欢的那块风水宝地上。说是"风水宝地"也并不为过，这里还真是一夫当关万夫莫开，但凡南来北往的人要经过这个不起眼的小镇子，都得打这棵巨大的老榆树前经过。

　　老榆树年代久远。据说，当初没有这个小镇就先有它了，也不知啥年月，忽然就被雷闪从半截中腰劈开，那一道半米多宽的裂缝自上而下，连树心都被烧得炭黑乌焦了，可这棵老树依旧坚挺不倒，叫人钦叹。五尺铺人常以此为戒，骂人的时候未免要来一句：好好作践吧，人干天看呢，可别惹得老天爷爷发怒啊，说不定哪天雷闪就劈到你娃娃头上了。听起来迷信色彩很浓，可毕竟都是老辈人嘴里的话，人们不敢不信。

　　如今，这棵老榆依然枝繁叶茂遮天蔽日，从开春到夏秋的大半年光景，总有男人三五成堆地在树下谈天说地；女人们更是乐此不疲，从家里带了没做完的针线活计，碎嘴雀儿似的蹲坐在那里边谝边干；

　　孩子们最为迷恋的，是开春满树满枝的嫩绿香甜的榆钱串儿，每到这时节，树上树下不知要猴爬多少回，哪怕被树枝划破了皮肉和衣衫。

　　很显然，大黄蜂迷恋的绝不是这些，它之所以蹲守在老榆树下，也许是为了占据最有利的地形，狗跟人最大的差异在于，它们永远保持高度警惕，即便是一丝一毫的风吹草动，也不会轻易放过。因此，这天最先看到或者嗅到那一家子人的，准是大黄蜂无疑了。

　　那家人的箱箱柜柜还真不少，结结实实足足拉了一马车。那马车真够宽阔的，尽管上面已装得满满当当，可车辕和车厢板上还猴了两三个人。一对粗壮的胶皮车轮，早被厚厚的泥浆蒙糊住了，辚辚碌碌，由远而近，重荷下的车轮车身一路扭曲呻吟着，要散架了似的。

　　马车就这样慢慢地向镇街驶来。

　　大黄蜂警觉地竖起耳朵，双眼如炬。其实，那只晃动在马车身后的黑影，早就引起了它的注意，尽管车轮辚辚，尽管车身吱吱扭扭，但这黄昏中微小的细节没有逃过狗的眼睛。事情来得太快了，没有丝毫过渡，一场激烈的战斗，就在大黄蜂独自发动的突袭下展开了。

　　当时天色暗沉沉的，四周一派静寂。赶车的老者也有些昏昏欲睡，完全没有留心到，榆树下面还守着一条矫健的大狗。大黄蜂龇牙咧嘴的模样，着实叫赶车人胆战心惊了。不过，大黄蜂并不打算伤及拉车的牲口和赶车人，而是灵巧地绕过车头，径直冲向车尾，瞄准时机，就想一招致对方于死地。

　　原来，这架满载的马车后面，果然还用绳子拴着一条狗。那狗大概是一路跟着马车赶路的，不知走了多久，也许从黎明走到黄昏了吧，总之，在到达这五尺铺镇街的时候，它早已经饥肠辘辘，无精打采了。所以，当大黄蜂突然冲上前去，狠命地扑翻它的时候，这条狗才凄厉而愤怒地报以狂吠。似乎是，因为被绳索无情地拴牢在车后，没有逃脱的可能，更没有进攻的余地。于是，那大狗只能挣扎着，从地上奋力爬起，以更加高亢的吠叫声，来显示自己的怒气和强悍。

狗咬狗一嘴毛，真是一点儿不假，大黄蜂早已准确无误地衔住对方脖颈儿处的皮毛；那狗也不示弱，一个鹞子翻身，两只前爪便用力抱住大黄蜂的脊背，毫不客气地反齿相击。

这阵势，马车上的几个人全都被惊醒了，一时间大人喊，孩子叫，赶车的老者惊恐万状地高高举起马鞭，鞭梢在半空中啪啪作响。两条激战中的大狗彻底疯狂了，那鞭子甩下去，也只是哼叫一声，彼此都不肯松开咬紧的牙关和撕扯的利爪。

没过多久，镇上其余的几条狗也纷至沓来，跟打群架似的，迅速在两条难分难解的战斗者四周，形成了一个有效的包围圈。大黄蜂猖猖吼叫，也许它是想告诉同伴，不希望别的狗随便插手，因为它确信凭它一个的力量，是完全可以控制局面的。也是在这个当口，镇上好多老少都被吸引过来，最重要的是，大黄蜂的主人也飞快地赶来了。

这个男人挥一挥拳头，再来两声粗鲁的断喝，大黄蜂尽管一百二十个不乐意，可最终不得不呜呜低叫，暂时不甘心地放弃了陌生的闯入者。然而，大黄蜂虽有些不依不饶地闪躲到主人身后，但并不想立刻撤离战场，它那凶巴巴的眼神，依旧死死盯着车后的那条看似强大的对手，随时要伺机而动。

开初，没谁知道这架马车的来历，更不知晓车上那些人的底细。正值晚饭档口，前来围观的人，手里还捧着冒热气的饭碗。人们一面往嘴里扒拉饭菜，一面鸭子般伸长了脖颈儿巴望，嚷闹声、狗叫声此起彼伏。赶车老者倒是借机跟人们打问了一声，大伙儿才听出对方口音并非当地的。

大黄蜂的主人皱皱眉头，朝路口的另一条窄街指了指说，前面的路口一拐，就到了。赶车老者连忙十分友好地道了声谢，又重新吆喝起疲沓无神的牲口，马车就朝着刚刚问妥的那个方向，轱辘轱辘去了。

人们又七嘴八舌吵嚷了一阵，有人说那马车上装的尽是些过日子的家什，八成是来此安家落户的；也有人说，车沿上低头坐着的那个女人很洋气，衣裳干净敞亮，剪发头上还别着两根黑亮黑亮的卡子，有股子很香很香的味道，直往人鼻子眼里钻。这个议论一出来，马上有人戏谑道，你又不是大黄蜂，鼻子咋还狗灵狗灵的。于是，大伙儿又禁不住稀里哗啦一片哄笑。

霎时，这松快的笑声就把原本昏暗的天色，彻彻底底搅和得一团漆黑了。靠街边的那一排小窗户，零星地闪起了亮光，人们这才一只手抓着空饭碗，一只手捏着油腻腻的筷子把，吊儿郎当往家去，孩子们也把碗盆敲得当当响，难免又被大人一通吼骂，敲敲敲！当个讨吃要饭去……

现在大黄蜂一会儿走到主人前头，一会儿又故意落后那么一截。这很明显，它的情绪并没有完全恢复，嘴里分明还衔着几根气味怪异的狗毛。那毛是灰褐色的，粘在舌尖上吐也吐不掉，怎么说呢，有点儿像狸猫那种幽冥的颜色，这感觉很糟，直叫狗作呕。想到那些整天猫在堂屋暄软的被垛上，喵呜喵呜怪叫的猫，大黄蜂就气不打一处来。猫是奸臣。这话主人经常挂在嘴上。但人们似乎又离不开那些矫情的猫，因为猫能抓住老鼠，主人还得靠它们打帮手呢。狗向来不屑于去抓老鼠的，想想老鼠那猥琐渺小的丑样，就觉得好笑，更别提要去碰一下了。

自然，主人也说过狗是忠臣的话，这就足够了，狗在历朝历代都是好样的。可是不知为什么，现在镇上只要一放电影，什么狗腿子、狗汉奸、狗杂种，还有狗娘养的，都从黑洞洞的大喇叭嘴里理直气壮地骂出来，大黄蜂听了真是又恼火又伤心，狗到底惹着他们什么了，干吗老把狗扯进去？有时实在听不下去，它就冲那晃动人影的雪白幕帐上，汪汪汪大叫一通，可是喇叭声音太强大了，根本没人理睬一条狗的愤怒。它简直讨厌死电影了。

现在，大黄蜂满脑子想的，都是刚才那条不知从哪里冒出来的大狗。如果主人再晚来一步，兴许那货已经完蛋了，它非咬断对方的喉咙不可。在五尺铺，它从来没有输过，左邻右舍的狗都把它当老大，它向来说一不二，在这个世界上，除了主人一家的话需要言听计从，此外它谁都不怕，尤其是那些摸不着头脑，就贸然闯入自己领地的家伙，非得给它们点儿颜色瞧瞧。

不过，不过……今天它似乎多了一些隐忧，这种感觉很奇怪，让这条自以为强大的老狗好半天都心神不宁。对方先前死死扑抓到它身上的时候，那恣睢的牙齿和滔天的嚎叫，都是它以前罕见的，直到此刻，那家伙留在自己身上的，陌生而冰冷的口水气息还经久不散。让它感到疑惑的还有，镇上的男人怎么跟没事人似的，一个个好像还很欢快，尤其是，它听到那些无聊的家伙谈论什么女人啦、香味啦、洋气啦的时候，它真是替这些男人感到悲哀。

主人的兴致似乎也很高。他没有马上扭头回家的打算，而是倒背起双手，镇干部似的，径直朝那辆马车消失的地方一步步走去。街边是很多年前植下的两排柳树，那些巨大的树冠之间早已耳鬓厮磨纠缠不清，这让刚刚铺展开的夜色，变得有几分神秘莫测。透过密密麻麻的枝叶，在头顶留下的一丝空隙，依稀可见深蓝色的夜空，早有几颗星星在俏皮地眨眼了。

大黄蜂一路犹疑着，东瞅瞅，西望望，到底还是尾随在主人身后。主人上身穿了件蓝色跨栏背心，外面披着件半新不旧的白布衫，布衫很旧了，领子和袖口都开了线，走动的时候，两只空袖子微微摆动，长长的影子也跟着在地上胡乱摇晃。大黄蜂有时会嗅一嗅那个在地上晃动的玩意儿，黝黑的鼻头一抽一抽，倏地又抬起鼻头往前去了。走几步，又原地站定，再次拿鼻尖去接触地面，显然，这条它再熟悉不过的街道，如今出现了一种陌生而独特的气味，这让它的嗅觉和心头都为之一震。它像在仔细钻研什么，竭力将嘴唇贴向街面，以便两只鼻孔能准确无误地捕捉到更清晰的气味——它终于恍然大悟，这气味来自同类的，更确切点儿说，是来自一条它完全不了解的陌生公狗的尿液。一切都充满了新奇和异样，陌生感总是让狗感到兴奋。

　　拐过主街，再走不上几步，一眼就能望见了，先前那辆马车已停靠在一所冷清清的院落前了。而且，已有人影不时地进出那扇院门，间或，能听到丁零咚隆的响动，那是搬运东西的声音。一个女人口气谨慎地叮嘱着，喂，都当心点，别毛手毛脚的，小心碰疼自己……再有就是两个孩子，唧唧咕咕的说话声，说不上是欢乐，还是无聊。大黄蜂看懂了，那些人正忙乎着往院里搬车上的物件。可是它又弄不明白，这些人到底从哪里钻出来的，怎么突然间就搬到这镇上来了？谁允许他们冒冒失失这么干的？就算是打外面跑进来一条野狗，那也得跟它打声招呼吧。

　　但是，这个疑问还没能解除，新的问题立刻又浮出水面，大黄蜂惊讶地发现，自己的主人竟也心血来潮，正信步朝那辆马车走了过去，而且，他人一到车前，就不费吹灰之力从马车上抱起一只很大的木头箱子，再一哈腰，猛地扛在肩膀头上了。大黄蜂简直懵了，真是吃饱了撑的，有力气没处使了，它不由得朝着主人倾斜移动的背影，大声叫了两嗓子。但是，它的叫喊一点儿用也没有，主人干起活儿来向来这样，他可是这镇上有名的劳模，得过奖状，胸前戴过大红花的。很快，院子里就传来女人笑盈盈的道谢声，啊呀呀，真是太谢谢大哥了，我这里正缺人手呢，你瞧，我们一家新来乍到的，孩子又太小……

　　等主人放下那只大箱子，再从院里出来时，身上的白布衫不见了，倒是那个女人紧随其后。他俩双双走到车边，四只手很努力地去抬一只木头柜子，男人抬一头，女人抬另一头，脸和脸相对着，慢慢移动碎步，配合得十分默契。那柜面看上去光滑平整，是上了顶好的油漆的，明亮得似乎都能映出他俩红扑扑的面影。大黄蜂觉得，主人今天积极得有些过头，毕竟跟人家素不相识，怎么那么好心肠呢？

就在大黄蜂满腹疑惑进退两难时，一条黑影突然间就从那院门窜出来，并且是径直朝它扑来的……

这是多年以来，大黄蜂在五尺铺遭遇到的最严峻的一次挑战，也可以说是一次莫大的耻辱。狗有狗的尊严，尤其是在自己的地盘上，平白地遭到陌生者攻击，并且是一针见血就命中要害，这传出去好说不好听。镇上那些狗，一定会笑话它，看吧，大黄蜂也有马失前蹄的时候，这势必会影响到自己在镇上的声誉。事实正如此，一旦脱离绳索的束缚，对手简直就脱胎换骨了，它变得异常强大，简直像一道闪电，忽然间撕破浓浓夜幕，孤注一掷地发动起了反攻。面对这次突然袭击，大黄蜂的确毫无防备，或者说，它压根儿没有朝这方面多想一点儿，它以为自己先前的发威，已把对手吓得屁滚尿流了。

那一刻，大黄蜂的思绪都在主人身上，它甚至暂时淡忘了那条跟狸猫有着同样毛色的陌生大狗，以至于对方的钢牙以迅雷不及掩耳之势深深地凿穿它的皮肉时，它才意识到复仇者的火焰势不可挡。接下来，大黄蜂必须以牙还牙，以血还血。不过，它的背脊上正在汩汩流血，热血的气味让它异常愤怒，更让它变得疯狂。

当两条狗怒不可遏地咬成一团的时候，主人们才从院里慌慌张张跑出来。他们的喊叫已无济于事，狗吠声惊天动地，玩命的撕咬让彼此难解难分。那个女人也许太过劳累，发出的声音有气无力，她根本不可能制止住自家的狗。

情急之下，倒是大黄蜂的主人，顺手从墙根边抄起一根短木棍。这个举动，被撕咬中的大黄蜂注意到了，它不无得意地暗想着，只要主人的棍子打中对手，它就可以借机挣脱，并狠狠地补上最致命的一口，这样它们俩就算扯平了。

可万万没有料到，主人冲过来的时候，那根棍子却不偏不倚，正好砸落在它的尻尾根上，啪的一声，它惊愕地发出一声惨叫，整个身体顿时萎缩起来，尾巴耷拉下去，身体僵在原地，一动不动。这种挨棍子的记忆，让它突然丧失了战斗力，主人平时很少动手揍它，充其量也就是假装生气瞪瞪眼珠子，挥挥巴掌，呵斥那么两声，像今晚这样，不分青红皂白猛地来上一家伙，实在是把它给震唬了。

你个狗东西，太不像话啦，快给我滚回去！主人劈头盖脸骂着，几乎怒火中烧的样子，好像它触犯了天条，好像都因为它太冲动太冒失，破坏了主人今晚乐于助人的好心情。

主人手里的那根棍子竟又升到了半空中。大黄蜂彻底吓呆了，绝望了，也胆怯了。它不知道，主人今天吃错了啥药，胳膊肘子一个劲儿地往外拐，向着那个外来的畜生。

这工夫，女主人已经把自己的大狗唤回身边，正贴着狗的一只耳朵，絮絮叨叨说着什么，好像它只是一个不懂事的娃娃，或许也是在责怪，可那口气一点儿都不凶。它听见那女人柔声慢调地说，咋那么调皮，往后不兴这样胡来了，你听懂没有？

在这种形势下，大黄蜂简直有些嫉妒得发疯，可它不得不夹着尾巴，一连倒退了好几步，因为主人的口气和眼神还是那么阴郁，那么不留一丝情面，它可不想再挨一棍子。于是，它只好慢慢地掉转身去，夹紧自己的尾巴，往家的方向悻悻地小跑起来，它依稀能感觉到，豆大的血珠子，正随着四爪的迈动，从毛皮上滑落下来。它得赶紧跑回窝里去，好好舔舔一下自己的伤口。它可不想让镇上的那些讨厌的狗，看见自己鲜血淋漓的模样。

2

凡是这地方的家家户户，多半都住在镇街的两旁。

房子都是西北特有的那种方方正正的土坯房，屋顶主要是靠松木大梁和一排排整齐的杨木椽子来架构的，通常坐南朝北盖起来那么一排，少说也有三四间；房山头拐过去，是一间面朝东的小伙房，一家人的三顿吃喝全靠女人在里面蒸煮烹炸；房子前面预留了一小片空地，一般都要种些花果树和时令蔬菜，也有开了长条形花池子的，四周用砖头砌了围边，从春到夏这里都是大丽花、牵牛花、指甲草、鸡冠子花们姹紫嫣红的世界，倒也给镇街增色添彩了；临街还有一道砖砌的院墙，一人来高，墙头上栽着一层碎玻璃碴儿，防盗贼的；院墙居中装着一扇双开的铁皮街门，门板用绿漆或蓝漆美美地刷过，太阳光一射，油闪闪地直放亮，能照出人影。

大黄蜂生活的这所院落，仅有一架葡萄藤，盛夏时节，藤叶蓬蓬勃勃爬上了高高的木架子，几乎遮蔽了大半个院子。矮墩墩的狗窝棚，就用木板搭在那葡萄架下面，天气最热的时候，大黄蜂就比较幸运，几乎受不上什么罪。狗是怕热的，狗出汗全凭着一条大舌头，三伏天最难熬，热得狗嘴都合不拢，整天呼哧带喘的，舌头尖子直往下流水。仅凭这一点，大黄蜂就认为主人待自己还算不薄。据它所知，街上好多狗是没有窝巢的，就那么打游击似的，随便在院里的墙根下，或某个犄角旮旯儿一趴，就算是个窝了。运气差的，还会被主人弄条铁链子拦脖子一拴，链子另一头挂在树根上，外面有什么风吹草动，只能气呼呼地拖着链子来回地瞎汪汪，干瞪眼儿，样子很蠢。

在这个不大不小的院子里，大黄蜂向来是自由自在的，即便到了夜晚，也不会给讨厌的绳索拴牢。它也明白主人的意图，越是到了三更半夜，外面才越不安生，这正是家犬大显身手的时候。这种时候，它感到无比惬意，因为，这个沉寂在睡梦中的院落，完完全全属于自己掌控，它才是黑暗中唯一的主人和勇士；这种时候，就算是一只小麻雀悄悄钻进来，落在屋檐下，它也会听得显显亮亮，更别提个把偷偷摸摸的贼娃子了。

怎么说呢，大黄蜂迷恋这里的一切。不过，它最初并不是在这院里出生的，还是当年老主人把它带到这个镇子上来的，它的经历不是谁三言两语就能说得清楚的。

许多年不知不觉过去了，如今的大黄蜂依然清晰地记得，早年间那些阳光灿烂花肥草壮的时节。

那时候广袤的塞北大地上，到处都是厚厚的青草，又肥又密，坡坡坎坎，山峁山脚，铺天盖地。那阵子，大黄蜂还很小很小，个头比小板凳高不了多少，它身边除了一大群爱咩咩叫唤的绵羊做伴，还有一个头发胡子灰白、面色黝黑的老人。那个时候，老人就是它的避难所，老人赶着羊群走到哪里，它就跟屁虫似的跟到哪里，寸步也不离开，简直像爷孙俩似的相依为命。那个时候，还没人管它叫大黄蜂呢，老人总是黄毛黄毛地唤它，听起来倒像是叫黄毛丫头似的，反正它一点儿也不介意。

老人后来总是很自豪地对镇上的人讲起那段往事，说他这辈子，还没见过比黄毛更聪明伶俐的家犬呢，因为自从有了这条狗，老人给镇上的畜牧站看管的羊群就万无一失了。当初，老人在外面的草场上遇见它的时候，它简直瘦得只剩下一把干柴骨头，周身的狗毛都揎了毡片儿，脏兮兮的，整天在牧羊人的毡房和草垛子附近瞎转悠，嘴里呜呜地哀叫着，一副可怜巴巴的样子。那时候，老人正好在阿拉善草场为五尺铺畜牧站放牧，第一眼瞧见它，就对这个可怜兮兮的黄毛小姑娘起了恻隐之心。于是，老人把自己省下来的一点儿干粮，和肉骨头都丢给它吃，小家伙便死心塌地跟上他了，起早贪黑地干起了牧羊犬的行当，从此再也没有离开过半步，后来直到老人在镇上过了世，它依旧死心塌地看护着这座家园。

现今的主人也是父子俩，他们是老人的儿子和孙子。在大黄蜂看来，大主人脾气不好也不坏，面相很有点儿忧郁，平日里话不多，做起事来也是闷声闷气的。小主人就不一样了，他天生性子活泛调皮，爱玩爱闹，毕竟还是个十来岁的孩子嘛。很多时候，这男孩对狗比对人还要好，大黄蜂这个名字还是小主人叫出来的，开始听着有些奇怪，不过它并不太介意，反正只是个代号，叫惯嘴就好听了。

3

礼拜一那天，就在镇中心学校的初中班里，突然来了一个跟大伙儿完全生疏的女学生。小姑娘文静白皙的面貌中透着几分黠慧，穿着也跟旁的女生大相径庭，浑身上下都飘溢着一股洋气和不俗。总之，谁一眼都能瞧出，小姑娘完全不属于这个偏僻小镇。老师也很郑重地向大家介绍，说新来的同学叫谢亚军，是随大人转学过来的。全班同学稍一静默，随即，大伙儿便心有灵犀地嬉笑起来，那笑声听着多少有些粗鲁和怪诞。

刘火倒是没像其他的人，笑得那样没心没肺。但实际上，他也是百思不得其解的样子，哪有一个女生起这么古怪的名字，叫个什么丽啊、燕啊、梅啊不好，偏起个硬邦邦的男生名字，亚军，听起来真够奇怪的。后来好不容易挨到课间，刘火终于压抑不住满腹的好奇，竟悄悄蹭到新同学座位边上，装作很不经意的样子，然后探着头低声问了句，你家里是不是还有个冠军？

对方不置一词，始终端端庄庄坐在自己的位置上，后脊梁挺得笔直，薄薄的眼皮很随意地冲他一挑，半是嗔怒，半是讥笑，当然更多的还有不屑。倒是那黑黑的眼珠子盯紧了他，像是一副深不见底的望远镜，非得把他这个人明明白白看穿了似的。这种眼神，即便在整个五尺铺，也不可能再寻到第二个，这境况突如其来，竟让少年刘火一时进退两难了。

　　好在外面打响了上课铃，那是看院子的师傅用棍子在敲一口旧钟，当当当当……听起来有些原始，并且拖泥带水，好像学生在学校的土操场上跑步，总是弄得尘土飞扬，却又毫无节奏，多亏那些杂沓的声音，暂时掩护了刘火的尴尬。他跟急猴子似的，慌忙逃回座位，脸面越发涨红。

　　那个新来的谢亚军，就坐在他的前一排。她的后脖子雪白雪白的，仿佛白瓷花瓶细长的颈；简洁的马尾是用一个有碎花点的白手绢扎起来的，形状类似盛开的大蝴蝶花儿；靠近发际的地方，缭绕着几根散开的青丝，荡漾着某种微妙的波纹；她身上还穿了那么漂亮的花布连身裙，刚才老师做介绍的时候，大伙儿全都看呆了，尤其是那些灰头土脸的女生，眼睛忽然都直勾勾的，不够用似的，全放了亮光，相信那条裙子在镇上绝对找不出第二件，不论颜色和样式都透着一股洋气劲儿。

　　虽说刘火也只看到了她的背影，但毕竟是近水楼台，多看几眼也是在所难免的。所以，等对方再坐下去时，他留意到她还用两只手从屁股那里轻轻地拂了一拂，这样一来，裙摆就被她乖乖地压在屁股底下了，这让她的脊背越发显得笔挺笔挺的，有种让人肃然起敬的味道。由此，少年还发现她的手指也是又白又细又长，几乎能看清上面的每一根细细的青血管，就像是，谁不小心用钢笔轻轻绘上去的蓝色线条。

　　中间写课堂作业，他变得心绪不宁，稍一毛糙，胳膊肘就把钢笔帽扫落到桌兜底下，他不得不缩着身子探下头去捡，却又无意间瞧见她的小腿肚子和脚踝：也是那么白生生水灵灵的，好光滑好细腻，跟新剥开的葱管相仿，嫩得能渗出汁水来；接着，他又看到了那双亮晶晶的肉粉色塑料凉鞋，鞋带搭扣上有椭圆形的金属扣儿，也是银亮银亮的。另外，她脚上竟然还穿了双白色的袜子，那质地同样细腻，应该是尼龙的吧，这地方人穿凉鞋从来不穿袜子的，都光脚露着趾头。

总之，看到的一切都是那么新鲜，又那么稀奇，都像是清早的头一缕太阳光，亮得直晃人的眼。他便暗想，别说是在这所学校，就是整个镇上，也没有一个姑娘穿戴得如此讲究。一时间，他觉得大脑短路，竟忘了再去捡回那只笔帽。

事实上，他一直都在瞎琢磨，这个女生到底从哪里来的？可以说，她从头到脚都让人觉得好奇，又感到自卑。也许，就像电影里演的，凡是穿着打扮很洋气的女的，都是军统派来的女特务吧。说不定，连她的名字也是经过改造伪装，以掩人耳目……可是，他又实在是不太清楚，女特务有没有这么小年纪的？没有答案的疑问，往往叫人费尽思量，却又不得其解。以至于接下来的那堂课，刘火就跟听天书似的，老师猛不丁把他提溜起来，让回答一个什么题目，他如坠五里云雾，结结巴巴老半天，结果不知所云，惹得旁人朝他挤眉弄眼嘿嘿哄笑。

这时，老师才把不满的目光转移到谢亚军身上，新同学，你来说一个。于是，那个谢同学大大方方站起来，操着很流利的普通话，近乎完美地说出了正确答案。老师赞赏地点点头，随即又把鄙夷的目光再次瞥回到刘火脸上，说，上课别老开小差，要好好向新同学学习。刘火顿时觉得面皮一阵燥热，手心黏湿，简直快无地自容了。

下了学一钻进自家门，刘火头一件事，先是冲院里打两声响亮的呼哨。

大黄蜂就欢天喜地从葡萄架下呜呜叫着窜了出来，把两只前爪毛乎乎地搭在他的胸口，拿粉粉的舌头热乎乎舔人的脸。狗的舌头像软毛刷子，落到皮肤上湿漉漉的，更有股痒酥酥的感觉。狗跟人亲密靠的就是舌头，这多少有点儿像外国电影里的人，不管男的女的老的少的，见了面都不兴握手，一律互相抱在一起，不害臊地乱啃乱亲，所以刘火一直认为外国佬都是属狗的。刘火自打进了初中班以后，也不知怎的，再看到电影里那些场面，心就突突地狂蹦，胸口那儿好像塞进一只刁钻的野兔，脸皮发烧，喉咙干渴，想大口大口喝水，又想赶紧找个地方，去撒一泡长长的热尿。

直到这时，刘火才留意到，狗身上那个新添的伤口。就在大黄蜂脖颈儿末端，靠近脊背的地方，那里的皮毛被撕咬出一个鸽蛋大小的窟窿，粉肉翻出来，血糊糊的，旁边的狗毛都板结了，硬撅撅地胡乱参着。

刘火的手指稍一碰触，狗就嘶嘶地哼了几声，还冲他痛苦地龇了龇白牙。昨晚，刘火光顾着应付老师的作业了，虽然也听到外面的狗叫声，可他压根儿没挪地方。没想到大黄蜂竟吃了这么大的亏，这在他的记忆里绝无仅有。刘火实在不忍心再去摸弄狗的伤口，而是很慰藉地搂了搂狗脖子。狗似乎体会到这位少主人的心意，立刻投桃报李地伸出舌头，一下一下舔他的手臂，好像舔到了一种绝好的止痛药。

早在刘火出生时，家里就有这条看家犬了，听说是爷爷早年间从外面领回来的，不过，刘火生下来没多久爷爷就下世了，关于这条狗的来历，也只是一知半解。反正，自他懂事后，就一直把大黄蜂当成是自己最亲密的伙伴，可以说人狗形影不离。稍稍长大一点儿，一到夏天，他就跟狗一同跳进外面的水渠里凫水；到了秋天，就钻进树林里追野兔抓呱呱鸡；冬天即便天寒地冻，他也要带着狗在厚厚的雪地里疯跑嬉闹一阵。

有时，他还会在场院上撒两把谷子，哄骗麻雀上当，然后命令大黄蜂伺机上去捕捉它们。麻雀在深冬腊月天都冻傻了，瑟瑟缩缩一蹦一跳地溜出来觅食，见了那些谷子就忘乎所以，大黄蜂常常能爪到擒来。刘火在外面燃起一小堆柴火烤麻雀，西北风呼呼一刮，那火苗老往人脸上扑卷，疼得直咧嘴。可他顾不得这些，麻雀肉很快就烤熟了，发焦的肉块吱吱地往外冒油，用手轻轻一撕，一条雀腿就下来了，也不在乎烫不烫，就往嘴里塞哇，咝咝叫唤着，嚼得牙巴骨都发响。狗在一旁早看得出了神，舌头耷得老长老长，起初还能服服帖帖蹲守在原地，可闻到肉香也嗷嗷叫开了，两只前爪不停轮换着耙地，尾巴左右乱扫，甚至抗议似的冲主人瞎汪汪两声。刘火美滋滋地拿舌头舔一舔嘴角的油渍，才想到将那吃剩的肉骨头丢给狗吃。人狗共享一种美味，这种事情在他俩是再平常不过的。

进屋胡乱撂下书包，然后直起脖子，猛灌了几口搪瓷缸子里的凉茶，隔夜的茶水，喝起来总有一股子馊抹布味。谁叫刘火命不好，那年母亲生妹妹，卫生所的大夫都被抽调去黄河大堤上抗洪救灾，当时包括父亲在内的镇上的青壮劳力都去了，母亲大出血，奶奶在家束手无策，眼巴巴一条命挟走了两个人。没娘照顾的日子，就是这么饥一顿饱一顿地过，父亲上灶笨手笨脚，烙出的饼比砖块还硬，烧好的菜缺盐短油，面条不是煮囊了，就是半生不熟。后来他懂事一点儿，竟慢慢学会了生火做饭，戏里说的好，穷人的娃娃早当家，那时父亲常年紧锁的眉头，总算舒展了几分。此刻，他没有像往常那样，一下学就钻进伙房忙乎，而是像父亲那样，皱起眉头若有所思。最后，他从枕头底下摸出那把心爱的弹弓，抬起袖子一抹嘴，又来到院子里。

父亲昨晚回来的时候，刘火在屋里依稀听到声响，父亲在院里数落狗来着。通常这种时候，大黄蜂一声不吭，服帖，认命，低眉顺眼，活像个惹了祸的坏娃娃。其实他也跟狗一样，每每父亲冲他又吹胡子又瞪眼时，他要么趴在书本上，来个小和尚念经有口无心，要么干脆出去蹲在葡萄架下，一遍一遍拿手捋狗身上的软毛。大黄蜂最喜欢少主人这样侍弄自己，狗本来是坐在地上的，被他那么捋着捋着，狗就四爪朝天平展展地倒下了，很受用地拿眼睛望着他，身子拉得老长老长。人在狗的眼睛里，就变得又黑又小，小得微不足道。

那个肉翻翻的红伤口，看着实在叫人揪心又气恼，打狗还要看看主人呢，哪来的畜生这么凶狠无理，敢欺负咱家大黄蜂？我非得给它点颜色瞧瞧。想到这儿，刘火又冲狗打了一声响亮的口哨，狗像服从命令的兵丁，立刻从地上腾起身，扑棱棱地，习惯性地摆摆那身光亮的皮毛。显然，今天这个动作牵动了伤口，狗像发冷子似的猛地一抖，整个身体僵住不动，刚刚翘起的尾巴又灰溜溜耷拉下去。

刘火看着，又是一阵心疼，他抿了抿嘴唇，信誓旦旦地对狗说，走，看是哪个狗娘养的，吃了熊心豹子胆。

4

出了院门就是镇街。

街面不宽，两边都栽着大柳树，中间铺了一道很窄很窄的沥青面，主街道由南向北依次是养殖场、卫生所、国营饭馆、生资日杂铺、粮油店、镇中心学校和镇委会，派出所和镇委会在同一个院子里。与其说这里是个小镇子，倒不如说它更像乡下的集市，因为它的四面八方都被各个生产队的庄稼地环围着，那些腿脚上沾满泥浆的农民，卖个菜，交个粮，或者买个针头线脑，都要来镇上走一趟。而镇上居民抬腿出门，走不了几步，两只脚就踏进绿油油的田野里去了。只有最北端的小汽车站，让这镇街多少显露出一些洋气和威风来，汽车可不是谁想坐就能坐一坐的。况且，每个礼拜也就三两趟车，还是隔日才从县城方向发来的，在这里稀稀拉拉载上灰头土脸的乘客，又呜呜隆隆飞快地开跑了，只留下一股味道很机械的青烟，久久散不去。

在这个镇子上，刘火最喜欢的地方就数汽车站了，甚至连那刺鼻的汽油烟味也是喜欢的。可他还没有坐过那种绿白相间的公共汽车，也就是带着狗跟在汽车后面疯跑过两次，那个齐头方脑的大铁壳子跑起来跟飞一样快，转眼就把人抛得老远老远的。那时，刘火心里暗暗起过誓言，等自己将来长成大人，就去车站当个司机，开着牛皮哄哄四个轱辘的家伙满世界跑。但狗和人不同，大黄蜂一点儿都不喜欢这种巨大的铁皮盒子，还有就是，从车屁股底下窜出的一条条浓黑的烟带子，总有一股子煤油灯味，呛得狗鼻子直呼扇，乱打喷嚏。

　　狗对这个世界，总是有着令人难以想象的洞悉力。刘火带着自己的狗，离开院子径直来到主街上，大黄蜂像是早有预谋，又迫不及待似的，一路撒欢向前跑去。这一整天，少年总是不能集中思想，大脑变得虚空而苍白，远远看见一根电线杆子，直溜溜矗立在那儿，忽然就在他眼里幻化成一条人腿，他的思绪马上又回到课间，回到自己的座位底下，那双雪白的腿肚子又在眼前晃动了。还有那种说不出名堂的气味，是扎蝴蝶结的手绢发出来的，还是好看的花布裙子，再或者是那双雪白雪白的尼龙袜子？

　　他艰难地咽下一口唾沫，双手无聊地揣进裤兜，弹弓被他命根子似的牢牢攥在手上，这个硬邦邦的物件，还是两年前他亲手做成的，准度真不赖，几乎百发百中。在镇上，一个男娃子没有像样的弹弓，就像战士手上没有枪，会让人笑掉大牙的。别人都是父亲给做，或哥哥们代劳，他没任何依靠，凡事都得自己动手。好在，他习惯了这样的生活，就像早已习惯了没有母亲的日子。他弯腰从地上捡起一枚被太阳烤得烫手的石子，径直套进弹弓的皮革弹囊里，左手抓住弹弓手柄，右手大拇指和食指夹紧包裹着石子的弹囊，小臂猛地往后一较劲儿，黑胶皮条霎时被拉开了。他眯起一只眼，跟打靶的小战士似的，盯准远处那只硬邦邦的电线杆子，啪地一发力，真准，水泥柱子上立时迸出一星白光。

　　与此同时，从辅街那边，摇摇晃晃过来了一双矮矮的身影，就那么起起伏伏、漫不经心地移动着。这种时候，刘火也完全沉浸在某种无法摆脱的无聊当中，他一直心不在焉，或心事重重，连平日里最爱玩的弹弓射击，此刻也变得了无生趣。他压根儿没有意识到，一场激战将一触即发。

　　时光若是再往后飞奔几年，那时候刘火一定会感到痛心疾首和悔恨交加，因为所有的事情，都出在那个比自己小好多岁的陌生男孩的身上。那男孩子同样来自别的城市，来自他从未去过的一个很远的地方。大黄蜂一定是嗅到了陌生而异样的气息，几乎一转眼就飞速拐进了辅街。跟主街相比，这条街显得更加寂寥，除过一家小型食品厂，一个脏兮兮的澡堂子之外，再没有什么店铺了，而且，澡堂子每个礼拜也只限开三天，这里主要以镇上的居民为主。

刘火这时并不太清楚，刚刚搬到镇上的女同学一家就住在辅街边上。那院房屋原先好像是食品厂一个干部家的，后来干部因贪污腐化，被判了二十年徒刑送去劳改，干部的老婆也跟他划清界限离了婚，哭哭啼啼带着孩子跑回娘家去了，房子就一直空着。

汪汪！

汪汪汪！

汪汪汪汪汪……

一浪高过一浪的犬吠声，终于将一再走神的刘火拉回现实中。等他闻声慌忙跑向辅街，不远处那两条大狗已经不可避免地咬作一团。一时间犬牙参差，利爪上下扑打，狗尾满地乱扫，尘土四处飞扬。

这是刘火头一次在街上看到那条狸猫色的大狼狗。这畜生的体格虽不及大黄蜂那么壮硕，但精瘦的骨架中，却透出少有的矫健与凶悍。它甚至没有大黄蜂那么滚圆的肚腹和屁股，而是浑身上下带着非常自律的匀称和简约，这种罕见的体格似乎是受过某种良好训练的。比如，它可以轻而易举地钻过四周燃烧着火苗的钢圈，或者，可以不费吹灰之力一跃跳上丈把高的院墙，甚至还可以自由自在地在湍急的河水中徜徉。总之，这条嘴鼻尖长、双耳竖立的大狼狗，是在镇上一直生活的少年从来没有见过的。

他稍一迟疑，两条狗的撕咬已进入白热化状态，如果不赶快驱散开，说不准大黄蜂就要吃亏了。一旦想到大黄蜂背上那只红翻翻的伤口，他又顿时怒火中烧了，没错，准是这畜生干的！到目前为止，他还没在镇上见过比这更凶猛的大狗呢。他必须得当机立断，分开它们也许并不容易，可要是暗中助自己的狗一臂之力，局面肯定会被及时逆转过来。于是，他不无阴险地从路边捡起一块石头，并迅速拉开手中的弹弓，远远地瞄准了那条正在狂咬中的恶狗。

头一弹弓射得太急，加之两狗正在上下左右乱咬乱扑，石头也仅仅是擦着了对方的尾部飞过去的，那狗压根儿没有在意，相反狗牙龇得更加狂妄，狂叫声越发不依不饶。

这让刘火怒不可遏，他立刻欠身捡起了第二块石头，准备再次瞄准和射击。与此同时，那个一直躲在旁边的树荫下观战的男孩，突然不顾一切地跑了上来。也许，他只是想来给狗拉架的；也许，他想阻止刘火手里的弹弓。总之，男孩的奔跑的方向和弹弓射出的石头迎面相向。

这次，刘火几乎孤注一掷，紧绷绷的黑胶皮条拉得比以往任何时候都长，也更有力，那块石头也不是小卵石，而是一块碎砖头角，足有鸡蛋那么大。它飞出去的时候，几乎带着奇异的哨响，嗖的一声，鬼使神差，正好击中了那个奔跑中的男孩的面部。

一切都来得太快了。随着一串歇斯底里的嚎叫声铺天盖地响起，刘火整个人都吓傻了。他看到那个可怜的小家伙双手痛苦地捂住脸，忽然就无助地倒在路边了，两只小脚在尘土堆里乱踢乱蹬，痛不欲生，鲜红的血水从孩子苍白瘦弱的小手指缝间迸了出来。霎时，就在他眼中开成小红花了，一朵，两朵，三朵……小红花很快连成片了，红得像一团火在地上燃烧。

后来在仓皇逃跑的路上，大黄蜂也许会陷入沉思。小主人要是不插手的话，那个花狸猫色的野狗一准有苦头吃了。大黄蜂正跟对方扑咬得不可开交，眼看就要占上风了，可是小主人却猛不丁地打了一弹弓，然后，它就听见那个小男孩失声号啕起来，孩子一哭，小主人吓坏了，他惊慌失措地冲它连连喊叫着，快跑！快跑！大黄蜂，咱们闯下大祸了！

大祸临头，这种感觉久违了。大黄蜂当然嗅到了鲜血的气味，哪怕是一小滴血，距离它很远很远，也能嗅得到。那个可怜孩子满头满脸都是血，躺在路边奄奄一息。直觉告诉它，事情一定非常严重，所以，它只好暂时放弃了攻击目标，尽管有一百个不乐意，可还是跟着小主人一起逃离了现场。他俩也不知跑了多久，直到镇子完全看不到影了，才渐渐放慢了步子。

天色不知不觉间已沦入昏醉，空气中弥漫着一股柴草烧焦了的烟气，身后的杨树林在扑啦啦作响，那是头一阵晚风闯进林中任意穿行。那时人和狗依旧心有余悸，跑得满身臭汗，等再也跑不动的时候，他俩才歪歪斜斜钻进路边的野草窝里，平展展地躺下来，大口大口喘着气。

头顶深蓝色的天空广阔而深邃，偶然飞过一群燕雀，翅膀自由地扇动，鸟鸣声格外清脆。有那么一只像是落了单，孤零零地挥动翅膀，像是在追赶，又像是力不从心，离远去的那阵鸟群越来越远了。

这种时候，少年刘火并无心在意天上那些鸟，他完全被那种难以名状的恐惧牢牢攫住。从小到大，他并不算一个游手好闲的坏孩子，他只是从来都不太合群，独来独往，我行我素。事实上，一个打小没有母亲的孩子，平时不可能任性妄为或有恃无恐，但他骨子里并不算软弱，这也许得益于家庭的种种不幸，母亲离开那年，他也就七八岁光景，却已经懵懵懂懂明白了自己惨淡的境况，他认命而执着地跟大黄蜂相依为命。

现在，他只能跟这唯一的伙伴交流了。其实，很多时候，他觉得这条黄毛大狗才是这世上最懂自己的，他快乐狗就快乐，他一筹莫展，狗也眉头深锁。

　　喂，你别光顾着吐舌头，往后该怎么办？他抚摸着狗脖子上柔软的长毛问。

　　大黄蜂就停止了呼呼喘息，用舌头舔了舔他的手背。

　　让你拿主意呢，你先头的那股威风劲儿哪去了！

　　狗心事重重地冲他汪了一声，然后盯着他的脸，神情多少有些迷茫。

　　要不，我们还是回家吧，躲过初一，可躲不过十五……

　　这样对狗说话的时候，他心里还在打鼓，一想到那个可怜孩子的惨况，他就不由得浑身发颤。狗猛地直起腰身，像是听懂了他的话，激动地摆了几下皮毛，又冲他汪了一声，口气坚定而勇敢，似乎在说，好汉做事好汉当，回就回去吧，大不了挨顿打。

　　可他究竟不是大黄蜂，狗思考问题永远是直来直去的，见到可疑可憎的家伙上去就咬，他却不能不瞻前顾后。如今虽说是用弹弓打伤了那个陌生的小孩，但这绝非自己本意，可说给谁谁又会相信呢，就连父亲也会疑心的，他一定会不由分说先赏给自己一通巴掌。他真的不想逃避，也不想扯谎，可事情来得太突然了，把他一下子逼到这条路上，他真的有些不知所措了。

　　也许，他现在唯一能做的事，就是在心中暗暗祈祷，但愿那个孩子伤得没那么重。

5

男孩当街挨了一弹弓，这种事情在镇上司空见惯。

其实，大人们经常为这种事情恼火伤神，通常打伤了人的那个坏家伙，会被家长气狠狠地揪着耳叶或脖颈儿，低声下气登门给人家道歉，甚至还当众美美地挨一顿胖揍，直到打得哭爹喊娘有人拦阻大人才肯收手。孩子们哪有不顽劣的？只要伤势不太严重，多数情况下，事情就这么不了了之了。

可是，这一次却没那么简单。原因主要有两个，一是男孩被打伤的部位恰恰是一只眼睛，据卫生所的大夫说，劲儿再大一点点儿，眼珠子里的苦水就被放出来了，锋利的砖块很有可能会划伤晶体，受伤的眼球八成是要落下玻璃花了；再者，那受伤男孩一家才刚刚搬到镇上，人生地不熟的，竟然遭到如此严重、如此恶毒的攻击，做家长的无论如何也咽不下这口气。

调查很快就有了眉目，辅街上有人亲眼瞧见事发当时的情景。这个举报人跟刘火年龄相仿，是镇上民兵队长的胞弟，因为说话声气重，脾气又躁，没事总爱亮着嗓门嗷嗷怪叫，大伙儿就管他叫骡子。骡子说，那天中午吃罢晌饭，他正准备去外面蹲茅房，一出院门远远就望见两条大狗当街撕咬，其中一条是大名鼎鼎的大黄蜂，他一眼就认出来了，他还看见刘火好像就站在旁边，手里攥着弹弓在瞄准呢；无独有偶，主街上也有邻居注意到，刘火放学后就带着大黄蜂，风风火火冲出了自家院子，一路朝辅街方向跑去。证据确凿，第二天上午，派出所的同志径直找到学校，才知刘火并不在班上听课，老师和同学都不清楚这个学生的去向。原来他一大早就旷了课，准是畏罪潜逃了。

随后，人们才慌忙去家里寻找。起初刘火父亲还不清楚发生了什么，昨天他从下午到晚上，一直在外面忙乎，夜里回来也没留意儿子在与不在，这阵子他还在床上补觉呢。这个眼神阴郁的男人，胡子拉碴，趿拉着一双脏兮兮的破布鞋，摇摇晃晃从屋里出来，惺忪的眼窝里，分明还聚着两坨黄兮兮的眼屎。所有迹象表明，刘火在事发后确实跑得没影了，就连大黄蜂也不在院里。显然，狗和人是一起跑掉的。

这是谢亚军平生头一回走进刘火家的院子。只一眼，她就被那架长势旺盛的葡萄藤深深吸引住了。先前，班主任老师派了一个得力的女班长，陪着她一起来的。老师一本正经地嘱咐她说，去，把打伤你弟弟的那个坏蛋揪出来，我们绝不能让他逍遥法外。弟弟险些弄瞎了一只眼睛，母亲和她几乎一宿都没敢合眼，尽管大夫给悉心地处理和包扎过了，还打了消炎针，吃了去痛片，可小家伙还是疼得死去活来，几乎整夜都在哭闹。他那颗被白纱布包裹得严严实实的脑袋，大得简直惊人心魄。

此刻稍微静心一想，谢亚军就心发慌眼皮乱抖，再也顾不得多看一眼那茂盛的葡萄藤叶了。她想，弟弟若是真的瞎了，以后可怎么得了！而母亲的抱怨更多是针对父亲去的，她听母亲恨叨叨地说，跟着你爸，这辈子真是倒了血霉！她却始终不吭一声，对于母亲的种种怨言，她早就习以为常了。

这次一家人辗辗转转从省城出发，先是让一辆军绿色的卡车拉着他们跑，跑啊，跑啊，不知跑了多久，那辆汽车突然在半道上趴窝了，任凭司机在车头可劲儿地搅动那根手摇柄，就是发动不起来。后来他们只好央求当地老乡套了辆马拉车帮忙，可以说一路上吃尽了苦头，难怪母亲要怨天尤人呢。但父亲总是很乐观地说，革命战士是块砖，哪里需要哪里搬嘛。就为这句话，父亲无条件服从了上级的命令，她和母亲还有弟弟，便毫无选择地来到这个比火柴盒子大不了多少的小镇。

不过，父亲并未像原计划的那样，跟他们娘仨一起来，而是为了赶时间，半路就直接奔赴距离镇子几十公里外的工地现场了，那里正在不分日夜搞大会战，听说要修筑一道坚固的拦河大坝，因为每年夏秋时节河水泛滥，下游上千户百姓和几万亩农田都要遭殃。父亲刚从部队转业，就被上面委派到那里挑大梁了。此前，他一直在某陆军工兵部队服役，诸如架设桥梁构筑工事，都是他们部队的强项。谢亚军还听父亲跟母亲唠叨过，说是眼下国家正号召依靠群众排除万难大兴水利，什么两山夹一洼中间好筑坝，只要在那个河湾修建起一座钢筋水泥河坝，就能在洪水最凶猛的时候把它们蓄存起来，等到田地干旱时节再把这些蓄水放下去浇灌庄稼。父亲不无自豪地说，这叫跟天斗其乐无穷，跟地斗其乐无穷，跟水斗其乐无穷。总而言之，父亲只要说起这些事情，总是眉飞色舞壮志满怀的样子。谢亚军听得半懂不懂，母亲始终眉头深锁，老半天也没有什么好声气，只有弟弟亚洲乐呵呵地缠在父母身旁，笑啊闹啊不知疲倦。

记得那天在半途临别时，父亲这样对谢亚军说，要搞好自己的学习，也要照顾好弟弟，不能让别人欺负他小。父亲说着，忽然蹲下身去，一手搂着弟弟，一手摸着那条皮毛光亮的大狗说，亚洲可一定要听妈妈和姐姐的话，当一个乖孩子，还要管好咱们的坦克。弟弟天真地点点头，继而又问父亲，要是坦克不听话该咋办？父亲就嘿嘿地笑了，一面拿下巴上的青胡茬蹭那张圆嘟嘟的嫩脸蛋，一面信心十足地说，坦克可是条好军犬，你们只要好好待它，它一定能守纪律看好家的。

说实话，谢亚军一点儿也不喜欢这狗的名字，坦克，听起来有些古怪，硬邦邦的，简直就是块生铁疙瘩，也许她是个女孩子的缘故吧。倒是弟弟，成天嘴里坦克坦克叫得好亲切，好像他俩天生是一对好伙伴。其实，她也明白父亲的心思，家里有了坦克，弟弟至少不会太孤单寂寞的，狗是孩子最好的伙伴。

现在，让谢亚军感到异常吃惊的是，她完全没有料到，眼前这个叔叔竟然是那晚帮着他们搬家的好心人！更没想到，他就是那个肇事男生的父亲！想到这里，她的心绪忽然有点儿潦草，继而，又莫名地羞怯起来，刚才进门时的满腔怨愤和理直气壮，顿时弱小了一多半。

奇怪，怎么偏偏是这家人呢？她心里忽然有种说不出的感觉，自己刚刚来到一个崭新的地方，镇子、学校、老师和同学都是那么陌生，在这个陌生的小天地里，唯一一个好心好意伸手帮过他们的人的儿子，却又那么残忍那么无情地打伤了自己的弟弟，无论如何，这太难以接受了，以她简单的生活经验，根本不知该如何面对了。

这小畜生！

他给老子干下的好事！

有本事这辈子都别回来，要是敢回这个家，我非剥了他的狗皮！

唉，我咋就养了这么个现世报啊……

男人一股脑儿地骂着，忽然变得像一只无处发泄的野兽，却只能困在原地咆哮着，声浪越来越高，脾气越来越大，在场的人都被这种男人的狂怒搞得有点儿胆战心惊，却又无可奈何。家门不幸，谁愿意摊上这种事？人们只好七嘴八舌劝说几句，希望对方能消消火气，最好赶快想法子，把人找回来再说。

离开刘火家的时候，谢亚军忍不住又悄悄回头望了一眼，那个男人沮丧的额头上青筋崛起老高，看上去像几条暗褐色的蚯蚓在上面阴郁地蠕动。阳光突然强悍起来，把那个美丽的葡萄架照得白花花一片，感觉那些藤叶像是彻底失去了水分，蔫头耷脑，显得焦渴而又苍老了。

6

天擦黑之后，那个脸色阴郁的男人低垂着脑袋，犹犹豫豫地走进谢亚军家里。

能想到的地方他几乎都找遍了，始终没见儿子和大黄蜂的影儿。他只能硬着头皮登门赔罪，手里拎着一个蓝颜色的尼龙网兜，里面装着两瓶糖水橘子罐头、二斤酥饼和一包红糖，这对受伤者和家属至少算是个安慰吧。

母亲始终怒火难消。弟弟躺在里屋床上，一阵一阵呻吟着，样子好生可怜。屋子里的所有家什，都笼罩在一片暗淡之中，地上的箱箱柜柜，还没有完全摆放妥当，新搬进来的房子，总有这样那样多的不和谐和不便利，一切都显得那么杂乱无章，又碍手碍脚。母亲半晌不置一词，只顾不停地翻检着箱子里的物品，每拿出一样，她都要端详半天，好像这辈子也不可能收拾停当，而且，几乎是每放下一件东西，都被她制造出很吓人的声响。

不知为什么，谢亚军还是放下手头的作业，去给客人倒来一杯茶水。可刘火爸爸好像根本不敢去碰一下那个白瓷杯子，只是无奈地垂手呆坐在桌边，屁股也只是挨了一点点凳子角，嘴里反反复复数落着逆子的种种不是。猛地，他声调提高了八度，几乎恶狠狠地谩骂了起来，有点儿旁若无人，样子凶得像要吃人。

这个小畜生，老子就当没养他……

里屋的弟弟突然又火车鸣笛般大声地啼哭起来，准是被外人的瓮声瓮气吓着了。自从眼睛受了伤，他的神经一下子就变得孱弱起来，稍微一点儿风吹草动，都能让这男孩一惊一乍。母亲猛地把什么东西又砸在桌上，咣当一声，嘴里恼火地咕哝着，你是死人吗，就不能去哄哄你弟弟，没听见他快哭得断了气！

这种时候，谢亚军只好顺从而委屈地钻进里屋，伏身在床边，拿手轻轻拍抚着弟弟薄薄的胸口。她流着眼泪说，亚洲乖，不敢哭，老是哭，对眼睛不好，你得安安静静躺着，伤才好得快啊！弟弟咕咕哝哝，半哭半嚷，就像处在昏迷中的一个小伤病员，嘴角挂着干白的唾沫。她用勺子小心翼翼地给他喂了点水喝，心里好生难过，自己可是亲口答应过父亲，要照顾好弟弟的，可现在，看着弟弟那么痛苦，她却又爱莫能助。这让她对那个刘火的恨一下子飙升起来，她暗想，别让我再看到你，否则，有你好果子吃。

汪汪汪！

坦克警觉地叫起来，夜色中忽然多了一种生冷的气息。弟弟出事后，母亲就气哼哼地拿原先那条绳索，把坦克牢牢地拴在院里了。坦克从此失去了自由，有时烦恼地呜呜着，有时蛮横地扯拽着绳索大喊大叫，谢亚军也觉得狗有点儿可怜。可母亲却气急败坏地说，往后你们谁也不准把狗放出去！都说狗通人性，也许它觉察到弟弟此刻的苦痛，才不安生地叫了起来。

狗一叫，像是下了最后的逐客令，那个男人便再也坐不住了，于是他匆匆起身，惶惶告辞走了。谢亚军听见母亲口气生硬地发话了，那是让客人把礼物原封未动带回去，可对方一再地恳求母亲收下，说是他的一点点心意，彼此就那么推来让去僵持了半天。

谢亚军实在听不下去，就从里屋出来，意味深长地叫了一声，妈——。连她自己也弄不懂为什么要这样，她是在帮那个男人的忙，

好让对方有个台阶下？可她为什么要帮他？她心里乱糟糟的，像一团
无头绪的麻绳。如果此时那个刘火在眼前，也许情形就完全不同了，
她一定要好好质问质问他，可万一是大人们搞错了冤枉了他呢？总之，
她心里老是七上八下的，在事情没有完全弄清楚之前，她不想那么武
断地去指责或怨恨一个人，况且，这个男人几天前，的确好心好意帮
过她家的忙呢。

7

就在刘火父亲刚走不久，院里又响起一阵更亢奋的狗吠声。

谢亚军以为那个男人又回来了，连忙跑出屋子，她可不想再挨母亲的刺，看来，母亲的心情一时半会儿是好不起来了，用她的话说，家里没一件顺心的事。很多时候，她真的感到很无奈，跟随父亲一起辗转迁徙的还有她和弟弟，弟弟毕竟还很小，上学也得等到下一年了，小家伙的感受并不强烈，每天只要有狗陪着他玩就很知足。她却大不同，就说这番转学吧，让她突然失去了原先很多好同学和小伙伴，而且，这个地方太偏僻太渺小，好像根本不在地球上，反正地图上是找不到它的影子的。五尺铺，单是听听这可怜巴巴的名称，就能让人绝望得立刻想死。还有，现在这所滑稽的镇中心学校，学生从小学一年级到初中三年级，居然全都混杂在一起，像一群大大小小的绵羊，小学分三个班，中学分两个班，也就是说，高低年级经常要坐在同一间教室里上课，层次高低不同，学习进度先后有别，这一切简直能笑掉大牙。所以，她有足够理由觉得，现在世上那个最痛苦的人应该是她自己。可是，这又能怎么样呢？她不过是个十二三岁的小姑娘，敢怒不敢言，就算敢说点什么，都已经于事无补了，她得尽快学会接受这种现实。她从来没有这么深刻地认识到，现实原来这么残酷。

眼前这个细腰溜肩一步三摇踅进院里的女人，身上始终带着一股好浓好浓的雪花膏味。她是不请自来的，来了居然也不认生，完全摆出一副自来熟或老邻居的样子，东瞅瞅，西瞧瞧，然后才把好奇的目光落定在谢亚军身上。哎哟，瞧这身花裙子好看死了，穿在你身上就跟电影演员一样，是你妈妈给你缝的吧，手可真巧！说着，竟然就伸出一只手，很过分地抓住她的裙摆子，几根手指捻来捻去，眼睛直勾勾盯着，好像在百货店的柜台前挑选衣料。谢亚军很是有些难为情，尽量用自己的身体拦住坦克。陌生女人便趁机走进屋里去，嘴里还嘟哝着，你家狗好凶哟，咬起来咋就跟狼一样，怪怵人的，可得把它拴牢靠呢。

　　母亲手里的活计，总算被闯入者打断了，事实上，她是想继续整理那些没头没尾的物品，可面对这么个不速之客，一时间也没辙了。女人自报家门，说她是隔壁的花嫂，只是过来串个门子，往后这边有个大事小情的，尽管给她吱一声，街坊邻居的，她绝对随叫随到没有二话。她一边絮絮叨叨说着，一边满屋子转来转去，这里摸摸，那里碰碰，猛地看到玻璃柜子里一件什么摆设，就稀罕地睁大了那双丹凤眼，啧着薄薄的嘴皮子连声称赞，弄得母亲简直不知该说什么好了。后来，还是弟弟呜呜咽咽的声音，搅扰了对方的好兴致，女人这才从旁若无人的参观巡视中回归现实。

　　哎呀，快让我瞅瞅那个小可怜，你说说，真是作孽哟！自称花嫂的女人，甚至没有征得母亲的同意，便径自钻进里屋去探视弟弟了。母亲趁机回过头，狠狠地瞥了谢亚军一眼，好像在埋怨，你怎能把这种女人让进咱家来呢。谢亚军吐了吐舌头，心里倒是产生了一种莫名的快感，起码，这个陌生女人的到来，暂时打乱了今晚的格局，否则，她真不晓得，母亲会使性绊气地折腾到何时才罢休呢。似乎是，女人们怒不可遏的时候，总是会不停地干这干那，好像要把今生今世的活计一夜做完。

　　花嫂熟门熟路地凑到床边，煞有介事地察看了一番，嘴里连连说，别怕别怕，没事了，小乖乖，娃娃的嫩肉肉长得快，过些日子一准好好的，啥印子也留不下。其实，弟弟的眼睛被裹得风雨不透，除了鼻孔和嘴巴，根本什么也看不到。女人随后又从身上摸出一个琥珀色的小药瓶子，递给母亲说，这是云南白药，可金贵呢，镇上有钱也买不到，你给小家伙涂上，准保好得快！

这简直是雪中送炭！母亲一时愣住，不知该不该接受厚礼，要知道一秒钟前，她还恨不能撵人家走呢。这次搬家走得太急，好多东西都装得乱七八糟，一时想找点什么也无处可寻。

没等母亲表态，谢亚军便伸手接了小药瓶过去，嘴里连声说：谢谢花嫂。哪知，这女人扑哧一声朗笑，那笑声又响亮又放诞，震得屋顶的大梁和椽子都簌簌有声，那些陈年的灰尘也都落了薄薄的一层。哈哈哈，好我的傻闺女，你刚才叫我啥来着？你呀，该叫我声姨才对，花嫂那是你妈妈叫的！完了又说，你跟我闺女还是同班同学呢。谢亚军脸蛋当即就红得赛过了红元帅苹果，她一个劲儿用指甲尴尬地抓摸自己的裙子。母亲这时多少也客气起来，毕竟人家是好心好意，忙吩咐谢亚军说，还不快去给阿姨沏杯糖茶，愣着干什么。

打这晚起，这位自称花嫂的女人，隔三岔五便来家里串串门子，对于母亲来说，至少在这里多了一个能说话解闷的人。要知道这段时间，母亲最是需要一个能替她排遣寂寞的对象。在稍后的日子里，谢亚军也逐渐了解到，这花嫂在镇上算得上是一个名人，大伙儿私下里也都管她叫喇叭花，因为她本名里有个花字，至于喇叭嘛，则是用来形容她那张得理不饶人的嘴，镇上但凡遇到婚丧嫁娶邻里纠纷，从来都绕不过这个能说会道的女人。

花嫂家里只有一个女儿，大名叫白小兰，就跟谢亚军他们在初中班上一起念书。那是个黑黑瘦瘦的小姑娘，脸蛋上有几撮顽固的小麻子，像是偷吃芝麻时不小心沾在了面颊上，又总忘了及时擦去；白小兰说起话来老犯结巴病，尤其是人多嘴杂的时候，完全不似她母亲那样灵嘴巧舌的，甚至根本不像是花嫂的亲闺女。

至于刘火爸爸出门寻子的消息，也是通过花嫂的嘴传来的。

那天，花嫂突然耷下薄薄的单眼皮，长长叹了一口气说，你们说说看，这爷俩日子过得够难的了，咋就偏偏遇上这事，那个坏小子不知吓得跑到哪儿去了，害得他爹在家里熬不住了，一个人颠颠地出门去找，这茫茫人海的，可万一找不着，该怎么得了。

听这个女人的口气，倒像是谢亚军一家做错了什么，或者，他们压根儿不该搬到这个镇上来，正是他们的忽然到来，一下子打破了这里原有的安宁与和谐。这天，母亲的情绪始终有些低沉，只是随便支吾了两声，并没有就此发表自己的任何看法，也许她只是不想得罪刚结识没几天的女邻居。

8

镇上大多数人心知肚明，几乎隔三岔五，喇叭花总要往刘火家里跑两趟，消息自然会灵通些。据说，当年喇叭花在婚嫁之前，是曾心仪过刘火爸爸的，可造化捉弄，父母之命，阴差阳错，结果两个人没能走到一起。喇叭花到底嫁给了一个长年在煤矿上靠挖煤挣钱的工人。难怪有一晚，白小兰的母亲跟谢亚军的妈妈聊得起劲儿的时候，这个女人忽然就抱怨起来，说她这辈子真叫倒了"煤"了，跟个挖炭的家伙过日子不说，到头来生个丫头都是个黑蛋蛋！

这话正好让趴在里屋温书的谢亚军听到了，她既觉得有些好笑，又莫名地替那个白小兰难过。怎么说呢，自从白小兰的母亲来家里探视过弟弟，又好心好意送了小半瓶云南白药，她就开始关注起班上这个沉默寡语的小姑娘了。只要课间有了机会，她总是主动去找白小兰搭话，顺便打问一下这个学校的情况。起初，这个黑瘦的女同学对她总是躲躲闪闪，若即若离，眼神里闪烁着某种慌怯的光芒，紫黑的嘴唇抿得死紧，生怕自己一开口，准会惹得别人笑话。

慢慢地，谢亚军发现，白小兰确实有一颗自卑而敏感的心。事实上，白小兰的爸爸在矿上挖煤，虽然一年到头回不了两次家，可几乎月月都会给家里寄钱寄信或捎东西，因此，她家的小日子在镇上算是过得比较富裕的，这一点单从白小兰娘俩的衣着和吃喝就能看出来。不过，这些似乎并不能给白小兰带来可供炫耀的资本，恰恰相反，爸爸常年不在身边，让这小姑娘总是被深深的思念所纠缠，加上她那与生俱来的暗褐色皮肤，以及老爱口吃的毛病，便令她时常陷入尴尬的境地而难以自拔。

语文课上，老师要检查学生上堂课的背诵任务，说凡是背不下那首领袖诗词的，统统要到教室外面罚站。谢亚军在心里早就滚瓜烂熟了，背诵对于她来说是最拿手的，可就在她准备站起来背书的时候，老师临时打乱了次序，偏要点名让点着头的白小兰先背。老师们经常会这样，他们天生一双慧眼，瞧着谁的神色更慌张准叫谁，就像警察看见可疑的对象，总得上前讯问一番才肯罢休。

谢亚军看见旁边的白小兰从座位上慢吞吞起身，由于来得突然，她一紧张，那脸色就变得越发乌黑难看了，她的嘴巴在空气中艰难地张了几张，仅仅标题那几个字，她就支吾了半天，那些文字像是被很厉害的胶水黏在喉咙里，怎样努力也吐不出只字片言。班里就开始交头接耳窃窃起来，继而，那些嘈嘈杂杂就变成闹哄哄的很有针对性的嬉笑和讥讽。白小兰越发地窘迫无助，恨不得找地缝钻进去，眼泪早已经在眼眶里打转了，眼见就要滴到桌面上。

这一切谢亚军全部看在眼里，她实在讨厌大伙儿那种幸灾乐祸的样子，更讨厌他们将别人短处当作笑料来随意取乐，把欢乐建立在人家的痛苦上。她几乎想都没想就噌地从座位上站起来。

报告老师，我和白小兰住邻居，昨晚我俩是在一起背的书，我保证她全都背会了，只是现在，她稍微有一点儿紧张。

老师稍稍愣了一下，看看她，又瞅瞅白小兰，眼光中仍旧漂浮着那么一丝狐疑。不过，老师还是顾全大局地说，那你先来背吧，要是错了一个字，就跟白小兰一起出去罚站。

她当然背得行云流水一般，不光情绪充沛，且滴水不漏，可老师依然让她跟白小兰一起到教室外面罚站了，至于理由，老师只是说谢亚军心知肚明。可她一点儿都不在乎，相反，她觉得老师很懂自己的心思，她不敢说是替朋友两肋插刀，至少，在这种场合下，她不该像根木头似的保持沉默，因为她能感觉到这个女孩有多么需要她。

那天，谢亚军真就陪着白小兰站了半堂课。起初，她们谁也不说话，只是静静地并排站立，看操场上几只调皮的麻雀飞来飞去，看杨树叶在枝头晃晃悠悠，看蓝天上扯过几片样子像牛又像马的云彩，一切都是那么平静有趣，两个人看得都有些出神。

接下来，竟是白小兰先侧过脸来，很执拗地打量起谢亚军了，眼神中充满了歉意和感激。谢亚军冲她吐了一下舌头，说，这可是我这辈子头一回呢，在大庭广众里撒谎，不过，也不完全是谎言，因为我始终坚信，你一定能背得下来，只是刚才紧张了。她这样一说，白小兰眼里噙着的泪珠，终于越变越大，终于夺眶涌出了。

谢亚军假装什么也没看见，只是一字一句地起头开始背诵刚才老师提问的那首领袖诗词，她背完一句，稍作停顿，眼睛却期待地看向对方，同时点着下巴颏示意，就等白小兰来接下一句。对方的嘴唇一抿一张，终于发出了比较连贯的音节，如同刚刚学会说话的婴孩，就是声音小了点儿。

就这样，她俩你一句我一句，几乎把老早以前许多学过的旧课文都背了个遍，背到最后，实在想不起该背什么了，两人才忍俊不禁，相视而笑。这爽朗的笑声来得突然而美妙，以至于两个女孩都腼腆得红了脸。

这种时候，谢亚军发现白小兰其实很会笑的，怎么说呢，她的笑容是有独特魅力的，很深，很厚，也很有质地，绝不是那种嘻嘻哈哈没心没肺的，而是经过深思熟虑后完全放开了的那种，就像雨过天晴彩虹乍现，是经得起别人去细细琢磨的。换句话说，她相信白小兰这样的笑容，不是谁都能轻易看得见的，那是基于对另一个人的高度信任和由衷的好感，才破天荒地绽放开来的，很是迷人。以至于几年之后，时过境迁，谢亚军总是会莫名地想起这一刻的白小兰，还有她脸上灿烂的笑容，她甚至觉得，连白小兰脸上那些细碎顽固的小麻点儿，也是那么受看。

自从有了这样的一次特殊经历，两个人彼此便有些心照不宣了，她们俩的友谊进程也就理所当然地突飞猛进。上学的路上，总是你等着我，我等着你一起走；放了学，又是形影不离有说有笑地双双走出教室；后来发展到几乎每天晚上，不是白小兰来找谢亚军做作业，就是谢亚军去白小兰家玩那么一会儿。尤其是谢亚军，觉得有人陪伴，这陌生之地也就不再那么荒凉可鄙了。

很快，班里就开始流传一些闲话：

白小兰跟谢亚军是死党！

白小兰跟谢亚军穿一条裤子！

后来甚而至于，有无聊透顶的家伙竟然在学校公厕的墙壁上，公然用白粉笔歪歪扭扭写下了类似的怪话。

白小兰不经意间看到眼里，简直气得不行，连忙跑回教室拿了把削铅笔的小刀，又气哼哼地闯进公厕，一刀一刀气急败坏地全部给划掉了。

谢亚军知道了，却坦然一笑。她劝白小兰，嘴长在别人脸上，爱说啥说啥呗，浊者自浊，清者自清，何必搭理那些无聊的家伙呢。白小兰天生性格内向，又不善言辞，但她真的打心眼里开始佩服起谢亚军了。

第二章　快乐时光

9

不久，弟弟的伤势也逐渐好转了。

母亲已经带着小家伙，去卫生所拆换过两次纱布，再加上涂抹了花嫂及时送来的云南白药，除了眼底依旧紫红紫红的，眼皮、眼角和颧骨处都结了痂，疼痛感基本消失了，倒是伤口愈合过程中，皮肉生长带来的那种奇痒难忍，让这小家伙嘴里整天耗子似的吱吱乱叫，直嚷着痒死啦痒死啦，小手老想上去挠一挠。母亲嘱咐谢亚军，要牢牢看住弟弟，说千万别让他胡抓乱挠那里，将来会留下疤瘌，难看死了，讨不着媳妇。弟弟可不管这些，反倒嚷嚷得更凶，小手总在脸上瞎比画，弄得当姐姐的好生紧张。

这天，白小兰从家里过来温书的时候，很神秘地带来一个小牛皮纸盒。打开盒盖，里面竟蹲着一只雪团似的兔子，活的，那兔子才有两只拳头那么大，毛茸茸的，通体洁白透亮，尤其一对小小的红眼睛，一眨不眨的，看着就让人喜欢得要命。

白小兰说，亚、亚洲啊，你要是听，听姐姐的话，别、别乱抠，抠小脸蛋，这、这兔子就，就归你了。

弟弟听了忽地从床上蹦起老高，一个劲儿跳着脚欢呼，我有小兔子喽，我有小兔子喽！

白小兰趁机翘起小拇指，说，那、那咱俩可，可得拉个钩钩。

弟弟毫不犹豫，爽快地伸出自己的小手指，跟对方结结实实拉在一起了。这种时候，谢亚军觉得白小兰心眼真好，很会哄小孩子欢心，当然也解决了她眼前的大麻烦。

　　现在，最让谢亚军担心的人倒不是弟弟，而是自己的母亲。

　　父亲原先明明是答应过母亲的，说等他人一到大坝工地现场，安排好工作上的事，一定会尽快赶到镇上来，跟他们团聚几天。当然最重要的还有，父亲会带上盖着有关部门的大红公章的介绍信，亲自去镇上给母亲联系工作。可是，这一晃都快两个月光景了，父亲却迟迟不归，母亲的叹息声几乎夜夜都传进谢亚军的耳朵里。记得他们搬来小镇之前，母亲为此跟父亲拌过几回嘴，几乎每回，都以母亲哭鼻子抹泪告终，而父亲总是以公家人的口气跟母亲周旋，那时候谢亚军已隐约猜到，会是这种结局。

　　白天，谢亚军要去学校上课，母亲只能守着受伤的弟弟待在新家里。说是新家，其实这房子又破又旧，屋顶上有一圈一圈地图似的雨水渗漏的痕迹，墙角十分潮湿，地上泛着白碱粒，墙皮也剥落得很严重，门头窗户的玻璃碎了一块，没来得及更换新的，只好用一片塑料纸临时挡了一下；虽说还有一个小院子，可杂草长得齐腰深，简直成了蚊虫喜欢的巢穴，那两三棵花果树都不太景气，大热天的枝叶竟枯去了一多半，每天早晨母亲清扫干净，到了傍晚又落了一层树叶。母亲的怨气便与日俱增，嫌弟弟太淘气，怪谢亚军总是笨手笨脚帮不上忙，又慨叹自己真是命苦，竟被男人的花言巧语所蛊惑，不顾死活地跑到这个兔子都不拉屎的鬼地方来受罪。

　　说到这个，其实不光坦克要拉屎，现在连弟弟最痴迷的那只小兔子也要拉屎。母亲不让姐弟俩带着坦克出门溜达，更不允许弟弟走出院子半步，狗拉得臭气熏天，一摊一摊都堆在院墙根下。母亲看了气不打一处来，抱怨说，人都养不活，你爸还有心养这畜生，依我看干脆把它放了了事。谢亚军知道那是气话，所以一放学回来，第一件事就是，用扫帚和簸箕将那些污物清理干净。女孩子天生是清清爽爽的，做这种事情简直要呕了，可她只能强忍着去做。这都怪那个刘火，要不是他打伤弟弟，坦克每天都能让弟弟牵到门外路边去方便的，可眼下，这些倒霉差事全落到她一个人头上了。

好在院里的那片小空地，生长着新鲜的嫩草，什么猪耳朵叶子、银灰条、蒲公英、艾蒿、稗子都应有尽有。弟弟自从得了这只宝贝似的兔子，整个人就变得勤快而又能干起来。趁母亲不注意的时候，他会一个人像土拨鼠钻进院里的草丛中，用小手一把一把薅那些青绿的草叶儿，然后拿回来喂给牛皮纸盒里的小兔子吃。白小兰也嘱咐过弟弟，说只要好好喂养，用不了多久，小兔子就变得又肥又胖又可爱。兔子吃草的时候，弟弟就静静地蹲在一旁，两只小手托着肉嘟嘟的腮帮子，模样专注而又可爱，连谢亚军都觉得，弟弟简直像一个新社会的养殖能手了。

兔子每顿都吃得很多，也长得奇快，没几天工夫，就大了两圈，那只小纸盒明显装不下它了。这个早晨天将蒙蒙亮，弟弟一睁开小眼睛，就像往常那样爬起来，去瞧他的宝贝了。可是，纸盒子被撑得变了形，盒盖早已敞开了，里面除了一摊黑乎乎的兔粪蛋，却没了兔子的踪影。

弟弟哇地叫了一声，满屋满院地乱翻腾起来。他边找边不停嘴地喊，兔宝兔宝，我的小兔宝呢……母亲在床上迷迷糊糊张开一只睡眼，惺惺松松地催着谢亚军快起床去看看。谢亚军赶忙爬起身下床，弟弟已经哭得像个泪人了，清鼻涕直接渡过了黄河（嘴唇）。她看着又好笑又心疼，忙掏出手绢去给弟弟揩干净。

姐弟俩随后寻遍了整个院子，就是不见兔影儿。

弟弟始终哭闹得好凶，母亲怎么哄也不管事。有啥好哭的嘛，兔子尾巴本来就长不了，又不是你的东西。母亲只好这样劝说，算了，丢就丢了，这回倒省心了，还是把狗照顾好吧。弟弟却梗着脖颈儿嚷，不管，不管，我就要小兔宝嘛，你们赔我兔子。一面嚷着，又一屁股坐在地上，双脚乱踢乱蹬，耍起赖皮了。母亲见状也变了脸色，厉声喝道，你身上穿的是驴皮吗，一点儿都不知道爱惜，再要是弄破了，我可懒得给你缝！

谢亚军就怕母亲一大早发火，她一发火准会牵三挂四的，最后把父亲也扯进来。所以，她赶忙把弟弟从院里抱了起来，说，亚洲乖，姐带你去外面找兔子好不好？弟弟听了才稍稍安生些，却又趁机趴到姐姐背上，非赖着让她背上出门。

10

在这个宁静而凉爽的清晨，姐姐默默背着受伤后的弟弟，头一回这么早就走出了院子。

姐弟俩从辅街一路走到主街上，路过的所有的店铺几乎都门窗紧闭，每户人家的院里都还鸦雀无声，那些高出院墙的花果树的枝头，已经挂了沉甸甸的果子（苹果或鸭梨），露珠静谧地包围着一颗颗青绿色的果实。等走到那个葡萄架高高耸起的小院时，弟弟忽然从姐姐的后背上滑下来，说他想撒泡尿。姐姐就拿指头蛋轻轻戳了一下弟弟的额头，说真是懒驴懒马尿屎多，就示意他快去路边的树坑下解决。弟弟听话地褪了裤子照做了。

当她回眸凝视这个被翠绿的葡萄藤叶所覆盖的小院子时，心里忽然有几分说不出的怅惘，这种感觉来得毫不经意，却又猝不及防。她下意识地往前多走了几步，伸出手去试探着推了推那扇未涂油漆的铁皮院门。大门竟然吱扭一声，朝里敞开了，这个不久前她曾进去过一次的小院，就完全呈现在眼前了。

街门通向屋子的砖墁小道上，落了一层发黄的树叶；一个破破烂烂的旧脸盆，倒扣在屋墙根下；两只芦花鸡瑟缩在门槛旁，似睡非睡，白花花的鸡粪铺了一地；堂屋门框边挂一顶发了霉的旧草帽；一条晾衣绳上，吊儿郎当地搭着一条男式灰布裤子，两只裤脚都磨毛了边，屁股上的补丁又裂开了。一切都显得那么简陋和破败，没有女主人管顾的家园，到处都弥漫着荒芜之气。

她一边寻思，一边继续朝院里缓缓走去。唯独那葡萄藤果然长势疯野，卷曲的藤条竟然已经长长地伸出院墙了，仿佛在向客人招手致意。藤架下，垂悬着一串串晶莹剔透的绿葡萄，虽说尚未成熟，可亮晶晶的露珠均匀地分布在上面，倒也给这院落增添了几分少有的灵动和美妙。

她正盯着一串葡萄胡思乱想，堂屋的那扇木门却咣当一下洞开了，那声音来得突兀而又响亮，以至于惊得两只蜷缩成团的芦花鸡同时从门槛旁弹了起来，一面咕咕叫唤不休，一面歪斜着身子拍打翅膀，都仓皇地飞奔开去。她简直被眼前的情景吓呆了，丝毫没有防备，原本空空荡荡的院子，猛不丁冒出一个大活人来，早知会这样，就是打死她也不敢贸然进入。

好在，那个大活人也僵持不动，没有直接向她冲过来，而是木头人般愣怔在堂屋门口。继而，那人颤巍巍抬起一只黑脚片子，无聊地去踩磨另一只脚背，双眼却死死盯着院里的不速之客，好像站在面前的不是一个姑娘，而是传说中神秘莫测的外星来客。

四目相对。就在谢亚军进退两难不知所措的时候，身后却传来了一阵细碎的脚步声。她急忙求助似的转过头去，是弟弟，又不单单是他，弟弟的身旁又多了一个黑瘦的姑娘，活见鬼了，怎么是她？

白小兰正一手拽着弟弟，一手提着个满当当的小篮子，篮子里装着两只瓷碗什么的，上面都倒扣着菜碟，人一走动，那篮子就发出清脆的叮当声。谢亚军一时丈二和尚摸不着头脑，这么一大早，白小兰怎么也鬼使神差出现在刘火家的院子里？这是不是可以说，白小兰老早就知道刘火回来的消息了，也许是昨晚的事，也许更早一些时候，反正，对方一直都瞒着自己。现在，不用猜了，那两只碗里，八成是白小兰的母亲烧好的饭菜吧，她们娘俩是瞒着别人，悄悄做好事呢，看来他们都是一伙的。

　　谢亚军忽然觉得，今天的白小兰简直有点儿没心没肺，在自己面前竟然一点儿也不慌怯，恰恰相反，行为举止都自自然然，好像她俩事先早约好了，要在这个鬼地方见面似的。我、我老远就、就瞧见、见亚洲了，他、他说，说是跟、跟你找兔子。白小兰像平常那样，只顾结结巴巴地说着，我妈让、让我给、给刘火哥，送送饭，本来，我是、是想，早、早上去学校，再、再告诉你……

　　不知为什么，一股无名火陡然在胸口燃起，并迅速地窜遍了周身，血液都被它烤得快要沸腾了。或许，正是对方这种漫不经心又没心没肺的样子，突然激怒了她。谢亚军几乎不等对方把话说完，就狠狠地翻了白小兰一眼，然后，气冲冲地伸出手去，动作生硬地将弟弟扯到自己身边。

　　你这不争气的坏蛋，半天死到哪去了，还不快跟我回家，当心我告妈揍你！

　　亚洲多少有些怕了，孩子忽然觉得，姐姐今天的脾气好古怪，好霸道，简直就跟妈妈一样。

11

谢亚军并未急于将刘火回家的消息告知母亲。

事实上，她整个人都被刘火的模样搅得心神不宁。如果说此前刘火给她一种懵懂无知，又略带些顽皮不羁的感觉，而这次的见面，却注定要给她留下那种既乖戾又凄苦的深刻印象。所以，她始终在想，这个跟自己年龄相仿的少年，一定有过不同寻常的经历，这些日子他一个人四处流浪，内心肯定被恐惧和不安激荡着，因为他的眼神太复杂、太惶惑，又太敏感了。当然，还有一个人，更让她心情郁闷而魂不守舍。

那天早晨，谢亚军确实给白小兰发了一通脾气，几乎是立竿见影地表达了自己的不满。这事搁在谁头上都一样，本来她到这里就人生地不熟的，好不容易有了白小兰这样一个伙伴，不承想在关键时刻，对方竟然那样欺瞒自己，把她当傻瓜了。但是作为一个新朋友，她也压根儿没想到，自己那天会发那么大的火，脾气来得有些莫名其妙，简直都不像是她自己了。

接下来的好几天里，谢亚军也没有心情再去搭理白小兰，不是不想，主要是不知该如何面对她。尽管白小兰确实有自己的一番还算合理的解释，可她还是觉得别别扭扭的，有种被好友给玩弄的感觉。她甚至在想，自己也许可以原谅那个打伤了弟弟眼睛的家伙，却一时半会儿无法原谅白小兰。原因就在于，她心里最在乎的是白小兰，和她俩之间刚刚诞生的这种友谊。当你真正在乎一个人的时候，就会让自己变得有些神经质了。

花嫂又笑盈盈地来家里串门了。

其实，这个女人一进门，谢亚军便猜出几分，她准是为了刘火的事来当说客的。果不其然，花嫂先是拐弯抹角，东一句西一句跟母亲拉着闲话，接着又不厌其烦地关心了一通弟弟的伤势，好像她比谁都着急上火。当母亲回复说伤口长得还算好，只要以后眼睛上不留东西就阿弥陀佛了。对方听罢，马上换了一副嘴脸，几乎有些低声下气的。

花嫂说，我就知道，你们大地方来的人不一样，不像我们这小镇上的人，老爱记仇，赶明儿个我就让那坏小子过来，好好给你磕头赔礼。

直到这时，母亲才多多少少明白了一些，她不得不重新打量了一下这个有些絮絮叨叨的女人。你是说那孩子已经回来了？这种时候，对方也就不好再隐瞒什么了，倒是不好意思地点着头，表情怪怪地说，你大人大量，千万别跟那娃娃一般见识，我早替你狠狠地骂了他一顿，他也知道自己错了，后悔得跟啥似的……谢亚军觉得，母亲的脸色突然变得阴晴不定，她也许想说点什么的，可嘴角嗫嚅着，终究没能说出口。

这两天弟弟因为找不到那只小兔子，小脸成天皱巴巴的，活脱脱一个小老头样儿，除了没完没了地在家里嚷嚷闹闹，就是噘着个小嘴，都能挂住油瓶子，谁也不肯理。也许，白小兰的母亲瞧着弟弟可怜，便又走到他身边，蹲下身来小声嘀咕，你小兰姐姐已经给矿上的叔叔捎信了，让他下次回来时，再捎只一模一样的兔子给你玩。说着，轻轻钩了一下弟弟的鼻子。

弟弟将信将疑抬眼看看对方，暗淡的眼神渐渐活络起来，继而，兴奋得开始跳脚了，他死缠着花嫂开始问这问那了，是不是白色的小兔子，什么时候能捎来啊，明天行不行，后天呢……诸如此类。母亲听到耳里，突然起身，一手拉起弟弟就往里屋走，嘴里很生硬地咕哝道，亚洲你别那么缠人好不好，现在该上床睡觉去了……不是答应过妈妈，咱们以后不再养兔子了吗！

花嫂自觉无趣，就准备起身离开。临了，又扭头冲坐在桌边看书的谢亚军说，怎么，这两天也不上阿姨家去找小兰了？谢亚军迟疑了一下，低着头解释说，主要是功课紧，没顾上去呢。花嫂突然用手摸了摸她的肩膀头，语气不无沉重地说，小兰这孩子天生可怜，打小连个话也说不周正，这地方也只有你能瞧得起她。谢亚军心头忽然一沉，觉得被人猛不丁掴了嘴巴子似的，脸蛋顿时火烧火燎地难受。她终于明白了，自己真不该好端端地疏远小兰，要知道她是那么可怜。

花嫂没头没尾撂下这句话，便径直走出屋去了。院里立刻传来坦克那种火冒三丈的汪汪声。狗这东西疯咬起来，可真够烦人，好像天快要塌了似的。

谢亚军实在闷得慌，一个人悄悄溜到院子里透口气。外面黑漆漆的，唯独墙角那里闪动着两束泛绿的光，那是坦克正满怀期待地望着主人。她若有所思地走过去，在坦克身边默默地蹲了一会儿。这条大狗对她表现出前所未有的亲昵，虽然被那根结实的绳索牢牢拴着，可它依旧不遗余力地爬过来，把身体拉得扁长扁长的，活像一条可怜虫，湿凉的鼻头蹭着她光裸的脚踝，喉咙里发出呜呜呜呜的委屈声。

这种时候，谢亚军就能最大限度地闻到狗身上的气息，鲜活的带着怦怦心跳的皮毛味，她的心忽然就软了，失去自由后的坦克，吃喝拉撒全都在院墙下那个阴暗的角落里，要是换成一个人，八成早就彻底疯掉了。狗始终在拼命用力向她脚下爬动，可那绳子毫不留情地勒紧了它，使它永远也不能达到自己的目的，尽管她和狗之间只剩下不足一拃的距离，狗却始终无法逾越。囚禁真是种生不如死的苦难。作为狗只能苦苦挣扎，眼里全是哀求的神色。

半晌，狗见人有些无动于衷，只好又腾起身不甘心地蹲坐下来，两只前爪用力耙地，尾巴像鱼一样在后面甩来甩去，眼巴巴望着谢亚军，唯有舌头伸得老长，间或，发出呧呧呜呜的幽怨叫声。这种声音太折磨人了，她觉得自己不能再这样残忍，谁也没有权利这样残酷地对待一条家犬，不能成天把它拴在这里，就像它真的犯了十恶不赦的大罪，必须绳捆索绑等着受刑。

她又莫名地想起父亲离开时再三叮嘱过他们，要善待这条军犬。父亲说它比一般的人都警醒，过去在部队上立过功劳的，只是后来在一次执行任务中，不幸受了重伤才被迫退役的。父亲还说家里有坦克看护着，他在外面也就可以放心了。想到这儿，她急忙起身，快步走到拴着绳索的树坑前，俯下身来三下五除二解开了绳套，然后，就自作主张地牵着坦克，悄然走出了院子。

12

　　一旦来到外面，坦克便获得了空前的解放，毛皮不时地蓬蓬乱颤，四爪也飞燕般轻盈极了。可以说一路上，几乎都是这条大狗牵引着谢亚军不停地往前奔走。偶尔，狗也会稍作停留，警惕地站在路边，头颅高高耸立，两只耳朵倏地乍起。不远处谁家的狗漫不经心地叫了几声，让这朦胧的夜色突然变得开阔而又深邃，迷茫而又陌生。像所有的狗那样，坦克也会适时地跟着叫上一两声，汪汪——，汪汪——，仿佛很深情地在跟那边的狗对话。

　　这种时候，谢亚军才发觉这片地方简直荒凉得有些瘆人，周围影影绰绰的几处零星的灯火，乍看之下，简直犹如鬼火在幽幽跳动，而更远处的地方却一片漆黑，黑到了极致，像是到了世界的尽头。唯独自己头顶上显得璀璨异常：那是点点繁星在高远处闪耀，它们太稠密了，几乎密密麻麻的，压得地上的人快透不过气来。

　　她心头不由得一阵潮涌，有如在无尽的沙漠中发现了一片水草肥美的绿洲，冥冥中，她觉得老天真是有眼呢，竟恩赐给这片荒凉土地如此繁密明亮的星辰，否则，生活在这里的人们，夜间简直像是待在地狱里。星光仿佛点燃了想象，而想象又唤醒了沉睡的心灵，也带给了她一线希望，她任由坦克牵引着自己，在这无边无涯的莹莹辉光映射的星空下踽踽而行，竟不知不觉走过了高耸夜空的老榆树，转眼走出了镇街，一直走向西面那片黑黢黢的杨树林。

哪里料到，她一只脚还没踏进树林，坦克就失去理智般地吠跳起来，动物最原始的凶猛，在黑夜中通过那条绷紧的绳索立刻传入她的体内，手里的绳子已被狗扯得死紧死紧，几乎勒进了她的皮肉深处，绳子快要断开了似的，手心早已火辣辣一阵剧痛。她顾不得疼，整个人也跟着狗警觉起来。坦克那黑黝黝的鼻头，正冲着树林深处猛烈翕动，也许是星光的缘故，几颗露出的牙齿几乎亮得像锋利的锯齿。她一连叫了数声坦克的名字，希望它别那么用力拽绳子，因为，她手劲儿实在太小了，狗拼命往前冲撞的蛮力，是她无法控制的，眼看快要将她拉翻在地了。

忽然，一团什么东西，一下子就从林中猛窜出来，几乎同时，坦克已决绝地挣脱了谢亚军手里的绳子，不顾一切地迎头扑将而去。她的耳膜立刻被家犬怒不可遏的叫声震住了，这突如其来的吠叫声里有坦克的，还有她所不知道的另一条狗的，也同样的震耳欲聋，同样的凄厉狂躁，她从来没有这样身临其境地观摩野性之间的对峙与疯狂撕咬。她吓得浑身乱颤，嘴巴不听使唤，喉咙里被什么东西攫住，想张嘴喊叫，却发不出一丝声音，恐惧完全占据了她的身体。也就是千钧一发之际，猛然间，又从林中飞奔出一只瘦长的黑影，同时一个略带沙哑的男声陡然响起。

听话，大黄蜂！快给我回来！当心我收拾你啊！

也许是夜色掩映的缘故，也许是今夜的星辉太过明亮，这声音就如同一股清风忽然响彻林间，甚至带着嗡嗡的扩大了无数倍的回音，一股脑儿钻进谢亚军的耳朵里。她恍惚觉得，自己像是身处方圆百里的深山幽谷中，不知天上人间，不知今夕何夕，就那么一个人孑孓而孤立着。好在，那通呵斥声奏效了，那条浅色的大狗已经乖乖地回归主人身边，只是喉咙里还发出不满不服的哼鸣，似在抱怨什么。

她见状也急忙大声呼喊坦克。父亲教过她和弟弟，呼叫军犬口令要简练清晰，回来，坦克！回来坦克！果然，这条狗还算懂得服从命令，但它并不是立刻掉头往后跑，而是压低自己的头颅，谨小慎微却又虎视眈眈冲着敌方那边，一步一步缓缓后撤。她等坦克终于退回自己身边时，赶忙低头捡起拖在地上的一截绳头，并来来回回在自己手上套了好几圈，唯恐这只狗再次挣脱。

尽管险情已被解除，可她仍旧余悸未消，感觉心跳突突，手心发烫，火烧火燎的，但她顾不上察看自己的手，因为对方正一眨不眨地盯着她看呢。这种时候，两条狗也各自蹲守在自己主人身旁，一副不依不饶伺机而发的仇敌模样。

直到这一刻，她才依稀看清对面那个人，怎么说呢，他的样子再也不是课堂上坐在自己身后的调皮男生，也不是那个很唐突地冲她问无聊问题的刘火，他更像是一个孤独而落寞的流浪汉，一个无家可归的少年，一个只能跟自己的大狗相依为命的穷光蛋。

喂，黑灯瞎火的，你为啥一个人跑到这儿来？她终于忍不住向他发问了，口气多少有些生硬和胆怯，但质问的架势毋庸置疑，好像她才是这个领地唯一合法的主人。也许，她最该问的问题是，你为啥要打伤我弟弟，可她没有。

对、对不住，我、我，我那天不、不是故意的！对方似乎猜透了她的心思，尽管完全所答非所问，却又是她最想听到的道歉。他一定紧张极了，一张嘴便语无伦次，甚至磕磕巴巴的。她在黑暗中忍不住抿嘴一乐。

奇怪，这种毛病也会传染吗，你吃了人家的饭，就变得跟白小兰一样结结巴巴的了？说完，她自己竟咯咯地坏笑了起来。

对方想必已是面红耳赤无地自容了，她觉得自己好像有些过分，因为她又看见他尴尬地翘起一只脚脖子，在另一只小腿杆后面来回磨蹭，那样子有点儿金鸡独立，既窘迫又滑稽。与此同时，他的一只手也在后脑壳上抓来挠去，显得那么懵懂无知，又憨态可掬。他这样一蹭一挠，她忽然觉得，他整个人一下子变回到原先那个少年样子了，她甚至感到这家伙其实很好玩，甚至有点儿呆傻。

喂，那天你为什么要逃跑？

我、我，我——怕——怕，反正都是我的错，我该死。

毛主席教导我们，知错能改就是好同志！

我向毛主席发誓，以后再也不会跑了！

那就是说，你以后还会干坏事喽？

不、不、不是的……

刘火同学，你还没有老实交代，为什么偷偷摸摸躲在这树林里，难道是来搞破坏的？

不是，不是，我就想带大黄蜂来遛遛，回家后一直把它锁在一间小黑屋里，生怕它乱叫，这两天可把这家伙憋惨了。

哦，原来它跟坦克同病相怜呀，其实，我妈也不许我和弟弟把坦克放出来，怕坦克老惹祸。

谁是坦克？

真笨，当然是狗了，难道是你？

你是说这家伙叫坦克？

对啊，因为它以前是条军犬嘛，我爸说它可是立过赫赫战功的狗英雄呢，可后来好像受了什么伤，不得已退役的。

难怪它样子那么凶！对了，你弟弟的眼睛，好点了吗？

应该没事，就快全好了。

我、我想当面给他赔礼道歉。

这还差不多，不过，我妈好像还很生气呢。

那就让她骂我好了，就算挨一顿打，我也乐意，真的！

看不出来，你这个人还很勇敢！

他俩你一句我一句，说了好一会儿话，其实多半都是她问他答，气氛倒是越来越缓和融洽了，她也多少了解了这个少年的些许身世。

刘火是老刘家三代单传的独子。

他基本上算半个孤儿。

他母亲很早就离世了。

现在连他父亲也不知了去向。

这世上除了父亲，只有那条黄毛大狗是他最亲的伙伴。

就在无知无觉间，两个人不知是谁率先往前走了一小步，或两步，距离一下子缩短了，说话声也渐渐低沉下去，最后变得有些窃窃耳语，像久别重逢的好友在随便聊天。

至于那两条狗，起初它们还互相警惕地观望着，目光有些疑神疑鬼，嘴爪跃跃欲试，可没过多长工夫，它们就默默地相互靠近了，开始轻轻地试探着嗅吻对方的身体。狗的世界不像人，它们靠的是嗅觉来分辨彼此，认同彼此，这种分辨一旦达成共识，就像是人和人之间气味相投了，可以化干戈为玉帛，可以睦邻友好，从此不离不弃。

13

　　每当镇上的孩子感到百无聊赖了，就会在傍晚时分三五成伙地纠集起来，热热闹闹地玩一阵体力上的赛斗。

　　通常，孩子们会分成两拨人，一拨人由刘火牵头，另一拨由骡子带领，他们先以顶牛开始首轮赛事。即双方一对一地进行那种单腿直立，互相以抱起的膝盖，去撞击对方身体，败落的一方将受到集体性的惩罚。惩罚的方式也被叫作叠摞子，就是大伙儿要依附着一棵树，排成很紧凑很结实的一道人墙，第一个人双手抱树站立即可，后面的人需要搂住前面那人的腰部，脑袋紧贴在对方的胯骨一侧，这样一个一个串联起，形成一匹高头大马。先前的顶牛胜利方也要排成一队，每个人都要隔老远就开始助跑，快速冲向那道人墙，而且，还要仿效运动员跳鞍马那样，准确无误地跨到那堵人墙上，前面的人一旦骑稳了，后面的人要陆续跟进，直到全部骑上去为止。这个过程里，下面的人须得坚持一分钟，游戏才告结束。假如时间不足六十个数，下面的人墙就轰然倒塌，那还得请上面的胜利者重新骑跨一次；相反，骑在上面的人没能坚持够一分钟，有人便不慎掉落马下，也得反过来接受对方的一通骑跨。

　　谢亚军头一次关注男孩们的这种喧闹的游戏，还是因为坦克。

　　那些日子，她经常会在晚饭以后牵着大狗，去杨树林里溜达一圈，而往往此时，刘火也老早就带了大黄蜂守候在那里，彼此心照不宣。

　　自从那晚他俩在杨树林里不期而遇，两人的关系已经发生了微妙的变化，她已不那么仇视他了，她发现少年刘火其实是一个憨厚诚实的人，至少他敢于承认自己犯下的错误，不会自欺欺人。接下来几天，他们都会心领神会地带上各自的家犬，愉快地去那边散步聊天。在静谧的林中，他俩总是漫无目的地走来走去，踩得脚下的树叶沙沙响。或者，说一些无关紧要的话，刘火会随手采摘一捧九月菊或蒲公英送给她，花的香味总是让姑娘着迷，而弥漫在林中潮湿清新的空气，更让人心旷神怡。不知不觉，那夜幕就徐徐地垂悬下来，星星早缀满了夜空，世界突然变得寂静无声，两个人甚至能听清彼此的心跳声了，他们也会因此而感到某种美妙的惊讶，感到那股淡淡的忧伤，仿佛已到了世界尽头，到了地老天荒。

　　至于那两只大狗，则一路走走停停，互相碰碰鼻子，嗅一嗅对方，时不时也会发生一些小分歧或小摩擦，彼此佯装生气地汪汪两声，些微地龇一龇牙，但再也不会发生那类过激的咬斗，好像很快就淡忘了小小的不愉快，又兴高采烈地把主人带向更远处。这种时候，刘火很少主动开口，多半是她在随意提问，他一本正经地来回答。有时，谢亚军会忽然问到一些让他很难启齿的事情，比如有关他父母亲的事，他总是讳莫如深，尤其是一提及母亲，他的情绪立刻会有很大的起伏，好像她不经意间触动了他心中那块壁垒，过去的伤口又开始悄悄滴血了，让他几乎就要翻脸发怒的样子。不过，更多时候他会选择沉默，或者，干脆迈开大步走开去。她也由此真切地意识到，这个过早失去母爱的男孩，内心世界其实相当脆弱，他需要别人的理解和关爱，同时，似乎又害怕被人打开那扇尘封已久的记忆大门，这反倒更加引起她对他的好奇和好感。人和人之间的关系本来没有那么复杂，开诚布公是最好的润滑剂。

　　奇怪的是，这天傍晚，谢亚军赶到那边的时候，却始终未见刘火的影子。坦克半天见不到大黄蜂到来，似乎也有几分失落，它跟丢了魂似的，在林中嗅来嗅去又寻寻觅觅，时不时冲着远方张望一会儿或吠叫两声。她终于郁郁寡欢地掉转身子，淡淡地对坦克说，别乱跑了，咱们还是回家吧。往回走时，她的心情有些复杂，说不上是失落，还是别的什么。那种心照不宣的约会，一旦被单方毫无缘由地破坏了，内心势必会产生一丝焦躁和怨怼。

　　但是，未等她走到镇街那棵大榆树跟前，就被一片聒噪声惊扰了。坦克马上警觉地汪汪起来，暮色中人影在剧烈晃动，像是被风吹动的一排排矮树。起初，谢亚军并不知道那些人在做什么，只见一群半大孩子，疯狂地朝大榆树跟前奔跑，然后大声叫嚷着跳将起来，恶作剧般骑压在另一群人身上了，因为对方正在嗷嗷怪叫，说不出是欢乐，还是痛苦。

　　她压根儿没有料到，坦克突然就冲向了黑乎乎的人群，冲向了其中一个正在健步如飞的黑影。那黑影即将跨越目标的一刹那，坦克却热辣辣地高高举起前爪扑了上去。她已经来不及叫住自己的狗了，狗的性情总是令人难以琢磨，可以说它们对这个世界充满好奇，又喜欢我行我素。她吓得捂住了嘴，以为坦克突发神经，会毫不客气地将那个人抱住撕咬一通，完了，真要命，这下可要闯下大祸了！她的神经确实紧张到了极点。

　　事实上，什么也没有发生。她那颗提到嗓子眼的心儿马上平复下去，取而代之的，是一种因大伙儿的嬉笑声而袭来的阵阵羞赧。

　　那个被坦克激情澎湃地纠缠住，并伸出热乎乎的舌头一通嗅吻的少年正是刘火。游戏正酣的伙伴们一开始完全被怔住了，有人吓得几乎拔腿欲逃，但他们很快就明白了，这条大狗跟刘火关系亲昵，继而，又注意到站在不远处的那个用手捂住嘴巴的姑娘。于是，所有人的目光同一时间聚焦到谢亚军的身上，就像一群馋嘴的野猫，看到了梦想中的小鱼儿，目光上上下下肆意扫视着。

这些家伙看着看着，忽然就恶作剧般嬉笑起来，尤其是那个跟刘火年纪相当，绰号叫骡子的笑得最为夸张，他还灵机一动，临时编排了几句顺口溜，就带头在人群中戏谑起来：

> 小媳妇，穿红袄，
> 骑上驴，来过桥，
> 遇见狗，跌一跤，
> 一把鼻涕一抹泪，
> 嗷呜嗷呜真好笑！

嗷——呜呜——呜呜——呜……一伙人都扯着嗓子学起了驴叫。

谢亚军从来没见识过如此粗鄙混乱的阵势，也从来没听过这种无聊俗气的起哄，一时臊得脸烫心跳，无地自容了。刘火刚刚被那突如其来的大狗搅扰得心神不宁，早无心游戏，一不留神就从"马背"上跌落下来。这样一来，他的玩伴们也都跟着一个个跌落，整个场面顷刻间失控了，由骡子牵头的一伙人，反倒乘机叠罗汉似的去猛压刘火他们，下面的身体就被压得哇哇怪叫，上面的身体更加作威作福，乐不可支，骡子更是不无得意地带头欢呼胜利。

刘火好不容易从歪歪扭扭的人堆里挤了出来，却发现谢亚军已经转过身，头也不回地一路跑开了，坦克意犹未尽地跟在她后面。这时，骡子却抓住时机，没完没了拿刘火取乐起来，喂，刘火还不快去追呀，你家的小媳妇都让你给气跑了。刘火没好气地回道，谁是我媳妇，再敢胡诌我揍你！骡子依旧胸有成竹地大声嚷着，你敢说她不是你媳妇，那你咋见天陪着人家钻树林子？刘火一时理屈词穷，不知该怎么解释好了，脸颊已臊得通红通红。

　　那骡子见状，更是添油加醋地对一旁的伙伴们讲，你们都还不清楚吧，刘火这小子挂上那个城里来的小妞了，他俩见天去钻西面的杨树林子，鬼才知道在那里头搞啥名堂呢。一时间，所有在场的孩子都惊得目瞪口呆，但很快他们就换上另一副惯于幸灾乐祸的嘴脸，个个都在不停地坏笑，做鬼脸，啧嘴皮子，使劲儿打口哨。

　　刘火觉得实在无聊，正要低头走开，骡子却又不无得意地挡住他的去路说，看吧，看吧，你这就叫做贼心虚吧，我就知道你跟那城里丫头没干好事，这回让我说中了吧！刘火暗暗攥紧拳头，忍了几忍，对方那副嘴脸越发张狂得意，实在是让他忍无可忍了，他才猛地朝这个多嘴多舌的家伙奋力捣了一拳。不偏不斜，骡子嘿嘿怪笑着，丝毫没有防备，正好被击中鼻梁骨，一股鲜血赫然喷出鼻孔。骡子歪着脖子龇着牙，用手背揩了一把血迹，嘴里吱吱尖叫着，像只恶狗一样不顾一切地反扑过来。

　　于是，这两个人便你一拳我一脚，彼此纠缠在一起，旁边的人再度跟着嗷嗷起哄，摩擦骤然升级了。在场的伙伴们认为，刘火和骡子结仇，都是为了一个城里丫头。还有人说，其实骡子这家伙早就垂涎上那个文文气气的小姑娘了。

14

　　有相当长的时间，谢亚军再也没去那片杨树林散步了。倒是一到黄昏时分，坦克就开始急得抓耳挠腮，拖着那根结实的绳索，在院墙根下来回走动，汪汪乱叫，简直如坐牢一般。

　　其实，谢亚军的内心并不比坦克平静多少，但她究竟是个姑娘家，母亲也是三天两头在耳畔敲边鼓，说没事别总往外面瞎跑，这镇上没一个看得顺眼的人。她总是觉得，母亲很有些危言耸听，可一想起那群顽劣不羁的少年，和他们煞有介事地冲她胡乱叫唤，她就不由得望而却步了。她的性格绝不属于那种逆来顺受的，相反，敢说敢笑，天马行空，甚至我行我素，倒是更符合她些。小媳妇，她这辈子还是头一回听到，觉得又刺耳又滑稽又丑陋，谁是小媳妇？她才不做什么荒唐的小媳妇呢！这群荒蛮小镇上的屁孩知道什么?！理智下来的时候，她可以完全不在乎这些东西，可也有那种莫名其妙的时光，当她独自陷入幽暗的角落里沉思默想，这种奇怪的称呼就落到她头上，像一记神奇的魔咒，让她怎么也快活不起来，真是活见鬼！

　　就在谢亚军闭门不出的日子里，一股比秋老虎还要灼烫的浪潮，顷刻间就铺天盖地席卷了这个原本偏僻宁静的小镇。

　　镇上的养殖场、卫生所、国营饭馆、生资日杂铺、粮油店、汽车站的职工，纷纷举行誓师大会，就连镇中心学校的师生们也都排着整齐的队伍，雄赳赳气昂昂走上街头，大伙儿扯着嗓门喊了一上午口号。

镇上要求每户至少要出一名精壮劳力，统一派到工地上去搬石头、背沙子、和水泥，上面给每个人一天配给半斤口粮，说是一定要赶在今冬明春之前，把那条拦河大坝修筑起来，因为他们要用它向即将到来的国庆节献礼。五尺铺镇所辖的各个社队约莫上千人，便潮水一般从四面八方涌上大路，浩浩荡荡朝着几十公里外的河湾工地进发了。人们背着铺盖卷，腰间斜挎着水鳖子，肩头扛着铁锹或洋镐。走在队伍最前面的人，还高举着一面鲜红鲜红的旗子，旗面上用油漆新刷写了"发动群众向水要粮"的金黄色标语，风一吹，扑猎猎直响。

这种时候，左邻右舍才发现，刘火爸爸还没有回来的迹象。有人说，那天刘火爸爸往镇子西南方向走下去，一直走进毛乌素沙漠里迷了路，结果让沙子给活埋了；也有人说，他根本没去过什么沙漠，而是进了镇子西面的大山里，在山中遇到了饿狼，狼把他给吃了；还有人说，他是让一辆大卡车拉到山里炸石头去了……总之，谁也说不清楚这个男人究竟去了哪里。

少年刘火倒是意气风发得很，他挺着一副鸡胸脯，对上门来搞动员的工作干部说，我爸还没回家呢，要不，你们就让我顶他，去工地参加劳动吧，我身上有的是力气呢，让我干啥都成。

穿四个兜的工作干部，背着双手在他家屋里转了一圈，径直来到院子里，然后探头探脑地瞧了瞧刘火家那架葡萄，随手摘了一颗塞进嘴里，嚼了一口，酸得直龇牙，忙又呸啊呸地吐到地上，绿汪汪一摊，像刚拉下的鸡屎。工作干部这才抽着腮帮子说，这些葡萄就快熟了，到时候你把这些好东西全部摘下来，都送到工地上，给大伙儿尝个鲜，就算是你为大坝建设出力了。

按照规定，这次花嫂也得上工地，理由是她家男人不在镇上工作，而拦河大坝修好了，那可是造福全镇人民，大伙儿都要沾光得实惠的，花嫂家当然也不例外。花嫂就哭丧着一张脸，跑到谢亚军家里诉苦，你说说看，我的命咋这么苦啊，人家都是大老爷们抛头露面干力气活儿，可我一个女人家，还得受这号罪。谢亚军的母亲不用上工地，因为她的丈夫几个月以来，整日整夜都奋战在施工第一线，而且，人家男人还要负责指挥工程和管理建设队伍，这样的人才在镇上怕是打着灯笼都找不到第二个。花嫂羡慕得一个劲儿咋舌。

学校里的老师多半都被抽去参加劳动了，学生们也就基本上无课可上。大伙儿到了班里不用温书，成天无聊得瞎哼哼，到处都像落满了苍蝇闹哄哄的。还是高年级的学生思想活跃，班干部们凑在一起商量，说老师们抽调去劳动，学生们也不能闲着，干脆组织一批有文艺细胞的骨干，到工地上去表演节目鼓舞士气，这样也算是为伟大的大坝建设添砖加瓦了。

果不其然，一呼百应。

初中班的学生一个个摩拳擦掌，平时能歌善舞的人，都被临时发动起来，开始排练了，什么独唱、男女声二重唱、小合唱，还有三句半和快板书，一个个踊跃得不得了。谢亚军普通话讲得最标准，大伙儿就建议她来担任这次演出的报幕员。她当然极其爽快地答应了，因为只要能到工地上，就能见到自己朝思暮想的父亲了，这让她激动不已。所以，她又自告奋勇，说到时候她还要朗诵那首家喻户晓的《忆秦娥·娄山关》：……雄关漫道真如铁，而今迈步从头越，从头越，苍山如海，残阳如血。每每读到最后两句，谢亚军都感到浑身上下一阵战栗，诗中的豪迈气势几乎将她整个人裹挟住，让人不能不感到激情澎湃，而她也最最向往那种苍山和残阳共存的辉煌景致。

谢亚军一个人在教室后面反复练习朗诵的时候，白小兰总是眼巴巴地回头凝望着她。其实，白小兰也很想跟谢亚军一起参加的，可她知道自己的短处，朗诵，这辈子怕是都跟她无缘了，她能把一句话说完整，那就谢天谢地了。不过，这并不影响白小兰喜欢听别人朗诵，尤其是谢亚军字正腔圆抑扬顿挫的声音，总是让她听得那么着迷，甚至热血沸腾。

同样着迷的，恐怕还有另一个人。刘火跟白小兰的感觉多少有点儿不同。他是个男孩子，十二三岁的男孩子对一个姑娘原本就有那种很微妙的感觉。白小兰对谢亚军那是又佩服又喜欢，到了刘火这里，好像就变了味，他说不清楚自己是佩服还是喜欢，也许二者都有，也许又都不是，他只是对她感到好奇，感到新鲜，感到神秘。怎么说呢，只要谢亚军一出现在面前，他立刻就变得那么谨小慎微，甚至谨慎得都有些自卑起来。比如，他以前说话从不结巴的，可在谢亚军跟前，真是活见鬼了，他的喉咙忽然就跟病了似的，舌头像打了个结，都不听他使唤了，说起话来吞吞吐吐，甚至磕磕巴巴，连他自己都感到好笑和绝望。

15

约莫一个礼拜后，由二十一人组成的学生文艺队，就要步行到工地上慰问演出了。

谢亚军从柜子里挑出自己平时最喜欢的那件连身裙。母亲在一旁拿鼻子哼了一声，说，臭美，不就是个报幕的嘛，穿那么漂亮干什么，你还是穿白衬衣和蓝长裤比较好。她不理睬母亲，自己对着挂在墙上的那面镜子，端端庄庄扎了马尾，还用雪白的手绢扎了漂亮的蝴蝶结。这种白蝴蝶结，在镇上只有她一个人这样扎。

母亲又开始嘟囔，那么老远的路，你们真是瞎胡闹，我敢打赌，走到中途半道就走不动了，有你们这些娃娃哭鼻子的时候。

妈，你怎么满脑子都是资产阶级的懒惰思想？

这次，谢亚军终于忍不住开口还嘴了。

工地上那么多人，不都是那么走着去的，难道我们学生就比他们脆弱，腿比他们短一截？你别忘了，毛主席教导我们，革命不分先后，更不分男女老少，团结就是力量！

她简直说得慷慨激昂头头是道，母亲一时无言以对了，也不知道女儿哪来的那么多大道理。

弟弟却不管三七二十一，硬是死皮赖脸地缠磨过来，抱住谢亚军的一条腿半天不肯撒手，说什么也要跟她一起出去玩。她没好气地胡乱支吾了两声，弟弟依旧不依不饶，她只好向母亲求助。

妈，你能不能把这小东西弄开，人家该迟到了。

母亲便冷冷地说，亚洲听话，姐姐可不是去玩，她是要去那边受罪的。小家伙根本听不进去，死活抱紧姐姐的腿，说他也要去受罪，母亲听了又好气又好笑，最后硬把他给抱开了。

谢亚军觉得，母亲总算是干了一件利国利民的大好事，就兴高采烈地把家里那只军用水壶斜挎在左肩上，又将早就洗得发黄的书包也挎在右肩上。这样的装备让她觉得，自己活像个即将奔赴战场的年轻女战士，镜子里的那个人简直有点儿英姿飒爽了。

照完镜子，她又随手在书包里塞了条擦脸毛巾和更换的衣裳，然后回转身，对着母亲双脚突然并拢，立正，敬了一个像模像样的军礼。

家长同志，如果没有其他指示，本报幕员现在要出发了！

母亲就一愣，真被女儿这种怪样子给怔住了。

记着，见了你爸，催他快回家一趟，你就说我生他气了，说他是天底下最大最大的骗子。

妈，你真是一派胡言，我爸可是大坝工地的谢工程师，是革命干部，可不是什么大骗子！

说完，她又冲母亲吐了个粉红的舌尖，便飞也似的冲到外面去了。

母亲佯装生气地追到门口，冲她的背影自言自语，你和你爸一样，全都是没良心的，说走就走……

队伍已经在家门口等了半天了。谢亚军刚钻进他们中间，大伙儿就迫不及待迈开大步前进了。前面有人领头唱起了少先队队歌，起初歌声十分嘹亮，唱着唱着，就有些变调了，拖拖沓沓的，你一句我一句，七上八下，稀里哗啦，唱到最后干脆个个都偃旗息鼓了。

这时，谢亚军无意中一回头，就瞧见白小兰正形单影只地站在路边的一小片树荫下，翘着双脚朝队伍这边热切地观望呢。谢亚军稍微犹豫了一下，赶紧离开队伍朝那边跑过去。

白小兰看见她过来了，忙从裤兜里掏出一只雪白雪白的圆玻璃瓶，说，这、这是，是、是我妈的，雪、雪花膏，她走、走得急，忘、忘带了。谢亚军有些好笑地接在手上，你就为了这事等我，可真有你的呀。

没等谢亚军说完，白小兰又跟变魔术似的，另一只手里又捧出一块崭新的手绢，图案是兰花草的那种，叠得四四方方的。白小兰说，这、这个，送、送给你用。谢亚军看看手绢，又瞧瞧她，竟不知说什么好了。白小兰见她无动于衷，就一把拉过她的手，把兰花草图案的手绢款款放在她手心里了。

谢亚军心头一热，这才把两样东西都小心地塞进自己的书包里，又在白小兰的鼻子上拿手指轻轻钩了一下，说，真有你的。白小兰的脸红扑扑的，好像刚刚干了一件惊天动地的大事，那些顽固的小麻子星星点点好似天幕上的繁星。她朴实的样子实在让人忍俊不禁。看来，她在太阳地里已经站了有一会儿了，又被谢亚军这么不经意一钩，反倒两腮起了潮红，害羞似的低下头去。

谢亚军忽然想起了什么，忙说，小兰，我走后你要多去家里，陪陪我弟弟，小家伙一个人也怪可怜的。

白小兰听了，使劲儿冲她点点头，一副绝对保证完成任务的光荣样子。

16

　　白小兰再去找亚洲的时候，刘火恰好从街边踽踽走过。

　　街上到处都显得空荡荡的，好像连平日那些叽叽喳喳的麻雀，也都飞到遥远的工地上凑热闹去了。白小兰觉得这个世界忽然变得好生奇怪。

　　她看见刘火就那么郁郁寡欢地跟在大黄蜂后面，不紧不慢走着，便快步赶上去跟他搭讪。刘、刘火哥，你、你不跟、跟，他、他们一起去、去工地？刘火好像压根儿没听到她的问话，继续满腹心事地往前迈步，倒是大黄蜂很有礼貌地回过身，定定地望着白小兰，狗眼里的那个小人儿，好像变成另外一个人。她总是觉得这狗有时比人都体贴，最懂人的心思。于是，就上前去俯下身子，亲昵地搂了搂狗的脖颈儿，又轻轻拍拍它那硬邦邦的脑门，狗一动不动地享受着这份善意。

　　刘火忽然对她说，你能把谢亚军的弟弟叫出来吗？

　　白小兰迟疑地问道，你，你叫他，干、干啥？

　　对方没有立刻答复，而是朝着谢亚军他们队伍离去的方向使劲儿张望了一会儿，才扭回头有些不耐烦地问白小兰，你就说，行还是不行？

　　白小兰的手猛地缩回来，因为大黄蜂开始温柔地舔她了，她确实很喜欢这条大狗，可她又不大习惯自己被狗舔得湿乎乎的样子。她不再想跟刘火多说一句话，她说的话他从来都是半听不听的。她想，也许，他是打心底里是瞧不起自己的，嫌她脸上有好多小麻子，说话还老结巴，给他丢人。于是，她就默默低了头，一步一步朝谢亚军家去了。

亚洲的眼伤基本长好了，纱布也让大夫给拆掉了，小孩子恢复起来就是快。幸好，那只眼球晶体上并未留下一丝一毫划痕，这让做母亲的悬了很长时间的一颗心，总算囫囫囵囵又咽进肚里，至于眼角边上些微的痕迹，时间长了自然也就淡了，不必太担心的。

今天白小兰一来，亚洲立刻像见了大救星似的缠上她了，嘴里叨叨说，姐姐最坏，只顾一个人去外面玩，不带他去。白小兰忙给小家伙宽心，说姐姐可不是去玩的，他们是给建筑工人们慰问演出去了，又说，自己现在就可以带他到外面玩一会儿。

可巧这阵母亲正被亚洲闹得心神不宁，见白小兰说得诚心诚意，当即就点头应允了。邻居花嫂在上工地劳动之前，倒是给谢亚军的母亲托付过，说她家小兰一个人在家，有点儿不放心，请她好歹给关照关照。于是，谢亚军的母亲就说，别玩得太久了，反正亚军也不在家，晚饭你就来阿姨家，咱们仁一起吃吧。

这个明亮的下午，白小兰紧紧拉着亚洲的小手，两人一起去了那家生资日杂铺。从里面出来的时候，男孩的腮帮子就一鼓一鼓地动起来，嘴皮子也喷得吧唧吧唧响，一股股清澈甜蜜的水果糖汁，正源源不断地钻进孩子的喉咙和胃里。这感觉真好！

自从来到这个小镇，男孩已经很久没怎么好好吃过一次甜糖了，现在他嘴里含着一块琥珀色的糖块，裤兜里还有九块没剥去包装纸的，这十块糖将伴随他度过很长很长的一段甜美时光。孩子始终将小手插在裤兜里面呵护着，生怕糖果们会不小心跑丢了似的，这些虽然不是什么上好的大白兔奶糖，可已经让他喜出望外了。

转过冷清清的街角，白小兰再次瞧见那条大黄狗，就那么忠实地蹲在街对过，舌头伸出老长，呼哧呼哧冲她这边喘着热气；狗旁边浓浓的树荫底下，有只瘦长的人影正一动不动盯着他们。

不知为什么，白小兰突然就有点儿不喜欢那个人了。不，简直就是厌恶，要不是他，这个小家伙的眼睛会很漂亮，长大了一定是个美男子。可是，现在她都不敢长时间注视那只受了伤的眼睛，尽管伤疤退却，可眼角附近依然留下星星点点的印记，这总让她感到心惊肉跳，她不明白自己为什么会那么在乎这些，就像她莫名其妙地在乎谢亚军一样，爱屋及乌吧。反正，她就是不愿意看到谁伤害谢家姐弟俩，那样的话，就等于伤害了她自己，她绝不答应。此刻，她装作什么也没看见，急忙拉起亚洲的小手快步走开。

刘火到底还是从后面追了上来。亚洲一看见那条大黄狗，顿时吓得直往白小兰身上紧贴。

你，你想干、干啥，快把、把狗，弄、弄开，当心吓、吓着孩子！

白小兰一边拿身体掩护亚洲，一边很不客气地说。

刘火白了她一眼，又冲狗打声呼哨，大黄蜂就原地趴了下来，他径自走到小男孩身边，弯下腰去盯着对方的眼睛，仔细地看了又看，当他伸出手去想摸一摸那张圆脸蛋时，亚洲突然哇的一声哭开了。

孩子的哭声猝不及防，小嘴巴张得老大，嘴里的糖块都要顺着眼泪和鼻涕淌出来了。刘火的手就硬石一样停在半空中，孩子一定很怕他，那一弹弓让他变成了惊弓之鸟。

白小兰见状，猛地用力推开刘火，眼里全是愤然和抵触，随即，她蹲下身去，把亚洲搂在自己怀里，像母鸡护崽似的，搂得紧紧的，生怕对方会抢走孩子似的。不、不哭，亚洲最、最乖，最、最听姐的话。哄完孩子，她又义正词严地对刘火说，你、你快走、走开，别、别碰他，好、好不好？刘火觉得，白小兰今天的情绪很有些不可思议，这个平日里口吃严重的姑娘，此刻的口气竟那么坚定有力，好像她是这个男孩的亲姐。

　　于是，刘火尽量放缓语气说，小兰，你别那么紧张好不，我没别的意思，就是想瞧瞧，他的眼睛好了没好，还有这个……他一面说，一面伸手去兜里摸索着什么东西，你看，我是想把它送给亚洲玩的。说完，他真就把自己亲手做的那把漂亮的弹弓大大方方递到亚洲面前了。

　　孩子起初还相当警惕，一个劲儿瑟缩在白小兰屁股后面，等见到那把神气十足的弹弓之后，情况就大大改变了，他开始死死盯着梦想已久的玩具，眼睛里流露着那种十分艳羡的光芒。亚洲当然知道这东西有多好玩，他早就想拥有一把了，可是爸爸总是太忙，又常不回家，至于妈妈和姐姐，根本不要指望能给他制作的。白小兰也看出了刘火的诚意，就有些尴尬地抿了抿嘴唇，半晌欲言又止。刘火早趁机往亚洲身前移了几步，你想不想要？想要就拿去玩吧，算是我给你正式道了歉了。

　　直到此刻，白小兰那颗悬着的心才算回到嗓子眼里。她忽然觉得，自己以前熟悉的那个刘火，突然间变成另外一个人了。怎么说呢，以前这个男孩行事说话总是又生硬又冷漠，从来也不在乎旁人的感受，她也总在心里为他感到难过，毕竟他那么小就没了娘，可也许正是这种怜悯，又在某种程度上骄纵了他那孤僻乖戾的性子，让他在自己面前越发变得放纵不羁了。现在，她至少能感觉到对方的真诚，而他也确实应该为自己的所为做点什么，不管怎么说，是他失手伤了这孩子。

　　他、他给你的，你、你就要下吧。

　　白小兰终于露出了灿烂的笑容，同时，她静静蹲下身去，替亚洲接过那把用很粗的五号铁丝弯成的漂亮的弹弓。其实，她心里最清楚不过，这东西可是刘火的最爱呢。

17

　　这注定是一个幸福美满的好日子。

　　要知道，幸福美满的好日子，是不会天天都有的，甚至一年当中也遇不到一两次。兜里有那么多好吃的糖块，额外再加上一把心爱的玩具，亚洲的心情可想而知了。但是，比起那种甜滋滋的糖来，弹弓毕竟是一个十分凶猛的东西，何况这孩子在刚刚过去的夏天里，曾挨过它致命一击，险些弄瞎了一只眼睛。可孩子究竟是孩子，他们似乎都有一个共同的特点，那就是，好了伤疤就忘了疼。有时候，这种情况恐怕连大人也不例外，人们过去犯过的一些错误，有时候还会继续再犯，而且是变本加厉的，就像人们常说的，历史的车轮有时还会倒转。

　　接下来，在刘火的提议下，白小兰和亚洲就欢快地跟着他一起去了西面那片杨树林。

　　这种时候，杨树叶子已经开始大面积泛黄了。泛了黄的叶片随风簌簌晃动，林地中的各种野草也都已开完了花，结上饱满的籽粒，人的腿脚一踩踏进去，立刻就能听见那种砰兹砰兹的细微响声，那些草秆被踩得支离破碎，黑黑的草籽簌啊簌啊落个不停，仿佛雨点似的，植物到了应该收获的季节了。作为种子，它们往往是需要一番残酷的践踏和蹂躏才能收获，也才能天长地久地得以传播下去，除了无情的凄风和冷雨，除了奔跑而过的野兔和牛羊，也许人的腿脚才是最有力的。

刘火想要手把手地教亚洲用弹弓射击。白小兰又多少感到有些不安，她劝过刘火两次，对方似乎又恢复到以前的老样子，对她的话不过是左耳进去右耳出来。至于亚洲，正在兴头上，刘火只需稍微展示了一下自己的射击技术，就深深吸引住了这个小家伙了。可以说，刘火的射击几乎是指哪儿打哪儿，弹弹命中目标，孩子兴奋得手舞足蹈，跃跃欲试，可一连试射了几次，都很不成功。刘火抬头指了指不远处的树枝上落着的一只麻雀，小声说，咱们把它打下来好不好。没等孩子点头呢，白小兰就咬着嘴唇直晃脑袋头，连连摆手说，别、别胡闹了，当、当心教，教坏、坏了他。

刘火一声不吭。他已经双膝跪在草地上，左手帮着孩子稳住弹弓的手柄，右手抓着对方的小手指，一起用力来拉胶皮弹囊，嘴里有条不紊地讲解着：你要想打中目标，得先学会闭上一只眼，两只眼往往是瞄不准的；你还得让手里的子弹，正好可以穿过弹弓的两只丫杈中间，就像对准靶心；再有，你还要瞄准你想射击的东西，等它们三个正好都站在同一条线上的时候，你就立刻松开手指，叭——石子就这样飞出去了。

果然，树枝上的麻雀应声落地，扑棱扑棱在草丛里挣扎着，孩子一蹦多高，嘴里嚷嚷着，打中喽！打中喽！刘火忽然打一声响亮的呼哨，大黄蜂便箭一般窜向前面的草丛里，很快，这狗就快快活活地摇着大尾巴，狗嘴叼着那只奄奄一息的麻雀，颠颠地跑回主人身边。

白小兰早就闭上眼睛不敢看了，这时她索性默默地掉转身，走到别处去，眼不见心不烦。有时，她真为那些可怜的麻雀感到不平，在她看来，麻雀跟老鼠苍蝇蚊子还是有很大区别的，怎么都成了四害？虽说麻雀长得灰头土毛的，可每当清晨它们在窗前叽叽喳喳鸣叫的时候，她还是觉得这些小鸟又清新又伶俐又可爱。麻雀偷吃粮食不假，可它们更喜欢吃那些小虫子，没有功劳还有苦劳吧，也许就因为麻雀长相丑陋，才被人们给定成四害的，这真是没处去说理的事。此刻，白小兰因为麻雀的事情，又莫名地想到了她自己，想到脸上那些难看的麻点儿，还有让她难为情的口吃病，这一切都让她变得像一只暗自神伤的小鸟，在这个小镇上，她永远是最孤单最寂寞的。

如果说好吃的糖块，加上好玩的弹弓，已经快赶上过年的滋味了，那么，当孩子后来又品尝了刘火哥哥亲自烧烤的麻雀肉，并且嚼得满嘴流油的时候，这一天的好时光简直给他幼小的心灵留下无法磨灭的美好印记。

唯独白小兰始终躲得远远的，那只弹弓打下来的五六只麻雀，都成了两个男孩的美食，这让她感到一阵阵的难过。她不喜欢这时候的刘火，甚至也不喜欢忽然就迷恋上弹弓游戏的亚洲，也许男孩子本质上都是一样的，他们总是表现出那种顽劣、勇狠和游手好闲，天性如此。

这天晚上，母亲是在准备洗衣服的时候，从亚洲的裤子兜里发现了吃剩的两块水果糖和那只弹弓的。男孩在外面疯野了一下午，衣服裤子都脏得不成样子了。瞧你，把这身驴皮造的！母亲一边唠叨，一边端来半盆清水，又让亚洲帮她去拿门背后立着的那块洗得发白的搓衣板。这时，她的手习惯性地去挨个掏兜，那些东西就被截获了。

我问你，这些都是哪儿来的？母亲将缴获的物品摊开在手掌上，目光很严厉地射向小男孩。

亚洲磨蹭了半天，总算是把那块搓衣板放在母亲面前了。这个嘛，是小兰姐姐买的。

母亲板着脸说，给你说过多少次了，别老让人家给你买东西吃，拿人家的手短，吃人家的嘴短，你的嘴巴咋就那么馋？当心你爸回来，我告诉他狠狠揍你。

亚洲一面抬手抠着自己的后脑勺，一面不以为然地犟嘴说，又不是我让买的，是小兰姐姐非要给我吃的。

你还知道嘴硬？那这个弹弓呢？母亲步步紧逼，眼睛狐疑地盯盯弹弓，又瞧瞧孩子。

这个，这个么……是、是我在路边捡的。

弹弓的事，刘火哥哥特别交代过他，说谁要问你就说是自己捡的。孩子不知道那个刘火哥哥为什么不让他说实话，不过，这种时候他也不想出卖对方，他实在是觉得，能跟刘火哥哥在一起玩真的很过瘾。孩子想问题总是往简单处想的，不像大人们老把简单的事情搞得那么复杂。

真是你捡的？母亲疑惑地望着儿子。亚洲犹豫了一下，不再说话了，而是使劲儿点了点小脑壳。以往的经验告诉他，这种时候最好不要说话，说多了就会漏洞百出。

那我也不许你玩，这东西太危险，万一伤了别人咋办，妈妈没收了！

母亲这样说的时候，早就顺手将弹弓搁在一只很高的五斗橱的顶上去了，这个位置以他现在的身高是够不着的。孩子立刻哭丧着脸，小嘴噘得老高，过不了一会儿，一颗明晃晃的泪珠子就开始在眼眶里打转转了。

母亲不再理识他，而是将那两块糖搁在桌角，就坐在地当间的小马扎上，开始哗啦哗啦洗孩子的脏衣服了。她用力搓洗的时候，房间里显得又庄严又沉闷，孩子忽然打心底里觉得，大人都是非常残忍的。

到了白天，母亲总要在伙房忙乎一阵子，亚洲就趁这个机会，悄悄地搬来一把椅子，椅子上再摞一只小马扎，把它们立在那只斗橱旁边。亚洲跟做贼似的，慢慢地跪着爬到椅面上，再小心翼翼地站到马扎上，脚尖尽量用力翘起，然后伸出小手去摸柜子顶上的弹弓，尽管两只小腿颤颤巍巍的，可几乎每次都能得手。

随后，亚洲就会像放出了笼子的小鸟，欢实地飞出院子，一气跑到街边去寻找小石头，一下子捡上十几颗，都宝贝似的揣在兜里，然后就按刘火哥哥教他的法子，一下一下去练习射击了。可以说，自从有了这把弹弓，孩子觉得白天的日子很好打发了，打打树叶，打打墙壁，再打打天上偶尔飞过的麻雀，尽管他还连一片羽毛也射不着呢。

18

　　临时学生演出队终于回到镇上。这些少年人看上去，一个个都跟散了架似的，走起路来腰来腿不来的，像是在外面吃了败仗的散兵游勇，一路逃窜亡命天涯，差一点儿就走不回来了。

　　谢亚军美美地在家里睡了两个大懒觉。这次，她的皮肤被秋天的日头晒黑了，嘴唇起了厚厚的一层干皮，身上还长出了好多小红疹子，用手一挠，马上就红起来一大片，像弯弯绕绕的地图，而且越挠还越刺痒，嘴里整天吱吱乱叫。

　　母亲撇着嘴说，活该，谁让你跑出去显能，这回知道啥叫苦了吧。嘴里这样埋怨着，却又连忙从抽屉里翻找出半盒爽身粉，这是弟弟以前用剩下的玩意儿，搬家时没舍得丢。

　　谢亚军冷瞅了一眼，说，小孩子家的东西，我才不稀罕用。

　　母亲没好气地把她掀倒在床上，让她平平地趴下，又撸起她的背心后襟，开始给她身上涂抹那种香喷喷滑腻腻白色粉末了。

　　哼，笑话，难道你不是个孩子？

　　听母亲这样戏谑，谢亚军刚想再顶一句什么，弟弟却嘻嘻笑着凑过来起哄，不害羞，不害臊，这么大人还用小孩的东西。气得谢亚军真想下地揍他一拳。

　　这时，白小兰悄无声息地踅进屋来。才几日不见，这个脸上长着细碎麻点的姑娘，好像又瘦去了一圈，唯独两只黑黑的眼睛，显得奇大而幽深，目光中始终流淌着一种叫人很担忧的东西。白小兰的父亲在外地矿上干活儿，母亲新近又被调去了工地做饭，家里就只剩她一个人。工作干部上门收那些铁家什的时候，几乎把这个小姑娘吓了个半死，以她的年纪和阅历，根本无法理解这种荒唐事情的发生，可是胳膊拧不过大腿，人家硬要拿走家里的那些东西，她又有什么法子呢，她是无论如何也阻止不了的。于是，白小兰的内心就背负了太多太多的难过和自责。母亲的脾性谁都知道，白小兰就暗想，等母亲从工地上回来，一定要狠狠收拾自己一顿的，要知道家里那么多好东西她都没能看得住，母亲一定会狠叨叨地奚落她，真是白养你这么大，没出息的东西，连个家都看不住。

此刻，谢亚军见到白小兰，甭提多亲多近了，好像分别了很久似的，两个姑娘紧紧拉着彼此的手，互相端详了好半天。

谢亚军说，你咋瘦了。

白小兰说，你、你黑多了。

说完，四只黑亮的眼珠相对，两个人额头顶着额头，像两只乖巧的小母鸡互相簇拥着，忽然就咯咯地笑开了。

好容易笑够了，谢亚军才一本正经地告诉白小兰，说这回在工地上见到小兰妈妈了，她现在每天都跟一群女人给工人们蒸馒头、熬稀饭，干得可起劲儿了。

谢亚军还说，听说她们每天要蒸一千多个馒头呢，你妈说她揉面揉得呀，手腕子都快折了。

白小兰听谢亚军这么说，眼泪就簌簌地垂下来了，她实在是心疼母亲了。

不过，小兰你也别太担心，我觉得阿姨她人性格活泛，又能说会道的，那些帮厨的女人都归她管，人家大小也算个头头，很受人敬重呢。

谢亚军尽量想办法给对方宽心打气。

你妈让我回来把你管好，你要是掉了一根头发，到时候她都饶不了我，所以，从现在起，白小兰同学，你就正式属于本人领导了，明白不？你得好好听我的话，现在不是都去吃大食堂了吗，所以从今天开始，每顿饭你都要好好地跟我一起去吃，能吃多少咱就吃多少，不吃白不吃，等你妈回来的时候，我要争取让你变成一个大胖妞，看她还有啥话讲！

听谢亚军说得这么热闹，白小兰眼神里的忧郁便淡去了一半，她也抿着嘴，无声地笑了。她一笑，脸颊上的小麻点也跟着动了，像是花瓣褪去后，花托上留下的小籽粒，被谁轻轻一碰，就都欢乐地散开了。

第三章　死亡阴影

19

也就一眨眼的工夫，刘火家的那架葡萄就熟透了。

成熟的葡萄每天都闪着绿莹莹的亮光，一串一串沉甸甸地垂悬在藤叶之间。晌午，被火辣辣的秋阳那么一烤，到了傍晚，整个小院子里就飘溢着一股甜丝丝的香味。惹得大黄蜂不时地立起两只后爪，冲着某串大个的葡萄一扑一跳，舌头伸得长长的，哈喇子都流下来，还时不时汪汪两声，或者发出一串恼火的嘶鸣。其实，刘火知道，狗不是想吃葡萄，而是对围绕着葡萄串飞来飞去的蜜蜂和苍蝇感兴趣。这些讨厌的小虫子，成天在狗窝上面嘤嘤嗡嗡，大黄蜂实在有些烦得慌了。

最先尝到葡萄的是谢亚军，其次是白小兰，谢亚军的弟弟自然也是近水楼台了，刘火专门挑了最大最沉的两串，让谢亚军给弟弟带回去尝尝。姑娘们在葡萄藤下尽情分享新鲜水果的时候，刘火煞有介事地说，他打算把剩下的几十串葡萄，都送到大坝工地上去，让那些辛辛苦苦劳动的人也尝尝鲜。

谢亚军眼珠一转，说，你傻呀，这点葡萄等到了工地上，还不够塞那些人牙缝的，那么多人你给谁吃不给谁吃，你要知道，他们每天光馒头就要吃掉上千个呢。

刘火想了想，说，反正我早就答应镇上的干部了，不能说话不算话，这次我家没有出一个劳力，修大坝人人都有责任，我爸又不知跑到哪里逛去了，我总得做点什么吧，哪怕只是点心意呢。

谢亚军听他说的倒也觉得有几分道理，工地上几百号人在日夜不停劳作，就拿她父亲来说，每天只能在简陋的帐篷里和着衣迷糊两三个钟头，天不亮就开始指挥大伙儿干活儿，夜里往往还得带着工人加班加点。父亲要操心的事太多太多，水泥没有了，工人向他要，石头没有了，工人向他要，钢筋没有了，工人向他要，吃的喝的没有了，同样向他要。上次学生演出队离开前，父亲跟她说过，大坝上的工期紧任务重，估计一时半会儿他还不能回家。他嘱咐谢亚军千万别再出来瞎胡闹了，好好在家里待着帮帮妈妈，照顾好弟弟。那天，谢亚军可是含着眼泪答应父亲的。

食堂打饭的妇女是民兵队长的老婆，这个生着水桶一样腰身的女人，总是一副趾高气昂的模样，她用母狗护食一般的眼神没好气地盯着刘火，哟，你娃娃年纪不大，饭量可不小哟。刘火没吱声。打饭的女人当然认识刘火，更认识他家的大黄蜂，就又乜斜着白眼说，小碎狄，你不会是多拿两个，回家喂狗吧。

哪知，这话偏让在刘火身后排队的骡子听到耳朵里。自从上一回被刘火当众打破了鼻子，骡子就一直暗中跟刘火较着劲儿呢，现在机会终于来了。于是，骡子立刻用力敲打着自己的空饭盆，大声吵吵起来：

社会主义真是好啊，连人家的狗都吃上咱们的大食堂了。

喂，你这可是拿社会主义的粮，喂资产阶级的狗哟。

刘火一听就急了，涨红了脸梗着脖子反驳道，狗日的骡子，你才是资产阶级的一条乏走狗呢。

姓刘的，你、你敢血口喷人，我今儿饶不了你！

骡子仗着打饭的女人是他嫂子，气焰就比往常嚣张得盛，他当众抄起了饭盆，劈头盖脸就朝刘火头上挥来。幸亏刘火躲得快，没打着，骡子的饭盆恰好磕在前面的水泥台子上，搪瓷饭盆顿时瘪进去鸡蛋那么大一块，黄瓷片吱吱有声地往下脱落。

骡子恼羞成怒，嘴里不干不净骂着，哼，能让你这没娘养的吃饱肚子就不赖了，还想多吃多占公家的粮食，你也不看看，是大坝工地上有你爹的影子，还是炼铁炉前你小子出过一把臭力气？你这不是饭来张口的资产阶级思想又是什么？

刘火本来就不善言辞，这下理屈被对方问住了，一时哑了口，可他也不想把事情闹大，就气冲冲地将几只馒头全都扔回笸箩里，涨红着脸一扭头飞也似的跑开了。那些排队打饭的人发出一片哄笑，骡子更是落得个旗开得胜，便又带头把饭盆敲得震天响，嘴里大声叫着：

嗷嗷嗷，快来看啊，姓刘的资产阶级小狗崽，夹着尾巴逃跑了！

谢亚军和白小兰全都看在眼里。她俩后来匆匆扒拉了几口饭，匆忙离开食堂回去找刘火。一进院子都惊呆了，刘火正气势汹汹地摘葡萄呢，葡萄叶片被他身体碰得沙沙响。白小兰从兜里掏出半个馒头，谢亚军也掏出半个，两个人都把刚才自己省下来的馒头递到他面前。刘火扫了一眼，像是跟那馒头有深仇大恨，闷哼一声，头也不回继续爬到凳子上，去够更高处的葡萄了。

怎么，饭也不吃，饿着肚子闹革命？谢亚军凝视着他说，就算把葡萄都摘下来，可你怎么送到工地上呢，那么老远的路，我可是刚领教过的，怕是没等你走到那里，葡萄全都烂在路上了。

白小兰眼睛眨了眨，便默默地掰了一小团馒头，蹲在一旁喂大黄蜂了。那狗一下叼起馒头，皱了皱眉头，嚼了两下，又白花花地吐在地上了。

谢亚军扑哧一声笑了。她说，真没看出来，这家伙还真格像个资产阶级，连白面馒头也不肯好好吃。

白小兰听了，也抿着嘴跟着乐。

刘火站在葡萄藤下眼珠子乱转，一副苦思冥想的样子。

这时，白小兰说，你、你要是，肯、肯吃饭，我、我帮你，想、想法子。谢亚军忙把手里的馒头又递过去，刘火疑惑地看了看白小兰，终于，接过馒头，直往嘴里塞，咬了几咬，咽不下去，被噎住了，亢亢地咳嗽起来。馒头蒸得太硬了，还有些夹生，扔出去准能打得狗叫唤呢。

白小兰见状，忙跑进伙房去给他找水。家里的碗碟都上交给大食堂公用了，翻腾了半天，总算还有一只破水瓢，便去缸里舀水。缸都见底了，里面还往出乱飞水蛾子，好不容易舀了半瓢底，澄了澄才端出来给他喝。

刘火喝水的样子，活像个渴死鬼，咕咚咕咚往下灌，两个人都盯着他看，心里忽然都有种说不出的滋味。这个一直没有母亲照管，现在连父亲也不知去向的少年，内心一定很苦。不过，他倒是从来不跟她俩说起这些，即便是上次短暂的出门流浪经历，他也是绝口不提。表面上看，他似乎又足够坚强，可以勇敢地去面对生活中的一切。

等好不容易吃下那两个半拉馒头，刘火忙追着白小兰问，你到底有啥好办法，总不是在糊弄我吧？白小兰像是要下什么大决心似的，长舒了口气，两只手突然攥成小拳头，来回看看他俩说，我、我家有，有辆车子，要、要是骑上它，肯、肯定快多、多了。刘火一听，蹿天猴似的蹦起来，脑壳就撞着了一串葡萄，葡萄摇晃起来，他不好意思地吐了吐舌头。可、可车子让，让我、我妈锁着。刘火刚刚激起的斗志，一下子就被浇灭了。我以为是啥好点子，你这不是跟没说一样吗？他沮丧地再次蹲下身，半天不再言语了。

谢亚军想了想，问，小兰，你能找到那门的钥匙吗？白小兰黯然地摇了摇头，说那间耳房的钥匙她妈一直带在身上，平日谁也不给，也从来不让她进去。刘火彻底泄气了，索性一屁股坐在葡萄架下面，手指气呼呼在脑袋上抓挠，头发野草样毛乱。

大黄蜂很体贴地爬过来，拿黑亮的鼻头蹭他的身体，这里闻闻，那里嗅嗅，他像是没睬眼，理也不理它。狗就呜呜地叫了，那叫声听起来像个姑娘，带着担忧和不安。

还是谢亚军比较机灵，想了想说，车到山前必有路，咱们别光站在这里望洋兴叹，还是先去小兰家看看再说嘛，兴许能有啥好主意呢。

白小兰家那间耳房也坐东朝西，是单独盖起的一间小库房，只有一个单扇木门，而且，还是那种暗锁。仅有的一面小窗户，是被安在门框正上方的，关键是，那扇窗也就脸盆口那么大，想爬进去似乎不太可能。

刘火皱了皱眉头，突然抬起腿作势要去踹门，谢亚军立即制止住他，少来，你想害人家小兰吗？刘火只得闷吞吞地收起腿脚，将后背懒懒地靠在门板上，屁股一撅一撅去撞门，好像用他的屁股就能解决一切问题。

就在这时，亚洲乐颠颠地从外面一溜烟跑进来，小家伙准是在隔壁听到他们仨谈话的声音，便兴冲冲地跑过来凑热闹了。谢亚军一见弟弟，当即便有了好办法，说，对了，让我弟爬进去，他身子小灵活，帮咱们从里面打开门，好不好？白小兰有些紧张地问，他这么矮怎么爬上去，再说窗户上还有玻璃挡着呢。刘火一下子来了精神，玻璃我可以敲碎一个小角，只要手能伸进去，拔开里面的销子不就成了。

白小兰还是有些犯难，生怕玻璃砸碎了，母亲回来又要怪罪自己。刘火说，舍不得孩子，套不着狼，玻璃到时候我从家里拆一块，给你家补上就是了。白小兰将信将疑，那、那你说话，可、可得算数啊。谢亚军也在旁边支援道，他敢不算数，咱俩往后谁都别再理他！

于是，刘火立刻找来半拉砖块，站在凳子上很容易就敲碎了门头窗的玻璃一角，他又从那破碎的玻璃口伸手进去，摸索着拔开了铁销子，再用力往里一推，窗户就开了，一股凉飕飕的阴风从里面旋出来。刘火探着身子试了试，窗口的确太窄了，他的肩膀头根本钻不过去，看来只有让亚洲来试试了。

起初，亚洲也是死活不肯帮忙的，他头摇得像只拨浪鼓。小家伙直嚷害怕害怕，又说妈妈要是知道了，准会揍烂他的小屁股。要知道，不久前为了那只心爱的弹弓，他可是刚挨过一顿胖揍的。谢亚军和刘火又轮流好说歹劝，甚至许诺只要他肯爬进去，待会儿就给他买好吃的糖果。

亚洲听了，多少有点儿动心，小眼珠眨巴眨巴的，舌尖不停地舔着嘴唇，已经开始憧憬那种甜蜜的糖汁穿越喉咙的美好滋味了，但他还是迟迟下不了决心。最后，他又听刘火哥哥说，要是帮了这个大忙，他还会再为他做一只好玩的弹弓，而且，跟以前送他的一模一样，亚洲这才点着小脑壳答应了。所谓无利不起早，小孩也一样，只不过，他们往往是看不到任何危险的。

20

卫生所里那股刺鼻子的特殊气味，仿佛总能穿过紧闭的门窗溜出来，钻进每个人的五脏六腑中去。那是酒精棉球、红汞药水，还有从病人伤口上拆下的腐败了的纱布混合起来的味道，闻了叫人只想嗷嗷作呕。但此时此刻，这种味道忽然变得亲切，变得温暖，变得不同寻常，甚至，变得有些可敬了。

咚咚。

咚咚咚。

咚咚咚咚咚……

三个人的拳头，几乎同时擂在那扇破旧不堪中间画有红"十"字符号的木头门板上。

大夫快开门啊！

大夫救命啊！

大——夫！

可是，里面始终鸦雀无声，根本没有一个活动的人影儿。这时，谢亚军才恍然大叫了一声，糟糕！我想起来了，现在大夫都在工地上呢，这可怎么办啊？她的声音完全被恐怖和无助劫持了，以至于满嘴的牙齿全都跟着打起架来，哒哒哒哒地响个不停。

直到这会儿，几个孩子才都猛然清醒过来，这里仅有的两名赤脚医生，早就被干部们调派到大坝工地上去了。大夫们临走的时候，还背走了卫生所里那只最最宝贵的医药箱。那药箱里装着珍贵的针管针头，成卷的白色纱布和胶带，还有昂贵的青霉素和一些应急必备的药品；那只被拇指宽的牛皮带系挂着的百宝囊一样的箱子，正面印有鲜红鲜红的"十"字架，那是白衣天使的神圣标识，是救民于危难之际的神器。

再早些日子，孩子们确实都亲眼看见过，红火苗样的"十"字架正随着大步流星的大夫，穿过狭窄的镇街，一直朝着前方的大路进发，远远看去，又恰似一只血红血红的大蜻蜓，在尘土飞扬的路面上翩翩起舞。据说，工地上每天都有人因为被铁锤钢钎砸伤了手脚、让巨大的石块磨破了脊背，甚至还有被采石用的雷管炸伤身体的，大夫们当然要奔赴那里去救死扶伤，哪里有伤员哪里就有白衣天使的身影。

现在，三只稚嫩的拳头，几乎同时又从卫生所的门板上垂落下去，每个人的胳膊都跟刚刚脱了臼那样，无助而茫然地摇晃着。谢亚军和白小兰的眼睛像母牛一样始终湿漉漉的，她们俩惊慌失措地盯着刘火背上背着的小可怜儿。此刻，殷红的血水已经滴淌到脚下的砖墁地上了，星星点点一大片，起初还是湿的，很快就干结了，干了的血迹颜色由黑变淡，好像谁的眼泪滴在上面。

亚洲的两只小脚都光着，那是为了刚才攀爬门窗方便起见，他才听话地脱掉小鞋子的。孩子的左脚被刘火用姑娘们的两块手绢连结起来，凑合着给临时包扎起来，其中一块手绢，还是白小兰不久前刚刚送给谢亚军的礼物。那脚底的伤口好吓人，像只婴儿嘟起的嘴巴，红赤赤地向外翻开，血水汩汩地冒出来，变成失控的水龙头。她俩几乎吓得看都不敢多看一眼。这时候，两块浅色的手绢早已乌黑乌黑的，几乎跟那只小脚片子融为一体了，看着就叫姑娘们心惊肉跳泪眼蒙眬。

先前是刘火站在凳子上，用力托举着小家伙的屁股蛋，硬把他从白小兰家的耳房门头窗的小窗口塞进去的。本来，一切进展得都相当顺利，亚洲果然不负众望，像个灵巧的小猴子慢慢爬进屋去。可是，正当孩子双脚自上而下重重地着地时，却鬼使神差地踩到了一块支棱着的玻璃碴儿上，那是刘火先头砸窗时掉进去的一堆碎玻璃，那玩意儿真是太锋利了，小孩落地的一刹那，玻璃碴儿就像尖刀一般，深深地插进孩子的左脚心里了。孩子一开始真是哭得歇斯底里的，跟要了他命似的，这阵子也许疼痛渐渐变得麻木了，也许纯粹是给吓晕乎了，哭声倒不再那么响亮，而是嘤嘤呜呜，断断续续，活像只没满月的小猫娃子有气无力。

怎么办？

怎么办呀？

这到底该怎么办啊？！

你哑巴啦、快说话呀、你不是办法最多的吗？

这样下去我弟弟他会死掉的！

呜——呜。

呜呜……

白小兰这样带头一哭，谢亚军也跟着哭了起来。两个姑娘的哭声叠加在一起，比那火车汽笛声都嘹亮都刺耳。好在这阵街上没有什么人走动，大人们都在忙着烧火炼铁呢。刘火眼底早充了血，那血色忽然漫上了瞳仁，他的样子就像只困兽，眼珠子猩红猩红的，模样着实有点儿瘆人。

别哭了别哭了，你们都别哭了好不好！别着急，让我想想，让我想想……有办法了，有办法了……我知道一个老兽医，他就住在咱们镇西头的那个庄子上，我们现在就去找他想法子吧。

这话无疑似一道锐利的闪电，突然刺开了这个两手一抹黑的世界。

骑、骑车子去，那、那样快、快一点儿啊！白小兰抹了一把眼泪说。

对对对！就骑上车子去！谢亚军也跟着附和。

于是，他们仨又慌慌张张背起受伤的孩子，急匆匆地原路返回白小兰家里。

三个人几乎同一时间冲进那间阴暗的耳房。刘火让谢亚军抱好她弟弟，自己跑过去推起那辆半新不旧的自行车就往外走，可是车子死不愣瞪的，跟八百年没动过似的，锈住了，根本不听人使唤。刘火也顾不得这些，咬着牙使上吃奶的力气，总算把这个铁家伙狠狠地拖出了耳房。刘火一哈腰就猴到车座上，他双手扶住车把说，快，亚军，你快抱着你弟弟上来吧，咱们赶紧出发！

但是，没等谢亚军屁股坐稳呢，白小兰突然怪叫一嗓子，那叫声突兀得像一只母乌鸦在嘶鸣，不光难听得要命，还在关键时刻带来了莫大的不祥。

妈呀，这、这咋上、上锁了，我、我妈把车子，给、给锁上了！咋、咋会这、这样啊，呜——！她一面着急地叫着，一面又呜咽起来。

谢亚军已经茫然失措了，她简直不敢相信自己的耳朵。刘火愤然地跳下车子，低头死死瞪着车座下方的那把环形车锁，简直跟有深仇大恨似的。突然，他抬起腿就是一脚，狠命地把那车子踹翻在地上。这破玩意儿！白小兰，你妈她害死我们了！他已暴跳如雷了，又像只走投无路的公狮子，随即，一把从谢亚军怀里抢过孩子，弯了腰负在背上，两只手从下方用力拖住孩子的屁股，头也不回地就往院外飞奔而去。谢亚军稍一愣神，也紧跟着追随而去。

白小兰最后看了一眼那辆躺在地上，前轮还在吱吱旋转的车子，一股前所未有的愧疚和恨，紧紧攥住了这个黑瘦黑瘦的忧伤姑娘，她真恨不能找把铁锤，砸烂了眼前这鬼东西。她这辈子还从来没有像此刻这样，痛恨过自己的母亲。

21

白小兰刚要出门，忽然听见一阵歇斯底里的狗吠声。那是坦克在隔壁放声大叫，汪汪汪，汪汪汪！好像遇到了天大的险情，又似洞悉了这边院里发生的一切，正拖着那根牢固的绳索，在院里来回奔突跳跃怒吼。接着，白小兰就听见谢亚军母亲站在院里责骂那只狗了，坦克，给我老实点儿！你疯了是不是？再敢瞎咬，当心我收拾你！狗终于不再放肆地狂吠，而是换成委屈忐忑的呜呜声。

这阵天空早已经蒙上了一层半黑不黑的薄幕帐。空气中飘荡着干燥呛人的烟火气。远方的树林和村庄变得朦朦胧胧，间或有一丛一丛的火光，在一片片零散的村庄上空闪动。火光下面就是各村新建起来的土高炉，那里不时传来鼎沸的人声和牲口的吼喊，人们似乎都在为一个共同的伟大目标日夜不停地忙碌着。唯独脚下的路变得弯弯曲曲，又坑坑洼洼，时不时踩踏在坚硬的石块上，硌得人脚心生疼。

他们谁也顾不得这些，哪怕前面是万丈深渊刀山火海，也要奋力向前奔跑。伤口在流血，孩子在啼哭，只有老天爷面孔漆黑，一言不发。

也许跑得太急促了，刘火一不留神，脚下打滑趔趄着跌倒了，好在他是身体向前趴跪着着地的，不然就会把孩子摔出老远去。谢亚军跑得上气不接下气，她想把刘火从地上搀扶起来，可手伸出去碰到的却是自己的弟弟。小家伙似乎奄奄一息了，姐姐的手摸着他的时候，像是摸在一只没了生命的软绵绵的死羊身上。谢亚军的手仿佛被针尖刺痛般猛缩回来，嘴角抽颤不已。

亚洲？

亚洲亚洲？

亚洲亚洲亚洲？

快醒醒、快醒醒、快醒醒！

好弟弟，你别吓唬姐姐好不好！

谢亚军一面痛心疾首地呼喊，一面双手不停地去拍打孩子的小脸蛋。

刘火也一个激灵，猛地翻身从地上坐起来。他意识到问题的严峻性了，忙把孩子放在自己的两条大腿面上，让小人儿平躺着。刘火也用力摇晃孩子的小肩膀，他们一个拍打，一个摇晃，一个摇晃，一个拍打，好像不是在唤醒一个孩子，而是在夜空下举行一场古老而神秘的救赎仪式。

他不会死吧？

他不会死吧、他不会死吧？

你快告诉我啊、你哑巴了吗？你为啥不说话呀！

谁能告诉我弟弟到底会不会死？

你这个坏蛋、你这个害人虫、都是你害的我弟弟、我要你赔我弟弟！

你告诉我你为什么要一次一次祸害我弟弟呀、他招你惹你了？！

这回我弟真要有个三长两短我非杀了你不可！

谢亚军完全变得疯狂了，她的谩骂声如瓢泼大雨，声音也变得越来越犀利刺耳。

就在这时，白小兰已经从后面悄悄赶上来了，路太崎岖了，她完全是被谢亚军的声音吸引过来的，夜色越来越浓，否则，她在黑暗中不知要往哪里去呢。她在赶上他们之前，倒是去过一趟谢亚军家里，或许是坦克的吠叫提醒了她。她灵机一动，竟扯了一个谎，这是她长这么大，第一次主动去跟一个大人扯谎的。她结结巴巴对谢亚军的母亲说，亚军带弟弟去杨树林那边玩了，可能要晚一阵子回来，让阿姨在家别着急。此刻想到刚才着急扯谎的情景，她仍感到手心一片湿凉。

别、别哭了，快、快、快看，他、他睁，睁、睁眼了！

果然，小家伙正转动着黑黑圆圆的眼珠，看看这个，又瞧瞧那个，感觉刚才只是做了一场梦，现在梦虽醒了，目光还有些缥缈恍惚，身子还有些虚弱。也许疼痛真的过劲儿了，也许这孩子只是生性比较刚强，像他那当过多年解放军的爸爸，他不想吓唬姐姐和另外两个替他着急的人。

谢亚军悲喜交集，她温柔地摸了摸孩子的小脸蛋，又急忙去摸他的左脚，血水似乎是止住了，只是裹在脚上的手绢依旧黏糊糊的。咱们快点儿走吧，一刻也不能再耽误！她听见刘火在一旁急促地喘着粗气说。

真不晓得，到底是怎样懵懵懂懂跌跌撞撞找到那个地方的，这本身就是一个奇迹。黑夜中的孤注一掷，似乎带有一种宗教的味道，虔诚是人世间最大的动力，心中一旦有了这种神秘的力量，世上没有越不过的沟沟坎坎。刘火还是老早以前跟他母亲来过两趟，不过那时候他还很小很小，比现在的亚洲还要小，也是让母亲一路这样背过来的。黑乎乎的一间黄泥小屋，同样烟熏火燎的黑灰色墙壁上，晃动着一个老妇人颤颤巍巍的身影。

老兽医不在家。他老伴儿嘟嘟哝哝地讲，公社那边的土熔炉烧炸了，伤了好些人呢，今天一下午老兽医就被干部们叫去疗伤了，到天黑也没见回来。三个人立刻像是被针尖戳破的皮球，扑通扑通全瘫软在老人面前了，一时间竟欲哭无泪。

过了好半天，这老奶奶才磨蹭着站起身，吁吁地叹了口气，又将了捋鬓角散乱的银丝，像是在自言自语。

唉，这年头到底咋了，闹得大人娃娃都不得安生，真是作孽哟！

说罢，老人就佝下干干瘪瘪的身骨，去查看孩子的那只伤脚了。

哦，哦，莫怕，莫怕，让玻璃给扎着了，让奶奶好好瞧瞧。

老人随即转过身去，从黑油油的一只矮柜子里拿出半瓶烧酒，自己仰脸喝了满满一大口，却不咽下去，鼓在两只皱巴巴的腮帮里。她一只手抓住孩子的脚腕，另一只手果决地扯开了裹在上面的手绢。

孩子整条腿顿时痉挛起来，开始乱蹬乱踢了，像只蚂蚱似的，他们仨赶紧在一旁抱胳膊，搂腿，摁脑袋，不许他动。老人趁机把噘起的同样皱巴巴的嘴唇靠近那受伤的脚心，猛地用力喷出含在嘴里的烧酒，孩子一个激灵，哇啦一下号出声来。接着，老人又往自己手指上喷了一次酒，就借着那盏昏黄的煤油灯，在孩子伤口处悉心摸索起来。

老人的指尖又长又硬，活像老鹰的爪子，或是谢亚军在童话书中读到的老巫婆的长指甲，让灯光那么一照，每一根指甲都闪闪发亮。谢亚军他们全都屏住气息，恨不得连心跳都要喊停。忽然，又听孩子一声惨叫，老人已用她三根手术刀一样的指尖，果决地将一片两寸来长带血的玻璃残片拔了出来。

莫哭，莫闹，好了，这就好了，这就不疼了。老人嘴里始终跟老母鸡般咕咕叨叨，随后，她又将烧酒再一次喷洒到孩子的伤口上。

整个过程，三个人简直看得心惊肉跳大气都不敢出。不过，每个人都暗自感到庆幸，毕竟老人家帮了天大的忙，他们谁也没勇气做这些事情。过了一会儿，等那酒气干爽了，老人才又从灶膛里抓来一把干炉灰，轻轻地敷到伤口上；再把原先那两条手绢结起来，绕着伤脚紧紧地缠了两圈。

回去的路上，他们仨轮换背着可怜的小伤员。

今夜天幕上的星星好稠密，好鲜活，一颗跟一颗都牵着手挽着臂，好不亲昵。唯独大地始终保持沉默，大地也是一块连着一块的，可它们都跟睡着了一样，彼此冷漠，无声又无息。

走在上面的人，谁也不说一句话，静默得像路上无处不在又可有可无的石子。密密匝匝的星空笼罩着几只黑黑小小的人儿，可他们的影子却显得偌大而神秘，它们有些鬼祟地一路跟着人在四野飘动。好像是，影子飘到哪里，哪里就变得鬼影绰绰。还有一阵阵的风声，今晚的风听起来有些呜呜咽咽的，像离了娘的孩儿在黑暗中不停抽泣。

小孩终归是怕黑的，哪怕满天都是灿灿的星斗，大地看上去并不那么漆黑，可走着走着，小家伙就不由得放出一串怯音，哼哼唧唧，好像马上又要咧开嘴角大哭一鼻子了。

等再次轮到刘火背着亚洲赶路时，这个缄默了很久的少年终于开口了。不过，他不是说话，而是慢悠悠地背起了一首他小时候学会的歌谣：

> 一两清风二两云，
> 三两星光四两月，
> 五两露水六两雾，
> 七两霜花八两雪，
> 九两烧酒打一壶，
> 十两窗花过老年。

这种时候，谢亚军和白小兰都静静地聆听着，尽量不让自己的脚步声太潦草，心跳太仓促。

数年之后，当谢亚军一家终于要离开这偏僻的小镇时，她忽然又想起这晚刘火背诵过的歌谣，以及他跟弟弟说过的那句话，那一刻她忍不住热泪长流……

22

　　镇上猛不丁来了两个陌生男人，瞅他俩相貌，似乎都有点儿干部样子。

　　其中一个脸膛儿黧黑的中年男人，头上周周正正扣着顶藏蓝色涤卡布解放帽，帽檐儿跟锹头样挺直，肚腹明显发了福，四个兜的制服将圆鼓鼓的身体绷得紧邦邦的。这人习惯性地将双手背在身后，腆着肚子往前走，一步一顿，走一步再一顿，脚步迟缓，有些迈不开腿似的，或者，他只是在用力思考什么重大问题，以至于影响了走路的流畅性；另一个年轻些的，则戴着副眼镜，文绉绉的，正一溜碎步紧跟在黑脸膛儿男人身后，臂弯里紧紧夹着个半新不旧的帆布公文包。

　　他们是被一辆黑乎乎的卡车直接拉进镇街上的。先是戴眼镜的男人下车，向街上的行人问路，就有热心人朝辅街那边给点了点手指头，戴眼镜的人就又飞快地爬回到车里，随后，卡车吭哧吭哧朝辅街那边开去，地上霎时扯起一股刺鼻的烟尘。

　　街上那群孩子，都像是被巨大磁铁吸住的碎铁屑，紧紧跟在卡车屁股后疯跑，跑着，跑着，他们就发现，那卡车戛然地刹死在了白小兰家门口了。

　　好奇心像个无底洞，孩子们争先恐后地往里钻啊钻啊，都想一探究竟。他们乘机围观那辆黑乎乎的周身沾满了炭末儿的卡车，几个身手矫健的家伙，竟不顾车厢黢黑，三下两下就攀爬到车厢上了。这时，他们顿时惊呆了：原来那车厢里居然躺着一副棺材，看上去还是崭新的，刚刷过一层薄薄的油漆，亮得像镜面，能隐约照出人影子。孩子们多少感到有些惶惑，谁都知道，这玩意儿当然是盛殓亡人用的；可让人弄不懂的是，这一黑一白两个男人，为啥会在大白天把这么一个可怕的东西拉到白小兰家门口呢？

于是，孩子们暂且不再探究这辆大卡车了，而是急忙跑去爬白小兰家的院墙头，因为她家院门已被关得死死的，好像有什么不可告人的秘密勾当，正在里面悄悄上演。

过了好大工夫，白小兰终于领着那俩干部模样的男人，慢慢地走出院子，然后他们仨一同往镇委会方向去了。大伙儿都注意到，白小兰始终低着头，好像她的头有千斤重，重得再也抬不起来，重得每走上一步，都要耗尽她全部体力似的。她还不时地要用袖口抹一下眼睛，抹完左边，再去抹右边，抹完右边，又去抹左边。后来，她干脆把一只手背摁在自己眼圈下，好像那里有什么东西，需要她不断地用手去接住，否则会掉落一路。

孩子们就这样无所事事地一路跟随而去。

咦，不会是白小兰家出啥事了吧？

不知是谁的嘴里先知先觉似的冒出一句。马上，那个脑袋还算灵光的骡子也附和道，就是，就是，你们刚才没看见，她一路都在抹眼泪吗？准是出啥大事了！

于是，大伙儿围绕着这种说法七嘴八舌，所有的猜测都很大胆地集中到那口令人生畏的新棺材上。几乎很快地，骡子就转动着圆鼓鼓的眼珠，得出了一个爆炸性的个人推断。

他煞有介事地对大伙儿说：准是白小兰家死人啦！

谁死了？她妈不是在工地上做饭吗，怎么突然会死掉呢？

骡子像个大人物似的，朝地上吐口白唾沫，又拿袖子揩了揩嘴角。

那就对了，准是她爸，没错！那辆拉棺材的车黑不溜秋的，上面尽是黑煤渣子，不用问，那一准是从矿上开过来的……

这个不平常的白天，就在骡子们叽叽喳喳的吵嚷声中挨过去了。临近傍晚光景，白小兰的妈妈果然就被那辆拉棺材的卡车，从几十公里外的工地上，尘土飞扬地接回家来了。如果说，此前白小兰偷偷抹泪的样子，是屡屡弱弱不声不响的，那么，随着这个一向能说会道的女人的突然归来，白小兰家就实质性地炸开了锅。

那女人汹涌澎湃的号啕声，就跟母狼一般凄厉，着实有些惊天动地的气魄。仿佛是，整个镇子都在女人的哭号声中摇晃起来。

老天爷呀，我咋这么命苦啊！

你个没良心的，你连一句话都不留就走了！

你这狠心肠的，撇下我们孤儿寡母往后这日子可怎么过啊？

我是真的不想活了，活着啥意思都没有，不如让我也跟你一起去吧！

兰兰呀兰兰，我苦命的闺女啊！

从今往后你就再没有爸了……

眼下，就连孩子们都清楚得很，各队各社都在大炼钢铁。炼铁当然需要烧更多的煤炭，矿工们没日没夜加班加点下井去挖煤，他们发了誓要为社会主义多采煤采好煤。可是，老天不作美，就在矿工们连天连夜鏖战的时刻，黢黑的矿井突然崩塌了，白小兰的父亲被一段沉重的钢梁砸破了后脑勺儿，他再也爬不起来了，再也不能挖更多更好的煤了。

现在，这个倒霉的白姓男人，已经被盛放在黑洞洞的棺材里了，一如他曾没日没夜钻过的乌黑矿井，唯一不同的是，这口新刷了油漆的松木棺材，正不时地散发出松脂特有的香味，就仿佛是一块无比巨大的煤石，刚刚从深不见底暗无天日的矿井里被抬出来的，就那么无声无息停放在白小兰家空荡荡的院子里。

　　这晚的夜幕，就是在女人那种哀号声中悲悲切切拉开的。好心的四邻八舍来了又去了，人死不能复生啊，就让亡人早早入土安息吧，可怎样苦口婆心的劝说都毫无意义，所有人的抚慰都显得苍白无力。

　　大伙儿只是在离开前伸出手去，不无怜惜地摸摸那个跪在灵前黑瘦黑瘦的小姑娘，她几乎蜷缩得像只刚从冷水沟里捞出来的小狗，浑身害疟疾似的不停发着抖，而每一只大手的抚摩，都让那种抖颤加剧一次。她不哭，或者，她忘了该怎么哭，只是在不停地流泪，心在悄悄滴血——从白天到现在，她始终没有像她母亲那样，大放悲音或絮絮叨叨，恰恰相反，她简直隐忍得像个十足的小哑巴了。不哭，有时候比哭更可怕，哭出来可以宣泄释放缓解，不哭弄不好就会郁结成疾的。

　　谢亚军的母亲最先意识到了这个问题的严重性，就轻轻地走过去，抚着白小兰小小的肩膀头说，小兰，哭吧，哭出来就好了，可别堵在心里头啊。可是，对方跟聋了哑了傻了似的，半晌一声不吭，惹得谢亚军母亲心里又是一阵难过，禁不住泪流满面。

　　谢亚军还不太懂得这些，只是紧紧地，近乎本能地依偎在白小兰身边，远亲不如近邻，她俩本来又是好同学好伙伴，这种时候她只想默默地陪着白小兰，跟对方一起流眼泪。

　　灵前摆放着一只小镜框，里面有张很模糊的黑白人像。谢亚军只跟相片上的男人对视过一次，就再也不敢多看一眼了。怎么说呢，那个看上去黑瘦且硬朗的男人，跟白小兰如出一辙，有着同样生怯的目光，同样忧郁的眸子，甚至同样不善言辞的一张嘴巴。谢亚军始终无法想象，那种黑漆漆的矿井，是怎样吞噬了这个男人短暂的生命；她更无从想象，没有了这个矿工男人支撑的破碎家庭，往后将要面对什么。

此外，就在那幅遗像的旁边，还并排摆放着另一副大一号的镜框，跟遗像显得格格不入的是，明亮的玻璃板下面压着一张红通通的大奖状，崭新的纸页上黑色墨迹似乎还未彻底晾干：

　　白更生同志：

　　在矿领导和职工群众的帮助下，能够发扬一不怕苦二不怕死的共产主义风格，吃苦最多、流汗流血最多、采煤产量最多，荣获三多荣誉称号。同时，矿委会决定追授该同志为本年度先进生产个人。

　　特发此状

　　……

那些蝇头小字盯着看久了，人的眼前就会渐渐地模糊起来，仿佛一大团蚊虫嗡嗡地飞来飞去，一切都变得那么虚幻和不真实了。

偶尔，谢亚军还会不合时宜地想起白小兰送给弟弟的小兔子。据说，那还是白更生托熟人从外面捎回来的，是作为爸爸送给白小兰的生日礼物。那只兔子不久前带着一个父亲最美好的祝愿，从遥远的矿上蹦蹦跳跳来到谢亚军和弟弟身边。一旦想到兔子后来悄然失踪，谢亚军立刻感受到一种前所未有的心痛和内疚，好像是，因为她和弟弟没能照顾好这只兔子，才导致这场重大悲剧发生的。

等亡人下葬之后，白小兰依旧是不吭一声，静得像块石头。

不再说话的白小兰，一味地沉寂在时间的旷野里，好像父亲的突然离去，也带走了她想说的一切，任凭别人劝说什么，她都无动于衷。这种近乎孤绝的悲伤，自然也感染到了谢亚军。最初的那些天，她除了回家吃饭，或躺在床上睡觉，也几乎不跟自己的母亲和弟弟多说一个字。她总是尽量抽出更多的时间，过去陪陪白小兰。

　　死亡留下的巨大阴影，始终在这对孤儿寡母的家庭中四处弥漫。有时，谢亚军会恍惚地感觉到，眼前的白小兰再也不是过去那个小姑娘了，以前带点儿口吃、说起话来有些羞赧和慌怯的那个白小兰，如今变得像条毫无声息的鱼儿，唯独那双大而黑的眼睛，变得更加深邃，也更加忧伤了。每次，谢亚军满怀温情地来到白小兰身边，对方总是用那双眼睛不置一词地看着她，继而，眸子一闪，就轻轻地越过她了，虚迷地望向窗外，或更高更远的天空。

　　外面的天空跟白小兰同样静默着。

　　谢亚军想，白小兰一定是在追寻着什么，是她父亲的音容笑貌吧。由此，她也联想起以前白小兰说过的话，这个黑黑瘦瘦的小姑娘，对远在矿上干活儿的父亲总是充满了思念之情，她能想象他们父女的关系曾经有多么亲密。白小兰还告诉过谢亚军一个小秘密，其实也算不得什么秘密，那是他们父女间的一种默契和承诺：等白小兰中学毕业那天，他一定要给她买一块女式手表，而且是上海产的梅花牌的。如今，这个秘密和诺言就像一个人的灵魂那样随风飘散了，留给白小兰的只有无尽的伤痛和思念。

　　关于死亡这件事，谢亚军从来没有这么深切地思虑过，当它忽然有一天凄凉地摆在眼前，那么真实又那么残酷，她才不得不试着去面对了。事实上，最初的那几日真是惊心动魄，她既想迫不及待去安慰安慰白小兰，又无时无刻不被那种死亡所带来的气息威慑着。说实话，她怕看到死人，怕看到那口黑得吓人的棺材，甚而至于，害怕闻到白小兰身上那股浓浓的悲伤气味。

　　母亲倒是个无神论者，说人死了就什么也没有了，化土化尘消失了，没什么好怕的。可是，谢亚军还是怕得要死，若不是念在白小兰跟自己好过一场，她实在是连半步也不想再踏进白家的院门了。对于少女来说，死亡的阴影太强大了，它就那么冷冰冰地横亘在两个姑娘的友谊之间。

第四章　砍树风波

23

　　姐姐成天忙着去隔壁陪伴白小兰，弟弟亚洲则显得百无聊赖。这时候他的脚伤基本痊愈，可走起路来还总是谨慎地一颠一颠。

　　起初，母亲并不十分在意，以为那不过是伤口带来的疼痛所致，可这样不知不觉过了很长时间，连孩子脚心的那道紫褐色条疤都脱落了，小家伙走路还是微斜着半边身子，眉头紧皱，嘴里吱吱作响，脚下突兀地一颠一跛，这就让做母亲的担起心来。她也不无严厉地批评过亚洲，但最终还是认为，这都是孩子的胆怯心理在作祟，因为老是害怕疼痛，所以走路时那只受过伤的脚总不敢太用力，老是那么虚虚地用脚尖点地，时间长了就把路走得一瘸一拐的。

　　可有时，像天下所有母亲那样，她也会不无埋怨地说，活该，看你往后还敢不敢猴高爬低的！自然，她也少不了要鼓励孩子勇敢一点儿，大胆一点儿，甚至亲自搀扶着他在屋子里转圈，一遍一遍练习走路。可孩子毕竟是孩子，不免要发出吱吱的怯弱叫声，做母亲的也是太心疼孩子了，想着等再过上一阵子，一切都会好转的。

　　在弟弟扎伤脚心之后，姐姐把所有责任都揽在自己头上，说是她指使弟弟去翻白小兰家窗户的，母亲虽说气得咬牙切齿，可事情已然发生了，也便不再追究什么，只是每天把小家伙盯得更紧，生怕他跑出去闯什么祸。

　　这天下午，母亲和姐姐又都去了白小兰家里，小家伙总算是逮住空了，他竟自作主张解开了拴狗的绳索，牵着坦克颠颠地走到街上。这段时间，坦克也比孩子好不到哪去，总是被牢牢地拴缚在院里，像个囚犯，它的叫嚣和恼怒根本没人理睬。

从十字路口那边，突然传来一阵响动，孩子停住脚步，疑惑地张望了一会儿，才循着声音走过去观望。果然，有一伙大人正手持斧子砍那棵老榆树呢，几把亮闪闪的斧头起起落落，新鲜潮湿的木屑就像朵朵浪花，从粗壮的树干上迸溅出来，转眼之间，树坑里就聚集了厚厚的一层，看上去很像刚铺了一圈崭新的毡毯。

砍树的杂沓声响招来了一大群孩子围观，刘火也在其中，他本来是要牵着大黄蜂到树林那边散步去的。亚洲一瞧见刘火，便远远招了招小手，兴高采烈地凑了过去。两个人像兄弟一样站在人堆里，刘火就情不自禁地伸出手去，揉搓了一下亚洲的小脑壳，孩子的短头发茸毛般柔软，摸着会让人心里产生了一种类似长辈对晚辈的抚爱之情。

平心而论，刘火现在确实已经喜欢上这个叫亚洲的孩子了。那天，他背着小家伙去外面寻医求救的时候，一种兄长般的责任就自然而然地肩负起来了。白小兰家出事那些日子，他一直忙前跑后地在那里帮忙，支桌子，搬凳子，给前来吊唁的人端茶递水，甚至还去了坟地搭手抬埋。在他印象当中，白小兰的父亲是个很温和的男人，父女俩一样不善言辞，但都有一颗很善良的心。当年母亲还在世的时候，大人们之间好像随口说过，将来要把白小兰嫁给他当媳妇的。那时候他俩还穿开裆裤呢，自然什么也不懂得，而今都渐渐长大了，男女有别了，生分是免不了的，可在关键时刻，他会毫不犹豫地伸手相助。

坦克和大黄蜂很有点儿一日不见如隔三秋的样子，此刻，它们在主人的眼皮底下开始亲密接触了。狗和狗之间的交流远比人来得更直接，也更感性，它们习惯于凑上鼻子，搭上嘴唇，这里闻闻，那里嗅嗅，转眼就熟络了，彼此身体亲昵地偎靠在一起，前爪不时抬起来趴一趴对方的脖颈儿或腰胯，像是人和人之间最动情的拥抱，眼神里流露出犬类特有的兴奋和默契。

不过，今天狗的片刻欢乐随着砍伐声越来越响亮，聚集的人群也越来越密，很快就被严重惊扰了。关键是那棵老榆树，似乎已经开始摇摇欲坠，那巨伞般遮天蔽日的树冠簌簌作响，那些发黄先枯的树叶，随着几把斧子的剁砍声纷纷扬扬散落下来，有些竟落在狗的皮毛或鼻尖上。

大黄蜂不由得打了个喷嚏，黑油油的鼻头使劲儿抽动着，飘浮在空气中的一团干燥的灰尘蒙了它的眼鼻。坦克则高高地举起头颅，眼神警醒地朝那耸入天空的树冠张望。就在这时，黑乎乎的一团东西从高处稀里哗啦砸下来，人们哄的一声，往后退了好几步，好像白日里撞到了鬼。竟是一只喜鹊巢被震落了，柴草絮中有五六只卵落地摔得稀烂，惹得那只孵卵的母鹊悬在半空中，惊魂不定地喳喳哀鸣。

两条大狗再度警觉地竖起双耳，它们整个背脊下意识地收缩紧绷，显得十分有力，像是一触即发的强弓硬弩。它们几乎同时钻进人群之间，对着散落在地上的那团喜鹊巢大声汪汪起来，叫着，叫着，大黄蜂似乎终于意识到，一直以来自己最为迷恋的老榆树所在这片古老的领地，将要发生致命倾覆了，那些没头没脑的家伙正用力猛砍，好像跟这棵老树有着什么深仇大恨，眼看着老榆树已经疼得吱吱叫了，身体正朝向一边微微倾斜着，就要永远地翻倒下去了。像是幡然醒悟，大黄蜂不再傻乎乎地朝那鸟巢瞎叫唤了，而是忽然转向，直冲冲地朝那几个罪魁祸首——高举斧头的家伙吠跳扑咬。

与此同时，镇上的那群狗也像是收到了紧急密令，它们不约而同在第一时间赶奔现场，少说也有十来条呢，纷纷加入大黄蜂的队列，躁动的狗群发出雷暴般的吠鸣，汪汪汪汪，它们简直有些同仇敌忾的气势。刹那之间，整个狗群就将砍伐老树的几个男人团团包围起来。

这种情形在镇上实属罕见，一大群狗突然聚集起来围攻几个干活儿的男人，如此一来，便惹得那些砍树者极大不满和恼怒起来。

妈的，这都是谁家的疯狗，快点儿弄走！

有人嚷着甚至高高地举起了斧子，冲带头吠咬不止的大黄蜂示威似的晃动着。骡子也带着一伙人在旁边围观，他一眼就认出那只带头吠叫的大狗，于是他立刻举手报告说大黄狗是刘火家的，还说这条狗经常在镇上为非作歹，一定要给它点儿颜色瞧瞧。

喂，刘火在不在？要是再不把狗赶开，我们可真要往死砍了！

很显然，大黄蜂被那道斧刃的银光险恶地刺了一下，它立刻愤怒地龇出几颗白牙，喉咙发出咝咝哼鸣，眼神异常凶悍，腰胯和两条后腿忽然向后拉伸，尾巴低垂，鼻头几乎触到了地面。

当那个耀武扬威的家伙再度作势冲狗群晃动斧子的时候，大黄蜂便怒不可遏，它噌地从地上一跃而起，两只前爪闪电般袭向对方。所有孩子都怔住了，先前的喧闹声突然中断，大伙儿屏住气息，甚至用手捂住嘴巴，好像一场生死之战一触即发。

随着一声惨叫，那把银亮的斧子早已咣当坠地，大黄蜂准确无误地叼住了那人的手腕子，一串血水已顺着袖口殷殷地滴落到地面上，孩子们也跟着受伤者尖叫起来。其余那几个砍树的男人，虽然有些惊慌失措，不过，他们毕竟仗着手里都有铁家伙，个个不甘示弱，一面大喊大叫，一面用力比画着斧子。

岂有此理，简直反了天了！

砍死这条疯狗！快砍死这条疯狗！

同志们一起上啊！

坦克一开始似乎只是按兵不动，冷眼观望着眼前混乱的局势。但它绝非胆怯，绝非想袖手旁观，它只是在暗自遵守着某种决斗规则，刚才一对一的单打独斗，它还无需冲动，它相信大黄蜂可以对付得了。

可一旦四五个壮汉叫嚣着都扑向大黄蜂的时候，情况就变得复杂而危急了，狗最忌讳被手持利刃的人突然围攻，这条过去在部队里受过严格训练的灰褐色的军犬不得不伺机而动了。

刘火完全惊呆了，事情来得太过突然，他低估了大黄蜂的战斗力，以为它不过是随便叫唤几声，吓唬吓唬那些人罢了。

大黄蜂，大黄蜂，快给我松开，快给我松开啊……

现在，他的叫喊声彻底被狗群的狂吠声淹没了，尤其是当坦克纵身扑上去助阵的时候，在场的所有狗都变得疯狂了，它们一起汪汪汪汪摇旗呐喊，而坦克的凶猛和凌厉程度，远远超过了那些土狗笨狗，它似乎更善于战斗，扑上去几乎一爪子就把一个男人击翻在地，随即，它又果决地掉转方向冲向另一个，那人还没来得及举起斧子，坦克早一口咬住了对方的脚脖子，再用力往回一扯，那人便四仰八叉倒在地上了。刚才还耀武扬威的几把斧子，顷刻间全都缴了械。

亚洲在一旁早看得兴起，小嘴哇哇直叫，还不停地拍手叫好。

坦克，咬他！

坦克，咬他！

狠狠上去咬啊——我的好坦克！

砰——！

砰——！

起初，谁也不知道究竟发生了什么，因为头一声枪响完全淹没在人喊狗吠的喧嚣声中。直到第二记枪声清脆地响起时，在场的孩子才反应过来。

开枪了！开枪了！

民兵来了，快点儿跑啊！

那一刻，场面彻底陷入混乱，狗在逃窜，人在奔跑，一时间街面上脚步杂沓，尘土卷扬。

亚洲因为脚下总不得劲儿，跑起来更是颠得厉害，眼看着就被人逮住了。还是刘火眼疾手快，一把拽住亚洲的胳膊，用力拉起这个孩子，拼了命往辅街那边跑下去了。这时身后传来民兵队的大呼小叫声。

两条疯狗往那边跑了！

千万别放了它们！

快追快追！

随即，身后又传来砰的一声枪响，空气顿时变得火辣辣的，一股浓烈的火药味在街面上弥散开来。

亚洲毕竟年幼，吓得呜哇一下哭出声来，刘火在慌乱中跑丢了一只鞋子。孩子腿脚本来就不利索，加上这一通惊吓，两腿乱颤，竟湿淋淋尿了一裤裆，小家伙哭唧唧地似乎再也跑不动了。刘火既惶恐又感到绝望，他是完全有能力一口气跑掉的，可他就是不能扔下这个可怜的孩子。这种时候，他已经顾不得许多了，只能停下脚步弯下腰身，想把小家伙背在自己背上再往前跑。

但就在这个节骨眼儿上，一个民兵已经从后面追了上来。

24

出了这么大的事，家里人不可能不知晓，可这阵子知道了也无济于事。

谢亚军和母亲东奔西跑找了一圈人，后来还是谢亚军勉强把母亲搀回家的，可她人还没进屋，就一屁股跌坐在院里，大声地哭起来。她边哭边含混地唠叨着，这事自然又牵扯到父亲头上，说早知道会这样，当初就算是铁了心跟父亲打离婚，也决不上这个鬼地方活受罪。谢亚军从来没见到母亲这样撒泼似的号哭，很想把她扶起来进屋去，可她软得像根面条，怎么也弄不起来。

其实，谢亚军的心里同样难过，她恨弟弟不听话总是给母亲惹祸，也恨那个刘火有事没事老掺和进来，要不是他带着弟弟，也许一切都不会发生。她想，一定要找机会当面质问他。母亲如泣如诉的号啕声，终于把隔壁的那个花嫂召唤来了。自从丈夫的尸体被送回家后，这个女人并没立刻返回大坝工地，而是一直在家居丧，自从她丈夫去世后，她还是头一回来谢亚军家里串门。至于白小兰，几乎把自己包裹得像只坚硬的蚕茧，任凭谁也休想让她开口说一句话。父亲的不幸离世，让白小兰噤若寒蝉，她简直跟丢了魂似的，再也不是以前那个小姑娘了。

花嫂毕竟是花嫂，这么大的一次打击，居然也没能将她彻底摧垮。恰恰相反，她竟还能像往常一样，又热心热肠谈笑自如地来到家里，发挥自己能说会道的优势，苦苦劝说谢亚军的母亲。

她说，他们也就是吓唬吓唬小孩子，过了今天一准会放人的。实在不行，我豁出去找他们评理去，杀人不过头点地，再说是狗咬伤的人，又不是孩子们咬的，说破了天咱也不怕！

花嫂的话果然掷地有声，几乎震得屋顶都簌簌作响了。母亲的哭声就变得有点儿断断续续，后来便有气无力了。她终于恍恍惚惚像大病初愈的人，让花嫂从地上连哄带劝搀了起来，两个女人双双进屋去了。

谢亚军一个人留在院里，又默默地待了一会儿。平时拴着坦克的院墙根下，此刻变得静悄悄的，仿佛那只狗从来都不曾存在过，甚至于，连它过去高亢的叫声，都变得不真实起来。事实上，狗到现在也没有回来的迹象。听街上的人说，事发之后民兵们来回奔突，到处搜捕咬伤人的恶狗，想必坦克也是不敢回来了。

白小兰看见谢亚军皱着眉头，一个人悄无声地走进她家屋里来。白小兰的眼神中不由得浮起一层动荡不安的东西，仿佛是一个人大病初愈后的孱弱目光，她依旧一声不响，只是关关切切地盯着对方。很显然，这个黑瘦的小姑娘什么都知道了，两家原本一墙之隔，她的脸上自始至终挂着那种挥之不去的焦虑和忐忑。

谢亚军却什么也不跟她讲，进屋后就在白小兰对面的一把椅子上直挺挺坐下来。她甚至连看也不多看白小兰一眼，一味地低下头去，十指交叉在一起，轻轻揉搓着，绞结着，两腿慢慢伸直，脚背互相叠摞起来，唯独脚尖还在一动，一动，漫不经心的样子。昏黄的灯光恰好从她俩中间倾泻而下，两团渺渺小小的影子就那么一声不响地蜷缩起来，或者，刻意填充着彼此间的那片无声的空白。太长的空白让整个屋子静得有些不可思议了。

大约有一顿饭的工夫，她们谁也没有开口说话，两个人的嘴唇都像是被很厉害的胶水封住了。既然说话是一件那么艰难痛苦的事情，谢亚军也就不打算多说什么。这样一来，白小兰缄默的特权似乎被对方不知不觉给撼动了。世上的事情就是如此，对于无言者最好的办法，往往是比对方更加沉默。尽管现在两个人都选择缄默不语，但彼此又似乎都在期待着对方能说点什么，能够率先打破这种无奈的僵局。而这种心理上的微妙变化，随着时间推移，在她俩之间就变得越来越急切，越来越明了了。

亚、亚洲他，他没、没事吧……

终于，白小兰怯生生地开口了。她的声音小极了，小得简直像蚊子轻哼了一声，生怕被旁人发觉似的。谢亚军稍一迟疑，话到嘴边又止住了。她只是抬起头望着白小兰，好像根本不认识她似的，又好像是，第一次见到这个眼睛大而黑的忧伤姑娘，可她随即又垂下头去了。

屋子里静得叫人发怵，没有语言的长时间面面相觑，让彼此都感到万分尴尬和痛苦了。

你、你咋，也不、不，不说话啊？

白小兰再度吃力地张开嘴，这一次她的声音比刚才略高了一些，也比刚才显得更加焦躁和急切。谢亚军多少有些激动，她暗想，我一定要让你开口的，你不能再这样下去。当她再次抬眼望向白小兰时，她发现对方脸颊上那些细密的麻点都开始泛红了，准是急火所致。于是，她微微抿了抿嘴唇，似乎给出一种想要说点什么的信号，但仅此而已，半天她依然什么也没说。

快、快说啊，你、你哑巴啦!?

白小兰的脸色真难看，铁青铁青的。谢亚军从来没见过她这副表情，像是要跟她彻底翻脸了似的。与此同时，谢亚军也注意到，那两汪泪正在对方眼眶里快速汇聚，打转，涌动。兴许那眶体太小了，再也存不住它们了，两滴很大很亮的泪蛋儿扑地迸出，像两颗很嫩很嫩的白葡萄，顺着面颊慢慢滑下来。

谢亚军一眨不眨注视着，那泪珠儿怎样在那张悲戚的小脸上从无到有，从小到大，再到最终直线滑落，这个过程凄美得叫人心碎。她终于禁不住起身，猛地扑过去，紧紧地把白小兰搂住了。霎时，又有两股新鲜的泪水加入她们中间，彼此纠缠在一起，眼泪与眼泪凝视，眼泪与眼泪相逢，眼泪与眼泪拥抱，眼泪自己开始说话了。

小兰，我好怕，我还以为你，你再也不会跟我说话了……呜呜。

这种时候，谢亚军才呜咽着说出了这些天心里最想说的那句话。

白小兰破涕为笑，她用手轻轻地揩去对方脸上的泪水，像个跟孩子久别多日的小母亲似的，一味地哄着宠着谢亚军。

别、别哭，你、你一哭，就不、不漂亮了……

我知道你心里太难过，可你知不知道，人家也同样难过得要死？你要答应我，以后别再那样吓唬人了，要知道我在这里可就你一个好朋友！你不理我，我觉得自己活得一点儿意思也没有。

谢亚军一面动情地说着，一面也像白小兰那样，抬起手去抹对方脸上的泪水。两个姑娘都哭得鼻尖通红通红的，好像马戏团里的一对小丑儿。

现在，小丑儿望着小丑儿，终于挤出了难得一见的笑脸。

25

空气中弥漫着臭烘烘的粪便味，小屋唯一的一扇小窗户，还让木板条从外面钉死了。月光倒是透过板条间仅余下的二指宽的罅隙，悄无声息地爬进来，光线微弱而神秘地落在脚下，显得那么弥足珍贵，好像是这世上仅存的最后一缕光明。地上还是老早以前铺过的一层秫秸秆，由于潮湿已经霉变发黑了，不时散发出一股热牛粪才有的臭气。

此外，小屋里别无一物，四壁光秃秃的，只有黑暗显得无边又无际，叫人难以抗拒。蚊子和跳蚤是自然不会少的，它们早就饿红了眼，人刚一进来，这些阴鸷下作的小虫子再也没有闲着，它们使出浑身解数，一群一群哼哼唧唧围上来，又咬又吮，个个都吸得肚满肠肥才肯罢休。

亚洲起初都在哭闹，孩子的哭闹声简直快把刘火折磨疯了，小家伙口口声声想回家、要妈妈、要姐姐，尽管这里到家没有几分钟路程，可他却爱莫能助。刘火唯一能做的事，就是尽量搂着他，哄他，叫他别害怕，哄骗他说过一阵子那些人准会放了咱们的。可是，从下午关到黄昏，再关到天色都黑尽了，也没有人来搭理他俩。

这种时候，肚子早咕咕叫了，饥饿如狼似虎，刘火似乎还能忍受一会儿，亚洲却饿得不行了，先是呜呜地抹眼泪，接着干脆哭起来，哭着哭着又开始打嗝儿了，身体一抽一抽，小脸涨得通红，眼神变得凄凄迷迷。弄得刘火手忙脚乱，他从来没有意识到，想把一个小孩哄乖不哭，竟然是这世上最最难怅的事情，他觉得自己从来没有这么无能和愚笨过。

随着小屋内越来越黑，恐惧远比饥饿更能折磨孩子，刘火觉得自己的神经有一度即将崩溃了，整个人就要发疯了。也不知都是怎么熬过去的，后来孩子紧紧依偎在他胸前睡着了，饥饿和恐惧总算松开了它们的魔爪，孩子暂时获得了解脱，刘火也跟着迷迷糊糊睡了过去。

睡着，有时比醒着更可怕。刘火几乎很快就被黑暗拖入无边的梦境，饥饿的身体变得软绵绵的，活像一条灌足了空气的麻袋，让风吹得鼓鼓作响，在旷野上来回滚动；一阵暴风骤雨袭来，转眼间麻袋就让雨水浇透了，沉重地扁扁地趴在一地烂泥中喘息。无边的泥泞就像命运的深渊，人一旦陷入其中，便难以自拔了。

在梦中，刘火总是叫天天不应，叫地地不灵。他兀自想起多年以前，因分娩失血过多而离开人世的母亲，那一天就是他自己的世界末日，他一直想为母亲做点什么，可他太小了，一点儿手也搭不上，只能眼睁睁看着母亲走了。那一年洪水滔天，全镇的男人几乎都去防洪坝上干活儿了，家里只有他和年迈的爷爷奶奶。现在，家里还是只有他一个人，父亲也不知去向，就像母亲一样忽然从他身边消逝了。别人都说父亲出门是为了寻找他，可他一直感到疑惑。很多时候，他似乎觉得父亲并不是去找他，而是像大多数人那样，也热火朝天地去工地上干活儿出力去了，要知道修筑水坝也是父亲多年的夙愿，听说只要有了坚固的大坝阻挡，再大的洪水也不会再淹到家门口了。而当年若是洪水不来，父亲就不用去抗洪救灾，母亲也就不会那么轻易撒手离去。这样的想法会让他感到温暖，或者产生一丝希冀，他就为这种想法坚强地活着。

他挣扎着想动一动身体，可胸口像被一只圆溜溜的石头镇压着，他喘不过气，翻不了身，恐惧和胆怯始终裹挟着少年人。在梦中，他不停地呼喊救命，四野空旷，无人理睬，镇上所有的大人都远远地绕开他，他们头也不回地朝着土熔炉方向迈步走去，那里火光冲天，烟气弥漫，人声鼎沸，大人们正挥汗如雨，干劲十足，似乎万众瞩目的闪亮钢锭即将诞生。

刘火昏昏沉沉总算翻了一个身，那颗毛茸茸的小孩脑瓜就从他的胸膛上轻轻滚落下去了。他的衣衫上留下一摊热乎乎的清口水，不管怎么说，这种感觉同样让人觉得温暖。

外面传来一阵响动，沙沙沙，沙沙沙。起初是轻微的，不经意的，后来就越来越响了。好像是，谁在用力扒门，门板发出嘎啦嘎啦的响声。是谁？刘火猛地从地上翻身坐了起来。谁在外面？没人回答他，也许只是自己的错觉。他蒙蒙眬眬朝那扇可怜的小窗口望了一眼，那道世上最狭窄的月光正漫不经心倾泻进来，地上同样映出狭窄的一道光亮，他的心顿时凉了半截。唉，这深更半夜的，哪会有什么人呢……

可是，嘎啦声又一次响起来，而且，比刚才更猛烈更迫切更疯狂了。继而，他依稀仿佛听到了呜嗷呜嗷急切的叫声，他急忙用膝盖跪爬过去，将一只耳朵紧紧地侧压在门板上，竟是狗在叫呢，没错，是它，大黄蜂！是大黄蜂！他连着叫了两声，内心激动得无可名状，外面立刻就有了十分强烈的回应，呲呲，呜呜，简直像个孩子在隔门而泣又急不可耐。

老天爷，真的是我的大黄蜂啊！

狗的两只前爪始终在拼命抠门，嘎啦啦，嘎啦啦……这种门板跟这屋子一样年代久远了，似乎经不起狗的这通执着的奋力抠抓，靠近底部的那一块薄板，后来硬是被锋利的狗爪抠开了一道细缝。刘火又惊又喜，忙将右手的四根手指伸进去，木板的缝隙粗粝而扎人，他忍着剧烈的刺痛，两只脚死死蹬住门槛两边，同时身体猛地向后靠去，几乎使上吃奶的力气去扳动木板，一下，两下，三下，整扇门都晃动起来。

大黄蜂在外面欣喜若狂地叫着，只要里面的人再加把劲儿，相信它就可以从扳开的一个豁口钻进去，然后伸出热乎乎的舌头猛舔主人的脸了。

这个节骨眼儿上，刘火却突然听到一阵杂沓的脚步声由远而近，有人开始高声嚷叫，快快快，狗东西跑到这里来了，这回可千万别让它溜了！紧接着，砰砰两下，枪声顿时在夜晚的空气中回荡起来，听起来有些震耳欲聋。与此同时，门外的狗吱呜吱呜尖叫了两声，那声音凄厉而悲怆。一定是大黄蜂中弹了，刘火的心几乎快跳撞出嗓子眼儿了。

大黄蜂？

大黄蜂大黄蜂？

你没事吧？我的大黄蜂？！

26

后半夜，刘火是被硬生生烤醒的。

大黄蜂来过的事，亚洲一点儿也不知道，孩子睡得死死的，好像什么也没发生过。刘火不知道大黄蜂后来跑到哪里去了，可他分明听到自己的狗中了一枪，吱呜吱呜叫得好凄惨，他讨厌那些手里有枪的家伙。

刘火的身体被一股奇妙的热浪掀来掀去，他觉得自己像是平躺在夏日温暖的河床上，任凭激荡的水流将他带向远方，带向天边。脑海中的记忆也渐渐消失了，就像河水退却后那片平静如初的沙滩，什么痕迹也没留下，他甚至忘了自己是谁，怎么会躺在这个黑洞洞的鬼地方？直到虚弱的身体越来越热，越来越烫，烫得像一只吱吱燃烧着的火把，刘火才终于慢慢苏醒。至于外面的大火是怎么烧起来的，他一点儿也不知道，他只知道自己是被那灼人的热浪烫醒的。他醒来的时刻感觉浑身上下都在吱吱冒烟。

那时候，整个镇委会的院子已经被滔天的火海重重包围，罪魁祸首好像就是垛在土熔炉旁边新砍回来的大树干，那些粗壮的东西垛得比山丘还高，眨眼之间就烧成了一片火焰山了。火力的狂野又唤来了溜尻子风，它们也呼呼叫着跟来凑热闹了，数百条火蛇正好借着风的淫威，朝四面八方一通狂扑乱咬，很快大火就蔓延到孩子们的那间屋子来了。

开初，巨大的火舌恣睢地舔舐着窗户和门板，那些露在屋檐下的椽子和草席，率先噼噼啪啪烧了起来，呛人的浓烟凶猛地倒灌进屋内。接着，那扇单薄的门板也被烧着了，木头板嘎巴嘎巴的炸裂声大得惊人。

刘火一骨碌从地上翻坐起来，忘了自己身上疼得跟散架一般，他第一个念想就是，赶紧伸手去拽醒躺在一旁的孩子。

亚洲亚洲亚洲亚洲！

快醒醒快醒醒啊！

着火啦！！

咱们快起来跑呀！

……

赶在天亮前，大火才终于被扑熄了。

整个场院烧成一片乌黑焦炭状，大食堂的军用帐篷以及里面的百十张桌椅板凳，全都化为一摊灰烬了，唯独那只孤绝僵挺的土熔炉，依旧趾高气扬地矗立在瓦砾场中央。只是，它那原本土褐色的外表，业已熏得黝黑发亮了，透着那么几分怪诞之气，仿佛昨夜黑煞星真的下凡了，气狠狠地把一杆杀伤力巨大的黑铁兵刃插在地上。

呛人的烟气还在到处弥漫，空气中飘浮着大片大片的黑灰，这种类似烟雾的东西轻飘飘的，却又长时间挥之不散，恰似乌云压顶，时不时会坠落一些霾片，调皮地粘在人的头脸和脖颈儿上，拿手轻轻一揩抹，一张张黑怪的嘴脸，看着着实有点儿滑稽可笑。

这种时候，人们早已无闲心顾及这些，有关这场大火的起因成为论说的焦点。大伙儿普遍以为，土熔炉的温度实在太高了，连明昼夜地燃烧着，硬是把它旁边的大木柴堆给烤着了。可也有不同声音，一个民兵就疑神疑鬼地站出来，硬说他夜里值班，确实发现两只大狗在场院里来回乱窜，其中一只跑去使劲儿扒门，另一只就在土熔炉周围瞎晃悠，他还胡乱朝那只扒门的狗开了两枪，好像是打中它了，不过当时他只顾着去查看小屋里的两个孩子，至于那两条狗究竟跑到哪儿去了，便不得而知。最后，这个家伙还用力拧起八字眉头，朝人群里抛出了一个可谓是大胆之极的怪论。

兴许，这把火是那狗放的？他煞有介事地说。

人们顿时唏嘘不已，哎呀呀，神了神了，简直神了！狗能放火了！

几个老辈人却直摇动白花花的脑壳，说都是报应，老榆神到底显灵喽……尽管老人的声音小得可怜，可还是被一筹莫展的工作干部及时捕捉到了。对方马上梗直脖颈儿，双手卡腰，一双绿豆小眼瞪得溜圆，同时义正词严地呵斥道：

都把嘴闭紧！不调查研究就没有发言权，谁要是再敢妖言惑众，让他吃不了兜着走！

于是，老辈人吓得赶忙缩回了黝黑的脖子，彼此相觑着吐吐舌头，再也不敢吱一声了。

27

人们全都忙着去扑火了，夜里谁也没有在意什么。

直到天光四亮，负责司炉的老铁匠才像往常一样打着哈欠，抠搓着眼屎，他也是无意中那么一抬眼，就见炉膛里静静地躺着一团黑色的物件，那仿佛是一块黝黑圆润的陨石从天而降，当时炉火基本熄灭了，四周静悄悄的。老师傅惺惺忪忪地揉了揉睡眼，又动作迟疑地拿手中的火棍往炉膛里捅了一捅。笃笃！笃笃！那黑物件竟硬得有些出奇。要知道前些日子，炉膛里还尽是一堆被敲得零七八碎的铁块块呢。老师傅一面思忖着，一面又抬起自己的手背，为了能够看得分明，他又使劲儿抹了抹浑浊的老眼，身子也往炉膛跟前凑了两步，继续细细端详着，当他手指颤抖着再度拿火棍去碰触那团奇异的硬物时，一行清亮的老泪唰地滑出了干瘪的眼眶。

成了！成了！我的老天爷啊，可算是炼成了！

人们都说，这才叫有心栽花花不开，无心插柳柳成荫呢；还有人说，一夜大火竟烧出这么大一个副产品来，真是得来全不费功夫啊！不管怎么说，人们日夜鏖战，忙乎了几个月，镇上总算是弄出了这头一块硬邦邦的大铁锭。首战告捷，工作干部那张皱巴巴的黑脸终于由阴转晴，他喜形于色地率领大伙儿，参观了这块形状着实有些古怪的物件，这个男人始终踌躇满志地倒背着双手，煞有介事地来回踱步，智者般频频点头，嘴缝里半晌只往出蹦同一个字：好，好，好！

　　等大铁锭被老师傅用几桶井水淬凉以后，四个壮硕的男人才吭哧吭哧把它从炉膛里抬了出来。他们像是抬着一块刚刚出土的无比珍贵的古生物化石，又像是诚惶诚恐地架着一个神秘的天外来客，每个人脸上的表情都庄严而神圣，甚至都虔诚得有些僵硬了。别说，这个物件乍看起来还真有些奇异景象，与其说它是个大铁块，倒不如说它更像是一团凝固了的黑煤渣，又不小心沾上了一层土泥巴，表面上尽是些千疮百孔的小洞眼，远远看去，仿佛千百双睁着的眼睛，可要说是眼睛吧，却又没有眼珠，反而给人一种有眼无珠的空洞印象。

　　妇女们看问题总是更简单些，她们早叽叽喳喳围过来，用事先准备好的两条鲜艳的红绫子，应付差事般左一道右一道，五花大绑一般拦腰裹了好几道，就像是生怕这个怪力乱神造就的奇怪物种，会突然复活并当众逃走似的。最后，女人们还别出心裁地，又在铁锭正中央系绾出一朵姿态奔放的大红花来，好比老早以前给新郎新娘身上披红挂彩一样，这样看起来，一下子就喜色多了。

　　很快，这巨型的首块铁锭就被众星捧月般，兴师动众又小心翼翼地抬到了卡车上，然后被稳稳妥妥地安放在车厢最中央的位置。这时，那个工作干部立刻往自己手心猛啐两口干唾沫，然后就跟嫁闺女的人家的长辈一样，动作笨拙地猴爬到车厢里去了。这男人的身体发福得最为明显，过去的旧制服套在他身上就显得捉襟见肘。当事者却又毫无察觉，他一手雄壮地叉住腰胯，一手向众人豪情万丈地挥舞起来，脸上挂着那种千载难逢的喜悦。

　　后来在众人的欢呼声中，锣鼓也咚咚隆隆敲打起来，整个场面立刻变得空前的热烈和奔放了。汽车已然发动了，车尾正呜呜噜噜地喷出一股股瘴烟，招惹的那群孩子欢天喜地跟在车后疯跑起来。出发前，工作干部当众宣布镇上的重大决定，他将负责把新鲜出炉的大铁锭护送到县里报喜请功，他让大伙儿在家里等着他的好消息。汽车开动了，车速快得像一匹受惊逃窜的野马，转眼间就把这群小家伙们撂在老远老远的一片尘烟之中。

　　和往常有所不同的是，今天这群孩子里既没有刘火，更没谢亚军的弟弟。镇上有史以来，最受人注目的一桩大喜事，他俩都没福气亲眼见到。这不能不说是一种遗憾。

28

亚洲依旧昏昏沉沉躺在屋里，由母亲和姐姐片刻不离地悉心照料着。

孩子是后半夜里突然回来的。那时，谢亚军还没有合眼，母亲始终在里屋床上唉声叹气，娘俩整晚都在替小亚洲担惊受怕呢。就在那时，外面的院门被谁猛地用力砸响了，动静好大，咚咚几声，两个女人吓得都缩进被窝里筛抖着，半天也不敢露头。

这样静静地等了一会儿，再没什么响动了，她俩才战战兢兢下了床，都趿拉着鞋，摸黑走到院里。外面并不是很黑，相反深黯的天空竟泛着一片奇异的红光，仿佛刚刚发生过一场大火似的，空气中还飘荡着一股股焦煳呛人的烟气。这时，院门那边又传来嘤嘤呜呜的一阵哭声，再仔细分辨似乎还有叫妈妈唤姐姐的声音，不过那声气听起来就像月子里的小猫似的有气无力。两人顿时喜出望外，真的做梦也没想到，竟是亚洲回来了。

事实上，这个半夜三更回到家里的孩子，几乎一直处于梦游和昏迷状态之间，恐怕连他自己也说不清，怎么会出现在家门口的。母亲和姐姐发现亚洲的时候，小家伙就斜倚着门板坐在冰冷的地上，疲倦的身体跟一只逃亡中受了重伤的小兽相似，始终在痉挛着或不停发抖。母亲流着眼泪，一遍一遍疼爱地叫着他的乳名，同时用力将他从地上抱起来；谢亚军也趁机去抓孩子无力垂下来的一只小手，才发觉弟弟正在发烧，小手臂烫得像块火炭。谢亚军不由得缩回手去，她脚下稍一迟疑，母亲已经抱着弟弟疯野地冲进院里，一口气跑回屋去了。

　　猛不丁，就有一团黑茸茸的东西，神秘地浮现在谢亚军眼前了，她吓得浑身紧缩，差点没喊出声来。好在，那团黑茸茸的东西已经迫不及待地扑上来拥抱她，舔吻她了，那种柔软而湿热的感觉倏地传遍周身。谢亚军立刻醒悟过来，天哪！是我们的坦克！她嘴里近乎狂喜地叫着，早张开双臂深情地将对方紧紧抱住了。坦克坦克，我的好坦克，你让人担心死了！她无法想象狗和弟弟竟能一同归来，这让她兴奋得简直无可名状。这两天你到底跑哪儿去了，你这个调皮捣蛋的家伙！她这样询问的时候，甚至忘了它只是一条狗。她又想，也许正是坦克把弟弟弄回来的，要知道坦克可不是一般的狗，她相信它什么都能做得到。

　　可是，就在她转身准备关闭院门的时候，坦克却一反常态，竟又急匆匆地抢先一步窜到门外面去了，好像这里不再是它的家，好像这里充满了危险。她惊讶地追出去，连声呼喊着，坦克听话，坦克你快回来呀！但那狗只是冲她很奇怪地汪汪了一声，就毅然决然地转过身去，箭一般迅速地消失在茫茫夜色中了，又像是，不远处的黑暗中有什么更重要的事情等着它呢。

　　这种时候，谢亚军又不由得想起了刘火。听说弟弟是跟刘火关在一起的，现在弟弟总算平安归来，那他人呢，是否也该回到家了？说不定弟弟就是刘火刚才送回来的，他只是不想再惹她母亲生气，所以他在帮弟弟敲响了大门后，又匆匆离去了。这个男孩身上总有那么一股子劲儿，他心地善良，做事沉稳，又敢作敢当，想必他是不会眼睁睁看着弟弟在那种地方受罪的。这样想时，她的心里便得到了莫大的宽慰，她想等弟弟身体好点了会告诉他们的，到时候就会真相大白。

　　进屋以后，弟弟只朦朦胧胧睁了一次眼睛，嘴里模糊不清地呢喃着什么，就昏昏沉沉地躺在床上了，孱弱的小身体一阵一阵抽缩着，好像身上被谁系了几根看不见的绳线，又被暗中一下一下牵拉和提控着。母亲百般怜爱地用嘴唇亲遍了小家伙的额头和脸蛋，大滴大滴的眼泪泉水一般落在孩子的脸上身上。若不是谢亚军在一旁及时提醒弟弟还在发烧，母亲简直就要这样没完没了地亲吻到天亮了。

这当间，谢亚军已经在脸盆里兑好了温开水，急忙投湿了毛巾递过来。母亲开始手忙脚乱地把孩子身上的衣服高高地撸起来，用湿毛巾一遍一遍擦拭着他的胸脯、胳肢窝和后背，最后还冷敷了额头，谢亚军就守在旁边做帮手，不停地去投洗毛巾。每擦一下，母亲的嘴里都哑哑响着，好像在使用一种什么古老的偏方给弟弟降温。谢亚军觉得，母亲的这种哑哑声很刺耳，也很折磨人，尤其是在这种万籁俱寂的深夜里，几乎每听到一次，她那些紧绷的神经，都像是被无情地拨弄了一番。

明天一早，我就带上你和你弟，离开这该死的地方，要是再多住一天，妈真的要疯了！

那……那我爸咋办？

哼，那个野人！他根本不顾咱娘仨的死活，往后他爱干什么就干什么去，反正我们谁也指望不上他……

妈你——？

母亲压根儿不再搭理她了，而是径自起身去柜子那边找寻什么。母亲的动作多少有些神经质的，她开关柜门或抽屉的声音大得惊人，好像跟这屋里的一切都有了深仇大恨不共戴天。后来，那片雪白的阿司匹林，终于被母亲用力掰开弟弟的小嘴，用温开水灌了下去。

那一刻，谢亚军觉得弟弟的表情痛苦极了，像是被谁强行服了什么毒药，那薄而细的喉管透着清亮亮的光芒，吞咽药片时就跟小鸡崽似的咯喽了两声，泛着红色的小胸口微微起伏了一下，药片就连同那无尽的母爱（或者还有对父亲的恨吧）一下子注入他孱弱的小身体里了。之后，母亲又继续神经质地翻箱倒柜，丁零咚隆，折腾个没完没了，几乎是，每往包袱卷里塞进一样什么东西，她都是咬牙切齿的样子，间或，手指类似痉挛性的发着抖。

这时的谢亚军，完全不知道该干什么好，搭把手不是，不搭手也不是，她觉得自己碍手碍脚的，最后她只是选择近距离地躺在弟弟身边，脸对着脸，一只手轻轻拍抚着孩子的身体，像是非要与小家伙一同呼吸才能彻底心安。或许是终于把弟弟盼回来了，心思一下子松宽多了，她竟也迷迷糊糊合上疲惫的眼皮。却又睡得那么潦草稀松，好久都没想过的陈年旧事，此刻都一股脑儿涌上心头。

那时的她整天无忧无虑，小姑娘的世界总有华美的衣裙，好玩的猴皮筋，时不时可以得到一两颗奶糖作奖赏，缓缓噙在嘴里，甜滋滋地吮着奶香，剩下一颗牢牢攥在手心，轻易舍不得吃……那时母亲有自己的班要上，脸上成天挂着年轻女人自信而温和的笑，白天母亲嘴里总是哼着一首最新电影插曲愉快地出门，会顺便把她送到附近的一个托儿所里，那里的阿姨都很年轻，会给孩子们戴上漂亮的小围嘴，围嘴胸口那里有好看的小鸭子或小熊图案，阿姨会陪着大伙儿一起做丢手绢的游戏，还教孩子们唱《我爱北京天安门》《我们的祖国是花园》《我是汽车小司机》……不过刚去那里的时候，她总是忍不住要哭鼻子，就是想家想妈妈，不太合群，老是躲在房间的旮旯里偷偷抹眼泪，满心满肺想的都是大人什么时候来接她……后来妈妈就说，你再不听话，就把你送到爸爸那边去，你就再也见不到妈妈了，总之是软硬兼施的，她到底还是克服掉自己的毛病，托儿所的三年时光还算美好……上了小学有一年春节，爸爸回家探亲，那个年过得最甜蜜，父女俩形影不离，爸爸的压岁钱都比往年多，还有他从外地捎回来的新衣服和好吃的，又赶上下雪天，爸爸就带她去院里堆了好大好大的一个雪人，雪人的眼睛是两块黑煤球，鼻子是一截冻得硬邦邦的胡萝卜，还用大红纸给它做了顶小红帽，简直跟童话书里的一模一样……也就是那次，爸爸离开不久，她就发现妈妈有事没事老哇哇地俯下身子干呕，像得了场大病似的，她的小脑瓜成天瞎琢磨，以为妈妈得了什么病，或者她只是太想爸爸了，她还挠着自己的小脸蛋羞臊过妈妈……可转眼到了年底，妈妈的肚子好像越来越圆，也越来越大，走路都很困难，终于有些吃不消了，就到医院找大夫帮忙，等她再回来的时候，家里就多了一个可爱的小弟弟，他看上去是那么小，真像一只小猫……

29

好像刚打了个小盹，天就一下子亮起来。

蒙蒙眬眬中，白小兰双手托着下颌，静静地趴在谢亚军面前，样子多少有些凄楚和迷茫。

一开始，谢亚军完全以为自己还活在那场梦里，所以她只是懒懒地眯着眼，像瞧电影一样盯着白小兰那双不停忽闪着的黑眼睛发呆。我进进来时，见阿阿姨，她她抱着亚洲，着着急，出出门了。直到看见白小兰开始张嘴说话，谢亚军才猛地清醒过来，果然，夜里一直躺在她身边的弟弟已不见了踪影。她急得一个打挺就翻身跳下床，糟了，糟了！你为啥不叫醒我？这回可怎么办呀！白小兰也有些丈二和尚摸不着头脑，半晌，只是呆愣愣地瞅着那张惊慌失措的脸。

谢亚军顾不上再跟她啰唆什么，便一路飞也似的奔出院子冲到街上。白小兰虽然不知到底发生了什么，可还是犹犹豫豫地紧跟着跑出去。

就这样，一个在前面跑，一个在后面追，她们来来回回找遍了主街和辅街，始终没看见母亲和弟弟的影子。最后，她俩又一口气跑到汽车站前，停车场的土院子空荡荡的，铁栅门上分明还缠着条粗铁链子，上面挂着黑铁将军，临街的那扇军绿色的小售票窗口还没开放。白小兰忽然发现谢亚军的眼圈开始微微泛红了，像是马上就要哭鼻子了，她可从没见谢亚军这样过呢。

　　这种时候，白小兰本能地想来安慰一下对方，她默默地把手伸过来，伸到谢亚军的后背那里，然后想用力将她揽向自己。但是，谢亚军没有顺从她，而是下意识地挣脱开，又像是要极力逃避什么撇开脸去，看也不看她。白小兰的心便往下一沉，一种不好的预感猛地像凉水一般浮上身来，她不由得打了个寒噤。

　　往回走时，那辆军绿色的大卡车正好雄赳赳气昂昂地打她们身边飞驶而过。车上立着几个黑愣愣的男人，他们正在拼命地敲锣打鼓，震耳欲聋的锣鼓声像一阵闷雷，几乎让脚下的道路都跟着颠颤起来，一条鲜艳夺目的红绫子，如同巨大的红蜻蜓，正迎着风在车厢里招招摇摇地舞动个不休。

　　两个姑娘就那样茫然地站在路边，卡车扬起的尘烟几乎遮住了她们矮小的身影，而她俩根本看不清那车厢里究竟装的是什么东西。事实上，她们知不知道并不重要，因为全镇人都已经观摩过了，而且，个个欢天喜地亢奋不已，好像身上全都给打足了鸡血，三天三夜也不用吃饭睡觉了。

　　尤其是那群没事总喜欢追着汽车瞎跑的孩子，他们一边追赶汽车，一边叽叽喳喳不停嘴。有人说那块大铁锭里有他家的炒菜锅，有人说他家的洋镐头肯定也在里面，还有人说铁锭里发着银光的东西，肯定是他家的大铝盆被融在里面了，总之说什么的都有，每个孩子都无比自豪地认为，自己家为镇上的大炼钢铁立下了汗马功劳，个个都有足够的理由兴高采烈夸夸其谈。

　　看吧，直到汽车都跑得老远老远了，他们还在路上一面聒噪着，一边翘首眺望早已经消逝成远方一个小黑点的汽车。汽车变得那么渺小，比黑豆还小，太虚幻了，简直不可思议，至于车厢里的大铁锭，他们根本休想看清，孩子们先前的万丈豪情，忽然就变成一颗颗无声的小黑豆，恓恓惶惶地撒落了一路。

　　这种时候，骡子像是要刻意打破这种失落与沉闷，他便领头唱起了民兵们经常在街上排队走过时，嘴里老唱的那支很豪迈的歌子：

　　　　一把锄头一杆枪，
　　　　田间地头当战场，
　　　　铁锨开动万斤粮，

　　其余的孩子立刻受了感染，就稀里哗啦地跟着吼起来：

　　　　持枪练武保国防，
　　　　如果美帝敢侵略，
　　　　坚决把它消灭光，
　　　　消——灭——光！

第五章　野狼下山

30

　　远处河对面的山谷里，几乎见天都会传来一阵隆隆的炮声，就像传言中的第三次世界大战已经爆发了。

　　伴随着震耳欲聋的轰鸣声，西面的天空总是会浮现出一大团灰蒙蒙的烟雾，仿佛一只巨大的山蘑菇，停留在那里经久不散。那是工人们用埋设雷管炸药的土法子，为大坝建设工地炸山采石呢，每当炮声过后，大大小小的石块就从高处飞落下来，被工人统一装车运走了。这阵子，大坝工地正夜以继日地抢时间赶进度，每天都需要从山里运回大量的石材投入建设，因此炸山采石的任务十分艰巨。

　　这种不时传来的震天巨响，不光惊动了远在镇上的人们，更让那些长期蛰居在深山老林中的呱呱鸡、鹞鹰、岩羊、野兔、黄鼠子惶恐不堪，尤其是那些生性凶残又狡猾的野狼，更是被震得满山乱窜呜呜怪嚎。它们再也不能安安生生地躲藏在幽静的山林中，过自己的小日子了，于是纷纷奔下山头，穿过密林，越过山涧，有的甚至伺机向那些进山采石的工人发动偷袭。

　　狼牙有毒，被狼咬过的伤口往往是难以愈合的。而工地上只能对伤势进行最简单的消炎和包扎，像什么破伤风啦、狂犬疫苗啦统统没有，青链霉素更是极其短缺的，伤者只能听天由命。受伤者很快就化脓感染了，继而高烧不退，人都要昏迷了，只好再往一百公里外的县人民医院送。镇上的工作干部接到一道紧急命令，让他们火速组织一干民兵进山剿狼去。

就在准备荷枪实弹兴师动众从镇上出发，去山中打狼的节骨眼儿上，人们真是做梦也没想到，街上忽然间就有野狼出没了。那是在晚饭之后，跟往常一样，镇上有两个七八岁的小姑娘，她们约好了一同到老榆树底下玩跳皮筋。皮筋的一头拴在干树杈上，另一头由其中的一个小姑娘把撑着，她们像平时那样兴高采烈地一级一级比赛跳级，嘴里像往常那样欢快地念念有词：马莲开花二五六、二五七、二八二九三十一、三五六、三五七、三八三九四十一……兴许是玩得太着迷了，谁也没有注意到身边有什么异样。

那晚的天色，似乎也比平常暗得要早一些，好像一眨眼的工夫，整条街道就被黑幕笼罩住了。两个女孩在皮筋上跳着跳着，其中一个突然有些内急，就对另一个说，我到老榆树后面解个手，你把皮筋绷好了，别想趁机耍赖啊。那一个则笑着应道，你真是懒驴懒马尿屎多呢，快去快去！这一个就痴痴一笑，做个鬼脸，转身一溜烟绕到大树后面去了。老榆树上回刚刚经受了镇上有史以来最大的一场劫难，被那些民兵从中间的裂缝处齐崭崭地砍掉了半拉，另一半依旧那么孤绝地傲立在夜空中，倒像是一面永不倒的旗帜，在秋日的晚风中吱吱晃动。那个可怜的小姑娘，独自默默地转到大榆树背后，她刚刚褪去裤子蹲下身来，一只早就埋伏在暗处的野狼，突然龇着白牙凑到了她背后地里，她正盯着脚下小便呢，一点儿也没留心。野狼张开血盆大口，猛不丁叼住了她的屁股蛋儿，然后像啃一只刚出蒸笼的白面馒头似的，咔吧就是一口，那声歇斯底里的喊叫，顿时响彻了小镇的夜空。

一直静候在树下的那一个小姑娘，也被这可怕的尖叫声吓了一大跳，但她并没有马上跑过去细看。起初，她还以为是对方在搞什么恶作剧，故意怪声怪气叫那么一嗓子，吓唬她玩呢，但那惨叫声一直持续了十数秒钟，甚至更长一些，她才真正感到恐惧了。随后，她怯生生地丢下手里的橡皮筋，战战兢兢地朝大树后面摸索过去，夜色太暗了，她根本还没来得及看清什么，野狼的绿眼光已盯住她那张被吓得苍白的小脸。那畜生弓起狼腰，长长地往前探出狼嘴，猛地纵身跳将过去，恶狠狠地扑倒了小姑娘。狼牙太锋利了，几乎一下子就把姑娘脖颈儿上的一块皮肉揭去了。

　　当人们被遇害者惨绝人寰的呼号声惊动了的时候，那两个可怜的小姑娘已双双倒在血泊中了，而凶残的野兽早就消逝得没了踪影。

31

镇上人心惶惶。

野狼下山伤人的恶性事件家喻户晓了。如此一来，天色稍一擦黑，人们再也不敢随便出门走动了，家家户户赶紧锁门闭窗，主辅两条街道变得空荡荡的，一到傍晚连个鬼影都见不着，唯独西北风裹挟着沙粒，呜呜地来回乱窜。谢亚军的日子可想而知，母亲带着弟弟突然不辞而别，把她一个人孤零零地丢在家里，如果再没有白小兰这个好伙伴相陪，她连想死的心思都有了。

白小兰总是尽可能在她耳边多讲一些宽慰的话，说阿姨一准是带着亚洲，去工地上找你爸了，她劝谢亚军千万别太着急上火。尽管谢亚军内心一片茫然，但在白小兰面前，她还是表现出少有的镇定，她不想让对方看出自己满腹的忧虑和恐惧，更不愿意孩子气的哭鼻抹泪。她俩曾在白天的时候，先后结伴去过刘火家里两次，但那个空空如也的院落，正如人们传言得那样，空荡，死寂，人去屋空，无声又无息；她们甚至也壮着胆子，亦步亦趋摸进火场的废墟中，除了焦黑，颓圮，断壁残墙，到处都是火灾留下的灰烬，就是没有她们想找的那个少年的影子。

难道说刘火真的让大火烧没了？这个问题一直困扰着她们，但谁也不愿意相信这是事实。若真是那样的话，那又是谁把亚洲从那场大火中救出来，又好心好意护送到家门口的？或者，真的像人们传说得那么神，是那两条通人性的大狗，一个去放火，一个去救人？这未免也太离奇了！坦克自从那晚跟弟弟在家门口露过一面，之后好些天再也没有见到它的影子了，就像母亲和弟弟那样，一去便杳无音讯。

有时，谢亚军会忍不住记恨母亲，觉得母亲真是个不折不扣的逃兵，还有她那怨妇般没完没了的抱怨，让做女儿的总是替父亲感到难过。可有时，她又分明觉得母亲也是怪可怜的，自从她带着他们姐弟俩来到镇上，可以说没有一件顺心的事，生活条件艰苦，地理位置偏僻，又失去了自己的工作，沦为一名灰头土脸的家庭妇女，弟弟还三天两头给家里闯祸，父亲更是好几个月连个影子也摸不着，害得母亲在家几乎连一个囫囵觉都睡不踏实。

谢亚军总是能在夜深人静时分，听到母亲那一声声长吁短叹，尽管有些事情她还不太明了，或者懵懵懂懂的，但有一点似乎可以肯定，那就是母亲越来越深重的忧伤情绪，已经传染到了她。她觉得自己再也不是过去那个无忧无虑的小姑娘了，这个支离破碎的家让她感到心痛不已。她不明白这一切为何要落到自己头上，就像她同样无法理解，跟自己最要好的伙伴白小兰的命运竟那么悲惨。她们俩都不过十二三岁，可生活却突然一反常态，非要拿她们做一次次无情的实验。

一切忍耐都是有限度的，当它超过了一个人所能承受的最大限度，哪怕是最柔弱的小姑娘也不会坐以待毙。考虑再三，谢亚军终于打算亲自去一趟大坝工地，因为再这样无所事事地耗下去，她怕自己迟早会发疯的。但是，偏偏这时候，野狼在街上把那两个无辜的孩子咬伤了，人们如临大敌，惶惶不可终日。

一开始，白小兰也想极力阻止，说谢亚军不要命了，狼会活活吃了她的。又说，镇上那两个小姑娘如今生不如死，爹娘都快急疯了，狼虽然没有吃了她们，可那下场比吃了还可怕。事实的确如此，遭狼袭击的两个女孩据说都在昏迷中，尤其是那个脖颈儿受伤的，大夫说即便能苟活下来，将来又能怎么样呢？但是，谢亚军分明是铁了心要去，任凭谁也无法阻拦。

我不怕，大不了一死。

当谢亚军幽忧地说出这番话的时候，白小兰正一眨不眨地盯着她，对方眼神中的那股子刚毅和执拗，一时间让白小兰有些不寒而栗。

自从父亲的尸体被从矿上运回家以后，白小兰的内心已经历过人一生最为苦痛的大殇了，她在同龄孩子当中虽然天生怯懦，但那次天崩地裂般的洗礼，应该说彻底改变了她，起码让她过早地知道有些人一旦失去，就再也见不着了，除了无尽的哀思之外。所以，当她无法说服谢亚军的时候，其实她倒是更能理解对方此刻迫切的心情了，而她自己似乎也别无选择。

那我、我跟你去，正、正好也能，看看我、我妈。

谢亚军听见对方非常肯定地说，倏忽间泪水模糊了视线，她上前一步，将白小兰紧紧搂住了。她很想说你真是我最好的姐妹，可嗫嚅了半晌，终究连一个字也说不出。

以前父亲就跟谢亚军讲过，说狼虽凶狠无比，可是最惧火，夜里出门，只要手里举着火把，那畜生就不敢轻易靠近。所以，赶在出门之前，谢亚军就找来几根粗短的木棍，又从柜子里翻出父亲的两条补丁摞补丁的旧裤子，再用母亲缝衣用的剪刀铰成一寸来宽的长长的布条。然后，把这些布条一圈一圈紧紧地缠绕在木棍的顶部，这样就能制作出几根火把了。

白小兰又从自家伙房的灶坑里搜腾出小半瓶香油。那还是大食堂开办前夕，母亲偷偷藏下的，说搁在灶坑里最安全，一般人是不会注意到的。当时，白小兰听母亲边藏油瓶边嘀咕着，说这点儿油金贵得很，是你爸去年从县城办回来的年货，咱们可不能傻乎乎地都交出去，万一哪天食堂没饭吃了可咋办。

　　现在，她们就自作主张，把这些无比金贵的香油一点儿一点儿都涂浇在缠好的布团上了，那些青灰色的涤卡布条浸透了香油，看上去油光鲜亮，像是某种别出心裁的美食，只要咬上一口准能满嘴流油。她们还是有点儿不放心，又取出一盒火柴擦着一根试了一下，果然一点就着。这时，两个人的手指上都沾上了厚厚的油汁，闻着香喷喷的，看着亮汪汪的，叫人直眼馋，嘴角流口水。她俩相视一笑，赶紧把手指头轮番塞进嘴里，像嘬香甜的奶嘴一样，啧啧有声。

　　现在两个姑娘手里各自拿了两只火把，肩上挎着自己的书包，还背上灌满了热水的鳖子，书包里揣着从食堂打回来的几个黑面馒头和玉米面花卷。

　　自从那场大火之后，食堂的帐篷桌凳统统烧没了，饭菜质量也是每况愈下，白面馒头和米饭几乎半个月也没碰过一次，稀饭都是玉米糁熬的，清汤寡水，碗面都能照出人影，弄得大伙儿吃食堂的热情也没开始那么高了，后来也就允许大伙儿把饭菜打回家去吃了。

　　很意外地，白小兰竟然从家里的食橱里，寻到几块难得一见的核桃酥，这都是母亲悄悄藏着的美味，也是父亲生前最后一次从外面捎回家的，母亲一直都舍不得吃，只在白小兰生了病不肯吃饭时，才会变魔术似的，拿出一小块来哄哄她。

32

　　这是十月份的最后一天，谁也没留意到，姑娘们急煎煎地离开了镇子。她们的脚步显得仓促而又执着，似乎打上路以后谁也没有打过一下退堂鼓，哪怕只是在心里稍作迟疑呢。一旦结伴出门的决心已定，她俩就风雨无阻不管不顾了。

　　两个姑娘几乎一口气，就走到镇子西面那片幽寂的杨树林里。

　　这时节，林中的杂草和各类灌木都已经开始衰败了，唯独那些恼人的棘针蒺藜遍地丛生，这使得两个姑娘脚下的道路变得并不好走，几乎每走一步都磕磕绊绊的。秋阳从疏落的林木上方倾泻下来，光点穿过树叶的罅隙，让落在地面上的黄树叶和衰草变得阴晴不定。唯独那种土褐色方头方脑的蚂蚱，还在遍地乱蹦，仿佛在做冬天来临前的最后挣扎，它们那并不好看的翅膀和弹力十足的腿脚，总是发出吱嘎吱嘎的响声，有些刺耳，听着很不舒服，却也为这种单调的徒步行走带来了一丝乐趣。

　　自从麻雀被列为"四害"之首，镇上的人一度满世界疯狂地追剿和捕杀，雀儿成天失魂落魄，在街道场院和林间窜来撞去，一副大祸临头的样子，尤其是那种喊喊喳喳的叫声，实在是恓惶得厉害。偶尔，会有那么三两只清瘦惶恐的黑影，在谢亚军最熟悉的这片林子里胆怯地一掠而过，这多少会让她感到不安，她想一定是她俩的不速而至，引起这些可怜的麻雀惊惶与骚动的吧。

穿过宽阔的杨树林，前面就横亘出一道黄土梁来。

上一次，谢亚军随学生演出队去大坝工地，走的是铺了石子的大道，那条路相对平坦笔直，可路程却十分遥远，这回她俩选择走小路，可以节省不少时间。

白小兰也是听母亲讲的，这条小路比走大路能近一多半路程呢，到时候只要能在河边搭上那种过河的渡轮，用不了多久便能到对面的工地上了。可白小兰多少有些犹豫，她担心这条路不太好走，而且还怕遇上狼。谢亚军因寻母心切，说大白天的有啥好怕的，咱们就走这条小路，这样赶在天黑前，应该能到那儿呢。

眼下，她们必须爬过的这道黄土梁，山梁虽说不十分陡峭，但上面长满了半人来高的酸枣刺和野枸杞丛，这两种野生灌木浑身上下都是刺，人的手脚皮肤稍一碰触，就会被尖细锋利的木刺戳破流血。她们沿着曲折迂回的小径，作"之"字形攀缘而上，同时，还得不停地用手中的火把去拨拉开树枝和蒺藜，可越往上爬坡度越陡，灌木丛也越发生长得密实了，几乎连下脚的空隙也没有。

她们各自的手臂上，都已出现了好多个小血孔。那种无处不在的险恶的尖刺，就像针头一样冷不防戳向她们柔弱的身体。刚开始被刺痛的时候，两个人都会吱吱尖叫几声，慌忙停下脚步，用嘴唇去吮吸那个出血的部位，可时间久了，被戳的次数多了，逐渐习以为常，再被刺到就不会大惊小怪，不过是皱一下眉头，咬咬牙继续埋头赶路了，任凭那红梅一样的血点，在自己的皮肤上悄悄凝结。

不知爬了多久，两个人终于气喘吁吁地站在了一个可以远眺的高度上。从这里放眼朝身后望去，那片杨树林已经变得十分矮小了，似乎仅有巴掌那么小一片，远处的镇街更是比火柴盒子还要渺小。她们一时都哑然无声，这是两人头一回站在高远处审视自己生活的地方，每个人的内心都产生了一种苍茫而又孤绝的感受，尤其是那些刚刚发生过的事情，如同缭绕在天边的迷雾一般，谁也无法一眼望到尽头，谁也无法说清自己所在的这个小小的天地是怎么了。一切的一切，都让她俩深深地感到不安，感到迷茫，感到浮萍般无依无靠，就像对眼下即将行走的前途毫无所知，只能听天由命，漫无目的地走下去。有时，她们抬头看天，天还是那么蓝，日头还是那么刺眼，大地一片寂静，什么都好像不曾改变，但她们又似乎能够隐约觉察到什么，那种不祥的东西似乎就匍匐在脚下，如影随形。

这一整天几乎都在爬坡下坡匆匆赶路，脚底已经磨出了几颗水泡，汗水濡湿了单薄的前胸和后背，饥渴与疲惫暂时代替了心中的忧愁，当两个姑娘望眼欲穿地站在河岸边，焦急万分地等待那艘迟迟未曾露面的渡轮时，日头已经开始斜坠坠往下沉去。铁锈色的河面被风犁出一道道水痕，又无声地推向无边的尽头，鱼腥味很重的水浪，不断地冲击着河床，发出哗啦哗啦的单调响声，一切都使人感到绝望。

两个人早已筋疲力尽了，大河挡道，前途未卜，除了一阵无奈的叹息之外，谁也不想再多说一句话。她们随便找块石头背靠背坐下来，默默地摸出随身带来的一点儿干粮，就着鳖子里的水吃起来。这种时候，耳中只有牙齿咀嚼食物的声音，食物慢慢滑过喉咙的声音，还有肠胃缓缓蠕动的声音，除此之外，这天地间好像再也听不见什么了，静得有些不可思议。

不知不觉间，姑娘们就被这罕见的俱寂所吸引，自身的那份孤独和惆怅反而被减轻了冲淡了，好像是，她们此行的目的已经达到，在经历过沿途的那些磕磕绊绊后，尤其是留在手背和脚腕上的梅花斑点样的血迹，让此刻有种苦尽甘来的味道，就连啃这种干巴巴的黑面馒头，也都变成为某种难得的盛宴。她们那并不算强大的心怀，对这个傍晚也有了前所未有的体验，由此，她们也对各自的遭际又产生了某种含混不清的体悟，甚至于觉得，这前不着村后不着店的地方，竟比成天闹哄哄的镇街都要好，清净百倍，如果可能她俩真愿一直在此待下去。

白小兰故意多递给谢亚军半块核桃酥，那是从她自己的那块掰下来的。当白小兰怯生生地说你要多吃点儿的时候，她的模样已经伤感起来，好像渡轮不来全都是她的过错，而她只能以食物的方式传达给对方这份歉意，友情在这种时刻真的比金子还要珍贵。其实，谢亚军一点儿也没朝那方面想，父母和弟弟都不在身边，只有这个白小兰一路死心塌地陪伴着自己，她应该知足了。

傻瓜，别光顾着我，你也要好好吃，吃饱了肚子不想家嘛，说不准今晚咱们要在这里过夜呢……说着，谢亚军又原封不动将那半块核桃酥送回到白小兰嘴边。

一旦提到过夜，立刻像是在暗夜中忽然瞥见了点点鬼火，两个人面面相觑，都禁不住打了个寒噤。荒郊野滩，黑漆模糊，还有可能遇上可怕的狼，这可不是闹着玩的。

谢亚军故作镇定地说，瞧你吓成那样，好像我们真的要大难临头了。虽这样大大咧咧地说着，还是伸过手去将白小兰的肩膀头揽住。这个黑瘦的小姑娘已经开始发抖了，显然是被刚才的话震住了。谢亚军赶紧安慰道，别担心，咱们再等等，渡轮要是还不来，我们就原路往回返。

白小兰使劲儿嗯了一声，尽量用那种坚定的目光看着她，但谢亚军能感觉到，她分明是在打退堂鼓了。

这时，一阵排山倒海般的轰鸣声乍起，跟连珠炮似的，震得人头皮发麻两腿发颤，那是对岸的山谷里又在点炮炸石了，西面天空随即腾起一柱浓厚的烟尘，那烟尘顺着陡峭的山崖和石壁，如恣睢的巨蟒般迅疾地蹿跃起来，接着又张牙舞爪扭曲攀升，最后在赭红色的天幕中，极尽能事地变幻出妖魔鬼怪，还有夜叉的样貌。

　　两个女孩完全惊呆了。她们还是这么近距离地听到隆隆的炮声，看到天幕上浮现出如此阴森可怖的图景，尽管隔着一条奔流的大河，可山那边的动静太大了，大得让人快要窒息了。

　　要、要是他、他在，该、该多好啊……

　　你是说刘火？

　　嗯。

　　可他不是已经那样了吗？

　　他、他没。

　　你怎么知道的？

　　就、就没！

　　我跟你一样，但愿刘火没事好好的，可是那场火……

　　你没、没忘吧，那天准、准是他，揍的那、那帮坏蛋，只、只有他、他的弹、弹弓是最准的！

　　两人你一句我一句说到这里的时候，白小兰的脸上露出了少有的自信笑容，这在她是很难得的，尤其是在她父亲去世之后。谢亚军也若有所思。其实，她也不太相信镇上那些传言，事情的确很蹊跷，白小兰刚刚说的那些好像也没错，还有弟弟那晚莫名其妙地回家来，一定是有好心人暗中帮忙，那这个好心人不是刘火，还能是哪一个呢？反正在这个镇上，她想不出第二个人。这样反复琢磨着，心里倒释然了，比先前好受多了，像吃了颗定心丸，她不无亲昵地搂紧了白小兰。

　　白小兰呢，赶紧小鸟样倚过自己的身子，两人亲姊妹一样挨贴在一起，这样一来，似乎彼此都不感到那么害怕了。

33

那条瘦骨嶙峋的母狼，是携着自己的幼狼泅水过河的。

一旦上了岸，狼便迅速遁入这片幽静的灌木丛中，需悉心地观察上一阵子，才敢悄悄地翻越这道黄土梁子，然后伺机朝最东面的村庄和镇街上进发。为了谨慎起见，母狼早就在山梁附近草木最茂密的地方找到一处栖身地，它用利爪使劲儿刨挖出一个又深又长的黄土洞，下雨天或遇到对手猎杀时，可以就近钻进去躲藏起来。

原先山里的炮声每天只响一次，后来增加到两次、三次，甚至更多了，进山的车辆和人流络绎不绝，现在又新来了一伙荷枪实弹的男人。炮声已然让狼们吓破了胆，如今又添了这伙背着步枪，专门漫山遍野打狼的人。狼的日子越来越不好过了，那些人不光打狼，见了什么兔子啦、山鸡啦、岩羊啦，还有天上树上的鸟雀，统统不会放过的。就在两天前，母狼眼睁睁看着相濡以沫的公狼在枪声中倒下，剩下它们孤儿寡母，为了活命只好从深山老林里逃窜出来，母狼也是为了自己的小狼考虑，于是，就趁着苍茫的暮色涉险过河来了。

母狼和小狼先在土洞子里窝了一会儿，此刻天色越来越昏暗，浑身湿漉漉的，肚子咕咕直叫，到了它们该出去觅食的时候了。母狼的眼神在灌木丛中闪出两道绿莹莹的光芒，那绿光射到哪里，哪里的草木都会微微颤伏一下；紧跟在母狼身后的小狼还不满一岁，但它的牙齿已经非常锋利，对付那些野兔和黄鼠子绰绰有余。不过，每当听到轰隆轰隆的山炮声，小狼还是会感到十分恐惧的，它会像个胆怯的人类的孩娃似的，尽量把自己单薄的身体贴向母亲，以寻求庇护。但在野外觅食时，母狼通常不会太娇惯它的，只要没有发生什么险情，它会一如既往向前奔驰。

现在，嗜血成性的母狼开始边走边嗅，不时张望，或竖起耳朵狡黠地聆听，灵敏的嗅觉，再加上超强的听力，让它很容易捕捉到其他动物的生命气息。当它们一前一后爬上那道山梁的时候，母狼居高临下，忽然一惊，那是从反方向传来的细小声音，细听，竟是人语，几近窃窃私语，但母狼却听得非常真切，丝丝入耳。母狼迅速掉转身去，果决地循着人的声音一路小跑起来，小狼完全没有弄明白什么，只是懵懂地紧随其后，边跑边向四处张望。

眼前的猎物让母狼大喜过望，简直是老天格外开恩，意外的奖赏。这种时候，母狼会用那种警惕性极高且很严厉的眼神告诫小狼，它们要立刻匍匐下来准备设伏目标，而且，不能发出一丝声响。母狼自己死死盯住猎物，用两只前爪一点儿一点儿交替着往前爬行，身体几乎擦着地面，像只沙漠上的大蜥蜴。小狼却原地不动，它本能地要替母亲把风放哨。而母狼需要全神贯注前方的猎物，一点儿也不能松懈大意。很快，它就彻底窥探清楚了，眼前那两个是人，可跟进山去的那些人是有区别的，那些家伙咋咋呼呼、干劲儿冲天，动不动爱喊爱唱，搞得飞禽走兽没有宁日，更恐怖的是，他们还会把山里的那些粗壮的大树和坚硬的石头伐倒或炸裂，然后用车辆任意挪移，最可恨的是，新来的那伙人手上配了枪，砰砰砰，枪声一响，狼的末日就来了。

一步，两步，三步……离目标越来越近，猎物就在眼前了。

那两个人个头不高，身体羸弱，相互依靠着，饶有兴趣地说着什么，间或发出银铃般的笑声，完全不知一场凶险正在迅速逼近，就像母狼自己的幼崽那样，总是懵懵懂懂不知深浅。此刻，母狼已经处于高度的警戒状态，一触即发：它那两只有力的前爪暗中使劲儿，抓得地面上的黄土沙沙作响，它那瘦长的腰身弓趴得像一条贪婪的巨蟒，獠牙几乎全部龇出来，在越来越重的暮色中闪着点点白光。

突然，母狼眼前骤然一亮，这让它大吃一惊，一团火焰腾空而起，扑猎猎燃烧着，没等母狼反应过来，另一团也跟着跳闪升腾了，火苗鬼魅地跳跃，光芒异常刺目。而那两个猎物也因为这明亮的火光欢呼雀跃起来，声音清脆而响亮，在空荡荡的河滩地飘来飘去，声音很快就传出好远好远。母狼一时僵住了，趴在草丛里一动也不敢动，看来它低估了这两个孱弱的猎物。当然，这时它也忽略了自己身后的小狼，因为小家伙完全被乍起的两团火焰唬住了，继而开始惊慌失措，吱吱呜呜叫个没完。

正是这串不合时宜的狼嗥惊动了前方的猎物，那两团火焰顿时尖叫着，挥舞着，摇晃着，翻转着……不顾一切地朝远处奔逃而去。

母狼回过头，冲小狼发出恨铁不成钢的一声怒吼之后，随即便带头朝猎物追赶下去。小狼稍一迟疑，也立刻投入抓捕状态，它没有跟随在母狼后面，而是很狡猾地兜了个圈子，朝着侧翼狂奔，这样就能跟母狼形成一次强有力的围攻和包抄，这种本能行为似乎与生俱来。但是，离猎物越近，小狼越感到恐惧，因为那两团吱吱燃烧的火焰就像一对克星，无时无刻不让它心惊肉跳四爪迟疑。与小狼相比，母狼就沉稳多了，不会因为胆怯而放弃即将到嘴的猎物，但追逐那两团可怕的火焰，本身就意味着挑战，而生性凶残的母狼绝不会因此放弃猎物的，不到最后一刻绝不罢休。

暮色笼合，夜晚降临了，空气中飘荡着野性的气息，猎物并没有母狼想象中那么难对付，追上去抓捕已势在必得了，对方的脚步凌乱仓皇，完全失去了方向，像两只惊弓之鸟在呜呜啼哭，东奔西窜，毫无章法，而河滩上密实的灌木和恼人的蒺藜，也让两只猎物的脚步磕磕绊绊停滞不前。母狼已开始窃喜，并放慢了追赶的速度，因为它看到自己的狼崽已经上道了，小家伙悄无声息绕到猎物的后方去了。猎物的哭叫声越来越响，几乎到了声嘶力竭的程度，母狼警惕地一点儿一点儿靠近目标。

火。

如果没有那两团望而生畏的火焰，母狼完全可以猛扑过去，咬断猎物的喉咙了。可是，就在母狼为火焰困扰和犹豫的片刻，猛不丁地，一阵狂暴的犬吠声从母狼身后乍起；与此同时，两道黑影犹如闪电一般，顷刻间朝母狼冲刺而来。母狼惊愕不已，失去主张，它不得不扭转方向选择后撤，它先高高地耸起脖颈儿，发出一记惊厥的嚎叫，那是在告诫小狼不可轻举妄动，大麻烦来了。

汪汪汪汪汪汪！

汪汪汪汪汪汪！

狗一出现便猖猖狂吠，不是一只，是两只，它们的叫声摧枯拉朽响彻黑夜。眨眼之间，那两条大狗就疾风暴雨般掩杀上来，围住了忐忑的母狼，狗的利齿一点儿也不比对手逊色，进攻厮杀势不可挡。母狼已无路可退了，只好破釜沉舟迎上去奋力撕咬。一时间，狼牙、狗牙、狼爪、狗爪、狼尾、狗尾……完全纠缠在一处，黑黢黢的野草大片大片倒伏下去，血水雨点般向四处迸溅，咆哮声、嘶鸣声、哀号声、扑打声混为一团。

这两只大狗的凶猛程度超乎了母狼的预料，很快它的腹部和脖颈儿上都被对手撕裂了，有两片皮肉凄惨地耷拉下来，血水如注，母狼再也无心恋战只能节节败退。那两只大狗似乎也无意置母狼于死地，而是速战速决要去救人了。

现在，那只黄毛大狗佯装继续追赶落荒而逃的母狼，另一只灰褐色的大狼狗则去对付已经丧魂落魄的小狼了，母狼在逃窜中已然听到了来自幼崽的凄厉的惨叫声，但它已经力不从心了。

起初，那两个手持火把的人，还在拼命往前奔逃，但跑着跑着，她们就发觉恶狼并没有追上了，却意外地听到了一阵阵狂怒的狗叫声，汪汪汪汪，那声音对她俩来说似乎并不陌生，尤其是在这万籁俱静的旷野里，她们很快就辨识出来了。

没错，是狗在叫呢，快听呀——

好、好像是、是大黄蜂？

还有坦克。

对对对！就、就是它、它俩！

坦克坦克坦克坦克！

大黄蜂大黄蜂大黄蜂……

姑娘们虽然心有余悸，可依旧无法压抑那种绝处逢生时的狂喜，两个人竟暂时忘了恐惧，争先恐后地大呼小叫起来。刚喊过没几声，就听到不远处传来咝咝呜呜的动情叫声，随着那种兴奋的声音越来越近，越来越亲切，两条大狗一眨眼就浮现在姑娘们眼前了。这种时候，人忘情地抱住狗脖子尽情欢呼，狗就拿热乎乎的舌头不停地舔人的脸和手，恰似劫后余生，又像久别重逢，这一切简直就跟在梦里重逢一般。

34

直到第二天上午，一艘锈迹斑斑的渡轮，才慢吞吞地从河对岸码头驶出，突突突突的机轮声单调而聒噪着，老远就从河面上飘过来了，船尾还不时地喷出一尾尾蛇状的蓝烟。

好不容易等那渡轮慢慢靠了岸，谢亚军简直连做梦也不敢去想，她竟然在刚刚走下渡轮的人群中，发现了自己父母的身影，当然，还有弟弟亚洲。

一家人就这么奇迹般地团圆了，幸福似乎来得过于突然。

谢亚军的心里跟撞翻了五味瓶似的，酸甜苦辣咸什么滋味都有了。若不是母亲和弟弟在场，她几乎不敢辨认那个阴郁的男人就是父亲。怎么说呢，他胡子拉碴的，像个熬煎了多年的苦役犯，两只眼窝深陷发青，凸出的颧骨晒得黝黑放亮，透过两只厚厚的近视镜片而来的目光，多少有些陌生和苍茫。父亲整个人好像瘦了两圈，衣衫和裤子都显得肥大而空荡，腰身很疲倦地向前佝偻着，显示出一种身体已有诸多不适的病态。一侧的胳膊弯里夹着一只花布包裹，另一侧手里，则拎着他那只总不离身的军绿色帆布提包。谢亚军几乎一眼就认出来，那只花包裹正是母亲离家的前一夜忙着收拾好的东西。在看到谢亚军的那一瞬间，父亲忽地撇过头去，不敢相认似的，又像是非要刻意摘掉那副眼镜，好好揩抹一下昏花的眼睛，重新戴好了再来细细打量自己的闺女。

　　母亲背着弟弟，紧跟在父亲身后走下船来，见到谢亚军满脸都是惊讶和迷惑，嘴里一连声问着，怎么？你知道我和你爸今儿能回来？谢亚军竭力抬起脸来，莫名地摇头又点头，眼眶里已满是热泪珠儿，她不敢开口说话了，生怕自己情绪失控，当众出丑。

　　倒是站在身边的坦克，早异常踊跃得扑上前去，一下子就把父亲那清瘦的身体抱拢了，狗的两条有劲儿的后腿最大限度地直立起来，粉粉润润的舌头忙不迭地上下疯舔，喉咙间发出孩子般委屈的呜呜声。它跟主人分别的时间太久了！父亲就地扔下行李，很动情地拿一只手掌不停抚摩坦克的脑袋和脊背，咕咕哝哝跟家犬说着什么话。弟弟也早兴奋地从母亲背上跳下来，一颠一颠地跑过去，伸开一双小手，也热烈地去拥抱狗的脖颈儿，嘴里坦克坦克叫个不休。这一幕真有点儿梦中的感觉。谢亚军半天才回过味来，忙凑上前蹲下身去，几乎是抽噎着抱住了弟弟——姐弟俩的脸蛋儿湿乎乎地蹭磨在一处。

　　这种时候，白小兰很知趣地叫上大黄蜂，悄悄地朝一边躲开去，人家的欢乐来之不易，这种时候她是不应该随意搅扰进去的。昨夜那场磨难惊心动魄又刻骨铭心，留给白小兰心头最难以磨灭的印记是，她陪伴着谢亚军在露天地里度过了她人生当中最不可思议的一宿时光，忧愁，恐惧，绝望，希望，还有生和死，当然，如果没有大黄蜂和坦克整夜忠实守护左右，这个漫长的黑夜将会更加不可思议。

　　或许是触景生情，白小兰又开始默默地思念起已故的父亲了——要是父亲还在这世上该多好！以前，父亲每到年关便风尘仆仆从外面归来，白小兰那时也是老早老早地就守候在汽车站口，望眼欲穿地等那摇摇晃晃的汽车顺着大路驶来。车门终于吱嘎一声打开了，乘客们一个一个大包小件地从车厢里挤出来，第一个不是父亲，第二个不是，第三个也不是，第四个还不是他，她等得好辛苦啊……好像汽车故意要拉长他们父女的久别重逢，又好像父亲生怕她会接站迟到似的，故意那样磨蹭着迟迟不肯走出车厢来。而每回见面，父亲总是先站立不动，他准会先伸出他那用来挖煤的大手掌，使劲儿朝她挥动两下，她便跟愉快的雀儿似的迫不及待从人群中飞奔过去，三步并作两步扑向父亲，像只小猴灵巧地一蹦三高，两只小手结结实实攀上父亲恰好弯下来的脖颈儿，把整个身体吊上去。父亲便丢开手上的行包，嘿嘿笑着把她满满当当抱在怀中，一个劲儿拿下巴上的胡碴子蹭她粉嫩的小脸蛋儿，她咯咯地笑个不停，他嘿嘿地乐个没完，爷俩就那么一路嘻嘻哈哈走回家去，惹得母亲总是在一旁撇着嘴，嫌他爷俩太嚼瑟了，还说，你们可真是一堆蒜皮——又轻又贱。

　　昨晚确有那么一刻，两个姑娘睡在一对暖呼呼的大狗中间，彼此相依相偎，亲如姐妹。白小兰一直出神地凝望着头顶上方那方深邃的夜空，到处都是点点繁星，星星稠密得令人喘不上气来，好像有那么两颗异常明亮，一闪一灭，像是在冲地上的她们眨眼说话。

　　躺在她身边的谢亚军忽然说，天上有多少星星，地上就有多少人，每一颗星星都代表一个人。她觉得谢亚军说得很有道理，想了想，才指着天空说，那两个很明很亮的星星，大概就是她们俩了，因为它们在天上靠得近近的，好比现在她俩的样子。谢亚军突然噗嗤笑了，说，没想到你还挺浪漫的，那它们要是牛郎星和织女星呢，我们俩可就好玩了，白小兰你将来可得嫁给我做娘子喽。她听了禁不住害起羞来，脸上竟一阵烧热，好像真的会有那么一天一样。

　　怎么说呢？很多时候，谢亚军的确给她某种错觉，因为对方的性格里多少有点儿男孩子的劲儿，就拿这次她们徒步远行这件事来说，换了她自己是万万不会这么一意孤行的，就是再借她两个胆子，也不会轻举妄动的。所以，当时白小兰半开玩笑回应道，那你就变成一个真正的男子汉吧。哪知，谢亚军听了一时兴起，连连称好好好，还忽然翻过身来，很调皮地乱挠她的胳肢窝。白小兰被她挠得左右打滚，只好吓唬她说，再乱闹，狼要来了。谢亚军这才收手。

人一旦躺在无边的旷野里，入眠其实并不容易，总是担着心，总会想这想那。谢亚军后来就提议，干脆咱们背会儿诗词吧。白小兰怕自己磕磕巴巴背不好，就说还是你来朗诵，我当听众吧。谢亚军闭上眼睛沉思了一会儿，就开始深情地朗诵那首七律：红军不怕远征难，万水千山只等闲。五岭逶迤腾细浪，……当谢亚军朗诵到最后两句时，白小兰也跟着轻声地附和起来：更喜岷山千里雪，三军过后尽开颜。那一刻，两个人情不自禁转过脸来互相对望着，两只紧挨着的手也用力抓在一起，就好似一双刚刚翻过雪山爬过草地的红军女战士，劫后余生苦尽甘来，她们发誓这辈子再也不会分开了。

此时想着她们两在密密麻麻的星空下，度过的那个特殊的夜晚，白小兰心里陡然升起一股暖意，无疑，这是一个少女最纯真最静好的心境，之前她好像从来没有这样深切地体悟过生活的意义。

回去的路上，白小兰变得有些郁郁寡欢，这种情绪丝毫不以她的意志为转移。她甚至再也没有跟谢亚军多说什么，而是尽量避开他们一家，她搞不清自己是不是有些小妒忌，反正她就是想一个人安静地走回去。这次没能如愿去工地上看望母亲，也许这并不是最重要的。究竟什么才是最重要的，她自己一时也说不清。不过，等下午回到镇上的时候，白小兰那纷乱的思绪似乎就平复多了，心里也明朗了，至少有一件事情是她现在最想做的。

目送谢亚军一家四口走进院门，白小兰却没有立刻回自己的家，而是跟着大黄蜂，径自朝刘火家的方向去了。她的脚步始终有些蹒跚，脚底的血泡磨破了，又鼓出新的来，这一去一回少说也走了百八十里，其实人早累垮了，加上昨晚躺在野地里，夜里露水太重了，早上醒来身上都湿乎乎的，像被雨打湿了，每个关节缝子都酸痛难忍。

现在，一旦走在熟悉的街道上，人的精神头就忽然蔫了，疲乏和困倦突如其来，她几乎一步一停，哈欠连天，若不是大黄蜂已经迫不及待头前引路直奔家门，她实在连一步路也走不动了。又皆因那个念想依稀支撑着，她一步三摇，昏昏沉沉，终于，被大黄蜂引进这个几乎完全被神怪化了的凄凉院落。

35

都过了吃晚饭的钟点，人们才疲疲沓沓地，从食堂里打了那种难吃的黑面馍馍走出来。食堂可不像刚开始那阵子红火了，想吃啥有啥，现在每顿饭只供应这么点儿粗粮，而且，稍去晚点儿就得饿肚子。

猛不丁地，大伙儿就在街角瞅见了大黄蜂。起初，都还以为是看花了眼，可等再近些细看，千真万确，真的是这条黄毛大狗哩，有人忍不住唤了声它的名字，那狗就乖戾地止住了爪子，扭过狗头，朝喊叫它的人群张望两眼，汪汪一声，算是打了招呼，又继续摇着尾巴，一溜烟往前跑开了。

这下，看稀罕的便三三两两围拢过来，在那场大火之后，有好一阵子，谁也没有再见过大黄蜂的影子，而且在思想意识里，全都以为这畜生早跟它的主人被那场大火葬送了。现在，不光这畜生大摇大摆在街上走过，狗屁股后面还跟随着个小姑娘。当人们发现白小兰是跟着大黄蜂，一前一后走进那个传说中闹鬼的院落时，所有的人都禁不住倒吸口冷气。

大伙儿就惊惊恐恐地隔着街道，不无寒意地站在刘火家对面，嘴里不约而同地冒出好长一声：吓——！

这突兀的一片唏嘘声里，包含了所有的惊讶、惶恐、疑惑和不可思议。众人的眼光颤颤巍巍，却又恨不得立刻穿越围墙和院门，直接钻进去一探究竟，可是，半晌间也没一个人敢越雷池半步。这个破落的院子已经很久没人进去过了，到了夜晚这里更是冷清凄凉得怵人，除了几个年事已高的老辈人，隔三岔五会在半夜三更偷偷摸摸到这门口放些微薄的供品，或者，神不知鬼不觉地烧一炷短香。

现在，人们几乎屏息凝神静候在路边，就连一向凶顽不羁的骡子他们，这时也不得不夹起了乖张的尾巴，脸色灰暗缩头缩脑地挤在人堆里，战战兢兢朝刘火家观望着。

你们说，那黄毛畜生到底是狗是鬼？

狗就是狗呗，咋能是鬼呢！

可骡子他哥不是说那畜生吃了枪子儿吗？

兴许，没打中要害……

那让火烧也烧成灰了吧？

谁说不是。

白家闺女胆子真肥，敢一个人进去。

你没看见，不是她要进去，是那大黄狗把她领进去的。

骡子听大伙儿你一言我一语说得热闹，他也压抑不住再次插话了：

我听说书的讲，鬼能附在狗身上，鬼想吃人的话，就指使着他的狗去招一个人进去，再慢慢吸干那个人身上的血……

如果不是因为事情赶着，骡子这种人是不敢轻易对诸如鬼魂的事说三道四的，那在现时光景里是很不合时宜的，弄不好连他那当民兵队长的哥哥也要受牵连的，要知道牛鬼蛇神都是上面坚决反对的迷信玩意儿，万一被扣上一顶什么帽子，压得一家老小休想再抬起头来。

天色慢条斯理地又暗下来一层，暮色中又多了几个七嘴八舌的黑影。原本平静无痕的街面上，猛不丁地飞旋过一摊干树叶子，哗啦，哗啦，就那样在人的脚面上很诡异地翻卷盘桓着。

闹鬼吧——！骡子刚才还在煞有介事地发表奇谈怪论，这时突然失控似的怪叫起来，大伙儿全都被骡子的大惊小怪惊得魂不附体了。

哪哪……有有啥鬼……不过是些枯树叶子，骡子你狗日的就会胡诌八扯！你才是人小鬼大哩！

或许，竭力要在那群孩子们面前保持长辈的尊严，几个男人强作镇定地呵斥着。

这一刻，骡子却又哆嗦着朝刘火家指了指：快瞧，出来了，出来了！那鬼真的……出来了！

那些原本打算掉头鼠窜的人，实在经不起诱惑，也就壮着胆子，偏过头朝骡子手指的方向望去。果然，一个虚脱脱的影子，从那空荡荡的院落里走出来了，不，确切说是飘出来的，压根儿不像在走，轻飘飘的，没一点儿根基，跟一片鸽子毛似的，无声无息，黑影始终低垂着头，黑发辫被风吹得遮了半拉脸，几乎看不清模样。

在场的人再度怔住，弄不清那黑影到底是人是鬼。

正当唏嘘声和心跳声潦草得无可名状时，又闻扑通一声，黑影脚下像是被什么东西绊了一下，就那么软塌塌地趴在地上了，然后，平展展的一动不动了，那感觉真像是丢了魂，失了血肉，变成一张薄薄的无气无力的人皮了。

霎时，多半人一哄而散，余下几个胆子稍壮点儿的，远远惶惶地瞅着。又过了一阵子，骡子大概觉得并没什么异样和危险，他才弓着腰，腿脚一进三退地往前移动，像是狡猾的鬼子步入了八路军的雷区那样谨小慎微。终于，骡子战战兢兢近前了，也看清了，趴在地上的正是白小兰，她跟睡着了似的倒在地上。

于是，骡子带头鼓足勇气，又颤颤地伸出两根手指，去试探对方的鼻息，几乎马上手指又弹缩回来。

骡子说，像是快没气了。

旁边的人说，真的死了？怪事？进去的时候好端端的，怎么一出来就成这样了？

　　骡子再度发挥他不错的想象力，笨蛋！准是让里头的那个死鬼吸干了血，你不看她小脸白惨惨的，人身上没了血，就是这样子！

　　旁边的几个人再度尖叫失声，我的个天哪——还不快跑啊！

　　一时包括骡子在内的几个人全都跑得精光，谁也不敢再回头多望一眼。

　　一阵秋风扑猎猎地从街道西头横刮过来，树叶和柴草哗啦啦地沿着街道往前跑，跑着，跑着，又突然止住，在路中央聚合一下，好像要合起伙来，永远离开这个几乎把树都砍光了的鬼地方。有那么几片枯叶，倒是很执拗地挂在白小兰凌乱的发丛中，任凭风怎么呼啸也带不走它们，倒像是，这几片叶子死活舍不得丢下地上的可怜人儿。

　　又过了一会儿，大黄蜂忽地从院里钻出来，似乎老远就觉察出什么了，它警觉地汪汪了两声。这条如今只剩下树坑和秃树桩的街道显得空空荡荡毫无生气，家家户户早已锁门闭窗，街上连个鬼影也没有。狗尽量放低鼻头，闻闻嗅嗅地朝路上的那团黑物奔去。

36

这个夜晚，对谢亚军来说，心情注定是莫名而复杂的。

照说吧，今晚爸妈弟弟好不容易都在身边了，应该感到知足才对，可她就是高兴不起来。母亲派她去食堂打饭，起初她想叫上白小兰一起去最好，可白小兰家里根本没有人，以为是去食堂了，就去那边等了老半天，始终也没见着白小兰的影子。最后她只好一个人打了点儿饭菜，疲疲沓沓地端回家来。

一家人坐下来吃饭的时候，谢亚军总是心不在焉郁郁寡欢。弟弟娇嗔地嚷嚷着饭菜难吃，母亲难得像今天这样有好心情心肝宝贝地哄着孩子，后来竟翻箱倒柜摸出几颗奶糖来，给了谢亚军一块，其余的都塞给弟弟了。小家伙吃上了甜糖，马上有了笑模样，还一个劲儿给姐姐做鬼脸吐舌头。父亲自始至终都沉默得像块生铁，吃东西的样子也像是在做自我检讨。全家顶数母亲最欢喜，眉梢上闪着亮光，好不容易哄乖了弟弟，又殷勤地给父亲端茶递水，脸上总是笑盈盈的，像是有什么事非得巴结巴结对方似的。不知怎的，这一切在谢亚军的眼里，都让她觉得有些别别扭扭的。

饭后，谢亚军心里实在闷得慌，便趁父母在里屋说话的工夫，悄悄地走出门去，她想再去找找白小兰，两个人可以说说话，她甚至都想好了，今晚干脆就陪白小兰一起过夜，这样她的心里也许会好受些。

奇怪的是，对方不知跑到哪里去了，始终找不到她人影。谢亚军的心情又烦躁起来，小兰这家伙到底搞什么名堂？她一面嘀咕着，一面闷闷地沿着街道往前走。这时，她听到从自家院里传来的一阵不满的汪汪声，不清楚坦克又在那里乱咬什么，傍晚一回到家，母亲就先用链子结结实实把它拴在树坑下了，所以整个晚上，那根生锈的链条都被坦克拽得哗啦哗啦作响，似乎是在向人示威。

放在平时，谢亚军会考虑把坦克放出来，带它一起到外面散散步，让它好好欢实欢实，可现在，她连一点儿心情也没有。说心里话，今天半路碰上父母结伴一起回家，对她而言好像并不那么激动，或许，她只是在生母亲的气，她怪母亲不声不响地丢下她一个人走了，害得她在家里担惊受怕不说，还得大老远地跑出去找寻他们。

当谢亚军孤零零地在街上走来走去时，身后忽然传来一串细碎的脚步声。未等她回过神，一截瘦瘦的黑影已神秘地立在眼前了，对方似乎有些站立不稳，身体前后直打晃。她几乎老远就能闻出一股酒味来，酒的味道总是火辣辣地灼人。喂，我猜你是去找白小兰的吧，我知道她在啥地方。黑影盯着她的脸看了看，像是在看什么稀罕的物件。她却始终看不清对方的样子，兴许天太黑了，加上那人喝多了酒的缘故，身子栽晃得很厉害，她只看到那两只像狗一样的眼睛隐约泛着绿光。

黑影见她胆怯而迟疑着，忙又嘻嘻笑了两声，自报家门说，你不用怕，我是跟刘火他们一起耍的那个骡子，我这就领你找白小兰去，她就在前面不远，刚才这丫头从刘火家出来，怕是中了邪了，走着走着就一头栽倒了，旁人都怕闹鬼闹神的，我胆子大不信那些，就把她扶了起来。说着，对方已经带头一摇三晃往前走了。

难怪这半天都找不着白小兰呢，原来她又去找刘火了，怎么还摔倒了，不会有什么事吧？谢亚军心里胡乱嘀咕着，脚下已经犹犹豫豫跟上那个骡子走了。两只影子一前一后从辅街移到正街，然后顺着阛寂无人的大路继续向前。

　　走着走着，谢亚军又狐疑地止住了脚步。喂，你说白小兰到底在哪儿，怎么走了这么远啊？骡子不紧不慢地回过头解释说，你别急嘛，就快到了，你是不知道，刚才白小兰摔得可不轻呢，还流了好大一摊血，卫生所的大夫又找不着，我就把她送到前面的一个老兽医家里了。谢亚军脑子里立刻浮现出上一回弟弟扎破脚心的事，觉得对方说得有道理，现如今镇上哪还有什么大夫，也就不再多想什么了，只是一心惦记着白小兰别出什么事。

　　再往前走，就是零零星星的庄户人家，路边的场院上有不久前垛下的秫秸，小山丘样一垛一垛兀立在黑暗之中，远远望着，真是像极了一个一个吓人的坟茔。谢亚军感到心慌意乱，不免更有些胆怯了，毕竟外面黑灯瞎火的，毕竟她又是一个姑娘家。那个骡子倒是一声不吭，只顾闷头往前引路。夜色太静谧了，大地似乎都被四只脚踩得有些颤巍巍的，风呜呜地在耳边扫来扫去，刘海儿不停地在额头上撩拨着，头皮有点儿凉酥酥的感觉。

　　这样又往前走了一会儿，四下里更黑阒了，几乎看不见一星半点的灯光。骡子向左右张望着，忽然止住脚步，他嘟嘟囔囔说，歇一会儿吧，我都快憋死了。不等谢亚军避开他两步远，就听到身后的柴草堆里，传出一串龌龊的浇灌声。她只好痛苦地背过身去，呆呆地站在那里，唯有睁眼灵动地望着夜空。星星密密又麻麻，几颗大而雪亮的家伙正冲她眨着俏眼呢，有一颗很像弟弟调皮时的小模样。

　　这样专注地望着星空时，谢亚军眼里竟莫名地闪烁起凄迷的泪花。月亮被繁星密密匝匝环绕着，此刻月亮还只是一弯黄嫩嫩的小芽儿，像个不懂事的黄毛丫头。她知道等月亮真正长大还得些日子呢。她又莫名地想起了昨晚，自己跟白小兰躺在一起的情景，那时的她们真是又恐惧又兴奋，每个人心里都充满了美好的愿望。此刻想立刻见到白小兰的心情，忽然就变得迫切难耐了。

就在谢亚军拿手背揩抹泪花的时候，骡子却悄无声地将一只手搭在她的后脖子上了。她吓得当即尖叫了一声，可那只黑手并没立刻挪开，而是突然变成了鹰鹫的利爪，一下子就把她的喉咙卡得死死的。她想更大声地喊叫，可喉咙眼里发不出一丝声音，整个人猛地就被对方掼翻在柴草堆上了。这种软乎乎的东西散发出一股腐烂而忧伤的气味，天空也跟着倾倒了，大地似乎也翻转了过来，阒黑中的天地豁然变得辽阔起来，她满眼都是浮动的星光，它们全都惊魂不定地跳闪着。

这种时刻，谢亚军只是本能地乱抓乱踢乱滚乱爬。她甚至用牙齿死命地咬住了对方的一只手腕。可后来她就什么也不知道了，她的思绪和身体都完全凝固在这寂寥漆黑的夜色中。因为醉醺醺的骡子终于恼羞成怒，他猛地用力几拳就把她打蒙了。

再后来她人还是醒了。

不是谢亚军自己要醒的，其实她真想这辈子永远这样长眠不醒才好，可是，大西北秋夜里森冷卑鄙的霜气还是把她打醒了。那时，天空不停地坠落着那种黑色的水星，秋夜变得冰凉砭骨，姑娘身上裸露出来的一片皮肤早就湿透了，冻瓷了。

夜风不时地打身边呼啸而过，人的意识才慢慢地苏醒过来。

37

　　前面是条阴森森的，又幽暗又狭窄的坑道，一眼望去漫长而曲折。在过道的顶部，每隔上那么几步远，就用一根粗木杠子歪歪斜斜支撑着，像是随时都有倒塌的危险。这里面实在太黑了，几乎伸手不见五指。

　　白小兰就那么懵懵懂懂，一路摸索着走进去。后来又跌跌撞撞地跟在一个小伙子背后，对方始终一句话也不说，活像个机械人，只能听到那双大脚片子，踩出的窜咚窜咚的声响。最初，白小兰是被那个小伙子带进一只古怪而憋屈的罐笼中，然后由那罐笼载着他们，沿着一段铁轨吱吱扭扭向下滑行，那感觉实在令人毛骨悚然，像是一下子就坠进了万丈深渊。她生怕自己会被摔得脑浆迸裂粉身碎骨，所以，两只手死命地抓住罐笼的钢筋边框。那个只有两只眼珠发亮，浑身炭黑炭黑的小伙子，始终一声不响，间或，会偷瞧一下她的狼狈相，不过那眼神随即就黯淡了，不跟她发生任何交流。

　　偶尔，井壁上挂着的幽暗水珠突然坠落下来，猛不丁击打在白小兰的脸颊上，那感觉真是惊心动魄啊，像是被冰冷的子弹击穿，她真想扯开喉咙大喊大叫。可那个黑乎乎的家伙始终不为所动，甚至连眼皮也不眨一下，就那么冷冰冰地盯着她，或者像在看一只什么怪物，又像这一切都是他搞的恶作剧。

　　白小兰实在是有些后悔了，自己怎么会心血来潮跑到这个鬼地方来？等罐笼停稳下来，又摸索着步行了两三百米，才看到脚下有只黑黢黢的洞口，也就狗洞子那么大点儿，那个炭黑无比的机械人示意她必须从这里钻进去，就像狗一样。她犹豫了半天，直到那人的身体完全消失在洞口的时候，才胆怯地探出自己的一条腿。

好在腿刚一伸进洞口，脚下就够得着了一架窄得仅能容一个人的铁梯子。她便糊里糊涂爬到梯子上，两条腿开始莫名地发抖，双手也被那种黏糊糊的污泥黏住了，好不容易顺着梯架爬到了洞底，眼前的情景又一下子把她震住了：一大群同样炭黑炭黑的机械人，正借着各自头顶戴着的帽盔上的照射灯，吭哧吭哧挥动着一把把洋镐和铲锹，他们眼前是黑得发亮的巨大煤块，简直像一片黑暗中汪洋的大海。这铺天盖地的黑，在她的眼中有了不同寻常的意义。

白小兰这才如梦方醒，自己正待在这个因瓦斯爆炸、井底出水、坑道塌方而臭名远扬的矿井里。而她之所以冒着生命危险爬下井来，就是为了寻找自己的父亲，她无论如何都要见他最后一面，她太想念他了，她有一肚子话要对他说。可眼前这些佝腰弯背只顾拼命掏煤的男人，这些穿着又脏又破的劳动布衣的黑瘦矿工，每个人都有着黢黑黢黑的面孔，每个人都有着黑得不能再黑的躯体，每个人都像煤炭一样黢黑而静默，她根本无法分辨出谁是谁，又怎么能在他们当中找到父亲呢？

在这充满了煤尘、瓦斯和汗臭气的深井里，白小兰突然变成一个傻子，一个哑巴，她想大声呼喊，叫出父亲的名字，白更生，可她的舌头突然变短了，她的喉咙完全被煤尘堵塞了，剩下的只有两只黑黑亮亮的眼珠，就像所有的矿工那样，在死寂的黑暗中拼命地眨着、眨着……欲哭无泪。

不知又过去多久，眼前忽然一亮，一团雪白雪白的活物像是从天而降，径直蹦跳到她的脚下。白小兰疑惑地揉揉眼睛，没错，在这黑洞洞的煤井里，居然出现了一只鲜活可爱的小兔子，这简直太不可思议了。

　　小家伙有如一只白色的荧光球，正一闪一闪在她面前跳动。一种似曾相识的感觉油然而生，她急忙蹲下身，友善地伸过一只手去，兔子高擎着两只前爪，像是在冲她微微作揖，可是当她的手指刚一碰到它毛茸茸的身体，对方便蹦蹦跳跳闪开了。她稍一犹豫，就不假思索地追了过去。兔子跑得并不算快，恰恰相反，它每往前蹦跶几步，就会停下来耸耸自己雪白的小身子，等她再度靠近它时，兔子又撒着欢儿前进了。这种时候，她完全忽略了黑漆漆的过道，忽略了四面弥漫着的煤尘和浊气，一心只想抓住那只活蹦乱跳的小家伙，她心里暗想，自己可是还欠着亚洲一只小兔子呢，这回可以如愿以偿了。

　　不知不觉，七拐八拐，趔趔趄趄，兔子竟把她带出了暗无天日的矿井，当她刚一爬出狭窄阴暗的井口，前面突然闪射出万丈光芒，她的双眼几乎无法睁开了，感到整个身体都被光线刺穿，要知道刚走出黑暗世界的人最怕亮光。这种时候，她依稀看见不远处有个人影正慢慢地朝她走来，脚步稳重而又迟缓，那个人身上穿着干净整洁的劳动布制服，新剃过的小平头看上去很精干，脸色青青白白，笑容可掬，手里很亲昵地抱着的正是那只茸茸乎乎的小兔子，小家伙乖巧地依偎在男人怀里，那副娇柔的憨态跟睡着了似的。

　　爸爸。

　　爸爸爸爸。

　　爸爸爸爸爸爸……

　　至此，昏迷了许久许久的白小兰，终于第一次发出了微弱的声音。那个寸步不离地守护在她身边的少年，总算是长长地出了一口气。这时候，一直静静地趴在旁边的大黄蜂也一跃而起，早迫不及待地，用它柔软热乎的舌头去舔白小兰的脸蛋了。

白小兰睡的时间太久了，但漫长的睡眠，并没有让她虚弱的身体得到彻底恢复，相反，在昏迷中，她一直被上述的那个可怖而艰险的梦境所困扰和纠缠，整个人像是在黑暗的旷野中跋涉了几天几夜，现在终于拖着疲惫不堪的身体，眼神漫漶心情沮丧地走回来了。

当白小兰窸窸窣窣准备从被窝里爬起来的时候，对面那个少年终于开口说话了。

喂，你最好躺着别动，我上去弄点水给你喝。

上去？她不明白对方为什么会这样说，上哪儿去？这里又是什么地方？但那个诡谲的梦境又浮现在脑海中了，尤其是她在黑暗的矿井里遇到的种种情形。这让她深感疑惑：难道说自己真的是躺在那种又深又黑的矿井里？心里嘀咕着，她总算是能够用惺忪疲倦的眼睛打量四周了。这一看果然不假，里面还真是黑洞洞的，没有门，也没有窗户，甚至连一丝光线都没有，人完全凭着眼睛对黑暗的适应度，来感知周围环境的。

原来，她不是躺在一间屋子里，而是待在一个像煤井一样的又阴又潮的地窖里，难怪梦境那么奇谲。这里始终弥漫着一股很古怪的霉味，那是蔬菜和谷物放久了才有的气息。

她吓得一哆嗦坐了起来，像所有遭遇绑架的人那样，正想开口喊叫什么时，又听到了一阵咚咚的脚步声。那团黑影自上而下，慢慢地从某个地方爬了进来，黑影的到来倒是带来了一片短暂的光亮。借着那难得一见的光明，她惊讶地扫了一眼对方。

哦，这不正是近些日子她满心期待，最想见到的那个人吗？她简直有些喜出望外，看来自己真的是猜对了，他确实还活着，胳膊腿脚都能动，根本没有被大火烧死，传言都是假的。可他的样子着实又有些陌生，这陌生感里甚至带着几分可怕，到底是哪里出了问题？声音分明是原先那个刘火的声音，模样也还是原先那个刘火的模样，甚至连走路时的动作也一模一样，但就是看起来有些奇怪和怵人。

随着对方默默地给她递过来盛了热水的茶缸子，她终于明白了，那种突兀的感觉是怎么一回事了：就是那张脸。因为对方几乎不怎么抬头看她，像是生怕被人看到了他的怪模样，他的头发已经长得很长很长了，几乎遮住了两只眼窝和半个脸，或者，他是有意要用那些纷乱的头发，来遮盖自己的额头和脸部的难堪，不让别人瞧见真实的他。

你、你脸上，到、到底怎、怎么啦？

快、快让、让我看看呀！

白小兰微弱的声音突然变得急切而凝重，她几乎不顾一切地扑上前去，一把将刘火拉过来，想看个究竟。

起初，对方仅仅像石头一样，静默在这无声的黑暗中，或者，只是火山爆发前的片刻寂静，那些灼热汹涌的岩浆，就在地底下淤积和翻滚。等白小兰像个小母亲似的，颤颤巍巍伸手过去，忽然用力拽住他，仔仔细细盯视那张令人不安的面孔时，这块沉默的石头才发出石破天惊般的一声吼叫：

喂，看啥看，你离我远些！

随即，他就把她狠狠地掀开了，她几乎趔趄着倒在一边。

白小兰彻底吓呆了。

不是对方的怒吼的声音，和突如其来的蛮力把她震住的，而是为她自己那匆匆一瞥的赫然发现：过去那张有几分桀骜，又有一些顽皮的少年的脸庞上，被那两只鸡蛋大小的丑陋的瘢痂所覆盖，那些被烈火灼伤后的皮肤，此刻似乎还散发出一股皮肉烧焦时的腥臭气息；尤其令人感到恐惧不已的是，这张触目惊心的面孔，是在这种异常阴暗的地窖里看到的，这愈发加重了白小兰内心的震动和惊悚。

38

．

　　刘火一个人躲在地窖里，当然，现在得加上大黄蜂了。如此一来，这个无人知晓的神秘小天地，已近乎完美了。

　　这眼地窖还是父亲很早以前，为了储存过冬的蔬菜专门挖下的，每年到了天寒地冻的日子，那些怕冻的白菜啦、萝卜啦、土豆啦，就能舒舒服服待在这个封闭温暖的深洞里，挨过漫长的时光。那时刘火还只是个小不点儿，整天小狗似的跟在大人屁股后面，看父亲进进出出忙忙碌碌，看大人把挖出来的泥沙，一背篼一背篼往外面运送，这个神秘的洞穴就是那时不经意间发现的。它就在靠近葡萄架旁的院墙根下，是一个深不见底的黑洞，里面少说也能容纳两三个人。当时刘火只是觉得好玩，没事老喜欢钻进钻出，像只小耗子，孩子总是喜欢类似的洞穴，那种越是封闭幽暗的空间，好像越能给他带来莫大的刺激和欢欣。后来几年，父亲又经过几次拓展和翻修，里面的空间更宽阔方正些了，简直像个小睡房，放一张小床也不成问题。父亲还给窖口装上了厚厚的木板门，故意在上面堆了些木头块儿和杂物，外人是不会轻易察觉的。

　　多年以来，刘火总是偷偷背着父亲，钻进那孔窖里，一个人痛快地玩耍。尤其是夏季来临的时候，地窖里总是凉森森的，通常也没有蔬菜藏在那里，刘火就悄悄地从外面找一些干草秫秸，还有破的麻袋片，将里面布置得又软和又舒适，然后再由里面把那扇小木板门盖好，自己就优哉游哉躺在里面，过着神仙一样的日子。更多时候，因为刘火在外面难免调皮打架，惹得别的孩子哭咧咧地拉着家长跑来告状，父亲便怒火直往脑门上撞，气冲冲地满院子踱步，专等他回来狠狠拾掇一顿了事。这种时候，闲置的地窖往往就成了这世上最好的藏身之所，刘火一个人躲在窖里，任凭父亲气得满屋满院团团转，他就是不肯出来。或许，父亲一早就猜到他藏在里面，只是出于护犊子的心理，不肯当场揭穿他罢了。对于他这样一个男孩来说，长期没有母亲的呵护，只能用黑洞洞的地窖当避难所，至少，地窖确实让刘火在很多时候不至于受皮肉之苦，或由于害怕父亲而流离失所。

如今，这眼地窖可又重新派上用场了。在逃离火海之后，刘火总是担心。要知道他和大黄蜂闯的祸可不算小，最初他也想过要远走他乡躲避一下，可后来在家里唯一的一面模糊的小镜子里，他无意中瞧见了自己可怕的模样，当时真的把他自己都给吓着了。

那天夜里，大火骤起，要是单单他一个人跑，应该不会太困难的，可他自然是不能扔下亚洲不管的，他一定要把小家伙也救出去，他不得不背着那个正处于高烧和半昏迷中的孩子，火势太凶猛了，铺天盖地烧来，他一个人根本招架不住。一不留神，竟被屋顶上掉下来的东西砸到了额头，他当即就蒙了。那是一截被烧断了的杨木椽子，在失去知觉的时候，他本能地用自己的身体护住了孩子，而那根被烧的红通通的玩意儿，就在他额头和面颊上吱吱作响……

后来，真是万幸，他到底醒了，或者，只是被烈火烧醒的，他不知道，自己是怎么从一堆肆虐的火蛇中间爬出来的，更不清楚，他还能忍着钻心的剧痛，把谢亚军的弟弟也背了回来。应该说，那晚他侥幸捡回了两条命。就在他感到危机四伏的时刻，突然眼前一亮，那眼神秘的地窖，就在昏暗的院墙根下若隐若现。

刘火尽量让自己躲在地窖里面，白天他是不会轻易走出来的，这个世界不可能比地窖里更美好了。他从屋子里抱来一床被褥和枕头，就跟铺床一样，把地窖里收拾得平整而舒适，人躺上去跟在床上没什么两样，只是时间长了，人会有一些寂寞，内心空荡荡的，这个世界变得太黑暗了。地窖里原先就生活着一群潮虫和蚂蚁之类，甚至还有一窝耗子。他的突然入住，扰得那些小虫子胆战心惊，耗子们吱吱叫着，很快，它们就通过一只小黑洞，逃到别处去了。最初的几天，他也感到有些不自在，但他一点儿也不怕它们，那些小虫子大可以不去理睬，顶多爬到他身上脸上的时候，他会顺手将它们碾死或丢开去。

好在，大黄蜂也回到自己身边了，狗的到来，填补了他内心无法排遣的寂寥。

苍天保佑，住进来的时候，他做梦也没想到，地窖里竟还存放着两小袋黄豆和一麻包玉米，这让他欣喜若狂，不用猜，这一定是父亲以前偷偷积攒下来的余粮，都塞在一口大缸里，为了防止老鼠糟蹋，父亲还在缸口压了一块铁皮板，板上镇着块大石头。刘火多少了解自己的父亲，那是一个忧患意识很强的男人，他嘴里经常挂着一句口头禅，说什么吃不穷，穿不穷，算计不好一世穷。所以，父亲好像老早就知道，迟早会有这么一天的。现在，他之所以能够安安静静地躺在地窖里，可以舒舒服服睡大觉，这无疑就是上天的一种恩赐。正应了那句老话，仓中有粮，心中不慌。这些粮食只要节省着吃，他一个人至少可以在里面美美地待上一年半载。

白天，他只顾埋头睡觉或尽情发呆；只有到了夜深人静时分，估摸着全镇人都躺在被窝里睡着了，他才神不知鬼不觉钻出地窖，黑灯瞎火摸索着走进伙房，在锅里添上点儿水，放两捧豆子或玉米进去，在灶坑里生一把柴火，开始偷偷摸摸煮东西吃。他告诫自己，不能弄出太多的声音，更不敢让烟火味传得太远，一旦水烧开了，他立刻熄灭灶火，就让豆子或玉米焖在锅里。否则，那些烟火会引起别人注意的。不过，这种担心在那群孩子贸然钻进家来受到他的惊吓之后，就不再是什么问题了，因为闹鬼的事越传越邪乎，他家几乎成了阴曹地府，人人谈之色变，再也没谁敢跑到这里瞎晃悠了。

至于那些老辈人，时不时供在院门口的一点儿祭品，都让刘火一样不落照单全收了，什么果子、茶叶、饼馍、花生，甚至还有烧酒，全都是好东西啊，他小心翼翼拿回地窖里慢慢享用。他也听见那些老辈人嘴里念念有词，都称他是火神，祈求他保佑全镇平安风顺。他暗自发笑，世上哪有什么火神？这些人太可笑了。不过，这种被众人敬而远之的感觉，着实让他觉得非常过瘾，至少大伙儿都以为他死了，而且变成一个无所不能的神了，这个院落也变成一座神宅了，他大可以安安生生躲在里面，过这种与世隔绝的清静日子。

大黄蜂毕竟是狗，狗的警觉性远比人高得多，想让狗成天闭嘴不出声，似乎并不容易。每当这个家伙耸起耳朵冲外面汪汪时，刘火都会被它搞得精神高度紧张，他一面呵斥狗，一面扑过去，用双手紧紧地捂住狗嘴，像竭力捂住一只高音喇叭似的，生怕它汪汪起来没完没了。通常这时候，大黄蜂会变得很烦躁，眉头深锁，眼神哀怨，喉咙里呜呜嘶鸣着，好像被囚禁的政治犯，因为失去了言论自由而心烦意乱。

39

　　这次，父亲在家统共没待上几天，就又行色匆匆赶回工地去了。

　　临行前的那个深夜，谢亚军在不经意间，听到父母在隔壁的一番谈话，内容好像涉及一些很复杂的事情，她一个小姑娘听得似懂非懂，单从两个大人的语气判断，谈话过程又低沉又晦涩，始终有什么难言之隐似的。

　　父亲在工地上大概是遇到什么麻烦了，因为整个晚上他始终在长吁短叹。他说这一路上看到的村庄都历历在目，到处都在搞土高炉炼钢铁，男人们放着地里的粮食不去收，全都扔给了那些女人和孩子，再这样瞎折腾下去，后果真不敢想象……母亲则近乎乞求地一个劲儿劝说着，什么人在矮檐下不得不低头，让他在外面千万管住嘴，别再乱发牢骚……父亲说，那些别有用心的家伙，这次明着看是让他护送家属回来休息，实际上是想趁机停他的职，让他做深刻反省。父亲还说，停职也没啥大不了的，可惜的是拦河大坝工程才刚刚起步，事事都要操心……母亲说，你就别成天忧国忧民的，回到工地上一定把自己照顾好，这个家往后还得靠你呢，万一你有个三长两短，让我们娘仨咋办……

　　这样说着说着，母亲忽然就呜咽起来。女人的哭声有时比最喧嚣的河潮都要汹涌，听着让人心里着实难受，但很快母亲的脸像是让厚厚的棉被给捂住了，一切都变得模模糊糊的，仿佛一家人只是不经意间被困在同一场梦境中。

说起难言之隐，谢亚军的内心比任何人都要痛苦和备受煎熬。那件可怕的灾难发生之后，她完全不知道该怎么办，该跟谁去诉说。她原本打算跟父母一吐为快，可当她听到父亲沉重的叹息和母亲嘤嘤的哭泣后，这条言说之路就被彻底堵塞了，她不想再给唉声叹气的大人增添任何负担了，现在她只能选择沉默，把咸涩的泪珠一颗一颗都咽进自己的肚子里。从小到大，她从来都不是一个让大人操心的孩子。

父亲前脚一走，母亲的情绪又一落千丈，心情比以往任何时候都更加忧郁了。白天，母亲在屋里待不住，总是一声不响地离开院子，去这里转悠转悠，去那里转悠转悠，或者，干脆一个人呆呆地站在院门口，长时间朝西面张望，好像父亲很快又能回家团聚了。这次，弟弟倒是变得老实多了，他不再像以前那样贪恋着出门玩耍，顶多在院里逗逗坦克，就是用柴草棍儿挠一挠狗的鼻子和耳朵，惹得狗直打喷嚏，眉头皱得跟小老头一样难看。

坦克整天都被牢牢地拴在院里，父亲临行前再三叮嘱姐弟俩，你们帮妈妈看好这个家，别再放狗出去给妈妈惹祸。坦克整天心神不宁，来来回回在院墙根下使性子窜动，铁链子拽得哗哗乱响；夜里它又总是对着墙外面的街道，一个劲儿瞎咬乱叫。有时，实在是把母亲惹火了，径自冲出去骂它是条瞎狗，见天就知道瞎汪汪，说再不老实听话，就把它撵出去，再也不要它了。或者，不分青红皂白当头给它两棍子，坦克就委屈得跟姑娘似的，低眉耷耳地呜呜几声，短时间内不敢再造次了。

谢亚军不无同情地想道，也许坦克只是想念外面的世界了，想念跟大黄蜂一起度过的自由自在的好日子。她自己又何尝不是？跟白小兰在一起的时光，虽然坎坷而短暂，但却是她一生当中最值得纪念的，在那以前她是完整的、美好的，就像纯洁的白玉一样毫无瑕疵；现在这块美玉忽然被丢进污泥浊水中，沾染了这世上最脏的东西，再也无法清清白白的了。她的心没有一天不在流泪，她开始讨厌自己，讨厌那晚被坏蛋弄脏的身体，好多次她甚至有了一死了之的念头，她觉得与其这样蒙受耻辱苟且地活着，真不如一个人悄悄地离开这个龌龊的小镇。

可偶尔，她也会想起那晚在旷野里点起的火把，当时真是老天有眼，如果火把再晚一点儿点亮，她和白小兰早已葬身狼腹了，世上再也没有她们这两个人。生死有时就在一念之间。况且，还有那两条忠实的家犬，它们若是迟来一步，结果更是不堪设想。生命对于她来说，从来没有像现在这样真实，又如此深刻。一旦这样想问题的时候，那种轻生的念头立刻就会被内心深处的另一个自己所鄙视：

谢亚军你是个懦夫！凭什么是你死，而不是那个该去下地狱的混蛋！

一旦有了这个念头，谢亚军就再也按捺不住了：人不犯我我不犯人，人若犯我我必犯人，一定要惩罚那个恶棍。若是刘火在就好了，相信他会毫不犹豫地答应她的请求，并且一定会把那个家伙揍得屁滚尿流。可是，现在谁也不知道刘火是死是活，也许那场大火真的要了他的命。这样想时，她又感到一阵悲哀，她一个小姑娘，想去复仇，又谈何容易？但是，报仇的决心像一根湿了水的绳子，早已将她整个人缠绕得紧紧的，使她不得不孤注一掷往那方面去想。

就在她一筹莫展时，坦克突兀的叫声再度传入她的耳朵里，躁动和不安让狗的呜呜声变得异常刺耳。谢亚军从苦思冥想中回过神，她又转身一步步走近坦克，狗立刻哗啦啦拖着链子朝她奔来，像个毛孩子似的直立起前爪，一扑一跳地向主人发出求助的信号，狗链子毕竟长度有限，坦克总是被控在那个地点无可奈何。谢亚军长时间盯着狗，那个重大决定就像是系在链子的另一头，现在随着狗的扑跳发出哗啦哗啦的刺耳的响声，牵动着她的每一根神经。

过了两天，谢亚军终于见到了白小兰。

在经历过那样一种漫长的昏迷之后，白小兰的脸上或眼神里，就多出一种以前没有过的东西，那是一个人在大病初愈后，所表现出的虚弱和沧桑感，整个人突然就像长大了几岁，再也不是过去那个总是一副怯懦和忧郁的样子，憔悴的外形不经意间流露出几分淡然和冷静，甚至还有些许顿悟。

这些微妙的变化，都没能逃过谢亚军的眼睛，或者说，身心所受的屈辱和痛苦，同样也改变了谢亚军，使这个姑娘变得更加成熟和多愁善感。彼此见面以后，都不约而同地盯视了对方片刻，又似乎都心事重重，却欲言又止。

谢亚军实在是太想倒出满肚子的苦水了。那场丑陋的灾难总是让她难以启齿，一个姑娘家遇到那种不幸，一生也许全都被毁了。痛定之后，她还是决定了，要把这一切跟眼前唯一的好朋友和盘托出。讲述必定是十分困难的，几乎每一字词，都跟生了锈一般滞涩，无法松动，难以吐露，而痛苦的回忆又让那晚发生的一切笼罩上更为荒凉的悲剧色彩，叙述自己的苦难如同再次反刍，这无疑是世上最艰难的事，但克服了种种心理障碍，所有一切被原原本本讲出来之后，她内心的枷锁终于被自己亲手砸开了打碎了，至少她从精神上获得了某种释放，因为那灾难太过深重了，她一个人无论如何也扛不起来。她需要的仅仅是勇气和信任，更重要的是，她自己得先从不幸的阴影中学会站起来，她不想一味地懦弱和委顿下去。

作为唯一的听众，白小兰简直惊得目瞪口呆手脚冰凉；作为好友，她除了默默地难过流泪，始终不知道该跟对方说点什么。同样，白小兰也无时无刻不被那个有关刘火的秘密所煎熬，说出来内心也许会好受一些，可她已经亲口答应过刘火，对谁都绝口不提的，她甚至还当着刘火的面发了毒誓，假如说出去就不得好死，会被天打五雷轰永世不得翻身。

因此，白小兰在最真诚的告白面前，突然表现出前所未有过的踟蹰和吞吞吐吐，她有难言之隐，也想一吐为快，却始终无法开口。她缺乏谢亚军那般的果敢和勇气。

谢亚军后来只简单地询问白小兰，这两天跑到哪儿去了，害得她满世界都找不着人。白小兰支支吾吾，最后只好扯了一个不算高明的谎，说是那天看到谢亚军一家团聚，她羡慕得不得了，最后还是决定再去工地看看母亲。

谢亚军狐疑地问，就凭你一个人？

白小兰便显得很窘迫，她太不善于扯谎了。可谎言一旦出口，就不能马上终止，她只好硬着头皮，继续支吾着编造下去，说那天自己刚走到半途中间，忽然迎面碰上母亲娘家的一个什么亲戚，后来就跟着那个亲戚去家里小住了两天。

谢亚军始终盯着对方的眼睛，最后不温不火地说，那就是说，那晚你没去过刘火家了？

一提到刘火这两个字，白小兰便心慌意乱无言以对，眼皮随即耷拉下来，她几乎不敢再跟谢亚军对视一下。

我、我……没、没、没……她的结巴毛病突然就变得更严重了，几乎再也不可能说出一句完整的话来。

谢亚军当然什么都明白了，一切都无需再追问了，看来对方心里同样也有个解不开的疙瘩，就像自己之前那样难以释怀。

白小兰匆匆跟她交换了一下无可奈何的眼神，最后还是守着那个所谓的秘密无可奉告。谢亚军忽然感到非常后悔，也许自己真的应该有所保留，这不公平，友谊应该是对等的，是我近你一尺，你近我一丈，现在她把自己一肚子的委屈和耻辱，全都讲给白小兰听了，可这并没有换来对方足够的诚意，这可真令人难过。于是，谢亚军脸上的表情变得懊恼而愤愤，整个屋子的气氛要多尴尬有多尴尬。

她俩之间头一次出现了裂痕——这种裂痕并没有就此终止，而是像开春时节冰面上悄然裂开的一道缝隙，随着时间慢慢推移，继续向远方延伸开去。以至于过了好长一阵子，两个人谁也不想主动去找对方，都沉浸在各自的忧伤中无法自拔。

40

　　谢亚军原本打算叫上白小兰，一同去实施那个计划，可事到临头，她又改变了主意。一切都是注定的，这世上谁也帮不上忙，她的苦难只能由她自己承受，同样，她的仇恨也只能由她自己解决。当她悄悄带着坦克离开院子的时候，内心忽然涌起一股破釜沉舟般的冲动。

　　坦克似乎能嗅出主人的意图，自从它在树林中找到谢亚军后，这样的期待一刻也没有停止过，它一心希望主人还能带它再回到那片树林里，因为那里有自由自在的空气，它可以放开四爪拼命奔跑。

　　谢亚军一直沉默地牵着狗，街巷里并不那么黑了，相反，她几乎能看清每一个角角落落，她的目光坚定不移，迈开步子朝黑夜中的某个方向走去。狗的四爪时而会有些狐疑，因为那个方向它心知肚明，离主街越来越远了，坦克对此行的目的也越发清晰明了，它像是猜出了某件重大的事情就要在今夜发生，而且，主人一定会让它参与其中，于是它变得有些骚动起来。

　　走着走着，坦克猛地蹲坐在地上不走了，一定是主人的情绪让它嗅到了某种不安。谢亚军用力拽了好几下绳索，狗除了冲她呲呜两声，依旧一动不动，像是要跟她讨一个说法。谢亚军不得不走回到狗跟前，也蹲下身子，她用手轻轻捋捋狗的脑门和脖鬃，然后她趴在狗的耳边低声说，好坦克，你要听话啊，你是最聪明最勇敢的狗，现在没人能帮上我的忙，只有你了，我的好坦克！

坦克懵懂地望着她，机警的耳叶一扇一扇，狗的瞳孔里就浮现出一双模糊的人影儿，那小小的人儿正在默默流泪，比它想象中还要软弱。坦克赶紧伸出热乎乎的舌头去舔泪水，它越舔那泪流得越欢，真像是黑夜中的两条小溪。坦克的舌头几乎忙不过来了。坦克，你一定要答应我，待会儿让你干什么，你就干什么，听懂了吗？她一面仔细嘱咐着，一面用力捋抚着狗的脖颈儿，那里厚实的鬃毛让人感到很暖和。半晌，坦克终于发出了一串尖利的无可奈何的咝鸣声，似在质疑，又像是要做出自己该有的承诺。

谢亚军一挺身站了起来，她用手背来回抹了抹脸，两道黑色的小溪便消失了，她的步子迈得更加沉稳有力。

起初，骡子很不耐烦地把脑壳伸出自家院门，乍一瞅见谢亚军，他的脖子立马乌龟似的缩了进去。谢亚军再次用力敲着门，嘴里说，别藏着了，有种就出来，我有话说。门里的人沉默了好一会儿，最后还是怯怯地露出头来。你找我……啥事？显然，骡子没有想到谢亚军会直接找上门来，自从那晚之后，他已经连着在家里躲了好些日子了。这时，他听见谢亚军没头没尾地冒出一句：带你去个好地方，看你有没有胆量。说着，她已转身率先往主街的另一头走去。骡子胡乱抓挠了几下后脑勺，委实有些举棋不定。

谢亚军走出十来步远后，才幽幽地扭过头去，哼，我就知道，你是个胆小鬼，不敢了吧？骡子先是一怔，然后鼻孔跟牲口似的，呼哧呼哧喷出几记响声：笑话，难道还怕你个丫头片子！说完，他故作镇定地大步跟了上去，整个人摆出一副天不怕地不怕的架势。才几天没见，你不会是想我了吧？骡子依旧像平时那样，嬉皮笑脸地打趣道。别废话，一会儿你会明白的！谢亚军尽量让自己气息平稳，不卑不亢不紧不慢地迈着脚步。骡子反倒被她神秘的样子给吸引住了，一时竟有点儿想入非非，刚才还迟疑的腿脚霎时变得轻快多了。

他们俩离开主街一路往前走，很快四面就黑得让人透不过气了，骡子走着走着，又有点儿疑神疑鬼了。喂，你到底走哪儿嘛？谢亚军稍稍放慢脚步，说话时并不回头，不想走拉倒，我一个人去。骡子似笑非笑地抽抽鼻子，对方那种欲擒故纵的口气倒让他有些欲罢不能了，他尽量耐着性子颠颠地紧随而去。

又走了一会儿，谢亚军突然拐进路旁的一排大树后面，那些旱柳树长得歪歪扭扭的，活像夜空下一群张牙舞爪的牛鬼蛇神，骡子不由得又慢了下来，他做贼心虚似的朝四下里张望，这里连个鬼影也没有，天地寥廓得有些瘆人。只有谢亚军正背靠着一棵树，静静地坐在地上，像是走累了在那儿喘息呢。他一阵窃喜，也许以前高估了这个城里来的姑娘，她跟镇上那些呆头呆脑的丫头没什么两样，通常他让干什么她们都会乖乖听话的。于是，他迫不及待地跳窜到谢亚军跟前，很像一条发情的公狗，猛地伸出两只爪子，猥亵地去扑抓她的两只肩膀头。

把你的脏手拿开！谢亚军一字一顿地说。

不然，你要后悔的！！

骡子听到这句话的时候毫不在意，他轻浮地以为，这只是小姑娘特有的矫情和辞令，相反他的双手更加放肆也更加无耻，他一心只想把她揽进怀里。就在这一刻，谢亚军突然爆发出惊人的一记尖叫，那声势如裂帛一般，带着极度的羞愤与悲怆，一时之间震得夜空中的星子都急速滑落了一颗，那西面的天空随即闪过一道短短的银弧。与此同时，谢亚军一面竭力撕抓对方的衣服，一面拼了命地喊叫起来。

坦克上啊！

坦克咬他——咬死这个大流氓！

坦克闻声而动。要知道它已经在树坑里趴了一阵了，先前主人把它带到这里，并且让它埋伏在这几棵大树后面，现在黑暗中的坦克终于等来了冲锋的号角。关键是，姑娘那一声歇斯底里的喊叫，一下子就激发了这条军犬的全部斗志和勇武，坦克不愧是训练有素的士兵，服从命令听指挥，该冲锋的时候毫不含糊，它突然展开矫健的四肢，露出锋利的牙齿，况且，坦克一直就很讨厌这个叫骡子的少年，他总是爱在镇街上招摇而过惹是生非，现在它要好好教训教训这个坏蛋……

姓谢的，你敢放狗咬我，我饶不了你……

救命呀……狗咬人了……我的妈呀……

刚才还自以为是的家伙，顷刻间就被坦克发起的暴风骤雨所裹挟，只能满地翻滚鬼哭狼嚎了。而作为唯一的指挥和观众，仇恨的火焰的确已经点燃了谢亚军稚嫩的灵魂，让她变得疯狂了，火焰一旦燃起，是很难熄灭的，何况复仇的快意很容易让人忘乎所以。

坦克上啊！

坦克使劲儿咬啊！

活活咬死这个王八蛋！

但是，当伤者发出比猪狗还要难听还要绝望的惨叫时，她的内心又受到了另一种震动，这种感觉从未体验过，她忽然为自己的阴险和残忍感到震惊和难过，因为她不清楚自己什么时候变得这样心狠手辣不择手段。

咬急了眼的家犬，更是变得异常狂躁，好像它的使命就是要把这个猎物撕得粉碎，因为在狗眼里那人早该下地狱，它讨厌他不是一天两天了。谢亚军真实地感受到什么叫兽性大发，什么叫以牙还牙。但是，在性命攸关的时刻，她却不得不喊停，她甚至用自己的双手和身体去拦阻这条怒气冲天的大狗，以便让对方乘机落荒而逃。

这种时候，谢亚军整个人被一种前所未有的矛盾心理所折磨，她确实太想报仇了，她每次做梦都想亲手杀了他，可她就是不能容忍自己变得像刽子手那样冷酷无情，她真的做不到！

第六章　凄冷春夜

41

头场鹅毛雪赶在立冬前降临了，雪一旦飘起来，就跟万千双手在头顶上撕棉扯絮般没完没了。

等天空不再丢那种毛茸茸的大雪片子时，肥厚臃肿的白街道上，便有影影绰绰的黑点，在艰难地移动了——那是早先被抽调到工地上干活儿的人，他们陆陆续续返回镇上来了。大雪一落，地冻天寒，大坝那边也就只好停了工。

白小兰觉得，母亲像是八辈子没睡过一个囫囵觉了，人一进家门，便歪歪斜斜倒在被窝里，连一句起码的话也不跟她说，只顾蒙起头来大睡。

这一觉差不多持续了一天一夜，屋子里渐渐地充满了母亲温暖的气息，这种熟悉而久违的气味，让做女儿的心里多少感到踏实些了。母亲随身带回来的行李卷儿就搁在那里，看上去灰头土脸的，像条奄奄一息的土狗，一声不响。

直到翌日晚饭光景，母亲才懒洋洋地从被窝里坐起来。

这时，白小兰刚好空着两手，从外面进屋，她的小脸让冻得一块青一块紫，一副病恹恹流浪猫样儿，眼神中透着挥不去的凄惶之色。

食堂彻底断炊了，就连前一阵最难喝的麸皮汤也喝不上了。她原本打算早点儿去食堂排队，好给母亲打点儿吃的端回来，可到了那边才知晓，现在连一颗粮食也拿不出来，食堂再也办不下去了，让大伙儿回家自行解决。

人们全都傻眼了，霜打的茄子蔫巴了，唯独空碗盆刮得咣咣响，空肚子咕咕直叫唤，原以为大食堂能永生永世开办下去呢，可才红火了半年光景，就吃了个山穷水尽。

天气冷得吓人，屋里还没来得及点炉子。关键是，去年冬天家里烧剩下的一小堆煤，全让那些工作干部上门征去炼钢铁用了，想生炉子简直是痴心妄想。往年这时候，父亲总是能想办法从矿上运送一点儿煤回来，如今再也不要奢望。白小兰听见母亲说天无绝人之路，活人还能叫尿憋死？她才迟疑着转身走到屋外。

大雪把整个小院子盖得严严实实，所有东西都藏得好深好深，她东瞅瞅西瞧瞧，半天也没有任何发现。母亲却又在屋里喊叫开了，你磨蹭啥呢，还不快找点劈柴来烧火，想冻死老娘啊。白小兰这才从屋檐下直冲进雪地里，脚下咯吱咯吱响着，每个脚窝子都是一个大深坑，她忽然想起墙根下确实堆着一些杂物，只是现在都让厚雪苫住了，那里应该有些能派上用场的东西。

她哈着咝咝白气蹲下身去，竭力伸出冻得硬邦邦的手指，拨拉杂物堆上的积雪，雪一沾手就化，湿乎乎的，一股火辣辣的刺痛迅速传遍因饥饿而颤抖的身体，她没工夫在乎手上的感觉，只顾用力拨拉那层厚厚的积雪。谢天谢地，这里还真有几块可以用来生火的木头板，她像穷人发现了一大块宝石，赶紧捡起几块紧紧搂在怀里，然后起身，飞也似的往屋里跑。

门前台阶上的雪太滑了，一不留神，脚下就打了个邪恶的出溜子，整个人便仰面朝天跌翻了，手里抱着的东西，全都稀里哗啦撒出去。母亲闻声推开屋门，见她展展地躺在雪地里，就鼻子没好气地哼了一哼。

没用的吃货，真是白养了你十来年，就是养条狗也比你强些……

母亲训人时的样子好凶。

白小兰不敢怠慢，急忙翻身爬起，不顾屁股蛋和大腿摔得生疼，赶忙去拾捡散落的木头板，指头蛋冻得不听使唤，想抓住一块地上散落的东西都要费些工夫。自从父亲殁了，母亲的脾气一日坏过一日，尤其是对派她去工地上做饭这件事，始终耿耿于怀。就在上次出发前，母亲还在屋里嘟囔了老半天，说什么自己一个寡妇失业的女人，还得抛头露面去受那号罪。

灌了满满一屋子烟，娘俩又流眼泪又咳嗽的，最后好歹是把小炉子生起来了。干木头板在炉膛里呼呼喘着粗气燃烧起来，浓烟顺着烟囱管呜噜噜地往屋外游窜，屋檐下黑烟弥漫开来，像似一条黑色挽纱不祥地飘舞着。

在这个大雪封门的晚上，娘俩终于相依为命地围着火炉子坐定，都出神地看着炉火在眼前轰然跳跃，屋子里的光线就越来越明艳了，墙壁上跳闪着娘儿俩瑟瑟发抖的身影。

这时候，母亲那张好看的鹅蛋形脸变得红扑扑的，丹凤眼角闪着温柔的光彩，剪发头齐颈披散下来，旧棉袄裹着她那起起伏伏的胸口，模样就像电影里的一个女演员。母亲尽量用双手抱紧自己，好像这红红的炉火，依旧不能温暖她那被冻僵了的身子。地上还有一坨一坨黑湿的脚印，那是白小兰刚才进出时带回来的雪块，此刻它们静悄悄地融化了，水印还匍匐在地面上，在火光的映照下明晃晃的，又像复活了，有了新生命。

母亲烤了一会儿火，突然连着打了好几个喷嚏，她扭过头去使劲儿擤了擤鼻涕，等回过身时，棉袄的袖口还在鼻孔前来回擦了擦，然后，整个人才像是真正回到惨淡的现实光景中了。现实就是，原先在大坝工地上，人们可以顿顿吃上黑面馒头，喝上热乎乎的菜汤，食物都是有定量的；时不时还能开一半次小荤，吃肉喝骨头汤，那是打狼队捕获的美味猎物，可一旦回到冷凄凄的家里，这些待遇统统没有了。

后来母亲就不再围着火炉烤火了，她开始在家里翻箱倒柜，好像这几间房子里总会有意想不到的东西，她从这个屋子闯进那个屋子，最后又从堂屋钻进了伙房。自从镇上办起了食堂，家里的伙房就被闲置起来，里面到处都是比钢锛儿还厚的灰尘，讨厌的蜘蛛把它们的丝网织到了窗户门框和房梁上，母亲一进去，劈头盖脸就被恼人的蛛网罩住了，脸上像爬满了雀斑，气得她哇哇乱叫，真他妈倒了八辈子血霉！这到底是个啥世道啊？她一面气急败坏地用手揩抹头脸上黏糊糊的网线，一面狠叨叨地抬起脚来，使劲儿踹那空洞的灶口。

白小兰无奈地想，家里那两口铁锅早变成了黑黑的铁锭，现在恐怕已经被制造成一颗坚硬无比的炮弹头，专等有朝一日去收拾美帝和老蒋呢。这样想的时候，心里竟有种奇怪的自豪感。

事实上，整个小镇都跟白小兰家的境况相似，那些刚从大坝工地跑回来的人，都得面对没饭吃没火烤的残酷现实，而他们的家庭成员正饥肠辘辘等着他们回家想办法呢。刚开始听到食堂关张的消息，大伙儿还都在观望，认为上面不会坐视不管，堂堂的公家大食堂，哪能说开就开，说停就停呢？准是一时遇到了啥困难，过两天一准能解决好的，要相信人家工作干部的能力。因此，每天一到饭口，总有三三两两的人在食堂那边扎堆，伸长了脖颈儿等好消息，可日子一天两天三天滑过去了，事态并没有一丝回转。很快，就连那不可一世的土熔炉也熄了火，被聘来的老铁匠也不见了身影，种种迹象都表明，再也不会有现成的公家饭吃了，大伙儿成天饿得前心直贴后脊梁骨，哪个还有力气去炼钢烧铁呢？

突然，母亲几乎神经质地扑向床脚，伸手去翻她拎回家来的那只行李卷儿。她三下五除二就把上面的绑绳解开了，被子和衣物逐层散开，一只比书包大点儿的粗白布口袋露了出来，看那鼓鼓囊囊的样子，很有些神秘的味道。白小兰的心一下子就提到嗓子眼，又是紧张，又是害怕，她万万没想到，行李卷儿里竟然夹带着这么个东西。

母亲如获至宝，把那一小袋东西搂在怀里，像搂着一个还没足月的婴儿，她回头看看女儿，又谨慎地朝家门方向望去。

你快去，把院门反锁死，万万别让旁人进来！

白小兰一愣，母亲的口气不容置疑，她急忙撒脚飞奔出屋。由于跑得太猛，整个人差点晕眩得要跌倒了。院门被厚厚的积雪挡着，她使了好大的劲儿，才终于严丝合缝，她手指哆嗦着插上门闩，又拿来一根扫帚把硬顶上去。等她再回屋的时候，那只她每天打饭用的土黄色搪瓷饭盆，已经四平八稳端坐在火炉上了，盆里煮了水，火舌头呜呜地舔着盆底，发出吱吱的声响，嗞嗞白气开始升腾弥漫。

白小兰的肚子立刻条件反射，咕咕作响，好像盆里烧的不是水，而是香喷喷的大米饭。这时，就见母亲小心翼翼地解开那只白布袋，先把右手在裤腿面上蹭了蹭，才虔诚地伸进袋口，在里面摸索了一会儿，才终于下定决心，猛地抓出一把，又舍不得似的，在袋口晃了几晃，确信不可能有一个米粒散落时，才迅速地将手里的宝贝投进即将烧开的水盆里。

圆圆小小的水面立刻动荡起来，那些金黄金黄的小米粒，真像一颗颗耀眼的金沙沉入盆底，水面上渐渐浮起一层细碎朦胧的乳白色泡泡，接着白开水就变得浑浊起来了，沸腾的热气中弥漫出一丝丝甜润的米香，香味越来越浓，越来越香，整个屋子几乎快要盛不下了。

白小兰的呼吸都有点儿急促了，两只眼睛却一眨不眨盯着咕嘟咕嘟冒水花的搪瓷饭盆，心里忽然有种说不出的喜悦和温暖。若不是母亲大老远地捎回这点儿珍贵的小米，这个寒冷的冬夜娘俩可真得饿肚子了。

42

　　一个人在黑暗中待得太久了，注意力就会发生许许多多奇妙的变化。

　　比方说，过去耳朵里从来没有听到过的细小的声音，现在听得真真切切，就连那些蚂蚁磨爪子的沙沙声，也能听得好显亮；再比方，那些从地窖四周散发出的气息，有泥土的，沙粒的，石头的，树根的，还有死了很久的虫子的躯壳，天热时耗子脱落的几团灰色茸毛，各种各样虫豸留下的小粪便，现在都能用鼻子嗅得一清二楚。随着听觉越来越好，嗅觉越来越灵敏，这些在黑暗中可帮了刘火不少忙呢。

　　外面的气温一天比一天低，蛰伏在地窖里的虫子都开始冬眠了，可由于刘火和大黄蜂成天待在里面，这些家伙就在迷迷糊糊的本能中躁动起来。一只威风八面高擎着触钳的黑蝎子，从某个罅隙里阴险地爬出来，少年立刻能准确无误地用一根小树棍，啪地击中对方的头部，以免这家伙神不知鬼不觉摸到自己的身上，或乘机在他裸露的脖子和手背上狠狠地蜇上一口，那可就倒大霉了；一只多脚的浅褐色蜈蚣，悄无声息顺着墙壁窜上窜下，就像一个训练有素的敌特，专门钻进来刺探和收集情报，而他根本无需睁大眼睛，就能用一根手指头，轻而易举将对方碾死在土墙上。至于那些猥琐的潮虫、傻乎乎的摇头虫、黑不溜秋的甲壳虫，还有张牙舞爪的蜘蛛更是不在话下，这些小东西统统让他弄死给大黄蜂做了可口的美味。他觉得自己简直就是这个暗黑小世界里的土皇帝，一切生杀大权都由他掌控且手到擒来。

可也有睡不着的时候，这种时刻刘火觉得自己活像是长了孙行者的火眼金睛，他会孤注一掷地对准地窖的顶部或四壁，有时盯住一看好久好久，看着看着，奇迹往往就发生了，那里的一颗光滑的石子或碎瓦片，开始隐约发亮，那种亮光并不十分显眼，就像黑色的弹珠镶嵌在泥土中，或者，更接近一只耗子的黑眼珠，发出幽暗而水灵的微光。后来他就慢慢发现，整间地窖的顶部和墙壁都有这种微弱的光芒，好像夜空里的繁星，一闪一闪，几乎照亮了他这土皇帝的整间宫殿，让他可以无休止地沉浸在对光明的向往中，对过去无忧无虑自由自在生活的长久回忆中。

这种回想的确无休无止，又漫无边际，经常搅得他黑白颠倒，神思恍惚，却又无法自已。有时，他真想不顾一切冲出这该死的地窖，一路奔跑着冲上镇街，嘴里高声喊叫着，我还活着，我根本没死，你们这些愚蠢的笨蛋，都睁大眼睛瞧瞧吧！这样一边在主街和辅街之间来回奔跑，一边高声大嗓地呼喊着，好让整个世界都能听到他发出的呐喊。而且，还要带上他的狗，没有狗在左右，那会让他的存在感大打折扣，对众人来说更缺乏说服力，他要跑在前面，让狗跟在后面，还得让狗不停地汪汪吠叫；或者反过来，就让大黄蜂带着他，一口气跑到镇子西面那片幽静的密林中去，那里曾留下了太多太多值得他记忆的东西。

可是，当他异常冲动地刚刚从地窖露出头来，这种汪洋恣肆的奢望和狂想，顷刻间就土崩瓦解灰飞烟灭了。他下意识地摸摸自己的面颊和额头，那种疙里疙瘩的伤疤，那种又红又亮的灼痕，让他立刻就像当头挨了谁一大棒，整个人一下子就被打回到残酷冰冷的现实中了。他突然死了般委顿着，就像被他随手碾过的什么虫子，一时退却了，整个身体急剧抽缩着，或者真正变成一只被无聊的人戳刺后紧缩起来的毛毛虫，可怜兮兮。

　　他知道，老天爷再也不会把自由自在的日子退还给他了。那场大火几乎毁掉了一切，也没收了一切，他虽然年纪轻轻，身心也不够强大，可爱美之心哪个人不懂呢，就像丑陋的东西谁人不鄙视和嘲笑呢，尤其是一想到要去面对镇上那群顽劣的孩子，那群总像碎嘴麻雀一样，叽叽喳喳跟在他屁股后面的玩伴，还有那个最讨人嫌的骡子，他就胆怯得像只不敢见天日的小耗子，只能在洞中望而却步郁郁寡欢了。

　　有些时候，他也会莫名地想起另一个人，一个同镇上所有的女孩都不一样的姑娘。她在学校穿着任何女生都没穿过的漂亮的连身花裙子，那几乎是一次伟大的创举；她的马尾巴总是梳理得齐齐整整一丝不苟，而且，还会在脑后系一条雪白雪白的手绢，这也是镇上姑娘从来不舍得，更不懂得的洋气之举；她白皙的后脖颈儿上，总缭绕着几根透亮的发丝，就像湛蓝的天空偶尔飘过的一丝轻盈的云彩，美得叫人不敢出声，不敢多看。

　　每一次，只要稍稍往女同学那边瞧上一眼，他的身体顿时就会变得焦渴，像被骤起的天火烧焦的树干，吱嘎作响，迅速丧失了水分，停止了呼吸，浑浑噩噩，不知所终。他不明白自己到底是怎么了，过去他的胆量确实很大，遇事从不会退缩逃避，对那些女生更是不屑一顾，可自从这个叫谢亚军的姑娘转到班上，他整个人都变得莫名其妙患得患失了。

　　我八成是得了啥病吧，好像还病得不轻呢！

　　他枕着自己的双手，一味地躺在地窖里胡思乱想，间或，自言自语痴人说梦。在这之前，他确实和她有过许多次接触，他俩有过过节儿，有过不悦，但似乎又不乏欢悦，总之，在他内心深处，所有的不快和欢乐的时光，都让他着迷并心驰神往。

　　至于那个白小兰，他对她的感觉是完全不同的。兴许他们同居一个镇子，打小就相熟了，后来又在一个班上念过几年书，很多时候他更乐意把白小兰当小妹妹看待。那天是大黄蜂跑进来叼住他的袖子，硬把他从地窖里拽了出去，否则，他怎么会知道白小兰晕倒在街边呢。所以，与其说是他帮了她的忙，不如说大黄蜂才是白小兰真正的救命恩犬。当然，他也绝不会袖手旁观，对于这两个姑娘或女同学，不管她们遇到什么样的困难，他都会毫不犹豫地伸手相助的，这一点毋庸置疑。

思绪总是那么恣肆漫漶，一如河水正在哗哗涨潮，起起伏伏又断断续续。然而，入侵者的打扰忽然又来了。那窝狡猾透顶的耗子，起初它们都让刘火的动静给吓跑了，现在领头的耗子又几次三番偷偷地钻进来，贼头贼脑窥视他，好像胆小怕事的邻居，经过深思熟虑，终于战战兢兢上门来拜访他了。抓住耗子可不是件容易的事，它们速度快极了，而且，个个都是钻洞的行家，稍有风吹草动，这些家伙就会溜之大吉。刘火只是在黑暗中注视着耗子的一举一动，或者，猛不丁发一声喊，拍两下巴掌，对方便飞窜着逃之夭夭了。

但过不了多久，耗子们又神秘兮兮地出现在脚下。这次，似乎距离他更近了，好像非要弄清他这个人似的，尤其是他的面孔，这让他十分恼火，真是应了那句话，虎落平阳被犬欺啊，连这些耗子也来欺负他了。经过几番靠近和试探，耗子也许发现了，它们的对手一点儿也不可怕，因为他毕竟是个十二三岁的少年，还没沾染上大人们的凶恶。

这种时候，刘火真想立刻消灭掉这些捣蛋鬼，毕竟它们是要跟他抢夺地盘的，最重要的当然还是那些金贵的粮食。他不得不重新考虑储藏在缸里的那些珍贵的黄豆和玉米，那可是父亲留给他的最大一笔财富，他认认真真检查了那口大缸的外表，果不其然，就在缸底最下端，找到了一个不易觉察的小孔，那恰好能钻进一只耗子，由于这口缸有半米多深是埋在地里的，这个发现让他大吃一惊，原来这窝耗子就是守着这份家业坐享其成的。幸好，他多长了个心眼，不然的话，父亲藏在这里的粮食，迟早都要给耗子们做善事了。于是，他赶紧从院里找来跟小孔大小相似的石块，硬生生地塞进去，彻底堵住了那个盗窃惯犯的入口，这样一来，他又可以高枕无忧了。

随着入侵者的反复骚扰，倒也恰好提醒了他，耗子是为粮食而来的，可这个由父亲亲手挖好的地窖，难保不会被镇上的什么人发现，一旦他们摸进院子贸然闯入，自己弄不好就得束手就擒了。他觉得自己必须学得比耗子还要精明，得时刻给自己留一条后路，也就是说，在必要的时候，他能迅速从地窖中逃脱，而又不会被任何人发现或逮住。

地窖四周的土质并不很坚硬，基本上都是由黄土沙子和碎石混凝而成的，只要能找到一把锹或锄头之类的工具，他就可以马上动工了，他打算从地窖的最里面开挖，挖一条很长很长的通道，最好能一直通到外面的田野里去。他甚至想到语文老师曾在课堂上教过的一个成语：狡兔三窟。没错，人家兔子尚且如此，难道自己还不及这些吃草的小畜生？

可是，当他小心翼翼爬出地窖，在自家的屋里院里拼命寻找的时候，才意识到家里仅有的一把生了锈的铁锹和一只破破烂烂的铁皮簸箕，早都让公家收走了，现在这些宝贝十有八九被土熔炉烧化了，炼成了不可一世的铁锭。想到这里，他几乎恶狠狠地扇了自己两巴掌，当初怎么那么傻呢，人家工作干部一上门来，他就自觉自愿毫无保留，把家里仅有的铁东西都拱手送出了，好像生怕晚一步，会让他们扣上不积极不革命的帽子。

此刻，他恨自己当初蠢得可笑，积极得过头了。他上天入地就是找不到可用的工具，真把他急得抓耳挠腮饮食俱废。一整天的时间就这么白白浪费掉了，直到晚上，他再次走进伙房准备食物的时候，才一眼瞧见，搁在炉台上的一只用来盛水的瓦罐，他简直欣喜若狂，几乎像遇见了救星，忙扑上去双手抱住瓦罐，猛地高举过头顶，照准地上用力砸下去。

瓦罐顿时四分五裂，效果比预想得还要好。他就像历史教科书上说的最原始的猿人，发挥主观能动性和聪明才智，亲自动手制造了了不起的工具，那些有着锋利刃尖的瓦片，恐怕比旧石器时代的任何工具都要强上百倍。

现在，刘火终于可以欢天喜地地钻进父亲的地窖里，神不知鬼不觉地实施他个人的"狡兔工程"了。这个晚上，他甚至没有工夫喝一口水，更没有吃一粒煮豆或焖玉米，他觉得自己浑身上下有使不完的劲儿，求生的欲望太强大了，驱使少年平生头一次挥汗如雨而不知疲倦。

43

　　亚洲总是觉得，自己现在像极了一只小耗子，虽然内心时刻潜伏着种种不安，可还是会战战兢兢地爬出洞口，想到外面去转一转看一看。

　　自从妈妈带着亚洲去了一趟大坝工地，这个小家伙对外面的世界就产生了从未有过的困惑和怀疑。孩子原先一直以为，爸爸在外面一定很威风的，一大群黑压压干活儿的人被爸爸使得滴溜溜转，每一个人都是爸爸手下的小兵，爸爸就是他们的最高统帅或将军，想让他们干什么，只要动动嘴皮子，他们就得老老实实干什么，而且，个个还得规规矩矩给爸爸行军礼打立正呢。

　　可是，亚洲跟母亲去那边看到的情形，却根本不是这样子的，甚至一切都是相反的，爸爸好像跟那些灰头土脸的工人没啥区别，别人搬石头他也去搬石头，别人抢洋镐他也去抢洋镐，别人大汗淋漓他也汗流浃背。更可气的是，还有人敢冲爸爸指手画脚的，一会儿喊老谢快带几个人去卸车，一会儿叫老谢你能不能再抓紧点时间别磨磨蹭蹭的……总之，爸爸每天在那里忙忙碌碌，简直就是一只被皮鞭不停抽打着的陀螺。亚洲后来忍不住问过妈妈，可她也只是含糊其词地说，小孩子家懂什么，革命工作哪分高低贵贱，人家让爸爸干这干那，说明爸爸最能干最有本事。妈妈尽管嘴里这样说，可孩子还是能从大人的眼神里看出点儿什么，他觉得妈妈在撒谎，说话没有底气，眼光始终飘乎乎的。其实，妈妈跟他一样迷惑，一样不安，一样难过。这些他都能感觉到。

白小兰已经好多日子不来家里玩了，姐姐好像也绝口不再提她，这让亚洲有种很不好的预感。

孩子在工地的时候，也见过白小兰的妈妈。那个女人偶尔也会悄悄地来到他身边，跟地下党接头似的，很神秘很神秘地塞给他一点儿好吃的，有时是一块煮熟的上面还挂着晶亮皮冻的骆驼肉，有时是一片黄亮黄亮的玉米面发糕。这个女人成天跟十几个妇女专门为工人们做饭吃，每天不停地和面啊、烙饼啊、蒸馒头啊、熬菜叶粥啊。孩子注意到，那女人的一双手皴裂得好厉害，她的面容也又黑又瘦，她身上的衣裤油脂麻花，就连看人的眼神也有气无力，再也不像以前在家的时候，她总是把自己收拾得漂漂亮亮香气扑鼻，现在满身都是油烟子味。不知怎的，孩子就觉得心里很难受，他甚至开始讨厌工地，讨厌正在轰轰烈烈修筑的拦河大坝，他觉得那些像黑蚂蚁一样不停干活儿的人真可怜，当然也包括自己的爸爸和白小兰的妈妈。

白小兰家的院门紧闭着，里面鸦雀无声的，亚洲苦苦敲了半晌门，也未有一丝回音。等他垂头丧气转过身时，那群顽劣的孩子早已经把他团团包围住了。

亚洲的身体不由得晃了几晃，一阵眩晕从头到脚袭来。一方面，妈妈说家里存下的粮食不够塞牙缝的，每顿饭仅仅能喝几口清汤寡水的稀米汤，碗口都能照清人的鼻子眼睛，肚子里老是发出哗哗的水响；另一方面，他确实被这种凶巴巴的目光给震惊住了，他们都是狠叼叼的，不怀好意的模样。

这些家伙就那样上上下下打量着亚洲，每个人都露出一种奇怪的表情，那通常是野兽对猎物的高度警惕和龇牙咧嘴地审视，好像这个六七岁的小男孩就是一头小怪物，是丛林中的一个小另类，甚至是一个早就死去的孤魂野鬼，他的存在正时刻威胁着街道上的安全。

亚洲被盯着看毛了，浑身开始起鸡皮疙瘩，脊梁上冒冷气，他直想立即扭头跑开，可包围圈立刻缩小了，他成了陷阱中在劫难逃的小兔子，上天无路，下地无门了。

喂，小瘸子你到底是人是鬼？

小反革命，你还有脸到处乱跑！

快说，你跟那个死鬼刘火是不是一伙的？

场院上的火是刘火那家伙放的吧，你是不是他的帮凶？

今天再不老实交代，你就别想回家……

亚洲眼圈就在惊恐中开始泛红了，嘴角微微抽动着，两只裤脚也扑扑直抖。那些目露凶光的大孩子，反倒露出一丝恶作剧时的坏笑，好像让一个小家伙感到恐惧，本身就很有成就感，因为这种风气正在大人们中间盛行。紧接着，几只脏兮兮的手将亚洲推过来搡过去，孩子仿佛是处在疾风恶浪中的一叶小舟，身子左右前后摇摆个不停。

说话呀，你哑巴啦？咋不言语！

小瘸子你哪来那么多尿（即泪水）啊！

像个爱哭鼻子的小丫头，快摸摸他，看他裆里到底有没有小鸡鸡。

嘿嘿嘿嘿……

一伙人七嘴八舌七手八脚不停地戏谑他，逗弄他，孩子可真想大哭一场，是可忍孰不可忍，可泪珠子打了几个转圈后，终究没有灰溜溜地迸出来。相反地，被这样无礼地当成小丫头任意耍弄，着实让孩子感到莫大的耻辱和恼火了。

最初，亚洲确实畏缩得像只挨斗的小耗子，总想找个地缝钻进去逃之大吉。可当那受辱后的小心灵一再受到震颤，怒火让周身热血沸腾时，这就陡增了一股男孩子特有的野性和勇气，他可不是什么小姑娘，他是个男子汉，爸爸前几天还勾着他的小鼻头说，小男子汉以后可得坚强些，不管发生什么事，可别动不动就哭鼻子抹眼泪。他当时可是点着小脑壳，很郑重地答应爸爸了，爷俩还互相勾了勾小拇指。一诺千金，一百年都不能变，谁变了谁就是小狗。

这样想时，亚洲单薄的小胸口，几乎快被那种屈辱和羞愤挣破了，炸裂了。一股前所未有的蛮力和勇猛，让这小男孩终于无师自通，他忽然将自己的脑壳变成唯一有力的武器，并且，异常激奋地撞向对面的敌人。哎哟哎哟！——这个办法果然奏效，有人当即被顶得四脚朝天，躺在被乱脚踩得污浊不堪的雪地上，呜哇鬼叫。

没等其他人反应过来，孩子的脑壳已如坚硬的炮弹，再次加足火力铿锵出膛了。与此同时，他那小嘴怒张着，喉咙嘶吼着，拳头紧攥着，眼光里似乎也凝聚了对方那种狡猾和凶残的东西，这些都是被逼出来的，这一次发起的大反攻，更让那些纠缠者大惊失色：这孩子简直就跟一头发了疯的牛犊一般，近乎野蛮地冲击每个人……

事实上，院子外面发生的一切，都没逃过白小兰的耳朵。亚洲最初来她家敲门的时候，她就闻声从床上爬起来了，她趿拉着鞋已经走出屋门了，却让母亲从身后一把拽住了。

给我回来！往后咱们离谢家人远远的！

白小兰疑惑地回头看看母亲，她不明白她为什么这样一反常态。母亲咬了咬嘴唇，像是要说出一个天大的秘密。可等了半晌，却又不再吱声了，只是硬生生地把她拖回屋去，又反手闩牢了屋门。不知怎的，母亲的嘴脸，让白小兰又兀自想起谢亚军经历过的那场可怕的灾祸，她真希望这一切都不曾发生过，而谢亚军此前给她讲述的，只是一个虚无的故事，只是用来吓唬她的。

白小兰后来就那么忐忑而焦灼地，趴在堂屋的窗台上，外面的喧闹声此起彼伏，她能分辨出哪是亚洲的声音，那群坏蛋不依不饶，可怜的小家伙开始啸叫了，她的心就跟着亚洲尖锐叫喊声狂跳不止，她真想不顾一切地冲到街上，去帮帮那个小弟弟，很多时候，她觉得那个小家伙就像自己的亲弟弟。母亲当然不可能再给她生个弟弟了，可她渴望能有个弟弟，那该多好啊。

这时，母亲忽然又在身后自言自语了：

瞧着吧，这回谢家的人要倒大霉了！

白小兰惊怯地瞪大了那双黑黑的眼睛，由于过度紧张，她那瘦削的脸颊，和鼻翼两侧的小麻点，一时间都跟着抖动起来，像是要从面皮上滑落了。而母亲那双漂亮的丹凤眼，却显得有些空洞乏味，就好像是，她所说的这些话，根本不值得谁大惊小怪。

我们离开工地那天，谢工程师就让一辆电驴子带走了，听说是县委让他去交代个人问题……这年头还不都是泥菩萨过江……

白小兰再也不想听母亲絮叨下去，她下意识地用双手捂死了自己的耳朵。

44

满天都是荧荧星光，街道被映照得雪亮雪亮的。

坦克是拖着疲惫虚弱的身子，慢慢地从野外走回街上的。自从白天女主人解开了它项上的锁链，这条狗便独自离开了家，跟所有饥饿的人们一样，秋天吃不上粮，冬天见不到一丝肉星，饥饿难耐，体力下降得很厉害，它太需要补充些食物了。在最煎熬的时刻，女主人算是很体谅了，放它一条生路，它才有机会走到外面去搜寻猎物。此刻，它嘴里横叼着一只肥硕的大耗子，从野地里气吁吁地走回来。

那些耗子总是狡猾得很，白天不会轻易从洞子里钻出来，所以，整个下午也没有一丝收获，一直守到满天星光的时候，坦克才狩猎成功了。被它剿捕的那窝耗子少说也有五六只，它们是趁着夜色出来活动的，现在猎物们已经在它肚子里起了关键性作用，尽管夜风在呼啸，它也不觉得那么冷了，体力稍稍得到一点儿恢复，它就能准确无误地分辨出黑暗中的每条街道，和每一户院落。

终于，在一个静谧的院门前，坦克果决地停了下来，它抬起一只泥乎乎的前爪，用力去拨那门板。这种时候，它的样子很像一个深夜前来拜访的客人，或者，一个好心的雪中送炭者。可半晌，里面也没有一丝响动，这让它感到失望极了。于是，它原地转了个圈，又换了另一只爪子，继续沙啦沙啦抓挠那门板，依旧没人理睬它。

里面真的比死还要静。坦克有些泄气了，心灰意冷地又在门前来回转了几圈，才若有所思地背靠院门站定。瘦削的身影长长地趴在地上，它警觉地嗅了嗅那条影子，仿佛是在嗅那个朝思暮想的同伴。它又茫然地抬起头来，朝远处的街道张望着，过了一会儿，才像是最后下定决心，将嘴里的那只死耗子轻轻丢在门槛边上，又好像不放心似的，拿自己的爪子朝门缝里塞了又塞，再抬起鼻孔呜呜两声，算是很友好地跟里面打声招呼，这才不太情愿地慢慢告辞了。

也许是吃了闭门羹的缘故，坦克的心情变得晦暗，步子有些迟疑。当它犹犹豫豫地从主街拐进辅街，一个早就在前面埋伏好的绳套，正静静地匍匐在它脚下。那绳套上面撒了一层薄薄的沙土，恰好可以遮盖住绳子的轨迹。狗的眼睛再尖，也一下子瞧不出这种人为的圈套，况且，此刻的坦克已经十分疲倦了，浓浓的困意正不断袭来，它无奈地摇摇身子，真的需要好好回家睡上一觉了，这样兴许明天还能继续外出捕猎。

远处，蹲着那么一团白乎乎圆溜溜的物件，这雪白毛绒的东西它当然还有印象，刚到镇上不久，主人家的那个孩子就曾养过一只，雪球似的毛团满院子蹦来跳去，吃起草来那小嘴微微动颤。眼前忽地一亮，狗多少有些兴奋了，下午苦苦的觅食让这条家犬心力交瘁，此时看到兔子之类的玩意儿，便有些迫不及待欲令智昏了。它已来不及多想什么，过去作为一条军犬的警觉和尊严，而今统统抛到脑后去了，活下去也许比什么都重要，它浑身上下几乎没有一点儿脂肪，肌肉也开始萎缩乏力了，皮毛更是变得粗糙不堪，后背有好几处掉光了毛，露出发白的癣疤，它觉得自己快要堕落成一条流浪狗的样子了。

星光映照下，那团毛茸茸的家伙简直充满了难以抵挡的诱惑，单凭狗的嗅觉，几乎可以断定，那就是一只兔子，雪白的皮毛发出诱人的光泽和味道。何况兔子肉要比耗子肉好吃一百倍，兔子身上有的是骨头，耗子肉嘟嘟的几乎没有一丝嚼头，吃进肚子里不一会儿就消化光了，而兔子的骨头可以好好啃上一阵子，关键是这东西能顶饱的。

毫不夸张地说，现在坦克太急需这只从天而降的上等猎物了。它决不能丢失这次大好时机。当它一步步靠近兔子，最终果断地伸出黑黑的鼻头想进一步试探猎物的时候，冷不防地，脚下就腾愣一下，飞弹起一只该死的绳套，而它的脑壳不偏不倚，正好被扣套在其中了。

原来，以骡子为首的那一伙人，正鬼祟地躲在黑暗的街角和矮墙背后，这时他们终于兴奋地大呼小叫起来。

上钩了上钩了！

都用力拽绳子呀！

大伙儿别害怕啊！

要想吃到肉千万别撒手！

活活勒死这狗东西！

几乎一眨眼，那个险恶的绳套已如天罗地网般收紧了，狗的脖颈儿被死死勒住，喉咙将要卡断，舌头耷拉出老长，根本无法呼吸。事情来得太突然了，狗实在是轻敌了，狗哪里知道，那只所谓的"兔子"，不过是骡子他们拿一张兔皮填充了些干柴草，特意伪装起来的一个大诱饵，狗更不晓得，自己才是他们垂涎已久的绝佳美味。狗只知道拼了老命，朝着绳索用力的反方向倒退，就像一个宁死不屈的英勇战士，在就义前作出最后的顽强抗争，锋利的爪尖在地面上划出道道深线，喉管深处乃至肺部始终在咆哮嘶鸣，但是被扼住喉咙，它的声音太沉闷，太绝望了，注定传不出多远去。

很快地，那些藏在暗处的黑影们就巍巍幢幢来到明处，他们各自高举着棍棒，呼呼地在空中乱挥乱舞，将大狗包围起来。

在这群家伙里顶数骡子最恨坦克，自打那晚他上了谢亚军的当，让坦克追撵着咬伤了一只脚脖子，他时刻都在寻找报复的机会。现在机会终于来了，他就带头大声吵嚷起来：

快打它快打它，就往脑壳子上打，打死这畜生，今晚咱们就有的吃啦！

刹那间，那些疯狂而贪婪的棍棒，就像六月里暴烈疯狂的冰雹，一时间叮叮咚咚拍砸下来。绳子的一头，始终被骡子死死地拽着，狗的四只爪子已经无力地脱离了地面，狗已四脚朝天倒地了，再也无法躲闪这凶猛恶毒的攻击，任由那些挥舞的棍棒重重地落在头上身上和腿上，但它始终不肯服软，不肯束手就擒，一直那样狂怒地咆哮着，狗眼射出仇恨的凶光，狗牙迸出道道闪电，狗爪刨抓出一摊黄土。狗哪怕用尽平生最后一点儿力气，也要奋起抗争，绝不轻易认输，向恶人低头。

然而，这种死命的挣扎已变得毫无意义，那群手持棍棒的家伙，个个都跟饿狼似的无情而冷酷，他们更像是一群海盗遇见了盛满金银珠宝的商船，怎么会善罢甘休？坦克仅有的一点儿体力，在这种力量悬殊的撕扯与吠叫中消耗殆尽了，它感到头晕目眩，额头开始流血了，汩汩的血水几乎覆盖了它的眼睛，朦胧的夜色霎时变成黏糊糊的一团血红了。

坦克彻底绝望了，它知道自己死期将至，万念俱灰，再也无力反抗，它本能地在地上翻滚，刨抓，哀号，喘息，呜咽……骡子们无不欢呼雀跃，个个流着淋漓的哈喇子，开始讨论狗肉的各种吃法：有人说放在锅里炖熟了吃最美；有人说干脆点一把火来现烤现吃；骡子却摇摇头说，不如让我拿刀割成块块，大伙儿分了吧，其实他既想报仇雪恨，更想乘机多吃多占。

就在骡子们七嘴八舌聒噪之际，一只极其凶悍的大狗猛然间如箭镞一般射进包围圈内。一时间吠声四起，狗牙参差，撕咬不断，原本以为可以尽情享受战果的那群家伙，全都吓得屁滚尿流呜哇怪叫，惶急中早撒开了拽绳子的手，棍棒也失去了用武之地，个个鬼号着，拼了小命开始四散奔逃。这条大狗却不依不饶，在街道上来回奔突冲锋，追咬一通这个，又狂撵一通那个，好像不把这些家伙赶尽杀绝决不罢休。

趁这个工夫，坦克早已经从绳套中解脱出来了，喉咙火辣辣地疼，伤口还在滴血，它痛苦地干咳着，同时伸出血糊糊的舌头，一下一下舔舐身上的乌黑血迹。很快，那条救了它一命的大狗便风一般跑回它身边来了，彼此少不了客气地嗅了嗅鼻子，相互呜呜地叫上两声，身体紧紧挨靠在一起，一副饱经沧桑又相濡以沫的样子。

其实，刚才坦克离开刘火家门不久，大黄蜂就从地窖里钻出来了。

地窖里那种黑天暗地的生活，让这条大狗变得阴郁而又谨小慎微。主人时时刻刻都在给它灌输这方面的信息，不准它大喊大叫，不准随便跑出去，更不准轻易去接触外面的任何一条狗，哪怕是坦克也不成。因为那样会引起别人的注意，会暴露他俩的藏身秘密。可是，大黄蜂毕竟是一条活生生的狗，即便躲在黑暗的地窖里，它同样能清晰地感知到外面那个悲惨的世界。

至于坦克家的那个小男孩，有一天从地道那头悄悄爬进来的时候，就是大黄蜂最先察觉到的。当时，主人还在呼呼沉睡，那记响声忽然从天而降，像是什么重物砸了下来，声音就远远地传来了。它立刻伏在地上，一动不动侧着耳朵聆听，尽管对方爬动的过程很漫长，声音又小，但狗的听觉太灵敏了，就连那种手脚摩擦洞壁的沙沙声，它也听得清清楚楚。起初，它感到很紧张，以为有外敌侵入，就呜呜呜呜叫了几声，希望主人能尽快清醒过来，但他却不耐烦地翻了个身，背朝着它继续昏睡。于是，它不得不严阵以待，随时做好扑出去奋力撕咬的准备。

这种时候，作为狗的忠诚和警觉，谁也比不过它。随着外来者的爬行声响越来越近，地道里的黄土颗粒都开始哗哗滚动了，它才终于无法按捺地扑到主人身边，用舌头猛舔对方的脸，用牙齿轻轻撕咬他的衣袖，好让他赶快爬起来一起抵御外敌。一开始，主人嘴里咕咕哝哝，对狗的骚扰感到不悦，但很快，他就明白是怎么回事了，眼睛瞪得铜铃一般，因为那个未知的闯入者几乎已经接近地窖里面的洞口了。

那里只挡了一块木板，用来隔断与地道的联系，对方只要抽开木板，就能长驱直入了。自从主人夜以继日地悄悄挖好这条通向田野里的密道，这种事还是头一次发生，情况简直万分危急，人和狗都感到某种压抑和恐惧正在袭来。主人皱着眉头，顺手抄起一根短木棍，紧紧攥在手上蓄势待发。很快，从隔板那边传来一阵急促的声音，那人正在咚咚地敲击着，喂喂地叫着，狗听得很真切了，那是一个孩子的声音，自从住进这该死的地窖里，狗还是第一次听到主人以外的另一个男孩的声音，而且，它马上就得出一个结论：这声音并不陌生，是它过去所熟悉的。于是，它几乎忘乎所以地扑到那块木头隔板前，两只前爪激动地抓挠起来，同时，喉咙里发出亲切地汪汪声，像是在热烈欢迎对方的到来。

果不其然，当主人小心翼翼地掀开那块木板时，那个它所熟悉的孩子的小脸，就滑稽地露出来了。孩子糊得像个泥娃娃似的，浑身上下除了两只眼珠子，和嘴里的牙齿发出点点白光，看来，那条仅仅能容纳一个孩子爬进来的地道是够窄的了，不过，这可是主人和它最重要的秘密通道，因为每当夜深人静时分，它都会跟随在主人的身后，神不知鬼不晓地从这里爬出蜗居的地窖，然后双双快活地出现在静悄悄的田野上。那时，整个世界好像只剩下他们两个，谁也不会再来打扰他们，那时风霜雨雪还有星星和月亮，都属于他们所有。

孩子的不期而至，确实很让主人倍感激动，或许他是第一个顺着地道爬进来的客人。主人无比亲热地拉着对方的小手，像欢迎远客似的，把他拉进地窖里，帮他拍掉身上的尘土，让他坐在软乎乎的地铺上，同时，用手轻轻地摩挲着小家伙的脑壳儿。这种时候，大黄蜂也忙不迭地凑上去，使劲儿狂舔小家伙那张糊得脏兮兮的小脸蛋，像是非要帮对方把脸洗干净才好。亚洲，怎么是你？肚子饿坏了吧，快，吃一点儿吧，我这里还有焖好的豆子和玉米……盛情难却，更重要的是肚子早就饿扁了，孩子忙不迭地接过那些宝贵的食物，就拼命地往小嘴里塞了，塞得两只腮帮子都鼓了起来，像河沟里的鱼儿似的——事实上从这天起，包括孩子的妈妈和姐姐，都能隔三岔五享受到这种在当时极为罕见的美味。

　　主人看着孩子的吃相，突然嘿嘿地咧着嘴傻笑，他已经很久没这么高兴过了，简直都有些不知道该怎么笑好了。他还不停地问这问那，尤其最关心孩子的姐姐。别噎着了，慢点儿吃……你姐好不好，她一定饿瘦了吧？诸如此类。大黄蜂当然知道，主人问的是那个叫什么军的外来姑娘，她虽然是个女孩子，却似乎很勇敢，那次在河滩地里，它和坦克一起帮过她和白小兰的忙，所以，至今对她的印象都很深刻。一旦想起坦克，它不免又有些失落了，现在自己每天都被囚禁在这地窖深处，跟外界隔断了所有联系，这种日子什么时候是个头啊！

　　外面的任何一丝响动，都逃不过大黄蜂那两只敏锐的耳朵。何况是坦克发出的呢，它当然听得真真切切，根本无须爬出洞穴，它就能准确判断出来，这让它激动得上蹿下跳，几乎想立刻冲出去跟对方晤面了。但苦于主人的一通训斥和威慑，它不得不忍气吞声按兵不动。主人说，不准动，别叫唤，当心我揍你！它只好低眉顺眼地乖乖地趴在地上了，像一条可怜虫似的，望着主人那张忧郁而警惕的脸。

　　这种时候，大黄蜂也会再度告诫自己，如果一意孤行，如果不听召唤，自己的下场是不会太好的。可它的心儿，似乎早已经飞到院子外面去了，飞到坦克身边了。好在，主人还是通情达理的，后来他先爬到地窖外面竖着耳朵听了听，大概觉得外面没什么特殊情况，才允许它钻出去瞧瞧的。去吧，瞧你猴急猴急的样子，可不准跑远！大黄蜂如囚犯获得一次千载难逢的假释机会，忙不迭地从地窖里爬了出来，然而坦克早不知去向了，它却在门缝里发现了那只奄奄一息的耗子，上面还留着坦克清晰的牙印和气息，这些都是它最熟悉不过的。

黑暗中的危机似乎并未解除，先前骡子他们虽然闻风丧胆胡乱奔逃了一阵子，但很快又死灰复燃在街角聚拢，毕竟一个个都太想吃狗肉了，眼看到嘴的一顿美味，哪能说放弃就放弃呢？于是骡子们又气势汹汹地卷土重来了。

狗老远就觉察到那群人咋咋呼呼的动静了。这种时候，它们似乎也懂得好汉不吃眼前亏的道理，况且，坦克身上还有伤呢，它的额头还在渗血，三十六计走为上。于是，眼疾腿快的大黄蜂就带头一路向西跑下去，坦克紧随其后，转眼它俩就跑出了镇街，消失在茫茫的夜色中了。

45

　　这条再熟悉不过的林间小道，此刻正在一片幽冥与黑暗中沉沉入睡。而那一根根笔直粗壮的杨树干，全都叵测地刺进头顶的夜幕中去。那些高不可攀的寒星，正闪耀着冷峻细碎的银光，偶尔，会照亮这个身处荒野又不想归家的小姑娘。

　　高不可攀的星光似乎从来没有给姑娘指引过如此阴暗又曲折的道路，而她的每一次呼吸和心跳，也从未这样坚韧果敢地引领自己一路向前，而不惧黑夜。道路确实越走越黑，也越走越坎坷，但这种黑暗和坎坷，似乎在今晚又生发出某种特殊的气息和魅力，叫人流连忘返，欲罢又不能。

　　谢亚军始终气喘吁吁，走走停停，竟忘了一切可能出现的危险，她终于在林子深处的一片小空地上坐了下来。一阵北风呼啸着灌进林中，萧瑟光秃的枝丫顿时吱吱作响，它们在高处摇晃着，呻吟着，聒噪着，阴沉着……倏忽，风声又止歇了，只有那高耸入天的杨树庄严挺立，彼此静默无语，像是为了悉心聆听这姑娘的全部心声和苦难。

　　其实，在过去的大半年时光里，谢亚军总会隔三岔五来到这片寂静幽暗的杨树林里，有时她一个人来，有时是带着家犬坦克一起散步。这里的每一缕阳光和空气，每一棵树，每一片草叶，每一颗泥尘，甚至还有各种虫子的噝噝鸣唱，她都再熟悉不过。与鄙陋的镇街相比，她更喜欢这里的一草一木，这里的空气是自由的，这里的清风是舒爽的，这里的花草虫鸟都有着迷人的模样，这里的泥土，也总是散发出令人陶醉的潮湿气息。最重要的是，在这树林美丽的夏秋两季，还有两条家犬和一个少年的身影相伴左右，这一切曾在她的视线中，构成了最美丽生动的图画。

而今，大自然赋予她的那些短暂的欢愉和惬意，早已消失殆尽了，尤其是在经历了漫长的深冬和料峭的春寒之后，这里留下的仅仅是毫无生命气息可言的一派死寂，甚至只剩下死亡。她也开始疑心，自己漫无目的一路气喘吁吁奔来，难道就冲这些来的？

谢亚军从来不曾觉得，这个地方如此险恶。看看，那些扭曲着伸向天空的虬枝丫杈正在张牙舞爪，那些挂在梢头的几片不肯凋落的孤叶摇摇晃晃，像极了恣睢诡异的黑色蝙蝠，还有这遍地的衰草和枯枝败叶，脚踩上去总是吱吱乱响，好像都跟绊脚的癞蛤蟆似的，在她脚背上留下那种龌龊的黏液。她讨厌极了这种丑陋的感觉。

不过，这些东西此刻并不显得那么狰狞，她完全可以忽略不计，真正让她感到恐惧、感到恶心的，只有人言的嘈杂和凶狠。她之所以黑灯瞎火逃进这树林深处，深入到几乎整个冬天都人迹罕至的地方，只是为了寻找那份清静，或者寻找死寂。死寂，听着好像很可怕，可事实上，它远比人与人之间喧闹的聒噪和谩骂要亲切一百倍、一千倍、一万倍！她还从来没有受到过这种羞辱，尤其是当着自己好朋友的面，一盆脏水劈头盖脸就泼到身上，让她猝不及防，今生再也休想洗刷干净。如果这仅仅是莫须有的诽谤和污蔑，她倒也能忍受，可这些恰恰是最真实和最残酷的事实，是她身体里最隐秘的那道伤疤被赫然揭开，被无情指责，是无时无刻不在折磨她、摧残她的罪魁祸首开始作祟，就像是，有人突然往那些鲜血淋漓的伤口上撒盐，她小小年纪又如何承受得起？最让她感到悔恨和伤心不已的是，这件事她原本只告诉了白小兰一个人，没想到她最好的朋友出卖了她，否则的话，白小兰母亲又怎会知道这一切呢?

有一刻,谢亚军满脑子都想着要去找父亲求助,她觉得这世上只有父亲,才能理解她的忧伤,抚慰她的疼痛,可是走着走着,忽然就灰心丧气了。她终于慢慢意识到,父亲根本帮不了什么忙,他如今也是自身难保啊,她偷听过父母夜间的那次长谈,知道有些人正不遗余力地往父亲头上泼脏水、扣帽子,玷污他的清白,父亲正面临着被停职审查或更大的磨难,他的状况比她还要差。年前,别人的父亲都回来跟家人团聚了,而唯独他却不能。母亲为此忍受着无边的寂寞和惆怅,她和弟弟又时常因为母亲的忧郁的情绪而提心吊胆,不知所措。换句话说,即便自己费尽千辛万苦找到父亲,又能怎么样呢?面对她的,恐怕只能是更大的失落和绝望,就像眼前这片光秃秃的树林,休想看到一丝一毫的生命和希望。

她几乎早已认命了,一如这片曾经繁茂的密林,总得认命风刀霜剑的无情摧残,和最终决绝的凋敝和荒芜。以她现在的生活经验,并不能完全洞悉这生命的全部意义,但这丝毫不能阻挡她脑海里有时对毁灭和死亡的莫名憧憬——这憧憬跟她的年纪实在是太不相称了!

这种近乎疯狂的想法,又不断地勾起了她对那个惊险刺激的夜晚的回忆。那时,世上好像只剩下她和白小兰,在那片黑漆漆的河滩地上,她们激动地点燃了自己亲手制作的火把,正是那明亮的火光,在最危急的时刻,拯救了两个女孩的性命。命运那时似乎就掌握在她们自己的手中。而现在,如果饿狼再度来袭,她是不会再点起火把的,与其让火光照亮这晦暗无比的生命,她想,还不如就此葬身兽腹,从此不再遭受那些恶人的羞辱与诘难,从此获得安宁。

此外,当然还有无时无刻不在的饥饿,每天都像饿狼一样紧紧跟在屁股后面,家里断粮不是一天两天了,母亲挺着渐渐隆起的肚子行动艰难,弟弟整天嚷嚷自己饿得快要死了,而她必须代替母亲,满世界去抠挖绝无仅有的一丁点发了霉的谷物，这廉价的劳动，比那些老鼠的所作所为还要卑贱，还要令人不齿，而那种可怜巴巴的苦苦寻觅，她已经结结实实领教过了，那真令人绝望。她不明白这一切为什么会栽落到自己头上，但让她感到清醒的是，这种苟活好像已经毫无意义了。她的内心早已是一片死寂。

她以前无忧无虑，也似乎从不知道，人活在世上会有这么多的变数和苦痛，当所有的痛苦都像巨石一样，一块一块重重地叠压在她孱弱的身体上时，她就再也抬不起头，直不起腰，也透不过气了，她直想大喊几声，大哭一场，而那颗原先还算坚强的少女心灵，已完全陷入一片混乱与迷茫中去了。无论如何，一个像她这么大的姑娘，再也不可能忍受比这更强烈的痛楚了。

现在，是时候了，就当自己从未来过这个地方，就当什么都没发生过，就当她是要去传说中那个遥远的天堂了，那里再也不会有什么欺瞒、侮辱、嘲笑、恐惧、寒冷和饥饿。她开始强迫自己这样去思考问题，在这万籁俱寂的寒冷春夜，能把自己安安静静地交付给这片杨树林，也许是个不错的选择，难道不是吗？毕竟，她曾一度喜欢来这里无忧无虑地散步遛弯儿。

白天出门的时候，母亲亲手在谢亚军脖际，围了条水红色的纱巾，那还是母亲年轻时常戴的，据说也是父亲在结婚前夕送给母亲的一件信物，现在它终于归心爱的女儿所有了。不过，在这凄凄惨惨的春夜里，红色的纱巾并不能带给她多少温暖，就像此刻，它看上去并非红色而是黑色的，它的象征意味似乎更大，带着某种宿命的模样和气息。

谢亚军终于瑟瑟地站起身来，下意识地抬头朝天上望望，月亮始终不曾露脸，星星们闪烁着迷离的冷眼，她也出神地凝视着那北斗七星中最大最亮的一颗，它一忽儿变成弟弟的小脸，一忽儿变成父母的模样，一忽儿又变成了毛茸茸的坦克，此时此刻，她真的无比热爱这璀璨的星空，或者，满心希望自己就是那星空中最小最小的一颗，永远永远不要坠落。

　　眼圈渐渐湿润了，两道玉溪簌簌流过面颊。她用双手去解围在胸前的纱巾，木木的手指滑过光滑清冷的丝绸表面，她依稀能感觉到，那上面还留有母亲的余温和父亲当初的热情。但这些都不再重要了，因为她已经把红纱巾捧在手上，像捧着一件圣物，或一把利刃，然后一步一步，朝着距离自己最近的那棵老树，她此生的一个终点，走去……

46

　　大黄蜂和坦克肩并着肩，双双逃进这片黑漆漆的树林里，它们总算是又拼死拼活躲过了一劫。

　　听听身后没有什么响动了，它俩才在林中停了下来，可以稍稍喘息一阵子。趁着这个工夫，大黄蜂主动替坦克舔干净了额头和眼窝上的血迹，这样坦克的视线就变得清晰多了。一旦冷静下来，灵敏的嗅觉和对自然界与生俱来的辨识度，让两条家犬立刻又变得不安起来。

　　夜色中的气息最容易捕捉，那是犬类无法回避的，当乍一嗅到那股熟悉的气息，在夜风中轻轻流淌时，两条大狗都不约而同地激动起来。因为这跟刚才那伙人的气息完全不同，那些人的气息浑浊、肮脏，甚至有点儿邪恶的味道，可这时静静弥漫在树林里的气息，是那么的孱弱、忧伤而又孤独，它们顾不上逃亡途中的惊惶和疲惫，立刻对周边的景物和气味悉心地嗅察起来。

　　林中万物枯萎，唯有这两条死里逃生的家犬，正在没命地往前奔波探寻。那种来自姑娘身上的特殊香气越来越近，有时像风一样无迹可寻，有时又像空气一样无处不在，正是这微弱的如游丝一般的气息，在黑暗中指引着狗们不断向前，向前。

　　这时候，树木、石块、泥土、衰草、枯叶……全都静默无语；这时候，树林像个难破的迷魂阵，让两条狗深陷其中东奔西突；这时候，天地间只有两条忠心耿耿的狗，正呼呼生风地寻觅和跑动。那些早在秋后就枯朽了的枝枝蔓蔓，被它们汗流浃背的身体冲撞得吱吱作响，纷纷折落。

一切都是虚幻的，一切又都是真实的。跑着，跑着，那些缥缈的气味似乎又淡开了，云一样消散了，不知飘到何处去了。狗疑惑着，探索着，嗅察着，徘徊着，寻觅着，躁动着，忐忑着，气息的突然消失，仿佛风流云散，不留一丝痕迹，这让它们有些摸不着头脑了。

但是，这并不能彻底难倒它们，狗的执着是世上任何一个人都无法比拟的，狗的忠诚更是世上任何一个人都无法想象的，狗是不会轻易放弃苦苦搜寻的目标的，哪怕迷雾重重，哪怕山高水深，哪怕千里万里，哪怕耗尽一生，它们的鼻孔不停翕张，眼睛瞪得溜圆，喘息热烈而且有力。即便是距离目标越来越渺茫，但这种时候最需要镇定，绝不轻易放过任何的蛛丝马迹，尤其是脚印，人的脚印。

很快，它们便有了新的发现，脚印果然又被找到了，黑暗中这些模糊的足迹，差点儿被忽略了，那是一只羔羊在黑暗的迷途中留下来的，似乎没有目标，没有方向，只是摇摇晃晃，甚至失魂落魄，就那样一路逶迤而去。一旦锁定目标，两条大狗再度兴奋起来，那是生命的呼唤，它们执拗地沿着那串踟蹰模糊的脚印，继续警觉地向前摸索、搜寻。

两条狗一前一后，跃过一道碎石沟，翻过两个黄土包，钻进一片更密实的树林里，然后头也不回地，朝着最西边继续寻觅下去。夜太黑了，四周静得可怕，除了星星在头顶眨着惺忪的眼皮。狗们不停跑啊，跑啊，只顾一路往前狂奔，夜路曲折没有尽头。猛不丁地，那股特殊的气味又被拉近了，近在咫尺间，是清香的，又是苦涩的，是希望的，同时又是绝望的。

坦克完全忘了自己还是个重伤员，奔跑更加卖力，舌头伸得老长，耳朵竖得笔直，一点儿也不落后给前面的大黄蜂。当那种熟悉的气息再次钻进坦克的鼻孔时，这条大狗甚至忘情地汪汪起来，又好像有什么险情就要出现，那渐近渐浓的忧伤气味，那无法摆脱的悲剧色彩，似乎正预示着某种不幸的事情即将发生了。

坦克让自己拼命往前狂奔，几乎超过大黄蜂了。前面的那片树林太密了，枯草和落叶完全没过了狗的腰身，每跨越一步，都要趔趄那么一下，就像陷入皑皑厚雪。但狗们一刻也不敢停歇，好像在跟那缥缈的味道赛跑，又像是跟死神角逐。

终于，在一棵粗壮的大树跟前，它们看清了那只孤单瘦弱的身影，那正是特殊气味的来源地啊，两条大狗同时汪汪起来，随即，飞也似的朝着那摇晃着的孤单身影猛扑上去……

与此同时，另一只黑瘦的身影，也神鬼不觉地钻进这林中。

黑影是从荒郊野外，那个神秘的洞口悄悄爬出来的。他一直在黑暗中深藏不露，不过发生在街上的人狗骚乱，并没有逃过他的耳朵，事实上，他的耳朵现在几乎跟狗一样灵敏，这是长久的黑暗馈赠给他的另一双眼睛，尤其是大黄蜂歇斯底里的吠叫和咆哮，让他心急火燎却又束手无策。他几度差点儿就不顾一切地钻出地窖，冲到大街上去了，可最终还是选择了静静地等待，等待一个绝佳的时机。幸好他隐伏在地窖里不动，要知道那个民兵的弟弟每晚都带着一伙人，鬼头鬼脑地监视着他家的宅院。

后来，少年终于鼓起勇气，让自己爬出了那条长长的地道，然后循着远处狗的汪汪声，一路向西寻来。他也一直有种不好的预感。他必须让自己马不停蹄拼命狂奔。

47

　　很多时候，谢亚军不愿意相信自己还活着，原以为那个凄冷的春夜，就是自己全部生活的终点。

　　但是，当她昏昏沉沉醒来以后，先是惊讶地看见了两条大狗就在自己眼前，那感觉恍若隔世一般，它们正暖融融地偎靠在她身旁，用狗的体温给她取暖，还争先恐后地伸出热乎乎的舌头，深情地舔吻着，她那张冰冷得几乎没了血色的小脸渐渐又红润了，她好像成了这两条大狗精心哺育着的一个幼崽，正被它俩夜以继日无微不至地呵护着；最让她感到不可思议的是，刘火的身影居然也跟皮影戏似的，在她眼前轻轻晃动：他正把炒熟的豆子，搁在两块鹅蛋大的扁石头中间，双手用力一夹，再稳稳地一碾，豆粒立时变成粉末了，然后他再用一根手指，将那些金黄色的豆粉，轻轻划进一只小瓷碗里。

　　怎么说呢，刘火酷似一个旧石器时代的原始人，有些笨拙却又执拗地干着手里的活儿，石块与石块之间摩擦有声，炒豆的香味就在昏昏沉沉的空气中弥漫开来。食物的记忆具有难以想象的魔力，死而复生的她嗅觉渐渐鲜活起来，鼻子开始发痒了，喉咙间有水汪汪的东西在静静流淌，肠胃里也起死回生般挣扎蠕动，开始咕咕作响，有时人就像一条河流，寒冬过去就要复苏，就会哗哗作响，她终于有了饥饿感。

　　这时，刘火已用热水冲了半碗豆糊儿，搭在嘴边咝咝吹着，热气袅袅，豆香袭人，她几乎馋涎欲滴了。他像一个地道的陪护，终于把那只磕掉了瓷的碗端过来，先扶她坐好，才一勺一勺喂给她喝。人可真是个怪东西，先前明明是想走绝路的，任凭什么山珍海味，也不会多瞅一眼，可如今一旦尝到了那豆糊儿绵甜的滋味，忽然觉得，活着该有多好，能喝到这么香甜的东西，该有多幸福！

食物在维系生命的同时，也最大限度地激活了人的思绪。对姑娘来说，这个地窖的确是太过离奇了，这里简直就是童话王国里的一个小小城堡，而这城堡的主人，更是充满了传奇色彩：因为所有人都固执地以为，他早就不在人世上了，可他偏偏还坚强地活着，活得有滋有味，至少在这可怕的青黄不接时节，他还没被饿得半死。也直到这一时刻，她也才恍然省悟，自己以前的猜疑，并非空穴来风。看来，白小兰确实早就知道了这个天大的秘密，而对方之所以对她讳莫如深，也许仅仅是出于保护刘火的目的，自己在这件事上，真不该那么小心眼错怪了她。

等谢亚军可以勉强起来走动的时候，刘火就带着她悉心参观了这个小城堡的每一个角落，包括他后来花了三个半月时间，挖好的那条通向野外的秘密通道。他告诉她，每当夜幕降临，自己就会带着心爱的家犬，从这里爬出去，到外面的天地里，好好透透气，撒撒欢儿。她完全能想象出，狗和主人自由自在地呼吸新鲜空气的样子。

这里的一切，都让谢亚军感到惊讶和不可思议，刘火像动物一样安静地蛰居于此，完全不为外界所动，或者说，外面的那个纷乱的世界，对他来说几乎不存在了。时间过去了那么久，他竟然没有颓废，更没有一蹶不振，恰恰相反，他学会了开动脑筋，用自己勤劳的双手，去创造一个又一个奇迹。在这里，就连最最可怕的饥饿威胁，都不那么明显了，他就凭借着自己的父亲以前藏在地窖里的那些粮食，独自过着一种世外桃源般的私密生活。

　　自从他俩相识以来，谢亚军还从未如此佩服过他，在这个少年的骨子里，的确有一种童话书里所说的游侠精神，一个死而复生的远古勇士，一个执着的地下开凿者，他以惊人的想象力和勇气，亲手缔造了自己的神秘王国，而他就是这个王国的唯一主宰，大黄蜂是他最忠实可信的大臣和干将，相信外面再也找不到比这里更完美的世界了。"世界"这个词，她原来总是觉得很大很大，而现在却变得很小很小，这个小小世界只要有一个人和一条狗，就已经足够丰富了。

　　但有时，在谢亚军心里，又会不由得生出一种比怜悯更深的情感，当这张有些骇人的少年面孔，反复出现在她眼前时，那种紫红色的瘢痕，仿佛还在浴火燃烧，吱吱作响，她的眼泪就止不住流下来了。她真想跟他抱头痛哭，为他，为弟弟，也为自己和所有的亲人。以前，她从未想过命运这东西，现在她觉得，一个人的命运真是充满了波折，就像这原本俊朗美好的少年的脸，转眼间，就留下了难以磨灭的疮疤，而印在心灵上的创痕，恐怕更加深刻。

　　惺惺相惜，刘火似乎也洞察到了对方的伤感，作为男孩子，他自然不会表现出多愁善感，而是故意绕开话题，口气轻松地跟她讲起了过往，讲那天亚洲是怎么从地道口慢慢爬进来的。他说小家伙像只土拨鼠似的，当时可把他吓得不轻，以为真被什么坏人发觉，要大祸临头了。说到这件事的时候，两个人都忍不住笑了。不过，这罕见的笑声，是隐藏在神秘的地窖里的，大地以上那些好奇的耳朵是听不到的，除了静静趴在面前的两条大狗。在这极为特殊的困难时期，狗跟家人一样，的确给人带来莫大的慰藉，如果说以前只是把"狗是人类最忠实的朋友"挂在嘴边，并不见得真正懂得这句话的深意，现在这对少年人都感同身受了。他们离不开狗，狗同样也离不开他们，只有他们都在一起的时候这个世界才完整。

　　说心里的话，谢亚军真想永远待在这个小小的城堡里，最好再也不要走出半步。可是，一想到可怜的母亲和孱弱的弟弟，她就感到惴惴不安了。母亲的身子越来越沉，弟弟年纪又那么小，父亲始终杳无音信，现在只有她能勉强照顾这个家了，尽管有时她连自己也照顾不周。

第七章　亲密伙伴

48

正如这个灰头土脸的漫长冷春，白小兰总是泪眼婆娑忧心忡忡的样子。

到眼下为止，她也完全不清楚，母亲是从哪里知道有关谢亚军的事情的，天地良心，她从得知此事之后，一直是守口如瓶的，从未对任何一个人说起。反正，母亲那天疯狗一样的恶意发难，彻底毁了她跟谢亚军的关系，她恨母亲，恨得要死，她从来没有这么恨过一个人。她甚至觉得，母亲就是那种喜欢墙倒众人推的人，明明知道谢家父亲出事了，还那样对待人家的女儿。她宁愿自己从来没有过这样一个母亲。她不知道她是从什么时候起变得这么无耻的。

偶尔，走在街上，远远瞧见谢家任何一个人的身影，白小兰的内心都会备受煎熬，有许多话语哽在喉头，却吐不出口。她总是刻意回避着他们，表情紧张，目光低垂，尽量不跟谢家人照面，也决不多说一个字，只是迅速低下头去，或者，干脆转身离去。其实，这种时候，她简直感到生不如死，愧疚、自责、尴尬和委屈，都一股脑儿涌上心头，它们又互相交织难分彼此。她时常在想，谢亚军肯定永远也不会原谅她们母女俩的，尽管这件事跟她半点儿关系也没有。她知道，母亲确实犯下了最不可饶恕的错，深深地刺伤了自己最要好的朋友，谢亚军现在肯定恨死她了，而她自己也恨透了母亲。

事实上，自从知晓发生在杨树林里的事情以后，白小兰几乎再也没有睡过一个安生觉。

深陷在这痛苦深渊里的她，似乎再也没有勇气面对好朋友了。一切都无法挽回了，正是母亲那天不负责任的胡说八道，生生断送了她跟谢亚军的这段珍贵的友谊。

白小兰太珍视这段并不算长的同学情义，要知道在谢亚军到来之前，她在镇上从来没有交过任何一个知心朋友，只有谢亚军像三月里的一缕阳光，忽然照亮了她那冰封已久的情感的湖面。尽管她本人早已习惯了，母亲对她的一次次的谩骂和殴打，但却无法忍受母亲对谢亚军的那样无情的羞辱，母亲极大地伤害了别人，也伤害了自己的女儿。在没有谢亚军相伴的日子里，白小兰过得浑浑噩噩，即便是睡着了，也常常被噩梦魇住，浑身冒虚汗，有些神志不清，或胡话连篇。

在最需要亲人关心照料的时候，屋子里经常是空空荡荡的。母亲从工地上私带回来的那一点儿小米，早就熬粥吃光了，甚至连装米的布袋也翻了个底朝天。现在，只要天一擦黑，母亲便像只母猫似的，静悄悄离开家门不知去向。唯独饥饿和噩梦，时时纠缠着这个卑微而善良的灵魂。小姑娘好不容易从被窝里爬起来，慌手慌脚地，用被子裹住瑟瑟发抖的瘦弱身子，裹成一只卷心菜的模样，只露出两只黑黑的眼睛，长时间胆怯而执拗地凝视窗外，再也没有一丝睡意了。这一切，几乎是一个女孩又怕冷、又怕黑、又怕孤单的真实写照。

母亲又要出门了。她刚摸黑走到房门边，就被黑暗中的什么东西碰了个趔趄，惊得她不由得叫了一声。白小兰就立在门前，脸面看上去模模糊糊，唯独那双黑的眼发出一种决绝的亮光，又酷似一截干树桩，挡住了母亲的去路。

吓死个人了，你闹妖呢，不在床上歇着，戳在地上干啥？

母亲边喘着怒气，边拿手捂住胸口。白小兰直僵僵盯住她，当做母亲的想要拿手拨拉开她时，她的嘴角才竭力抽了两下，口气也是豁出去的样子。

妈……你……你告……告诉我，谁、谁对你说的……你、你为啥……那、那样伤亚军的心？

嗬，死丫头反了你了，给我让开路！

母亲说着就要动手，尖指甲几乎划着了白小兰的脸。可她就是一动不动，甚至更加坚挺，她的鼻孔呼出很沉很热的气，仿佛什么东西在里面吱吱燃烧。……你、你非得……告、告诉我……白小兰的嗓音在黑暗中明显亮了几分，与此同时，当母亲再次挥手想推开她时，她猛地弯下腰去，双手就像藤蔓缠住了母亲的腿，自己也一屁股坐在地上。

你松手！快松开我！母亲恼怒的吼喊毫无效用，相反越是喊叫越被抱得死紧。

母女俩这样僵持了一会儿，做母亲的终于说话了。哼，你像是中了魔怔，整夜整夜说胡话，我都听得真真的，还用别人告诉我吗？

母亲的话一出口，白小兰的手臂顿时绵软无力了，跟脱了臼似的再也抱不住任何东西了。这是最最可怕的事情，母亲攻击谢亚军的那通疯话，竟然都是自己在梦里说出去的，这太可恨了，她恨死了她自己。她可以对天发誓，只要自己头脑还清醒着，绝对会守口如瓶的，她最恨那种口是心非的人。可是，她却管不住梦中的自己和嘴巴，她糊里糊涂做了最可耻的叛徒。

天上星光璀璨，屋内阒黑无声。一个人深陷在无止境的自责和痛苦中时间太久了，会产生某种不切实际的幻觉。恍恍惚惚之间，白小兰觉得自己从床上坐起身来，默默地趿起鞋子下了地，独自走出黑洞洞的屋子。依稀看见，谢亚军就站在门外的台阶上等她，手里攥着两只自制的火把，一见到她就幽幽地笑了，并顺手将其中一只火把很坚定地递给她。快拿着，咱们趁黑出发吧！对方的样子有点儿神秘。白小兰二话不说接了过去，表情坚定地攥在手心里，像举着一面旗帜。然后，她俩才会意地点点头，但谁也不说话，只是心有灵犀地朝街上走去。

午夜的街道白花花的，比想象中不知要明亮多少倍，可比待在屋里睡觉舒服多了。两个女孩脚步细碎轻盈，一前一后转过街角，顺着主街方向往前走去，路过毫无生气的国营饭馆、生资日杂铺和死气沉沉的粮油店，还有院可罗雀的中心学校，里面全都黑灯瞎火的，连个鬼影也望不见。她们就这样悄无声息地，一路走到镇委会的大院子里，才止住了脚步。那个不可一世的大熔炉和高耸夜空的土烟囱，早就偃旗息鼓了，这里再也看不到原先那种热火朝天的大干场面了，饥饿就像传说中的那头年兽，一下子吞噬了镇上所有人的激情。

这时，谢亚军将另一只火把，也交到白小兰手上。她自己掏出一盒火柴，手指微颤着，哧地擦了一根，火花一闪，倏忽又熄灭了，再重擦一根，火柴头终于炽烈地燃起，火花璀璨，硫黄的气味刺鼻难闻，她很镇定地用它引燃了白小兰手里的火把。很快，两簇幽蓝幽蓝的火苗，就扑猎猎燃烧起来了，两人的脸面被照得通红通红，像一对整装待嫁的小新娘似的。白小兰痴痴地望着对方，她觉得谢亚军的样子总是那么迷人，镇上再也找不到比她更漂亮、更聪慧的姑娘了，所以，她总是愿意跟着谢亚军，去做任何一件事，哪怕上刀山下火海，她也不会有半点儿迟疑。

谢亚军神秘地指了指眼前那所黑黢黢的房子，然后煞有介事地在她耳边说，你不是想知道真相吗，去吧，现在就看你的了。白小兰忽然有些迷惑，但谢亚军既然都这样说了，她便犹犹豫豫地高举起两只火把，义无反顾地大步走上前去，虽然有些心惊肉跳，但她还是用一只脚去试着踹房门，那门竟是虚掩着的，吱扭一声，朝里敞开了。白小兰刚一愣神，就听见身后又传来谢亚军的不无怂恿的声音，小兰，别愣着呀，那里面可有好戏等你看呢。她马上回过神来，像是壮胆似的，用力晃动着火把，灼灼光影顿时摇曳起来，她的影子投射在墙壁上，像个神通广大的巨人，让她毅然决然地向屋内走去。

两团熊熊闪耀的火光，几乎一下子就照亮了房间的每一个角落。隔着一张乱糟糟的办公桌，和一把歪斜的靠背椅，她一眼就看见，靠里摆放的那张单人床了。床身正在剧烈摇晃，上面赫然浮现出两团裸露着的躯体，其中一个皮肤白得吓人，头发像女妖一样胡乱披散开来，她简直不敢相信，那竟是自己的母亲。她完全惊呆了，呼吸短促，双手发抖，脊背冒凉风，不知道接下来该怎么办了，手里的火把都慌得丢在地上……火光猛地消失了，世界又变得一片漆黑，深不可测，又无边无际。

这时，她再一次听到谢亚军有些夸张和诡秘的笑声，那声音简直让她无地自容，耳畔仿佛又传来一大群孩子的聒噪和喧哗。

破鞋！破鞋！破鞋……

不要脸！不要脸！不要脸……

至此，可怕的梦境终于消失了。白小兰在惶恐不安中，不知又在床上呆坐了多久，院子里总算是传来了一串窸窸窣窣的脚步声，是母亲从外面回来了。母亲活像一只矫健的母猫，幽幽静静地蹑进屋来，她有些疲倦地扫了一眼女儿，白小兰正裹在被窝团里发呆，她嘴里没好气地嘟囔着：

傻坐着诈尸呢，半夜三更不老老实实躺着。

说着，母亲已经麻利地脱了鞋，和衣躺在床上了。母女俩之间有一道很宽的空隙，被黑暗无声地填充着，倒也泾渭分明，恰似一道不可逾越的沟渠。母亲躺好之后，才想起了什么，一只手开始在被窝里摸索起来，过了一小会儿，她将离白小兰最近的那只手直直地伸了过来，带着一股女性身体特有的气味。白小兰本能地抵制着这种暧昧的味道。

喏，饿坏了吧，赶紧把这个吃了。

白小兰木然地盯着母亲那只雪白雪白的手，以及手里的一块什么好吃的，半晌却一动不动，木雕泥塑一般。

饿傻了吧你，连动动嘴也不会？

母亲的口气突然变得厉害了，凶巴巴的，像是要冲她发火了。

可是，白小兰始终没有动一下，食物诱人的气息近在咫尺，像一群活跃的蚊蛾，想拼命往她嘴里钻，她的鼻子都发痒了，喉咙里开始胡乱吞咽什么了，可她就是没有伸出自己的手去，她抿住嘴强忍着。这样又静默了片刻，母亲腾地坐起来，几乎气急败坏地，一下子就把手里的食物硬顶在白小兰的嘴唇上，那感觉硬邦邦的，有些疼，扎嘴，像钝刀子割肉。

到嘴边的东西不知道吃，还指望老娘喂你！

白小兰能感觉到母亲手上的蛮力，以及食物巨大的诱人香味，这些都让她无法抗拒，但她就是本能地把嘴唇闭得紧紧的，牙齿咬得牢牢的，绝不露出一丝缝隙，她怕自己只要稍微一张嘴，那东西就会嗖地一下，钻进口内融化到肚子里。如此一来，母亲又用力塞了几塞，终于泄气了，忽地，又赌着气平展展躺下身去。

不吃，老娘留着自个儿吃，饿死你，活该！

母亲几乎咬着牙诅咒。

随即，白小兰就听见母亲把头脸掩蔽在被子下面，起初是压抑的小声啜泣，后来竟汹涌地号啕起来，那声音听着比母狼叫得还要怵人。不久前，白小兰刚在河滩边亲耳听过母狼的声音，不过那时她身边有自己最要好的伙伴，现在只剩她孤身一人了。

眼前这个溜肩细胛的妇人，在遭遇了一场风霜侵袭后，多少有些残花败柳的味道。自从大面积饥荒在镇上愈演愈烈后，她有事没事，总喜欢扭扭搭搭在街上晃动，遇到某个男的，她会用那双又忧郁又凄惶的丹凤眼踅摸别人，眼神中多少闪耀着一丝风骚的光焰，男人们往往是经不住这眼神诱惑的。等到夜深人静了，准有不三不四的人在门外瞎晃悠，或学猫狗叫唤，她就趁着女儿睡熟了，悄悄下地出门去，等她再回来的时候，衣兜里往往会多出那么一点儿吃食：一颗烤得金黄金黄的土豆，一把用来榨油的生胡麻籽，或者是一块硬邦邦的黑面饼子，总之，都是比命还要金贵的东西。

此刻，面对母亲的这通难过的哀号，白小兰仍然无动于衷地枯坐在那里，像个被包裹得严严实实的木偶，一动不动。她想，干脆就这么坐着，干脆不吃不喝死掉算了，活着对她来说，已经没有任何意义了。更早之前，可怜的父亲被一辆拉煤用的卡车送回家的时候，她就曾动过这可怕的念头，只是那时心中似乎还有好多牵挂，现在倒什么都没有了，终于可以安心地走了。

窗外，始终躺着那两条漆黑、阴冷、瘦得几乎没有一丝生气的短短的街道。

后来一连几个晚上，不管母亲在不在家，白小兰一直让自己这样倔强地坐着，把自己坐成一个小小的苦行僧，直到身体渐渐支持不住，直到残存的意识慢慢消失，疲乏和饥渴终于摧毁了一切，她才软塌塌地倒在床上。

朦朦胧胧间，仿佛又一次进入到那条阴森幽暗的狭窄坑道，稀薄的空气在黑色的煤尘中凝滞，人的呼吸渐渐停歇了，身体忽然变得轻飘飘的，活像一片轻盈的羽毛，可以自由自在地穿越那漫长曲折的黑色通道了……

奇怪的是，那黑色通道的出口，窄窄的，圆圆的，活像一眼水井，远远地，还有那么一圈亮光，正在上下浮动着。

49

哐哐哐！

哐哐哐哐！

哐哐哐哐哐……

院门被谁莽撞地砸响了，听起来十万火急的样子，屋子里的大人孩子都被惊醒了。

母亲勉勉强强从被窝里坐起来，她惊魂不定地朝窗外望着，恼人的敲门声还在继续。母亲一脸的惊惶，她侧着耳听了一会儿，才战战兢兢趿拉着鞋，准备下地去。她嘴里惴惴地嘀咕着：

总不会是……你爸……他回来了？

弟弟紧张得要命，小身体一个劲儿往被窝深处缩着，缩着，仿佛怪物就要闯入房间。谢亚军知道母亲身子不灵便，怕她出门着凉感冒，就急忙披衣下床拦住母亲，说还是让她出去瞧瞧。

从屋内走到院门，统共也就二十来步，此刻却显得无比漫长，几乎每走一步，都有些惊心动魄的味道，那种吓人的哐哐声始终不绝于耳，门板要被砸破了。真的是爸爸吗？要是他能回来该多好啊，一家人再也不用提心吊胆过日子，只要爸爸在，这个家就有了主心骨，再大的饥荒和苦难也不怕了……

谢亚军满心憧憬地拉开门闩，那一瞬间，她的眼皮都不由得猛跳了好几下，整个人被一种叫作命运感的东西死死攫住，手脚冰凉彻底不听自己使唤了。可是，兀自出现在眼前的，却是隔壁女人那张惊恐无助的白脸。

仅仅愣了两三秒，谢亚军立即反手重重地关闭了院门，她一转身将自己的后背近乎激愤地顶靠在门板上，像是要用孱弱的身体来挡住自家的门户。真是活见鬼，这辈子都不想再看到这个女人的脸了，永远不。

可是，外面的女人仍旧近乎疯狂地用力拍打院门，一点儿不在乎被拒之门外的尴尬。隔着院门，谢亚军听见对方边拍打，边急切地央求着：

我求求你了，快开开门啊！

你无论如何也要上家里看上一眼啊……呜呜。

小兰她有话要跟你说呢……是我对不住你，我不是个人……

那天我那样说你就是想把你气跑了事……我生怕你跟小兰在一起会连累我们……算阿姨求你了去看看小兰吧，哪怕只看一眼啊！

后来，等谢亚军急匆匆赶过去的时候，白小兰正奄奄一息地躺在堂屋的床上，脸色青灰如薄布片，双睛深陷并紧锁着，嘴唇全都干裂了，卷起了厚厚一层白皮。一缕淡淡的月光透过窗棂，斜铺在小姑娘的额头上，使得那里的一丛发际变得花白了似的，看上去像是一个年纪很长的病妇。

谢亚军早已忘掉了之前的所有不快，几乎是呜咽着扑爬了上去，将白小兰瘦扁扁的上半身搂住，把自己的面颊湿淋淋地贴在对方的小脸上，好冰冷的一张脸，几乎没了温度。

泪滴砸落，千呼万唤，拼命地摇晃着。渐渐地，白小兰终于在谢亚军怀里，迷迷茫茫张开了一道眼缝，但那无神的目光已如游丝般微弱了，仅仅在谢亚军的脸上游走了一小会儿，随即眼皮又疲倦而沉重地合上了。倒是那两片干裂的嘴唇挣扎着，颤巍巍地，半晌被撕裂般从两唇间突围出一条黑黑的缝隙，该是有什么当紧的话非要对她讲呢。

　　谢亚军赶紧将耳朵贴了上去，那种微弱无力的气息，才轻丝丝地滑进她的耳郭里，她喜欢这气息，迷恋这气息，离不开这气息，正是这气息曾一度跟她朝夕相伴，尤其是白小兰跟她说悄悄话时的样子。此时，她连忙强迫自己止住悲声，抹去眼泪，尽量屏住所有的呼吸，生怕听不清对方说的是什么。

　　求——你——原——谅——我们……

　　我——要——去——看——爸爸了。

　　一个名叫小兰的姑娘就要走了。一个世上最亲密的伙伴就要走了。可是，这个该死的夜晚除了寒冷和饥饿，除了寂静和黑暗，什么也不能让小兰带走，她只能孤零零地一个人去了。即便是在河滩地那个性命攸关的时刻，面对强大的黑夜和凶残的恶狼，她们都不曾分开过，可是眼下这个可怜的小人儿真的要走了。

　　谢亚军一直不停地晃动着白小兰的身体，泪水汹涌到无法抑制，任凭它们大滴大滴地落到对方的脸上和身上。她也许还能真切地感受到，那种熟悉的女孩儿气息，正一点儿一点儿从白小兰黑黑瘦瘦的身体里飘散出来，游丝般缭绕在她身边，像是在做最后的惜别。

　　起初，白小兰还有那么丁点儿热乎气，逐渐地，就冷淡了，最后像块无声无息的石头。

　　谢亚军根本无法相信眼前这一切是真实的，就像很多时候，她不相信这世界突然变得如此绝情和冷酷。而白小兰最后留给她的那句话，又是那么真实，那么清晰，那么震撼，那么让她痛心疾首！她也才忽然意识到，白小兰竟拼着最后的一丝气力，跟她说出了这辈子最顺溜的一句话：求你原谅我们，我要去看爸爸了。此时此刻，她还有什么不能原谅的呢？

　　一定是老天爷有意怜悯她吧，让这个生性善良的女孩在临走前，终于说出了心里最想说的那句话，也是平生最最完整的一句话。谢亚军始终强迫自己这样去想问题，小兰要去的那个地方，肯定再也没有羞辱和欺瞒，没有争吵和仇恨，她用决绝而不妥协的方式，彻底摆脱了这人世间的一切烦恼和纠葛，包括她以前有些口吃的小毛病，她从此要去过一种平平静静、无忧无虑的新生活了。在那个地方，小兰想说什么就说什么，因为她有一肚子话要跟爸爸说呢，而她最喜欢的人就是爸爸，爸爸也最疼爱她。小兰有福了！

一旦意识到这一点，谢亚军就不再那么疯狂地摇晃这个瘦瘦凉凉的小身体了，她担心那样会让她走得不舒服，走得牵牵挂挂，走得魂不守舍。所以，她只是近乎本能地紧紧抱住了白小兰，像一个小母亲抱着自己心爱的女儿。她觉得唯独这样，亲爱的小兰才会走得温暖一点儿，从容一点儿，也体面一点儿。

放宽心吧小兰，我不会怪你们的，你就安心去见爸爸吧！

几乎是一字一泪地，谢亚军终于在小兰耳边说出了自己最想说的话。

50

　　一连好几天，亚洲就跟着了魔似的，小小的眼神忧伤得让人不敢多看一眼。他整天一个人瘟鸡样，趴在堂屋窗前，半声不响地望着外面发呆。

　　谢亚军心里再清楚不过，弟弟必定是一时半会儿放不下他的小兰姐姐。要知道小兰以前对弟弟那么好，时不时给他买糖果吃，陪着他到处玩，还把自己最心爱的小兔子也送给他……可以说，自从他们一家来到这个陌生偏远的小地方，除了妈妈和姐姐，就数小兰在弟弟心目中最重要了。现在，小兰姐姐说没就没了，孩子肯定一时半会儿转不过这个弯，谁劝什么也没有用，他只是一味地沉浸在浓得化不开的忧伤之中。

　　这天晚上，母亲好说歹说，总算是把小家伙拽回到床上来。可等大人睡着不久，弟弟又鬼使神差地爬了起来，照旧一个人默默地趴在窗台前，痴呆呆地望向黑乎乎的外面，好像他是在一门心思等什么人回来。

　　这种时候，谢亚军不得不起床陪着弟弟。夜色中的屋子空落落的，空气中飘荡着哀痛的味道，她的心就跟被谁悄悄地挖了个坑似的，再也无法填补和弥合。她静静地走过去，站在弟弟身后，半晌，只是将自己的手臂搭在那个小小的肩膀头上，间或，轻轻地抚摩一下小家伙毛茸茸的脑壳，此刻此时，这亲密的触觉真让人觉着温暖。这温暖仿佛可以融化一切。

该怎么跟弟弟说呢，人死不能复活，活着的人还要坚强地活下去……这些大道理未免都太空洞了，有时连她自己也说不服，又怎么能指望弟弟相信呢。透过眼前的那扇小小的玻璃窗，外面的夜空显得又明亮又沉静，一颗流星倏忽划过眼前，粲然醒目，但瞬息又熄灭了，仿佛只是人的一次幻觉，不留一丝一毫痕迹。

也许是受了那星光的启示，谢亚军兀自记起，自己以前在城里念书时，最喜爱的一则外国故事，那当然不是印在课本上的东西，课本上的内容总是四平八稳循规蹈矩的，那是被语文老师特意抄录在笔记本上的一篇课外阅读材料，老师通常会在班会或课间读给同学们听。记得老师说过，这样的故事能带给人心灵莫大的震撼和慰藉，要用心慢慢去感受，希望大家闭上眼睛去聆听。

谢亚军每每听得如痴如醉，后来竟一字不落都记在脑子里了，再后来几乎可以倒背如流，老师还让她给班里同学复述过两次，几乎每一次她自己先被感动得热泪直流。此刻触景生情，那些优美的文字和段落，又清晰地浮现在脑海中了，于是，她不假思索地在弟弟耳边轻声讲了起来：

　　从前，有一个小男孩，他总爱在外面瞎溜达，整日天南海北地幻想着。男孩有一个姐姐，他俩一天到晚形影不离，还总爱在一起胡乱遐想。他们总是好奇，花儿为什么那样美丽，天空为什么那样清澈？墨玉似的深潭哪里才是它们的底？又惊奇上帝为什么会有那么博大的爱心，和无穷无尽的力量，把这世界变得如此可爱？他们俩常常这样漫无边际地闲聊，有时候他们竟会问自己，咦，如果世界上的所有孩子都死了，那花、水和天空会难过吗？会的，姐弟俩都深信，它们一定会很难过的。他们都说，那枝头没有绽开的花蕾就是花的孩子，那山坡下跳跃嬉戏的小溪就是水的孩子，而那些整夜在天空捉迷藏的一个个极小的光点，一定是星星的孩子了。所以，它们要是再也看不见自己孩子的小伙伴——人的孩子，那它们一定会非常难过的。

　　附近墓地的上空，教堂尖顶的旁边，有一颗很明亮的星星，它总是比别的星星更早地升到天上去，姐弟俩便以为它比所有的星星更大更美。于是，每天晚上，他们都手挽手站在窗前，等着看那奇异的光彩，谁要是先看见了，就连忙喊：我看见星星了！不过，他们俩经常是同时欢叫起来的，因为他们都知道，那颗星是什么时候从什么地方升起来的。就这样，小姐弟和那颗星星成了好朋友，每天上床以前，他俩总要再看上它一眼，睡意蒙眬中，还要祈祷，愿上帝保佑那颗美丽的星星。

故事刚开始的时候，亚洲似乎并不为之所动，懵懵懂懂地仍旧执拗地望着黑乎乎的窗外，像在等一个晚归的亲人。谢亚军始终从身后轻轻搂着弟弟，继续讲述：

　　姐姐在很小很小的时候，身体就变得十分虚弱了，她像一株枯萎了的花，再也不能在暮霭笼罩的傍晚，站在窗前等待那颗星，只留下小男孩一个人，悲伤地眺望那遥远的夜空。每逢看到那颗星，他就回过头，对床前那张苍白的小脸说，我看见星星了！苍白的小脸也露出一个灿烂的笑容，病床上传来一个微弱的声音：愿上帝保佑我的弟弟和那颗星吧。

一旦故事讲到这里，亚洲才像是不经意地问了一句，那个姐姐是不是病得很重，她会不会死？谢亚军没有立刻回答弟弟的疑问，而是稍稍停顿了一下，又娓娓地讲下去：

可怕的一天终于来到了，来得是那样快，病榻上那张苍白的小脸消失了，墓地里却新添了一座小坟。小男孩孤独地站在窗前，透过迷离的泪水，望着那颗硕大的星，星星向他洒下灿烂的清辉。那耀眼的光辉仿佛从大地到天空，铺下一条银光闪闪的道路，小男孩独自上床睡了。睡梦中，他看见一群人被天使领着，走上了这条闪光的道路，天门大开，星星在他面前敞开了一个光明的世界，在那里又有许多温柔美丽的天使，等待着迎接这些城市的客人，他们目光炯炯，在人群中急切地搜寻着，有的找见了自己的亲人，立刻高兴地从长长的队伍中跑出来，搂着亲人的脖子，热烈地亲吻着，然后，一起走进星星交织的火树银花不夜天的林荫大道，他们那样快活，就连躺在床上的小男孩也高兴地哭起来。

可也有不少天使，没有跟他们一起走，在这些暂且弥留的天使中，小男孩一眼就认出了他的姐姐。姐姐那张花儿似的枯萎了的小脸，变得容光焕发春风满面，小男孩在心里感觉到，她就是这里的一个主人。姐姐在星星的门口踟蹰徘徊着，她问带这些客人踏入星星门槛的那个天使头领：我的弟弟来了吗？对方说没有。姐姐转身走了，但她并没有失望。小男孩伸出两只胳膊焦急地喊，姐姐，我在这儿，你带我走啊！姐姐用明亮的眼睛望着他，星光划过夜空，照耀着这个小小的房间，小男孩透过迷离的泪水，望着那颗硕大的星，星星向它洒下灿烂的清辉。

亚洲的呼吸变得越来越急促了，小小的胸脯起伏得好厉害。显然，故事里的小人物揪住了弟弟的心，又好像有只迷离的兔子，就要从胸口蹦跳出来，谢亚军觉得自己都快搂不住弟弟了。

亚洲很想打断姐姐，问一问故事里的那位姐姐，她为啥非要问她的弟弟来过没有，可他又不敢问，生怕姐姐嫌他啰唆，不再好好讲给他听了。

从那以后，小男孩就把那颗星看作是，有朝一日他总要回归的家乡。他心里想，自己并不仅仅属于大地，还属于那颗星，因为姐姐已经先到那里去了。

不知什么时候，亚洲开始啜泣了，瘦小的身体在谢亚军的怀里痉挛似的抽缩着。谢亚军早已泪流满面，大滴大滴的泪水不断地滚落到弟弟的头上和肩膀上。弟弟忽然紧紧地攥住了姐姐的一只手，那细细的指甲尖就要陷进肉里去了。谢亚军皱着眉头，慢慢地抽回手来，先用袖口抹了抹弟弟的小脸，然后又揩了一把自己的眼睛，才哽噎着说，好了，咱们也该上床睡觉了，不然会吵醒妈妈的。

亚洲迟疑了一下，扭过小脸不无天真地问，那后来呢？那个弟弟也死了吗？谢亚军只是勾了一下他的小鼻子，声音很麤地说，想要知道结果的话，就得先乖乖上床睡觉。小家伙虽然意犹未尽，可还是顺从地跟着姐姐，慢吞吞地回到了床上。

屋子好像已经不那么黑了。

51

第二天睡觉前，弟弟心血来潮似的，把他的小耳朵紧贴在母亲的肚子上，在那里煞有介事地听了起来。透过母亲身上肥阔空荡的外衣，谢亚军隐隐约约看到那瘪得不能再瘪的腹部。

小家伙一直在母亲身上探听着什么，嘴里小声嘀咕，妈，小妹妹咋还不出来，我都等不及了，你到底啥时候让她出来啊？亚洲稚嫩的语气似乎又很肯定，好像他早断定母亲怀的是个女婴。

母亲忽然陷入某种无法回避的慌怯与颓丧中，半晌嗫嚅着，似在自言自语，小妹妹走了。亚洲猛地从母亲肚子上支棱起脑袋，一再地打破砂锅问到底，她去哪儿了，小妹妹去哪儿了？妈你快说呀，你把她藏到哪儿了？母亲低头迟疑了片刻，然后无力地张开双臂，颤抖着将弟弟搂住，母子二人的额头就紧紧蹭在一起。

娘俩这样无声地在床上黏糊了一会儿，谢亚军最终听见的却是母亲沉郁的啜音，她就猜到八九分了，一个注定不该来的小生命，就这样毫无声息离开了母亲的怀抱。她心里说不上是难过，还是别的什么。或许，是她心里一直还放不下白小兰，放不下她俩在一起的点点滴滴，所以，才没有更多的空间来容纳这新的悲伤。她只是默默走到床边，轻轻地把亚洲从母亲的身上拉开了。母亲看上去虚弱极了，那张苍白如纸的脸，就连两片嘴唇也没一丁点儿血色，眼光那么地松散无神，她太需要好好休息了。

　　谢亚军又莫名地想起，以前白小兰送来的那只可爱的小兔子，亚洲是那么喜欢它，人和兔子成天形影不离，连晚上睡觉都用盒子放在枕头边，可忽然有一日，兔子就消失得无影无踪，惹得小家伙难过了好久好久。由此她就想，那个未曾谋面的小妹妹（就按弟弟的说法），或许又是幸运的，既然眼下活着是那么不容易，真不如趁早离开或者干脆不要来，省得小小年纪，就跟着大伙儿吃苦受罪。如此一来，她似乎又觉得，白小兰的猝然离去，也许并不是最坏的事，毕竟白小兰临走时说过，她是要去那边见自己的爸爸的，所以她该没有遗憾了。

　　这时，亚洲又噘着小嘴，爬到姐姐的床边来了，一个劲儿央求，再给他讲一讲那个外国小孩的故事。她瞅着弟弟那双黑黑亮亮的眼睛，觉得那里充满了好奇和渴望，于是，她就轻声细语地把剩下的故事尾巴全部讲给他听。

　　男孩后来又有了一个小弟弟，不过弟弟在很小很小的时候，连一句话也没说，就抽动着身体离开了那张小床。在那个夜晚，男孩又梦着了那颗星，梦见了那群天使和蜂拥而至的城市客人。姐姐又去问天使的头领，我弟弟来了吗？对方说，来了，不过不是那个，是另外的一个。男孩看见他的弟弟扑在了姐姐的怀里，他连忙喊，姐姐我在这儿，快带我走呀。姐姐在闪烁的星光中转过脸，微笑地看着他。

　　男孩渐渐长成一个小伙子，有一天他正在读书，一个仆人突然进屋对他说，你妈妈走了，我带来了她临走前对你的祝福。夜里，男孩又看见了那颗星、天使、远方的客人。姐姐又问那个领头的，我弟弟来了吧？对方说，没有，你妈妈来了。这时欢呼声响起来，妈妈又和她的两个孩子团聚了。男孩张开双臂喊着，妈妈姐姐弟弟，我在这儿，带我走吧！他们都回答说，不，不，不，你还不该来呢。

姐姐，他为啥老想去那边？那边有啥好的？去那边的可都是死人，难道他就不害怕死人吗？亚洲忧戚而疑惑不解地看着姐姐。谢亚军想了想说，其实，你小兰姐姐也去了那边，她就一点儿也不害怕，因为她知道爸爸就在那边等她呢。

亚洲似懂非懂地眨了眨黑黑的眼睛，这个问题太复杂了，孩子一时半会儿想不明白，所以，他干脆侧过身去，面对窗外，静静地躺在姐姐身边，继续听着那个古老的故事。

男孩渐渐变成一个鬓发花白的老人，他坐在椅子上，悲伤占据了整个心灵，泪水沾湿了苍老的面颊。美丽的星又向他敞开了大门，姐姐问那天使头领，我弟弟来了吧？对方说，没有，他没有来，不过他的小女儿来了。那曾是孩子的老人，抬起一双昏花的眼睛，又看见了他刚刚失去的女儿，那仙女般婀娜多姿的姑娘，正偎依在亲人的怀抱中。老人自言自语说，啊，我女儿的头贴在我姐姐的胸前，手臂搂着我妈妈的脖子，脚边还有那个牙牙学语的弟弟，万能的主啊，我终于可以忍受这离别之苦了。

男孩后来变成一个老人，过去那张柔嫩的面颊早已铺满了皱纹，轻盈的脚步变得迟钝了，腰弯了，背也驼了。一天晚上，他躺在床上，孩子们都站在他身边，他突然喊了起来，就像许久许久以前。我看见了，我看见那颗星了！孩子们悄悄地说，他要去了。他说，是的，我要走了，我像脱去一件外衣一样扬去岁月留下的痕迹，又像一个孩子飞向那闪光的星了。我的天父啊，现在我感谢你，常常打开天国的大门，收留那些正在等待我的人……

就这样听着故事，小家伙竟眼泪朦胧地迷糊着了。

这个晚上亚洲睡得很实，连梦也没有。

52

天刚蒙蒙亮，院里传来一阵沙沙的响动，间或还有很轻很轻的咝咝鸣声，母亲和弟弟仍旧沉睡着，呼吸声清晰可闻。

谢亚军一骨碌爬起来，眯着眼趴到窗台上往外瞧，有两只毛茸茸的爪子正一下一下往窗台上扑抓着，天哪，原来是坦克不知何时跑回家了。刘火那天亲口答应的，要替她好好照料坦克，说现在最好不要让它再公开露面，省得那帮坏蛋老惦记着吃狗肉。她觉得他的话有道理，就把坦克暂时留在他那里了。

她刚蹑手蹑脚走出屋子，坦克早就迫不及待地扑上来，用舌头吧嗒吧嗒舔她的脸。正如父亲告诉她的，这条狗不光勇敢，而且极其聪明，眼下它猛不丁跑回来，像是肩负着什么重要任务似的，一筹莫展，又急不可耐。

当谢亚军蹲下来抚摩狗的脑壳时，坦克却一反常态，忽然张开嘴，一下子就叼住了她的一截衣袖，再也不肯松开了，喉咙里焦躁地咝咝鸣响，一双狗眼闪着急切不安的光芒，四只爪子开始不停地往院门方向后退而去。她虽然有些懵懵懂懂，不清楚外面到底发生了什么，可还是相信事出有因，不然狗是不会莫名其妙叼着她的袖子不松口的，于是她就悄悄地跟随坦克离开了院子。

她做梦也想不到，大黄蜂竟然在夜里下了一窝崽儿，是三只肉嘟嘟的小花狗，此刻它们连小眼睛都还没有睁开呢。谢亚军震惊极了，那种复杂的心情根本无法用言语来表达。当她被坦克一路引领着来到那神秘的地窖里，心中的疑团一下子变成空前的喜悦了。刘火腼腆地跟她解释，说其实他早就发现两条大狗好上了，只是一直不好意思跟她说呢，而且，大黄蜂毕竟是条上了年纪的老母狗，它已经好些年都没有下过一只狗崽了，这次能顺利产下三只小狗，连他自己也感到格外吃惊，这不能不说是个奇迹，特别是在这么艰苦的条件下。

可以说，从出生到长大，谢亚军还是头一回，亲眼见到这种惊艳的场面。她简直都要欣喜若狂了，一进去就双膝跪在地上，又是兴奋，又是紧张，又是好奇，两只眼睛从未像此刻这样闪闪发亮。这些幼小的生命完全超乎她的想象，她的双眼根本看不过来，真想把它们全都抱在怀里，她幸福得直想喊叫，直想纵声大笑。

倒是坦克，有些忐忑地趴在她身旁，一会儿盯着大黄蜂看看，一会儿又伸出舌头，不得要领地舔舔小狗的脑袋和屁股，也是一副刚做了狗爹，却又无所适从的呆傻模样。谢亚军的手不无感念地，一遍又一遍地抚摩着坦克，好像在不停赞扬这条家犬的丰功伟绩。

那三只小狗则争先恐后地，在大黄蜂松垮垮的肚皮子上拱来拱去，有滋有味地吸吮着乳汁，时不时会像小耗子似的吱呜两声，声音也是娇滴滴的，让人心疼。这些小家伙多少遗传了大黄蜂和坦克的特点，比如，身体从脖颈儿开始到脊背再到尾巴梢，都覆盖着一条黑褐色的纹路，肚皮和四肢却是淡黄色的，圆圆的脑壳上同样分布着浅褐色的斑点，只有尾巴还像小猫那样短短的，一个个生的虎头虎头，看着就叫人不能不心生怜爱。

大黄蜂一直那样疲惫地侧躺着，尽量将自己的腹部袒露出来，以便给小狗喂奶。夜间那场持续艰难的生育过程，看来已经耗尽了它的全部体力，这条年迈的母狗微微闭着眼睛，似在养神，半天头都懒得抬一下，偶尔睁开憔悴的老眼瞅瞅小狗，或伸出舌头轻舔两下幼崽的茸毛，就又无力地闭阖了。母狗的乳头已被吮得瘪瘪的，发红了，小家伙们照旧不依不饶地哄抢着，个个贪吃不厌，一点儿也不在乎母狗的辛苦。

当刘火轻轻地抓起其中一只，小心翼翼地放在她手掌心里的时候，谢亚军立刻感到，自己被那种绵软与温和团团地包围起来了。这毛茸茸的小肉团，竟能发出吱吱呜呜的一串轻微叫声，怎么说呢，又羸弱，又娇嫩，又甜美，实在是动听极了，尤其在这静悄悄的黎明时分，简直就像个正在吃奶的小婴儿，叫人忍俊不禁。

谢亚军几乎不敢相信自己的眼睛和耳朵，浑身上下不断地涌起一股说不清道不明的幸福暖流，又像被点燃的酒精在体内滋滋燃烧，继而，她感到脸热心跳，思潮荡漾了。这小小的生命啊，犹如在这昏暗逼仄的地窖里划着的火柴一般，一下子就照亮了她内心深处最柔软的部分。

一开始，小狗还很认生似的叫了几声，谢亚军也学小狗的声音轻轻喃喃地回应着，像年轻的母亲，在不得要领地哄自己的小孩那样。小狗谨慎而又胆怯地在她手掌心里缩成一小团，过了一会儿，大概觉得人对它并无一丝敌意，才笨拙地颤巍巍地，挪动着同样柔软的爪团儿，踟蹰着，试探着，把潮湿的鼻尖轻轻地抵到她的手腕上，在那里嗅来嗅去，最后才终于鼓足了勇气，伸出很小很软的一点儿舌尖，粉粉的，呜呜着，一下一下温柔地舔了起来。

对于谢亚军来说，这种潮湿而又温热的酥痒感觉，真是要多奇妙有多奇妙！相信任何一个再阴郁再愁烦的铁石心肠的人，遇到这种温柔的小动作也会被渐渐融化的。谢亚军始终战战兢兢地捧着小狗，仿佛捧着一只精美绝伦的小瓷瓶，生怕随时会掉在地上摔得粉碎。

小狗，小狗，小狗……我的小乖乖！

谢亚军嘴里不住声地呼唤着，呼唤着，完全变成一个温情脉脉的小母亲的样子了，平生头一次亲手抱起了属于自己的孩子，她甚至已经忘了刘火的存在，忘了刚刚过去的那个悲哀的秋天和悲哀的自己，忘了刚离开她不久的白小兰，甚至忘了所有的忧伤和痛苦，只是一味地将脸颊贴在小狗身上，用自己的嘴唇去摩挲那肉嘟嘟的鲜活的小生命。

哦，好可爱的小不点儿！

她忽然就想大哭一场了，简直刻不容缓了，在这料峭春寒的早晨，在这深藏不露的地窖中，她再也没有办法抑制自己的情感，任凭积攒了许久的泪水夺眶而出，任由自己哭得像个傻傻的孩子。她的眼泪和哭声震动了整个地窖，两条大狗都慌得从地上爬起来，支棱着脑壳看她，小狗崽吓得直往母狗身后藏，刘火一时也手足无措，不知该怎么解劝她好了。

就在昨天夜里，谢亚军还在为母亲失去孩子，弟弟失去妹妹而伤心难过呢，可现在的她，已经把那些事都抛到九天云外了，她的小天地刚被无情地关上一道门，此刻又被神奇地推开了一面窗，阳光照进来了，雨露洒进来了，微风吹进来了，春天真的要来了。

53

　　真的到了青黄不接的时节，骡子他们也都饿得面黄肌瘦腿脚乏力，就连做梦也想弄点儿肉吃，吃香喷喷的狗肉。镇上大大小小的狗，几乎都被他们祸害殆尽，唯独这两只大狗成了落网大鱼，也成了他们的一桩心病。虽说上回在街头费尽心机设下圈套没能成功，但是这些顽劣的家伙一刻也没有放松警惕，用骡子自己的话说，只要它是条狗，总得叫出点声吧。于是，一群想吃狗肉的少年，成天在街上转来转去，晚上也不例外，四下里胡乱踅摸，经过一阵子穷凶恶极的摸索和探究，总算有了最新发现。

　　应该说，最初就是野地里的几摊发白的狗粪暴露了目标。实际上，刘火总是会在夜深人静时分，带着两条大狗悄悄钻出地道去，人和狗都需要在野外放放风透透气，否则会活活憋死在地窖里的，而狗跑出来自然少不了要屙要尿的。如果说两条大狗刘火还能勉强控制得了，可那三只不懂事的小狗崽，就很难一时调教得服服帖帖，尤其是它们那种奶声奶气的汪汪声越来越响亮，外面稍有一丝风吹草动，小家伙们就不停嘴地叫唤起来。

　　骡子他们就是根据那天夜里追寻过的路线，一路找到这里来的。接下来，他们就围绕着那几摊狗粪，开始了地毯式的搜寻。很快，便找到了那个被一堆柴草虚掩着的秘密洞口——更早些时候，亚洲正是从这里稀里糊涂掉进地洞里的。白天的时候，骡子一伙人悄悄地从地洞口爬了进去，然后顺着刘火挖好的那条幽暗狭窄的地道，摸索爬行，随着不断探索深入，三只小狗崽发出的稚嫩的汪汪声，简直让这帮家伙欣喜若狂！

现在，天光终于黑尽了。远处那一线山影变得朦朦胧胧，活像一条大黑鲶鱼在水面起起伏伏，稍近些的杨树林子，也站得静默而笔直，酷似排好队的民兵要整装待发。这种时候，镇街上也异常安静，不过今晚的安静只是一种假象，因为有一伙人已经按照白天的周密计划，悄悄地包围了那个传说中经常闹鬼的宅院，这些人手里都拎着木棍，抓着砖块，拿着绳索，他们几乎连大气也不敢出，就那么鬼鬼祟祟地蹲守在黑暗中。他们再也不会像先前那样又敬又畏这个可怕的地方了，因为所谓的"火神"和"闹鬼"，不过是人吓唬人罢了，哪来的什么鬼神，无产阶级群众从来就不信这一套，分明是刘火那小子在里面装神弄鬼故作玄虚，反正这回谁也不会再上当受骗了。

与此同时，另一伙人在骡子的亲自带领下，直奔野外去了，他们的目标当然是那个秘密洞口。骡子一副训练有素的样子，他让大伙儿全都乖乖卧倒，一声不响地埋伏在洞口附近的黄土包后面。在所有人当中，骡子一脸的踌躇满志，他一会儿探出脑壳东张西望，一会儿又回过头，皱着眉头像长官审视无知的下属那样，压低嗓音嘱咐大伙儿要沉住气，一切行动都要听从他的指挥，谁不听话就别想吃到狗肉。说这话的时候，他还煞有介事地摆弄着手里那杆黑得发亮的步枪，其他人的情绪立刻为之一振。枪是骡子从他的民兵队长哥哥家里偷出来的。更早以前，骡子就缠着他哥教自己放过几枪，都知道枪的威力是任何人都无法比拟的，枪杆子里面才会有肉吃，离开这玩意儿，还想吃狗肉，那才是白日做梦。

不知什么时候，天上洒下一片白月光。月光如敲碎的冰凌白花花的晃人眼目，将那旷野里的小小洞口笼罩了起来。不久，一个少年的影子就浮现在洞口了，不光只是一个人的影子，那白月光照着少年的时候，也同样照着他身边的那条大狗。事实上，月光还照射到不远处那群眼光都要发绿的黑影身上，这些家伙早就蠢蠢欲动了。

少年却丝毫没有觉察，他整个人像一只虚空的影子，变成影子的他，一味地沉浸在难以摆脱的悲伤之中——他知道也许过了今夜，他再也不能跟这世上最好的伙伴耳鬓厮磨了，艰难的生育过程，加上极度的营养不良，终于让这条老母狗濒临绝境了，它已经连续几天不吃不喝了，生命就在旦夕之间。今晚，少年特意把坦克和三只小狗崽留在地窖里，他自己用尽全身气力，把这条可怜的大黄狗从洞里抱了出来，好让它呼吸一下夜晚清新的空气，感受一下月光下的自由自在，除此之外，他只能眼睁睁地看着自己的伙伴一分一秒地衰弱下去。

那些匍匐在黄土包后面的黑影，终于忍耐不住了，一个个在月光下摩拳擦掌骚动起来。黑影们一旦动起来，就像一大群妖魔鬼怪猛然间复活了。复活了的妖怪们都跟饿狼一般兀立在月光下，一双双眼睛露出了贪婪而凶顽的绿光。骡子先冲同伴们招了招手，开始压低声音发号命令：等会儿枪声一响，你们几个马上包抄过去，谁谁谁负责收拾人，谁谁谁专门去抓那条狗……可以说，他的安排从来没有这么井井有条和万无一失过，贪婪和饥饿把他塑造成一个年轻的统帅，一个非常能干的猎手。最后，骡子不无炫耀地端起了那杆步枪，枪口黑洞洞的指向正前方，他已经煞有介事地眯缝起一只眼，迫不及待地瞄准了不远处的目标。

这一刻，在场的所有人都不曾留意到，在更远处的那道黄土梁上，两道真正的绿光正跟磷火般一闪一闪地射向他们。事实上，这条瘦骨嶙峋的母狼已经在此蹲守了相当长的时间。母狼自从去年入冬前失去自己的幼崽之后，它就成天呜咽着在河滩地和杨树林子之间逡巡和游荡，为了寻觅必需的食物，也为了伺机报复，它有时不得不深入到这镇子附近的庄稼地里。

母狼最先听到的是震荡在旷野中的一声巨响，枪声的确让它感到胆战心寒，惶恐中它至少夹起尾巴后撤了半里来路，但很快，它就稳住心神了，因为它能清楚地觉察到，那些黑影并非是针对它的。狼最懂得审时度势抓住捕猎时机，况且，眼下的混乱局面真是千载难逢，狼太饿了，饿得皮包骨头，饿得肋条跟鱼刺似的一根根直往外扎，它太需要食物填饱瘪瘪的肚子了，哪怕为此铤而走险。

狼跟人毕竟不同，狼眼不知要比人眼厉害多少倍，狼可以在黑暗中轻而易举看清很远很小的目标。甚至在有些时候，狼根本不用眼睛，仅凭嗅觉就能准确判断出猎物的具体方位。等骡子的第一枪打响后，刘火立刻被黑影们团团围困，一时无法脱身了。大黄蜂尽管奄奄一息的，可关键时刻，这条忠诚的家犬便置生死于度外，本能地拼着最后一丝气力，来回奔突吼咬，试图突破重围去帮助主人。

骡子手里虽然端着枪，可由于猎物太近了，又都处于动乱之中，以他现有的那点儿技术，根本无法瞄准和射击。骡子只能一面扯着嗓门瞎诈唬，一面晃动着手里的枪杆。也就在这个节骨眼儿上，那条母狼却猛不丁窜到了骡子背后，那双绿眼跟探照灯一样，在对方身上胡乱扫射，硬撅撅的尾巴在地上来回摆动，发出唰唰的响声。骡子太专注于眼前的猎物了，简直垂涎欲滴胜利在望，他完全忽略了自己的身后那只最危险的"黄雀"。母狼便瞅准机会，猛地缩身夹尾往前一跃，骡子整个人就被母狼从天而降压制在身下了，慌乱中那杆枪也撒手了，他的威风彻底扫地。

起初，骡子并不知道发生了什么，以为是那条大黄狗发疯了，可借着白月光，他才猛然省悟，扑在自己身上龇牙咧嘴的不是他做梦都想吃的大黄狗，而是浑身泛着秋霜般银光的野狼！这畜生脖颈儿上的一圈鬃毛，正随着腹部的剧烈起伏向外一奓一奓，鼻孔呼出细长的白色气流，尖利的獠牙在月光的映衬下，显得格外冷酷和怵人。当那几颗利牙毫不留情地猛刺下来的时候，这个可怜的少年早已经屙了一裤裆，他那惊天动地的鬼哭狼嚎，顿时把在场的人全都震呆了。

刘火是头一个反应过来的，他已顾不得个人的安危，忙不迭地冲黑影们喊叫起来，不好了，狼要吃人了！大伙儿快去救骡子啊！那些一门心思围攻他的帮凶，直到此时才如梦方醒，却都慌得手足无措，两腿打战，刚才对付刘火的那股蛮力和胆量，全被吓到九霄云外了，他们根本顾不上去搭救自己的同伴，便失魂落魄般作鸟兽四散。唯独刘火，顺手从地上捡起他们丢下的一截木棍，奋不顾身地朝凶悍的母狼跑过去。大黄蜂也紧随主人身后，汪汪狂叫，横冲直撞。

那时，母狼也就刚刚叼住骡子的一只手臂，正要用力撕扯，刘火恰好冲到跟前，手中的棍子拦腰劈下去。母狼当即挨了一闷棍，不得不丢开骡子，恼羞成怒地龇着白牙，威胁似的一声声干嚎着，同时狡猾地向后撤退，至少做出那种要掉头鼠窜的样子。刘火也以为对方就要逃跑了，哪知母狼却猛地一百八十度大转身，再度怒嚎着腾空而起，两只前爪跟闪电一般朝刘火脸上抓扑。

千钧一发之际，大黄蜂也猛然跳跃起来，恰好给对方来了个迎头痛击。一场狗和狼的大战瞬间打响了，狼牙狗牙交错，狼爪狗爪挥舞，嘶吼声此起彼伏，旷野中弥漫着野性的气息，整个星空变得凌乱不堪。这一时刻，母狼一定是认出了大黄蜂，先前它们曾在河滩地交过手的；而大黄蜂也嗅出了对方的气味，用人的话说，就是仇人见面分外眼红，新仇旧恨要一笔清算。刘火在一旁简直看得眼花缭乱，他始终牢牢擎紧木棍，只想瞅准时机给大黄蜂搭把手去。

这时，骡子却乘机慢慢地从地上爬起来。那只被狼咬破了皮肉的手腕血水横流，这家伙疼得龇牙咧嘴，可以说骡子从来没有吃过这种亏，要知道在镇上，向来都是他欺负别人，很少有谁敢这样冒犯他，此刻他恨得咬牙切齿，要不是这条该死的畜生突然跑来捣乱，兴许他们早已制服了大黄蜂，香气扑鼻的狗肉正等着他美美享用呢。

恼怒之余，骡子并没有像其他伙伴那样选择仓皇逃离，相反地，他竟壮着胆子，偷偷摸摸重新从地上捡起了那杆枪，他一面蹑手蹑脚后退几步，一面摸索着给子弹上膛，然后在一个小土包后面趴下身去隐蔽。从这个角度射击再好不过了，骡子脸上挤出一丝得意的狞笑，他暗中端稳了枪杆并再次瞄准，他一定要给对方致命一击。

枪声骤然响起。

整个星空和旷野都剧烈地震颤起来。

一股热血瞬间弥漫了四野，空气中飘荡着浓烈的火药辣味。

刘火简直呆了，傻了，木了，僵了，老半天才明白到底发生了什么。他悲怆地叫着、喊着、吼着，胡乱丢开手中的那截木棍，像一头发了疯的怪兽，不顾一切地扑爬到他的大黄蜂身上。

那心爱伙伴的脑门，仿佛开出了一朵油汪汪的花朵，花朵越来越大，越来越黑，大黄蜂就那样一动不动地，倒在乌黑的血地上了。当刘火双手紧紧抱起大黄蜂号啕大哭的时候，这条相依为命的看家犬的呼吸已若游丝，它那灵性的眼珠再也不能转动了，它那奔跑有力的四肢软塌塌地垂下去，它再也不可能伸出热乎乎的舌头，去舔一下主人的手和脸了……

按理说，此刻正好有机可乘，可令人匪夷所思的事情再次发生了，那条母狼孤注一掷地丢下了呆若木鸡的刘火，也丢下奄奄一息的大黄蜂，而是猛地掉转方向，以迅雷不及掩耳之势，忽地扑向了不远处沾沾自喜的骡子，扑向那个在黑暗中自鸣得意的持枪杀戮者。

当那一声撕心裂胆的惨叫，最终响彻无边旷野的时候，嗜血成性的母狼才从骡子血肉模糊的脖颈儿上，抬起它黑黑的鼻尖，正对着头顶的明月，那伸长了的狼颈，吼发出一记呜呜长噭。这是最原始也是最野性的呼唤，整个大地似乎都为之一振，或许，母狼就是要用这种古老的方式，祭奠它那不久前夭折的幼崽。

　　有生以来，少年刘火还是头一回，那么近距离地跟真正的狼或野兽对视，可他似乎一点儿也不觉得害怕。或者说，他整个生命仿佛都让大黄蜂的魂灵给带走了，在那震耳欲聋的枪声之后，在那最亲密的伙伴罹难之时，这世上再也没有让他感到更恐惧的事了。

尾声

　　大黄蜂产下的三只小狗崽里，后来仅幸存下一只小母狗，等它长到三个月大的时候，几乎就出落成大黄蜂原先的模样了：蜡黄色的皮毛柔软而鲜亮，打脖颈儿起一直到脊背和尾巴梢上，都根深蒂固地覆盖着一道一拃来宽的棕褐色过渡带，这个神奇的过渡带又恰好跟坦克身上的毛色保持一致，远看像极了天上的云彩投下来的一条美丽的暗影，闪着那种油亮油亮的上等皮毛的光泽。尤其是跑动起来，简直跟当年威风凛凛的大黄蜂一模一样如出一辙，那条闪闪发亮的披风，就那么一起一伏，随风飘荡着。

　　很久很久以后，谢亚军才从父亲嘴里得知，就在大黄蜂出事的那天夜里，父亲也让一伙人带到一个临时会场上，两盏一千瓦的白炽灯，把所有人的脸照得煞白煞白。灯光那么耀眼，父亲在台上什么也看不清，他只听到高音喇叭里的聒噪。

　　也就是从那晚开始，父亲的苦难生活一天也没有停止过。隔很长很长一段时间，母亲才能去探视一次自己的丈夫，她通常会给父亲捎去几件换洗的衣裤和吃的东西。每次，父亲除了跟母亲打问孩子们的情况外，总不忘记要问问坦克好不好。而每一回母亲都重复同一句话，她说，放心吧，坦克好着呢，它的狗娃娃都长这么高了。坦克确实比大黄蜂又多活了几年，也许它是想亲眼看着，大黄蜂给它留下的小狗崽一天天茁壮成长吧。

那些原先跟在骡子屁股后面瞎嚷嚷的少年已成长为镇上的中坚力量，比起骡子来，这些人更是有过之而无不及，他们显得更成熟更有经验也更疯狂。他们之间闹腾得最凶的时候，狗也没能闲着，坦克后来终于落在那些年轻人手里。有人拿来很粗很粗的铁链子牢牢地拴住了它，狗成天被饿得吱吱叫，等到这些家伙闹得最激烈的时候，才把这条大狗像撒手锏那样撒出去，好让它去抵挡对方的棍棒和拳脚。

坦克好像就是在那阵子发起疯来。它阴郁的眼神让人望而却步，不论是咆哮还是撕咬，都令在场的人胆战心寒，也许它只是被饿极了，也许真是患上了那种传说中很恐怖的狂犬症，它经常呜啊呜啊冲天嚎叫，那模样像极了冲下山来的野狼，于是得了一个新的名号，没有人再管它叫坦克，他们总是大狼大狼地喊它，而它似乎也越来越嗜血成性了，每一次混乱的场面，总少不了它的身影和狂吠，每次只要它出战，绝对是所向披靡的。

不久，谢亚军的父亲被军绿色的卡车送回镇上开群众大会。在聒噪的喇叭声里，谢亚军平生头一回，从别人的嘴里听到了父亲的名字，罗列他的种种不是，谢亚军根本听不懂喇叭里在讲些什么，她只是在泪光中，看到母亲在人群里紧紧地搂着年幼的弟弟，好像生怕小家伙会冒冒失失冲到台上，惹来更大的麻烦，而她自己的身体抖得不能自已。

事实上，那天忽然冲到台上的不是亚洲，而是很久都没有回过家来的坦克。它仿佛得到了某种神圣的使命召唤，猛不丁就从沸腾的人群中窜将出来，脖子上还拖着一段锈迹斑斑的铁链子，跑动起来哗啦作响，显然它是临时挣断了链条，偷偷从什么地方逃出来的。坦克身上沾满了乌黑的血迹，脖子周围的茸毛板结成一撮一撮，好似一只巨大的刺猬，而纷乱肮脏的皮毛下面，显得瘦骨嶙峋，唯独眼神又凶狠又阴郁。当坦克凄厉地吼叫着，以迅雷之势猛地蹿上两米多高的会台时，父亲正好被两个人摁着肩头低垂着脑袋。这条疯狂的大狼狗就把其中的一个人扑翻在台上了，另一个吓得被扯到台下。

很快，台下又踊跃地爬上来两三个男人，他们冲狗比画着，嚷叫着，试图抓捕它，可咬红了眼的坦克，简直就是一只原始猛兽，牙齿龇得雪亮，咆哮声惊天动地，它脖颈儿和身上的毛纷参着，不顾一切地扑向那些自以为是的家伙，几乎三下五下，又把这几个人连咬带扑撵下台去，再也没人胆敢冒险上台来了。

这种时候，坦克竟忽然变得像个乖戾的孩子，热情地摇晃着尾巴，模样委屈，急不可耐地扑爬到父亲的身上，又是吱吱呜呜地鸣叫，又是不停嘴地舔吻主人的脸和手。台下的群众一片唏嘘，坦克的末日就此来临了。谢亚军这辈子永远也忘不了，后来的一幕，坦克所遭遇的暴风骤雨般的围攻，它像是流尽了最后一滴血的勇士，一动不动了。

父亲欲哭无泪，他只是哆嗦着，挣扎着，盲目地用双手抚摸着他那爱犬的头颅，似在抚慰自己年幼夭折的孩子。那一刻，父亲终于呜咽起来，镇上从来没有一个男人哭成他那样，那感觉就像是，一只受尽凌辱又无处倾诉的老狗，在苍茫的人潮中汹涌号啕。也就是打那一天起，谢亚军和弟弟再也没有饲养过任何一条狗。有时见到别人家的狗，他们也会尽快避开，因为姐弟俩都怕注视狗的眼睛，更怕狗会用它热乎乎的舌头舔主人的脸和手。

数年后的某日，一个皮肤黝黑身材魁梧，约莫二十七八岁的小伙子，手里牵着一条大狗，神情执着地出现在谢亚军他们在省城水利厅的家属院门口。

这是一条黄褐色的大狼狗，体格壮硕，骨架匀称，行动十分矫健，就连目光也多少有些凶悍的，一看就知道是条罕见的好狼狗。牵狗的年轻人在门口徘徊了许久，时而若有所思，时而犹豫不决，直到门卫师傅出面来干涉，他才说出自己是来这里找人的。

不久，亚洲接到门卫室的传达电话，就从家属院里一颠一颠地走出来了。正是多年前的那次严重的脚底扎伤，让他行走起来一直有些不太灵便。亚洲远远就看见那条威风凛凛的大狗了，等再走近些的时候，整个人忽然愣住了，站在眼前的那个小伙子，他不可能不认识，因为对方的额头和面颊上，均有两片鸡蛋大小的瘢痕，还是当年那场无情的大火遗留下的。

刘火哥！亚洲的眼圈一下子就湿润了，真没想到是你呀，能见到你真是太好了！说着，便脚下颠颠地抢步走上前来，伸开双臂将对方紧紧地抱住了。

当两个人亲兄弟一般，搂在一起叙旧的时候，那条大狗就站在他们旁边，时不时惊奇地汪汪了几声。刘火回过头对狗说，坦克听话，给我坐好了。那狗又乖戾地在原地蹲坐了下来，粉粉的舌头耷拉下来，头抬得高高的，眼光如炬，灼灼地盯视着亚洲。一种似曾相识的感觉突如其来，亚洲很惊讶地问道，刘火哥，刚才你叫它什么来着？刘火这才冲狗打了个响指，说，坦克。

坦克？你刚才叫它坦克！亚洲整个人都怔住了，他开始一眨不眨地打量眼前这条狗了。的确，它跟早年间家里养过的那条大狼狗，简直就像一个模子脱出来的，甚至连名字也一样。记忆的闸门顷刻间被打开，往事如狂潮般涌上心头。亚洲不无激动地说，我姐要是见到它，不定有多高兴呢，不过她还在北京上大学呢，要等到放了假才能回来。

刘火抬头看看天空，天瓦蓝瓦蓝得好刺眼，他忙低下头盯着那条狗说，说起来，这还真是你们家坦克的后代呢，就是当年它跟大黄蜂生下的小母狗，长大后又跟别的狼狗配的种，所以，你看它，长得多像坦克和大黄蜂的模样。

亚洲使劲儿点点头，半晌才试探着伸手去触摸狗的额头和脖颈儿。那褐色的脊背和浅黄色的腹部，那油光发亮的茸茸毛色，还有军犬特有的警觉与骨骼力度，一下子就把这个少年带回到那个动荡不安的特殊年月了。被叫作坦克的狗也迟疑了一下，它仔细地盯着陌生人上下打量了一会儿，才谨慎地伸出舌头，一下一下舔吻他的手背了，那酥痒潮湿的感觉，正顺着少年的手背和胳膊迅速传遍周身。

这时，刘火很真诚地问，怎么样？要是喜欢的话，干脆拉回家去吧。

亚洲轻轻抚摩着狗，沉吟了一会儿，说，你知道，我们家好多年不养了，我倒是跟我爸唠叨过两次，他总是不置可否的样子，其实，我和姐姐都心知肚明，我爸心里一直有创伤，他不是不想养狗，而是害怕自己会触景生情。别看我爸都恢复工作那么久了，甚至都当上了水利厅的领导，可他总是郁郁寡欢的，也许他内心深处一直都忘不了坦克吧。

刘火拍了拍亚洲的肩膀头，沉稳地说，不管怎么说，这也是我欠你们姐弟俩的情，当年确实都怪我，没能照顾好坦克，当然我也没有照顾好你，不然的话，你的脚现在也不会这样了，所以，你们总得给我一个补过的机会吧。

亚洲听了，心头一阵酸楚，他还想说什么，却终究没有说出口。他不敢想象母亲和姐姐见到这条狗心情会怎样，尤其是父亲，当年他可是眼睁睁看着坦克在他面前倒下的。当亚洲一味地沉思默想的时候，刘火就走过去温柔地趴在狗的耳朵跟前，不知嘀嘀咕咕了些什么，后来等刘火转身准备离开的时候，这条名叫坦克的大狗，始终一动不动蹲坐在那里，只是喉咙里发出一串呲呲呜呜的焦躁之音，那是对即将离去的主人的难分难舍，又像是不得不信守某个不变的承诺。

　　后来，直到少年亚洲一步一颠走过去，轻轻牵起拴在狗脖颈儿上的那根尼龙绳子时，坦克才猛地从地上站起来，用力抖了抖身体，仿佛竭力抖落那一身旧年的尘埃，又像是抖擞精神准备开始一段全新的征程……

西北往事三部曲·卷一

出 品 人 | 郭文礼　　　策划编辑 | 刘文飞　　　　责任编辑 | 范　戈

复　　审 | 陈学清　　　终　　审 | 郭文礼　　　书籍设计 | 张永文

印装监制 | 郭　勇　　　项目运营 | 有度文化·刘文飞工作室

投稿邮箱 | liuwenfei0223@163.com

微　　博 | http://weibo.com/liuwenfei0223　　　微信公众号 | bywycbs1984

西北往事

三部曲·卷二

张学东　著

山西出版传媒集团　北岳文艺出版社

·太原·

图书在版编目（CIP）数据

西北往事三部曲 / 张学东著 . —太原 : 北岳文艺
出版社，2023.1
ISBN 978-7-5378-6629-3

Ⅰ.①西… Ⅱ.①张… Ⅲ.①长篇小说—中国—当代
Ⅳ.①I247.5

中国版本图书馆CIP数据核字（2022）第171281号

西北往事三部曲·卷二

张学东　著

//

出品人
郭文礼

策划编辑
刘文飞

责任编辑
范　戈

书籍设计
张永文

印装监制
郭　勇

出版发行 : 山西出版传媒集团·北岳文艺出版社
地址 : 山西省太原市并州南路57号
邮编 : 030012
电话 : 0351-5628696（发行部）　0351-5628688（总编室）
传真 : 0351-5628680
经销商 : 新华书店
印刷装订 : 山西人民印刷有限责任公司
开本 : 787 mm × 1092mm　1/16
总字数 : 750千字
总印张 : 57.75
版次 : 2023年1月第1版
印次 : 2023年1月山西第1次印刷
书号 : ISBN 978-7-5378-6629-3
总定价 : 198.00 元（全3卷）

目录

第一章　祸　端

1

秀明老师怎么也忘不掉，那年冬天的早晨，有个男社员怒气冲冲地闯进她的课堂，硬把一个学生从她的眼皮子底下提溜走了。

那是我们羊角村有史以来，腊月里最寒冷的一天。那天的空气里仿佛暗藏着无数看不见影儿的针尖和麦芒，冰冷坚硬地戳刺人脸；那天西北风狂暴地从早晨咆哮到天黑，风不停地将人裹旋在里面，胡乱摇摆；那天天上还下起了浓浓的沙尘，粗沙砾像鸟铳里射出的霰弹，迎面飞来，打得人睁不开眼，脸皮生疼。

当时秀明老师也被怔住了。这个男社员的脸青得像磨刀石，看了让人由不得要发怵。女人一害怕就没有任何反应和主张了。但女人的心肠都软。不管娃娃犯下天大的错，在女人眼里，娃娃总归是个娃娃，他们都是女人心头上最疼的一块肉。女人最看不惯七尺高的堂堂男人横眉冷目地对自己的娃娃下黑手。这种时候，大凡是个女人都受不了，都不能眼见着男人对娃娃为所欲为。

于是，秀明老师把一班学生丢在课堂上，让他们自己看书，她也一头扎进外面弥天漫地的风沙中追撵下去。外面风太大了，沙尘飞扬，天昏地暗。人一下子就被卷进风沙里，找不着方向。秀明老师根本睁不开眼，可她的心里明白自己该往哪里去。她不用知道方向，那个被男人带走的学生娃娃的喊叫声，就是她此刻的目标。她顶着狂风，用手捂着眼睛拼命往前迈步。

　　风叫着叫着，有时候它们也会突然改变一下方向，变换一种腔调。刚才还像老狗嗷嗷着，这会儿倒像是老妇人那样呜呜开了。风向一变，秀明老师就不再是顶风前行，而是被风吹着飘摇起来，脚跟一刻也站不稳，跟头把式一路向前跌爬。她边走边张开嘴喊那个学生的名字。这种情况下喊什么都没有用，人的声音在风里只是一丝微弱的气流，只是一片无足轻重的羽毛，比起狂暴不羁的风沙简直毫无意义。尽管没有用，秀明老师还是要喊的，不停地喊，一声接着一声喊下去。

　　这种时候，秀明老师觉得，自己不仅仅是那个学生娃娃的老师，不仅仅是那学生娃娃的姨，也不仅仅是那学生娃娃娘亲的妹子，她心里有更强烈的东西在不停翻滚。那是因为，她知道那学生娃娃身上流淌着什么，虽然他早就不再需要这种东西的供给了，可在她眼里他还是一个没长大的娃娃，就像他曾经贪婪地吮吸她的奶汁，直吮得她眼里流出痛苦而又幸福的泪水为止。娃娃真的一天天大了，他进学堂念书识字了……这些事情她都一一作了见证。可与此同时，他似乎也学会了调皮捣蛋，学会了时不时跟爹作对。每次做了坏事，他爹都会不知轻重地教训他一顿，轻了骂，重了就打。这些年有多少回，她为了袒护着他，跟这个被自己称作姐夫的男人吵过骂过，也不知流过多少次眼泪。委屈是有的，辛酸是有的，当然，也有因为给予和付出，才换得的一份奇妙的幸福感。

　　秀明老师终于赶上前面的人了。实际上，她看到的不是一个人，而是灰暗的一团影子。一个人在那种肆虐的北风中，只能是一团影子，极小的一团影子。人变成影子的时候，在别人眼里就不太像个人了。远远看倒像一个孤魂。

　　秀明老师跌跌撞撞地走上前，越来越近了，她嘴里不再喊那个学生的名字了。不是她不想喊了，是因为喊也是白喊。眼前的影子不再是影子了，是一个大活人，可那大活人比影子都要渺小，蹲在路边一棵粗壮枯朽的钻天杨树下，后背靠在光秃秃的树身上，沮丧地耷拉下头，像是从那树身上凭空长出来的一只巨大的肿瘤。

这显然不是秀明老师冒着狂风一路追撵下来的结果，她追的不是眼前的这个大活人。这个大活人用不着她去追，她所要追赶的所要担心的是大活人从她眼皮底下提溜走的学生。大活人此刻看上去，已不如先头那样气势汹汹了。相反，发完火的大活人看起来倒像个死人，呼呼喘着气，同时变得非常软弱，成了个活死人。

"人呢？他人呢？"

"你究竟把他拖到哪里去了呢？我就没见过你这号人！"

秀明老师上前一把就抓住了男人的胳膊，男人依旧不抬头，呼呼喘气。

"把他吓跑了你才高兴是不是！"

秀明老师疯了似的推摇着蹲在地上的人，可对方毫不理识她。她就气不打一处来，使了浑身的劲，想把男人从地上扯起来。

"有话咋就不能好好说吗？你非得吹胡子瞪眼吓唬他啊！"

男人猛地抬起头，狂叫起来：

"不用你管不用你管！他是我娃子我想怎样就怎样！打死他我给他偿命就是……"

秀明老师愣了一会儿神，不过她立刻也变得愤怒起来。愤怒很容易让女人丧失理智。丧失理智的女人都是一样的，不管她是有点学问的民办教师，还是整天伏在地里下力气干苦活儿的农妇，她们都一样会撒泼的。秀明老师忽然觉得自己变成了一个十足的泼妇，而且，她觉得自己必须变成一个蛮不讲理的泼妇，她手脚并用地朝地上的男人又挥又踢又骂又嚷。

"我是可怜我姐呢，可怜娃娃呢！你当是我爱管你的闲事！"

风太大了，她的声音传不远，刚一出口，就变成白白的一丝哈气了。男人用双手双臂袒护着自己的头脸，任凭女人朝自己撒泼，就是不还手。

秀明老师的手越来越轻，最后轻得好像不是在打人，而是在给地上的这个沮丧的男人掸身上的那层尘土。事情就是这样，被打的人不还手，就等于没有对手了，等于对方无条件投降了，服软认输的人还有什么好打的！当秀明老师完全丧失了撒泼的力气之后，眼泪早已哗哗地淌下来。再强硬再愤怒的女人只要抹泪一哭，她的强硬和愤怒就像烈火遭遇了暴雨，瞬息就被扑灭了，一点儿愤怒的迹象也没有了。秀明老师这样一哭，男人的心肠就彻底软了。他不能再蹲在那里，他得做点什么了。

"他姨你别怪我心硬，那小狗日的也忒坏了呀，他……他居然敢拿刀子捅人家……三炮，你说说不管一管咋办呀！"

"那……你亲眼见着了？"

"三炮一早跑到家里脱了衣裳让我看的，那还能假得了！三炮说我们爷俩这辈子都欠了他的账，让我以后要好好帮衬他呢，他说将来还要让红亮做他家串串的上门女婿……"

"亏你是个当爹的人，三炮是啥样的人，他的话你也全信！"秀明老师根本不相信男人说的。"好端端的，他为啥要捅他？你别忘了，红亮到底还是个娃娃。"

"眼见为实，三炮来家里亲口对我说的，这小东西偷了三炮的肉还抢了人家的刀子，"男人说着抬起头看了看秀明老师。"小了偷针，大了偷心，这娃娃再不管，由着他性子胡逞，迟早要闯下天祸啊！"

"反正我不管，你得赶紧去把他给我找回来，现在就去！找不回来我饶不了你！"秀明老师说完，胡乱抹抹脸上的泪，一跺脚，红着一双眼，掉头往学校方向去，转眼就被风卷得没影了，唯独这男人还树桩子样立在沙尘中。

刮了一整天风，天地都让搅成了一团，到处都昏蒙蒙的，我们羊角村的天空、房屋、树木和所有一切都染成硫黄色。人在外面根本不敢张嘴，一喘气就能把一捧沙子硬生生吸进喉咙眼去了，咳得半天喘不上气。风把村子之间的道路吹得干干净净，大大小小的村路都变得白花花的，从远处的高坡上一眼望过去，那些七零八落的村子，和横在村子之间的条条段段或瘦或宽的土路，就像狗吃剩下的一截一截骨头，发着清白的光。

日头落山时，风才渐渐停歇了，空气里的沙尘渐渐落稳。在空荡荡的庄稼地的尽头，是一排排的白杨树，粗粗壮壮的树干直钻向天空。夕阳的光亮逐渐减弱，恰巧在黑色即将铺满大地的那一刻，远方的杨树林忽然变成一排排整齐挺拔的哨兵，变成一只只黑色的剪影。它们坚定果敢地挺立在西面铁锈色的天空下，肃穆而庄严，很有些雄壮的气魄。

夜深了，他才拖着疲倦的影子，两手空空回到院子。屋里冰冷，炉火早就熄灭了，冷锅冷灶，没了娃子，家里就显得格外阴寒，活像一座孤坟，没有一丝生气。日子仿佛一下子又回到了从前，穿过迷雾一样的十多年时光，他似乎又看到了那个饥荒的晌午：自己的女人挺着大肚子，艰难地在野外刨草根，她的肚子突然就疼起来了，她人在地上骨碌了一阵子，连哭叫一声的力气好像都没有。崽娃还傻呢，一点儿不懂得怜惜大人，直到她身上的血都快耗尽了，才呱呱叫着钻出娘亲的肚子来。

——据说正是这一天，我们羊角村的所有屋顶、树杈、草垛、墙头，乃至整个村子的上空，到处都是鸟雀成群地飞来飞去。数不清的鸟和聒噪的鸣叫声，吵得天翻地覆，好多人都不得不用手紧紧地捂住耳朵，生怕那种叽叽喳喳的吵闹声会钻进自己的脑子里；而那些猴在树上捋树叶吃，或在地里挖草根的人，回家后才被自己的家人惊讶地告知，他们浑身上下落满了灰白色的鸟粪，像是刚从生石灰缸里捞出来似的，弄得人心惶惶的。唯独我们村一个活了将近一百岁的老接生婆，神情庄严地抬起她的核桃般的皱脸，老人望了望黑压压的天空，和那些乱飞乱舞的鸟儿，然后她眯着一双瞎子一样的眼睛，煞有介事地对旁边的人说这叫百鸟朝贺，羊角村该有贵人降生了！可是，几乎没有一个人，把这孤老婆子的话放在心上，因为大伙儿更愿意相信，天上要是真的能掉下来吃的就好了，哪怕掉下来一把秕谷子呢。那时吃饱肚子比什么都重要。

那天等他从家里闻讯赶过来，女人早已经咽了气，她人跟身子下面被血水浸湿的泥土一样，都凉透了。只有可怜的崽娃，依旧在娘亲的血泊里，不时地伸弹着一双嫩手和嫩脚。他也顾不得多想，赶紧将崽娃裹在自己怀里。那时，红彤彤的日头刚好跳到西边的杨树林里，闪着一道道金色佛光，好像是这些灿烂的光线挽救了崽娃的生命，让他在战栗中感到了一股温暖。后来他就给怀里的这个崽娃起名叫红亮了。

刚才秀明老师来过两趟。头一趟来的时候他还没有回来。她实在放心不下。她再来的时候，从家里端来一海碗揪面片，上面漂着一层辣椒油，红艳艳的，看着人心里暖融融的。可他哪有啥胃口，以往他跟娃子怄气或动手打了他，娃子从来没有像今天这样，跑得没影没踪的。

秀明老师的脸色很难看，眼睛还是红的，进屋就问他人找到没有。

他也赌气横横地说："我还要忙着干活儿，没闲工夫管他。"

秀明老师就气气地走了，临走撂下一句话："这回我算知道了，娃子到底不是你亲生的。"

　　他知道她话里有话。秀明老师打小就疼这娃子。可以说没有秀明就没有娃子的今天。没有秀明老师夜夜来给娃子喂奶吃，那小狗日的早就没命了。所以，他打心眼里是感激秀明老师的。但是，男人的感激永远埋藏在自己心底。男人的腹量很大，大得就像我们青羊湾的土地一样，什么东西都能种下去的，可种下去的东西却不一定马上就能开花结果，有的东西即便种下去了，却永远也获得不了女人意想中的收成。土地也会骗人。土地骗人，人的肚子就跟着受罪。同样，男人也会说谎。男人说谎女人就跟着哭鼻子又抹泪的。男人说谎是因为不想把自己内心真实的想法和感受告诉旁人，特别是，告诉给一个曾经帮助过他渡过难关而他自己却又无时无刻不对她充满感念的好女人。

　　作为一个丧妻多年的光棍汉，他的这种感激也许还有别的东西在里面。感念这东西，在一个人心里藏得太久了，也会生根发芽，也会变成别的什么东西。有时感念更像醇酒，时间长了自己会往出窜味儿，挡都挡不住。还有一种东西埋藏得比感激还要深。这种东西有时候只能深藏在自己心里，不能说出口，有时候即便是稍微那么想想，都不可以，想一想都是一种罪过。这种东西最好是永远藏在自己心里，直到生老病死。问题是，这种东西他不说出来，谁又会知道呢。

　　秀明老师走了老大时辰，他依旧独自一人咂摸着她刚才说过的话。想起来秀明也真算是个苦命的女人啊！嫁给那样一个驴脾气男人，一年四季又不着家门。秀明后来好容易怀上了一个娃，算是有个指望了，可生下没过半岁偏偏染上肝炎殁了。但对红亮来说又正是上天的一份恩赐，那时候红亮也刚刚生下没几天，殁了娘的娃可怜，没有奶吃的娃就更可怜了。那阵子要不是秀明肯主动来家里喂奶，他真不知道该咋办。从这个意义上说，娃子的事秀明是最有发言权的。秀明之所以撂下了那句气话，可见她把娃子当自己的亲骨肉和眼珠子看待呢。

　　想到这里，他再也坐不住了，又急急火火跑出了家门。冬夜又黑又冷又漫长，让人上哪里去找这个小狗日的啊！他这样一路凄惶地顺着村巷跑下去，四处喊寻，心急如焚。那些早年的旧事，又开始在他脑子里汹涌地浮动起来。

那年正赶上倒春寒，天气冷得出奇，眼见都三月底了，外面照旧滴水成冰。缸里没有粮，地里空无一物，树叶还没生出来，就被饿肚子的人把芽儿捋去了，树皮也都齐腰被剥个精光。他没有办法想，只好跟老讨吃似的，白天抱着崽娃，从东家出来，就钻进西家的院里。老远闻见哪里飘来一股炊烟，就顺着那烟味一路颠颠地赶过去，哪怕是十里八庄也是在所不惜的。去别人家常常赖着不肯走，一待就是多半天，崽娃又在他的肩膀头上哭闹个不停，吓得别人有东西也不敢拿出来当着他面吃。当然，总会有心肠软些的女人。她们从自己牙缝里挤出两勺热面汤，让他们爷俩趁热喝下去。有时，也会将一小块干馍或两只麻雀卵样大小的鸡蛋，偷偷塞给他带回家去吃。遇到这种情况，他恨不得当即跪下给人家磕响头呢。

他听说秋上给各个生产队拨下来的一点儿粮食还有剩余，那是备着青黄不接时救急用的。村里有民兵，手里配了几杆鸟铳和步枪，白天夜里轮换着站岗，看守库房重地。那天夜里，他把崽娃丢在家里，自己铤而走险，偷偷去爬库房的后窗子，不去没法子，家里没有一颗熬粥的米，崽娃哭得叫人心慌。结果让民兵逮个正着。第二天，他被推推搡搡地押到库房门前。民兵给他身上缠着几道麻绳，双手也倒捆在后面，头发胡子稻茬子似的横横竖竖，脸、脖颈和胸膛上尽是发黑的血迹，裤裆间耷拉着一片破布，卵蛋子和黑黢黢的阴毛时隐时现，下面还光着脚板。

有几名社员代表当场被虎大领进库房，结果他们无比震惊地发现，几只空麻袋行尸走肉般躺在灰尘密布的墙角下，毫无生气，而大伙儿盼望已久的救济粮却连一颗也没有了，剩下的只是几只空瘪瘪的麻袋。

社员代表们顿时傻眼了，嘴角抽搐着，两腿发麻，差点要栽倒在库房里。消息一经传出来，一村男女老少的眼瞳里都充满了血红，瞪圆了双眼，一时间恶狼一样从四面八方凶猛地朝他扑上去，恨不能把他撕碎当粮食吃了。

那天，他只剩下半条命了。要不是我们队长虎大从一个民兵手里夺过枪，冲着天空砰砰地放了两下，他肯定就没命了。虎大也不是非要偏袒他才开的枪。虎大只是不想闹出人命。虎大还想利用这次偷窃事件对全村老少的几百只饥饿的肚子给个交代。虎大还要让大伙儿明白一个道理，不是他虎大不分粮食给大伙儿吃，而是库房早就空了，那些粮食早被坏人偷光了。真相大白，搞破坏的人已被绳之以法，天下可以太平了。虎大的责任当然也就开脱了。随后，民兵们把他死狗样拖回家扔在炕上，再无人问津了。

那天晚上，我们村有一个女人悄悄蹀进了他家。女人进了屋就把可怜的崽娃抱在怀里，敞开衣襟，让崽娃含住她的一只奶头。崽娃早就饿极了，叼住女人的奶头就不松口。女人的奶水也并不充裕，没咂两下就空瘪了，再换另一只给崽娃咬住吃。饿极的崽娃咂得女人眉头紧锁，不时发出一声声钻心的吟叫。

打那以后，女人几乎每天晚上天刚一擦黑都要过来一次。进屋来也不说话，默默抱起崽娃就把乳头塞过去喂他。等崽娃吃着吃着终于闭上鱼豆儿样的小眼睛，睡熟了，女人才悄无声息地离开。女人是谁，那些年他从来没有主动跟娃子说起过。不是他不想说，一来这个女人不让他言传的，二来娃娃那时还小，说了也没多大意思。

一路这样胡思乱想着，他嘴里声声不停地叫唤着红亮的名字，从村头跑到村尾，又从外面无望地跑回家里，娃子还是没有回来的迹象。"这个小狗日的性子也忒拗了！"他在心里这样愤愤地怨骂着，"等回来非剥了他娃娃的皮！"

2

红亮闯祸这天，赶巧屠户三炮回到我们羊角村，他是特意给秀明老师家杀猪来的。这天一大早，红亮爹也去了秀明家打帮手。红亮爹不能不去，秀明家的事就是他自己的事，即便秀明家天天杀猪念经，他也会毫不犹豫去帮忙下苦的。

秀明的公公前一天刚殁的，得了肺结核，心肝和肺子都咳碎了。秀明男人广种在外地很远的一个矿上干煤井工，一年也回不来两趟，只是过一阵子寄点钱给家里。

当初，秀明跟广种结婚，也算不上心甘情愿，更不是自由恋爱。按理说，秀明结婚应该跟男人去矿上生活，可秀明去住了一段时间就死活待不住了，她执意要回来的。秀明觉得那个风吹石头跑的鬼地方，她这辈子不会再去第二次了。更重要的是，秀明被那个坏脾气男人打了两次，而且是一次比一次狠。第一次秀明的眼圈青了一只，第二次竟然扯下她的一缕头发，还把她的嘴角打出一道血来。秀明做梦也不会想到，自己会被男人打，而且这个动手打她的人居然是她的新婚丈夫。秀明的男人有个毛病，没事爱喝酒，晚上喝醉了，到了床上还是强行要跟秀明那个一下。秀明当然不会同意，秀明是有文化的人，喝醉酒的男人已经够让人厌恶的了，张着臭烘烘的嘴巴，用沾满唾沫的舌头一个劲亲她，她简直要疯了。秀明从小脾气就硬，哪里受得了这个气。可她不乐意，男人就动手扇她耳光，捣她的眼窝。男人一动手，就变成十足的魔鬼和禽兽了，有时连禽兽都不如。秀明就一个人从矿上跑回家来了。秀明发过誓，这辈子再也不去那个连空气都是黑乎乎的鬼地方了。

如今出了这种事，秀明家里便乱成一团。煤矿离家山高路远，一时半会儿招男人回来，也是不大可能的。好在秀明还算是个有主见的女人，她毕竟是个民办教师，早先在县里读过高中的，是青羊湾唯一的女秀才。当下就请来亲戚乡党们商量，一面差人给矿上的男人拍电报，一面着手准备丧事了。

秀明家的猪不大点，因为等着应急用，也就顾不得许多了。屠户三炮上来霍霍地几下子，那头猪就被摆得展展的了。雪白的膘肉剁成块，帮忙的女人哼哧哼哧地把鲜肉用盆子端进伙房里去了。跟往常一样，三炮收拾好刀具，正要将猪身上割下来的物件塞进自己的提筐内，旁边有个专门管事的人觍着脸过来，叮嘱他这些物件得留下，说已经有人事先张嘴要了。三炮愣了一下，看那人一脸的难色，也就不再坚持了，扭头跟着其他人一起回屋吃饭。

外面太阳西斜时，秀明送三炮到门口。按理说秀明可以不送三炮的，需要她应酬的事情桩桩件件，可她还是紧撺出来送他。三炮涨红着脸不停对秀明嬉笑，像个傻瓜，清口水亮汪汪地挂在嘴角和胡茬子上，闪着晶莹的亮光。

三炮说："秀明你往后有啥用场尽管张嘴，我可随叫随到。"

秀明说："三炮你走好我就不送了，家里还有一摊子事情呢。"

说着，秀明就将事先包好的一块精肉塞进三炮的提筐里，嘱咐他捎回去让糜子包顿饺子吃。

三炮哼着鼻子说："给她吃还不抵喂狗喂猫呢！喂狗喂猫也不白喂，它们都给我添几窝崽子哩。"

秀明生气地瞪着三炮：

"你别没事尽挑糜子的不是，一个男人家成天打女人算啥本事，我都替你脸红害臊！糜子也不容易，往后你得多体谅她才对！"

三炮又嘿嘿地冲秀明笑笑。他硬着舌根说："我才……才不打她，我听你的，再打她我就是个王八变的。"说罢，摇摇晃晃地往回走了。秀明在身后又嘱咐他：

"三炮你记住我说的话，往后对糜子好点！还有，起经那天别忘了让糜子领上娃娃来家里吃顿饭。"

经过一片院落时，三炮摇晃着腿脚慢慢站稳。自从那年他去外庄做了人家的上门女婿，这里就彻底荒弃了。老院子的围墙倒倒歪歪的，一抬腿就能从上面跨过去；院门早就不见了，西北风在院里横冲直撞，旋起一圈一圈的烟尘和草屑；过去三炮和父母曾住过的三间矮屋，此刻老母鸡下蛋似的瑟缩在院里，在他眼中无助地抖颤；屋顶很多地方都塌陷着，几茎枯草零星地插在上面，随风不停摇摆。整片小院显得一派杂沓和萧条。

三炮茫然地拨拉开那些齐腰深的杂草走进去，他依墙坐在一截落满沙尘的门槛上。他的脑袋昏沉沉耷拉下来，嘴里不停坠出一串串晶莹的口水。他眼前的地上除了杂草，大大小小的土疙瘩，就是一摊摊干黑的粪便，有羊的，猪的，鸡的，也有崽娃们拉下的。

三炮的两眼竟慢慢地湿润了。三炮的眼眶已经很久没有这种潮湿温润的感觉了。三炮想：这个家是在自己的手上败落成眼下这个样子的！想起往事，三炮心里有几分难过，又有几分愧疚，想哭一场的冲动都有。可他忍住了。他是三炮，见了血肉都不眨一下眼的三炮，青羊湾里的头号屠户。三炮一直就这样木木呆呆地坐着。三炮什么也想不起来了。耳中隐隐约约传来一片喧嚣：大人小娃发出饥饿难耐的哭号，牲畜临死挣扎的嘶吼，浓稠热烈的鲜血喷涌而出时的汩汩声响，纷扰而又杂沓，一时间充斥着他的听觉，使他备感恐惧。眼前仿佛又浮现出那些揪心的画面：饥荒不断，弟弟忽然就神秘失踪了，当村长的爹神智虚迷神经兮兮，娘死前已经浮肿得不成样子，她的身体就像自己每每宰杀时用气硬吹起来的死畜，浮肿又苍白。

静默了一会儿，三炮眼前再次浮现出一张令他深恶痛绝的脸子。就在下午的酒桌上，那个家伙一直款款地坐在上岗子的位置，脊梁挺得跟锹把样，嘴里不紧不慢地衔着烟，脸上露出得意的笑。这个家伙看到三炮的时候，连眼皮子也没有抬一下，一副十拿九稳的牛逼相。这个人就是虎大。几乎所有在场的人都凑过脖颈去跟虎大点头哈腰，唯独三炮没有过去。还有比这更让三炮心里窝火的事情，他眼看着本来该自己拿回家的东西，却硬让管事的人拎来，赔着笑脸送给了虎大。那一刻三炮的肺子都要气炸了——早知道他们要拿了送给虎大，三炮就是扔给外面的野狗吃掉也不会松口的。对于一个屠户来说，这简直就是一次莫大的耻辱。三炮宰牲时向来是自己说了算数，那些畜生的肠肠肚肚头蹄尿脬，通常都是由他掌握的，他想拿回家谁也不能说半个不字。

所以，三炮就想故意灭灭对方的气焰。三炮就是想在众人眼前不给虎大面子。尽管他们俩坐在同一张桌子上吃饭，三炮始终没有像旁人那样，站起身来给虎大敬上一杯酒。饭桌上，三炮一直是埋着头只顾自己吃喝，而且是最早一个结束的，同样也没有跟任何人打一声招呼，就目中无人地抹了抹嘴扬长而去。

三炮当然没有忘记早年间的一箭之仇：他没有忘记这个虎大，跟自己和爹都动过拳头；他没有忘记虎大当上队长后曾没收过他家的一杆鸟铳；三炮更没有忘记虎大现在之所以能高高在上，在他三炮看来，虎大就是踩着他们爷俩的肩膀头才爬到今天这个位子上的。

三炮曾经确实一门心思琢磨着想接替他爹的班。子承父业，天经地义。尤其是，他爹人刚有些疯张的时候，三炮就开始打他的如意小算盘了。三炮想让他爹帮自己去说说情，可老头儿却把头摇得跟拨浪鼓似的，还骂三炮是一抹烂泥糊不上墙。三炮只好自己悄悄地跑去上面找人请愿，上面头头的答复是，一来老村长（三炮爹）还健在，二来嫌三炮太年轻，说他嘴上没毛办事不牢，即便有这个意向也得等个三两年再看。三炮碰了一鼻子灰，怏怏地溜回村。但从那以后，爹在三炮眼中成了一块绊脚石——三炮一直以为只要他爹一咽气，村长的位子理所当然就是自己的了。

当时三炮爹确实疯得很厉害，行为一天比一天怪诞。后来连三炮自己也不知道，那个狂妄的想法是从哪里冒出来的：老东西这样活着丢人现眼，还不如早早地一死干净呢。反正那一瞬间太奇妙了，三炮几乎忘了自己是谁，忘了自己在干什么，只记得自己年轻的双手那么有力可以征服一切——它们就像一对崭新而又坚硬的老虎钳。

现在，回忆让过去的一切都蒙上了一层光怪陆离的灰尘，突然变得可怕又可恨，而烧酒的力量并不因此减弱。它们在三炮的腹内逐渐壮大，横冲直撞、翻江倒海般折磨着他。三炮终于吐出几口黏稠溷浊的杂物，然后稍稍平静下来。他似乎又迷糊着了。

三炮恍惚间做了一个梦。这六七年光景里三炮是很少有梦做的。梦到自己被什么硬物猛地刺了一下，像是刀子，可又不是，血哗哗地从胸口那里流出，却始终找不到一丝伤痕。就在三炮十分诧异的时候，他感到脚下的土地在动颤，在迅速变软，脚踩下去软绵绵的。他想站起身跑开，可已经来不及了，自己整个身体正随着那种莫名的柔软不断下沉。接着，仿佛有一股从天而降的汹涌的湖水，突然从四面八方向他涌来，冰冷的湖水淹没了他的脖子，眨眼之间将他整个人完全吞没了……

后来，三炮猛地给惊醒了。梦醒之前，他依稀听见有人在院子里咳嗽或说着什么，他还能隐隐地听到一些散漫的笑声。他打了个冷战，人就彻底醒了。三炮睁眼看时，发现眼前的提筐竟底儿朝天倒扣着。那些刀具横七竖八躺在地上，连秀明下午送给他的那块肉也不翼而飞了。三炮急忙从门槛上起身，与此同时，他的目光狐疑地越过那段歪斜的矮墙，一眼便望见有只黑影正拼命往前面的巷口奔跑，脚步声踢踢踏踏传得很远。三炮的酒立刻醒了多半，一股无名火窜上胸口，他顾不上收拾地上的东西，也撒脚从院里紧撵上去。

虽说许多年不在这里生活了，可三炮对我们羊角村的每条街巷小道都非常熟悉，就像他能闭上眼，准确无误地从豁开的猪腹里取出那些心肝脏之类的物件。所以，当三炮在奔跑中看清了对方的走向时，他马上做出绕道追赶对方的策略，因为他知道仅凭双脚他不一定能撵上那个偷东西的贼人，况且他还喝了酒，脚底板绵软无力。而跑在前面的人回头张望时也发现身后已没有了动静，自然就放松警惕慢下脚步，可万万没想到，自己竟一头撞上早就堵在他前面的三炮身上。再想逃跑已来不及了，被三炮死死地薅住了头发。

三炮也全没有想到，抓在自己手心里的竟是他，是红亮，原来是这个小畜生！当下，他毫不客气地扇了红亮一记耳光。

红亮的手里还拎着秀明刚才送给三炮的那块肉，正滴滴答答往下淌着血水，落在地上黑黑的一坨一坨，地上就生出许多深的坑洞来。三炮气不打一处来："下半晌我还跟你老子说要你做我的上门女婿呢，你狗日下的倒跑来算计上我了。"

红亮抿着嘴唇，一言不发，黑眼珠子骨碌碌转着。

三炮又照着红亮的小胸脯捣了一拳："你也不睁眼看看，太岁爷爷头上都敢动土哩。"

红亮终于开口了。

"我就是要拿你的东西喂狗！"

红亮的胸脯一鼓一鼓地动着。

"狗日的吃了熊心豹子胆，我看你娃娃嘴再敢硬！"

"就说就说……我就要把你的肉扔给狗吃！"

"好好好，老子让你嘴硬！"

说着，三炮用力一拽，红亮就跟只羊羔子一样被悬起来，腿脚在半空中乱摆，然后又重重地被摔在地上，他手里的东西也叭的一下扔出老远。

三炮不等红亮从地上爬起来，早用脚底踩在红亮的后背上。

"再叫一声，看我不活活碾死你这小秃崽子！"

红亮没有哭，而是更加响亮地骂三炮。由于红亮的身体是趴在地上的，发出的声音含糊不清。

"三炮三炮……你是猪你是狗，你一家人都死光了，你还有脸皮去给地主家当女婿……你是天下头号大畜生。"

三炮就再也听不下去了，耳朵里鞭炮爆炸一样鸣响着，他一把从地上拖起红亮，红亮的双脚在地上一蹬一蹬的，像一只被突然擒住的兔子，土路上划出两道歪歪扭扭的印子。三炮把红亮拖到那块肉跟前，他蹲下来用一只腿压住红亮，腾出手把那块猪肉抓过来。然后，他用力撇正红亮的脸，将那血糊拉兹的生肉块硬往红亮的嘴里塞。

"狗日的我让你偷老子的东西，让你拿去喂狗，你今儿乖乖把它吃下去我就饶了你！"

红亮急了，哇哇乱叫，嗓音沙哑，腿脚蛤蟆似的不停地挣扎。

红亮瞅住时机猛地一下咬住了三炮的一根手指。三炮疼得嗷嗷的，像狗受委屈般地叫起来。那时，三炮只顾了去看自己被咬痛的手指，却没有注意到红亮把手伸进裤兜里去。里面是红亮刚刚从三炮的提筐里偷来的一柄短刀，有六七寸长，是三炮专门用来剜苦胆割尿脬做一些精细活儿的。

等三炮再次愤怒地吼叫着，去扯红亮的头发拧红亮的耳朵时，红亮就出其不意地将手里的刀子猛地刺向三炮的小腹那里。三炮身子猛地向上一挺，蛇身样僵硬住，一动不动了。随即，红亮看见三炮用手捂着小腹，身子忽然歪斜着趴在土路上。

红亮从三炮的腿下扭曲着抽出身体，他看见自己满手都是血，那些乌黑的血比虫子爬得都欢实。红亮的手顿时树枝样地抖了起来，再也停不下来似的。那把沾了血的短刀子在手里一闪便滑在地上了。在片刻的愣怔之后，红亮终于意识到问题的严重性，他慌乱地倒退了好几步，随后转身拔腿飞也似的狂奔而去。脚步声在冬日的村街里传得格外响亮，像一通密集的鼓声不停追逐着他。红亮越是拼命朝前奔跑，就越发感觉到那种无边的恐惧一阵阵袭来，他简直害怕极了。

一连两天，秀明老师都没能去小学校教书，可红亮还是觉得日子一点儿也不好过。非但不好过，相反，好像有种度日如年的难熬。没老师来上课，学生们就在教室里猴模狗样地乱窜乱叫，快活无比。只有红亮一个人心事重重的样子，整日发呆。红亮的脑子里尽是鲜红鲜红的颜色在飞快地流动，飞舞。红亮听不清同学们在吵闹什么，反正眼前的一切都是模糊的，耳朵里尽是嘈杂声。他觉得一班同学都变成了茅圈里的黑头苍蝇，让人厌恶。

今天好容易挨到了放学，红亮头一个就飞奔出课堂。这时红亮才想起爹一早叮嘱他，让他放学后直接去秀明老师家吃饭。红亮的神经紧绷绷的，每过一时一刻都好像要东窗事发了。许多人都朝着秀明老师家的方向走去，那里吹吹打打的显得很乱，死了人原本该悲伤，可好像是一次盛大的聚会。红亮也踟蹰地夹杂在人群里。他一时完全失去了主见，像是被街上的人你一下我一下拉着，朝一个共同的目标而去。又像是红亮带领着那些人，大义凛然，朝秀明老师家走。

来秀明老师家吃席的人群里没有三炮的人影子。这让红亮胸口那只一直蹦跶着的小兔子稍微安宁下来。爹没有工夫搭理红亮。爹忙得满地转圈，支桌子，摆板凳，端盘子，给客人添茶水。秀明老师倒是走过来一次，随便摸了摸红亮的脑壳，把他拉到一个位子上，安顿他坐下来好好吃东西。

红亮没有说话，从秀明老师的脸色上看，她似乎并不知道三炮的事。这让红亮越发感到安逸无事似的。但红亮还是会想起三炮，想起那把刀子捅向三炮时沉闷的噗嗤声，想起那晚自己惶恐无助地跑回家，怎么用清水慌乱地冲洗掉粘在手指上和脸上的斑斑血污，一切的一切都是头一次，新鲜而刺激的。

来吊唁的客人们三三两两地进帐房，找位子坐下。红亮又是一阵紧张，身体颤悬悬地抖动，刚刚收拢的小兔子，又疯野地从胸口窜到喉咙里跳个不停，好像那个血淋淋的家伙随时都会出现在大庭广众。红亮很警惕地朝四周看，朝帐房里的每一张席桌观望，并没有发现三炮的行踪。他忽然觉得心中一亮，那个该死的三炮肯定是来不了了，说不准这阵子正躺在家里，死猪样呻唤着呢，一副要放命的蠢相。这样一想，红亮情绪似乎又好了一点儿。可能……那晚他真的死了？红亮很多次都在这样想。这样想的时候，脑子里就会奇怪地蹦出几个秀明老师教过的词，比如：为民除害、死有余辜。红亮又因此变成无所畏惧的样子，好像做了一件很了不起的事。

等端盘子的人把馓子蒸馍肉丸子汤，还有茶水都一股脑摆上桌面，红亮毫不客气地伸出手去，有种豁出去大吃一顿的样子。可他刚刚抓过一片白面馍，头顶心猛地挨了一巴掌，吓得他连忙缩回手指。是爹，他正用眼睛不满地瞪着自己呢。

爹一把就将他从位子上拉起来，推推搡搡往帐房外去了。红亮的心都快跳出胸膛来了，心想这下无论如何逃不脱了。可是紧张了半天，爹却给红亮盛来一碗肉骨头汤，又塞给他两个软蒸馍，让红亮蹲在伙房外面的一个旮旯里吃。红亮稍微愣了一会儿，就狼吞虎咽吃起来。心里又想，管那么多呢，就是死也要做个饱死鬼。等他吃完了，爹又过来叮咛他赶紧去上学。红亮终于如释重负地打了几个饱嗝儿。他本来想说秀明老师请假，上不成课的，话到嘴边又咽下去了。红亮想反正爹这一两天没有工夫管他，自己干脆到外面胡乱耍一下午再回家。

　　屠户三炮的棉裤腰被刀子捅了窟窿，棉花从那里翻涌出来，被血洇红又变黑了，硬硬的一骨朵儿。其实，那刀尖刺进去不算太深，因为红亮毕竟还小，手上没有那么大的力气。

　　三炮一直没有上卫生所，他身上的伤口很快就化脓了。那种腥臭的脓水像是从死猪脑壳子里流出来的脑浆，把棉裤腰和棉袄子的两只前襟污染得硬撅撅的。到了晚上，屋子里就飘荡着血脓交杂令人窒息的气味，还有三炮痛苦的嗥叫，狼一样粗粝狰狞。

　　糜子害怕得要死，紧紧搂着养女串串发抖。三炮疼得实在没了法子，就让糜子爬起来，从炕洞里扒出那些早已燃尽的青柴灰，那些柴灰还是相当烫手的。三炮疼得龇牙咧嘴，非要糜子用手捧来柴灰热热地敷在他的伤口上。

　　糜子披着袄子下地，战战兢兢地捧来。三炮已经忍痛扯开了棉裤棉袄，伤口重新出血流脓，青绿色的肉团翻开着，像一只癞蛤蟆趴在他的小腹上。糜子抖索着终于将手里的热炕灰敷上去，流着脓血的伤口上立刻发出滋滋的响声。三炮又狼一般嗥叫不止，吓得糜子差点跌倒。串串始终缩在被窝里，不敢动弹，可捂在头脸和身上的被子又分明在颤。

　　这样连续敷过三五夜，到第七天上三炮的伤口就不再蔓延溃烂，脓血跟柴灰结合在一起，变成一只发硬发黑的疖子，小腹上像爬着一只被踩扁的黑蜘蛛。

三炮成天躺在炕上，依旧不能大动，吃喝拉撒都由糜子照料。糜子始终没有问出三炮身上的伤口怎么弄出来的，有时她连着询问又自己嘀咕，把三炮惹火了，就冲她嚷：

"爷们自个儿拿刀子剜出来的，成了吧！"

糜子再也不敢吱声了。

三炮这样一嚷，倒把他自己的伤口震裂了，血脓又慢慢从疖子上溢出来，疼得三炮又一阵嗷嗷乱叫。

"臭婆娘，都怪你不给爷们争光，你硬生生要让我三炮断子绝后啊！"

说着，一滴浑浊的泪从他的眼圈里滚落出来。

"都是你没给生下一个娃子，害得爷们在人前都矮三分哩！"

三炮就仰面躺着，半天一动不动，两眼盯着屋顶一排排发黑的檩条发呆。

糜子吓坏了，这么些年她还是第一次看见倔硬如铁的三炮掉眼泪呢。

一清早，三炮就疼醒了，惶惑间想起那天黄昏自己坐在羊角村老宅院时的情景，想起那院老屋破旧衰败的模样。竟有些激动难忍，非让糜子扶他慢慢坐直身体。

像是痛定思痛，三炮彻底被疼醒了。他对糜子说："我早晚要搬回去住，你们家里的阴气太重了，你那地主爹娘身上都有鬼气，就是死了也不叫后人松宽地活着！他们前世做过地主，做地主就是要吸干别人的血，他们现在找不到别人就吸我的血。我身上的血快让这两个老东西吸干了！"

这个念头一出口，连三炮自己都感到惊讶了。想到这些年背井离乡的屠宰生涯，想到抛家舍业不顾旁人笑话来给糜子家做上门女婿，仿佛这一切都是冥冥中安排好的。转念他又想到虎大那副趾高气扬的嘴脸，这种愿望就变得愈加迫切了。

三炮禁不住又自言自语：

"这辈子只要老子还有一口气在，迟早要跟那狗日的好好较量较量！"

他这样尽情地盘算时，唯独糜子在一旁沉默不语。

糜子是知道的，三炮的主意向来是铁板上钉钉子。他决定的事是谁也改变不了的。但她不想就这样离开这院屋宅，毕竟这里是生她养她的地方。糜子这样想着，心里生出一种别样的滋味。

糜子家原本是我们青羊湾地面上一户小有名气的地主，老地主天生胆小经不起时世动荡，很早就上吊死了，家景也彻底破落，又因为成分忒高，很长时间也没人敢去攀地主家这门亲事。三炮当时心里是怎么想的——他怎么突然想去踩青羊湾的那颗"地雷"？外人都不得而知。大伙儿看到的只是这样一个结局：屠户三炮本来是注定要打一辈子光棍的命，可到头来却娶了青羊湾里顶俊顶俊的一个女人做了老婆。

刚跟三炮结婚的时候，糜子打心眼里是感激三炮的，毕竟别人都不敢娶她，唯独他肯要她，不嫌弃她家成分高。可现在，当糜子亲耳听三炮说出了心里话，反倒让她的一颗心悬了起来。糜子就想，自己这辈子恐怕就是苦命人一个，这个男人注定靠不住。

糜子家有一套压箱底儿的物件。那是六七只陶制的男女小人儿，釉彩十分鲜丽，都是一男一女在一起交欢时的不同姿态，看上去惟妙惟肖，让人不由得耳热心跳。糜子听老娘说他们家就是靠这些玩意儿启蒙，一辈一辈传宗接代的。这套压箱底一直深藏在炕洞里面，抄家的时候竟没有被人发现。他俩完婚的头晚，糜子的老娘才将这套压箱底儿偷偷传给了糜子。糜子还记得，新婚当晚等那些闹洞房的客人前脚一散，三炮就傻乎乎地倒头睡了。糜子就悄悄从箱底里翻出个丝绸小包，取出那些小物件，一一拿给三炮看。拿第一只的时候，三炮眼皮眨了一下又闭上了；第二只再给他看时，三炮鼻子哼哼着想推开，可糜子说三炮你再看一眼，你要真不喜欢我就让你睡去。三炮才勉强睁开一只眼。要说三炮跟着老屠户走家串庄，也见识过猪啦驴啦那些畜生做事的场面，糜子递给他的东西，直看得他眼辣心烧，血飞快地往脑门子上撞，眼前尽是畜生交配的画面，一时间他哪里还有丝毫睡意。未等糜子将第三只小人儿凑到他跟前，早猛地扯掉糜子的衣裤呼呼急喘着就往自己身下压去，然后，鸡叨碎米样地拿嘴一通乱咬拿手一通抓捏糜子的奶。糜子的一双奶像年画里拜寿的桃儿，尖尖地直挺着，透着鲜活和光亮。被三炮这一咬，糜子也疼得直叫唤了，想拿手往开推三炮。三炮却不理，更攒劲疯野地伸手揉捏起来。

　　三炮每次出外宰牲都要喝点酒。他人年轻又喜好逞能贪杯，那一天照样在外面喝醉了酒，摇摇晃晃进家门，凑巧撞上糜子的一个表兄来家里串门子。三炮人未进屋，先听见糜子跟那个表兄在里屋热热火火有说有笑没遮没拦的。三炮心里顿时起疑醋意横生。原来糜子跟这个表兄曾经青梅竹马过，后来因为表兄家不同意这门亲，硬给他另外包办了一桩婚姻，糜子最终才没跟表兄好成。

　　三炮一回来那表兄就急惶惶地要走，糜子虽再三挽留也没有把客人留住。三炮整晚都鼻子不是鼻子脸不是脸的，说话更是瓮声瓮气。夜里熄了灯，糜子依旧像往常一样脱光了热身子进被窝，拿白藕似的腿肚儿蹭三炮的身板。三炮瞪大着一双牛眼不理她，再不就翻过身把脊梁冲着糜子。糜子不明就里，还柔情似水地去缠磨三炮。三炮借着酒劲撒混，竟扯开被子把糜子羊羔子似的拎起来摞到地上，然后扑过去就是一通拳打脚踹。三炮骂糜子是贱货趁他不在家偷汉子。糜子吓坏了，怯怯地用手捂住头脸连声求饶。糜子一个劲说她跟表兄是清白的。三炮听了火气更壮，骂糜子是骚狐狸精儿一刻也离不开男人。后来三炮打骂了一会儿，又把糜子拖到炕上，恶狠狠地扑到糜子身上，疯劲上来又咬又抓，眼瞳里尽是仇恨的火苗，力气大得像头发情的牲口，解恨似的把糜子折腾得死去活来。三炮那时还不知道，糜子肚子里已经怀上了他的一个种。那晚糜子身下浸透了血，刚成形的一个胎儿，也跟着淅淅沥沥的血水流掉了。

三炮后来就算在糜子身上用上吃奶的劲，可糜子的肚皮就是不见任何动静。三炮除了在外面杀牲喝酒，回到家有事没事，就找茬子打骂糜子。糜子见了三炮，也跟老鼠见了猫一样战战兢兢的。

婚后二年，糜子一直也没能为三炮生下一男半女。有一天夜里三炮从外面回来。怀里抱着一个猫娃子一样的小丫头。这娃娃脸蛋没有一丝血色，连嘴唇也白惨惨地吓人——她从娘胎里出来就没有奶水吃，家人唯恐养不活她，想趁着半夜里抱出去，扔到外面喂狼吃，正好撞上赶夜路的三炮。三炮问明了情况，二话不说就把那女崽娃抱回家来了。

糜子当时又惊又喜，再一听见娃娃嘤嘤的哭声，心肠就软了，早忘了三炮凶巴巴的样子。她从三炮手里接过娃娃，自己先哭起来，就像娃娃是她自己狠下心肠扔到外面去的，现在又失而复得，而她自己也像是回心转意了。事实上，小丫头虽不是糜子亲生，可糜子确确实实把娃娃当自己的亲骨肉收养了。糜子那阵连打盹的工夫，都梦想要生个娃娃呢。

糜子早就知道三炮并不喜欢她，或者根本就是恨她的。三炮喜欢的女人庄前庄后到处都有，关于他和那些野女人的风流情事糜子的耳朵早就塞满了。她从来不敢过问三炮的事，她一直觉得三炮这样做是对她的优待，按照三炮的脾气，早该把她一脚端开，再重新找一个能给他传宗接代的女人。三炮之所以没那么绝情，在糜子看来的确是该感恩戴德的。

所以，糜子就想：三炮爱咋样就咋样吧，反正她哪里也不去，就是死也要死在这个院子里。如果三炮肯大发慈悲，临走时把串串给她留下，那她将感到无比幸福了，尽管串串非她亲生，但她觉得几年过来自己已经离不开这个小丫头了。

3

就在同一天，秀明老师的丈夫，那个叫广种的坏脾气男人，从遥远的煤矿上回到我们羊角村。

对村里人来说，外面的世界太过陌生和神奇了。尤其是，像广种这样的一个人物，长年在外，颇见过些世面，靠着挣工资吃肚子的，月月都有个"麦子黄"的稳当收成。大伙儿更情愿把广种看作是一个外乡人，一个不速之客，一个快要被人们忘记掉的、可又忽然间出现在人们眼中的同乡。广种回来了，村里的秩序一下子也变着井然起来。这种井然的秩序实际上是说，大伙儿心里都有了一种神秘的向往，被一股巨大的向心力驱使着，都想过来跟广种寒暄两句，大有趋之若鹜的样式。广种可是村里出去的第一人啊！

说来话长，广种也真是命大造化大：那些年我们村里闹饥荒，死了多少人，好多人没饿死也给饿跑了，出门讨饭的也不在少数。广种也饿跑了，一跑出去就是二年多光景，大伙儿都以为广种肯定饿死在外面了，说不定连他身上的骨头，都让野狗饿狼嚼碎吃掉了。可是，唯独这个广种，却最终活生生回来了。他看上去红光满面，他不但没饿死，人好像还胖了一圈，脸上有些沉着不变的黑红的光泽，走起路来腰板一晃一晃地朝前挺着，见人还要从劳动布制服的口袋里往出掏烟。那烟可真好，抽起来一点儿也不呛嗓，大伙儿看到从广种鼻孔和牙隙冒出的烟，真是又细又白。

　　我们村里凡是从广种手里得到那种雪白雪白的纸烟的人，都这么夸赞。都说广种命大福大，广种有本事，广种是个真正的儿子娃，广种当了响当当的矿工，穿制服，月月领工资，兜里有活钱，抽烟的架势也跟一般人不一样。我们村的人都抽旱烟锅，都是蹴在墙根或炕头的，只有广种嘴里叼着烟，双手插在裤兜里，不紧不慢地边走边吸，很安逸的样子。关于广种的好话林林总总，这就让广种成为我们羊角村一个响当当的人物。大伙儿闲下来有意无意地总会提起广种，提起广种自然又要提到秀明老师，提到秀明，自然也要提到红亮和红亮爹的。总之，大伙儿觉得他们的关系很复杂的，一时半阵根本扯不清楚。

　　好奇心仿佛一根集体编造中的绳子，大伙儿总是不约而同地一起用力，又像拔河，心思都往一块想，劲力也往一处使。这根好奇的绳子，就越拧越紧，越编越粗了。

　　广种回到家的第一件事就是号啕大哭。在大伙儿听起来，广种的哭声也跟一般人不太一样，动静大，时间短，跟打响雷似的，呱啦呱啦几下子，听起来就跟戏里的张飞叫阵似的。广种哭完了，戴着孝帽子穿着雪白的孝衫子，到坟地给老人烧纸，烧纸时又是一通狠哭。这回哭完才周周正正对着坟丘磕响头，然后腰板一晃一晃地回到村里。自始至终，人们没有看见秀明老师，只有广种在唱独角戏。

　　这之后广种再也没有哭过。倒是当天深夜，一个女人的哭声从村街里传出来。那哭声伤心欲绝，把大伙儿吓了一跳，都从热炕头翻起身把耳朵紧紧贴在窗户纸上细听，才知道是秀明老师。尽管知道了是秀明老师在哭，可那断断续续的哭声，还是把大伙儿弄得心惊肉跳。秀明老师一哭，很多女人就受不了了。女人的心肠软啊。再说同是女人，秀明究竟有啥做得不好的，都说久别胜过新婚哩，咋广种一回来，非要惹得她哭天抹泪干啥呢。这个广种兴许是在外头学坏了！也许是出于自发的，又像是事先商量好的，好几个女人迅速聚集在广种家的门前，当当当对着门扇一通用力乱敲，七嘴八舌朝院子里面喊话：

"广种家的，你这到底咋的啦？"

"快开门啊，广种兄弟！"

"他秀明老师……他秀明老师你为啥哭呀？"

屋内的哭声依旧断断续续，但比先前要微弱一些了。

几个女人冒着严寒趴在院墙边聆听，希望能听到一些更具体的更核心的细节，可除了惹来秀明家的那条看门狗汪汪地一通扑咬之外，她们一无所获。最后，女人们死了心，个个早都冻得鼻青脸肿，也就懒得再管闲事，急惶惶往各自的家里奔跑。街巷传来一阵杂沓的脚步声，朝着四面八方。寂静的一垄冬夜在星光下被女人们的脚步声震得摇晃起来。

女人跟男人不一样。有时候，女人跟女人也不会完全是一样的。就拿秀明来说，一村里的女人除过她，哪一个被自家的男人欺负了都会哭闹一通的。有的还要抹脖子、上吊、跳井、喝敌敌畏，至少她们也得连夜跑回自己的娘家去，诉苦求援，好迫使男人亲自登门下话赔情道歉，以求得到女人宽恕和解。

秀明是个念过书有学问的女人，秀明不能像那些在农田里干活儿的女人那样不管不顾的，她还没有学会那些名堂。让她连夜跑回娘家去，那还不如拿刀子杀了她呢。再说，跑回娘家去有什么用，问题还是解决不了。两口子间的事，别人是插不上手的。别人帮只能帮倒忙，会让事情越弄越糟。清官难理家务事。这点道理秀明还是明白的。

碰巧秀明这些天身上来红了。可广种不管那一套，广种是个男人。是男人就要干男人要干的活儿。广种这个男人又跟村里其他男人不同，广种长年在外，男人的那点活儿他一年也干不了几回，也没处可干，只好干憋着。现在好容易回一趟家，就好比半年没闻见鱼腥气的馋猫一般如饥似渴。

白天秀明因为要去学校教课，中午回家也就是做饭吃饭洗洗涮涮的工夫。他只能干瞪眼干着急，再说白天干那活儿总归不妥，家里毕竟还有一个老娘亲在世呢。可广种没想到，晚上迟迟回到家的秀明却一点儿情绪也没有。秀明跟他淡淡地说一句不行，他当然气不打一处来。

秀明叹着气对他说起了红亮丢了的事情，又说她正帮着红亮爹四处打问娃娃的下落呢，哪还有那种心思。广种不爱听。又是红亮，这两年他每次回家，秀明总把红亮这个小崽子挂在嘴边，好像红亮是她的亲生娃子一样。想到亲娃子，广种更是气愤至极，自己本来也有好端端的一个娃娃，殁了，自己老婆的奶水却无端地给了旁人家的娃娃白吃了。

广种不由得心生怨恨。男人心头一旦对女人起了怨恨，会把这种怨恨变本加厉，会胡思乱想，会想方设法抓女人的小辫子，会说一些不应该说的混账话。满腹怨恨的广种就非要跟秀明干那点活儿。

广种说："我他娘的都快成庙里的和尚了。"

秀明用被子护住自己说："你这个人怎么一点儿觉悟都没有，我身上不方便嘛！"

其实，这几年秀明对广种的情意确实变得非常淡了。广种一次次那样打骂她，她的心被伤了，伤透了。夜晚一个人的时候，她都能听到心在滴血的声音。

广种只认为秀明是在找借口推辞他。一个男人要想干那事总会不顾一切的。广种见软的不行，就非得来硬的。他硬扯秀明的被子，撕秀明的衣裤，死乞白赖压秀明的身子，抓秀明的胸脯。可很多时候，男人的愿望越是迫切难耐，情形就会变得越糟，越不可收拾。

秀明坚决不从。秀明被折腾得实在没有办法了，就起身说自己要去跟婆婆一起睡。广种死死缠住她不放手。

秀明说："老人尸骨都未寒，你咋是这么个人呀，不脸红吗？"

广种瞪着一双驴眼说："你少他娘的拿老人当挡箭牌，我知道你心里咋想的，你不就是想留着去跟你那可怜的姐夫睡吗！你别想又当婊子又挂牌坊，老子不吃你这一套！"

秀明怔住了。她简直不敢相信自己的耳朵，她觉得跟自己躺在一起的这个男人太陌生了，太卑鄙无耻了，太用心险恶了。他根本就不是自己的丈夫。震怒之余，秀明反手抽了这个男人一嘴巴子。抽一下还不够，又使劲抽了一下。秀明是清清白白的女人。有时候清白需要女人自己来维护的。

广种也呆愣了。女人竟然动手打了他，这太不可思议了！他一下子便恼羞成怒了，他觉得自己必须要好好拾掇一下这个令他痛恨的女人。想干的事干不成，男人就会变得无比焦渴，就会翻脸不认人，因此下手就比任何一次都要狠毒。

秀明毕竟还是女人。受了委屈和伤害还是要哭，哭过了还觉得不够，心里的苦痛一时间无法排解出去，秀明当然不能跟没事人似的。秀明可以承受男人的拳头，可她却无法忍受男人的恶语诽谤。秀明觉得自己跟眼前这个男人已经势不两立了，不是鱼死，就是网破。秀明想这日子无论如何不能再熬下去了，她要跟广种打离婚。

女人一旦从眼前的事情里理出头绪，就变得理智起来了，哭声也就戛然停止了，尽管眼泪还在簌簌地往下落着，但却悄然无声了。秀明很冷静地穿好衣裤和棉鞋。她感到这个屋子比以往任何时候都要寒冷，像个漆黑的冰窖。这不奇怪。一个人对另一个人彻底死了心，世界也就跟心一起变得寒冷起来。外面虽然是风天雪地滴水成冰，可她一秒钟也不想再在这个冷屋子待下去了。

秀明顾不得脸上身上的疼痛，顾不得嘴角鼻孔正往出溢血，她只想跑到外面去透透气，只想以最快的速度离开这个对她来说，已是非常陌生和卑鄙的坏男人。一到外面，秀明就没命地奔跑起来。秀明从来没有像今夜这样快速地跑过，即便在学校跟娃娃们一起出操她也没有跑过这么快的。不是秀明想跑，也不是双脚双腿变得比以往轻飘了，是秀明的心儿在流泪流血，是命运的神秘之手在暗处催促着她往前跑。跑着跑着，秀明就不由自主地笑了起来，笑着笑着，又咧开嘴无声地抽泣开了。最后，秀明觉得腿脚忽然绵软无力了，棉絮一般松软了，整个身体都变得瘫软了，再也没有一丝气力站立或奔跑了。

秀明像具死尸一样，突然栽倒在雪地上。雪是前几天刚下的。雪厚得很，人扑倒在上面连一点儿声音都没有。厚厚的积雪一下子就把秀明的身体裹紧了。那雪似乎一点儿也不冷，甚至有种奇妙的温暖与舒适感。洁白的雪似乎最能体察一个女人身体里的所有清白。清白的女人躺在一望无边的白雪地里，就像最初躺在娘亲的温柔怀抱中一样，安详自如无忧无虑。秀明真想就这样一直躺下去啊，再也不要起来才好。

可是，雪也是有情有义的东西，女人压在雪的身体上，雪还是能感到一点儿压迫和疼痛了。雪疼了也会叫，跟人一样，吱吱嘎嘎地叫着，别人是听不到的，可那些在冬夜的村庄周围逡巡的饿狼，最能听得清清楚楚。那两匹饿狼的嗅觉跟听觉实在太厉害了，它们隔着几道沟渠和土坎，还有一大片杨树林，狼们还是听得非常真切，就连女人身体的气息以及头发丝的微拂也感觉到了。

狼早就饿极了。冬天的觅食对它们来讲充满了辛苦和曲折，因为这种时候地里不再有什么牲口出没，大批大批的羊群也被牧羊人赶到深山里去放了。这种时候狼的攻击对象自然是那些圈养在棚子里的牲畜和家禽，当然还有那些老弱病残的人们。白天狼们也不敢轻举妄动，只有挨到深更半夜，等到人们都熟睡之后，狼们才敢出来干它们想干的活计。

那一公一母两匹狼结伴而来，它们是在我们村的那片杨树林里发现秀明的。她往这儿跑的时候狼就觉察到了，但它们并没有立刻出击。狼是最有脑子的野兽，狼的脑子比人的脑子算计得要精明。它们不会轻易靠近一只猎物，除非它们能确定猎物的数量以及能猎获的最大系数。可是一旦要锁定目标，狼就会咬死不放。狼先静静地卧在远处的雪窝子里，直到看清秀明是一个人来的，一个人躺在雪地上，又一动不动了，它们才跃跃欲试地从雪窝子里鬼祟地爬了出来，轻轻抖落皮毛上的雪末子，亦步亦趋地向猎物逼近。

狼的眼睛全都绿汪汪的，把秀明身旁的那片雪地都映绿衬亮了。

秀明依旧躺着，什么也听不到，对身边的事物毫无觉察。

秀明这时只能听到心痛欲碎的声音。

狼们却听到了远处的一串模糊的脚步声了，哗哒哗哒像是犁铧在雪地里不停翻滚开来。狼是非常狡猾的野兽，既然听到了动静，它们就不得不停下自己的蹄爪，暂时放弃对猎物的进攻。狼得回过身朝后面仔细查看，狼是不会铤而走险的。果然，有重重的脚步声从村子那头传过来，随即是渐传渐响的呼喊声。

"秀明，秀明——"

"你在哪儿？你快回来吧——"

"秀明你听到了就给我应个声吧！"

这次秀明也听到了，却不很真切。

秀明猛地从地上坐起来，朝着不远处模糊的呼喊声望去。

与此同时，她也发现了眼前的那一片绿光了。那绿光把秀明的双瞳都照亮了，刺得秀明连眼睛也睁不开了。

秀明吓傻了。

"狼。"

"天神哪！快来人啊！"

"狼来啦！"

"救命呀——救——命！"

秀明没了命地爬起身，朝喊声的方向奔跑起来。这次的奔跑和先前完全不同，刚才是充满了绝望与屈辱，人朝着一个不归的地方飘去。但这会儿，却是让无边的恐惧与求生的本能将她紧紧裹挟着一路狂奔而去。生与死其实就在一念之间。

狼们显然迟疑了一下，但它们很快就从后面呈包围圈状地追赶下来。

狼跑得比人快多了。没有人能比狼跑得快，尤其是在这种臃臃肿肿的雪地上，在这漆黑冰冷的冬夜里，人的两只脚一踩到雪地就会立刻深陷下去，再奋力拔出脚才能继续往前迈腿。

眼看那两匹狼就要追上秀明了，而远处的那只正朝着秀明迎面跑来的黑影也几乎同时到达了。

黑影的一只手里捏着银白色的手电筒，另一只手里攥着一截锹把高高地朝向两匹穷追而来的狼挥舞起来。手电筒雪白的光柱直直朝狼头扫射过去。

狼立时就驻足不前了。

狼不怕人。可狼最怕那可怕的耀眼的白光。那光亮比狼的目光强硬百倍。狼害怕这突如其来的亮光。

但它们也不愿意轻易放弃就要到嘴的猎物。它们谨慎地朝后退却几步，然后阴郁老练地蹲伏在雪地上，四只眼放射绿光，龇着凶残的白牙，喉咙里发出呜呜的嗥叫，像是要把黑夜叫亮才肯罢休。

黑影早已将秀明让在自己的身后去了。

黑影用自己的身体以及锹把手电光掩护着秀明。

黑影一边挥舞手里的锹把和手电筒，一边焦急地叮嘱身后的秀明赶快往村里跑去喊人打狼。

其实，黑影一出声秀明就听出来了黑影是谁了。

秀明说："姐夫要跑咱俩一起跑吧，我不能让你一个人丢在这里！"

"秀明你再不跑，过会儿别的狼听到声音一起聚过来，咱们就都跑不了了！"

可是，秀明已经折身回来站在黑影身边了。

"你不跑那我也不跑！"

"秀明你别胡来，对付这些家伙我比你有经验！你快往回跑呀！"

秀明急得直想哭。

可秀明不能哭，这种时候哭是救不了人的命的。

秀明知道这都是自己惹来的祸，自己让野狼叼了吃了那是活该，可她不能让人家替她白白地把命送了呀。

秀明强忍着泪水叮咛黑影一定多加小心，自己随即转过身拼了命往村里奔跑而去了。

秀明跑得耳边都生风了，她依稀能听见身后狼的嗥叫声在雪地里不停回荡。

秀明知道自己要不快跑的话，身后的人一准会没命的。

这样想，秀明就跑得更疯了，疯得连她自己也不敢相信那是她的一双腿脚在茫茫的大雪漠里飞奔。

头天晚上，秀明一整夜都守在红亮爹身边，一步都没敢离开。要说这事还是多亏了我们村那几个爱管闲事的女人才救了秀明的命。昨夜她们一伙人在秀明家敲了一阵门，也不见响动，就相继离散了。可她们似乎又不忍心见事不管，就去红亮家找红亮爹帮忙了。她们知道红亮爹一准会管这件事的，毕竟红亮爹跟广种是两挑担的亲戚。秀明守了红亮爹一整夜，悉心地替他擦洗伤口，做一些简单的消毒和包扎，好不容易才让血渐渐止住了。

红亮爹面色苍白，额头发虚汗，手脚一直冷冰冰的，夜里一个劲说梦话，喊红亮的名字，让红亮快点回家来。秀明不敢合眼，也没有心情合眼。红亮爹在梦里喊红亮的名字，她也在心里不停地念叨。她不知道红亮去了哪里，只有在心里默默祝福红亮千万别出什么事啊。

东方的天空透过窗户刚露出一片蛙肚白，便有人风风火火闯进红亮家来。

闯进红亮家的人不是旁人，正是秀明的男人广种。广种根本不知道秀明昨夜跑出去遇狼的事。广种只知道自己的老婆深更半夜跑了，他当时正在气头上，又让女人美美地抽了耳光，所以，就铁了心不去追撵，任由她去。当时男人心里暗想，该死的贱货，这番就是去跳河上吊老子也不眨一下眼皮！可半夜里广种一觉醒来，多少觉得有些后怕了，万一秀明真的寻了短见，那他不就成了杀人凶手了。

广种思前想后，觉得女人跑不远。他了解自己女人的脾性，她不可能连夜跑去娘家。广种在村里转来转去，转着转着，忽然就发现脚下的雪地上有些不对劲的地方。村街上的积雪厚厚的，像铺了一层白色的棉毡子。可那白色的毡子上面，有星星点点的黑斑样的东西，看上去很醒目，跟一个个大大小小的黑眼珠子似的撒落在路上。这就不能不引起广种的注意。

本来，广种心里就有点后怕，毕竟自己的女人彻夜未见个踪影，一大清早见到这种景象，他无论如何都得特别留意了。广种蹲下来查看，用指甲去抠雪地上的黑斑点，手指一动才知道，那是早已经板结了的血块。

广种人一下子就慌了。他站起身顺着那些稀稀拉拉的黑点寻觅过去。那些黑色的血斑像是从村头过来的，或许是从更远的地方来的，它们像一群巨大的黑蚂蚁绕过打麦场，穿过队部的库房门前，在水井台前稍微停留了一会儿，又一路滴滴答答地爬进村街，然后聚集在一棵粗壮的柳树跟前，像是在那里大口大口喘气，之后又断断续续地往村西而去了。

广种的慌乱的脚步和犹疑不定的目光，最后终于跟着那些雪地上的零散黑斑停留在村西最末的一户院落前。广种辨别了一下方向，他这才恍然大悟。广种几乎来不及敲门就闯进红亮家了。这时候的广种心情太复杂了，恐惧，不安，阴暗，嫉妒，愤懑……更多的还是痛恨不已。一想起夜里秀明抽他耳光时的情形，广种就恨得牙根吱吱发痒。所以，广种毫不犹豫地走进红亮家里。

这时候红亮爹和秀明大概刚刚迷糊着了。秀明是和着衣裤斜靠在红亮爹旁边的，她的身体跟红亮爹的方向颠倒着，红亮爹也不再说梦话了。昨夜的一切凶险遭遇、恐惧不安、拼命逃奔以及与狼长时间的殊死较量，还有隐隐作痛的遍体鳞伤，几乎已耗尽了他们俩的体力和精神，此刻，他们各自毫无芥蒂地沉浸在黎明时分的短暂熟睡当中。这种熟睡因其短暂可贵，往往又表现出某种无法比拟的贪恋和幸福，所以，此刻的秀明跟红亮爹都是这样的一种甜蜜表情。

可以想象一下，只要是个男人，亲眼见到这番情形，会产生怎样的焦虑与痛苦，会有怎样的愤怒在胸口燃烧起来，又会激起怎样难以忍受的恼羞与仇恨，何况是很长时间才回一趟家的广种，更何况，昨夜广种费了九牛二虎的气力也没有跟秀明干成那点事。

广种一下子就傻眼了。

广种要疯了。

广种没有理由不疯狂。

广种完全丧失了一个男人最起码的理智。

男人一旦丧失了理智，就会比世界上最最凶残的野兽还要可怕！比夜里的那两只眼放绿光的狼更凶狠更诡秘！但是，广种毕竟是广种。

广种是见过世面的人。广种平时走路说话就连抽烟的样子也跟别的人有所不同的。广种强忍着内心痛苦与仇恨，悄然离开了这间陋屋。就像一个迷茫的人找到了所有的出路和答案。现在，广种还不知道自己该怎么做，但他多一秒钟也不想再看到他们两人这种样子了。

广种悄悄走到外面，他看见院子里堆着的一垛柴草和秫秸。他的目光仿佛快要将这堆柴草点燃了。可他充满仇恨的目光显然无法实现这种愿望。无法实现的空想，需要更加有力的举措和物质来作支援。广种忽然觉得自己浑身都在颤抖了。这种颤抖从刚刚发现那些血迹就已经开始了。他觉得自己必须得做点什么，对，他就是要做点什么才能抑制这种无边无际的颤抖和仇恨。

广种稍稍迟疑了一下，就从兜里摸出一根香烟，香烟雪白雪白的，过滤嘴金黄发亮，他抖索着擦根火柴将烟点着了，然后使劲咂了两口。一缕青烟从鼻孔里钻出来，犹犹豫豫地飘散开去。这种时候村子里还很寂静，大伙儿都在家睡懒觉呢，连棚圈里的牲口和院里的看家狗都没有发出一丝声音。这是一个千载难逢的时机！机不可失，失不再来。广种懂这个道理，何况他很快就要离开羊角村回矿上去了。

广种嘴里叼着烟快步朝眼前的柴草垛走去。

一个男人要想干什么活儿就没有干不成的，特别是，像广种这样在矿上干活儿的人，身上有的是好力气，搬几捆秫秸对他来说简直太容易了。一不做二不休！也就一根烟的工夫，或者比这更短暂，广种就想出了惩罚他们的办法，他把那些柴草堆挪到这间堂屋的门前和窗口了。广种离开前又点了一根烟，他需要再抽一根，因为他的手指始终在发抖。这种时候广种觉得自己很不像个男人，这让他感到痛苦难堪。

但是，点完烟以后，他终于咬了咬牙，顺手将火柴扔在那些柴草中了。当他听到噼噼啪啪的燃烧声骤然响起来的时候，他才大步流星地离开了红亮家的院子。

　　广种飞快地跑回家里，这时太阳还没有从地平线爬出来。广种到自己老娘的屋子看了一眼，老人还在梦中呻吟。他抹了抹眼角，心肠一硬，把自己随身带来的灰唧唧的帆布袋往肩头一扛，就头也不回地踏上了空无一物的雪路。

　　广种身后的那团烟雾，在铅灰色的晨曦中越来越浓了。广种分明感觉到自己好像踏上了一条不归路。

第二章　狼　患

4

　　我们村有人起夜，非说亲眼看见了两团绿光，在街巷里来回划拉，后来就朝红亮家方向去了。传说这东西不能全信，当然也不能一点儿不信。我们村还有一个响当当的人物，就是虎大，据他说也是觉察到了。

　　虎大是我们羊角村一队之长，向来说一不二的。在我们村虎大的权力一直很大。虎大掌管队里百十口人一年的工分和口粮、决定哪家该出几个劳力去干活儿，决定该派谁去外面修干渠抗洪水。虎大也说他那夜听到了狼的怪叫声，连他也吓出了一身白毛汗来。比起那个站在圈里只顾撒尿拉稀的家伙，虎大的话似乎更让大伙儿信服。

　　不管狼是不是真的来过，反正红亮家确实着了一场大火。那场火是天亮以前烧起来的。火一烧起来就像村里的泼妇们聚集在一起争吵个无休无止，把天都闹红了。红亮家的三间土屋还有院子里的那些窝棚和秫秸垛子全都燃着了。一口乌克兰猪崽娃在火光中吱吱叫着仓老鼠似的东突西奔，蠢笨的猪却始终没有勇气跑出那场熊熊的大火而一命呜呼了。一群宿在窝里的鸡全被烧死了，只有屋檐下的一对鸽子幸免于难，它们在烟雾弥漫的天空中惊慌失措地飞来飞去，整整一早上都没有再降落下来。

　　火光把黎明前的天空都照亮了。被火光照亮的天空看上去比平常亮了好多倍，天也亮得比往常早了许多。那时候，虎大刚好从寡妇牛香的热被窝里钻出来。虎大跟我们村的寡妇牛香好，已有些年头了。

虎大跟寡妇牛香的好是那种偷偷摸摸的好，是一种纯粹的夜间行动，是大伙儿都公认不讳的一对老相好了，也是只能意会不能说破的一种特殊的公共关系。其实，我们村里的人所能看到的虎大对寡妇牛香的好，只不过是那些苦活儿重活儿从来摊不到寡妇牛香的头上，而村里若是要分配粮食蔬菜这些贵重东西的时候，寡妇牛香又经常可以恬不知耻地多拿到一份半份。而且，这种情况下虎大往往会表现出很有同情心和正义感的样子。虎大会一本正经地说："社员同志们，牛香一家孤儿寡母的，又没个爷们照应，一喊饿就是好几张嘴啊，着实可怜着哩。"

虎大话既出口，管分配的出纳就会高抬贵手，人嘛，都是长了心肠的东西。大伙儿也都是嘴里不说心里的话，漠然听从就是了。但有一条大伙儿是心知肚明的，他们私下里会达成一种共识。比方说，寡妇牛香家明明有四个崽娃，加上牛香本人，一共就是五张嘴吃饭。可大伙儿却偏要说成是，寡妇可怜六张嘴，上下都需要动弹哩。那多余出来的一张嘴实在是精妙绝伦，几乎一语道破天机。

寡妇牛香的男人，是虎大派到河沿上抗洪水时，叫大水呼啦一下给卷走的。那年一直等到洪水退下去，牛香男人的尸体才被捞回村来。尸身早就稀烂了，河水和沙石把好端端的一个人，洗磨成一副扁扁的干骨头架子了，也把好端端的一个女人变成了一个地地道道的寡妇。没过多久，虎大就以绝对的优势睡了这个已沦为寡妇的可怜女人。可见世上没有永远的仇恨，这话用在寡妇牛香的身上再贴切不过了。她非但不跟虎大仇人相向，两人后来好得如胶似漆的。

虎大也有女人，而且还给虎大生了一堆黄毛丫头片子，可他那五大三粗的婆娘连寡妇牛香的半根脚趾头恐怕也比不上。寡妇牛香的脸蛋跟白面粉一般细腻，她的身体也像是无骨鸡似的绵软，而挺在虎大眼前的一对胸更是苞谷样鼓凸而出，还不停起伏着，仿佛随时会撑破薄布衫鸽子样飞了出去，每次都弄得虎大连气也喘不匀称。

当然了，白天虎大是不轻易去寡妇牛香家的，因为到了黑天那扇门永远是虚掩着的，女人身心上的那扇门也永远是敞开着的。这一点大伙儿也都知道，可除了虎大没有哪个男人敢去那里骚情的。寡妇牛香活着就是虎大的人，她的家很快就变成了虎大队长的一个安乐窝了。

基于上述背景，虎大说他那夜听到了狼在村里叫唤，肯定是听到了狼的声音，那一准没有错的。既然连虎大都说听到了狼在嗥叫，可见村里确实来过个把匹狼。狼伤人叼牲畜的事见过不少，可狼在半夜三更跑去人家放火，这倒还是大姑娘上轿子——头一回啊。

眼见着村里浓烟遮天，虎大就不能袖手旁观。当然，虎大一个人救不灭那么大的火。虎大要喊人。场院那里的老树下挂着一口铁钟，钟敲响了，比十个八个男人的声音还要响亮。虎大喊人不像别人指名道姓地喊。虎大要喊就是喊所有的人，男社员和女社员，不论什么时候，只要虎大想喊叫了，钟声就会在整个村子上空突兀地响彻起来。

虎大当即把钟敲得山响，钟声夹杂着狗的恶吠声此起彼伏。我们村里的老少都误以为天亮了，天空确实又红又亮，红得像溅上了一摊热气腾腾的猪血，还有厚厚的一层烟雾在村子上空有气无力地飘浮。那些眼睛尖鼻子灵的人立刻脱口而出：

"着火啦！快去看呀！"

火的确还在烧。火光一下子就把大伙儿眼窝里的瞌睡虫全给惊跑了。男人女人七手八脚，他们跟在虎大屁股后面，朝着火光的地方冲去。几十号男男女女，个个手里提着水桶、拎着扫帚、举着铁锹，一声呼喊，就扑到火场上了，再加上虎大指挥也算得当，火势很快就被控制住。救火主要是救人。留得青山在才不怕没柴烧，只要人还活着有一口气，那些屋舍家具烧了也就烧了。有人已经冒着生命危险，从浓烟里拖着一个人冲了出来。

虎大喜出望外，急忙凑过去看，被拖出来的人一身烟灰，头发烧焦了，辨不出面目。没等虎大问话，满面苍黑的人剧烈咳嗽着，已经迫不及待地张开嘴说话了。虎大这才注意到，被救出来的是个女的。火里钻出来的女人气喘吁吁地说："快，快，里面还有一个人呢！"虎大听着觉得十分耳熟，却也顾不得许多，急忙招唤另一个男人身体蒙上湿水的麻袋片，再次迅速地冲进火海里去。

这时，虎大已转过身，眼睛死死盯着身后这个浑身焦黑焦黑的女人。看得出，此刻女人恨不得自己也要冲进去救人呢。女人浑身上下只有眼睛是清澈明亮的。眼睛是心灵的窗户。从女人的这双眼里，虎大能轻易觉察出女人内心的焦虑和不安。尤其是，女人由于极度的恐惧和惊惶，一对涨鼓鼓的胸脯正在虎大眼前剧烈起伏。

对于虎大来说，我们羊角村里的女人他基本上都是了如指掌的，那些整天在地里参加集体劳动的女人，没少让虎大有意或无意地摸一把屁股，或捏一下胸脯的。即便虎大这样动手动脚，也从来没有谁会跟他生气发火使性子的，充其量也就是笑骂几句。遇到生性泼辣的婆娘，她们也会毫不客气地从后面追上虎大，猛地伸手抓他裆里的卵蛋，然后彼此嬉闹一通散去。

所以，眼前这个女人虎大竟觉得有些陌生。一时间，虎大连她的名字也叫不出口来。虎大当然知道自己是站在红亮家的院子跟前的，大伙儿正在帮红亮家救火呢。这就是问题的所在了，因为火是在红亮家烧起来的，虎大的脑子里只有红亮爹跟红亮那爷父二人，现在猛不丁从火里窜出个面目全非的女人来，虎大脑子里就有种公鸡下了鸭蛋——十分怪诞的印象。

就在虎大疑惑不解时，女人突然上前，双手紧紧抓住了虎大的手央求：

"队长，你再派个人进去吧！红亮爹还在里头呢，队长你快叫人救救他。"

这次虎大一下子回过神来。

虎大听出来了。

女人的声音很独特。虎大当然听过她的声音，而且不止是一次两次。这个女人白天不像其他女社员那样，要下地干活儿，她几乎从来不参加队里的劳动。当然，这也是得到虎大允许的。如果她每天都是听到钟声就去上工，那虎大就没有理由对她感到陌生了。那样的话，虎大就会很熟悉她，即便她烧成了灰，虎大照样可以一眼认出她是谁家的女人。在虎大的印象中，这个女人虽不像其他的女社员，可她似乎也很辛苦卖力的。每天早早地就出了家门，她要去学校教娃娃们念书识字，一教就是一天，一教就是一学期，一教就是一年，很多时候回到家天都黑尽了。

虎大虽然已经知道这个女人是谁了，可他依旧满脸疑惑。就像他眼前站着的女人不是一个大活人，而是一个浑身漆黑的女鬼。想到鬼，虎大心里就不由得一颤。虎大并不怕鬼。虎大根本不相信这世上会有什么鬼。可虎大相信自己的耳朵，虎大记得清清楚楚，就在他从寡妇牛香家钻出来的时候，自己确实听到了一些嗥嗥的哀叫。那种叫声比鬼的叫声更加凄厉、更加怵人，钻进人耳朵就忘不了了。

虎大心知肚明，那种声音也不是什么恶鬼发出来的。那种声音只有一种东西能在深更半夜嗥得出来。

——那就是狼。

一旦想到了狼，虎大便不由得要倒吸了一口寒气。其实，虎大并不怕狼。虎大过去可是大名鼎鼎的猎狼英雄，怎么会怕狼呢？早些年我们青羊湾一带没少遭受狼患，有多少牲畜、女人和娃娃被那些歹毒的家伙叼跑了啊？记得那时有一匹被大伙儿叫作老流氓的大白狼，专门溜进村里，趁那些年轻女子上茅圈时，猛不丁从身后一口咬下女人的屁眼和阴部，然后便逃之夭夭。当时女人们吓破了胆，再也没人敢单独去茅圈了，就连大白天也都得由自己的男人跟随，陪护在她们前后。虎大最小的一个外甥女，那年刚满六岁，有一天黄昏，娃娃正蹲在地埂边尿尿和泥耍呢，大人没留意。那匹白狼突然就蹿过来袭击了娃娃的下身。狗日的咬得太狠了，一下子就把娃娃的肠子、肚子扯出来二尺来长一截，像一堆冒着热气的红毛绳子耷拉在地上。灾祸发生后的一天夜里，虎大的姐姐想不开，悄悄喝下半瓶子敌敌畏，死了。所以，人们进山剿狼，虎大自然是最踊跃的一个人。

青羊湾所属的十几个生产队的能人勇士，空前地团结起来，像当年对付小鬼子一样齐心协力精诚合作。大伙儿扛着枪棒钢叉、背上干粮水鳖子，钻进村外的密林和更远处的牛首山里去剿狼。都知道我们羊角村的虎大在打猎方面颇有些手段，就纷纷推举他作了领头羊。虎大他们二十多人，沿着狼的足迹和排下的粪便一路摸查下去。最终断定大白狼是从西南方向的牛首山岭里跑下来的。那畜生实在是狡猾，它早已觉察到了剿狼队的行踪。虎大他们夜夜都守在野狼必经的小路、岩石和沟溪岔口附近。在关键部位挖陷阱、下套子和铁夹，可大白狼却一次也不会上当。那匹大白狼非但不上钩，竟然还时常在那些陷阱和夹套旁边转着圈撒尿。连着两三天，天天如此。虎大的肺子都要气炸了。为了能尽快捕到那匹大白狼，给青羊湾人除去一害，虎大那天一狠心，一个人不辞而别就跑下山去了。虎大确实偷偷回了趟家，后来竟把自己媳妇带到山里来了。

当时整个剿狼队里就虎大媳妇一个女的，显得有些危险和怪诞。虎大那时跟疯了一样，领着媳妇离开羊角村前，虎大信誓旦旦，他说若不除掉那条祸害就再也没脸回来。剿狼队的人也都给吓蒙了，纷纷劝说虎大万万使不得，那不是等于把一个好端端的女人硬往狼嘴里塞吗！虎大却不听，谁求情也不准。他是吃了秤砣铁了心的。最后，虎大硬把自己的媳妇装在一只大竹筐里，就像往筐里塞一只母兔子。那女人吓得跟筛糠一样抖，连哭声都变了调。也把一旁的人惊得目瞪口呆。虎大却义正词严地说："娘的你号丧啥呢！要是有个三长两短，老子给你抵命！老子打它一辈子光棍！"

虎大又亲自给那筐绑上竹盖子，绑得结结实实的，最后才将那筐放在一个地势相对低洼的平地上。又在筐子的四周埋设了十副铁夹子，还挖了四个陷阱。做完这些准备工作，虎大就叫所有人都撤到远处的树林里埋伏，他自个儿却就近爬上了一棵十几米高的钻天杨。好容易挨到凌晨，月光白得耀眼，那匹大白狼果然出现了。这畜生必定是饿极了。狼鼻子太尖了，它闻到了女人身上特殊的香味，终于抵不住女人身体的诱惑，竟铤而走险下山来了。

功夫不负有心人。那匹大白狼到底中了虎大设下的圈套。一副坚硬的铁夹牢牢地夹住了白狼的一只前爪。就在这千钧一发之际，虎大从树上纵身跳下来——十几米高的树，差一点儿没把他的一条腿摔折了。虎大已顾不得钻心的疼，更顾不上自己的媳妇还被困在筐里，吓得屎尿横流。虎大握着手里的枪，一路死追下去。一口气就撵出七八里地。

虎大听见了那畜生就在前面撕心裂肺地嗥叫。原来那狼跑得太急，被猛地夹在一道极窄的岩石缝隙里了。虎大也跑不动了。可虎大手里有猎枪，枪里有子弹，子弹比人和狼都跑得快！虎大对着狼砰砰地射击，大白狼的脑袋被打开了花，生猛的狼血把整块岩石都染红了。就这样，虎大一举成了青羊湾众人皆知的打狼英雄和大恩人，就连他的媳妇也当上了威风一时的女劳模。他们两口子胸前戴朵大红花，倒背着手在众人面前款款地走来走去，好不威风。

大白狼被消灭之后，我们村里有人在干涸的排水沟里，发现了三炮爹的尸首。老头儿枯槁得像只老猴精，棉裤腰褪在大腿根那里，屁股和鸡巴露在外头，红赤赤的吓人。一只野狗正趴在旁边不停地舔食撕咬着。那人急忙去找三炮来认领。三炮来了，居然连一滴眼泪也没有落下，更别说哭上一嗓子了。大伙儿目睹了三炮怎样拿来半片稻草帘子，将他爹的尸体胡乱裹了裹弄走了，不是杠在肩上，而是死狗样地拖着走的。这事大伙儿都背地里议论，说三炮这驴货心比石头尖子还硬。倒是老村长这一死，虎大的机会也就跟着来了，以他当时的威望和胆识，理所当然成为我们羊角村的新当家人。

　　眼下，虎大还是疑惑不解，他暗自思谋了老半天，一时不能将狼的叫声跟眼前的这场熊熊大火有机地联系在一起。虎大的心头迷雾重重，最让他不能理解的是，站在自己面前的这个女人，竟是小学校里的女教师秀明。这种场面无论如何虎大也没有想到。

5

三炮伤势稍稍好一点儿，就开始着手做起活儿来。以往三炮只杀猪宰羊，杀那些大个头的牲畜。现在，只要有利可图，连最不起眼的杀鸡宰兔的活儿，他都来者不拒了。

三炮自己粗略地合计过，要想迁回旧居，那院老屋必须重新翻盖，院墙也需要推倒重修。至于，门窗和炕灶一律得重新打造，这样下来，就需要不小的一笔花销。关键是，修房造屋这类活计，是需要一大批帮手和工匠的，他三炮一个人怎么做得来？所以，三炮要利用杀牲这件事结下一些帮对，到时候他只需要招呼一声，帮忙干活儿的人自然就会来的。

还有一件相当重要的事情，需要三炮去解决。那就是他离开羊角村和自家老屋一晃都十来个年头了，如今三炮觉得自己大小算个吃香喝辣的手艺人，再迁回老窝子去住，就得有一个硬邦邦的说法，得让他光光堂堂回去。尤其是，他的行动需要得到某些重要人物的应允和赞成，得让大家伙都要高高兴兴地接受他屠户三炮重归故园。

三炮前前后后找过几个有头脸的人。去找人的时候，三炮并没有空着手去的，他或拎一串热气腾腾的猪肠肚，或是一块刚刚割下来的膘肥油厚的鲜羊肉。进得人家的屋门，豁地一下将手里的东西往桌子上一拍，那些肉啦肠啦之类的东西，就血迹斑驳地在人家眼前颤动着，鲜肉所特有的血腥气在屋里弥漫开来。

我们羊角村的老辈人都是见过世面的，倒也不被惊诧，他们会稳稳地拿眼光探询站在地当间的三炮，揣测他此举的目的。三炮就开始诉说他爹近来总是托梦给他。说老窝子都让野草疯蒿欺负得不成样子了；说廊檐缝子和雨槽里都积满了鸟屎和树叶，烟囱这些年也都被雨水泡醉了几回……他还说老人在梦里边说边呜里哇啦地哭起来，泪水哗哗地淌个不停。

老辈人乐意讨论这类权威性问题。关键是回答了这些问题，三炮搁在桌子上的东西就不可能再拎了回去。这些东西可是金贵，即使逢年过节也不见得能看到的。再说无功不能受禄，老辈人自然懂得这些道理。依照老辈人的解释，三炮爹夜里托梦的意思大概是，三炮家的那院老屋是该重修一下了，而且，光修一修还不够，得有人红红火火地住进去，得让那个老院子重新恢复以往的生气。

三炮听了老辈人的话，半晌也不吭气，满腹心事的样子。

老辈人当然看在眼里了。

老辈人告诉屠户三炮落叶都得归根，到啥时候这个理是跌不倒的。

三炮千恩万谢。三炮说自己倒也有这门心思，又说自己离开了这么多年，就怕人家不肯答应哩。

老辈人听了不以为然，捋着颔下灰白的胡须给三炮交了底：

"你娃的根原先就扎在这个窝窝子，剪不断的，谁也不能拿你三炮当外人看！到时候，自然会有人出来替你说话的。"

一气将我们村几个老辈人家的门子串下来，三炮心里就有了些分数。光心里有数还不够，三炮知道自己不能贸然行事，有一关还没有过呢。等迈过了这道坎，事情才能算数。三炮心里犯起了嘀咕。这一关对三炮来说，也不是什么龙潭虎穴。但真正要去面对时，三炮才发觉这一关的确非同寻常，他需要好好谋划一番。

近来，虎大精神有点极度紧张。不是虎大愿意把自己弄得这么紧张的。其实虎大一点儿也不想这样，可自打那夜，红亮家失了火，虎大连一个囫囵觉也没睡实过。照理说一个村子着场火也不足为奇的，村子里到处都是干柴草和秫秸垛，大人娃娃只要一不小心，擦出个火星子，火就会呼啦一下烧起来。大火固然可怕，可真正让虎大感到担心的，是那些溜进村里来的饿狼。

虎大并不是一个胆小怕事的人。虎大当然不怕狼。当年虎大领人进山剿狼就是冲在最前头的硬汉子。虎大忘不了他用枪射死的狼，那畜生的绿眼睛在深夜死灰复燃般发亮；他忘不了狡猾的狼终于被坚固的铁夹子夹住蹄爪，在雪地里逃窜时的猎猎厉嗥；他更忘不了村子里的某个女人或崽娃，被狼的利牙咬去屁股时的一阵恐惧而又凄惨的尖叫，以及她们的亲属死去活来的号啕痛哭。

这两年似乎再也没有听到有关狼的一星半点消息了。虎大的脑子里很长时间没有狼的概念。狼成了传说，好像是过去的事情了。一村人的日子苦也好，艰难也罢，虎大还是虎大。即便分不够粮食，填不饱肚子，大伙儿也不会来抱怨虎大的。再又说了，这都是老天爷的事，明明春上种了一斗，可秋后偏偏只叫人收一颗，这怎么能怪到虎大的头上呢？

可是，村子里若是来了狼，狼把好端端的牲口和人的命要下了，大伙儿就不能不对虎大有点想法。况且，那晚种种迹象都表明，狼确实来过了。狼不但来过，还把红亮爹的腿脚咬得稀烂（要是红亮爹腿脚好着，那天家里着火他肯定很容易跑脱的，可红亮爹却因为跑不动又被火烧得不成样子了）。还有，狼光天化日地竟把一个生龙活虎的娃娃（红亮）给叼跑了，这还得了！特别是后来大伙儿回忆起来，红亮被狼叼走的那天，正好刮了一场黄沙尘，估计狡猾的狼就是趁着刮风扬沙子的工夫，对红亮那娃娃下手的。这也是狼惯用的伎俩，要不是刮大风，狼是不敢大白天贸然在村子周围出没的。

夜里，虎大再去寡妇牛香家，就有点心不在焉的。问题主要出在寡妇牛香身上。牛香胆子只有针鼻子那么小。虎大一去，牛香就把虎大缠得死死的，两只胳膊软藤条样箍住虎大的脖子，弄得虎大连气也喘不匀称。

牛香说："你今黑就住着别回去了。"

虎大应付说："那好，我就睡在你炕上，哪都不去。"

牛香说："这两天我都快吓死了，天一黑就盼着你早点过来呢。"

虎大不以为然地说："那有啥好怕的。"

牛香说："你是男人你当然啥都不怕。"

虎大来这里可不是光听牛香唠叨的。虎大伸手就去扯牛香的裤子。平常这时候，牛香老早就脱了裤子焐在热被窝里等着他来。虎大越想快快扯开干活儿，越是摸不着门道，竟把牛香的裤带子拽成个死疙瘩了。牛香一点儿也不想那事，睁着两只眼睛，一眨不眨的，还侧着一只耳不时朝窗外听着什么。

"你说那狼真的还会来吗？"

"呃……来不来我咋知道！我又不是狼爹。"

"看把你猴急急的，你跟饿狼差不多哩……我呀，一想到狼咬女人尻子的事，就吓得连茅圈也不敢上了，反正这些天你得天天来，要不然我睡不踏实。"

"你这裤子……今儿怎么死活弄不开吗？"

牛香只顾一左一右拧着身子，一点儿也不配合虎大的工作。虎大就着急上火了。听见兹啦一声响，牛香知道是自己的裤子让虎大撕破了。牛香生气了。女人就是这样。女人最吝惜自己的穿戴和脸面了。有时，女人会把穿戴看得比什么都重要。牛香顿时气得鼓鼓的。

"让你扯让你扯，扯烂了你赔老娘新的！"

虎大不管三七二十一，已经脱掉了自己的衣裤，直戳戳朝牛香的身上顶。哪知，牛香憋着一股子气，猛地一抬脚，就把虎大踹到炕沿底下了。虎大一点儿防备也没有，像块冻肉重重地砸在地上，头也磕在炉子角上，疼得他哇啦乱叫。虎大是一队之长啊，哪里受过这号屈辱和疼痛。光大叫两声根本不能解恨。虎大腾地从地上翻起身，顾不得疼，径直跳到炕上，用脚底板狠狠地踢了牛香两下。

"婊子养的给你点颜色，就想开染坊了！看爷们不美美地拾掇你！"

骂完，虎大全没了刚才浓厚的兴致。身上的那股火也就熄灭了。虎大胡乱套上衣裤，一甩门走了，头也不回。

牛香一个人盘腿坐在外屋的炕上，把被子披在身上。坐着坐着，牛香就抹起眼泪来。牛香真的有点后悔了。可嘴里却嗫嚅着："挨刀子的宰货，让狼叼了去才好呢！"

窗户纸让风吹得扑勒勒直响。夜已经很深了。牛香不敢再那么傻坐着了，她轻轻下地，把门开了很窄的一道缝隙，露出一只眼睛向外面查看了一眼，外面真黑啊，怪吓人的。牛香依稀听到什么声音，在很远的黑暗中怪叫了一声，接着又叫了一声，跟鬼哭似的。牛香真被吓坏了，急忙闩上门，三步并作两步爬到炕上，身子钻进被窝里，再也不敢露头了。

那场大火差点把红亮家的屋院烧毁了。又摊上个大冷天，外面滴水成冰，土地都冻瓷了，院子里连根鸡毛都没留下，一时间上哪找东西来修缮呢。大伙儿都啧啧地说红亮爹可怜，说他命实在太苦了，比那黄连还要苦三分：老婆死得早，好不容易屎一把尿一把拉扯大的娃子，没想到偏叫狼叼走吃了，家里呢又烧成这副烂杆相，真是屋漏偏遭连雨天呀！

于是，大伙儿纷纷回去搜腾自己家的箱箱柜柜，时辰不大，东家捧过来几个黑面馍、半斤玉米面；西家送来一床旧被褥和一件老棉袄。情义没价，东西却是非常有限和珍贵的。光靠送来的这些救济，也是难以维持生活的。红亮爹已经感激得说不出话，拿牙齿使劲咬自己的嘴唇。红亮爹腿脚上本来就有伤，身上又新被火烧焦了好几处，稍微一动弹就痛得龇牙咧嘴。秀明坚持要接红亮爹去她家里住些日子。红亮爹死活不乐意。

红亮爹闷声说："那咋能行呢？"

秀明说："有啥行不行的，也不看看都啥时候了！"

红亮爹说："反正我不能去，人家笑话死呢。"

秀明就火了。

"谁爱笑话让谁笑话去！"

女人发起火来就不想再说话了，不想说话的女人，上来就把红亮爹从柴草堆里搀扶起来，硬要把红亮爹往自己的身上背。红亮爹也急了，勉强挣扎着不让秀明背他。

"他姨你就别费心了，我哪里都不想去。"

说着，红亮爹鼻子一酸，眼泪差点淌下来。

红亮爹看着秀明说："我走了，娃娃万一回来找不着人，咋办呢？"

这时从外面又涌进几个街坊邻居，见到这般情景，也都心酸了，纷纷上前劝红亮爹，让他还是去秀明家暂先住下，等来年开春再作打算。

秀明也说："你心疼红亮我就不心疼吗？我是红亮亲亲的姨，我还是红亮的老师呢，找不着他我心也跟刀剜一样难受啊！"

大伙儿也又都七嘴八舌地宽慰红亮爹一番，这个说没屋没灶的，咋能过日子呢；那个说还是先到秀明老师家住下把伤养好，娃娃只要没叫狼叼走，早晚都会回来的。还有的说大难不死定有后福的话，让红亮爹往开些想。秀明就给站在一旁的两个年轻后生递了递眼色，让他们俩过去抬躺在柴草铺上的红亮爹。

红亮爹知道大伙儿都是一片好意，只是不太想麻烦秀明。再一说，秀明也算是个公家人，每天要往学校里去教娃娃们念书的，广种又在矿上工作，家里撇下个老人要伺候，自己这一去，该给秀明添多少负担呢。众人正纠缠着要抬红亮爹，虎大大步流星走进这黑灰色的破院里来。

虎大进来就发话：

"你们的话我都听见了，红亮爹就别再推脱了，眼前先把命儿保住，其余都不重要。"

然后，虎大扭过头对秀明说："你是娃娃们的老师，大道理比我懂得多，红亮爹就交给你，赶明儿队上给你家里多拨一个人的口粮。"

说完这些，虎大朝烧毁的院子里扫了一眼，又叹了口气。我们村几个年轻后生见虎大这样安排了，立刻就行动起来，有抱腿的，有抬胳膊的，嚷嚷闹闹就把红亮爹从院里抬出去了。

虎大突然想到了什么，朝外面叫了一声："先慢着慢着！"就抢步跑出来。

后生们听到喊声早停住脚步，虎大几步来到跟前，伸手揭开盖在红亮爹身上的破棉被，又叫人把红亮爹的两只裤管全撸起来。

虎大像个外科大夫，仔仔细细察看红亮爹腿脚上的伤痕。两只被狼抓咬过的小腿和脚踝烂泥泞泞的，就像刚刚从红色的糨糊里捞出来似的，加上又挨了火的一通烧烫，雪上加霜，溃烂不堪。众人也都跟着虎大一片唏嘘。秀明禁不住热泪翻滚。虎大嘱咐秀明要送红亮爹到公社医疗站去一趟。

"狼留下的咬伤都有毒呢，不让大夫消消炎症怕是不成。"

秀明连连点头。众人离开后，虎大迟疑着没有走。虎大在红亮家的院子里转了一圈，又转了一圈。虎大在院里转圈的时候脑子一团混乱。虎大想通过这种来回走动理出个头绪来。

　　到现在为止，虎大还没有看到真正的狼的影子。可虎大听到了狼在深夜里的嗥叫，这种声音他听得千真万确。虎大对狼是很了解的。虎大知道自己这个队长是用狼的命换来的，他之所以能一呼百应，跟他当年猎狼的巨大贡献有关。大伙儿钦佩他，上面的头头脑脑器重他，所以，虎大才能稳稳地坐在这把交椅上。虎大敢把自己的媳妇拉到深山老林里当诱饵，就凭这一条，虎大这个队长就当定了。

　　可是，花无百日红。虎大也不是不明白这个道理。那时候虎大才三十五六岁，而今已快到了知天命的岁数，腿脚胳膊也比不得从前。这种时候，虎大就什么也不想了，想再往上攀一攀，恐怕是心有余力不足了；想再干番轰轰烈烈的大事情，更是枉然的。现在，虎大的心思越活越简单了。虎大就想安安生生过完下半辈子，一村人相安无事，老婆娃娃热炕头，余下的气力他顶多在夜里往寡妇牛香屋里勤跑几趟，把这身子骨里的那股热火劲再使一使发挥发挥，这一辈子也就算交代了。

　　虎大已连着去了两趟我们村西的那片林子。林子里有厚厚的积雪，有牲畜野狗丢下的蹄爪印子和粪便。当然，也有人跟狼留下的痕迹。这一点虎大确信无疑。如果说虎大也有些惶恐了，那么，虎大的惶恐跟大伙儿的惶恐是完全不一样的。大伙儿只是因为怕狼而恐惧起来的。而虎大的惶恐更多是来自他对自己年轻时候所作所为的一种后怕。

　　虎大很小的时候就听我们村老辈人告诫他，说世间凡事都是一物降一物一报还一报的，林中的狼虫虎豹，人间的男女老少，都是一回事。你怎么对待别人，反过来，别人就会怎么对待你。这是世间万物的生存法则。也就是说，这些天虎大忽然意识到了老辈人的这句话的真正含义了，年轻时候桀骜不驯，恨不得把天日下把月亮折弯呢，一旦人上了岁数，经历了风雨，见过世面，想法就改变了。

现在，虎大的真实想法就是，他先得摸清狼的活动踪迹。虎大太了解狼的思维方式了。君子报仇，十年不晚。世上没有人比得过狼的野心！人也许等不了十年，可狼就能苦苦等待着。一匹狼等不住，它可以把自己的仇恨传递给另一匹幼狼，让它从小就对人产生敌视和深深的仇恨。虎大前些年一到秋凉，老早就叫女人把自己用捕到的那匹大白狼的毛皮制成的褥子取出来晾晒，不等冬天到来，他夜里就铺上那张狼皮褥子睡觉了。今年也不例外，老早就用上狼皮褥子了。可就是最近两天，虎大突然对铺在身下的狼皮褥子犯起怵来。

就在昨夜里，虎大做了个梦。梦见自己身子下面的那张狼皮褥子突然间复活了似的，变得有血有肉，滚烫滚烫的，似还有千万根针芒直戳刺他的脊背；那张狼皮竟在虎大身下猛地伸出四只蹄爪，把躺在它上面的虎大死死缠抱住，顷刻之间捆了个结结实实。这简直就是恶狼缠身啊！虎大喘不过气，被梦魇住了，想喊喊不出声，想动动不了手脚。醒来后，虎大吓出一身白毛汗，后半宿再也睡不着了，只听见女人在身旁哼哼唧唧磨牙放响屁打呼噜。

虎大后来就起身穿好衣裳摸黑踱到街上去。

虎大出门前，悄悄挪开炕洞旁的一块虚装的青砖，从里面摸索出过去跟随了自己多年的一只手枪，五四式的，可以说这是虎大的命根子，上面让大伙儿把手里的家伙交出去的时候，虎大耍了个贼心，硬说弄丢了，一直没有交上去。虎大私藏了这只手枪和十几发子弹。现在，虎大觉得自己一刻也离不开这个东西了。即便把枪带在身上，虎大走夜路同样也会提心吊胆。

虎大在红亮家转悠了一会儿，就在他决定离开的时候，脚底下像是踩到了什么硬物。他心里微微起了疑，蹲下身去看。从脚下的一片灰烬中，虎大翻捡起一枚铝制的像章。像章上面的领袖人物鼎鼎大名，天底下怕是没有人不认识的，虎大当然也崇拜得五体投地。别说虎大认识，估计我们整个青羊湾也找不出一个不认识的人。虎大很高兴，像章虽不大，却是很难得的上品，可以戴在胸前的那种，只是让火稍稍熏了漆面，可上面的领袖人物音容笑貌依旧清晰可辨栩栩如生。

虎大悉心地用袖子抹掉上面的黑烟灰，像章上还有一排很小的字，看不太清楚，虎大识字本来又不多，也只能勉强辨认出"伟大"二字。这就足够了，世上还有什么能比得上这俩字！虎大也不多想，就把那像章宝贝似的揣进贴身的衣兜里，乐颠颠哼着曲儿转身走开了。

6

拾掇完锅灶，寡妇牛香一个人懒模懒样地倚在门槛上发呆。

连着好几天夜里，虎大都没有再来登过牛香的门槛。虎大不来，牛香的心里就没着没落的。在这种问题上，女人跟男人是完全不一样的。男人是猫，女人是鱼，是一种特殊的气味。猫天生的一张馋嘴，而鱼不是，鱼本身没有任何问题，关键就出在鱼身上的那股腥味上，猫恰恰是喜欢这种味道的。而牛香这条鱼跟别的鱼也是有所不同的，牛香是一条孤鱼，独来独往惯了。其实，牛香也可以不这样。牛香是个寡妇，死了男人，牛香要是铁了心守一辈子寡，别的男人也拿她没有办法。但是，牛香不能，牛香有牛香的苦衷。牛香最大的苦衷就是，她得把死去的男人留给她的四个崽娃拉扯大。

天已经黑了，她感到有点害怕，就不能再坐在门槛上。牛香觉得自己的样子确实有点傻婆娘等汉子的意思。可牛香宁愿自己傻一点儿，只要她一心等着的人能来，自己傻一点儿又有什么关系呢。

牛香现在后悔得直想抠腔子。可牛香知道天底下是没有卖后悔药的地方，即便有，牛香也不能要。牛香可以允许虎大上她的门，睡她的炕，可牛香不能厚起脸皮去生拉硬拽。如果那样做，牛香的脸还往哪搁啊。虎大肯来找她，那是牛香的造化和荣耀，这在村里早就是公认不讳的事实了。但事情若是反过来，一村人会怎么看？旁人必然会说，牛香这个女人想男人想疯了，牛香跟过去的窑姐拉客有啥区别。

牛香唉声叹气着，她还没来得及回屋，却把一个人等来了。

走进牛香家院子里的是个男人，但不是她要等待的那个男人，不用眼睛看，单听声音就不像。牛香眼前的男人比虎大高一头，也比虎大宽阔一倍，站在院子里像一截黑咕隆咚的生铁塔，把牛香的视线都遮没了。牛香多少感到诧异了。自打虎大头一次睡在她的热炕上之后，多少年来村里几乎再没有第二个男人黑灯瞎火进她的院子。不是牛香不让，是男人们都甘拜下风，没有人敢公开跟虎大作对。

没等牛香开口，黑塔又往前移了两下。黑塔上面有两只大眼珠子，一直叽里咕噜转动，上下打量着牛香。

"嫂子，没把你吓着吧。"

黑塔开始张嘴说话了。牛香看到两排白森森的东西在眼前一碰一开。

"我顺路过来看看，好给侄儿们送些肉解解馋。"

说着，黑塔把一团什么东西直直地伸到牛香跟前来。牛香的鼻子一抽。鲜猪肉的味道似乎已经像贪婪的虫子爬进她的鼻孔里去了。肉味太吸引她了。牛香记不清上一次吃肉是在啥时间，是在秋后，还是半年以前，总之，这种味道对她以及屋里的娃娃们来说已经久违了。

黑塔见牛香无动于衷，就一把抓过牛香的手，将那团软乎乎很有质感的牛皮纸包放在上面。牛香的双手也变得软软的，仿佛忽然间跟牛皮纸包里的东西同化成一物了，散发出鲜肉所特有的那种芳香。肉的味道固然好啊，可牛香也不是傻子。平白无故拿人家的东西，牛香还是犹豫了。东西虽然就放在她的手上，可牛香并没有抓住不放的意思。

牛香非但没有去接那个牛皮纸包，相反地，两只手像被什么东西刺了一下，手猛地往回一缩，那包东西就啪的一声落在地上了。

黑塔也怔了一下，随后弓下腰又把东西从地上捡起来。

"我确实没有别的意思，不信，我给嫂子起个誓。"

说着，黑塔把一只胳臂弯弯扭扭地举过头顶：

"我要是不怀好意，下辈子转世变成个猪，让人千刀万剐，杀了吃肉！"

牛香听了，忍着，忍了一会儿，终于没有忍住，咯咯地笑出声来。

"就是天底下的猪都被宰的吃光了，也没人敢杀你哟！"

笑完，牛香转身就进屋了。黑塔依旧一动不动立在门口。牛香人进去了，门却敞着很宽的缝。

"喂，还傻愣着干啥？赶忙进屋来吧。"

黑塔当然听清楚了。黑塔的脸上浮现出一丝隐秘的笑容。屋里的牛香看不到这种笑脸，也许只有黑塔自己能感觉到。此刻，屋里的女人完全被新鲜的肉的香味所诱惑。她觉得几天以来的那种焦躁和干渴，突然变成了止不住的涎水那样淋漓欢畅。

从寡妇牛香家出来，三炮才长长地舒了口气。他站在街边的一只树坑前，把憋了半晚的尿一股劲撒出去。尿尿的时候很长，因为三炮满脑子都是寡妇牛香那张粉嘟嘟的鹅蛋脸，和她身上散发出的香胰子的味道，所以他那个地方一直硬挺挺的。三炮没有想到事情会这么顺。寡妇牛香还是那么漂漂亮亮有滋有味，这块肉本身就送得值得了。寡妇牛香跟虎大的关系没人不知道的，所以，牛香吃了他的肉，嘴巴就会学乖变甜的，跟虎大在枕头边上自然会吹些顺溜风的。

女人在三炮的心里就好比粮食，好坏也分成了几等。一等是秀明那样的女人，总觉得她有说不出的好，要长相有长相，要文化有文化，可三炮只能把这样的女人装在心里，却不敢有一丝非分的想头和举措；最次一等，就是三炮这些年睡过的那些野婆娘，三炮跟她们从来不会动真感情。她们都是在屠宰时碰上的，逢场作戏，偷偷摸摸做完那活儿，三炮会毫不犹豫地从自己的提筐里割一块鲜肉，分给她们拿回家吃。那些女人吃他的肉，跟他骑在她们身上亲脸蛋摸奶子干那活儿没什么两样，三炮心里管这种女人叫烂卖货，她们天生了一身贱肉。这中间还有一等女人，男人对付她们就好像野狗想叼栖在地上的鸽子，要是第一扑没有抓好，狗嘴里只能叼住了几根鸽子的羽毛，倒让那美丽的鸽子飞到高高的树枝头，再不肯下地来了。三炮知道这种女人一定要把握好时机，假如一开始没能得手，到了后头机会就非常渺茫了。三炮坚信，只要是鸽子，总会有落在地上的那一天。

三炮想起老辈人跟他说过的一句话，山不转水要转。转过来转过去，三炮就转回到自己垂涎已久的女人面前了。寡妇牛香今晚的态度确实让三炮感到得意。这得意一方面来自他将要实施的计划很快就要宣告成功了；另一方面，刚才坐在寡妇牛香跟前，三炮的心思稍微动了一下，他进而在想这个依然风韵犹存的女人迟早有一天会成为他的人，他想什么时候来她屋里就什么时候来，只要他乐意。这种阴暗的想法让他沾沾自喜。对他来说还包含着这样一种意思，那就是即便寡妇牛香不能帮他达到预期的目的，至少，那块肉不会白白地喂了狗。在这个意义上，屠户三炮有理由心花怒放一下。

两爿庄子之间隔着一条很宽阔的干渠。现在正值隆冬时节，渠里没水，底部结着厚厚的一层冰，月光照上去，白森森的刺人眼。为了抄近路赶回去，三炮走了一段弯弯曲曲的小埂道，他想从干渠横穿过去就到家了。

三炮是个胆子很大的人，他杀那些猪啦羊啦向来是不眨一下眼的，手里攥着刀子，对准那些可怜的家伙的要害，上去就猛捅一下，血有时喷了他满脸，旁人看着觉得发怵，可三炮却嘿嘿笑着，只顾进人家屋去喝酒吃肉，一点儿也不当回事。刚才寡妇牛香跟他扯起狼的事，三炮很不以为然，说狼有啥可怕的，你们女人家就是胆子太小，听风就是雨，小题大做。

三炮不怕狼，也是有原因的，除过今夜以外，三炮哪天外出行走身上不带着家当？他的大提筐里有的是长长短短的一堆刀子。那些刀子每每在三炮的提筐里叮当作响，金属碰撞后的余音很清脆，能传得老远老远的。这些声音一旦传到窝棚下的猪羊牛兔的耳朵里，它们恐怕几天都吃不进东西，刀具声所带来的恐惧，折磨得那些牲畜家禽全没了食欲。可是，此时三炮心里还是有一点儿不踏实的。不是三炮真的就被寡妇牛香的两三句闲淡话给诈唬住了，而是走着走着，三炮忽然意识到自己身上确实没有带任何一样家当。

世上的事情偏偏这么怪，怕什么就来什么。这时候，三炮迫使自己加快脚步，他已经踩着冰面，想以最快的速度穿过那条干渠。三炮下意识地一仰头，瞥见对岸渠坝上有一排歪歪曲曲的树。冬天树上没有一片叶子，全部光秃秃的很难看。月光从那些枯朽的枝枝杈杈的缝隙间刺射下来，树黑黑的影子，都鬼似的匍匐在渠底的冰面上，黑白分明，张牙舞爪，看去确实很怵人。

三炮不由得打个寒噤，倒吸了口凉气。三炮也是人，只要是个人，就有要害怕的本能。也就在三炮心里打战的工夫，从前面忽然卷过一阵疾风。风中夹带着透骨的寒气，还有一股很难闻的腥臊的味道。一切都来得跟打闪样飞快。三炮还没来得及决定要不要逃跑，一团油亮闪光的灰唧唧的影子，已经从对岸的树林中直冲下来。

三炮脑袋一懵，想夺路逃走已经是不大可能了。那两道幽幽的绿光逼近三炮的双眼。三炮被这两道绿光刺得快睁不开眼了。三炮耳中听到霍的一声怪响，岸边的树头扑啦啦扇起一片黑色，鬼影似的长时间在他头顶盘旋着，呱呱地惊叫不止。与此同时，三炮注意到那狼将脊背一弓，尾巴在冰面上来回扫动两下，发出唰唰的响声。然后，黑亮的挂着霜花的鼻尖朝夜空一抬，嘴里扯出凌厉的一串嗥叫，像加足马力似的纵身扑过来了。

三炮到底是三炮。换了一般人，早就腿肚子抽筋，瘫软尿裤子了，根本动也动不了步。可三炮这些年就跟刀子和垂死挣扎的牲畜打交道了。三炮知道只要躲过它们的第一下疯狂的猛扑，就可能找到对付它们的有利机会。三炮当即就地一个癞驴打滚。

那狼果然就扑空了。由于冰面太滑，狼想立刻刹住前爪很不容易，就势向前扑出好几丈远。三炮急忙原地站起来，稳住身子，佝下腰，两眼盯死那狼扑出去的位置。

三炮壮胆似的对狼说："日你娘的，瞎了你的贼眼。"

狼只是远远听着，并不跟三炮搭腔。

三炮就嚷得更响亮：

"来啊来啊，你是你娘养的赶紧过来啊！"

狼似乎有些恼羞成怒。狼大概不想再听眼前这个杀生成性的屠户的一通谩骂了。狼谨慎地拧着身体，嗷嗷叫着，伺机要再次发动有力的进攻。狼一声不响地站在三炮前面，伸出裹着森森白气的舌头，瘦削的身体显得十分狭长，两侧的肋条骨一棱一棱凸现出来，腹部瘪瘪的，好像有半年没吃过一口东西了。

三炮冲那狼说："把你个狼日下的，看你敢不敢过来！"

狼也定了定神，重新打量眼前这个难缠的、骂骂咧咧的屠户，绿色眼光凶残地跟三炮对视着。然后，它开始一步一步朝他逼来。一旦狼开始向他逼近，三炮就不能再骂了。情急中，他的双手忽然摸索到了自己腰间的那条结实的武装带——这还是有一回他给人家杀猪后主家送给他的——三炮立刻从腰里扯下那条革制的武装带，皮带子有五寸来宽，关键是那副四方的镅子是块明晃晃的钢家伙，迎着月色，一闪闪地发出银白的一道寒光。

狼已经来到三炮跟前了。但狼有些犹豫不决，它开始左顾右盼。

狼不怵三炮，可狼惧怕三炮手里的那个发着光的物件。狼就地蹲在冰面上，白气从狼的鼻孔和唇齿间一丝丝钻出来，立刻结成霜花，包裹了狼黑色的唇鼻，看上去像是被冻成一只雪狼。

三炮早把皮带对折过来，两只手各拽着两头，用力一拉一扯。皮带之间就发出清脆的啪啪声，像牧人甩响了手里的皮鞭。

狼被震慑住了。但狼并不想就此放弃。它在等待一个最佳的冲锋时机。

这当间，三炮已经想好了对付狼的招数。三炮当然不能就这样冲过去。三炮想以逸待劳，最后再反守为攻。

狼呼呼地喘息了一阵子之后，似乎也寻找到了对付敌人的最佳伎俩。狼慢慢地原地扭头向后抹了个身，像是准备逃跑似的。哪想，这畜生却出其不意又猛地倒蹿过身体，四爪快速助跑，最终从冰面上呼地一下跳跃起来，速度快如闪电。

三炮顿时惊出一身冷汗！他万万没有想到，这畜生会这么快又要发动二次进攻，而且速度和气势咄咄逼人。但三炮手里的皮带也已经准备好了。狼头冲过来的一刻，三炮手里的东西形成了一只很圆阔的套子，随着瞬间的惯性，套子不偏不斜正好套在狼的头上。而狼的牙齿也同时叼住了三炮的一只胳膊，尖利的狼牙钉子一样戳进肉里。狼奋力一摆头，三炮的袄袖就开花了，胳膊上的一片肌肉硬给撕下来，血滴滴答答落在冰上，变成一只一只大大小小的黑的窟窿。三炮疼得怪叫几声，两手借力往回猛扯，套在狼脖子上的皮带立刻缩小了，再缩小。

狼也跟着吱的一声尖叫，凄厉的哀嚎声像针芒一般刺穿了整片黑夜，然后，那声音就彻底跟黑夜断开了，淹没在霜气和月色中。

三炮顾不得汩汩冒血的伤口，照着狼的头面，抡起拳头一通猛砸狂捣。光拳打还不够，他把狼头摁在冰上又使劲用脚踢踹，直到那匹狼倔强有力的脖子，在三炮的皮带套里渐渐绵软最终失去力量，哀嚎声也化成一丝微弱的气流为止。

三炮腿脚一打滑，人也跟着瘫软下来了。

又过了好大工夫，三炮才呼哧呼哧喘着粗气站起身来，他将奄奄一息的狼倒提起来抖了抖便扛在肩上。三炮很早以前就想弄一张上好的狼皮子，这次总算是如愿以偿了。

不过，这晚遇见狼的事，三炮确实没有跟任何一个人说起过，就连糜子和串串娘俩，也一点儿不知内情。

7

寡妇牛香吃肉的事像一条重大新闻，很快就在村里传开了。大伙儿都愤愤地说："牛香人家有后台子呢，吃点肉又有啥稀罕的。"也有女的很不服气地直啧嘴："我们咋能跟牛香比嘛，她身上有的是肉，肉厚着哩，走路都乱抖呢，三锥子也扎不出她一滴血来，拿肉换肉还不容易?!"这话就传到虎大的耳朵里。虎大暗地直冒火星子。

虎大这些天确实没工夫，也没有心思再登牛香的门。虎大本来是打算到公社报个告去的，狼在村里出没的事实他不能不放在心上。还有，虎大那夜做的那个日怪梦，狼皮褥子死死把他裹住了。梦是心头想，虎大明白这个理。可虎大就是踏实不下来，心总高悬着。虎大有了一种不妙的预感。他觉得可能有什么情况将要发生，但他的目光还无法穿透所有的事情，看到未知的将来。他只知道听天由命，过一天算一天了。因此，思忖再三，虎大终究没有去公社报告。他想情况也许并不像他想象得或者大伙儿传言得那么糟。牛首山里下来个把匹狼，也不足为奇的。这种时节家家户户都快要断炊少顿了，山里的狼找不到猎物，跑到村里也是自然而然的事。水来土掩，狼来喊打呗。

于是，虎大私下拿定了主见。一天清晨，他用力敲响了队部老树下的那口破钟。这是在红亮家失火后，大伙儿再一次听到了钟声。大伙儿都以为，当年的那个打狼英雄要再次出山了，一个个摩拳擦掌，接踵聚拢过来。没想到，虎大却一反常态，板着脸孔跟大伙儿交代：

"狼就算来了，也都莫慌莫怕，从现在起天一擦黑就乖乖睡下，各自闭好门户，别都一个个夜游神似的到处瞎跑。"

转脸虎大又补充道："谁不想要小命了，只管去外头胡骚情，出了事都别怪老子没把话递到你耳朵里！"

然后，他就冲大伙儿挥挥手说声："散了吧。"

人们都一愣，全被晾在会场上。大伙儿在虎大的脸上，已看不到往日的那层风光了。

会后，虎大径直钻进寡妇牛香家。

牛香没来开会。不是牛香没听到队部响起的钟声，她听得清清楚楚的。她家离队部近得很，走几步拐两个弯子就到了。牛香不用去会场，她站在自家院里，都能听清虎大讲话的声音。牛香当然听到了钟声，听到了所以才不想去参加的。

虎大一进院，见牛香家最小的一个娃子，嘴里唖摸着一块白森森的肋条骨，看得出来骨头上早就没一丝肉星了，都被牙齿啃磨得发光了，可那小鬼头仍旧叼在嘴巴里，跟狗一样唖得津津有味的，清鼻涕挂在嘴唇上，亮汪汪地上下闪跳。

虎大没有理识，气横横用脚踢开门就进屋了。牛香盘腿坐在床上，正低着头纳一只鞋底。针线在她手指间雪白雪白地进进出出。虎大站在地当间，牛香却连眼皮子都没抬一下，继续埋头做活儿。虎大干咳了两声，又抖索着点了一根纸烟。鼻孔喷出一股浓浓的烟气。虎大才问：

"娘的，你是聋子还是瞎子？"

牛香把杏桃眼一瞪，一声不吭。虎大火了，上前一把夺过她手里的鞋底摺在门槛边。牛香尖叫一声，一只指头蛋正汩汩往出冒血。

虎大骂："贼婆娘，把你日能得要成精了！"

牛香呻吟着将红色的指头塞进嘴里吮着。

虎大说："贼婊子这两天可把肉吃美了，老子该好好给你放放血了。"

说着，已饿狼样直扑到炕中央来。牛香却是一本正经，任凭对方在自己身上一通撕抓扯拽，又啃又咬，她就是不动声色。眼看虎大到了最关键的时刻，牛香突然开口说话了。牛香一开口，虎大手里的活儿就停了下来。男人干那活儿的时候，最怕听到女人说这种丧气话。

牛香幽幽地说："亏你还是个老爷们。"

牛香说："是男人就不该给大伙儿说那种窝囊话！"

牛香又说："我若是个男人就去逮它们，回来给娃们顿顿吃狼肉喝狼血！"

牛香还想说什么，却发现虎大突然在自己身上变得软耷耷的了。

冬灌以来，我们青羊湾的土地一直闲着，大雪棉被一样焐了一层又一层。地一旦闲下来，很容易就把一个冬天从人的眼皮底下，齐整整地给划拉过去了。其实，大地是不会真正闲着的。土地想干什么从来都是不言不语的，静静地生长，万物花开，又静静地走向枯败，直到大雪飘零。每年到冬闲时节，它们都在厚的积雪下面悄悄地养精蓄锐，只是人不容易觉察到而已。等大伙儿发现冰雪融化了，地皮子泛了湿气，脚踩上去有种微微往下沉陷的感觉时，大伙儿又都套上骡马、扛起锹耙，急急忙忙去地里开始打磨平整，准备春耕。焐了一冬的土肥，也该运送到地里摊撒开来，春播眼见着迫在眉睫了。

我们村里今年的春耕，跟往年没有太多不同的地方。如果非要说有什么不一样，就是在最忙的那些天里，大伙儿在地头见到了秀明老师的身影。往年这时候，秀明老师很少到地里去。不是秀明老师不愿意参加劳动，是队里决定不让她去的。秀明老师的任务是管好那些学生娃娃，教好她的书。教娃娃念书识字学文化也是天大的事，地里的活儿谁都可以去干的，可教娃娃念书村里只有秀明一个人。

今年也一样，虎大并没改变主意要让秀明下地干活儿，也不是秀明不想给娃娃们好好教书了。秀明白天要去小学校教书，回到家就得忙里忙外，侍奉婆婆，精心照顾红亮爹。红亮爹腿脚上的伤好些了，幸亏那天秀明他们硬背他到公社，去打了破伤风针，伤势才不至于继续恶化。虽然伤口算是愈合了，但那场大火还是在红亮爹的一只脚上留下了永久性的残疾。红亮爹的那只脚，除了被火烧得皮肉焦枯抽缩之外，从屋顶上掉下来的一根烧断的椽子正好砸在脚背上。连大夫也皱着眉头说脚弓粉碎性骨折了，没法儿救了，下半辈子只能一拐一颠地走路。秀明跟大伙儿都惋惜得不行。

现在，红亮爹腿脚虽说还没有好利索，可他非要坚持下地干活儿，他是在屋里多一天也待不下去了。好男人跟土地具有相同的品性，季节到了，多一刻也闲待不住。可是，秀明不同意。秀明说：“姐夫你这个样子咋能干活儿呢，我去给虎队长说说情，叫你再多歇上两天。”

红亮爹却死活不答应。他说：“多了干不动，少干些总能行，再说也不能靠集体照顾我一辈子。”

秀明还想劝，可红亮爹已经一颠一拐地走出院子了。秀明想了想，知道红亮爹的犟脾气，也就不好再劝说什么了。

地里的活儿通常是，男人干重的，女人干轻的。男人靠肩膀背，靠胳膊抡，靠一双好腿脚放快速度来回跑趟子。女人相对要轻松些，女人主要是拿耙子耙耙地，用手拾拣草根，再用木榔头把地里的土坷垃一一敲碎，重一点儿的活儿也就是一锹一锹地往男人肩头的背篓里装肥。

红亮爹到地里，当然得干男人干的活儿。问题是，地里的活儿都是分派好的，张三和李四是一组，各人有各人的任务，完不成的，会被记录在册，扣工分，到分粮分菜的时候，干多和干少是不一样的。干少了就意味着粮食不够吃，家里老小跟着饿肚子。所以，没有哪个女人愿意跟红亮爹结成对子一起干，大伙儿都知道红亮爹腿脚有毛病，背一背箟肥也得吭哧好半天，走都走不动。女人们都假装看不见，远远躲开红亮爹。

没有办法，红亮爹只好自己给自己装肥，装满了，自己蹲在地上把背箟绳子套在肩膀头上，扶着身旁的一棵树或一根电线杆子，慢慢地往起站。这样做很费力气，又没有人帮衬，憋得浑身冒汗，腿肚子发软，而且，旁人来回跑三趟，红亮爹顶多是一趟。

晌午秀明回家做好饭，等了老半天红亮爹也不回来吃。秀明就把饭盛好送到地里去。一到地里，秀明才知道，大家都回家吃饭歇晌去了，唯独红亮爹一个人还往地里背肥呢。远远看着红亮爹一瘸一瘸的背影，秀明心里不由得一阵难过。

秀明下午还是没有去学校。她换了一身旧衣裳，扛一把锹就下地了。秀明这些年很少干农活儿，她一到地里，多少还是会引起了众人的注意。其实，留意秀明的主要都是一些在地里劳动的女人。大凡是女人，都喜欢东家长西家短地谝一些闲话，似乎这样日子才过得充实有趣。

秀明在大伙儿的眼里本来就与众不同。秀明穿戴打扮举手投足，都跟她们不太一样，她是受人尊敬的女教师，整天站在干净的讲台上，风吹不着、雨淋不着、太阳更晒不着，手里攥一根纸烟粗细的白粉笔，在墙上写写画画，轻轻松松就把这一年的工分挣下了。从这个意义上讲，我们村的一些女人对秀明除了仰慕和敬重之外，不满和妒忌也是有的。俗话说得好，人比人会气死人。女人们站在一起就怕比。一比较，似乎过去一直被忽略的事实，一下子就变得强大而不可忍受了。

女人不像男人，动不动就真刀真枪地干上一场。女人若是对别人有意见，通常先是用嘴开始发动进攻的。所以，当这些女人发现秀明帮着红亮爹一起干活儿的时候，心里就蠢蠢欲动了，嘴巴就哇啦哇啦地闲不下来。

这个说："瞧人家秀明，真不简单呀，又能文又能武的，都以为她干不来呢，看她干起来一点儿也不含糊呀。"

那个说："那也得分跟谁在一起，要是让我成天跟自己的姐夫干，多大的苦我都乐意受，这叫男女搭配干活儿不累，嘻嘻……"

这个又压低了嗓门说："听说秀明跟广种闹翻了，要不这么长时间广种连家门也不沾。"

那个也诡秘地笑笑："反正人家秀明屋里又不是没有人，广种回不回来都无所谓。要说广种这个傻瓜就知道在外下苦挣钱，挣那么多钱有屁用？还不是给人家两个做下好事了。"

这个听了有些不服气地说："什么好事，偷人养汉，不要脸！"

那个急忙劝："小点声小点声，当心让旁人听见。"

这个更是一副天不怕地不怕的样子：

"若要人不知，除非己莫为，敢做就敢当，怕她啥？"

两个女人说闲话的工夫，和她们在一组干活儿的寡妇牛香，正好从对面摇着屁股走过来。

牛香早听到耳朵里，上前就问："你俩又嚼谁的舌头呢？"

那两个女人急忙闭口，低下头假装干活儿。

牛香说："你们不说我也能猜到了。"

其中的一个白了牛香一眼，说："猜到了能咋样？又没说你！"

牛香啧啧嘴回敬对方："你们怕是吃不着葡萄，嫌葡萄酸吧！"

"放你娘的叫驴屁！"

两个女人几乎异口同声：

"谁像你那么死皮不要脸，男人在门前放个响屁，赶紧捧回被窝当蚕豆嚼着吃哩。"

牛香稍稍愣了一下，强忍着把心头的怒火往下压了压。她却故意放亮了嗓门说话，让旁边的人都能听得到。

"真不害臊哟，连秀明老师那么好的一个人，你们都敢嚼舌头，就不怕人家秀明把你们的娃娃给教坏了，带上了歪路，将来也去偷人养汉？"

两个女人完全没有料到寡妇牛香会来这一手。这样一来，大伙儿的目光全都被吸引过来了。她们就有些后悔，早知道就不该跟这个寡妇搭腔的。牛香一点儿也没有息事宁人的意思。

牛香说："那就当着大伙儿的面把话说清楚，人家秀明咋得罪你们了？秀明不就是帮红亮爹干了点儿活儿吗，还轮不着你俩来说三道四的！"

两个女人被牛香的话逼到死胡同里，一时间进也进不去，出又出不来。兔子逼急了也会咬人的。两个女人突然就在地里喊叫起来，光喊叫光谩骂还不够，女人气急了比兔子凶猛多了。两个女人一起扑上去，一个薅牛香的头发，一个撕牛香的衣领。牛香也不示弱，她们扯她的头发衣裳，她也伸手去反扯她们的。毕竟人家是两个人四只手，牛香只有两只手，肯定要吃大亏了，眼看就叫对方摁倒在粪堆上。

牛香急中生智。牛香大声喊虎大快来救命。好多人闻声稀里哗啦围拢过来，有劝架的，有看热闹的。也有的只远远地看着听着，却始终不过来帮忙。红亮爹跟秀明当然也都听见了喧嚣的吵闹声了，他们谁也不说话，埋下头默默干自己的活儿。

这时，虎大气冲冲从地头赶来了。虎大当即就叫人把三个扭成一团的女人硬掰开了。虎大黑着脸皮骂起来：

"你们老娘们见天就知道戳是非搬闲话，每个人扣下半月工分，我看以后还敢穷骚情不！"

　　一到夜深人静，村子就氤氲在猫叫春的阴郁气氛当中。我们村里的猫好像全跟发疯了似的，攀爬到树枝头，或趴在高高的墙头和屋顶，一声一声嘶喵嘶喵地叫个不停。夜都让它们叫长了一倍，直到把天空叫得泛起了蛙肚儿白，这些讨厌的东西才肯迟迟离开。

　　被猫这样拼命一吵，寡妇牛香就睡不着了。这些讨厌的声音实在是恼人啊！她脸冲着窗外骂猫，她骂那些喵呜喵呜叫个不停的死猫都是贱婊子，是小娼妇，都无济于事。猫听不懂牛香的话。猫愿意当婊子当娼妇，牛香管不着。谁叫猫一年就起一次窝，错过时机就枉活一年了。猫除了要让自己舒服一下，传宗接代的心思估计也是很强烈的。

　　人一旦睡不着觉，要想的事情就很多很多。但寡妇牛香要想的事却并不多。牛香只去想虎大一个人。可一想起虎大，牛香气更不打一处来。她想亏自己对虎大百依百顺的，关键时刻虎大却不偏向她。想着想着，肚子里就憋了一股冤枉气进去，尿就来得特别勤，又加上牛香这些天身上的东西也沥沥啦啦的。她一趟又一趟起夜，刚躺下来没多大工夫，感觉小腹里又涨涨的，一翻身那里咕噜咕噜直响。

　　牛香夜里用的尿盆本来就不大，加上里屋的四个娃娃也一起用，半夜里尿盆竟满了，快要溢出来了。牛香没有办法，只得披了件小夹袄端出屋外倒掉。牛香家的茅圈就在屋子后山墙下，用秫秸秆子扎成的围子圈出的一小块地方，头顶的天空就是茅圈棚顶。

　　牛香摸黑把盆里的秽物倒进圈坑里，反正人也出来了，索性就在里面蹲一会儿。猫在不远处的地方正叫得欢实，牛香恨得牙根痒痒。再恨也是枉然的，牛香不会爬树，更不能半夜三更站到自家屋顶上，把那些可恶的家伙轰跑。蹲在圈里，牛香觉得自己叫那些可恶的猫围困在中间，声音在耳边此起彼伏，弄得她有点战战兢兢的。

也可能是太紧张的缘故，半天牛香什么也没有蹲出来，先前小肚子里那种憋涨的感觉似乎被吓跑了。实际上，不是牛香不想蹲着了，而是她突然听到了一声怪叫。起初，牛香以为那只不过是一声猫叫，猫的叫声在牛香听来只是百般厌恶，并不会产生多少恐惧。可当那种怪叫声再次传进牛香的耳朵里时，牛香整个人一下子从圈里弹了起来。

准确一点说，那不是猫在叫，猫根本不可能那样叫的。这种叫声跟嚎差不多。一旦想到嚎叫，牛香的脑子里也同时想到了另一种东西，这种东西不知要比猫可怕多少倍，尤其是在这种时候这种地方。牛香感到脖子后面冰冷，一股冷风从墙外飞旋进来，她早就毛骨悚然了。牛香几乎来不及提起裤子就转身往回跑。

但是晚了。狼已经呜呜噪着从围墙外面蹿进来——牛香后来的全部记忆就凝固在这一刹那间。狼的两只前爪子在牛香身后猛地直立起来，同时扑过来将牛香抱住又狠狠地摁倒在地上。

牛香的头不知撞在什么东西上，很重的一下，牛香的尖叫声渐渐停止了。她脑子里最后的印象是，一只毛茸茸的东西伸到了她的两条腿中间。

牛香人就晕死过去了。

等牛香再次醒过来时，天色已麻麻透亮了。牛香转了转眼珠子，眼珠子还能动。又抬起手懵懵地摸了摸头，头还长在自己的脖子上。

一个人只要眼珠子能转，脖子能扭，手指头能动，这人肯定是还活着。人是活着，可后脑勺上平白多出一只又硬又鼓的肉疙瘩，有核桃那么大，轻轻一摸，疼得钻心刺肺。

牛香一惊，心中生起疑窦。手指开始慢慢往下滑，才发觉自己浑身上下连一片衣裳也没穿，胸脯，肚子，小腹，还有屁股蛋上都是一道一道的抓痕。下身那里湿浸浸一摊，有些冰凉的东西正静静地往出渗着。

夜里凝固在脑子里的东西开始慢慢地融化。她一个人坐在炕上想了好大一会儿，才神经质地哇的一声哭了起来。她的哭声在黎明时分显得格外刺耳，把里屋的娃娃都吓醒了，他们也都跟着莫名其妙地哭了。村里好多人隐约听到了。但因为听出来是寡妇牛香哭哭啼啼，大伙儿也就不太在意了。牛香想哭就哭两声吧，一个寡妇家，总该有些难心的事，这比较符合常规，实在算不得什么。况且，寡妇牛香确实是很少哭的。就连虎大后来听说了也没把她放在心上。

虎大多少有点厌嫌起寡妇牛香了。

这些天虎大本来就气不顺。

虎大气不顺不是因为寡妇牛香，也不是因为白天在地里谝闲话搬弄是非的女社员们。这些鸡毛蒜皮的破事，虎大通常都是左耳朵进右耳朵出的。真正让虎大生气的是他自己的老婆。

那天虎大去上面开了整整一天会，碰巧家里来了客人，虎大的老婆就把客人让进屋里。客人给虎大家拎来一瓶高粱烧，还有十来斤肉，都是洗干净剁好的。

等虎大后来散会回来，肉的香味离家老远就能闻到了。虎大像一条老狗，一路吸着鼻子狐疑地走进屋。老婆脸上笑眯眯的，像是刚刚抱上了一个胖外孙子，乐得合不拢嘴巴。

虎大屁股还没有坐稳当，老婆就把一碗炖好的肉端出来，还特意给虎大倒了满满一盅子烧酒。虎大一开始就有些纳闷，问老婆东西是哪来的。老婆死活不肯说，只说："你自管吃，反正不是偷来的，也不是抢来的。"

黑灯以后，老婆悄悄地缠磨到虎大的被窝里。虎大借着酒兴就想跟女人弄一会儿，可下面的活儿就是不给虎大露脸。老婆也气哼哼的，抱怨虎大整天在外头不是沾花就是惹草，回到家死狗样没声气。虎大打哈哈说："都是酒那东西惹的祸，往后别好端端地就拿酒灌我。"

老婆就回自己的被窝睡了，过了一会儿像是想起来什么了，又转过头对虎大说："三炮兄弟白天来过一趟。"

虎大忙问："那东西是他拿来的？"

老婆说："三炮现今也变得仁义哩。"

虎大就骂："吃人嘴软！他变仁义狗就不吃屎了！"

老婆说："三炮他爹夜夜托梦，想让三炮早点搬回来住，他家原先的一院老屋眼见都快撂荒了。"

虎大说："那就让他找他爹去，我又不是他爹，找我做球啥。"

老婆说："都是乡里乡亲的，你也就嘴皮子动一动的事，三炮想回来就让他回来呗，反正又不住在咱家里。"

虎大一骨碌爬起来。

"要不说你们女人家就是头发长见识短！你知道现如今是个啥形势？狗日的三炮这是黄鼠狼给鸡拜年——没安好心思！弄不好他狗日的是想陷害我哩。你明天天一亮就把他的东西给退了回去，就说我不会同意的。"

老婆也忽地翻身坐了起来，胸口的赘肉一跳一跳地闪亮。

"咋退？肉煮熟了，你和娃娃也吃了，还有你最好喝的猫尿，要退等屙出来你自己退去！"

虎大叹了口气，一时竟没了主张。

夜里，虎大躺在被窝里翻来覆去想心事。要不是事情赶到这里，虎大差点就把以往的几桩子烂事给忘掉了。

那阵子虎大刚猴（坐）到队长的位子上，整天就想甩开膀子，干出一番轰轰烈烈的大事业。虎大让大伙儿在我们村部前砌起长长一溜子土炉子，把村里的大大小小的树木都砍了，把能烧火的木头，哪怕是一辆板车或一架梯子，统统收上来拆散当柴火，在队部燃起熊熊大火，差点就把我们羊角村的天空烤煳了。虎大孤注一掷，一心要炼出我们青羊湾的第一块能发光发亮的红钢锭来。

虎大带领着我们村广大社员，不分昼夜干劲冲天，还敲着锣鼓挨家挨户去征收农具和铁锅，只要是个铁家伙，哪怕是一片马掌子和几颗生锈的钉子，也要统统收齐，再投进火炉子里煅烧。三炮家的墙上挂着一杆粗铁铳，虎大见了心里喜欢得不行。虎大也不是想拿这杆铳去炼铁，虎大生来就好这物件，他想先征收回去，留着自己以后去打猎射鸟用。哪知三炮死拽住铳杆子不撒手。虎大就瞪着眼吓唬三炮说再不松手老子就定你狗日的破坏社会主义生产罪。三炮当年愣头青一个，天不怕地不怕的，抓着铳杆子连踢带跳又抓又咬，还不干不净骂虎大你娘的才是又破又坏。虎大当着众人失尽了脸面，就怒气冲冲地扇了三炮几个耳刮子，然后叫民兵硬从三炮手里夺走了那杆铁铳。

虎大那些日子连做梦都想炼出头一块好钢。他昼夜不回家，困了就在队部的旮旯里打个盹。有一天晚上，虎大老婆像往常一样出门给男人送茶水和被褥去，把两个睡熟的崽娃留在屋里。后来发生了一件怪事，两个崽娃那夜都被煤烟打晕了，虎大老婆赶回家时，娃娃们全都口吐白沫子，不省人事，要不是发现得及时送到卫生所，怕连小命也丢了。虎大把老婆骂得狗血淋头的，可他老婆一再委屈地向他哭诉，说她出门时炉子明明是封好的，可等她回来炉盖子却是敞开的，满满一屋子煤烟。

好在没出人命，事情也就不了而了了。可紧跟着又出了一件事，才让虎大怀疑到三炮身上。虎大挂在队部办公室墙上的那杆铁铳，到底还是不翼而飞了。一开始，只当东西让贼娃子偷走了，虎大也就自认倒霉。可最令虎大恼火的是，偷东西的人还在他的柜子里塞了一条死狗，等发现时已经生出好大一堆白花花的蛆虫，弄得屋里臭气熏天人都进不去，他这才意识到是有人在报复他呢。虎大有心要狠狠整治一下三炮的，可人家三炮成天跟着外庄一个老屠户东奔西颠地学手艺，连家门也不沾，上哪找去呢。还有，三炮那阵已经是个可怜的孤儿了，虎大怕别人笑话他一队之长欺软怕硬，也就不再做理论。

此时此刻，虎大想起以往这些事情，依旧心有余悸。也许，虎大比谁都清楚，三炮生来就不是一盏省油的灯。三炮那种狼一样阴郁而又歹毒的目光，有时让虎大也感到有一丝不安。这一点其实早在许多年前，虎大还没接过三炮爹的班时，他就领教过——虎大当然不会忘记更早以前的"青山羊"的事件。

那时候我们青羊湾一带连着好几年非旱即涝。接下来的这一年，老天爷稍稍消停下来，雨水倒也调匀，地里眼见就该有个好的收成了。不想，临近麦收时节，那日天空忽然间就变黄了，一朵比山头还要粗壮威猛的黄澄澄的云团，从天边杀气腾腾扑涌而来。那浓黄色的云团越积越浓，越压越厚，越变越黑，就像是《西游记》里说的黄风老怪要来了。很快，连太阳的最后一抹亮光，也被它们遮没了，刹那间天地一片昏暗。大伙儿还没弄清究竟是怎么一回事，黄得发黑的云团已迅速朝着另一个村庄蔓延而去。仿佛有什么重要的情况已经发生了，可就是没有一个人敢说出口来。

虎大那天也跟我们村里的人一样，心急火燎地朝村外的小麦地里一路狂奔。到地里一看，人全都给吓蒙了：黄云扑咬过去的地方，饱满的麦穗全都丢了，空余下一根根麦秸秆，锥子似的戳刺着瓦蓝色的天空。杨树、柳树、槐树上的绿叶子，也全都没有了；就连更低一些的草叶儿，也仿佛被联合收割机齐茬茬地过了一遍。我们村有个碎崽娃，个头跟田里的麦秆儿差不多高，身上穿着绿唧唧的布衣裳，头上还戴了一顶小花帽儿，当时他也跟随着大人到地里凑热闹。蝗虫飞过去好大一会儿了，崽娃的娘亲突然意识到，自己身边有些异常：女人回头看时，见自己崽娃头顶的小帽子不翼而飞，身上的衣裳已是千疮百孔，像是被炸弹刚刚炸过一样，衣裳破烂的地方，露出崽娃的嫩肉，上面粘着一摊一摊墨绿色的黏液，也夹杂着斑斑血迹。女人吓坏了，慌忙抱起崽娃就往家跑，没等跑到家门口，崽娃瘦弱的小身体已经像充了气的绿皮囊一样肿胀起来，青亮的小肚皮仿佛快要爆裂开似的。女人扯开母狼样的嗓门哭号着，老天爷呀，快来救救我的娃娃！

那一年整整死了一茬子人，我们羊角村饿死的人里面就有三炮的娘。三炮下面还有个弟弟，好像也是那阵子突然就丢了，有人说三炮弟弟是在河里捉鱼时，让老鳖拽下水去的，可尸骨一直没有找见。那时候我们羊角村的老当家还是三炮爹。这个老头儿本是个老实巴交的庄稼汉，村里隔三岔五就有人蹬腿断气，牲口家畜死了一转圈。人饿得没有力气挖坑埋葬，腐烂的牲畜的尸骨快把村前的一条干沟填满了。老头儿也只能怨天尤人无计可施。三炮娘得浮肿病死的，弟弟又莫名其妙丢掉了，三炮爹也跟着大病了一场。没过多久，这老头儿就有些疯疯张张的，说话行事非常怪异，对我们村里的农事也就没了啥心思了。

有一次，虎大把自家的一只青山羊赶到村西头的林子里吃草，他自己跑到一边用弹弓打麻雀。虎大本人打小就专好使枪弄刀的，捕鸟逮兔的本事更是无人能及。旁人饿得在家里提不起裤腰，挪不开腿脚，虎大却能咬着牙挺过去，秘密就藏在村外的那片茂密的树林子，和更远处的大山里面。只要虎大出去一趟，向来不会空手回归。那些野兔、山鸡、黄鼠、麻雀和长虫，被他用细绳子串成串儿耷拉在肩头，身后的路上滴下一溜弯儿黑血点子。

虎大兴致勃勃对付那些麻雀的时候，忽然发现远处有个老头儿，脖颈上架着一只羊，正急慌慌朝村子方向走，那羊咩咩咩地叫得凄惶。虎大觉得非常可疑。等撵上去一瞧，认出来那老头儿正是疯疯癫癫的村长三炮爹，他脖子上架着的竟是虎大家的羊。这只青山羊羔子是虎大家的命根子，虎大老婆连着生下两个娃娃都没奶水，就等着这只青山羊羔子喂大了将来好下奶用。虎大叫三炮爹把羊乖乖地放下来，可三炮爹却满嘴都是疯话，说那青山羊是他小娃子，他好不容易把娃娃找回来，谁也别想再拐了去。虎大哭笑不得，好说歹劝，老头儿死活不肯归还他的羊。虎大无奈就动手去叨羊。一个死活不松手，一个偏又要夺回去，经两人这一通狂扯猛拽，硬生生把青山羊羔子拽得蹬腿断气了。虎大那时毕竟年轻气盛，人又在气头上，也不多考虑事情的后果，就将三炮爹摁倒在地狠狠地捶了一顿——硬把老头的一颗门牙敲掉了，说话时嘴巴呜呜漏风。

后来三炮为这事虎了吧唧去找虎大拼命，可是胳膊再硬也扭不过大腿。虎大太强壮了，两只臂膀一抡就有三五百斤的力气，搁在场院上的青石碌子，他用一只手轻轻一推就满地骨碌，对付三炮这样的愣头青，自然是三拳两脚不在话下。虎大天生吃软不吃硬的性子，三炮偏又仗着他爹是村长不肯低头服输。后来三炮当着众人的面，让虎大从头上跨了猫腺，算是受尽了耻辱。至今虎大还隐隐约约记得，三炮当时好像赌咒发誓地说过，总有一天要让他知道三炮不是好欺负的。

因此，虎大脑子里不得不把这些陈芝麻烂谷子全都摆到一起来。冥冥之中，虎大忽然有了一种很不好的预感：这次三炮想要回羊角村，绝对不会像老婆刚才对他说的那样！世上的事永远都不会像女人们想象得那么简单！所以，虎大现在需要好好思谋一下。

虎大可不想引狼入室。

第三章　症　状

8

人懒地荒，这话一点儿不假。这年眼看就到了夏收时节，我们村的麦子才稀稀落落地冒出几粒瘪穗子。密密麻麻的稗草却是疯长到齐腰深了，把瘦黄的麦秆欺压得东倒西斜，长不出丝毫样势。麻雀们成群结党在麦地里蹿起来又落下去，没有人来搅扰它们，好不快活。地里没有一点儿凉风，空气跟着了火般炽烈。那些傻乎乎的柴草人失去了往日的威风，面对黑压压的麻雀群，早已熟视无睹甘拜下风束手就擒了。一只只柴草人残兵败俑样在烈日下呆头呆脑垂立，浑身积满了灰白色的鸟粪。

这阵子我们羊角村成天乱纷纷的，因为怀疑村里出了一撮坏人，据说这里面有男人也有女人，有教师也有普通社员，群众反映强烈，说这些人平时就不太老实，最爱乱说乱动，经常故意破坏生产和团结。虎大在全村动员大会上强调，我们要时刻保持警惕，把眼睛擦亮一点儿，争取尽快将那个坏人清理出来，让他们变成过街老鼠人人喊打。虎大的指示下达没几天工夫，大伙儿就一呼百应了，连我们村里的学校也被迫停了课。教室门被撬了，窗户叫学生砸了，桌子板凳都一夜之间瘸了腿，讲台上屙满了屎尿，黑色的纸灰里偶尔能看到一半页幸免于难的学生课本，白森森地露着一角怪吓人的。

秀明老师的日子可想而知了。

秀明做梦也没有想到，自己一直热爱着的教书生活，会在一夜之间断送。

不是秀明不想教娃娃们念书识字了，是那些娃娃们自己不再需要跟着秀明在教室坐下去了。大伙儿都说念书没有什么用场，识字越多脑袋就会变得越迂腐了，等你变迂变腐了，那些不好的思想就会乘机钻空子。娃娃们个个都像是中了邪气，整天六亲不认骂骂咧咧逐鸡撵狗，他们强盗似的跑去砸桌凳烧课本，还往那些教过自己的老师脸上吐唾沫擤鼻涕。

牛香小时候确实也没念过几天书，所以，很多问题她是想不明白的。但有一样牛香心里最清楚，牛香知道广种长年不着家门，秀明一个人陪着婆婆过日子，跟守活寡没什么两样。同情这东西往往又出自同病相怜。有时候，牛香也会很羡慕秀明，有知识、有文化，站在讲台上教书多么风光，可更多时候牛香又是可怜秀明的。这种感情完全是出自一个寡妇对另一个形同寡妇的女人的真切怜悯。

牛香去搀扶秀明的时候，虎大当然看在眼里了。虎大不光看在眼里，心也跟着动了一下。虎大的脑子里突然就把这两个类型完全不同的女人摆放在一起了，场景是晚上，一间小屋，一面热炕，一会儿是寡妇牛香，一会儿又是秀明老师。虎大已经很久没动这种很邪的念想了。

事实上，自从腊月里红亮家着火、村里闹狼事，到现在大伙儿整天忙着搞纠察，虎大几乎再也没有往寡妇家的院子里钻过。虎大几乎害怕晚上跟自己的老婆睡在一起。都说四十如虎，虎大发觉老婆真的像是换了一个人似的，年轻时虎大想弄她的时候，女人总是遮遮掩掩半推半操不让他尽兴。可如今一切都颠倒过来了，女人一到夜里就猫娃子样地扒拉他的被子，把一只滚烫的肉脚片子使劲往他的尻壕子里伸探，弄得虎大心惊肉跳。虎大挣脱不开，可又总是显得力不从心，被女人缠磨得实在没法了，他干脆就抱了铺盖卷以最近工作太忙为由，搬到村部一个人住了。

虎大暗自想着梦一样好的美事。光想想还不够，远水是解不了近渴的。虎大见牛香已经换着秀明准备走了，他又临时把牛香叫住了。

虎大问："你这是把她往哪里弄？"

牛香站住，扭过头看了虎大一眼，没说话。

虎大说："问题还没交代清楚，她现在哪也不能去！"

牛香说："虎大主任的意思是……让秀明留下来？"

虎大连忙给牛香递了个眼色，又冲队部那边的房子看了看。

牛香当然就明白了。明白是明白了，可牛香却不按虎大的意思去做，相反，她转过身扶着秀明，二话不说走开了。虎大还想再把牛香叫住，嘴巴张开了却没发出声来。虎大不由得暗自咒骂：

"婊子养下的贼寡妇，把你狗日的膀子也吃硬了！你给老子等着瞧吧！"

夜里虎大刚睡下，寡妇牛香就跑来母猫样地用指甲抓他的门了。

门只开了道缝，牛香乘机一闪身钻了进来，反身用自己的后背把门磕上了。随后，牛香把手里的一团黑东西忽地扔给虎大。虎大没躲开，叫那团黑物遮罩住了头脸。虎大才知道牛香送来的是他白天披在秀明老师身上的那件黑褂子。

牛香慢声细气地说："白天我那还不都是为了你好，那么多双眼睛盯着，兔子不吃窝边草……哼！人家的好心尽让你做了驴肝肺。"

虎大瞪着眼睛细细打量牛香。虎大已经有些日子没有好好碰过寡妇牛香了。此刻这么近一看，倒觉得牛香浑身上下透着一股子说不出的味道：喇叭花样的薄嘴唇微微翻噘着，软柿子般的一对胸时起时落，还有脸跟脖子上刚搽过的雪花膏，弥散着阵阵洋气的香味，一下子就把虎大骨头缝子里的雄劲给勾惹了出来。

　　虎大抱起牛香，就势把怀里的女人摁在自己的木头床上了。木床很有些年头了，虎大之前就有人使过，村长之前的老村长也在上面睡过觉搂过几个小女人。木头床算是一个经得起考验的老革命了，经风历雨见多识广，啥阵势没有感受过。这阵子让他俩拼了命地一压一扭也情不自禁地呻唤起来，仿佛恢复了青春活力。吱——吱，扭——扭。床下面的每一根楔头，也跟着上面的两只肉身癫狂晃颤，木楔子在楔槽间进进出出，经不起他们的疯野，眼看要脱落崩塌了。

　　虎大趾高气扬地猴在牛香的肚皮上，就像当年刚猴到队长位子上一样，威风八面。牛香的肚子像块引力极强的柔软的吸铁石，把虎大的下半个身子瓷瓷地粘住了。虎大趴在牛香的浑圆的腰髋上，像是集中全部精力在深挖一只洞，在掘一眼井，而且，眼看着这只井洞里就要往外喷水了。胜利在望！虎大挥汗如雨，干劲冲天。底下的四条床腿配合着嘎吱嘎吱响，牛香也起劲地喵啊喵啊起来。

　　身下的床叫得比他们俩还欢。床本来是不会叫的，床没有嘴当然叫不出声来。可是人非要让床叫，床也没有办法。床不能违背主人的意愿，床天生就是为人服务的，床得想方设法制造出点声响，来迎合主人的胃口。床没有嘴，可床有四条腿，腿是用来走路的，床腿一辈子也走不了半步，可人要是把床逼急了，床也会豁出去，赴汤蹈火，在所不惜。最后，床真的就豁出去了。豁出去就不管三七二十一了。可床不会想到自己要为越轨的举动付出惨痛的代价。因为四条床腿迈得步伐不太一致，两条往前，两条向后，各怀心事，各朝一方，这样床身就被拉开了，床就彻底完蛋了，临了落得晚节难保了。

　　果然，就听窟通一声巨响，不会走路的床，终于整个马失前蹄样地跌倒在地上，散架了。虎大正在兴头上，一点儿防备都没有。好比，虎大正骑在马背上一路狂奔呢，连沿途的风景都顾不得看一眼。这马却猛不丁卧倒，不走了，还一拧身，把虎大从马背上撂下来。

　　后来，两个人又在地上躺了一会儿，虎大意犹未尽，他探身抓过自己的上衣，在兜子里摸索了一会儿，拿出一枚发着光的领袖像章。虎大嬉笑着说："来，这是我赏给你的，往后要把这东西好好别在身上。"牛香接过像章，翻过来掉过去看了半天，简直稀罕得合不拢嘴了。她扭头问虎大："要我别在哪哟？"虎大坏坏地笑着："你说别在哪，要不我给你找个窝窝子别上去吧。"

9

崭新的跟刚从地里长出来似的松木大床，没几天工夫就打好了。与此同时，一股比梦里的鼾声还要浓稠的松木的香味正四处飘散。离着我们队部老远，大伙儿就能闻得清清楚楚，让人不由得要打上几个响亮的喷嚏。

特别是在黑夜里，松香刺鼻涩眼的味道，在我们羊角村迅速弥漫开来。我们村那些看家狗的鼻子就一刻不闲地呼扇着。它们像获得了某种极其重要的警示信号，都把黑洞洞的鼻孔紧贴在地面上，鬼子探地雷似的抽搭个不休。

松香味不仅严重影响了狗和其他牲畜的正常食欲，很快就使它们开始大面积厌食，一个个不吃不喝，终日呆头蔫脑，头一天放在窝棚下的食物还纹丝未动。而且，那种弥散开来的怪味，还带来了更为可怕的嗜睡症。这股气息似乎具有很厉害的迷幻作用，让人和牲畜都越闻越想闻，越闻越爱闻了——那情形就仿佛是鸡遇见白米粒、狗发现了肉骨头、牲口撞上了可口的嫩草、男人双手捧住了女人的一对热奶头，全都痴迷忘返沉醉其中难以自拔了。

就这样，我们一村人畜闻着闻着，情况就不太妙了。

最先，是那些整日里爱汪汪吠叫不知好歹的看家狗，它们一夜之间销声匿迹般全没了声息，都不咬也不叫，老老实实待在自己的窝棚里，想着人所不知的心事，它们不肯出窝来，也不怎么排泄了。就连每天清早准时睁开眼抻着脖子来报晓的公鸡，也突然间哑巴了似的不声不响了。或者，故意摆出一副清高的不屑样，好像打鸣原本不是它们分内的事，好像它们的嘴巴被黏胶黏合了。

第二天等到日头蹲到屋顶涂金抹银的时候，公鸡还蔫头耷脑地宿在屋檐下打盹呢。

这些情况刚刚出现的时候，我们羊角村谁都没有在意。

只是，大伙儿都有种夜里没有睡足的感觉，早上懒散地从被窝里爬起来，一个个哈欠连天，眼皮被眼屎粘住似的睁不开。衣服裤子刚刚穿了一半，扣子还没来得及扣上一颗，又疲沓不堪地倒头睡下了。这一睡又是一整天，到了傍晚才慢慢苏醒过来。人醒了，居然也丝毫不觉得饥饿，一个个面面相觑，恍若隔世。肚子里都涨鼓鼓的，被一股子很神秘的气息满满地填充着。人走起路来也虚飘飘的，却又不觉得那么疲乏了。丧失了饥饿的感觉，大伙儿也都毫不在乎。

这样一来，女人们都很高兴，因为她们早就厌倦了娃娃们整天跟在屁股后面口口声声叫饿的生活。现在，女人再也不用担心这些饿死鬼转世的娃娃了，她们前所未有地感到惬意和舒心。有时，她们简直感到不可思议，世上竟会有这种好事情轮到她们头上。我们羊角村的女人世世代代从来没有一个人逃脱过整日生火做饭洗洗涮涮的操劳命。而今，她们跟做梦一样，轻而易举地实现了，世上还有比这更让她们感到美气的事情吗？于是，女人都开始想入非非，开始大篇大段地回忆往事，回忆做姑娘时的轻松，回忆曾经煞费苦心追求过自己的那个心上男人，回忆她们第一次藏在麦秸垛里做那事时的娇羞和胆怯……结果忽然发现：自己的脸跟母鸡下完蛋似的绯红起来，眼圈和下身的私密处都莫名其妙地潮湿了，这些无休止的该死的回忆，简直快把她们变成不知廉耻的荡妇了。

夜色很快降临了。

不知是哪家的该死的公鸡，猛然打起鸣来，使人恍然间有种黑白颠倒的错觉。

喔喔喔——

这声音实在是太突兀了！

接着，是第二声，第三声，第四声……声声都是那么不合时宜。

然后的情形是，整个羊角村里的公鸡母鸡，都跟着起哄似的瞎喔喔起来。

喔——喔喔——喔。

无独有偶，鸡叫三通，狗也似乎憋忍不住了，有点不知好歹地瞎汪汪开了。它们生怕在鸡叫声中被人们遗忘。

一家狗叫，全村大大小小的狗都跟着叫了起来。

没有任何缘由，只是狗在咬狗，胡乱咬起来，没完没了的。

我们村里的男女老少全都被这无边无际的瞌睡困扰着，大伙儿当然听到了外面鸡鸣狗叫，可那也无济于事。鸡狗的叫声并不能激活我们正处于休眠状态的神经，嗜睡症正像一张巨大无边无际的网，人人都变成了束手就擒的鱼，大伙儿全被那张网牢牢地网在中央了，谁也无法逃脱，谁也不想逃脱。

人们刚爬起来没有多久，也就是到茅圈拉屎撒尿的工夫，等再次回到屋里，大人娃娃都好像不会说话了，变成哑巴了，两口子也都是形同陌路的样子，彼此茫然地看着对方，却像在看一个毫不相干的外人。男人一觉醒来，发现自己下面的东西正硬邦邦的头朝上，于是，二话不说，拉来女人垫在身下，打夯似的卖力抢砸颠扑，使出浑身解数，搭上吃奶的劲头，一遍又一遍，一个回合又一个回合，把女人弄得喵哇喵哇叫得人心焦，把自己弄得汗流浃背，可就是无法达到巅峰，无法让自己的坚硬获得最终的释放，铁打铁般的没完没了，互不磨损，把原本快乐的私活儿做得不分昼夜惊天动地。最后，男人一个个甘拜下风，战死疆场的烈马样倒在女人的腿胯上，再也爬不起来了。女人却又开始了那种不合时宜的回忆。她们没有得到该有的满足和淋漓，就像盼望一场久违了的甘露，却偏偏遇上了那种干打雷不下雨的鬼天气，她们开始怨恨，觉得自己的男人太没有用了，简直就是个窝囊废软蛋子。他们急猴猴地把女人的性欲挑逗起来，结果自己却死狗样倒头昏睡了。这简直太不公平了！这世上到底还有没有"公平"二字？

随后的日子里，大伙儿似乎都被什么神秘的东西暗中牵引着，身体不由自主地朝着睡觉的地方移动。尽管大伙儿心里都非常清楚，知道自己已经昏睡了很长很长时间了，这在过去简直不可思议。可是，现在，一个个跟傀儡似的，完全被爬在眼皮上的看不见的瞌睡虫所控制着。人们只能乖乖地束手就擒，无声无息退到炕边，手扶着炕沿迷迷糊糊坐下来，没过一会儿又都倒头睡去了。男人不再那么亢奋，女人也不再唉声叹气怨天尤人，他们很快就学会了逆来顺受和听天由命，或者说他们打生下来就已经习惯了这种方式。

春困秋乏夏迷瞪，我们村老辈人都信这个理儿。眼下正是暑夏时节，天气又热，瞌睡多一点儿也很平常。所以，根本没有人在意这愈演愈烈的大白天嗜睡的怪症。就连一向警惕性很高的虎大，这回也被麻痹了思想。

虎大成天躺在自己的新木床上，闭目养神。

旧床不如新的。虎大欢喜得不得了。横着躺一会儿，竖着卧一会儿，又翻过身在上面趴一会儿。宽敞，平整，舒坦，再也不用担心床会吱吱怪响，或突然四脚朝天。

以前是一张胡乱拼凑起来的破床，如今鸟枪换炮，红松木双人床，后有靠背，前有扶栏。床的样式完全是虎大想出来的，虎大想起来自己有一次在公社开完会看过的一部苏联电影，片子里人家苏联老大哥就睡这种高级的木床。虎大就动用了自己所有的聪明才智，把他的想法跟匠人原原本本讲了，匠人冲他摇头，虎大又讲了一遍，匠人又张大了嘴。虎大就说亏你还是远近有名的手艺人，脑子里面尽装他娘的大粪。匠人就埋头不再听虎大瞎说了，可是匠人却把虎大脑子里想要的东西打了出来。虎大试过床，乐得屁颠颠乱蹦，当即决定给匠人多记半年的工分。匠人依旧没吭气，也没有千恩万谢。匠人不是政治家，匠人靠的是手艺，他们不喜欢耍两片嘴皮子。

不知怎的，只要屁股一挨这张大床，虎大就发觉自己的睡意越来越浓了。

但是，骨子深处虎大并不想就这么没完没了地沉睡下去。

实际上，虎大已经像我们村子里的其他人那样，没头没脑地睡过了一天一夜。现在，虎大确实不想再这样昏睡下去了。

虎大是想爬起来，到外面去，到我们村里随便转一转。虎大原本是喜欢在夜深人静时分出去走一走的。

其实，虎大更痴迷被夜色笼罩着的村子。这时候我们的村子显得既陌生又怪诞，树不像树，房不像房，乱糟糟的树头鬼影样在风中呜咽摇摆，房子黑黢黢地趴在地上不声不响，仿佛一只只上了黑油漆的棺材。虎大一路走下去，心里有种起伏跌宕的东西在激荡，在不停咆哮，一股巨大的猫抓心扉般的力量，和让人难以遏止的魔力，始终把虎大往前方推进。

在漆黑一团的街巷里，虎大的两只眼睛就跟公狼似的闪闪发亮，放射出勾魂摄魄的绿光。

这段时间，虎大的神经绷得太紧了。每次到公社去开会回来，虎大都觉得自己像是被上面拧紧了发条的闹钟，争分夺秒，马不停蹄。虎大要做的事情很多，而且，虎大每做一样事情，都要跟上面的步调保持一致。但是，很多时候又会事与愿违，同样一件事情，没等虎大弄出什么大的响动来，人家外面早就捷报频传了，等虎大自以为是地跑去汇报时，已经比人家晚了十万八千里。

所以，虎大整日闷闷不乐。虎大急需寻找另外一个惊世骇俗的突破口：他急需往天上放一颗爆炸性的卫星，然后咣当一下子，就能把这片土地砸出一个大深坑（这种不合情理的荒唐愿望，直到虎大离开羊角村后才得以实现），他要把青羊湾的男男女女老老少少鸡鸡狗狗花花草草全给震住。这是虎大向往已久的事情。也不单单是虎大一个人的想法，更是上面的殷切希望。

不知不觉中，虎大已经背着双手走过了红亮家，走过了秀明家，又走过了以前让他走得没心思再走的某个最爱跟他骚情的女人家。最后，就连路过寡妇牛香家的院门时，虎大也没有停止脚步的意思，依旧老狗样东摇西晃往前走。

虎大在村里转悠了一大圈，当他经过村西那片荒弃已久的老院子时，却鬼使神差地站住了。

不是虎大自己要停住脚步，而是这片被撂荒十来年的老宅院竟然闪着鬼火样亮光。虎大在这里生活了几十年，他对村子的每条道每院房每片瓦每根草都再熟悉不过了。

虎大想也不想，抬腿走进去。

三炮看见虎大时，一点儿也不紧张，更不觉得奇怪。

恰恰相反，三炮显得很冷静，仿佛他这十来年里一直没挪过窝似的，四平八稳。

虎大看见三炮正趴在灶洞前，手不停地往火塘里添柴火。火烧得正旺。火苗把三炮的脸舔得通红，像一只红烧过的猪头。三炮的影子贴在身后的墙上，半天也不动一下。

虎大看不清三炮的脸。但是，虎大非常清楚三炮那副令他不自在的模样。

虎大说："你狗日的吃了熊心吞了豹子胆……到底还是跑回来了。"

事实上，虎大是想说哪一个给你的特权叫你回来的。可话一出嘴就变了味，连虎大自己也不知道怎么会说成这样，怎么会言不由衷的。

三炮不紧不慢地把柴火塞进火塘里。蜂拥的火星子随之蝴蝶样飞旋起来，扑向三炮的脸。灶上的一只铁锅正汩汩叫着，破旧阴潮的屋子渐渐有了些生气。

三炮说："老哥呀，我白天就登过你的门槛，想拜拜你这尊神，可老人家你在歇缓呢，我寻思着黑了再去不迟，你倒先上我的门来哩。"

虎大轻哼了一声，继而阴阳怪气地说：

"回来好啊，想回来就回来吧，我知道迟早会有这一天的。"

三炮添完了最后一把柴火，慢腾腾地从地上站起来。

三炮抖抖索索地将一只手伸进自己的上衣兜里，很快摸出一样东西来，然后慢慢地展开来给虎大看。虎大识字不多，可他一眼就瞅见了那只大红戳子了。就像一只红太阳放着万丈金光，刺得虎大眼睛一眯。见戳如见官，官大一级压死人。虎大明白这个理。

虎大稍微愣了一下，他正要伸手去接那张纸时，三炮却巧妙地躲开了。

三炮又郑重其事地给虎大指了指那页皱巴巴的纸上，和那枚朱红色的圆圈。

三炮说："虎大队长，往后我三炮又是你老人家手里的人了，三炮生是羊角村的人，死了还是羊角村的鬼。"

虎大心里本来想说老子这里又不是车马店，你想走就走想来就来。可他再次不由自主地打了一串哈欠，他真的还想说点什么，嘴角却空洞地抽了抽，最终闷着头走了出去。

虎大觉得眼前的情景有些恍惚，有种天旋地转般的晕绚猛地撅住了他，眼皮子突然就重得抬不起来了。虎大暗想还是回去抓紧时间睡个回笼觉再说吧。

虎大还依稀听见三炮在嘿嘿发笑。那笑声非常突兀，跟一只老鸹在身后呱呱叫嚷一样难听。

往外走的时候，虎大心里一直在骂：

"贼娘养的屠户，连你也敢来将老子的军！非叫你在老子这一亩三分地上憋瘸了驴腿不可！"

后半夜里，秀明婆婆的嗓子眼突然被一口黏痰堵住，老母鸡似的吐噜噜地响着，怎么也喘不上气来。老人连最后一句话也没给秀明留下，就撒手殁了。

这些日子秀明着实受了些惊吓。一波未平，一波再起。婆婆已经在家里躺了几日，不吃不喝，还不停地咳嗽发烧说梦话。秀明出去给婆婆抓了两副汤药，婆婆只勉强喝下一副，说嘴里苦得很，就死活也不肯再吃了。

有几次，秀明想干脆豁出去算了，她想去找虎大评评理，想把婆婆念念不忘的红松木要回来。可已经晚了，匠人没几下就把那根木头锯开了——原本用来给婆婆做寿材的木头，如今却变成了虎大的一张新床。秀明咬咬牙，接受了这一既成的事实。

但是，婆婆的病情却没有好转。婆婆一死，秀明难过得要命。广种又不在身边，一双老人先后都撇下她走掉了，广种又不可能回来，只有她一个人来默默承担了。婆婆走得太突然了，秀明后悔得捶胸顿足，知道这样她会早早地找来匠人把老人的房子打好，那样起码能让老人安心地走掉。

世上没有卖后悔药的地方。人已经甩手走了，就得赶紧准备后事。好在秀明现在不用去学校教书，时间很充裕。但是，抬埋人不是她一个女人就能干得了的活儿，得需要众乡邻们的大力帮助。如果红亮爹在事情会好一些，他可以帮衬着跑前跑后，可红亮爹还被队上关押着，没有虎大的命令，红亮爹是不可能被放回来的。

令秀明万万没有想到的是，以前跟广种家走得还算近的几户邻居，都推推辞辞的，这个说家里太忙走不开，那个说娃娃病了脱不开身，再不索性不给秀明开门，听见秀明在外面叫门，他们就是憋在家里不肯吱声。而且，秀明还发现，整个羊角村的气氛有些异样，到处都死气沉沉的，即便肯出来跟她答话的人也都是一副睡眼蒙眬的样子，一个个哈欠连天，眼神呆滞，仿佛沉浸在睡梦当中。人人都刻意躲避着秀明。

秀明也没有过多去想。实际上，连秀明自己也是这样，她想这大概跟自己的情绪有关，毕竟自己现在成了众矢之的，毕竟家里又刚刚完了老人，阴郁的心情可想而知，所以她才对身边一切产生这样一种奇特的感受。

天气一天比一天燥热，亡人是不能在家里停放很长时间的。

秀明知道得赶紧找人料理和抬埋。秀明在村子里转了半个晚上，挨家挨户去敲门磕头行孝子的礼，这样也只找来三两个老辈子人。他们倒是天不怕地不怕的样子，只是都太老了——腿脚胳膊都没有什么气力，干起活儿来哼哼唧唧腰来腿不来的。可他们一看秀明戴着孝，跪在门口哭得可怜，心肠一软，二话不说就跟了来。他们帮着秀明给老人擦身体，穿寿衣，抹合眼睛，焚香烧纸，然后用麻绳牢牢地捆绑住亡人的腿脚，生怕老人会突然站起来跑了似的。

寿衣倒是现成的——这还是去年腊月跟公公爹一起备下的，只是棺材一时没有着落。几个老辈子人在停放亡人的屋子里转来转去，唉声叹气，不停地咒骂虎大，他们骂虎大是天杀的挨刀子的，骂虎大下辈子转猪转狗断子绝孙不得好死。可是，大伙儿又都清楚，即便骂上三天三夜，依旧于事无补。亡人平躺在拆卸下来的一扇门板上，脸上盖着发黄的烧纸，好像还没有死，好像只是睡着了一动不动的，唯独肚子那里似乎微微地往起鼓着。大伙儿就急得团团转，无头的苍蝇似的东冲西撞。

不管怎么说，老辈子人还是主张秀明请几个阴阳法师来念一念，给老人好好超度超度。他们说人在阳世一场不易啊，到了阴间也要图个太平顺畅，一路平安。

道理秀明懂，可她很为难。念及老人在世时对她的种种好，做这些秀明义不容辞。可秀明感到害怕。不是秀明不孝。秀明知道眼下的境况有多艰难。

秀明实在没有别的办法了，只好硬着头皮去了队部。

虎大本来睡得糊里糊涂的，见到秀明他顿时眼睛一亮，挣扎着一骨碌从床上爬起来。

秀明穿了一身孝，素白素白的麻布孝。虎大就不由得想起来一句老话，要想俏，一身孝。看来这话不假，用在秀明的身上再贴切不过了。

按理说，家里完了老人秀明见了虎大是要跪着说话的，这是老祖宗传下来的规矩。可秀明没有给虎大下跪。秀明就直直地站在虎大眼前，眼角挂着泪珠，神情庄重得很。

秀明说："我婆婆昨夜完了。"

秀明说："我要给老人打个漂漂亮亮的房子住上。"

秀明说："能不能让我请两个师父来家里给老人念一念，她来世上一趟一天福也没享上。"

一口气说完这些，秀明就没话说了。

女人不说话的时候，眼泪就会无声地流下来了替女人说。眼泪把女人满肚子的委屈都倾诉了出来。秀明没有去擦脸上的那些泪水，任凭它们滴滴答答落下来，在地上变成一个个黑点。

虎大稍稍愣了一会儿。目光虫子样不停地在秀明脸上滑动。

半天虎大才如梦方醒般哦了一长声。

接着，虎大装腔作势地在他的桌子后面坐下来。

虎大慢吞吞地说："这个问题嘛……很严肃。"想了想又说。"秀明老师你是念过书的人，我不用多说你都明白，打房子已经过时了，都是旧社会的东西，旧东西我们就要坚决把它撇开，阴阳和尚也一样，都是牛鬼蛇神，都是我们社会主义要反对的东西。"

说到这虎大忽地从桌子后面站起来，他几步走到秀明身后，眼睛放着光，像是寻找到了一个新的兴奋点。又似乎是非要关爱一下对方似的，伸出一只手轻轻搭在秀明的后背上，手指却又不停地在那里游移抚摩着。

虎大说："别难过别难过，是人都有一死嘛！我建议咱们这回来个旧事新办，经就不念了，房子嘛也不打了，不如一把大火炼了干净！"

秀明被怔住了。

虎大的情绪却异常激昂，说得嘴角直溅唾沫星子。

秀明听见虎大大包大揽地跟她说：

"放心吧秀明，我会亲自出面给你办好的，到时候我还要让村里的喇叭美美地放上一天哀乐！老人家来世上走一趟多不容易呀，屎一把屎一把把娃娃们拉扯大了，临走的时候我们当晚辈的咋也得让她风风光光的嘛！"

秀明像是没听懂，脑子里一片空白。

虎大的手一直搭在她的后背上，正轻佻地弹动着。

暑气源源不断地从田间地头翻滚过来，我们羊角村一天到晚都飘荡着灼热而又古怪的亡人气息。因为虎大亲自出面，秀明婆婆的葬礼就显得格外隆重。

那天一早，也就刚刚六点钟，虎大就把队部的那口铁钟敲得山响。即便这样，聚集到场院门前的人数还是相当有限。大伙儿跟聋了似的待在家里，迟迟不肯出屋，对虎大敲响的巨大的钟声充耳不闻。

虎大恼火至极，最后他换来一把铁锤子使劲去敲打，结果硬是把那口钟敲下来巴掌大的一块，钟的声音就不再是凝聚集中的，而是破锣似的发散无力了。

大伙儿稀稀拉拉地站在虎大眼前，漫不经心地揉眼屎扣鼻孔掏耳朵，像一片刚被野牲口糟蹋过的高粱地，高矮不齐，东歪西斜，摇头晃脑，没精打采。虎大叫两个民兵给在场的男女老少每人发了一朵很小很小的白纸花（这些小白花都是用虎大老婆珍贵的卫生纸折成的），要求他们必须戴在胸前。

然后，虎大命令管广播的小老头开始连续播放哀乐。哀乐顷刻间就在村子上空奏响了，让人听了总有种世界末日到来的绝望。虎大像他过去训练民兵那样，高声亮嗓地喊了稍息立正，又喊了向前——看。大伙儿才把迷茫浑浊的目光从很远的地方收回来。

虎大当众黑起脸来宣布了几条纪律：

"不准大声说话，不准交头接耳；要严肃紧张，不许嬉皮笑脸，不许胡乱放屁；还有一条就是，谁也不能哭爹喊娘故意扰乱会场秩序！"

宣布完毕，虎大又强调了最后一条，这也是极为关键的。

虎大高声说："这回我们要坚决杜绝给亡人磕头烧香搞封建迷信那一套，亡人不换新衣裳，嘴里不塞口含钱，腿脚不捆冥纸，手里不拿鞭头，头上不摆倒头饭，不开光也不戴孝，不摔丧盆子，也不扔买路钱，大伙儿一律默哀，给亡人行注目礼。"

安排好了一切，虎大才雄赳赳气昂昂地在前面带队。大伙儿垂头丧气地跟在虎大后面，不停地打着哈欠张着嘴，像是被亡魂牵着蔫巴巴朝秀明家的方向去。

秀明替广种行全部的孝子礼。秀明一直跪在婆婆灵前抹眼泪烧纸，给前来悼念的乡邻们磕头。虎大领人进来的时候，秀明依旧跪着没有起来。

虎大本来想发作，但看到几个老辈子人正虎视眈眈地盯着他横眉冷眼的，虎大才勉强忍着了。虎大知道这种时候不能因小失大。以前虎大在公社参加过一半次干部的追悼会，所以，虎大一直对自己这次突发的奇思妙想感到无比兴奋。

虎大黑着脸在灵堂里转了一圈，他立刻发觉里面地方小，太憋屈了，根本转不开弯，施展不开他原定的计划。虎大就斩钉截铁地指挥四个民兵把亡人连同门板一起抬出来，并且摆放在院子当间。虎大指挥人做事的时候给大伙儿的感觉是，他不光是队长，更是这个凄惨家庭里最最重要和至高无上的长辈。

一旦亡人被安放在外面，虎大就能够按照他过去参加过的追悼会的样子，给秀明婆婆举行集体致哀仪式。就在大伙儿跟在虎大身后排成一长溜儿，准备绕着尸体转圈的时候，飘荡在上空的悲怆的哀乐声却戛然停止了，剩下一片恼人的嘈杂声，间或还有一群碎娃娃在大人们的腿胯间窜来窜去，无比快活。事实上，娃娃在玩一种叫作"鬼捉人"的游戏，他们规定被鬼抓到的人就是下一个当鬼的人，游戏中最后一个被抓住的人，将成为万劫不复的恶鬼。而最后被抓住的那个人，若是及时地冲对方大喊一声，你是鬼，那他本人就获救了，游戏可以周而复始。

虎大也跟众人一样侧着一只耳朵等待着，可是无故中断了的哀乐很长时间也没有再度响起来，他听到的却是娃娃们嘴里的一次次叫喊，你是鬼！你是鬼……这让虎大觉得大煞风景，甚至有点恼羞成怒。

虎大脸一沉，骂一声他娘的脚，就急忙差一个小娃子跑到队部去看。时辰不大，被差去的人气吁吁跑回来，告诉虎大我们村放广播的小老头趴在桌子上睡着了，哈喇子淌了一摊，连推带搡喊了好一会儿，才迷迷糊糊醒过来。

正说着，音乐声又在我们村子上空飘荡起来，唱片年代太久了，机器也是上面淘汰下来的破烂货，听着就跟老牛拉破车样吱吱扭扭的刺耳。虎大一听，紧绷着的面皮稍稍松宽了些，但觉得味道跟先前似乎不太一样。再竖起耳朵循着声音细听，果然不是哀乐，是什么呢？一时他却又说不好，只是觉得耳熟得很。

旁边站着的那个娃子突然哈哈地笑起来，脸蛋子憋得通红，腰背都弯下去了，好长时间才说出一句话来。虎大这时也隐隐听出了那句著名的"鹰秃那熊奶儿"来，娃子又说："那个糟老头八成是睡糊涂球了，放的不是哀乐，是《国际歌》。"

虎大听了简直怒不可遏，恨不得自己插上一双会飞的翅膀，把放广播的小老头生吃活剥呷干了骨髓才好。

大伙儿开始议论纷纷，开始窃窃私语，完全把虎大的那几条纪律抛在九霄云外去了。虎大再也无法容忍。这种场合虎大需要别人无条件地服从，对他毕恭毕敬。

又恰好赶上放供养（即为给亡人顺利转世消灾除难，在下葬前所做的一项重要的施舍活动）的重要时刻，一个老婆子不明就里地从屋里端出一盆杂粮饼馍之类的食物，突然朝人群最密集的地方泼撒开去。霎时，人头炒豆子样攒动，个个不顾一切地冲向食物着落的位置，又多半是女人家和娃娃们，他们拼了命去争抢，都相信吃到供养会交好运身体健康子孙平安。

那些在场的年轻的小媳妇们则坚信，吃上这种供养会让她们早得贵子，她们过门以后肚皮都还空瘪瘪的，平时走路都抬不起头，被大伙儿暗地里称作不会下蛋的鸡。此刻，她们个个眼睛放光，手脚麻利，冲锋陷阵，不顾死活，明争暗夺。只要能得到一口馍一颗枣或一把谷米，就算是让她们下十八层地狱，也都甘心情愿，绝不反悔。有个一开春刚从外庄嫁到我们村的小媳妇眼明手快，她刚刚冒着被百十双脚踩扁踏平的危险，好不容易拿到一只白面馍，正得意得哇哇乱叫忘乎所以，却不曾想螳螂捕蝉——黄雀在后，冷不丁让身后早就埋伏着的一个肥婆姨一把抢了过去，她急得欲哭无泪，想扑过去再叼回来。可对方的男人早身先士卒地横过身来，把她挡住了，与此同时，这急红了眼的男人伸出手来就朝她的胸口子上乱摸起来，嘴里还嚷嚷着：

"我那蛋蛋哟，把你身上这两团软晃晃的肉馍馍也给老哥尝上口吧！"

这个女人简直要发疯了，到了嘴的鸭子飞了不说，还让这无赖泼皮男人捏了自己的豆腐，她在人群里跳着蹦子叫：

"天杀的，挨球的，这辈子就是生了女娃也长不上×眼，生了男娃也短根鸡巴！"

这诅咒太阴毒了，对方的男人还指望自己的胖女人吃了供养生娃下崽传宗接代呢，她这样一咒，人家就黑了脸要跟她拼命，转眼就把这女人摁倒在地，撕她的头发扯她的衣裳，往她脸上扇耳刮子吐口水。这样一来，大伙儿又都跟着起哄，水从自家门前流，不浇不灌都是错！男人们就乘机沾到了难以想象的便宜，把地上的小媳妇脸蛋奶头屁股摸了又摸，捏了又捏。我们村有个最无耻的老光棍汉，活了大半辈子也没娶上媳妇，他假装上前拉架劝仗，却把那鼻孔喷血的小媳妇子抱在自己怀里，口口声声要保护她，暗地里却拿他硬撅撅木桩子一样的东西胡乱在女人的尻子后面蹭了蹭，磨了磨，蹭得他嗷嗷叫，磨得他嘿嘿笑，很快就把她的裤子蹭湿了一大片。别的男人看到这情形，又都气愤不过，纷纷上来解救帮腔，而解救该妇女的过程中又如法炮制了一遍又一遍，好像她是羊角村的公共财产，现在要按需分配了，人人都有一份的，谁若无动于衷，那就吃了天大的亏，死了都要遭天谴雷轰的！最后，弄得那小媳妇裤子跟狗舔了似的，湿唧唧，粘巴巴的。被糊脏衣裤的女人又羞又臊，喊着叫着要去跳井。

"我真是没脸活人了，你们让我去死吧！"

于是，男人笑，女人哭，娃娃们依旧疯闹，场面和秩序变得异常混乱。一开始，虎大还想以他个人的权力和威严加以制止。但很快，连虎大也无能为力了。他像一个由于腿脚抽筋而将要溺水的人。虎大多少有些乱了方寸，大呼小叫试图上前拦阻。可是，根本没有一个人愿意再听他的命令。在食物的诱惑和迷信崇拜面前，在男人的欲望和女人的身体面前，虎大也要甘拜下风了。世上没有一个政权能够真正制止这突如其来的群众狂欢。

没等虎大做出任何一种有效的反应，或者，想好一个应急的法子，头顶却突然传来炸雷似的一声吼叫。随即，女人娃娃都顾不得再去抢夺地上的食物，男人也不敢为了骚情那可怜的小媳妇铤而走险，那情形就跟羊群里猛地闯入一匹饿狼样呼啦朝两旁闪开去，个个唯恐伤及了性命。

虎大顺着声音望去，骚动的人堆里果然兀自立起了一截黑塔。虎大发现黑塔不是旁人，竟是屠户三炮，黑煞星一般从天而降。这是三炮迁回我们羊角村以来，首次在大伙儿面前公开亮相。但是，虎大一点儿也没有料到，屠户三炮会以这样一种方式出现在大伙儿面前。虎大回想起那晚见到三炮时的情形，心情就不免有一点儿潦草和慌张。虎大看见三炮竟然披麻戴孝，手里捏着缠了粗麻的哭丧棒，像传说里的黑白无常一样，在人群里横着挥舞竖着冲撞。

而奇迹也紧跟着发生了，原本混乱的场面立刻恢复了平静，秩序也变得井然了。人们不再贪图那些落在地上的供养了，就像三炮手里不停挥舞着的东西不是哭丧棒，而是一对明晃晃的屠刀。刀剑无情。

众人纷纷有所收敛地挺胸抬头，目视前方。并且全都是，自觉自愿地在虎大身后分成两列站立，像是专门等虎大的一声号令了。那些刚才从小媳妇身上获得了快乐的男人，此刻虽然意犹未尽，可他们一个个都贪生怕死惧刀畏剑，谁也不想为了一时间的快活而丢了小命。有句话说，留得青山在，不怕没柴烧，大丈夫能屈也能伸，忍一时风平浪静嘛，那就忍着点吧！

虎大一直不知所措地瞪着三炮，眼前所发生的突变简直像一次绝好的表演。最后，旁边有人悄悄过来推搡了一把，虎大恍然回过神来。这才郑重其事地宣布秀明婆婆的火葬仪式正式开始，全体默哀，跟遗体告别。虎大的心里怏怏的，很不是滋味。

再去上面汇报情况时，虎大却红光满面神采奕奕。

虎大终于逮住一次千载难逢的发言机会。语言是人的天赋，可话不能胡乱说，特别是在大庭广众、在干部领导面前，那得有的放矢见缝插针，得抓住机遇，才能事半功倍。当然，机会也不是从天上掉下来的白面馍，机会是虎大自己一手创造的，就像创造和改写了我们羊角村的一段历史一样，虎大理所当然要理直气壮眉飞色舞夸其谈一番。

虎大极其详尽，甚至是不厌其烦地汇报了自己在处理秀明婆婆葬礼这件事上，所有的英明决策和正确领导。上面始终在聚精会神地听，之后洋洋洒洒地鼓掌，又把虎大口头表扬了一通，主要夸他思想意识快，工作抓得很有起色。更重要的是，上面普遍认为，虎大已经懂得了活学活用马列主义，所以才能顺应时代潮流，开创性地开展工作，并在实践当中大胆地易风易俗不拘一格。领导们还口头承诺，要把虎大和我们村的光荣事迹内参到上面的上面去。也许是中央吧？虎大没敢去问，更不敢多想，只是让那束灿烂的心花一味地怒放在别人看不着的地方。

会后很长时间，虎大都沉浸在无比惬意的快活里面。这种感觉太好了，简直比他跟一个风骚的女人睡过三天三夜还要好。

终于扬了眉，吐了气，虎大胸前还别了一朵小红花，乐颠颠地回到我们羊角村。

一路上，虎大像刚刚评上的"三好学生"那样，不停地端详这朵绸子做的小红花。虎大真是越看越爱看，越看越像鲜活的花。这朵红花是公社一名妇女干部亲手给虎大别上去的，人家悉心地为他别花的时候，虎大还乘机蹭了一下女干部的手。那双手可真叫滑嫩，无骨鸡似的绵软，惹得虎大心猿意马。虎大当时就想，要是能把这女干部也一并发给她带回村里享用一下，那就太好了。

现在，他倒背着双手，腆着胸膛，从我们村东一直走到我们村西，再从我们村西返回到我们村东，有些乐不可支，有些沾沾自喜和神魂颠倒。但是，走来走去，走到最终的结果，却令虎大突然失望起来。

放在往常，我们村会有很多很多人从家里跑出来，会恭恭敬敬站在门口等着虎大经过，会有很多双眼睛向他行万分崇敬的注目礼，会跟他没完没了地寒暄问长问短，会有很多艳羡和崇拜的目光从不同地方投射到虎大身上的，还会有很多女人冲他胡乱骚情，搔首弄姿。虎大也会因此而感到无比惬意和舒坦。

可如今我们村的情形却是，从东到西从南到北，街头巷尾都空荡荡的，家家户户都四门紧闭着，连个人影儿也没有，甚至连条狗也找不到。到处是一派冷寂和萧条。眼看就是吃晌饭的时间，那些屋顶上的烟囱也都呆头呆脑沉默寡言，一丝生气也没有的。虎大几乎有这样一种不祥的印象，羊角村的人畜全部死光了。

虎大走着走着，本来很高亢的精神状态，他却突然间觉得眼睛酸涩，手脚发麻，四肢冰冷了。他竟莫名其妙地打起哈欠来。虎大觉得自己像是中了什么邪气，腿脚变得瘫软起来了，没有一丝力气可供支撑下去，就连这最后的几步路都走不完，便要跌倒在路中间了。瞌睡这东西怎么会来得如此迅猛，而又不可抗拒呢？这在过去几十年光景里，是从来没有过的事啊！

虎大强打起精神，迫不及待地朝自己家飞赶。他的一双眼皮已经沉重地耷拉下来遮蔽了视线。虎大瞎子一样摸索着一路仓皇而去，他刚跌跌撞撞推开家门，就一头栽倒在地了。然后，虎大什么也不记得了。他死狗样躺在自家的门洞里，脑袋枕着一摊凝固已久的绿鸡屎上，呼呼地打起鼾来。鼾声震得地皮发颤，连旁边的门扇也跟着吱啦啦响动起来。

虎大睡得跟死人一样，四脚朝天，毫无知觉，简直比死人还死。

虎大苏醒过来的时候，天色早已黑尽了。

虎大懵懵懂懂地从地上爬起来，像迷路的碎崽娃，他完全不记得自己怎么会睡在门洞里的。又像喝醉酒的人那样，先前不省人事，醒来以后却感到眼前的一切都是那么的陌生，又不同寻常。尤其是，对自己突兀的行为感到疑惑不解，甚至感到无比害怕。

虎大摸了摸胸膛，那里的衣服湿唧唧地发黏，下颌跟脖子也湿漉漉的。看样子是自己睡着的时候流淌下来的清口水。

虎大狐疑地摸索进屋，一眼瞅见女人和一堆女娃娃都横七竖八地叠摞在炕上，睡得正香。

虎大回头想看看桌子上的那只孔雀蓝色的马蹄表，可表不知什么时候停了，红色的秒针一动不动了，黑色的时针和分针则双胞胎兄弟样重合在一起，看上去表里就跟少了样什么东西似的。这一屋子人全都成了被时间遗弃的孤儿。女人跟娃娃们的睡相更让虎大感到十分奇怪，从她们彼此相互搂压纠缠的身体来看，她们都跟八辈子也没有睡过觉似的，贪婪而又昏迷，从此一睡不起，永远不想再醒来了。

虎大就勉强趴到炕上，想把她们娘儿几个弄起来。

虎大刚刚把老婆抱起来，让她靠墙坐着，又用手指硬把她的眼皮子掰开，呼唤她赶快醒醒。可没等他转过身去，就听见老婆靠着墙开始说话了："鸡还没喂呢，猪也没喂呢……你见天就知道在外面招惹那些母狗！从来不管我们娘几个的死活……"虎大不由得惊出一身冷汗——他不是被女人的话给怔住了，而是女人在梦里大胆地发着以前近二十年来从来没有发过的牢骚。"天要下雨娘要嫁，谁也拿这世道没办法哟！"虎大又听见女人说了一串乱七八糟的胡话，才又倒头睡着了。

虎大气急败坏，过去揪女人的耳朵，扯她的头发，用脚尖踢她的屁股，但这些都无济于事。瞌睡让这个矮胖的女人变得像泥巴一样瘫软，变得跟死猪一样慵懒和沉重。她的牙齿磨得嘎吱嘎吱响，这会儿就算把明晃晃的杀猪刀架在她脖颈上，虎大也休想弄醒她。

"他娘的，这帮娘们睡得跟死了一样！"

虎大气得连跺脚带骂。

"死猪！全都是些死母猪！"

最后，虎大觉得自己身上的力气快耗尽了。如果再这样没完没了地做无用功，也许自己又要犯困昏睡过去了。他已经开始无力地张开嘴打起哈欠来。毫无效果地折腾了半天，他似乎终于明白了：此时她们的身体仿佛在另一个世界里，那里只有无止境的黑夜和睡眠，即使他眼前正是大白天。

有生以来，虎大还是第一次感到了什么叫作无奈。

10

很长一段时间，那种可怕的症状像梦魇一样，依旧在我们羊角村里持续蔓延，一如那日里秀明婆婆的尸身被火焚化时，所散发出的腥臭焦煳的气味，在大伙儿的呼吸中，一刻也不曾停止过传播。

而最初的时候，这种奇怪的症状只是简单地表现为没完没了的嗜睡，人的脑瓜子里像是钻进了一百条晕乎乎软绵绵的瞌睡虫，它们死皮赖脸待在里面，弄得大伙儿永远也睡不够似的。但是，没过多久，情况就发生了根本性的变化，所有患者的病情，又都发展成夜晚不眠而白天长睡不醒了。

这样又过了一个来月，大伙儿已经逐渐习惯了，这种黑夜和白天颠倒错乱的时间状态。人们通常在白天昏昏入眠，而在夜色降临以后的某个时刻，又慢慢地苏醒过来。醒来的人丝毫没有任何的不适，好像老天爷重新安排他们的休憩时间。最关键的问题是，我们村绝大多数人都近乎固执地坚信：他们的作息时间没有发生丝毫的改变，他们还像往常一样睡醒之后，该干什么就去干什么。长期的逆来顺受，使得大伙儿对任何事情都表现出漠不关心不愿意动脑筋思考的习惯。他们生来就是种庄稼的人，庄稼活儿并不一定非要在白天干的，晚上摸着黑同样也可以做好。还有，他们太熟悉那些农活儿了，熟悉得就像夜里跟自己的女人睡觉、做那快活事儿一样，闭上眼睛随便来，从来也不会找错了对象或进错了地方。

现在，大伙儿基本喜欢上了在天黑以后下地干活儿。这样一来，人们再也不必担心太阳会把脸膛晒得黝黑黝黑的，女人出门前也不用在头脸上系裹棉围巾。而且，夜晚里总是凉风习习，月亮和星星常常相伴，它们给劳动增添了情趣，使得那些原本枯燥辛苦的农活儿，变得舒服而又惬意了。

稍后些时候，我们羊角村那些聪明人就发现，在夜里干活儿还有许许多多好处，这在以前大伙儿都没有注意到。比如，彼此间的废话寒暄少了，劳动的效率却大大提高了：以前三天五日才能干完的活儿，现在顶多用上两个晚上，而且，每次只需在地里做够两个钟头，不像以前要在地里晒上几天的毒日头。还有，在夜间干活儿，偷懒的人一下子就减少了，不用谁怎么督促和监管着，大伙儿都心甘情愿地埋头把自己手里的活儿做好。因为不怎么搭讪谝闲话，一门心思都用在劳动上，所以很容易出活儿。人和人之间关系也变得融洽了，磕磕碰碰明显少了，也最大限度地避免了无聊的口角和是非，这简直是两全其美的好事，大快人心。

时间一长，虎大对上面交代的事情也变得漠不关心起来。

这是没有办法的事情。因为作息时间本质上的差异，虎大去上面开会总是把时间弄错，明明是通知他一早去上面开会的，可他却在黄昏以后才迟迟赶到会场。到那里一看，连只鬼影儿也没有。

虎大就很恼火，以为上面故意把他当猴儿耍呢，便气哼哼地跑回来。再接到上面的通知，虎大却又犯了类似的错误。头晚虎大明明是把闹钟定好的，等闹钟响起来的时候他却睡得稀里糊涂的，铃声根本不能把他叫醒。虎大又叮嘱老婆务必在天亮时起来叫醒他，可往往是，老婆答应得好好的，翌日他都起来老半天了，女人还是跟娃娃们赖在炕上，昏睡不醒。这种时候，他恨不得把女人嚼碎吃了。

一开始，上面对虎大的所作所为也很有意见，认为虎大肯定是有点居功自傲，才故意迟到违反纪律，说白了，就是对上面分配的工作心存不满，有抵触情绪。虎大露出一脸的苦相，嘴里连声喊冤。上面只好差派一个姓苟的文书下来摸摸情况。结果是，那个苟文书仅仅在我们村里待了一个上午，连一个清醒的人也没遇到，偶尔碰见的都是摇摇晃晃赶去上茅圈的人，却根本不和他搭讪。虎大因为事先知道苟文书要下来，怕耽误了事情，头天晚上就叫人用麻绳把他牢牢地捆在办公室的椅子上。这样，苟文书来的时候，虎大人虽然睡着了，可毕竟没有四仰八叉地躺在床上。苟文书趴在虎大耳边喊了半天，最后不得不将半茶杯凉水泼在虎大的脸上，虎大这才勉勉强强被激醒过来，一脸的茫然和无辜。

苟文书不再说什么，事实已胜于雄辩。

于是，苟文书急急忙忙跑回去，向上面汇报了自己的调查结果。正在上面还将信将疑的时候，奇怪的事情再次发生了。听说，正是这个苟文书，他在大白天里竟趴在桌子上睡着了，把那天很当紧的一桩事情都给耽误掉了，这在他过去几年的工作生涯中，是绝无仅有的一次，至少被人连续叫喊了二十几遍，怎么也弄不醒他。直到下午下班时，他还是沉睡不醒，上面也实在没有别的办法，就找来两个人，把熟睡的苟文书抬回宿舍里去。苟文书半夜里醒来，一个人摸黑又跑到办公室里，点灯熬油地完成了一份长达三十二页半的调查报告——而此前这份报告至少让上面催了不下二十次，也没见分晓。第二天，那摞厚厚的工作报告就搁在领导的桌子上，连领导也大为震惊，而苟文书自己却照旧趴在桌子上昏昏而睡，鼾声不止，惹得办公室里一片哗然。

鉴于此，上面终于无奈地接受了这一奇怪的事实，他们似乎再也没有理由怀疑，虎大所管辖着的羊角村里，正在发生着匪夷所思的怪事。于是，青羊湾公社临时决定，要成立一支救援小分队，立刻奔赴羊角村窝点。但是，卫生所的几名赤脚医生都感到无比恐惧，他们无不担心自己会跟苟文书一样，传染上那种奇怪的病症：白天昏睡不醒，而夜里又死活睡不着。因此，谁也不愿意拿自己的正常的睡眠和生活习惯来冒险。上面又经过再三研究考虑，觉得大家的担心是很有必要的。但是，不论战争年代，还是和平时期，想干一番轰轰烈烈的事业，注定是要有牺牲的，牺牲极少数人的利益甚至是生命，而换取绝大多数人的幸福生活，和安定团结的大好局面，这才是颠扑不破的真理。

最后，公社下达了一个任何客观理由都不可能更改或违背的指令。他们一致认定，反正公社的苟文书已经被传染上了那种怪病，索性来个死马当活马医，继续派他到虎大那里蹲点。主要负责收集日常情报，进行科学调查研究，力争取得突破性进展，以尽早预防和控制疾病的扩散和蔓延，让羊角村的广大患者摆脱病魔纠缠，早日康复起来，最大限度地恢复生产和生活自救。依照苟文书的性格，他向来是唯命是从的。这次当然也不例外。

也算是因祸得福，虎大迎来了他一生当中最为得意的黄金时期。

虎大一下子就迷恋上了我们村目前的状况。黑白颠倒似乎一点儿也没有影响到人们正常的生活和劳作。恰恰相反，长期以来大伙儿对虎大心存的种种偏见和不满，已悄然地化作乌有；而过去那些年里，虎大对我们羊角村人所做的一切，都只是一场虚幻的梦了。人们开始史无前例地辛勤劳动互敬互助团结一心面对当前的困境——尽管还没有一个人真正意识到，我们村确实正处在被无形的病魔完全掌控的严峻的情形之下，假如那个苟文书不被派来的话。

如果非要说，还有什么遗憾的话，虎大当然会毫不犹豫地想到，鬼使神差跑回羊角村来的屠户三炮。而这之前，虎大是明确反对三炮迁回来住的。那天在秀明婆婆的葬礼上，虽然三炮肯挺身而出鼎力相助，可虎大心里还是感到了某种异样的东西悄然滑过。虎大还不清楚三炮的葫芦里装着什么药，但他知道三炮这只黄鼠狼一准没安好心眼儿，但在事情没弄清眉目之前，他不想当面捅破这层窗户纸。虎大知道有些事情不说破，远比说破了要好得多。自然，对于那天的帮忙解围，虎大是不可能对三炮感恩戴德的。虎大采取的是不温不火不明不白的态度，他想好了，等到时机一旦成熟，他会狠狠整治整治三炮，然后让他乖乖地卷铺盖滚蛋：总有一天要让三炮知道，这里没有人会欢迎他。

秀明是在给婆婆办完丧事后的第二天去见虎大的。当时，秀明怀里抱着一只黑陶罐，罐子的口用牛皮纸密封着。黑色的罐子和斯斯文文的秀明，在虎大眼前形成了鲜明的对比。在我们羊角村，秀明婆婆是第一个被装进这种罐子里的，当然也是最后的一个。

虎大见了秀明泪眼婆娑的样子，心里就很不是滋味，这种感觉也很奇妙，以前虎大对任何女人从来没有动过这种恻隐之情。

秀明说："这是我婆婆的骨灰，我想把它留着等广种回来看看。"

虎大本来要说还是及早挖个坑埋了吧，可虎大看着秀明发红的双眼，半天话也没说出口来，最后只是意义很不明确地哦了一声。

秀明就抱着黑陶罐转身走出去。虎大目送着秀明远去的背影，忽然觉得这个女人很不同寻常。

没过几天，闲话就接二连三地传进虎大的耳朵里，大伙儿私下里议论着虎大跟秀明老师在那张松木床上睡觉的事情。虎大听了，也不气恼，更不与人争执。用虎大自己的话说，老子这大半辈子睡过各式各样的女人，聚齐了能拉好几马车哩，可就是不知道秀明老师的身子到底是个啥气味。

尽管大伙儿在黑夜里任劳任怨埋头干活儿，可粮食的收成一点儿也不以人的意志为转移，产量几乎降低到了历史的最低点。这是意料中的结果。别说是上缴公粮，连勉强喝面糊糊来填饱肚子，也是非常困难的。往年，虎大总是先把公粮预留下来，再考虑给大伙儿分配的事。好在如今大伙儿睡觉的时间远远要比清醒的时候多，这也是抵御饥饿最直接最有效的办法。

虎大在村里转悠了一圈，又挨家挨户去查看了锅里的吃食。大伙儿见虎大进门都毫无怨言，只是把碗盆敲得咣咣响，那些盆里碗里全都清汤寡水地飘着几星发黑的菜叶，见不到一丝油花泛起。虎大一家家去看，看到最后，虎大实在看不下去了。当晚，虎大便做出一个胆大妄为的决定，今年的公粮一颗也不交了，他想把粮食全部分到大伙儿手上以渡过难关。

民以食为天。这句老话在我们羊角村得到了充分的验证。谁也没有想到虎大会这么干，当粮食分到手上的时候，大伙儿一下子狂欢起来。虽然粮食并没有多出几斗，可多跟少毕竟是不同的，一米扛千斤，多一把米就能救一条人命啊。况且，大伙儿都心知肚明，虎大要担多大的风险啊。

虎大却是一副天不怕地不怕的样子。我们羊角村分粮的那晚，虎大拍着胸脯对大伙儿说："要粮没有，要命老子就这一条！谁想要了就来拿去，愿杀愿剐！"

这天夜里，一双双被无尽的睡眠折磨得疲倦无神的眼睛，都暂时摆脱了一切困扰而恢复了活力，大伙儿即兴在队部门前的场院里，开起了篝火晚会。秫秸秆柴草树枝在人们眼前哔哔啵啵燃烧，火光映亮了深黯色的天空，一张张脸面被炙烤得通红通红的，前所未有的喜庆笑容爬上了几天前还阴郁黑沉的额头。

有些人当即跑回家，把珍藏在地窖里数年之久的高粱烧纷纷贡献出来，男社员们轮流传递着酒瓶子，他们嘴对着瓶口，喝着火辣辣的烧酒。酒精在他们的肚子里翻江倒海迅速燃烧起来。喝了酒的男人，个个都像精壮的牲口，嗷嗷叫着，在场子里摇摆嬉笑。女社员们就像一桶桶汽油，立刻就被男社员滚烫的激情和火花点燃了，她们相互拉起手来，围成很大的一个圆圈，男社员们被围在当中。她们开始一支接着一支唱自己喜欢的歌子，唱《大海航行靠舵手》，唱《我们最爱读红宝书》，还唱一些没头没尾连她们自己也说不清楚的，却又非常好听的电影插曲。女人的歌声像甘甜的溪流一样缓缓流淌，很快就渗透到我们村子的每一个角落，喝过酒的男人性情变得更加刚烈起来，在女人的歌唱和笑声的撩拨下，他们摩拳擦掌仿佛回到青年时代，一个个就地拉开架势摔跤竞技，惹得女人们又是一声声的喝彩和不断唏嘘。最快活的还数那些崽娃，他们马驹子样在场院上疯跑，在那些高高低低的柴草垛上蹿上跳下，嘴里吱吱喊叫着，还模仿电影里的正反面人物，无休止地游戏下去。被火光照亮的场院，霎时变成了欢乐的海洋，大人娃娃的笑脸在火海中红彤彤地摇晃。

虎大兴致更是空前的好。他仿佛一下子回到了当年孤注一掷的猎狼时代，那时他胆量过人，浑身有使不完的劲，双膀轻轻一举似有千斤的神力。虎大轻而易举地摞倒了一个又一个前来跟他一比高下的年轻后生：他们开始对虎大刮目相看，一个个佩服得五体投地，有人甚至当众跪下，请求虎大无论如何要收他们为徒。虎大再一次用自己的实力证明，他依旧是羊角村的主宰者，这是毋庸置疑和当之无愧的铁的事实。

接下来狂欢进入了白热化状态：男社员和女社员亲密无间，手拉着手毫无顾忌，一个个笑得前仰后合，他们围着熊熊燃烧的火焰尽情舞蹈。男社员伸展双臂像骏马奔驰在草场，又似雄鹰在夜空翱翔；女社员则是温顺乖巧的羊羔，是柔软多情的土地和摇曳生姿的秧苗，她们像是被热风吹拂着不停地摇摆自己柳条样的腰肢，披散的黑发在男人的胸前缠绕，浑身上下散发出阵阵隐秘的芳香，好像一树树成熟的果子，等着男人去采摘。

事实上，这种看不见摸不着的气息，很容易就被男社员们捕捉到了。女社员的特殊气味感染了他们，男社员们也因此变得更加兴奋和激昂起来。盛大的集体狂欢，很快进入到私密而又含蓄的小型聚会。男社员们开始寻找自己心爱的女人，女社员也遮遮掩掩半推半就，她们悄悄投入到自己中意的男人的视线中来，彼此相互依偎窃窃私语倾诉衷肠；几天前分明还吵得不可开交的小两口，此刻早已化干戈为玉帛了，他们远离火光的熠熠照耀，借着浓浓的夜色隐蔽成双成对卿卿我我的身影：他们把脚下的土地当作炕，把头顶的夜空当作被，情欲像无所不在的空气在夜风中招摇。

寡妇牛香当然没有放过这样一次绝好的机会。牛香主动接近虎大。在这样的一个美好夜晚，她觉得虎大不应该属于别人，可是虎大的心思并没有完全放在她身上。虎大虽然一只手挽着寡妇牛香，却总是在不停地左顾右盼。牛香是女人，那种感觉比猎狗还要灵敏。她低声说："当心别把脖子拧弯了，回不过头。"

接着牛香又趴在虎大耳边说："吃着碗里的，还要盯着锅里，馋嘴猫！"

虎大却装作听不见。

牛香就用指甲狠狠掐虎大的手背。

虎大忍不住叫了一声，一把甩开牛香的手。

牛香说："掐你一下就知道喊叫了，人家心上刀子割样疼，你咋就看不见吗！"

虎大坏笑着说："谁叫我是一队之长呢，我不能只顾你一个人，这么多张嘴呢，哪个照顾不周全，我都睡不踏实吃不香啊。"

牛香听了气得直冲虎大瞪眼睛咬下嘴唇。虎大喜欢牛香咬嘴唇时的狠样，女人的狠往往能刺激男人欲望。这种时候，虎大又觉得牛香女人味十足，充满嫉妒和愤怒，他心间就冒出几颗粲然的火花来。虎大不由得伸手去轻捏了一下牛香的屁股蛋。牛香顿时母鸡下蛋样发出快乐的欢叫，咯咯咯，跟母鸡刚下了蛋似的招摇喧闹。

虎大突然在人群里发现了秀明的身影，随即支吾一声，便撇下牛香走开了。

牛香还沉浸在被男人捏弄后的兴奋和热烈当中，人家走了她也只有在原地跺脚咒骂的份儿了。虎大走开不久，牛香的手就被另一只更加有力的大手紧紧握住了。

牛香以为虎大回心转意了，侧目一看，站在她身边的不是虎大，是屠户三炮。

这是三炮回来以后第二次在村里公开场合露面。

牛香没好气地瞥了三炮一眼。她想把自己的那只手抽回来，可三炮的手跟老虎钳子一样厉害，抓得她骨头生疼，却又无计可施。

三炮闷声说："嫂子的手旁人抓得，就不兴我三炮抓抓！"

牛香听出了挑衅，却没接话茬。

三炮凑近牛香的耳朵说："怕是你有情，人家没诚心哩。"

牛香说："我听不懂你的话。"

三炮说："听不懂就当是我放了个哑巴屁，不过……我可是真心实意的。"

牛香心里不由得一慌，她看三炮的表情一本正经的。尤其是三炮那双不温不火的眼睛，始终闪着令人忐忑不安的冷光。趁着有人过来跟他们搭话的工夫，牛香暗中挣脱了三炮的手，青鱼样摇头摆尾闪进人群里去了。

三炮扭头朝牛香消失了的地方看了看，一种很难捉摸的神情倏忽浮现在他的脸上，被火光映照着，明明灭灭的。三炮的脸一直冲着火光发笑。

　　那边，虎大正缠着非要跟秀明老师跳拉手舞。秀明推辞说自己重孝在身，实在不方便。虎大说："好，好，等你婆婆过了百日，我亲自登门给妹子抹孝去。"他一边说着，一边拿手指轻轻地抚摩着下颌上的胡茬，一副志得意满的样子。

11

　　篝火晚会结束后的第二天清早，苟文书骑了一辆破破烂烂的自行车，从青羊湾公社出发，他一口气赶了二十多里路，来到我们羊角村。

　　跟上一次有所不同的是，这位相貌和举止都带着浓浓书生气的公社文书，肩上挎着一只洗得发白的军用帆布包，包盖上绣着一只鲜红而又笨拙的五角星，包里鼓鼓囊囊的，看起来沉甸甸的。他骑的车子虽然漆皮剥落锈迹斑斑，手把上却像模像样地安着一只银光闪闪的铃铛，它使这辆自行车透出一股不俗的幼稚气。一路上，苟文书都在不停拨拉着这只闪着银光的扁圆形铁铃铛，像是要借此驱除内心的无限寂寥和惆怅。

　　车铃铛在通往羊角村的唯一的一条弯弯曲曲的碎石子路上，发出那种极不情愿的铃铃声。这种清脆的声音，跟石子不停敲打车子的两片挡泥瓦，所发出的噪音很不谐调，但它们又很突兀地混合在一起，让骑车子的人越发感到难过和失落起来。他本来想让这寂寞的铃铛声给自己带来些许安慰，可这无聊的铃铃声，恰恰给他带来了无尽的烦恼，它甚至没有引起一条狗的足够注意。看来，他完全低估了我们村的现状，他对自己的前途和使命几乎毫无把握。

　　临近晌午时分，苟文书独自一人推着车子，径直来到我们队部。没有群众夹道欢迎他的队伍，没有队长虎大应该尽的地主之谊，迎接文书到来的，只有高高爬在树梢上的毒辣辣的日头，和一个昏昏欲睡的村子，以及匍匐在场院空地上的那一大摊黑灰——那是头天的篝火晚会留下的残骸。像受到了某种无法抑制的瘟疫传染，苟文书立刻感到浑身疲倦和困乏起来。他勉强靠着墙根，支稳了推在手上的车子，将架在鼻梁上的近视眼镜使劲朝鼻梁上推了推，又低头拍了拍军用背包和衣裤上的白色的灰尘，然后才规规矩矩地上前一步，去敲虎大的屋门。

可是，使劲敲了老半天，也没有人来给他开门。唯一的一扇窗户也被一片黑布帘子遮得严严实实，什么也看不着，他根本弄不清楚，里面到底有没有人。苟文书正在犹豫之际，身后传来了咚咚的一串脚步声，就像谁在用力敲着石板。苟文书转过身去，便发现在几步远的一棵歪柳树下，站着一个黑脸男人。男人的身板比那棵老树还要粗，一截塔似的立在那里不露声色地观望着他。

苟文书四下看看，才走过去打问。

"老乡，我有紧急任务来找虎大，你知道虎大家住在哪里吗？"

黑脸男人并没有马上回答苟文书的问题，他一直站在树荫下，让人一时分辨不清他究竟是醒着，还是站在那睡着了。

"我是从公社来的！"苟文书不得不亮出自己的身份。

黑脸男人终于伸懒腰似的展了一下双臂，又像是要跑来拥抱对方一样。

"虎队长肯定在睡觉，村里人全都在睡觉！"黑脸男人不紧不慢地说，"要不这样，你先跟我去喝口水歇一歇脚，等他睡醒了再过来吧。"

苟文书无望地回头，他朝虎大的那间屋子又瞅了一眼，然后文绉绉地答应一声也好，就去推停靠在墙根下的那辆车子了。

在黄昏到来以后，虎大才接见了远道而来的客人。

那时候我们村的人基本上都刚刚睡醒。村子渐渐恢复了一丝生气，淡淡的炊烟随着晚风到处飘散，日头落山之前把西面的天空和杨树林子烤得红通通的。偶尔，能听到一两声牲畜和鸡狗的叫声，也是朦朦胧胧刚刚睡醒的样子。

苟文书象征性地喝了两口虎大专门递给他的凉茶水，才不慌不忙地放下那只已经看不出白色的白搪瓷缸子。他从灰的卡制服里掏出一张折叠成小方块的签纸，慢慢地展开，又清了清自己的嗓子，才一字一句地像钦差大臣那样，念出了那张临时决定的全部内容，包括年月日。

虎大瞪大眼睛看对方的嘴巴。听对方念完了，虎大才如梦方醒地噢了一声。

苟文书又强调说："我这次可是二进宫啊，来了就不能空着双手跑回去。"

苟文书稍稍停顿一下又说："公社的意思很明确了，我要在村里住上一阵子，虎队长好有个心理准备，希望你们能大力配合我的工作。"

虎大默不作声，把剩下的半拉烟屁股咂得吧吧响。

苟文书说："虎队长也表个态吧！"

虎大在翘起来的一只鞋底上有深仇大恨似的摁熄了烟头。

虎大慢吞吞地说："这不是表不表态的问题，问题的根本就在我们这里正常得很，羊角村跟过去没啥两样，羊角村还是羊角村，又没有变成牛头马面村！"

苟文书一怔，尽量让自己保持该有的平和。

"嗤——正常？你倒说说咋正常了，正常难道就是现在这种样子吗？我一上午就往过赶了，可是直到天黑了才见到虎大队长的面儿，这也能说是正常？！"

虎大迅速地扫了苟文书一眼。他发现这个看上去文弱书生样的人，正用一种好奇而又惊诧的目光盯着自己，其中不无嘲讽和责问。他突然就对眼前比自己至少年轻二十岁的乳臭未干的家伙感到厌恶起来。

"我虎大是这里的一队之长，我比你们谁都了解情况！"虎大的脸色已涨得发赤，"苟同志你最好把我的话原原本本捎回去，就说我们羊角村根本不需要啥救援不救援的，大伙儿都活得好好的，能吃能睡，没病也没灾！"说完，虎大腾地从凳子上站起来，他三步并作两步走到门口，又回过头语气稍稍缓和了一些说：

"这阵子大伙儿就要下地干活儿了，我还忙着呢，就不招呼你了，你自己随便吧。"

就这样，苟文书被孤零零地晾在屋里。虎大走了好一会儿，苟文书才回过神来。对于我们羊角村的这个大名鼎鼎的人物，他并非一无所知。相反，苟文书知道虎大在公社也是出了名的刺头，向来说一不二，有时连头头们他也敢顶撞，尤其是，仗着自己年轻时剿过狼立过赫赫战功，根本不把一般人看在眼里。临行前，上面特别给苟文书叮嘱过，一定要注意工作的方式和方法。现在看来，虎大果然是个吃软不吃硬的顺毛驴子。

苟文书暗想着，心里觉得非常好笑，觉得虎大简直就是一头执迷不悟的黑牛。

死亡的套绳像一条越盘越紧的毒蛇，正一下一下扣牢红亮爹的脖颈。这个可怜的男人在长时间的饥渴和伤痛的折磨之后，完全沦陷在无边无际的黑暗中了。这是他最后一次苏醒过来。

那时外面一片漆黑，但是，红亮爹似乎能够感觉到太阳就快出来了。事实上，这种感觉完全没有依靠他的眼睛和视力，而是单凭直觉和嗅觉完成的。红亮爹能勉强睁开一只眼——前几天另一只眼窝被他们用枪托撞得青紫，眼底赤红，肿还没有消，即使睁着也看不到任何东西——他想看看外面，想闻一闻阳光的味道，想呼吸一下透过门缝挤进来的黎明前第一缕清爽的空气。但是，他感受到的却是一股阴郁而又潮湿的霉味，其中夹杂着牲口粪便发酵的酸臭，丝毫没有阳光的温暖和干爽，更没有青草和鲜花的香气。他也由此隐隐地预感到，未来的天气就要变坏了，也许很快会有一场大雨落下来，而且，这场雨一旦下起来会没完没了的，会变成可怕的洪涝和灾难。

红亮爹想扶着墙壁慢慢地站起来，他担心如果这会儿再不起来的话，也许今生今世他再也没有机会站起来的。其实，他就是想在最后的一些时光里站立一下，哪怕只是那么一小会儿。人不能老是跪着躺着趴着卧着，不能像狗一样老是那么一种姿势一动不动。人长着两条腿天生就是要四处走走的。可红亮爹心里又非常清楚，自己身上没有一点儿力气，而且腿脚又被捆绑得结结实实，双手也让反着捆死了，想站起来根本就是妄想。而且，即便是给他松开手脚上的绑绳，他也没有能力爬出这间阴暗潮湿的窝棚。

这样想着，他觉得心里非常难过，绝望的泪水又一次蒙住了他的眼睛。他想大哭一场，想用头狠狠地撞撞身边的墙壁。可是，他很快又想起了红亮，生的小火苗又奄奄地在脑海里一闪一跳起来——生的愿望是那么的强大，自己的力量却又是那么的渺小。这时，红亮的小模样也在那微弱的几乎难以看清的火光中，一明一暗动荡起来。被关进来的这些日子里，红亮爹简直受尽了虎大他们这伙人的辱骂和拳脚，开始的时候，他们对待他像对付一匹一无是处的老牲口那样，毫不客气，每天动不动就提溜过来非打即骂，他都忍受下来了。到了后来，他们似乎对他失去了兴趣和耐心，再也没有人过来拷问他羞辱他，事情似乎都已经过去了，而他对外面正发生的事件也毫无价值了，他被榨干以后，他们仅仅将大把大把的黑无天日的孤独扔给他，让他在这里独自咀嚼，自生自灭。红亮爹甚至已记不得，他们最后一次来送东西给他吃的具体时间了。

在经历了一番不明不白的磨难之后，这个可怜的男人彻底被外面的人遗忘了，同样，他自己也对生不再抱任何一丝幻想。仿佛羊角村从来都不曾有过他这样一个倒霉的家伙。有好几次，红亮爹隐约听到有人吆喝着牲口，从棚子前面疲疲沓沓走过，他也清楚地听到牲口突噜突噜地打着响鼻，他像哑巴那样呜里哇啦叫着，试图引起外面的人注意。可是，几乎每一次，他得到的都是牲口踢踢踏踏的蹄声越走越远，间或，还有牲口脖子里的铃铛不紧不慢地摇晃出一串毫无意义的响音，却始终没有一个人肯过来看他一眼，确认他是死是活，甚至，连一条狗也不曾打这里经过。

太阳似乎就要出来了。这种感觉对红亮爹来说弥足珍贵。一想到太阳，泪水就跟秋雨一样，连连绵绵落下来。

那还是十多年以前，这个可怜的男人第一次惊喜地叫出了红亮这个名字。那时，他还年轻，那时赶上天灾人祸，妻子难产刚刚殁了，但老天爷还算有眼啊，至少把红亮鲜活地送到了他的手上。那一天，他是从血泊中抱起嘤嘤啼哭的小红亮的，他简直悲喜交加，当时太阳刚好落到树林中间，像一张嫩嫩鲜鲜的婴娃脸儿，红扑扑放射出万道金光。所以，他就给娃娃起了"红亮"这个名字——这个名字多好啊，又喜庆又响亮，简直就是老天爷赐给的。在接下来的十几年光景里，他是含辛茹苦的，红亮是他生活下去的全部信心和勇气，但他又每每告诫自己，对娃娃一点儿不能娇生惯养，从小就要严厉地管教他，不能让娃娃长大后变成一个对村子有害处的人——哪怕无益，可绝对不能是个祸害！这是他人生的基本信条和准则，他这大半辈子从来没有蓄意得罪过谁，也从来没有做过对这个村子有害的事，所以，他唯一的希望就是要让红亮好好长大，成为一个像他一样本本分分的老实人。

可现在，几乎所有人都觉得他是一个不本分的家伙，把他当成大坏蛋，一次次地揪他斗他，把他当猴子一样肆意地抽打耍笑，非要逼迫他承认自己跟秀明有不正当的男女关系。他扪心自问，自己从来没有做过对不起红亮的事，连这种念头都不曾有过，但凡有这种心思，就是让他下地狱滚油锅，他也绝无二话。

他对秀明的确是怀着很深的感激和敬佩之情的，他知道秀明最疼红亮——红亮毕竟是吃了她的奶水才熬过难关的。还有，秀明是红亮的老师，一日为师终身为父（母）——所以，不管虎大他们怎么对待自己糟蹋他，也不管秀明是否一次次求他按虎大的意思说，他就是宁死也不低头的。当然，最最让他难过的并不是虎大他们的恶意诬蔑和诽谤，而是长期以来红亮对秀明那种莫名的敌视情绪。在红亮爹看来，这简直不能理喻，他到死前的那一刻也想不明白，红亮这个小家伙为什么会那样恩将仇报！这娃娃简直是鬼迷了心窍！

在这种情况下，他的意志就变得更加坚定了，不论别人怎么折腾他殴打他，怎么把屎盆子往他头上扣，他是绝对不会玷污秀明的清白的！尽管现在红亮还没有一丝消息，但是他相信只要红亮还活着，只要有朝一日红亮还能活着回到村里，娃娃总能理解当爹的一片苦心！当然，他更希望以后红亮能消除对秀明姨姨的敌视情绪，好好地敬重她，而且将来秀明老了红亮还能孝敬她，替她养老送终，这样他就死而无怨了。

随着红亮爹长时间的胡思乱想，连他自己也没有想到，浑身上下倏地便有了一股让人难以置信的力量。那股力量非同寻常，一下子就把红亮爹从臭烘烘的棚子里拉起来牵引着，然后穿门而过——那一瞬间他明显地感觉到胸膛像是跟什么硬物撞击了一下，但又没有留下任何疼痛的感觉，鼻子闻到一股刚刚被锯子锯开的干燥的木头屑的味儿，让他不由得打了个喷嚏。等一步步走出两排牲口棚之间的那条夹道时，他才蓦地回过头朝身后看，几天前每日轮班看守他的民兵早就撤了，除了其他棚子里正在闭目养神或反嚼的骡子和马之外，这里只有他一个人，他从它们中间穿过去的时候，没有引起牲口的任何骚动，它们继续闭着眼睛，空嚼着牙齿，模样悠闲。个别的牲口似乎认出他来，突噜突噜地算是跟他打声招呼，他也冲它们点头，这些大块头的家伙跟他太熟了，过去的许多年里，他经常跟它们一起出工干活儿。

　　他想先回家去看一看，村街上空无一人，就连枝头上的麻雀还都在打盹儿。他不明白自己怎么会走得那么快，脑子里刚有回家的概念，两只脚就站到家门口了，这在过去是不可思议的。屋子此前被他们抄过，早乱得不成样子了，到处都是灰尘，还有一圈一圈的蜘蛛网，挂满了每个角落，似乎离开了这些白茫茫的丝网的拉拽，屋子随时都会坍塌下来。他像真的被释放回家一样，埋起头来收拾屋子，把那些缺胳膊少腿的板凳桌子挨个扶起来，将倒在地上的瓶瓶罐罐捡起来放回原位，又把碎碗片一片一片拾起来，扔到门外的墙根下。做完这些琐碎的事情，他最后一次打量这间被烟火熏黑的屋子，看着看着，滚出一滴泪，泪光中他把墙上挂着的一面筛子和一顶旧草帽，都看成是红亮的小圆脸了，他嗫嚅着上前去抚摩它们，草帽和筛子都落下了厚重的灰尘，像是流下了干燥的泪水，又迷蒙了他的眼睛，他才明白是自己看走眼了，一切都是幻觉。最后，他揩去眼角的泪，关好屋门，默默地离开了家。

　　就如过去几十年在村子里一样，这里的每一棵树、每一块砖、每一根拴马的青石桩，他都再熟悉不过了。红亮爹散漫地穿过一条条窄巷，几乎家家户户都在闭门沉睡，他想最好能碰到一个什么人，他要上前打问一下有关红亮的消息，可这种想法显然是虚妄的。他感到很纳闷，竟没有一个人出来走动。他这才恍然记起，自己被抓之前，有一段时间村子里都是夜里干活儿白天睡觉的。这样走来走去，他实在没地方可去了，只好茫然地迈进了秀明家的院子，他拘谨地站在堂屋的窗前，玻璃窗面上映着一只影子，起初他并不认为那就是他自己，可是等他搭起手棚朝里面瞭望的时候，才猛然省悟过来，玻璃窗上的那个头发灰白、脸色比刚刚刨开的木头还要苍白干枯的人，正是他自己，一下子就把他给怔住了。他一点儿也记不起，自己的头发是什么时间突然变白的，一张蜡黄蜡黄的脸比纸片厚不了多少。

　　然后，他犹犹豫豫地进了这间堂屋，闻到一股素淡的香气，沁入心脾，他顿时有点紧张，身子不由得朝后退的时候，一不小心将墙角的脸盆架子撞倒了，空脸盆摔在砖墁地上，发出咣当当的响声。之后，他听见里间屋有穿衣服的簌簌声，接着门帘一挑，秀明就打里面披着衣服走出来了。秀明好像瘦得厉害，嘴唇失去了鲜嫩的颜色，跟脸面一般青白，更重要的是，他发现秀明变得有些邋遢了，头发乱糟糟的，不像过去留着很精干的齐耳短发，一看就知道是个女知识分子。现在她的头发像是被狗啃过七长八短的，有的地方竟然还露出了青亮可鉴的头皮。秀明迷迷糊糊地朝地上看了看，嘴不停地打着哈欠，当着他的面把脸盆架款款地扶正，将滚到柜子下面的脸盆捡回来放稳。这时他才注意到，秀明是光着脚的，脚趾发出同样苍白的光。他以为秀明看到他会跟他说点什么，可秀明揉了揉眼睛就扭头回里间屋了，然后他听到被子扑勒扑勒卷动翻盖的声音。他很无奈地站在那里，隔着很远他居然听到了秀明的呼吸声，像是不堪忍受的叹息，一声比一声沉重。

　　后来红亮爹还是悄悄地离开了这里，那时他还不明白秀明对他视而不见的原因，只是把这一切简单地当作是，秀明不想连累他的具体表现。这不怪她。他当然不能怪她！实际上他一直对她充满了感念，如果可能的话，他甘愿让自己再多承受些煎熬，以减轻落在秀明身心上的痛苦。

　　沿着原路往回走，每经过一户宅院，他都要稍微停留一会儿，冲里面望望，不用辨认就知道是谁家，他立刻眼含泪水。他还清楚地记得许多年前，自己抱着饥饿难耐的小红亮到东家要一个馍，去西家借一把碎米的悲惨情形。那时他又当爹又当娘的，那时他心里只有一个盼头，就是自己不吃不喝，也要把小红亮拉扯大。

终于三步一停两步一晃地走完了空荡荡的村街，经过场院和队部的时候，他看见了虎大办公室前面的那棵老得已经不怎么长叶子的树，和吊在树下的破钟，他知道虎大已经不在那间办公室里了，他甚至知道那个新来乍到的戴眼镜的年轻人很快就会取代虎大，这是潮流和趋势，谁也阻挡不了的。这些情况已经不需要任何人来告诉他，在他一口气把村子转遍之后，几乎对村里的每样事物都一目了然清清楚楚，他以一个过来人的姿态看清了村子的过去，也隐隐约约觉察到将来要发生的一些事情。他忽然有种不好的预感，那口吊在树下的钟不久以后将会掉下来，而且还会砸趴站在树下面的一个人，只是预感没有直接显示出那个被砸得头破血流的倒霉鬼到底是谁。他不愿意为这种预感多伤脑筋，一切都跟他无关，他很虚弱，需要好好歇缓。所以，他只是随便瞥了一眼，就发现场院上正泛着一圈又一圈黯蓝色的涟漪，这种水光同样让他感到忐忑不安了，所以，他就仰起头走开了。很多年里，在羊角村他是极少仰起头从这里大摇大摆地走过去的。唯独在这个宁静的黎明，他悄然做到了。

当他回到牲口圈那里，正准备走进棚子里，却看见一个个头老高的家伙正贼头贼脑地趴在那扇木头门前，眼睛紧贴在门缝上，极力朝里面观望。不用走过去，他单从背影就认出了这个人是谁。

于是，红亮爹自言自语说："也难为你了，还记着来看看我哟！"

"——都说叶落归根呢，你现在回来也好，等有力量（条件）了把家院翻盖翻盖，别让你家的香火断了。"

"论辈分红亮也算是你的侄儿，往后娃娃要是真的能回来，你还得多帮扶着点……就算是我最后求你了！"

　　但是，红亮爹很快就发现，自己不论说什么对方都听不到，即便他已经走到牲口棚的门前，跟这个男人并排站在一起，两个人胳膊擦着胳膊了，对方也毫不觉察。红亮爹终于感到绝望了，他忽然想起来刚才秀明看见自己时，也是这样没有任何表情的。他还是不敢相信自己快要死了，或者已经死了，而刚才那个一直在村里走来走去的人竟是自己的魂儿。他疑惑不解地伸出手去，想拉住身边的黑大个子，可是，他的努力完全是徒劳的，明明看得清清楚楚，自己的手把对方的胳膊抓住了，可人家却一转身，丝毫没有牵扯地离开了。

　　红亮爹越发疑惑地走进棚内——那扇木头门依旧对他丝毫不起阻拦作用——里面太黑了，伸手看不见指头。他扑通一下跌倒在一摊软乎乎的东西上，就像压住了另一个人的身体，感觉刚才还轻飘飘的身子骨，这会儿猛地就添加了些厚重，就像忽然装进了谷子的麻袋，但倏忽又变得羽毛一样轻飘飘的。

　　这时候，一缕发红发热的光芒从木头门的缝隙里鬼祟地钻进来。但是，这个可怜的男人已经什么也看不到了。他像一个奄奄一息的双目失明者，最后的一点儿意志正慢慢消散。那些潜伏在牲口棚里的黑暗，此刻比世上最黑的墨汁还要浓稠一百倍。红亮爹完全被这可怕的黑暗吞没掉了。

　　屠户三炮是不用下地干活儿的。实际上，虎大一直没有给三炮分配什么活计。用虎大的话说那狗日的天生是耍刀子害命的货，这辈子怕是没有捏锄头抓锹杆的命。其实，虎大的意思三炮心里最清楚不过，他知道虎大这是故意要把自己从集体中分离出去，要让他永远脱离群众，成为我们羊角村的一个可有可无的闲散人，从而彻底被人遗忘。

　　虎大刚离开不久，三炮就不请自来了。苟文书正准备去外面走走，他很想看看村里人是怎么在黑灯瞎火里干农活儿的。见三炮来了，急忙把他让进来。因为白天苟文书待在三炮家里，这阵再见面俩人就很熟的样子。

三炮很神秘地说："苟同志，我想领你去见个人。"

苟文书是个聪明人，一看三炮的样子就明白了几分。

两人心照不宣地一前一后走出虎大的办公室。

走在路上，三炮问："你看见虎大屋里的那张床了吧。"

苟文书说："还是新打的呢，不过那床到底咋了？"

三炮嘿嘿笑着，说："这张床说来话长啊，以后你慢慢就知道了，里面花花事可多哩。"

拐个俩弯，没走几步路就到了。是一排大牲口棚子。多半牲口都被拉出去干活儿了，剩下的都是老弱病残。三炮径自把苟文书领到最靠里面的一间锁着的棚圈跟前。

三炮说："人应该就在里面呢。"

说着话，三炮从兜里掏出一根细铁丝对着锁孔捅了几下，黑铁锁默默打开了。

吱吱地推开门，人还没等迈进腿脚，早被一股浓浓的腐臭糜烂的气味熏得差点晕过去了。

苟文书啊了一声，急忙用手指捏紧自己的鼻孔，生怕那种味道爬进肚子里去。

三炮没有出声，仿佛那股奇臭并不能刺激他的嗅觉，这种气味对他来说是极稀松平常的。事实也是如此，三炮杀牲无数，每次都要开肠破肚，这点臭气对他来说的确算不得什么。

三炮进去以后，哧地一下划亮了一根洋火。火光一闪，苟文书吓得女人样失声尖叫起来。他不由得倒退了好几步。嘴里不停嗫嚅着：

"这是谁……他到底是谁呀……他怎么会在这里……怕是早死了吧。"

三炮又划亮了第二根洋火。这次，苟文书借着火柴光更加清楚地看到了靠墙倒下的那个人，更确切点说，那具尸体，上面爬满了白花花疯狂蠕动着的蛆虫，那厚厚一层白蛆在火光的照耀下，更加有恃无恐地爬蠕起来。浓的呛人眼鼻的臭味被蛆虫涌动得沙沙作响，躺在地上的人犹如一摊被踩得稀烂的淤泥。

三炮叹口气说："没想到他就这么死了。"

三炮不无悲哀地说："真是可怜啊！早知道会这样，我应该早早地去找你，把他救出去。"

苟文书实在不想待在这个恶臭冲天的地方，他捂着口鼻跑了出去，然后蹲在门口哇哇地狂呕不止。

三炮也跟了出来，又原封不动地锁好了门。在黑暗中，三炮很不屑地瞥了一眼蹲在地上狼狈不堪的苟文书。

三炮说："苟同志咱们快去叫人吧，别光在这里傻愣着了！"

因为大伙儿在夜里都不习惯怎么睡觉，天黑以后就下地干活儿，这几乎成了打发这段无聊时光的唯一的消遣方式。而且，发生在牲口棚的事情又是从公社文书的那两片薄薄的嘴唇间喊出来的，所以，一下子就把原来全身心投入夜间劳作的人们给震呆了，他们开始没完没了地互相传播和议论这件事情，并以此为乐。

当时，大伙儿正在刚刚收割后的平坦坦的麦田里犁地。我们村的牲口脖颈间的铃铛发出叮叮当当的千篇一律的响声，这种连续不断的声音似乎掩盖了黑白颠倒的时间真相，一副副犁铧在黑色的土地上滚滚潜行，时不时露出狼牙一样雪白的锋刃，大块大块的泥土被犁铧翻掘起来，然后又悄无声息地躺下来，很有点前赴后继勇往直前的样子。翻犁过的土地在黑夜中变得臃肿而又懒散。那些浑身被热汗浸得油黑油黑的牲口，都跟上了发条似的，一趟一趟在土地里穿行，而又不知疲倦。黑夜遮住了这些大块头的眼睛，它们都错误地把艰苦的黑夜劳作，当成是要去青草遍地的神秘乐园大吃一顿了。

忙碌的身影在黑夜里变成了十足的哑巴，大伙儿都不再需要任何言语。夜晚让他们一个个变得像脚下的土地一样深沉而又结实。沉默都是相对的，如果非要有人朝着正在埋头干活儿的人大呼小叫，恐怕连土地和牲口也会吭气的。况且，站在地埂上朝大伙儿喊叫的人不是一般的人，那个人一张嘴大伙儿就听出来了。人的声音在夜晚有极强的穿透力。大伙儿看不清喊话人的具体长相，只是从声音里听出那人还很年轻，嗓音有些细，但口气却是不容忽视的。

那人喊："虎大你在哪里？"

那人喊："虎大你赶紧回来一趟！"

大伙儿听着刺耳，觉得那人真不该这样没轻没重没大没小的。

哪知，那人又喊道："都弄出人命了……虎大我看这回你咋收场！"

这句话一出口，就像多嘴多舌的乌鸦哇的一声从黑暗中飘了出去，并不失时机地落下几片让人感到极不祥的黑色羽毛。大伙儿的耳朵也都跟着嗵的一声巨响，像是真的被一只看不见的厚重的翅膀撞击到脑门。接着，大伙儿听到那个看不清脸面的人又大喊了一声：

"虎大！这回你吃不了也得兜着走。"

而此时，虎大已经神不知鬼不觉地站在喊话人的眼前了。

虎大没好气地说："你他娘的在这里穷诈唬啥？"

虎大用手电筒光狠狠地照了照对方的脸。虎大发现那两只镜片顿时变得跟鹅蛋一样雪白溜圆。藏在后面的眼睛被刺得猫样眯缝成线。唯独那两片薄嘴唇依旧忙不迭地嚷着：

"照啥照嘛……虎大同志请你严肃一点儿，别再照了！我的眼睛都快让你晃瞎了。"

虎大没言语，无声地闭了手电。

　　刚才的两只鹅蛋破碎了，剩下的是镜片后面的那双怒不可遏的鱼眼。虎大从这双熠熠闪动着的眼睛里看到了什么叫作幸灾乐祸。

　　虎大忽然间意识到了什么。这件事情虎大本来是能想到的，可这些天发生的事情太多了，桩桩件件，林林总总，哪一样都要从虎大的心上过一遍。光过一遍还远远不够，稍微操心不到，乱子就捅出来了。像是方寸大乱，虎大已没心思再理识这个戴眼镜的家伙了。他转身就朝队部方向去了。

　　虎大一走，干活儿的人就像没了主心骨。他们扔下手里的鞭子和犁把，匆匆忙忙跟在虎大后面跑起来。也不是所有人都会跟着跑。大伙儿猛跑的时候，至少有一个人站在不远处的一片树林子里纹丝未动。这个人腿脚很好，身上有的是力气，可是现在他的胳膊腿脚还施展不开，身上的力气也没处使去。他要做的就是静静地等待时机成熟。

　　通常，这人处心积虑地在村里转来转去东张西望的时候，别人都在蒙头睡觉。我们村那种可怕的病症丝毫没有影响到这个人，或者说，他似乎与生俱来就带有某种免疫力。现在，看到别人都朝着一个相同的地方飞奔而去，他反倒显得比较平静了。平静其实只是一个人的外表，内心的平静才是真正的平静。此刻，这人的内心就一点儿也不平静。非但不平静，而且，这人的心儿打鼓一样咚咚直响。就连这人身边的那几棵树也跟着无风自动起来，偶尔落下几片发黄的叶子，唰唰地掉在他身上。但他还是处乱不惊的样子，也许唯独他自己知道，机会终于要来了。

　　一连干了几夜农活儿，秀明的手脚变粗糙了，掌心和肩膀头全都磨出了大血泡，背篓的绳子深深地勒进皮肉里去了。秀明整天腰酸背痛，天黑以后爬也爬不起来。长时间沉浸在失去亲人的哀伤中的秀明，对这些来自身体的创伤和疼痛都已经麻木了。姐夫的死让她感到揪心，只有她最清楚，可怜的红亮即便还活着，他也永远失去了最亲的一个人。

有时候，秀明都快忘记了自己以前还教过娃娃们念书，那仿佛都是很久很久以前的事了，又好像都是别人的事，跟自己没有半点关系。她现在的身份只是一个普普通通的农妇，并且是戴罪参加集体劳动的。

虎大已经找她谈过几次了，她始终没有给对方任何答复。虎大的耐心是有限的。虎大最后一次来找秀明的时候，她依旧一言不发。可是第二天晚上，秀明自己却下地来了。当时虎大见了，一愣，一皱眉头，又一瞪眼睛，就给秀明安排了重体力活儿。其实虎大完全可以网开一面，让秀明干一些力所能及的轻活儿。可虎大偏不。男人对自己喜欢的女人发狠的时候，往往会变本加厉。虎大就让秀明把堆在路上的土粪一背篼一背篼地运到地里。

第一晚背下来，秀明就动不了身了。虎大也在自己的办公室里守株待兔样等着秀明能来向他求情，他知道秀明撑不了多久。可是，那晚虎大几乎白白等了一宿，连个人影也没见到。等到东方发白了，虎大的瞌睡也等来了，秀明还是没有去找他。到了第二天傍晚，秀明又出现在空荡荡的麦地里了，照旧一趟一趟背了粪往地里送，好像她一生下来就是干苦活儿的命。

虎大彻底泄气了，也暗自服气了。他做梦也没有想到，我们羊角村看上去最弱不禁风的一个女人，却比他见到的任何女人都要刚烈和顽强。服气归服气，那都是虎大的心理活动，又不写在脸上，旁人是不会知道的。大伙儿看到的只是个表面。有人看了觉得非常解气，毕竟都是女人，凭什么自己天生要去受苦受罪，而秀明却要站在风吹不着雨淋不着的地方，只动动嘴皮子就把一年的工分挣下了。也有人看了觉得难受，觉得秀明怪可怜的，毕竟都是有崽娃的人，毕竟自己的娃娃让秀明老师教过两天的。这些人多半都对虎大有意见。还有一个人看了心里总是十五个吊桶打水——七上八下的难得安生，她就是寡妇牛香。

作为女人，牛香一点儿也不喜欢秀明，特别是她很清楚虎大对秀明的那点坏心思。可是，虎大一旦对秀明采取报复行动的时候，牛香心里就多多少少不安起来。牛香跟秀明差不多大，又都是从邻近的一个村子先后嫁到我们羊角村的，过去念书的时候也在同一个学校里。当然这还不是最重要的理由。最让牛香感到不放心的是秀明的身体，她担心秀明这样下去撑不了多久。牛香知道虎大的脾气。虎大希望所有的女人都要对他百依百顺。秀明要是一直不肯低头，那她这辈子就毁了——她永远别想再回到学堂里去教娃娃念书。

牛香一直担心，虎大说不准哪天就要对秀明做出什么蠢事来呢。牛香担心的事情却迟迟也没有发生。而眼下发生的这件事，又足以让寡妇牛香胆战心惊。

这晚牛香也跟着大伙儿跑去看死人了。到了现场，大伙儿都凑上去，唯恐错过了那些细枝末节，牛香又望而却步了。有些事情事先是可以想到的。想到了及时说出去，就能避免悲剧发生。牛香也不是没有提醒过虎大，就在虎大办公室的那张松木床上，好几次完事以后，她都求虎大高抬贵手放了红亮爹的。可虎大没有把她的话放在心上。其实，牛香心里清楚，虎大就是想拿红亮爹这张牌逼着秀明就范。

现在牛香心里真是又后悔，又害怕。牛香后悔的是自己没有继续央求虎大把人放了，才惹出今天的灾祸；害怕的是，虎大要是真的为这桩人命吃了官司，那她以后可怎么办呀？这些年牛香是铁了心跟虎大好的，尽管虎大有时对她三心二意，可多数时候还是好的，一个寡妇人家被一群娃娃拖累着，身边有虎大这样一个硬邦邦的男人撑腰，终归是件好事。再说，牛香知道自己是离不开虎大的，这是她的本性。

牛香正准备挤进人堆里看看，却听见里面传来的一阵女人的哭号声，很凄惨的样子，她一听就知道是秀明。牛香忙止住脚步，又下意识地往后退缩。人群呼啦一闪，几个民兵把尸体从圈棚里抬出来，一股很浓的臭味扑鼻而来。牛香险些叫这种味道熏趴下了。她捂住鼻子镇定了一下，见秀明果然紧跟在抬尸体的队伍后面。她没看清秀明的脸，只是听到秀明哽哽咽咽的哭声。

最后从里面走出来的，是虎大跟一个戴眼镜的男人。虎大目光呆滞，脚步也有些蹒跚，像是快要睡着了似的，迷迷瞪瞪朝前走。牛香揪心地站在黑暗中，她很想走过去劝虎大两句，让他别着急上火，让他想开些。可一看见那个戴眼镜的男人和他那张发白僵硬的面孔，她就打消了念头。这种时候，牛香真想替虎大做点什么事情，哪怕走过去让他狠狠地扇自己一通嘴巴子，泻泻火也好。

牛香忽然想起了一个人。这个人刚才一直没有出现。她不知道这人为什么没有来。大伙儿都来凑热闹了，都想看看爬在死人身上那层厚厚的白蛆，唯独她想到的这个人整晚没有露面。心里想着，不知不觉就经过了自家的门口，然后继续朝前走，一直走到村子里最破落的那院宅子跟前，才停住脚步。敲了几下门，院里没有什么动静，院门虚掩着，屋内像是亮着灯，牛香径自走进去，最先钻进她鼻孔里的是一股又浓又潮的香火味。

许多年来，牛香几乎再也没有只身走进过我们村这个荒僻的院子。这里就像一口干涸多年的老井，而且曾经有人跳进去寻过短见，大伙儿在日常生活中总是会有意无意地远远绕开它，到别的有新鲜水源的地方去。在牛香的意识当中，这所老宅院一直都空着，没有一点儿人气，充满了陈腐而又诡异的味道。

牛香还记得有一年，自己的大娃子从箱子里偷出她的一只玉手镯，试图去外面换那种水晶玻璃珠子玩，却不小心把手镯给打碎了。那天她把大娃子狠狠揍了一顿，娃子就从家里吓得跑出去了，整晚不敢再回来。牛香后来就是在三炮家黑漆漆的老宅院里找到他的。大娃子被牛香拽回家后，人就有些异样了，像得了一种非常奇怪的病，身上长出蚕豆大小的红斑，打针吃药也不见好，白天人呆得像根木头，只知道坐在门槛上，一刻不停地用指甲挠自己的后背，后背的皮肤抓得稀烂了，在太阳底下发出令人难以忍受的恶臭。这种气味几乎把村里的苍蝇全都招惹过来了，它们在牛香家的院墙和家具上留下了密密麻麻的黑点儿；大娃子到了夜里总是大喊大叫连哭带闹，搅得别人无法入睡，以至于左邻右舍都咬牙切齿地骂牛香家养了一只夜猫子。牛香后来只好请来了神婆子，隆重地在家里布下道场。一家人又烧香又叩头又求神，弄得屋里烟雾缭绕鬼气阴森。神婆子在遮蔽严密的漆黑的小屋子里又跳又唱，将刚刚杀死的公鸡的热血吞在嘴里，再喷到大娃子身上，用那鲜血涂抹了他的腐烂的后背，又在后背上拔了六只火罐子，最后还给他连着用烧酒灌下三副现场求得的神符灰。几天后，中了魔障的大娃子渐渐好转了，脊背上的红斑也烟消云散。那以后，牛香经常用神秘的巫婆般的语气冲娃子们发出警告：记住！那里有死冤魂，它们会附到不听话的娃娃身上！

如今想到以往的旧事，牛香忽然就觉得不寒而栗了，仿佛又闻到了那股腥臭的血味扑鼻而来。她真的有些后悔了。她想赶紧拔腿准备离开这个不祥之地。可是，已经晚了。身后有人突然上来拍了她一下，像小鬼揪头似的突兀，她吓得差点趴在地上。没等她转过身，一只胳膊早被死死钳住了，然后拉起她就走进屋里。换成村里别的女人，恐怕早吓得尿裤子了。

唯独牛香不会。她只是尖叫了一声，待她稍微定住心神，看清抓住她手臂的人时，慌乱的心跳就跟着平缓了。她故作镇定地说："装神弄鬼唬谁呀！"

对方嘿嘿一笑，说：

"放着好戏你不看，偏踅摸到我门上干啥？"

牛香猛地抽出被抓得生疼的胳膊。

"好戏，哪有啥好戏？好戏不都躲在台后看！怕是你一个人在后面偷着笑吧。"

牛香边说，边打量着这间乱七八糟的屋子。

"三炮你究竟图个啥？你不跟糜子好好过日子，一个人跑回来窝在这个地方，这里到底有啥让你念想的？"

三炮说："牛香嫂子你可是稀客，我做梦都想拿八抬轿子抬你来呢。"

牛香长长地哟了一声：

"我可没那好福气。"

三炮说："嫂子往后有用得着兄弟的话，你只管张嘴，我三炮就是不吃不喝砸锅卖铁，也把嫂子你的事放在心上。"

牛香说："我一个寡妇家，就不怕人戳你的脊梁骨，往你脸上啐唾沫星子？"

三炮朝牛香身边靠了靠，鼻孔一抽一抽的，然后把眼睛一闭，像是陶醉在某种诱人的气息之中了。

很快三炮睁开眼，直勾勾地盯着牛香的脸。

三炮猛地一把将牛香身体箍住。嘴巴直戳戳地想朝牛香的脸上贴。

牛香完全没有想到，三炮会来这一手。

牛香想挣扎，可三炮的力气太大了，她根本不是对手。

三炮说："我等这一天头发都快等白了！"

牛香说："你弄疼我了，看把你猴急的样儿，心急吃不上热豆腐，我又飞不走。"

三炮却趁牛香说话的工夫，猛地亲到了牛香的脸。

三炮嬉笑着说:"嫂子你一点儿没变,还跟过去一样……我就喜欢你这副骚模样。"

牛香用手背使劲擦了擦被三炮亲过的脸蛋。

牛香把杏眼一瞪,嗔怒道:

"你当真就不怕人家虎大吗!"

三炮听了,稍微怔了一下,然后喷着嘴嘿嘿笑了两声。

"爷们这半辈子把谁放在眼里了?别说一个虎大,就是他十个八个,能把我咋样呢……再说了,过去我没怕过他,从今往后永远没有那个事情了!牛香,你把我今黑的话记住,皇上都要轮着做呢,他狗娘养的虎大该到日落西山的时候喽!"

牛香好半天也没有再说话。她心里有点害怕,这种害怕不是因为三炮这个人,她不怕三炮,从来没有怕过他。她害怕是因为三炮刚刚说出的那番话,还有三炮说话时异样的表情和眼神。

三炮见牛香发呆,以为她动心了,就又凑过身来缠她。

三炮说:"好我的傻嫂子哟,你跟我本来就是天生的一双嘛,你是寡妇,我而今也是光棍一条,我们俩凑合在一起,哪个敢说闲话?爷们不敲掉他的狗牙,看谁还敢龇一龇!"

牛香本能地朝门口退去。

牛香又猛不丁问:

"虎大出事了,你当真就那么高兴吗?"

三炮已经扯住牛香衣襟的大手忽然松开了。三炮像是看不清眼前的这个女人似的,他用眼睛死死盯着牛香那张漂亮的脸蛋。牛香的脸上没有一丝笑容,面皮绷得紧紧的,一副豁出去的架势。过了一会儿,三炮终于把目光从牛香的脸上挪开了。他转过身,指着屋子最里面的一张落着厚厚灰尘的粮柜对牛香说:

"我回到这里后天天都要烧炷香,牛香你知道我为了啥?实话对你说吧，那香不是烧给我娘也不是烧给我爹的，我是烧给老天爷的，我这辈子非要跟狗娘养的虎大斗一斗，我要亲眼看着他姓虎的彻底倒灶！今天你全看到了吧，啥叫个君子报仇，十年不晚！"说着，三炮恭恭敬敬地冲屋里烧香的地方拜了几拜。

第四章　新队长

12

苟文书整整花了一个礼拜时间，才绞尽脑汁想出了这些令他也沾沾自喜的新规定。

那些天,他把自己反锁在虎大的那间办公室（现在已是苟文书一个人办公和休息的地方了）里，不吃也不喝，一笔一画地潜心将它们抄写到几块大小不同的木板上。之后，苟文书又叫来两个民兵，把这些写满字的木板分别插在我们村口的大路边，钉在我们队部的一面墙壁上，挂在几条重要的街巷里的大树底下。那些木板上的黑字非常醒目，字迹也很隽秀。上面依次写着：

一、村民不得擅自离开村子，有特殊情况务必请假；

二、对所有过往村子的路人，要进行严格的登记检查，发现可疑对象要立即采取必要措施；

三、未经上级批准任何人不准接受外来亲朋好友的探访；

四、团结一致，积极配合，彻底扭转黑白颠倒的不良局面，下定决心跟瞌睡虫们打一场持久战；

五、凡是违反以上规定的扣发当事人全年的口粮，并视情节轻重给予劳动改造，必要的时候扭送到人民公社接受更为严厉的行政处罚。

　　落款是，青羊湾公社赴羊角村救援小分队，以及年、月、日等。

　　又过了十多天，大伙儿才陆陆续续得知了这则告示的具体内容。我们村很多人看了也跟没看一样，他们多数人是睁眼瞎，都不识字的。而那些还能凑合看懂告示意思的人，又都觉得这些新规定滑稽得要命。因为这种荒唐的事情在我们羊角村还是头一次发生。

　　起初，大伙儿根本没有把苟文书的这些新规定放在心上，依旧按照自己的意愿和习惯，天黑以后埋头干活儿，而在白天继续蒙头睡觉。苟文书对大伙儿的这种怠慢感到深恶痛绝，但一时间自己又无计可施。他认真分析了导致这种轻慢结果的主要原因：一方面是村民对自己的新规定缺乏必要的认识和理解；另一方面，来自大伙儿对自己新来乍到的种种不满和不信任。虽说虎大已被暂时革了职，人也被留在公社等待进一步审查，自己现在执掌着羊角村一切大大小小的事情，可要让群众心悦诚服地彻底接受他，并死心塌地任劳任怨地跟着他干，还需要一些时日，光着急是没有用处的。

　　然而，正当苟文书苦口婆心走家串户，试图用他的三寸不烂之舌说服大伙儿，要大伙儿都团结起来，跟错误的睡眠习惯进行顽强斗争的时候，却遭到了一次次致命的打击。苟文书惊愕地发现，我们村的人不但被错误的睡眠习惯弄昏了头脑，一个个神志不清，而且，全都是一副执迷不悟顽固僵化的样子。在他看来，我们村那些人的脑袋，简直比榆木疙瘩还要坚固，根本不能接受任何新鲜事物和新潮思想的洗礼，任凭苟文书怎么苦苦宣扬和劝说，结果都是一样的——大伙儿心甘情愿面对现实，即使黑白永远这样颠倒下去，也都认命了，好像他们的祖先早就接受了这种古怪的生活习惯。

　　不止这些，还有更让苟文书感到头疼和沮丧的事情。我们羊角村的村民根本不能接受也不打算接受他——这个由公社直接委派下来的年轻干部，更别提那些被他写满了新规定的木板。因为大伙儿普遍认为，无论谁来管理村子，都应该是这个村子里土生土长的一个人，是最能跟大伙儿贴心贴肺知冷知暖的乡里乡亲。虎大身上虽然有这样那样的缺点和问题，可虎大毕竟做过许许多多造福村子的好事情，就拿上次他铤而走险给大伙儿分发粮食这件事来说，虎大就值得我们每个人爱戴和尊敬的。不看僧面看佛面，哪能一棍子就把人打死呢！人无完人，领导干部也是人，是人就得有个三七开嘛，光看缺点不看优点，显然是行不通的。不经受风雨，又怎么能看着彩虹呢？还有一句话说得更好，路遥知马力，日久见真情。所以，虎大在我们村人的心目中分量并没减轻，相反，现在他倒霉了，好像全村人都跟着抬不起头来。

苟文书把好话歹话掰开了又揉碎了，试图灌输给大伙儿，动之以情，晓之以理，可说一千道一万，归根到底，我们村人就是不喜欢被外面派来的一个什么鸟人，指手画脚地安排去干这干那。如果非要这样做的话，村民别无选择，他们只好自暴自弃了，必要的时候，大伙儿会自发地组织起来，把那些自以为是的混蛋赶出我们村子的。这种情况历史上并不少见，哪里有压迫，哪里就会有反抗。

可是，苟文书脑子里还装着另外一句老话：外来的和尚会念经。苟文书暗地也下了决心，要是不把我们羊角村从瞌睡虫的蛊惑中拯救过来，他发誓这辈子死也不离开——当然这句只有他自己知道的誓言，后来却又变成了可怕的现实诅咒。

一个篱笆三个桩，一个好汉三个帮。这种情况下，苟文书就迫切需要些人手来帮衬他。实际上，这个人选一直是现成的，几乎是积极主动一呼百应的，苟文书心里早就有数。现在，时机终于成熟了，他觉得到了该让这个家伙出头露面的时候了。

苟文书是念过书的人，自然晓得头悬梁锥刺股的典故。他觉得当务之急是，要让大伙儿尽早恢复正常的睡眠习惯。习惯会成自然。这句话苟文书一直深信不疑。也就是说，只要坚定信心下苦功夫排除万难，暂时困扰着我们羊角村的这种黑白颠倒的睡眠习惯，很快会被克服并从根本上扭转过来，到那时候就由不得大伙儿不信服他了。

傍晚以后，苟文书终于鼓足勇气敲了一次钟。这是他来到我们羊角村后第一次敲钟。钟的声音在村子上空有气无力地回荡着，仿佛在向大伙儿宣告村里某个人的死亡。苟文书敲钟跟虎大完全不同，弄出的动静也有着天壤之别。

苟文书个头不高，手腕子又细瘦，舞文弄墨得心应手，敲钟就显得力不从心了。那口钟是按虎大的身高挂到树干上去的，虎大生得虎背熊腰，轻轻一抬手就摸到挂在树干上的钟了。苟文书却伸直了手臂，脚尖还得原地一跳一跳地，才能勉强够到那钟的边沿。所以，没敲几下，苟文书就累得上气不接下气了。

尽管钟声不同以往，可大伙儿还是很快就聚集过来了。虎大离开我们村有些日子了，谁也弄不清虎大是死是活。不言而喻，大伙儿都对虎大存着几分感念呢，远了不说，今夏若不是虎大一声令下开仓分粮，全村老老少少百十口子都得喝西北风了。现在，钟声响了，大伙儿想都不想一下，急急忙忙从家里赶过来，都错误地以为，是虎大队长平安地回来了，要召集大伙儿开会说事呢。往常都是这样，虎大去上面开个什么会，他回来就要给大伙儿传达传达上头的文件和精神。

随着场院聚集的人数越来越多，大伙儿都不约而同地失望起来。这种失落情绪是显然的。大伙儿没有看见虎大矫健的身影，更没有听见虎大亮如洪钟的嗓音。百十双眼睛里所看到的，依然是那个胳膊腿杆细细瘦瘦的戴眼镜的家伙，耳朵里听到的还是这个戴眼镜的瘦男人发出的蚊子样的嗡嗡声。

苟文书用自己的两只手掌，在嘴唇边拢起了一只小喇叭，他的喊话声就是通过这只象征性的小喇叭，勉强传到大伙儿的耳朵里。

苟文书说：“乡亲们！从今天起，你们晚上再也不用出工干活儿了。”

苟文书说：“晚上睡觉，白天干活儿，这是天经地义的事，我们不能逆天行事，那样做对身体对工作都很不利。”

苟文书停顿了一下又说：“从明早起，大伙儿要按时起来下地劳动。”

苟文书的话还没说完，场院里早就骚动起来。大伙儿的心里突然感到一阵怅惘，一个个伤心得直想掉眼泪。与此同时，悄然降临在我们村上空的那一团夜色，也让人们不由自主地想起不久前发生的事情。那阵虎大一到晚上就带领着大伙儿在黑色的土地上拼命干活儿，那时的快活和默契程度难以言表。大伙儿甚至觉得那种感觉有点像遥不可及的共产主义，特别是场院上举行的那场篝火晚会，每一个男人和每一个女人，都前所未有地寻找到了自己暗恋了多年的心上人，一个个大胆表白，你有情我有义，在心灵深处获得难以想象的释放和快感。

随着这种突如其来的回想慢慢展开，很快，又引发了大伙儿对几年前甚至是十几年前的陈年往事的默默追忆。特别是，对那些已经故去的先人和不幸夭折的儿女的无限眷恋和思念。有人莫名其妙地想起了去世多年的老爷子；有人叹息着想起了早年夭亡的一个崽娃；也有人猛地想起了几年前自己家的一条看门的老狗，它突然吞下一只老鼠，而后一命呜呼了。

秀明不由自主地想起了自己的姐姐姐夫这一家人，两个大人都相继离开了人世，进而她又想到了失踪已久的侄儿红亮。现在，她只能将失踪的这个娃娃当作是她全部的精神寄托和期盼了，她希望红亮能早点回来，重新点燃她孤寂生活里的半根蜡烛。站在黑暗的人群中的这番回忆，忽然让秀明感到一阵难过，眼泪止不住落下来了。

寡妇牛香一下子就想起了自己的男人——她还记得那个可怜的人

是被一场大洪水卷走的，当人们打捞起来他的尸体时，男人只剩下一副泥沙斑驳的空骨头架子了，他身上的皮肉全部让洪水和石头打磨光了，整个人面目全非，像一具令人恐惧的骷髅。而在今晚以前的数年光景里，寡妇牛香只知道夜夜盼着虎大来跟她耳鬓厮磨寻欢作乐，却一次也没有想起来过，跟自己在同一个炕头生儿育女的那个可怜的男人。这些年的寡妇生活，让她几乎早已忽略了男人曾经存在过的事实，好像她一出生就是一个地地道道的寡妇，而那几个娃娃也像是她从路边一个一个捡回来的孤儿，跟她的身体一点儿关系也没有——她甚至早就淡忘了生养他们时的一次次撕心裂肺般的疼痛和煎熬。她却可以随心所欲地跟别的男人打情骂俏，而又毫无顾忌热情似火。正是这种不合时宜的胡思乱想，让牛香的身体剧烈地战栗起来，良心也前所未有地受到了强烈的自责和冲撞。

这种时候，大伙儿心里都默默地流起苦涩而又悔恨的液体来。由此及彼，先己后人。他们立刻绝望地联想到，虎大也许再也不能回到我们羊角村了，他将成为大伙儿下一次集体回忆的一个故人了。这样想着想着，有一个女人竟然带头失声痛哭起来。女人一哭，很多人就再也不能忍住悲伤的眼泪，刚才还只是默默流淌在心里的东西，此刻全都一股脑地从人的眼眶里哗哗地喷涌出来。豆大的泪滴落地的声音乒乒乓乓的，跟下雹子似的。大伙儿全都沉浸在一种无比巨大的哀伤的漩涡中了，有些人还没有完全弄清楚哀伤的具体根源，也都毫不顾忌地跟着别的人痛哭流涕、捶胸顿足，仿佛不这样做，会被其他人看作是无礼和落伍。

领头放声哭泣的女人不是别人，她就是我们村的寡妇牛香。牛香的哭声完全是那种爹死娘嫁、男人遭灾、娃娃掉井的哀痛，是发自肺腑的，也是感天动地的。牛香不光哭，嘴里还念念有词，像老戏里的怨妇那样昏天地暗咿咿呀呀地一通哭诉。她哭自己如何如何命苦，男

人如何如何走得早，哭自己拉扯几个娃娃长大多不容易，哭老天爷有
多不公平，哭她这些年守寡的种种艰难和孤独……哭到最后，她竟转
啼为笑，还用手撕乱了自己的头发，扯开了脖颈上的两粒扣子，露出
三角形的一块胸脯，那里发出的白光刺人眼目。她人却疯疯癫癫地拨
开大伙儿直冲到苟文书跟前，一副冤有头债有主的理直气壮。

　　苟文书早被眼前的离奇的情形怔住了，他完全不明白大伙儿的哭
声和眼泪从何而来。而寡妇牛香这时已经扑到他面前了，苟文书想躲
开早就来不及了。牛香披头散发的模样，让他感到战战兢兢，苟文书
顿时吓得惊叫起来：

　　"你……你你……你到底想干啥？"

　　牛香肯定要干点什么的。这是显见的事实。她已经迫不及待地上
前，一把揪住了苟文书的一只上衣兜盖，使得对方的一只胸脯在众目
睽睽下急剧增大并尖挺着朝前凸出来，仿佛那里突然间生出了一只巨
大而有毒的肿瘤。可是，没等牛香把她心里想干的事情做出来，就被
忽然从一边闯过来的一只黑影子给挡住了。不光是挡住，黑影飘过来
后就展开巨大的双臂，一下子就把牛香给架了起来，然后像扛一捆干
秫秸似的把她架走了。

　　与此同时，随着刺啦一声脆响，苟文书又大吃了一惊。他上衣的
那只兜盖被彻底撕脱了——女人被架走的时候并没有松开她的那只手。
苟文书已顾不得这些，惊弓之鸟样地乘机抹了一把额头的虚汗，看着
消失在眼前的那只黑影，一种感激涌上心头，他想了想才磕磕巴巴地
说：

　　"散，散了吧，大家都散了……回家去吧。"

　　但是到第二天清早，苟文书兑现了他说过的话，就像昨晚什么事
都没有发生过，他毅然准时地敲响了上工的钟。钟声还是跟头天傍晚
一样，轻描淡写地响了几下，可是连一只鸡都没有吵醒。

　　苟文书整个晚上都在跟瞌睡做着顽强的斗争，他试图能找到一种行之有效的办法，而使他自己在夜晚快速进入梦乡。散会以后他赶紧上床，这之前他先拉好了黑布窗帘，又反锁了房门，在门背后顶了一把锄头——生怕有人夜里来打搅。他用被子严严实实地蒙住自己的头脸，直到感觉快要窒息的时候，才稍微揭开被角，大口大口喘几下气，之后又把自己义无反顾地蒙在臭烘烘的被子里（这里面始终夹杂着虎大跟寡妇牛香一次次疯狂之后留下的迷乱气息），连放屁的时候他也没有再把头脸露出来。这样似乎适得其反，瞌睡并没有如期而至。在被子里一口气窝了两个来钟头，浑身都湿透了，大汗淋漓，皮肤烧烧地烫手，可人就是没有丝毫的睡意。

　　苟文书只好爬起来，因为再这样躺下去，他担心自己快要被活活地憋死了，关键还有那种古怪的气息，很容易让他想入非非。实在没有办法，他盘着腿跟和尚打坐那样，在床上一坐就是一个半钟头，心里默默地数着阿拉伯数字，从一到十，从十到百，再从百数回到一，这样数了一遍又一遍，他尽量不让自己去思考任何有意义的问题。他数过的数字加起来，大得足以让整个青羊湾的人感到震惊，可这样数来数去的结果却是，脑子越来越清晰了，连过去被自己亲手捏死过的一只蚊子或苍蝇，都清清楚楚地浮现在眼前：那些小东西的翅膀和爪子一刻不停地在脑子里动来动去，像是要让他偿命似的不肯罢休。还有，他过去学过的算术公式和各种运算口诀都不期而至，它们像一只只黑色的精灵一样钻进他的脑子里，最后搅得他快要忘记了数数的事，而是一门心思开始背诵那些跟数数毫不相干的东西。后来，他的大脑竟又对"勾股定理"情有独钟了，他通过勾3股4的平方和等于弦5的平方，从而轻易地找到了从我们羊角村到达他的故乡最神奇的一条捷径：如果按这条路走下去，他会在天亮以后站在自己的老娘面前，可问题是，这条路千百年以来一直被一条滚滚大河所阻隔着，他根本不可能穿越。所以，他又发现任何定理跟现实之间都存在着不可调和的矛盾和差距，或者说，生活永远不可能存在定理中的那种理想状态。

苟文书觉得自己快要被折磨疯了，有几次他决定放弃这种毫无效果的努力和尝试。零点过了以后，苟文书的确没有什么好办法了，索性起身下地，拉开窗帘，挪掉锄头，推开房门，好让清凉的空气在屋里自由穿梭。可那些讨厌的蚊子跟小咬，都悄悄钻进屋里，不失时机地叮咬他的身体，可他早已失去了痛痒的知觉。那些可恶的小东西奔走相告似的竟越聚越多，最后屋子里都盛不下了，连床底下、水缸里，以及鞋壳内也都落满了，鞋子开始在地上莫名其妙地动起来。蚊虫们只好在门口和窗前蜂拥盘旋着自觉排队，秩序井然，这一拨进去一会儿，再换另一拨进去，继续叮咬他，而他一直毫无怨言地充当着它们注射毒素的肌肉靶子，就像潜心向佛的人从来不肯轻易杀生。

最让苟文书不能容忍的，不是蚊蛾的轮番叮咬，而是它们娘娘腔似的嗡嗡声。长时间听着这种声音，脑袋都要炸开了，他感到头疼欲裂。苟文书几乎再也无法忍受这种噪声污染，他失去理智一般一口气跑到场院中央，身上只穿了一条花裤衩，两条细瘦的腿棒骨跟葵花秆子一样粗糙而又丑陋。

"睡觉咋就这么难？"苟文书发泄似的大声喊叫，"日他娘的死活睡不着嘛！谁来帮帮我啊！"

一口气喊完，像耗尽了所有的体力，他才悄无声息地一屁股坐在场院上，双手紧紧抱着头，失魂落魄的样子，十根手指在发丛里乱抓乱刨。过了好大一会儿，他才绝望地抬起脸来，居然满天都是星星，亮得耀眼夺目，月亮却不知藏到哪里去了。这种时候，他的目标又发生了新的转移，开始对夜空和数都数不清的星星感兴趣了，他像幼年时的张衡，一颗一颗不厌其烦地数着那些他永远也数不清的星星。

后来，苟文书隐约听到了笑声吵闹声和喧哗声从远处的地里传过来，间或还有牲口不停地打着响鼻、调皮地摇动着脖子里的铁铃铛，而近处的村巷里又不时传出一两声鸡鸣狗吠。一切迹象表明，除了苟文书自己在跟睡眠做着毫无意义的抗争，整个村子在黑夜里是完全清醒着的，大伙儿都在平静地干着自己的活儿，没有人像他那样傻乎乎地躺在被窝里，跟自己怄气。

这种时候，苟文书强烈地意识到，他辜负了上面的殷切期望，辱没了自己所肩负的伟大使命，他感到痛心疾首，生不如死。

苟文书就想到地里去看一看，看看这些夜里不睡觉的人是怎样干活儿的。可还没来得及迈开脚步，一只手就从后面紧紧地拽住了他的胳膊。他像是从梦里慢慢回过神来，又如一个梦游症患者，拉住他的人是屠户三炮。当然是三炮了，在这里不会再有第二人愿意主动靠近他。

其实，苟文书一点儿也不喜欢这个黑塔似的浑身油腻腻的家伙，他能清楚地嗅到，从这个冷面横眉的男人身上所散发出的涸浊的牲畜下水的味，这种不怀好意的味道，不是来自猪啊羊啊牛啊的，而像是从他身体上的某个很具体的可耻的器官里源源不断地冒出来的。

苟文书想挣脱三炮的手。

三炮说："别理那群蠢猪，你还是回去好好睡一觉吧。"

苟文书叹了口气。

三炮说："千万别灰心，他们迟早会听话的。"

苟文书闷哼了一声，说："你想得美。"

三炮说："不信你跟我打个赌来！"

苟文书望了三炮一眼，对方的目光正逼视着自己。

苟文书苦笑了一下，不再说什么了。

"不就是睡不着觉发愁吗？我帮你想个好法子吧，准保灵验！"三炮说着意义很不明确地冲苟文书笑了笑：

"不过，你最好别成天把门闩得死死的，那样恐怕连只野猫都钻不进去。"

苟文书半信半疑地瞅了三炮一眼，最终又无奈地摇着头叹息起来。

寡妇牛香完全陷入了一种无法自拔的境况。

最初嗜睡症开始在我们村传播的时候，她稍微紧张了一会儿，但很快她就活泛起来，并且贪恋上了夜晚不眠的坏习惯。那阵虎大还没有出事，每晚地里收工以后，她都会磨磨蹭蹭地最后一个离开。然后她会绕道直奔虎大的办公室，只要钻进去，很长时间甚至通宵达旦都不肯出来。

那些天在虎大的那张新床上，寡妇牛香觉得自己简直光彩照人，她受到了跟新娘子一样的前所未有的幸福待遇。新的松木床非常结实，任凭他们俩在上面怎样折腾，都不会发出以前的那种恼人的吱吱声了，更不必担心它会突然倒塌，弄得人仰马翻狼狈不堪。在那些晚上，虎大也跟换了个人似的，前所未有地对她百依百顺温存体贴起来，完全遂了她的心思。只要她想要，他随时恭候，而且，毫无怨言竭尽全力让她快活。作为一个女人，这些东西牛香都真真切切地感受到了。

还有，最让牛香感动的是，以前虎大对她总是又粗鲁又敷衍，仅仅是为了解决他个人的那点急需，完事以后就迫不及待地撵她走，多一会儿也不要她待在里面，从来不在乎她的内心的感受。而现在的情况变了，俩人亲热够了，牛香赶紧穿好了衣服跟虎大说再见：

"天快亮了，我先走了，让旁人看见影响不好。"

虎大却不依。

"你怕球啥？头砍掉不过是碗大的疤。"虎大一副意犹未尽的样子。

说着虎大就又死乞白赖地拉牛香过来，跟她没完没了地缠磨亲近。

这种时候，牛香的的确确感觉到自己不再是虎大的玩物和姘头，而是他的女人，一个正正经经的好女人。虎大可以给她想要的一切，而她也全心全意地付出自己所有。然而，这种好女人的梦刚做了没几天光景，虎大就被公社派来的一伙民兵五花大绑地逮走了。虎大这一走，牛香的心一下子就空乏了。

有时候，牛香也怀疑，可能是虎大的老婆暗地里告的密。出事后，虎大的家也被抄了，虎大的老婆也哭得泪人样可怜，见了牛香非但不吵不闹，却姐妹似的把牛香搂住，两人呜咽着号了一场，各自倾诉衷肠。直到人哭得昏天地暗，彼此才难舍难分地散开。没想到虎大的老婆又一把抓住牛香的手，央求她说："好妹子咱们得想想法子呀，不能光这么傻哭啊，就是哭瞎了眼睛娃她爹也回不来哩。"

牛香觉得也在理，可她一个寡妇家能想出什么好办法呢？况且，听苟文书说虎大的罪有好多条呢，横行乡里、贪污享乐、挪用公粮、草菅人命，等等，还说虎大是青羊湾最大的野心家和当权派。

正应了老话，山中无老虎，猴子称大王。虎大刚走没几天，坏事情如雨后春笋般接二连三地冒出来，我们村那些游手好闲的人，全都露出了他们的狐狸尾巴。先是夜里偷东西的人一下子增多了，随便放在院子里的锄头、铲子、簸箕，转眼间就没影了，连灶房里煮熟的一锅饭或烙好的一摞饼，甚至吃剩下的几颗蔫土豆，也让人拿跑了；紧接着，有两个男人因为赌钱赌红了眼，债主把欠账人打得头破血流，而没过几晚，那个蛮横的债主从地里回来的时候，被人悄悄从后面砸了一砖头，脑袋开了花，险些把命送掉；再到后来，有一家的黄花闺女晚上去茅圈时，让一个蒙着面的家伙闯进来摁倒在地上，给美美糟蹋了一通。至于，张三家的狗、李四家的鸡、王五家的一对草鸽子，这些活物都被悄悄地勒死吃掉了无数。放在以前，这些事根本不可能发生，我们村里的大人娃娃都怵着虎大三分呢。虎大一瞪眼，吓得猫狗都要找窝子乱钻呢。虎大被抓走了，这些杂七杂八的名堂就像地里的野草，一夜之间窜生起来，挡都挡不住。

连着许多个晚上，牛香都六神无主的，心里总在不停地盘想，不知道怎么才能把虎大解救出来。想来想去，眼前的锅碗瓢盆箱箱柜柜，都开始睁着不安的眼睛望着她，似乎随时都有可能张开嘴巴跟她说话。她悉心一瞧，果然，几乎每件东西上都有虎大活络的影子，有虎大的硬邦邦的肌肉和虎大嘿嘿的坏笑。特别是一到深夜里，这些物件就发出叮叮当当乒乒乓乓烦躁不安的响声，似乎对主人非常不满。其实，根本没有任何人动这些东西一手指头，它们却在深夜里互相碰撞，彻夜不停。

夜里人本来就没有瞌睡，又被这些动静无休止地折磨着，牛香觉得自己快要疯了。以至于有一晚，苟文书给大伙儿开会的时候，牛香忽然跟犯了癔症或被谁作蛊似的，连她自己也说不清为什么，会突然冲上去扯人家的衣兜子，幸好让三炮给架开了。

也不光是心里觉得疲乏，牛香觉得浑身一点儿劲也没有。吃啥都没有个好滋味，嘴里却老酸唧唧地流涎水，有时候突然想吃一个过去吃过的什么好吃头，却又不知道该去哪里弄去。要是虎大在就好了，虎大可以去公社或别的地方的供销社，她要吃的东西他总能想办法弄到手的。想着过去一个人的种种好处，通常会让人陷入往事的纠缠中，很难解脱出来。

牛香就是这种情况。她思前想后，就把身边的好多事情都给淡忘了，甚至连自家的四个儿娃也顾不上管了。娃娃们又都不用上学，整夜在外面疯跑疯耍，白天横七竖八地躺在家里，个个睡得跟死狗样慵懒不堪。还是过去每天都去上学，被老师管着点好啊！牛香心里这么想着，却也实在打不起精神，更懒得管理，反正深更半夜的，随他们去闹吧。

还有一个人，跟夜猫子似的总在深夜里闪现。这个男人对牛香的纠缠就像黑夜跟星星月亮的关系，只要天黑以后，他就会神秘地出现在牛香的左右。有时候牛香一个人走在路上，这个男人突然就像她自己的影子一样尾随过来；有时牛香刚好从虎大家出来——自从虎大出事以后，她总会隔三岔五地去看望一下虎大的老婆娃娃，尽量说一些宽慰她们的话——迎面却看见那只黑塔似的影子长长地斜在路上。牛香也不止一次让跟踪她的这个男人死了那条心吧，她说她下半辈子就是跟了猪跟了狗也不会跟他的！可是，对方却总说别把话说绝了，山不转水转哩。

后来，牛香渐渐地对这种情况熟视无睹了，她照样走她的阳关道，人家走人家的独木桥，反正只要井水不犯河水，她就懒得搭理他。总之，只要她还有一口气在，她就不会让自己躺进那一堆破破烂烂的散发着陈腐气息的被褥里去。

这天晚上，苟文书又敲钟要大伙儿去场院集合，牛香本来不想去，可一想到虎大的事还是磨蹭着去了。她想找个闲空子跟苟文书打听打听，毕竟人家是从公社派下来的干部。

苟文书对站在场院上稀稀拉拉的人群说："从今晚开始，我来负责教大伙儿跳一种最新潮的舞蹈。"

他又补充说："跳这种舞的好处是，不管男女老少大人娃娃，都能学，都能跳，跳会了就忘不掉，吃饭睡觉都想跳。总之一句话，越跳越想跳，跳着跳着就把人的心都跳到一起来了，人心聚到一块儿，我们的社会就变好了，坏人就没空子可钻了。"

但在学跳之前，苟文书先给大伙儿饱含深情地唱了一支好听的歌子，然后就想一句一句地教大伙儿学唱。

苟文书说："一定要先把歌子学会，就像做干饭先要把米泡上一样。"

歌词里有一句是"我们心中有多少话要对您讲"，可大伙儿总是把它唱成"你们心中有多少话要对我讲"。在大伙儿看来，两者的意思其实是差不多的，可苟文书却表现出他不能妥协的固执的一面，弄得大伙儿非常尴尬。他说："不是你们心中有多少话要对我讲，而是我们心中有多少话要对你讲。"大伙儿就坚持说："明明是你教我们唱的这支歌子，当然是你心中有多少话要对我们讲了，怎么能是我心中有多少话要对你讲呢？这是非常浅显的一个道理嘛。"

但苟文书又穷追不舍地予以纠正，他说："问题不是我心中有多少话要对你讲，而是我们心中有多少话要对你讲！这是一个常识性的问题。"可是，大伙儿还是继续坚持自己的唱法是正确的，非要把它唱成是"你心中有多少话要对我们讲"。但是，苟文书还是不肯让步："你们唱得都不对，不是你心中有多少话要对我们讲，而是要唱成你们心中有多少话要对我们讲。"结果大伙儿发现，苟文书自己也不知道这句拗口的歌词究竟应该怎么唱下去了。

于是，只好就气气地散场了。苟文书答应大家，他晚上会认认真真地把歌词默写一遍，然后再多抄几遍，保证每个同志人手一份，这样就能做到万无一失了。但是大伙儿都觉得根本没有那个必要，是苟文书自己把问题搞复杂了。如果按照大伙儿的唱法，说不准早就把这支歌子学会了。而现在不仅浪费了大伙儿劳动的时间，还打了半晚上毫无意义的嘴仗，实在是很不值得。一晚上的时间就这样溜过去了。别人都拍拍屁股走了，牛香却没走。

等场院上一个人影也看不见了，牛香才去敲虎大办公室的门。过去，牛香从来不拿手敲这扇门，而是用自己的指甲抓。她在外面猫样地轻轻一抓，虎大就像听到了暗号一样，也不开灯，敞开一道门缝就把她拉进去摁在床上了。可现在不行，尽管牛香满脑子都是虎大的影子，她还是犹犹豫豫地极不习惯地敲了两下门。

门一响，里面就有文绉绉的声音了，问："谁？"

牛香觉得别扭，里面的人在明知故问。

牛香清了清嗓子，说："我。"

里面问："你是谁?"

牛香说："问啥问嘛! 你开了门不就知道了。"

又过了一会儿，门终于哼哼扭扭地开了，灯光从门缝里射出极长的一道。牛香不由得一惊，好像自己要在这灯光下原形毕露，好像自己变成了孙悟空眼中的那个白骨精。

苟文书上上下下看了看牛香，却没有让她进去的意思。

牛香这时才像终于省悟过来似的，知道门里的人不是虎大，她来这里也不是找男人的。她找的男人根本就不在这里。但眼前的这个男人她还得找一找，因为现在只有他能对虎大的事说出个一二三来。找和找是不一样的。这个男人不是她要的那种男人。她第一眼看见这个男人的时候，就觉得他非常好笑，觉得他不太像个男人，他身上没有男人应该有的那股味。所以，她对这个男人没有什么好感。

苟文书用一只手扶着门框，另一只手抓着门扇说：

"同志，有事明天再说，我正忙着给大伙儿抄歌词呢。"

"我有话问你，还是让我进去说吧!"牛香看了看苟文书手里的钢笔说。"我觉得你抄不抄都没用，村里没几个人识字的。"

苟文书也看了看手里的钢笔，才恍然大悟，不过他还是坚持说："你就在这儿问我吧……是一样的。"

"这事不能在这里说，别人听见影响不好，你还得让我进去。"牛香和缓地解释着，口气却是不容置疑的。

苟文书没办法了，因为牛香说着话眼睛一眨头一低，竟从他抓门的那只胳膊下钻进去了。

门一关上，苟文书觉得自己的呼吸忽然有点儿困难。

牛香进去像找什么东西似的，把屋子从头到脚看了个遍，看着看着竟突然失声痛哭起来。

苟文书着实吃了一惊。

牛香却扑通一下跪在苟文书面前了。

牛香说："你救救他吧……要不他就没命了。"

牛香说："虎大家上有老下有小。"

牛香还想说什么，却被苟文书呵斥住了。

苟文书说："住嘴，少在这花言巧语了，你以为我不知道你是谁吗？你给虎大求情，难道就不怕受牵连吗？"

牛香抹了抹眼泪说："不怕，只要能救下虎大，我啥都不怕，头掉了不就碗大个疤，要杀要剐随你们！"

苟文书又吃了一惊。他回想起那晚，就是这个女人冲过来撕扯了自己的上衣兜盖的，现在想起仍旧心有余悸。苟文书正要再教育对方一通，却没想到牛香跪着跪着，突然用两只膝盖爬到他跟前，两只手紧紧地把他的腿抱住了，湿漉漉的脸蛋贴在他的大腿面上，把裤子都给他弄湿了一大片。

牛香不再说什么了。但凡女人要是豁出去了，就天不怕了，地也不怕了。

苟文书很想挣脱女人的这种突如其来的搂抱和纠缠，可他的两条腿被女人抱得死死的，而女人的潮湿温暖的脸蛋、柔软颀长的脖颈和散发着淡淡香味的一缕缕头发，正一刻不停地在他的两条并拢的大腿的中缝间摩挲着。这种来自完全陌生的异性的摩挲，是他过去近三十年里从来没经历过的。他想极力克制住自己的情绪，尽量不朝那方面去想，可愈是想忍住，内心的堡垒就愈崩塌得迅猛。

苟文书听见自己的喉咙跟公鸡打鸣似的响了一下，然后，就像失去了记忆的醉鬼那样无力地瘫在寡妇牛香跟前。苟文书一副心急火燎的猴样。心急吃不了热豆腐。男人第一次在女人面前，尤其会显得笨手笨脚的。这段时间苟文书本来就精神高度紧张，加上睡眠习惯的颠倒错乱，此刻情绪又极度亢奋，因此，苟文书越发得手忙脚乱不得要领。他好不容易笨拙地褪掉身上最后的一条花裤衩，那里却已倾泻蔫软了，流出来的东西不小心弄脏了他刚才默写了两段歌词的信笺。

牛香在旁边一直没有再说一句话。

苟文书狼狈地转过身去，手忙脚乱地在地上找那条花裤衩往腿上套的时候，她悄悄地把那页抄了歌词的信笺撕下来，折了折塞进自己的裤兜里了。

牛香出门前终于回头对苟文书说了一句话：

"我看你是有贼心没贼胆，裤裆里白吊了二两肉哟！"

苟文书正忙着提裤子系纽扣，听了牛香的话更是无地自容了。他羞得脸面通红，手脚不停地打战。

哪知牛香依旧站在门口，似笑非笑地望着他：

"虎大比起你，可强上一百倍哩。"

一连好几天过去了，苟文书都忘不了那晚发生的事情。在来我们羊角村或者说到青羊湾工作以前，他还从来没有碰过一个像样的女人。他原来在一个小县里工作，上面安排他到我们青羊湾搞社教，他就打起背包兴致勃勃下来了。在公社的时候，他整天就知道埋着头写写画画，给领导赶赶稿子，他踏实苦干，随叫随到，从无怨言，把自己的工作看得比生命还当紧。现在苟文书的脸上整天挂着痛苦而又慌张的表情，而这种刚刚浮出水面的痛苦和慌张，以前是从来没有过的。换句话说，在寡妇牛香那晚走进他的房子之后，他就被这种没头没尾的焦虑一刻不停地折磨得寝食难安了。

刚开始，苟文书并不相信自己会成天惦记着那样一个女人，而且她还是一个口碑极不好的寡妇，这种事情对他来说几乎不可思议。他只是简单地认为，近来工作压力太大了，才使得自己产生了非常不好的感觉，进而成天不务正业想入非非了。但是，一天，两天，三天……到第五天的时候，他忽然意识到问题的严重性了，因为这些天里他几乎什么也不干，什么也不想，毫无作为，整天就知道盯着窗外的那口破钟发呆，把村里混乱的形势完全放在一边，不闻不问，只在心里默默想念一个女人，怀念她那晚带来的不同寻常的异性气息。寡妇牛香宁静如水又热情似火的眼神，和她浑身上下飘散出来的带着干草味的甜润气味，简直让他着了魔。

以至于，有天晚上，有人来敲他的办公室门时，他错误地以为是自己夜以继日的思念起了作用，老天爷真的又将自己朝思暮想的女人送到眼前了。苟文书迫不及待地从床上跳起来，光着两脚下地开门，才知道是屠户三炮来了。那一瞬间，希望完全落空了，他大张着嘴，半天也没有说一个字。

三炮却神秘地对他说："我想出好法子来了。"

苟文书还沉浸在恍惚中，他行尸走肉样地问了句：

"你刚才在跟谁说话？"

三炮已经走进他的办公室，并顺手带上了房门。

"我是说我帮你找到了一种好法子，"三炮一副热心肠的样子。"我保准你今晚能囫囫囵囵地睡个好觉了！"

苟文书很不情愿地回到现实中，如果没人来打搅他，他宁肯整夜都躺在寂寞的思念中，去展开他无边无际的想象。于是，他面无表情毫无兴趣地搪塞说："那好啊，就说说你的法子吧。"

三炮冲他笑了笑："现在还不能说呢，说出来就不灵验了，天机不能泄露的！你跟我走就知道了。"

说完，三炮径自打开房门走到外面。

苟文书疑惑着，不过他还是穿好鞋跟三炮去了。

他们一前一后，如影随形，在村街里绕来绕去，直到最后停下来时，苟文书也不清楚屠户三炮到底要带他去哪里。

三炮用手指了指眼前的一间草棚子，一本正经地说：

"苟文书你进去就知道了，我先到那头抽根烟去。"

这种地方苟文书从来没有来过，是队里的一个看瓜的土棚子，今年地里什么也没有种，棚子就空着。苟文书又回头朝身后看，三炮已经走远了，像走到了天尽头，那里唯独有一点儿红火星偶尔一亮，很快又灭了。他这才犹犹豫豫地钻进棚子里。里面很黑，起先看不到什么，但稍微站上一会儿，眼前就浮现出模糊的一团白来。那白色的东西很神秘地平摊着，苟文书不明就里地走上前去，他把眼镜往鼻梁上推了推，试探着伸出一只手，去摸。

这一摸，立刻把他弄得心惊肉跳起来，躺在炕上的是个人，光裸裸的一个人，身上居然没有穿衣服。他手指触到的皮肤也凉丝丝的。他谨慎地往后退了两步，想跑到棚子外头，他扭头朝着外面不合时宜地喊了几声三炮，半天也没有任何回音。这时棚子里的一切似乎都变得更加清晰起来，充满了诱惑。苟文书再去细看时，顿时有种血撞喉咙的感觉。躺在那里的的确是个人，而且，还是一个女的，精溜溜的一个女人，像是睡着了，平平地躺着，胸口上像是不经意搁着的两粒枣儿，两条腿叉开，大腿根子里躲藏着一团深不可测的乌黑的云朵。

苟文书完全看傻了。眼前霎时又潦草地浮现出那晚的情形，寡妇牛香温暖潮湿的脸蛋、颀长柔软的脖颈和散发着淡淡甜味的干草香的头发，它们正一刻不停地在他的两条并拢的大腿的中缝间摩挲着。苟文书几乎再也无法忍受这种活生生的来自肉体和精神的双重折磨，冲动的大脑使他完全丧失了理智，他听见自己的喉咙里发出一声无法抑制的怪叫——这种牲畜一样的声音在他过去近三十年的岁月中是从来没有过的——他的脑子里塞满了寡妇牛香的甜美的气味和温存的声音，这种时候就是把刀子架在他的脖子上，他也不会眨一下眼睛的。

"别怕别怕……是我，我来了……我知道只有你心疼我可怜我。"

苟文书颤巍巍直挺挺地靠上前去。

"哥的人人啊……哥的肉蛋蛋啊……你快把哥活活盼想死了！"

——但是，当他终于如愿以偿地疲倦下来时，才慢慢意识到了一些问题。那时苟文书还压在女人的上面，疯狂之后的无比瘫软，让他连趴在那里的力气都没有了，只能呼呼地喘息，瞌睡在短时间内迅速爬上他的眼皮。过了很久，苟文书的手指才动了一下，然后像是尽义务一样，开始力不从心地抚摸压在自己下面的身子。这样一摸，他才发觉情况有些不妙，因为他记忆中的那个身体根本不是现在这样的，没有这么瘦，也没有这么硬。

换句话说，寡妇牛香的身体很是丰盈圆润，特别是两只挺尖尖的奶子，感觉自己的一双手根本是捏不过来的，而这个身子到处都扁扁的，缺乏光泽，没有活力，没有那种让他茶饭不思的迷人的香味，有的只是一种病态的苍白和一股煎熬得快要失去效用的中草药味，而且，她的胸脯小到让人感到可怜的程度了。由此，他百感羞愧地做出了大胆的判断：这个刚刚跟自己媾和过的女人，必定是长时间缺乏怜爱和抚慰，她的身体才会变得如此干涩和瘦削的，这简直就是一具尸体。

苟文书嗷嗷地叫了两声，往出走的时候，他还不忘记狠狠地扇自己两个响亮的耳光。他几乎不敢相信，自己做出了天下最荒唐最恶心的一件丑事来。看见三炮迎头鬼影样摇摇晃晃走过来，这种时候他恨不能冲上去杀了这个该死的家伙，但他最终只能是茶壶里面煮饺子——有话（货）倒不出来了。他听见三炮笑嘻嘻地对他说：

"你回去睡个好觉吧，我给你收拾这烂摊子。"

苟文书没有应声，跟没有听明白对方的话似的。他像一条胆怯的老狗，乖戾地夹起尾巴逃跑了。这种时候，他确实跑得比狗都快。

这些日子牛香总是疑神疑鬼的，她只要一出门去，就会觉得身后一直有个人跟着她。通常是，牛香走多快，那个人就跟多快；等牛香稍稍慢下来，跟在她后面的人也好像有意地放慢了脚步。

牛香怕得开始发抖，以为是自己的那个死鬼男人跑来吓唬她的。她强装镇定，头也不敢回一下，拔腿拼命跑。慌不择途，跑着跑着，绕来绕去，离家的方向就越来越远了。牛香回头再朝身后望，又什么也没有。牛香站住，手掌搭在胸口上，稳了稳心神。然后转过身，又沿着原路返回。可是，没走几步，身后又传来刚才那种可怕的吧嗒吧嗒的脚步声。

这次，牛香没有放开跑。她故意加快脚步紧走一会儿，突然一拧身朝后看。还是什么也没有看见。路上青白白的，有冷冷的一片月光在上面晃动，路像羊肠子一样往前延伸。两旁的树都呆头呆脑，螃蟹爪子一样在青灰色的夜空中伸展开粗粗细细的黑色枝条。牛香不由得笑了一下。觉得自己有点神经质了，不过是自己吓唬自己，哪来的什么东西跟在身后？分明都是心理作用。

但是，奇怪的事情还是发生了。因为一不留神，牛香脚下被什么东西给绊住了，身子趔趄着软软地倒在地上。她在地上趴了一下，就果断地翻身坐起来，摸一摸身上，哪点也不痛，刚才摔得一点儿也不重。可手心里却有种凉丝丝黏糊糊的感觉，拿到眼睛跟前，借着从树梢上倾泻下来的月光仔细一瞧，两只手掌上都沾上了发黑发亮的一层东西，再凑近鼻孔一闻，天神啊！血，腥蚝蚝甜腻腻的血腥味，一下子爬进她鼻孔里。

牛香感到非常奇怪，自己明明哪也没摔疼，怎么会有血呢？正想着，就听见地上发出了断断续续的痛苦的呻吟。这次，牛香真的快给吓懵过去了。她来不及细想，赶紧拔腿就要跑开。可她一点儿也跑不动，两只腿脚被什么东西捆住了似的，情急中一低头，却见脚下躺着一摊软乎乎的东西，缩成一个圆团，像是刚从一只咸菜坛子里捞出来的。过了一会儿，地上的东西才慢慢地舒展开了，竟是一个人，手脚在微微动着，脸朝下，看不清是谁，只是觉得有一双若有若无的手拽着自己的脚脖子。

牛香反倒镇静下来。这至少说明刚才绊倒自己的并不是什么石头砖块，也不是什么怕人的东西，而是这个横卧在路上的可怜的人儿，自己手掌心粘到的血也就有了出处。牛香不再多想，赶快蹲下来把趴在地上的人给搀扶起来。直到这时，牛香才知道地上的人原来是个老婆子，头发也灰白了，瘦削的脸颊和皱巴巴的额头上有发黑发亮的一层血迹，血把脸面污染得无法辨认了。看来也是刚刚摔倒不长时间，血还滴滴答答往下流呢。

牛香朝四周看了一下，就从容地把老婆子扶到了路边，让她背靠着一棵树，慢慢坐下来，自己就地从路上掬来一捧黄土面，把里面的柴草颗粒拣出来，给老婆子轻轻地敷到摔破的额头上。血顿时就止住了。老婆子又呻唤了一阵，才慢慢地睁开眼来。等她一开口说话，牛香才终于听出来，她就是死了没多久的秀明的婆婆。

不可思议的是，牛香竟一点儿也不感到害怕，仿佛她们俩事先约好了今晚要在这里见上一面似的，她热切地握住老婆子的手——那只手还温热着，但皮肤变得跟刚刚晾干的玉米皮一样又薄又脆，皱褶间生出青褐色的老茧。牛香的目光始终带着对亡人的敬畏和无限的愧疚落在老人的脸上。老婆子也伸出另一只手爱惜地搭在牛香手上，眼神里充满了慈祥和感激的光芒。这样一来，她们俩的四只手就完全重叠在一起，显得亲密无间。

秀明的婆婆说："今儿是十五，月亮圆溜溜的，他们让我回来再看上最后一眼，看完了就回去。"

牛香静静地听着，觉得这种感觉已经久违了，就像远嫁多年的闺女突然回到娘家，守在老娘亲膝下聆听老人絮絮叨叨唠着家常。

秀明婆婆说："我的阳寿还没尽呢，他们说我应该活到八十四岁才对，可我那老头子非要催着让我过去，说他一个人在那边孤得很。我走那天刚好七十三，是个硬槛儿。我今儿回来是想把自己剩下的十年阳寿给这边的人留下，我带在身上就糟蹋了，怪可惜的，我都想好了，谁把我这老不死的从地上扶起来，我就给谁。"

牛香不无惭愧地说："那我可不能要，你还是留给秀明吧。"

秀明婆婆叹了口气："唉，凡事都要讲个缘分，秀明那娃娃命薄，天造下是受苦受难的，多十年阳寿就要多遭十年罪，我老婆子不忍心呀。"

牛香说："反正我是万万不能收的，要么你老还是留给广种兄弟。"

秀明婆婆笑了，露出被岁月磨得发光发黄的稀疏的牙齿。牛香感到非常惊讶，她一直不知道原来亡人也是会张嘴笑的，在这以前她固执地认为死人总是板着青面孔，不苟言笑，怪怵人的，可事实并非如此。

秀明婆婆摸着她的手说："傻闺女，这都由不得你跟我啊，命里该有的东西谁都抢不走哟。"然后她又摇摇头说，"我家广种也是作了孽的，险些一把火把自己的女人烧死了，这笔账迟早都要算的，人在阳世干的好事坏事，阎王爷那里尽都有数。我把自己这十年阳寿舍散掉，兴许还能给我家广种赎赎罪过哩。"

牛香听了，才知道那年腊月里红亮家的火是广种放下的，越发感到好奇了，就说："你老走了以后村里尽出怪事哟，吓得人连个囫囵觉也睡不好。"哪知秀明婆婆却说："那头正好是白天歇缓，一到夜里才把大伙儿放出来走动走动，这外面孽障气太重了，羊角村里又没个正经人能镇得住邪，才弄成现今这个样子。"

　　牛香听得云里雾里的，她心里就想顺便问一问虎大的事。可她突然发觉自己一直握着的秀明婆婆的手早没了，空余下自己的左手紧紧握着自己的右手，却毫无知觉。而她刚才说过的话，也像是在自言自语了。她急忙把两只手拿到眼前，一看，手掌心里空无一物，连刚才粘上去的血迹也不翼而飞。

　　正在牛香恍恍惚惚发愣的时候，远处传来一声尖叫，接着又是一声，听起来异常凄惨，是声嘶力竭的那种。这些突兀的声音，一下子就把宁静的夜空撕出一道深深的难以弥补的伤口。冷月光恰好透过树梢，不怀好意地射下来，牛香的脸色灰惨惨地难看，她慌忙回过神，急匆匆往家跑。

　　回到家半顿饭的工夫，院门外面就传来了一阵杂沓而密集的脚步和吵闹声。她还没来得及走出门去，就见虎大的老婆裹挟着一阵旋风饿狼样闯进家来。随即，虎大老婆像只发了疯的母狗张着嘴扑上来咬牛香，抓牛香的头发，撕她的嘴角，还拧她的耳朵。

　　虎大老婆大声哭喊着：

　　"娼妇！不要脸的小娼妇，老娘今儿跟你拼命了！"

　　牛香丈二和尚摸不着头脑，只得在躲闪中招架着。

　　虎大老婆说："你让你的龟贼娃子干的好事哟！"

　　牛香还是被蒙在鼓里，头皮让对方扯得生疼，一只鼻孔溢出血来。

　　虎大老婆说："可怜我好端端的一双闺女呀，全被你家的小畜生糟蹋了……老娘豁出去了，今儿我不想活了！"

　　牛香脑子里瞬间掠过一个闪念，她猛地想到刚才在回家路上听到那两声尖叫。她趁对方再一次扑过来的时候躲出屋外。院子里竟然有两个小丫头，一个蹲着，一个站着，都呜呜不迭地猫娃子样哭。这时，虎大老婆也紧跟着撵出来。

牛香说:"疯婆子,冤有头债有主,你这到底是哪根筋抽的,跑到我门上撒泼使性子!"

不说还好,牛香这样一吵,虎大老婆一屁股跌坐在两个小丫头的跟前,双手死人一样垂在地上,扯开嗓门号啕起来,边哭边颠三倒四地诉说着发生过的事情。这时牛香总算听出个眉目来,当下也惊得目瞪口呆。她简直不敢相信自己的耳朵。虎大老婆口口声声嚷,是牛香家的娃子们把她家的这俩闺女给糟蹋了。

牛香这才上上下下打量着眼前的母女仨人。当她的目光停留在那两个小丫头精赤溜溜连裤子也没有穿上的下身时,牛香顿时也吓傻了,伸出的舌头半天也收不回嘴里。眼前的两个小丫头瘦瘦扁扁的身体,正痉挛似的一抽一抽着,悲凉的哭声已变得疲惫不堪,无助的战栗正洗劫着这两个弱小的身体。她们的屁股和腿脚都露在月光下,皮肤上闪着一层惨白惨白的青辉,一绺一绺黑乎乎的东西正像熔化的沥青一样,顺着她们的腿根子慢慢爬下来,有些已漫过了脚背,落在地上,洇黑了地上的一片黄土,黑黑的一坨一坨,看得人心惊肉跳。

片刻的冷静之后,牛香一把拉过其中的一个丫头——这是虎大最小的闺女,也就十一二岁的样子,跟牛香家最小的娃子年龄相当——大声问:

"别哭了,都先别哭,你跟我好好说,是他们干的吗,到底是不是?"牛香恨不能使劲掰开她的嘴。"说呀,哑巴了,咋都不吭气了?你们都迷瞪了吗!"

显然,这个小丫头早被吓坏了,牛香这样猛地一扯一问,她更是抖得难以名状。另一个稍大一点儿的颤巍巍地噢了一声回答:

"就是的,他们还说……还说……呜……"

牛香已急不可耐:

"还说啥了?姑奶奶你先别号丧呢,你倒快说话呀!活活把人急死哟！"

"他们说……谁叫虎大成天就知道睡女人呢，现在也该好好睡睡你们了……呜呜。"

"畜生！"牛香怒吼着。"小畜生！我把这两个千刀万剐的畜生！"

接下来，已经完全变得疯狂的牛香，径自闯进自家灶房，她再次出来的时候，手里捏着一把明晃晃的菜刀——这把刀切过饼切过菜切过面切过瓜切过肉，切过所有让娃娃们吃过的东西。如今，被寡妇牛香死死抓在手里，高高挥举着，恶狠狠地冲出院子，直奔喧闹的街巷而去。

"老娘非宰了这俩小畜生不可！"

当时，我们村陆续赶来围观的人，赶紧自觉自愿地让出一条道来，谁也不敢上去拦挡她，大伙儿从来没有看见过，寡妇牛香这副要吃人的模样。

13

有一天后半夜里，串串一觉睡醒，家里只剩下她一个人了。

糜子人不见了。她的被子空着，像一只简陋的狗窝子。串串想拉开灯，可是怎么也摸不着灯绳子在什么位置。

自从三炮狠心地撇下她们娘俩，回到羊角村之后，糜子又被她们的村里人连着揪出去游过几回街，串串就发现糜子变得越来越奇怪了。

平时，糜子总是丢三落四，神志不清，整天神神道道的。做饭经常生一顿熟一顿，不是忘了撒盐，就是添了一把盐，过一阵想起来再添一把盐进去，把好好的一锅饭弄得咸得要命，谁也吃不成。她还时常大惊小怪，自言自语，明明把门闩好了，可是转过头，每过一会儿，她就会很神秘地叮咛串串：

"你快去外面看看，我又忘了闩门，当心野狗钻进来偷嘴。"

串串真是哭笑不得，她拿糜子一点儿办法也没有。

算起来串串让糜子收养也有十来个年头了。她已经出落成一个性格卑微又孤僻的大丫头了，看上去比实际年龄要老成许多，穷人的娃娃早当家，她干起活儿来心里装着自己的一套想法，但对身边的人和事，又时刻保持着必要的警惕和敌意。

尽管糜子对待串串像亲骨肉一样疼爱，可这丝毫不能改变她曾被亲人遗弃过的事实。而且，随着年龄一天天增长，串串也该懂事了，她又要背负自己是屠户三炮在外面的一个私生女的骂名。在上学或回家的路上，在田间地头，串串总是遭到身后那些人的种种侮辱和攻击。他们骂串串是小婊子养的，是捡来的小野种。

所以，串串自从念书以后，心里再也没有产生过一丝感念。她对屠户三炮充满了莫名的仇恨，虽然她从来不表露在脸上，可内心一刻也没有停止过对三炮的憎恶。以至于后来三炮决心抛弃她们娘俩的时候，串串突然有了一种彻底解放的感觉，好像她更迫切地要摆脱这种局面。倒是糜子那种世界末日到来的样子，让串串感到非常难过。她多么希望糜子能振作起来，重新开始生活啊。

当下串串摸着黑，屋里屋外找了一通，连院门外和几条街巷都找遍了，也没有发现糜子的影子。后来实在找不着，串串只好回去等天明再说。

天真的说亮就亮了。

串串起身，叠被子的时候才注意到，灯绳子不知什么时候被拽断了，扔在地上，难怪昨晚她怎么也摸不着呢。

串串再次出门，想到村里找找看。

她刚走到街上，身后就嗖嗖地飞来几只土坷垃，有一只正好砸在她的屁股上，疼得她差点流出眼泪来。

串串没有转身，更没有尖叫，继续朝前走。特殊的身世早就教会了她低头做人的道理。那些土坷垃长了翅膀一样，一路撵上来，砰砰地落在她脚后跟下，碎成土末儿，或砸在她后背上，一阵生疼。她忍着痛，只顾加快脚步。

串串低着头像年轻的女英雄那样，在街巷的枪林弹雨中往前走着。她听见身后噢噢的喊叫声，像赶驴撵鸭那样穷追不舍。

"地主丫头你往哪跑！"

"地主丫头缴枪不杀！"

"打倒地主坚决打倒！"

"打倒地主天下太平！"

"噢——"

"噢——"

"快看呀，狗日的地主丫头夹着尾巴逃跑喽！"

"嘻嘻。"

"哈哈。"

其实，串串早已经习惯了这种轻蔑的哄笑，和那种排列整齐的漫骂句式。已经很久了，几乎每天都是如此，只要串串出门，他们村里的娃娃们就会自觉地排成长队，跟在她后面没完没了地扔土坷垃，吐唾沫，骂脏话，就跟事先训练好了似的齐声喊口号，雀跃欢呼，从不间断。

快到村里的井台前，那群娃娃终于放过她，不再追赶了。

串串心里一颤，出门前她根本没有想过，自己要来这种地方找糜子的，可一双腿脚却不由自主地把她领到井台边来了。串串顿时感到一种很不祥的东西翻过心头。前一阵糜子的确动过跳井的念头，好不容易被串串拖住后腿才没跳成。

井台四周都是人们早晨打水时洒下的水痕，看上去斑斑驳驳的一大圈。有一只公用的水桶，孤零零地放在石头砌成的井台边上，桶的提把上拴着一根粗麻绳，绳子很长，曲曲弯弯地在桶旁扭成一堆。串串几乎每天都要来这里提一桶水回去。不提水的时候，她很少来井边的。

串串站在井台边，离井口很近。井深得很，往里看，觉得深不可测，里面像有一面小圆镜子，一晃一晃的闪亮。串串探身屏气往下看了两眼，水面上有半个人，脸很小，扎着两只黑油油的羊角辫子，刘海儿垂下来遮住了眼睛。

串串眼前一晕，急忙离开井台。但心里一直有种不着不落的感觉。

她又转过身，再次回到井口前，弯腰提起那只空水桶，想了想，咚的一下，就将水桶抛进井口里去了，地上的麻绳跟着迅速往里爬去，爬得蛇样快，然后听到窟通一声响，水桶沉下去了。串串两只手交替着使劲，一下一下往上收着绳子。

最后提上来多半桶水，串串毫不犹豫地拿手掬了一捧，嘴挨上去喝。

水清凉爽口。没有什么奇怪的味道。这让她觉得安心了许多。

串串又捧着喝了一口，觉得一颗心终于由嗓子眼咽进肚子里去了。

串串还没离开井台，就听见村里那群娃娃不知从哪里又钻出来，叫嚣着再度朝她这边扑来。串串急忙寻一条小道朝另一个方向飞奔而去——这条路可以通向村外，穿过田野，去往另一个村庄——可以到达我们羊角村。

串串很早就明白了惹不起躲得起的老理。

可是，串串却不知道去哪里才能把縻子找回来。

就在牛香遭遇了她一生中最致命的精神打击的时候，苟文书代表组织，亲自登门慰问了我们羊角村这个著名的寡妇两次。而这之前，苟文书也象征性地走访了虎大家，同样，对我们村的两个年幼的受害者及其家属，表示了他最最沉痛的惋惜之情，虎大老婆感动得恨不得跪下来冲他磕响头呢。

那天晚上，寡妇牛香花了掘地三尺的力气，终于在我们村打麦场的一只柴垛下的洞子里，亲手抓到了一直躲藏在里面的两个不敢回家的儿娃。其实是，另外两个小一点儿的家伙并没有直接参与（客观上他们还不具备干那种事的条件，否则也无一例外），他们只是躲在一旁帮着哥哥们望风放哨，事发后两个小家伙被女娃娃们绝望的哭号声吓得尿了裤子，是他们主动找到了正在村子里不停疯跑的娘亲，并向她提供了重要的线索——他俩想以此将功赎罪，争取娘亲的宽大处理。

干下坏事的两个儿娃，被自己的娘亲从柴洞子里狗崽样一条一条薅出来，他们浑身瑟瑟发抖，始终不敢抬头看娘亲一眼。那时，牛香已处在精神即将崩溃的边缘，捏在她手里的那把切菜刀像一面银白色的旗子，扑刺刺乱抖乱颤，刀光在夜空中打着亮闪，吓得围观者不敢断然靠近。后来在娘亲的强迫下，两个娃子终于跪在牛香面前，但是他们谁也不知道接下来会发生什么。所有围观的人也都不知道，寡妇牛香将会做出什么来。

牛香一把揪住了大娃子的左耳朵。那片耳朵热乎乎的，像是刚从开水锅里捞出来的。牛香死死揪住它，热泪横流，接着她把眼睛一闭，心一狠，猛然手起刀落，那片热乎乎的耳朵比刚才更热了，热得烫手，一股甜丝丝的血水飞溅到牛香湿漉漉的脸上，血水泪水顿时欢快地奔流而下。大娃子发出一声杀猪样嚎叫，然后扑倒在地，哭爹喊娘，蹬腿踢脚，痛不欲生。

牛香连看都没再看他一眼，转身又去揪住二娃子的右耳。二娃子早已吓得半死，屎尿淌了一裤裆，臭气熏天。他拼命挣扎，磕头撞地连连求饶，两手紧抱娘亲的大腿不肯放松。牛香冷静得可怕，她乘机将刚刚割下的那片耳朵塞进自己的裤兜里，手上满是鲜血，菜刀红通通的更像一面旗子了，她的裤兜也湿透了，仿佛有只青蛙在里面一撑一跳地用力喷血。牛香安静地在二娃子面前蹲下来，这时，她已不再那么疯狂，相反平添了几分理智。

"你过来，娘不割你的耳朵，别怕！"牛香说着便松开了二娃子的那只右耳。"娘割了你哥的耳朵，就不能再割你的耳朵了，你把头抬起来让娘好好看看吧。"

二娃子依旧战栗不止，但眼神里有了一丝获救前的感激。

牛香伸出一只手，不无深情地去摸他的脸，二娃子立刻下意识地躲了一下，然后就不再躲闪了，仿佛危险已经消除了，他心甘情愿地让娘亲一下一下摸着，端详他那张因为恐惧而抽搐的脸。

牛香压低声音说："娘最疼你了，你小时候多乖呀，啥事都不让娘操心，手还巧得很，你用纸胡乱叠个啥就像啥。"

说话的时候，牛香的眼泪一直在默默地往下淌着，她的手从二娃子的脸上摸到脖子摸到肩膀头，又摸到他的右手上，最后手指停留在他的一根小拇指上。她把二娃子的那根小拇指拉过来，放在眼前看了又看，好像那根手指是用金子做成的，然后又轻轻地挨在嘴唇边亲吻着。二娃子也感受到了从娘亲口鼻里涌出来的一股股热气，忏悔的泪水更加汹涌澎湃起来。

"我错了娘我错了……娘我对不住你……娘……你饶了我吧！我以后再也不敢了……娘！"

然而，一切都迟了。牛香猛然间不露声色地一口咬住了二娃子的那根细嫩的小拇指。二娃子凄厉的叫声再次响彻黑夜。牛香满嘴都是血。血像是从她的喉咙深处从她的心脏里涌上来的。她依旧死死抓住二娃子的那只手不放，她猛地一扭脸，咬在她牙齿中间的那截手指跟二娃子的手完全脱离了，肉丝在空中拉出一条红色的弧线。二娃子霎时缩成一只鲜红皮球，在地上翻滚哀号不止。

牛香终于泄气地跌坐在地上，如同耗尽了所有的气力，她把断指从嘴里慢慢吐出来，在自己的衣服上小心翼翼地擦了又擦，像擦一枚珍藏多年的戒指。擦干净之后，她把它也装进另一只裤兜里去。断指在里面一抠一抓地挠动着，就像娃娃们小时候总爱把手指悄悄伸进她的裤兜里想找好吃的。

那晚，大伙儿真正见识了寡妇牛香惩罚逆子们的惊心动魄的场面，一个个吓得面如土灰，全无血色。有人挑起大拇指夸赞牛香做得好，也有人认为是大梁不正才会下梁歪的。牛香跟虎大家的冤怨，充其量只算打个平手，一报还一报。

只有苟文书不这么看问题。苟文书学过马列，懂得一些辩证法，他会用客观的眼光看待一个人和一件事，特别是一个身心俱焚万念皆灰的女人。苟文书对寡妇牛香大义灭亲的做法赞叹不已，同时，又对她生活的种种不幸表现出罕见的同情与关怀。这一点大伙儿从他先后几次上门慰问可见一斑。

头一次寡妇牛香连眼皮也没有动一下，更没有跟苟文书说上一个字，就像精神错乱的人那样，长时间不言不语，不吃不喝，一声不响地看着窗外发呆。

苟文书说："无论如何你得想开些，事情已经发生了。"

苟文书说："这事也不能全怪你，没听人常说娃大不由娘吗？"

苟文书还想说点宽慰女人的话，可是牛香却突然把被子蒙在头上了，他只好无聊地离开了。

没过两天，苟文书又悄悄地不请自来了。这次苟文书不是空着手来，他带来了一网兜水果，还有一只已经宰杀好的鸡崽——鸡是他用四节干电池从一个老乡手里换来的。进门后他就钻进牛香家的灶房里，俨然一副这家男主人的样子，不一会儿，那些锅碗刀勺就开始当当作响了，还有浓浓的一股黑烟从门缝和烟囱里草蛇样钻出来，而他自己也像被什么伤心的往事困扰着似的，泪流满面，就差放声痛哭了。大约两顿饭的工夫，苟文书笨手笨脚地盛了满满一海碗鸡骨汤，殷勤地端到牛香眼前了。

寡妇牛香长这么大，从来没有接受过如此优厚的礼遇。特别是，这份作为女人她从来不曾奢望过的情意，即便是个木头人也该动心了。可牛香没有去接苟文书端来的鸡汤，而是突然放声痛哭起来。哭声震得窗户纸扑扑乱颤，连墙角和房梁上的灰尘也落下来，掉进苟文书的眼睛里。苟文书眯着一只眼歪斜着脑袋在地上转来转去，嘴里哟哟叫着，他想把眼里飞进去的脏东西揉出来，可眼睛都弄红了，也不得要领。

牛香终于开口了。

牛香幽忧地说声："你过来吧。"

这是几天以来，牛香第一次开口说话，声音沙哑得像被粗砂纸打磨过一般。

苟文书愣了一下，像听话的娃娃那样乖乖地走到她跟前。

牛香把手举起来，轻轻地翻开了他的眼皮，然后把嘴唇靠上去，伸出柔软湿热的舌尖，在翻起的眼皮上舔了舔，又把他的眼皮恢复到原来的位置。

苟文书眨巴眨巴眼睛，果然干净了，不再有丝毫被磨痛的感觉。

苟文书又把桌子上的肉汤给牛香端过去说：

"你好歹吃上一点点，身子当紧呀。"

牛香实在推辞不掉，她接过去，还是没有吃。眼泪却像断线的珠子样滚落到碗里。

苟文书转过身悄悄离开了，正如刚才他悄悄地进来。

就在这天深夜，牛香家少了一只耳朵、断了一根手指的两个儿娃离家出走了。这弟兄两人在离开之前，干了一件让寡妇牛香这辈子永远也不可能原谅的事——他们悄悄地摸到苟文书的房前，一个去敲门谎称娘亲找他有事，另一个伙同其他几个玩伴，埋伏在对面的一棵大树下，等苟文书开了灯走出办公室时，他们出其不意地用手里的弹弓一起朝苟文书射击。

苟文书的脸和额头顿时肿起来蒜头大小的几个青疙瘩，最惨重的是，一只眼镜片也被迎面飞来的石子敲碎了，碎玻璃渣子划破了他的上眼皮和多半个眼圈，鲜血当时就模糊了他的视线。伏击在外的人却趁这个机会，轻而易举地偷走了他心爱的自行车。

第二天黄昏，当得知了这个意外情况以后，寡妇牛香愧疚得恨不能把自己一只眼珠子抠出来。

当大伙儿问起她的两个儿娃的下落时，这个寡妇以斩钉截铁的口吻，咬牙切齿地回答：

"他俩不是我的娃子，你们就当我从来也没有养过那两个现世报！"

苟文书一直躺在办公室里安心养伤，他对这件事保持着罕见的沉默。

那些天里，牛香尽了一个女人应该的义务，她亲自给他送来一篮子鸡蛋，十张烫面饼，和一小瓶底云南白药——这是以前虎大给她从公社卫生所弄来的，她没舍得用完，除了前几天给那两个小祸害用过一次之外，眼下总算派上用场了——她亲自帮他涂在伤口上。她的内心也因此得到一点点安慰。

或许因为眼镜片被打碎了一只，一时又没处去修配，苟文书勉强戴着仅有一只镜片的眼镜跟牛香说话，时不时突兀地看着对方。少了镜片的那只眼睛，总是一眯一眯的，像是怕见光似的，让人感到别扭。牛香被苟文书这种奇奇怪怪的样子弄得更加羞愧难当了，在他面前她总是脸色涨红，不敢抬头正视对方。

苟文书却把牛香的心神不宁和愧疚之意，错误地理解成，那是她对自己的某种说不清道不明的男女私情，这种隐秘的想象让他在伤口的疼痛中又感到异常兴奋。而事实上，自从那晚苟文书在寡妇牛香面前失去了一次男人的尊严之后，他就再也不能把这个从年龄上来说，至少可以给自己当大姐的女人从脑子里忘却。牛香风韵犹存的俏模样，总是在他眼前晃来晃去，尤其是，她泼辣的性格和敢做敢当的那股子巾帼不让须眉的气魄，更让他佩服得五体投地。

苟文书开始变得魂不守舍，也变得更加优柔寡断。在不知不觉中，他竟把烦琐而艰巨的救援工作全都抛在脑后了。困扰着我们羊角村的睡眠颠倒的坏习惯，现在在他看起来，已经不是迫在眉睫的重大问题了。眼下最棘手的就是他遇到了人生中最重要的课题。

这个戴着碎了一只镜片眼镜的男人，开始眯着一只眼睛夜以继日地想着一个寡妇了，甚至于荒唐地将上面委派他到这里主持工作，看成是前世注定的一段好姻缘。他不再跟白天的睡眠做任何无聊的抗争，而是一味地躺在虎大的那张松木床上蒙头昏睡，以等待傍晚的清醒时刻快点来临。晚上，他也不再像往常那样费尽心机地教大伙儿唱歌和跳舞了。他对自己过去的作为感到十分荒唐，他认为那不过是在浪费自己的时间和生命，而最值得他去想去做的事情其实只有一件，那就是想方设法跟寡妇牛香接近，并博得她的一次欢心。

他似乎终于明白了一个再浅显不过的道理，恋爱可以轻而易举地改变一个男人的世界观，羊角村如果没有那样一个女人存在，一切对他来说都是毫无意义的。在自己喜欢的女人面前，他再也没有什么可以顾忌的了。所以，现在在苟文书看来，以前的所作所为是多么滑稽和愚蠢可笑，即便上面决定把整个青羊湾都交给他来掌管，他也毫不稀罕了。终归到底一句话，他如今已心有所属了。他突然觉得自己内心里满当当的，哪怕一丁点多余的东西都盛不下了。

又过了一阵子，寡妇牛香私下里通过苟文书，从我们村的场院里借来一大板车稻草，整整齐齐地垛在院墙旁边。然后，她把自己关在家里，大门不出二门不迈，开始一门心思地为集体编织起草绳子，挣那些可怜巴巴的工分。

她通常是，头天把那些整齐的稻草用水浸泡好，再盖上湿麻袋焐一整天，第二天傍晚就着手编织了。整个晚上，她的手都在不停地搓啊搓的，好像她一生下来就跪在地上搓着这种粗糙的草绳子。

那些粗粝的稻草芒一刻不停地戳刺着她的双手，手心手背尽是血绺子，搓好的草绳子上，留下了斑斑血迹，看了就会叫人觉得触目惊心，而她自己却从来没有叫过一声苦，喊过一次疼。也许，恰恰是这种疼痛的滋味，会让她感到充实和好受一些，从而淡忘家门的种种不幸，包括一双儿娃的出走。

从这一天起，直到后来被我们村的一伙年轻人硬拉出去，寡妇牛香再也没有离开过这个只剩下两个娃娃的家院。牛香一刻不停地在家看管着剩下的这俩儿娃，他们中的任何一个想要出门去，都得经过她的同意，而且限定多长时间必须赶回来，回来以后还得如实地向她汇报出门干了哪些事、跟什么人在一起耍过、有没有胡说八道、有没有欺负别的娃娃，特别是那些女娃儿。

她再三叮嘱他们俩要做老实人说老实话，如果一旦让她发现他们敢对别人扯一次谎、做一次坏事，从今往后休想再离开这个家半步。还有，她绝对不让娃娃以任何借口再提起那两个坏蛋，她不止一次地告诫他们，那两个下三烂早就死了。

每当夜幕降临，牛香端坐在门槛上搓草绳子的时候，她的胸前总是戴着那枚虎大送给她的领袖像章。在昏暗的灯光底下，像章红艳艳的，像一朵娇艳的花儿在那里静静绽放。女人戴花除了自己喜欢，更大程度上是要给别人看的。这也许只是男人的想法。男人的想法有时候也比较简单。而简单的想法往往会把事情弄糟的。

苟文书时不时会过来，看搓好的草绳子堆得老高了，就派个人来点清数目登记在册，然后拉回队上去储存。偶尔，她也会留他在家里吃顿便饭，想方设法给他弄点好吃的，给他补补身子。他来的时候，也会随身装个什么东西送给她或娃娃，一般，她都会欣然接受的。而这个破碎的家庭，也因此多出了一丝别样的温情。

立过秋，头一场雨便没头没尾地飘起来，漫漶不绝的雨水把我们的村子弄得像一座将要塌陷的潮湿的坟茔，每个人的脸上都阴沉沉的。

这天晚上，苟文书又冒雨来了。这个看起来文文弱弱的男人浑身湿乎乎的，跟刚从池塘里游出来似的神情呆滞，他的袖口和裤脚不停地往下滴着雨水，他站过的地方很快就变成一片汪洋了。见到牛香后还没说一句话，他就啊嚏啊嚏地接连打了一串响亮的喷嚏。

牛香从清冷的空气中闻到了雨水的咸味，和树叶即将枯黄时的苦涩气息，这种气味让人感到无比伤感和失落。但她没有停止手里的活儿，一根搓了一半的草绳子，蛇一样在她的腿面上滋滋翻滚。

苟文书抹了一把额头上的雨水说：

"你能听我说句话吗？"

牛香把手边的一条擦汗用的毛巾递给他。

"你说吧，我听着呢。"

苟文书接过毛巾，不过，他没有用它来擦脸，而是凑在鼻孔前轻轻嗅着。毛巾上的那种独特的气味，同样让他感到激动不已。

"我快疯了，我真想离开这儿！"苟文书情绪很不稳定，眼神犹犹豫豫。"这个鬼地方我是一天也干不下去了。"

牛香手里的活儿稍微停了一下，然后又吱吱地搓起来。一条草蛇在他们之间翻滚跳跃着，好像随时会冲到院子外面。

"要是真的想好了，那你就走吧！你本来就不应该来我们这里的。"

苟文书欲言又止，他没想到她会说得这么轻松。他就犹犹豫豫走到牛香跟前，像极了一条卑微而落魄的看家狗，突然蹲下来，一把抓住了牛香的手，然后拿起来借着灯光仔仔细细地看着。

牛香一惊，说："手有啥好看的！"她就想抽回来，可他抓得很牢很牢，根本不可能抽出来。苟文书盯着牛香的眼睛，又看看那双潮湿而又皱涩的手，以及手心手背上密密麻麻的血道道。他终于忍不住了，动情地打量着她的脸：

"你别搓了，我求求你，别再这么折磨自己了……我看着心里难过啊。"

牛香抿了抿嘴唇，又用牙齿紧紧咬住，像是怕心里会有什么东西随时流淌出来。过了一会儿，她才平静地对他说，又像是在自言自语：

"一个人一个命，我早认了，我夜夜搓着这些草绳子，心里反倒踏实了，白天一挨枕头就睡着了，啥也不想了。"

苟文书不再说话，他觉得她说的话是很有哲理的。于是，他又执拗地抓过牛香的手，用力按在自己的脸上，按得牛香手指都生疼了，也把他的脸按扁了按瘦了，使他看上去更阴郁更消沉了些。

牛香说："别这样，千万别这样，娃娃看见了不好。"

说着，极力将手缩回来，却没有再去搓那根草绳子。

"我知道，我根本就不配跟你在一起。"

苟文书说完慢慢地站起来，破天荒地从裤兜里摸出皱巴巴的半盒工字牌纸烟，颤颤地抽出一根塞在嘴，又在兜里摸洋火，半天也没摸着。牛香起身给他找来洋火，帮他点烟。烟有些潮了，划了两根洋火才勉强点着。苟文书靠墙站着吸烟，看样子他不怎么会吸，刚吸两口就呛得咳嗽起来，脸也涨得通红，眼泪哗哗的样子。

牛香一直看着他，觉得他比刚来的时候至少瘦去了一半，头发长得遮住了眼窝，下巴颏跟镰刀头一样尖，皮肤倒是阴白了，脸色惨惨的，像害了一场大病。他终于抽完了那根烟，中间至少咳嗽了十几次。他把烟头用鞋底碾灭，突然像是鼓足了勇气似的再次站到她面前了，还想抓她的手，这次她没让抓。

牛香听见他心跳的声音。牛香也听到了自己的心怦怦直跳。牛香还听见他颠三倒四地说着什么。那些事仿佛年代遥远，牛香听着听着，眼泪就止不住地淌下来了。

牛香抬起头看着他说："你别再说了，你再说这种瓜话（傻话）我该生气了。"后来牛香又对他说：

"我一直觉得，你就像我娘家的叔伯弟弟。"

说完这些，牛香的心就不再怦怦跳了。

苟文书的心跳声再也听不见了。

外面，秋雨下得连连绵绵的，雨点一阵疾一阵缓，不时地扑打在潮湿的窗户纸上，声音发闷。

牛香又开始低着头吱吱地搓起草绳子来。苟文书什么时间离开的，她一点儿也不清楚。搓到当晚的第五十九根绳子的时候，她感到腰酸背痛，手指发麻，想起身回里屋歇一会儿再接着搓（她每天晚上要求自己必须搓够一百根草绳子）。可事与愿违，她刚站起来，忽然觉得眼前一黑，身子发麻，腿脚一点儿力气也没有了，整个人晕倒在脚下的那堆潮湿的稻草上了。

奇怪的是，旁边好像有双手一直等在那里，把她给接住了。她心里想肯定是苟文书还没走呢，就晕头晕脑地由着那双手把她搀扶到里屋去了。一进里屋，她才恍然明白过来，这双手根本不是苟文书的，苟文书的手又白又细，不是那种生来干农活儿的粗手，她被他的手抓住时的那种感觉非常奇特，光光滑滑的，又温柔又体贴，这种感觉在虎大那里是没有过的。想到这些她才努力让自己睁开眼睛，却隐约看见站在地上的正是自己死去多年的男人。

男人正一声不响地站在她面前，感觉就像站在自己的梦里一样。但看起来，男人的样子没有太大变化，死了的人都留存在活人的记忆当中，连他身上穿的衣裳也没有更换过，依旧是那年去抗洪水出门前穿的那身衣裤，胳膊肘和膝盖上的四块大补丁都是她亲手缝上去的，针脚依旧密密麻麻的，好像下辈子也不会轻易地掉下来了。但是，她发现他没有穿鞋，两只脚光着，脚背上沾满了黄泥巴，裤腿一只高一只低地卷起来，浑身上下湿漉漉地不停往下滴水，声音空灵而又清澈，还不时地散发出河水特有的那种土腥味。

牛香感到非常害怕。其实让她害怕的不是见到了死去多年的男人，男人本来就是自己的，她觉得并没有什么可怕的。唯一感到惶恐的，是她认为自己这些年做了许许多多对不起男人的坏事。她真的有点良心发现了。

她想让男人也过来，两个人坐在一起说话，毕竟很多年没有推心置腹地说过半句话了。可对方却坚持要站着，因为他说在阴间里坐着和站着没有丝毫区别，当然他主要是担心身上的泥水会把炕上的被褥弄脏；她想下地给他沏杯热茶喝，男人摇了摇头，表示他根本不需要水，她从他的眼神里看出他有多么痛恨水啊！他告诉她自己已经有些年头不沾一滴水了，他对一切水或跟水有关联的事情，都怀着深仇大恨；她就想跟他好好聊聊，在他走掉的这些年里，村里都发生了哪些事情，可他似乎对一切都了如指掌，通常是她还没说完上句，他已经正确地对出了下一句；接着，她又试图告诉他，自己确实没有管好两个娃娃，才致使他们闯下了天祸，现在她只想用这种夜夜不停搓草绳子的办法，来忏悔和弥补自己所犯下的过失。

这次他也似乎感到震惊了，他要求她慢慢地说出所有的细节，于是她就按他的要求一一讲出来，最后她还哭着对他说：

"我真该死，下辈子让我转猪转狗转驴，来伺候你们吧。"

而她的心里却暗想，原来死人也有不知道的事情，这一点她以前根本不知道。男人似乎猜透了她的心思，就说他那边新近来了好些奇怪的人物，他们整天不停地喊冤诉苦，说他们在阳世遭受了阴间难以想象的打击报复和不公平待遇。本来，这些人应该先送去挖眼开膛摘心再下油锅的，可阎王爷见他们闹得太凶，又确实冤情深重的样子，才勉强宽恕了，但要等到水落石出盖棺定论那天再一一从轻发落。因为一直被这些杂事纠缠搅扰，所以很多信息都不能及时传递过来，死人就无法知晓村里最近发生的事情。

　　牛香本来还要对男人说，自己对那两个娃娃的惩罚太重了（她其实一直为此惴惴难安），可男人已经迫不及待地走出里屋去。准确一点儿说，男人不是用两只脚走路，而是整个身体脱离地面般地飘走的，很像燕子贴着地皮子低飞一样，速度快得难以置信。等她光着脚跳下地撵出门外，只看到院子里淤积的雨水中有一道长长的划痕，就像一条小船刚刚从那里疾驶而去了。银灰色的水面很快又恢复了平静，仿佛一面巨大的镜子。

　　牛香才知道天快亮了，雨不知不觉又落了下来，纸糊的窗子让雨点砰砰地敲击着，发出破鼓样的声响。她连着打了两个哈欠，就转身回屋躺下了。羊角村的黑夜又从清晨开始了。

　　黄昏前雨停了一会儿，摆放在屋当间的那些盆盆罐罐，早就蓄满了从屋顶上滴漏下来的雨水，汩汩地往出漫溢。偶尔从上面再落下那么一滴，盆罐里就立刻会发出清澈的叮咚声，打破了屋内的沉寂，可沉寂似乎又更深了些。外面的院墙东倒西歪，坍塌了好几处，随时都能听到水从高处流下来的哗哗声。空气中有一些雾状的水汽，随着晚风四处游走，外面显得清清冷冷，房前屋后白茫茫的。

　　秀明刚从被窝里钻出来，着实被眼前的景象吓了一大跳。水面上漂浮着一层令人恶心的癞蛤蟆屎，那种墨绿色的泡沫一圈大一圈小地在水面上缓缓移动；曲曲弯弯的泥鳅也从门前的水沟涌进了院里，它们在烂泥淖里不知深浅地游来游去；看家狗则胆怯地趴在自己的窝棚顶上呜呜叫着，像受尽委屈的小媳妇。狗的眼睛绿得发红，一副丧家犬的惶恐模样；狗的窝棚下面，却至少蹲着一百只以上大大小小的癞蛤蟆，丑陋得让人想吐；还有一群绿皮红眼的小青蛙，它们在那里呱呱叫着耀武扬威，青蛙的下巴颏一鼓一鼓地弄出很大很白的气泡，仿佛正在为它们把狗赶出窝棚而齐声欢呼呢。

秀明揉揉惺忪的睡眼，一个蹦子跳进水淖里了，浑身顿时都溅满了泥点。那只狗看见秀明要来抓它，就跳下窝棚踅着爪子跟她兜圈子，把院里的泥水不断踏溅起来，嘴里发出吠吠的哀声，似乎要对主人的轻慢表示不满。狗被秀明抓住以后，它立刻就变得乖戾起来，把脖子偎靠在秀明的大腿上蹭来蹭去，不停地伸出粉色的舌头舔秀明的身体，还意义暧昧地将鼻孔里的热气全部递过来。刚才起得匆忙，秀明的布衫还没有扣严实，狗鼻子里的热气就顺着她敞开的衣襟呼呼地灌进去，一直吹到秀明身上最柔软的地方——那里的两只乳头在热气中一点一点膨胀起来。秀明感到浑身都温和了。不过，她还是警觉地避开狗鼻子喷出的热气，一颗羞耻的心竟骚动起来。狗依然不停地从地上跳起来，伸着两只前爪去抱她，拿湿漉漉的嘴鼻触着她的胸窝子，隔着衫子碰触到已经硬朗了的乳头。秀明继续害羞地躲避，同时蹲下身来爱怜地抚摩着狗的脖颈。狗眼睛里的那个她看上去是那么渺小，微不足道。自从婆婆去世后，秀明跟这只狗早已经相依为命了。

狗窝棚旁边兀自塌陷出一个水缸样大小的深坑，这里由于地势低洼，从外面流进来的雨水，正通畅无阻地灌进这只深不见底的坑里。水流的速度奇快，将那些泥鳅癞蛤蟆烂树叶全都一股脑吞进坑里，转眼间什么也看不见了。秀明再也没有片刻的消闲。她必须用锹铲来大量的泥土试图堵住这只深坑，可那坑实在是太深了，简直就是一只无底洞啊，用来从外面铲土的时间足可以在院子里重新砌一堵墙。由于塞堵这个不知深浅的坑，她只好暂时将狗拴在门口的一棵树下。

秀明一直不停地往坑里填土，汗水顺着脚脖子流进了两只鞋壳里，走动的时候哗哗作响，可所做的依旧毫无功效，而且，那只坑看上去越来越像一只无底洞了。后来，秀明不得不终止了这项没有意义的劳动。她也开始怀疑这只突兀的深坑也许一直通向阎王爷那里去了。想到阎王之类的东西，她就恐惧地不停打战，眼皮子不停乱跳，心儿仿佛都快飞出去了。其实以前她并不迷信，她坚信世上没有鬼魂这些东西，可此刻她发现自己变得如此脆弱和胆怯了。

秀明已经显得十分疲倦和狼狈，但她依旧在不停地忙碌着。狭窄的鸡窝里同样汪满了雨水，十几只鸡都漂浮在水面上，脖子抻得老长，跟鸭子一样。有三只大约在白天里已经被大雨淹死了，尸体静静地漂动着，却看不见脑袋和鸡冠具体在什么地方。漂在水面上的还有十几个鸡蛋，白花花的一片，看上去很像是煮在一口大锅里的荷包蛋。有几只凸眼圆腹的老鼠正在水里欢快地游来游去，见了人也没有丝毫的畏惧。它们的水性好极了，它们一边游着一边敏捷地去逐食漂在水面上的那些谷子。

这时，秀明才猛然间意识到自己忙糊涂了，竟把这一天里最当紧的一件事情给忘掉了。自从秀明把那只装着婆婆骨头灰的黑陶罐抱回家以后，每天傍晚睡醒以后，她都要恭恭敬敬在婆婆的灵前上一炷香，磕三个头，有时候她还会很虔诚地吃上两顿素饭。秀明这样做已经持续了很长一段时间了。吃素和烧香似乎成了她生活的新内容。她的生活和内心都因此变得平静起来了，虽然一切寡淡得近乎无味，但这种平静的生活至少可以为她提供一份祈祝的心境——心诚则灵。

秀明现在什么也不想了，她几乎忘记了过去的每一个生活细节，只是混混沌沌活着。事实上，秀明被虎大他们拉出去大小开过几次会以后，她整个人的精神就瘫软了，那种软弱完全来自骨头缝里。她时时感觉到自己的脊梁中间突然就少去了一节关键的骨头，整个人变得不再坚强，她的身体只是勉强地支撑着，随时随地都可能倒下来。她害怕这样下去自己终究要垮掉的，而且，永远也别想再爬起来了。

从场院散工回来，家里的狗就不见了。其实，秀明并没有下地去干活儿。苟文书一连好些天也没有再敲过钟。大伙儿睡醒以后，只是象征性地去场院那里转一圈。苟文书连面也不肯露，不知道他整天把自己关在办公室里干些什么。又赶上这样的连雨天，大伙儿在场院上彼此打个招呼，说几句闲淡话，也就各自散了。

秀明这才想起来，出门的时候狗确实还拴在门口的树下，自己竟忘了把它拉出家来。现在狗跑得没了踪影，连拴狗的那根绳子也被带走了。秀明扯着嗓子叫狗。她的喊声划过湿漉漉的树叶，那些枯了的叶子就簌簌地落下来。她整个人一下子就跌落到了过去的某个片段中，冥冥中觉得一切厄运似乎都是从那一刻开始的。那天红亮不见了，她也是这么慌张，也是这样在村子周围和田埂上一路奔跑着。而且，那个时候她的喊叫也是这么的杂乱无序，可她终究没有把红亮喊回来。唯一不同的是，那阵子是腊月天，刚下过雪，外面天寒地冻的。

雨后的村路上，似乎没有几个人愿意出来走动。路旁高高矮矮的院墙都一味地深沉，被雨泡塌的地方别别扭扭的样子，连日的暴雨把道路冲得坑坑洼洼，一时不能分辨路在什么地方，到处都呈现出破败与邋遢的迹象。只有几棵年代久远的老树，突然跟换了衣裳似的崭新着，有些扎眼。树头都一律低垂着，带点鬼魅地思谋着什么。一路上，秀明至少跌倒二十几回，浑身上下都在往下淌着泥水，她几乎寻遍了所有能想到的地方，就是没有自家狗的下落。

秀明从宽阔的玉米地里穿过去，玉米沟里的杂草葳蕤丛生，草叶上的雨水透射出一些冰凉的气质；秀明从杂草丛里蹢躅着一脚深一脚浅地穿过去，这里什么也没有，她开始无限地失望和迷惘起来。她原以为狗会跑到这里来找野鸭子呱呱鸡之类的东西吃，她猜想着它必定在这里等着她呢，可她完全想错了。再往前面走就是无边无际的水田，稻子原本已泛着金黄了，可是连日不断的秋雨打湿了这片饱满和喜悦，使得眼前的一切变得苍凉而又悲壮，好像果实很快就要陷落到泥土的最深处去了。

　　秀明站在秋天被雨泡湿的土地上，她感到身体突然轻得像一片玉米叶，随时都会被风带到任何一个地方去漂泊。可是，到处都没有秀明要寻找的狗。到处都是一片死寂。到处是雨水汪洋。到处潮湿而又斑驳。到处在无望地期待着死亡。到处都发出一种奇怪的声响。到处都是耳朵和嘴巴在无声地蠕动。到处有人在窃窃私语。到处是狡猾的狼脸和凄厉的嗥叫声。到处都有青蛙蹦来蹦去的潮湿的痕迹。到处都能看见红亮奔跑着的瘦小身影，只是，那影子越来越小，越来越微不足道，最终幻化成天地之间的一个虚点，然后在秀明眼窝深处又凝聚成一颗清亮的水滴，顺着面颊逶迤而下，眼前的一切突然变得模糊，天地悄然缝合了。

　　后来，秀明像一只空壳似的飘回家，又静静地落在炕上，就像她已经在这里躺了几十年，身心完全憔悴了。只有院门始终有所期待地在风雨中敞开着。天色黑沉下来，院里突然传来一记很沉闷的坠落声，仿佛是什么重物突然从天而降。秀明迟疑了一下，便有些喜出望外地跑出屋外。果然，有一摊黑物神秘地匍匐在地上。走到近前，秀明才看清楚，那竟是一只被割下来的狗头趴在地上，颜面活生生的，露出一只张得很大的瞳孔，死死地盯着她，连接着脖颈的位置血肉模糊，一些奇瑰的乌血的亮斑正一闪一闪。

　　她发现在狗头的旁边，是用草绳子捆绑在一起的四只狗爪子，它们被紧紧束缚着，但依然显示出某种旺盛的精力，似乎随时都会挣脱绳子，并拼命奔跑起来。她朝四下里看了又看，不知狗的身体跑到哪里去了。秀明立时感到一阵晕眩和恶心，她被一股溷浊的畜尸气味包围着，五脏六腑快要冲出体外。秀明哆嗦着，想伸出手去摸摸自家的狗，却显得慌张而又徒劳，整个人一下子竟扑倒在那只狗头上了。与此同时，地上的狗头像是被秀明压痛了似的，立刻声音细小地哎哟了一声。

接着，秀明又听见有个女人的声音从很低的位置挤出来。

"秀明你快起来呀，你压疼我了！"

秀明闻声急忙从地上爬起来，稳了稳神，朝四周看，什么也没有的。她以为自己的耳朵听差了，就木然地转身，失魂落魄地慢慢朝屋子里走。可是，秀明还没走两步，又听见身后像是谁在喊她。

"秀明先别走，秀明你等等我呀，我还有话跟你说呢。"

这回，秀明听得真真切切的，分明是有人在跟她说话。

秀明回过头，被夜色笼罩着的院子除了她之外，空无一物。秀明正感到诧异的时候，地上的那只狗头竟毫无缘由地朝前骨碌了几下，正好落在秀明的脚下。

"秀明你别怕，是我，秀明，我是糜子呀！你不认识我了吗？"

秀明无论如何不能相信自己的眼睛，但那只狗头确确实实眼看着滚到自己脚下了，而且狗嘴正似乎真的一动一动着，像是在嚼着什么东西。

"我真的是糜子，你先头出门找狗的时候，去过玉米地吧，我就在那里等你呢，你走得太快了，我想把你叫住，可你没搭理我就走开了。"

这回，秀明真的害怕起来。

秀明颤颤地说："糜子我听出是你的声音了，可是你别吓唬我，也别藏着了，快点出来让我看看你吧！"

"我不吓你，秀明，我知道你是个好人，才想着找你来了。我这就要上路了，这一走往后我们再也见不上面了，除非……"

听了这番话，秀明不再那么疑神疑鬼了。

对方生怕秀明不能相信自己说的话，已经急得抽泣了起来。秀明更不想惹糜子伤心流泪。秀明当然知道糜子跟三炮的事情。秀明也痛恨三炮六亲不认撇下糜子娘俩不管。有几次秀明甚至想去找三炮好好说说理，让他回心转意，可经历了那么多事以后，秀明似乎也明白了，如今再没有讲理的地方了，每个人都变得疯狂而又神志不清——没有人愿意听什么大道理，大伙儿也都泥菩萨过江自身难保了，连她自己整天不也是浑浑噩噩地听天由命吗？

秀明急忙蹲在那只狗头跟前，却发现眼泪正从狗的瞳孔里不断地涌出来，狗的眼角湿漉漉的。秀明就确信是糜子在跟自己说话，心里便没有丝毫的芥蒂了，相反感觉非常亲切和自然，她知道糜子心里有话想说，就一点儿也不害怕了。秀明不停地抚摩着那只狗头，自己的眼泪也汩汩地淌下来。

秀明说："糜子你到底是咋了呀，为啥非要这样来见我呢？"

糜子像是听见了秀明的话，就说：

"我也是没有法子了，秀明你千万别为我难过。现在我时时放心不下的就是串串，这娃生来命苦，我来找你就是为了娃娃的事。秀明你答应我，等我走了你就把娃娃接来过吧，你正好也是一个人孤零零的，有串串在身边陪你说说话，也好解个心慌啊。"

秀明早已泣不成声了。

秀明瘫软地跪在地上，双手紧紧地抱起那只狗头，就像抱着自己的亲人一样呜咽起来。但是，感觉中那只狗头突然变得沉重了，似乎有什么看不见的又极轻盈的东西突然从秀明的手里飞走了，唯独将这只毫无生气的狗头留在她手中。

秀明抿下嘴唇上的一串泪，心里说："妹子你就放心去吧，我一定替你把串串那娃儿操心好，不让她受一点儿委屈！"

14

上面当然不会批准苟文书提出的调回申请。

恰恰相反，头头们却把这件事情简单地看作是，一向做事严谨认真的苟文书，给领导们耍得一个不太高明的小伎俩。经过整整三个上午天空海阔般认真讨论和深入研究，前来出席会议的同志一共吃掉了两只老山羯羊，和六只据说还是以前从苏联进口过来的长毛种兔。最后，肚子都吃饱了才跟随着一串串响亮的饱嗝打出这样一条结论：苟文书留在羊角村依旧当之无愧——因为从苟文书提交的那份细致深入的调查报告，已经让他们看到了对羊角村所实施的人道主义救助工作，将要取得突破性成果的端倪了。而当务之急，一定要想方设法把苟文书稳住。这样，苟文书就能死心塌地地留下来继续开展救援工作了。

到了第四天傍晚，就由公社的一队民兵冒着连绵的秋雨，歪歪斜斜押送虎大来到我们羊角村。那阵天还没有黑透，一伙人径直来到队部，他们粗暴地敲响了苟文书办公室的门，惹得在我们村里已销声匿迹很长时间的看家狗们，终于不知好歹地汪汪起来，如同谁要抢走它们心爱的肉骨头一样。

负责押送虎大回来的民兵们都扛着真家伙，嘴上蒙着厚厚的口罩，每个人的脑袋上都一本正经地焐着一顶军帽，衣服纽扣系得严严实实（连脖领子那里的风纪扣也扣死了），脖子僵硬得几乎不能灵活转动；还有，每只手都怕冷或嫌脏似的套着一双白得耀眼的线手套。另外，除了虎大之外，他们每一个人外面都披了件又宽又大的军雨衣，脚上穿着被雨水冲得发亮的高筒黑雨鞋。这些人给大伙儿的印象是，他们不像是从公社派下来的民兵，而是一队神秘的天外来客。唯一让大伙儿觉得有些确凿的是，那个胡子拉碴死囚样的虎大，确实是被他们押送回来了。

虎大已不是过去的那个虎大。落汤鸡样的他，一直被那伙人推推搡搡吆来喝去，有人还不时地举起笨重的枪托，朝虎大的屁股和后脊梁上乱捅乱撞。好汉不提当年勇，这种冒犯放在过去简直不可思议。虎大如今变得乖戾了起来，像只深通人情的老狗。虎大一路都跟跟跄跄的，有几次瘟牛样趔趄在路边，浑身沾满了泥浆。民兵们跑过去不管三七二十一，照着虎大的屁股就踹上两脚，而且专门挑拣着他的尾巴骨踢，让他的惨叫声像杀猪一样凄厉。他们还口气生硬地一遍遍命令他：赶快爬起来，少装他娘的死猪样，你最好老老实实走路，休想再耍什么鬼花招！一路上都是这么挨过来的，这些人心里都装满了怨气。因为公社的大小干部们，谁都不愿意亲自下到我们羊角村，最后只好抓这些年轻的民兵，当差听使唤了。

负责指挥押送任务的民兵队长，是个白胖子，个头矮小到让人吃惊的程度，他的眼睛只有黑豆粒那么大，嘴唇上有两撇小胡子，分别朝左右偏见地翘起，一只天生的酒糟鼻子，时不时泛着暧昧的红光，模样如同一只肥硕的仓老鼠，又像是被缩小了的苏联电影里的酒鬼。而挎在他肩头的那支枪，却锃明瓦亮，枪口黑洞洞地冒着冷气，好像随时会走火。让大伙儿感到吃惊的不是这些，而是这种时候看上去，这位姓朱的民兵队长的身高，跟那支枪的长度几乎一模一样。这就让他的每一个举止都显得非常吃力和滑稽，就像一个半大的崽娃或侏儒非要挎着枪那样，不伦不类，又不得要领，使人不由得想上前帮他扛起那支枪来。或者，想替他做点什么才好。也许是朱连长滑稽的相貌，反而让紧张的场面显得不那么严肃了，众人一直在下面嘻嘻哈哈说着什么。

突然，虎大老婆从人群中钻出来，她老母猪那样一拱一拱地，跟着她钻出来的还有虎大的几个丫头——其中两个年纪小一些的，不久前刚被寡妇牛香家的娃子们糟蹋过，但现在早已经看不出什么痕迹了，崽娃们一般都会好了伤疤就忘了疼——她们也猪娃子般乱哄哄地扑过来，不顾民兵们的严厉威慑，一股脑围着虎大放声哭号，好像虎大已经咽气了，她们是来给爹收尸的。有人注意到，虎大眼眶里似乎也含了泪，但虎大没有让那眼泪掉下来。虎大不会轻易流眼泪的。流泪不是虎大的个性。虎大冲老婆娃娃们吼叫：

"你们号丧个球！都给我站起来滚回家去，爷们这不是活得好好的吗？"

虎大吼完又冲围观的人群扫了一眼。他那目光里像是藏着看不见的锋利无比的钩刺，稍微躲闪不及，便被刮刺到皮肤。大伙儿立时觉得脸面上火辣辣地灼疼，又像是被虎大猛地挥手扇了嘴巴子，一个个不由自主地往后退却，心里惶惶不安。虎大慢慢地收回目光，接着又冲在场的人说：

"一人做事一人当，绝不牵扯到你们哪一个！割断脖子不过碗大个疤癞！"

大伙儿听了又是一阵骚动，再次朝后退却数步，生怕割断脖子的热血会喷洒到自己脸上，带来难以想象的晦气。此时，矮胖子朱队长已经阔步走进苟文书的办公室里，随后那扇房门阴谋地紧闭了好大一会儿。另外几个民兵依旧神气活现地站在门口监押着虎大。他们把手里的家伙对准前面的人群，捂着口罩的嘴里不时地嘟嘟囔囔，没有人能听清楚他们到底在说些什么，估摸大概意思是让人群往后靠，再往后靠，好像他们面对的是一大群得了瘟疫而又无药可医的牲口。

这当间，苟文书正在跟矮胖子朱队长进行最后一番细致入微的交涉。其实，这种交涉主要是由朱队长唱独角戏，他先代表上面来发号施令，他还神态怒而不威地当面递交了一份《关于羊角村生产队干部任免的最新决定》。但是整个过程中，朱队长始终戴着口罩，说话声呜里哇啦地模糊不清，就像一条挨了主人教训却又不能大喊大叫的看门狗。在这份文件里，虎大的职务被彻底罢免掉了，而由苟文书全权接任其职。按理说，苟文书应该欢天喜地才对，可他似乎一点儿也高兴不起来。相反，苟文书很平静地把文件看完，又很平静地将文件搁在眼前的桌子上。

苟文书一改原先那副踌躇满志的样子，他转过脸木然地对朱队长说：

"上面肯定误会我的意思了，我确确实实想调回去工作，这个决定我实在不能接受。"

朱队长努力睁大双眼——但他的眼睛即便再用力也只有黑豆粒那么大，努力在他的双瞳里显然是徒劳的——盯着对方看了一会儿，才慢条斯理地说：

"同志，你最好考虑清楚——这可是上面的重大决定哟！"

苟文书沉默了一下，他的回答同样条理清晰不紧不慢：

"我当然知道是上面的决定，可我真的不能在这里待下去了，把我放在这儿一点儿用处也没有！我希望领导们能慎重考虑我的工作安排。"

这回轮到朱队长无话可说了，但他的黑眼珠子却始终在狡狯地转动。

"我会把你的意思捎回去的！"朱队长用一根大拇指敝帚自珍地轮番刮着他那两撇胡子。接着又说：

"不过，现在我们还是抓紧时间解决虎大的问题吧，免得夜长梦多啊！"

苟文书不置可否地抬起眼，一声不响地凝望着窗外那片骚动的人头。过了一根烟的工夫，他才终于开口说话了。

"我觉得这种事情应该由公安和派出所的同志出面解决才对，咱们没资格这么干的。"

"你他娘的是不是还没睡醒呢，你说的那帮龟孙子早八辈子就完蛋了，他们让群众赶下了历史的舞台，现在是人民群众当家做主的时候！"

朱队长已经急不可耐地站起身，他伸手拿过自己立在桌边的步枪。

"时候不早了，别扯淡了，我们还得赶回去复命呢！"朱队长谨慎地朝窗外看了看。"这鬼地方不是人待的，我们不能久留啊！"

苟文书无奈地从椅子上站起来，朱队长已经推开门率先走出了房子，暮色中攒动着黑压压的东西，像一群不安的毒蜂随时会朝他俩扑上来。苟文书心里一阵发虚。自从他奉命到我们羊角村工作以后，他还从来没有看见过这种庞大的阵势。往出走的时候，他的小腿肚子不由得一阵乱颤。

事实很快就证明，有不少于三分之二的村民坚决反对在我们羊角村枪毙虎大。理由苟文书事先也能想到，但他没有料到大伙儿的情绪会如此高涨。我们村里一大批人对虎大的敌视和仇恨，远远不及大伙儿坚决维护羊角村从来没有公开枪毙过一个犯人或是一条狗的事实。

当朱队长当众宣布了上面的决定时，大伙儿一下子就躁动起来，人群掀起了不小的波澜。有人立刻冲到最前面替虎大喊冤叫屈，他们口口声声叫嚷着，虎大过去给我们村立下过赫赫战功，没有虎大就没有大伙儿的今天；更重要的是，在我们羊角村枪杀一个人是史无前例的，这种事情即使在战乱年月也很少见，大伙儿无不担心虎大的鲜血会玷污土地爷的清白，从而造成类似粮食减产女人不孕和其他不可预测的灾难；人们还普遍认为，射击虎大的枪声，会给我们这个小村子带来永久而又不祥的征兆；也有人根本不愿意动任何脑筋，只是顺手抄起场院里的木棍和砖头，跃跃欲试地扑到前面来，但面对民兵们手中黑洞洞的枪口时，他们还是不无胆怯地畏缩和停滞不前了。

而在场的女人里，有一多半都为这个突兀的决定感到震惊了。她们中很多人过去都跟虎大有过一腿的，有的大概是正在玉米沟里猫着腰薅草时，让虎大突然从后面跑来，按倒在地强行占了便宜，此刻却完全忘记了过去受过的耻辱，一股脑地回想虎大的种种好处，想到虎大睡了她们之后，又总是暗度陈仓地多分给了她们一些粮食，使她们的儿娃不至于饿死。如今一旦想到，虎大就要被民兵拉去挨枪子了，她们就伤心得想死，俗话说得好，一日夫妻百日恩，百日恩情似海深！虎大若是没了，她们像是会统统变成可悲而又可怜的寡妇——如果可能的话，她们甘愿替虎大受刑。在我们村这些女人看来，虎大即便有罪，也绝不是十恶不赦的那类。所以，一时间女人们的哭号铺天盖地而来，而哗哗流出的泪水比此刻天空中落下的绵绵秋雨还要汹涌；男人们当然不会轻易为虎大落下一滴泪，可他们的身上也被旁边站着的痛哭的女人弄得湿漉漉的，心里同样感到非常难受。

随之而来的是一种更新的情况，有一群年龄在六七岁到十一二岁之间的娃娃突然挤到了人群的最前面。这些娃娃全都是冲虎大来的。他们一个个扑通扑通全部跪爬倒在虎大脚下，稀里哗啦流淌出虔诚又善良的鼻涕和眼泪，这使得他们的小脸蛋发出亮晶晶的红光。娃娃们跪在人群前面，哇啦哇啦哭号，嘴里"干爹干爹"地叫个不停。这情景恐怕连虎大自己也被怔住了，他已经记不清自己在羊角村乃至附近的村庄，认下过多少个这样的干娃子和干闺女了。现在，只有一样事可以肯定，那就是虎大认干亲的时候这些娃娃都很小，有的可能还待在娘亲的肚子里，没有来得及出生呢；还有一些必定跟虎大有着某种割舍不开、千丝万缕的私密联系，这种联系甚至直接涉及了人类的基因和血缘关系，也许只有娃娃的娘亲们最清楚不过了。

但是，不管怎么说，虎大面前忽然跪下来这么一群可怜兮兮的娃娃，场面便显得空前壮观，叫人感到无比激动和难受。在场的有相当一部分人，立刻露出羡慕的眼神，发出一阵愚蠢的不明事理的唏嘘。大伙儿觉得一个人来世上走一趟，临了，会有这样的阵势也是难能可贵啊！这起码说明，人家虎大没有白活这一世啊。虎大始终像战斗英雄那样豪迈，拼命地冲娃娃们点头微笑致意。他极力张大嘴巴喊着（生怕旁人听不清似的）：

"娃娃们都起来吧，干爹没事，干爹还好好的，你们都不许哭哦！"

然而，虎大愈是这样说，娃娃们就愈加伤心难过，痛哭不止。一双双眼睛汹涌地流出懵懂无知的眼泪。而这些眼泪仿佛又具有非常强大的令人难以抗拒的诱惑和杀伤力，一时间几乎感染了所有在场的人。泪水最终导致了一片汪洋的骚乱，大伙儿似乎忘记了前面的枪口正黑洞洞地指向自己的胸口或脑门，他们不管不顾，奋勇向前，用他们的身体组成一道坚不可摧的防线。虎大和身边的几名看守民兵完全被包围住了，激情澎湃的人群像泛滥的河水，一下子就将虎大他们推上了风口浪尖。

虎大被推举在攒动的人头上面，他嗷嗷叫着，像一匹刁悍的公狼，踌躇满志，意气风发，他脸膛涨红，眼珠子都发绿了。他突然冲着人群拱手喊话：

"父老乡亲们！我虎大二十年后还是一条汉子！还回来当你们的队长！还带大伙儿一起战天斗地！"

这时，虎大老婆简直快要崩溃了，面对自己男人那种无所谓的愚蠢表现，她恨得咬牙切齿。这种时候，她是多么需要大伙儿的同情和拔刀相助。眼下这群小家伙没头没尾的哭声，和不关痛痒的眼泪，很快又提醒了这个几乎已经丧失了理智的女人。她在人群里来回奔突搜寻，可她始终没有找到自己要找的那个人。

虎大老婆急中生智，她想到一个人。一个女人。一个跟虎大关系密切的女人。不知怎的，虎大老婆就是觉得，只有她才能站出来救救虎大的命。这种突如其来的警醒，让虎大老婆欣喜若狂，她完全把希望寄托在那个女人身上了。她像发疯的母牛迅速冲出人群，迈开肥胖的双腿，和同样肥胖的两扇磨盘样的肉屁股，一路喊叫着，朝寡妇牛香家狂奔而去。遇上这种连天雨，村子里到处都泥泞不堪，地上一个接着一个的水淖和烂泥滩挡住去路。

虎大老婆这阵已经顾不得许多了，她从我们村场院跑到街上，至少跌倒过五次，其中有两次都是饿狗扑食般脸朝下栽进泥水中去的，她爬起身来不及抹去眼窝和脸上的泥巴，继续没命地疯跑。穿过我们村正街的时候，她像母鹅一样扑腾着双翅扎进一汪大水坑里，溅起的水花比白菜还要大，冰冷的雨水眼看没过了她的膝盖。雨水一点儿也没有动摇她的意志，相反，她蹚水的速度比母鹅还要快一倍。

由正街往左拐到北街，道路一下子变得狭窄起来，路上没有大水坑了，可淤泥却厚得惊人，脚踩下去半天也拔不出来。好不容易拔出一只脚来，鞋却陷进去了。放在平时，这个女人会不顾一切，先去泥里寻找那只穿了至少五年以上的破布鞋，可现在，她只顾埋头往前赶路，心中只有一个念头——要想尽一切办法救下虎大的命——尽管这个男人对于她来说早已是聋子的耳朵形同虚设，她也早就对他恨之入骨了，可一旦刀要架在虎大的脖子上，她又会不计前嫌心甘情愿地为他做任何事情，包括委曲求全地去找那个跟自己男人鬼混多年的寡妇。

前面的路口应该往右拐进一条更仄一点儿的巷道，可是，她突然发现自己无论如何拐不过去了。不是虎大老婆不想拐了，巷口好像被什么东西堵死了，怎么也过不去。堵住巷口的不是石头，不是大树，也不是一面墙。虎大老婆就毫不犹豫地掉转头，她想从另一个出口拐进去。她至少往前又跑出八九步，猛然间意识到，刚才堵在巷口的并非什么杂物，而是一些人，一些大活人。

虎大老婆不得不止住脚步，扭回头朝身后细看，刚才明明堵在巷口的那些人竟没了，那里空空落落的，就是一头肥牛也能轻易赶过去。虎大老婆想自己刚才一定是眼花了，才产生了那种荒唐的假象。于是，她又不假思索折转身原路返回——因为她很清楚从这里进去要比绕道从另一个巷口进去节省一刻钟时间。时间就是人命。人命关天。虎大老婆从来没有像现在这样深刻地认识到时间的严峻性。

然而，虎大老婆一点儿也没有眼花，或者说，只要一走到这巷口前，她的眼睛就突然变花了。巷口似乎又有人守在那里，而且，确实不是一个人，有两个，或者是三个人，甚至更多。他们全都挤站在一块儿，像连体人那样密不可分，不分彼此，形成一道难以冲破的人墙或坚固的防线。

虎大老婆急得团团转，她试图从左边挤过去，他们就死死地堵住了左边的去路；她又想乘机打右边突围进去，但等她身体刚靠近右边的围墙时，那里早就被他们卡死了，就连一只麻雀也别想飞过去；她急中生智，猛地一弯腰想从他们的裤裆间爬过去，她早已豁出去了，钻裤裆又有什么关系呢，戏里不是都在唱韩信也钻过别人的裤裆吗，她是一个妇人家，钻一次裤裆又有什么关系呢。但是，她的脑袋刚刚露出去，脖子就被紧紧地夹住了。这股力量简直太强大了，像两扇大铁门快要合严了似的，她被夹住的脖子发出嘎吱吱的声响，听起来非常刺耳，那里的骨头好像随时会一块一块断裂开来。

虎大老婆的两只眼珠子全鼓了出来，舌头伸出老长一截，一直耷拉下来，清口水滴滴答答乱淌。她想喊救命，可喉咙里连蚊子大的一丝声音也发不出来。地上的泥土又咸又涩，还有一股腺乎乎的牛粪味，这些东西黏巴巴地爬到舌尖上，让她难受得想大哭一场。还有比这更让她难以忍受的，此刻夹住她脖子的这只裤裆也湿漉漉地往下滴水，脏泥水落在她的头上，弄湿了她的头发，又顺着面颊流进眼窝和嘴角，她能感觉到这种带着浓浓的鱼腥味的东西不是雨水，而是来自遥远的泛滥成灾的河流。

虎大老婆始终抬不起头来，脖子也不能转动一下，却依稀听见自己上边的那些人正在漫不经心地拉着闲话。

一个说："我等这一天心都等焦枯了。"

另一个不无感慨地说："真是没想到啊，虎大也会有这一天。"

还有一个说："活该他，这就叫自作孽天不应啊。"

"依我看拾掇她一下就算了，咱们还是早早回去吧。"

"算了？天底下哪有那么便宜的事！她男人让我在河里喂了这些年鱼，狗日的还成天睡我的女人，这笔账我要跟他们好好算算。"

"要说他也遭到报应了，你没见他的闺女都让你家的娃子给日撅（糟蹋）了……他自己眼看也要吃枪子了。"

"反正不能让这个老娘们走掉，我早就猜到她要来找我们家牛香，我不能再让牛香出去丢人现眼了。"

听了他们你一言我一语的谈话，虎大老婆终于省悟过来：这些原来全都是村里死去的冤魂，他们纠结在这里就是不想让她给寡妇牛香通风报信。也就是说，他们不容许任何人去搭救虎大。看来，虎大这次必死无疑了，这都是命啊！

想到这里，虎大老婆彻底绝望了，原先绷着的那根神经一下子松弛下来，她当然知道世上没有一个活人能跟这些孤魂野鬼抗争的。进而，她为自己这些年的疏忽感到无比惭愧和懊悔，她想只要今天她还能活着回去，每年清明冬至还有大年夜，她都会给这些死去的冤魂烧些纸钱用，以祈求一家人能平平安安过日子。她几乎感到痛心疾首了，如果自己早就有这种善念，也许，自家的两个娃娃就不会遭到那种厄运了。

奇怪的是，当虎大老婆心里有了这种善念之后，刚才牢牢地夹缚住她的那股力量竟神奇地消失了。刚才发生过的一切像是做了一场梦，连脖子那里的疼痛感也一点儿没了。她从地上艰难地爬起来，伸长了老半天的舌头也跟着收进嘴里了，土的咸涩和雨水的腥味依旧存在，她像进行某种尝试性的训练，有些不自信地任由舌头在口中老鲶鱼一样游来游去。

最后，虎大老婆像梦游症患者那样，转过身朝回家的路走去，她已经放弃了先前的最后一线希望。这种时候，她只想早点回家，给虎大找一身干净衣裳和鞋袜换上，最好能再多准备一点儿烧纸派用场。可是，她笨拙的身体再次跟黑暗中的不明物体相撞了。这种感觉跟刚才是完全不一样的，刚才是棉袄撞在棉花团上，这回却是鸡蛋碰石头。她实实在在地撞到了一团毛茸茸的却又非常生猛的东西，她的身体内部发出砰的一记闷响，一股夹杂着血腥味的动物毛皮的腥膻气息扑鼻而来。这种感觉对于她来说，或者对于年轻时的她来说再熟悉不过了。她的脑子的第一反应就是——自己这回大概遇见狼了。

其实，还没等她彻底反应过来，黑暗里紧跟着就伸出一只巨大的利爪，一下子把她的喉咙卡死了——这种时候她的眼前更加本能地浮现出一只恶狗或狼的模样——与此同时，她的后脑勺挨了重重的几下，耳朵里听到的是嗷嗷的喘息和怪叫。霎时间，她觉得眼前金星乱坠，天地忽然旋转起来。

接着，有一团软乎乎的东西像村里懒汉的最臭的一双袜子塞进她的嘴里，恶心得她直想吐，可她已无能为力了……再接下来，她就什么也不知道了，唯独感觉到自己像一只母鸡被卡住脖子，身体完全脱离了地面。

虎大平生第一次感到心灰意冷。这是被关押的犯人最普遍的一种心态。尽管虎大是在大伙儿强烈的请愿和抗议下，被暂时保全了性命，但他心里非常清楚，自己就像秋后的一条瘸腿蚂蚱，蹦跶不了几天了，弄不好连明天或后天也熬不过去。

但是，这些并不完全是产生那种灰暗心情的主要原因，最让虎大感到万念俱灰的是他对一切都丧失了信心——他根本不相信还会有什么救世主来帮他，不再相信人民公社的绝对权威，甚至不再相信任何一个人说过的任何一句冠冕堂皇的大话。他知道连上面一正几副的头头们全都被批倒批臭了，正关在牲口棚子里听天由命，整个青羊湾都在这场早来的秋雨中飘摇不定前途未卜，至于下面小小的一个狗屁生产队长更是没有什么出路了——他们要想弄死他跟捻死一只蚊子一样不费吹灰之力。

虎大被他们锁在红亮爹死前关过的那间牲口圈里。这是朱队长的意思。朱队长临走时嘱咐道：

"那就让狗日的再多跳弹一阵子吧。"

虎大死罪暂可宽限，但活罪必须继续承受。于是，虎大就被民兵们提溜着死猪样扔进这间臭气熏天的圈棚里。他们就是要用这间龌龊不堪的牲口圈棚，来打消虎大往日的嚣张气焰，让他死心塌地万念俱灰，不再有一丝幻想。

这里的确是又阴冷又潮湿，地上的牲口粪摞得半人厚，加上棚顶前些日子一直漏雨，里面的粪便又长时间没有垫干土，早就和成稀泥了。虎大个头又高身体又壮，手脚被捆得结结实实，人进去只能蜷趴着，稍微一抬头就撞到棚顶了。虎大觉得自己现在的景况还不如一头猪呢，他想自己要是头猪就好了，起码猪是喜欢拱这些臭泥汤的，猪可以在里面打滚耍泥洒脱呢，他却痛苦得要命。

还有远比这些更让虎大感到痛苦不堪的东西——那就是死人的魂灵几乎无处不在，特别是在这种无法入睡的漫长黑夜里，他们自由出入呼亲唤友。我们村里那些有名有姓的死鬼，都轮番前来拜访虎大。他们事先跟商量好了似的，一个刚刚进来，冲着虎大狞笑了一会儿，另一个就急不可待凑过来，对虎大挤眉弄眼诈诈唬唬；通常是一句话还没说到一半，另一个却没头没尾地插话进来。这样一来，虎大根本听不清他们究竟想要表达什么，他往往会把张三家的狗跟李四家的鸡混为一谈，惹得死鬼们非常不满骂骂咧咧，还冲他又吹胡子又瞪眼珠子。

好在，这些乱七八糟的鬼魂并不把虎大作为冤家债主来讨伐，恰恰相反，他们只是当着虎大队长的面，客观地阐明生前发生过的哪些事情是对的、哪些事情是错的、还有哪些事情根本就是子虚乌有或指鹿为马。虎大听得非常吃力，因为很多鸡毛蒜皮的事都被光阴冲淡了，在他的脑海没有留下什么印记。但他隐约又能觉察出，过去自己的确把很多事情都给评判错了。

比如说，张三家的狗并没有叼走李四家的鸡，而是让王五家的猫给偷吃掉了，当时他却执意判张三赔偿李四家五碗小米，看来这是一桩冤假错案，应该给人家平反昭雪才对；还有，王五的媳妇在阴世竟是个很守妇道的好女人，阎王爷还专门给她立了贞节牌坊，可虎大以前却当众惩治过她，认为她是我们羊角村最烂的破鞋——事实上，虎大心里非常清楚，是他自己老想跟王五的女人睡觉，却苦于总也不能得手，才怀恨在心找机会打击报复的。

虎大听了这些事情以后，羞愧得简直无地自容，他忙不迭地向大伙儿鞠躬道歉，左右开弓扇自己嘴巴子，以换取大伙儿的谅解。可是这些死魂灵根本不领他的情，他们几乎都众口一词，说我们来找你不是为了得到同情和忏悔，而是要让你死个明白，将来不做糊涂鬼。

随着夜色越来越浓，出现在虎大眼前的死鬼的数目也越来越少了，一开始是三五成群，后来是接二连三，再后来就变成神秘的单独会面。最后的过程中一共出现过四个人。第一个就是红亮的娘亲，这是虎大做梦也想不到的，这个女人身怀六甲行动艰难，脸上布满了羊粪蛋大小的褐斑。虎大看到她的时候，她正用两只细瘦的手臂像抱紧一个西瓜那样，抱着自己圆鼓鼓的肚子，嘴里发出无助的呻吟。

虎大问她要做什么，她却什么也不说，只是用潮湿的母牛般的目光盯着虎大看，然后慢慢蹲下身，把怀里抱着的那个西瓜小心翼翼地放在虎大眼前，就转身离开了。虎大觉得蹊跷，跑到门口找寻女人，她已不见踪影，却看见地上的那个西瓜正冲着自己嘤嘤哭闹呢。他吓了一跳，因为他从来没有听到过西瓜也会发出哭声。而西瓜哭着哭着下面的地皮就被染红了，虎大惊奇地发现西瓜流出的眼泪比血还要红呢，而瓜汁中的黑色瓜子很快就变成人的眼珠和乌黑发亮的头发。

接下来出现的是秀明的婆婆。虎大自从被关起来以后，每一场噩梦中从来没有少过这个小脚老婆子。她总是阴阳怪气地躲在一个角落里嘿嘿发笑，让人听了毛骨悚然。但是今晚，老婆子没有装神弄鬼的意思，她非常慈蔼地跟虎大微笑，连扁得不剩下几颗牙齿的嘴里也没有露出来一丝牙龈。她还给他带来了一只用红绸子包裹得很好的四四方方的物件，隔很远虎大就依稀闻出了一股独特的香味，这种味道是他很想闻到的而又是久违了的。老婆子把那裹了绸子的物件双手捧到虎大眼前——她用一双小脚连夜赶来就是为了见虎大一面，并且亲手要把礼物送给虎大。虎大战战兢兢根本不敢去接，可她让虎大不论如何都要收下，因为她说这是她的一点儿心意，她就是想来送他一程。

虎大简直快被老婆子的宽宏大度感动了，他犹犹豫豫终究还是接了，但他立刻醒悟过来，自己是不应该再伸手出去的，因为这些天他已经快要想明白村子里发生过的种种怪事了，他几乎已经意识到症结出在哪里了，可他却又义无反顾地接受了老婆子的东西，还有那种东西所散发出来的古怪香味。虎大为此痛苦得老泪纵横生不如死——想到自己这次真是罪有应得死有余辜了，他根本无法战胜内心中那个懦弱的自己。一个人最大的敌人莫过于他自己啊！他想当着老婆子的面痛哭一场，可眼泪却一滴也挤不出来，这就使得他的哭声变得干巴巴的，没有一丝一毫的感染力，更不可能引起死者的同情。

在秀明婆婆离开之后，肮脏不堪的圈棚渐渐宁静下来，而粪便里的虮虱蝇蛆，和各种寄生虫都变得活泛起来——不久前它们在红亮爹身上获得了空前的一顿顿美食，它们开始齐心协力对付眼前的这一新来乍到的庞然大物。对于它们来说，世上根本没有好人和坏人之分，所有人到了这种时候都一样，都要变成它们丰盛的美食。

虎大能清晰地听到，虫子们的牙齿和带有锯齿的触角在他的身体上刺刺啦啦地响动，它们简直像一群穷凶恶极的小木匠，突然发现了他这根巨大的木头——一如当初替他打床的匠人，精心对付秀明婆婆的那根留着做寿材的红松木——非要争先恐后地将他肢解粉碎了不可。但是，真正让他感到无比痛苦的也不是虫子咬噬，而是它们挠痒痒似的不停蠕动，而他对此却又毫无办法。他真想咬断舌头一死算了，可他就是下不了这个决心。

虎大终于明白，世上再也没有比决定死更让人痛苦的事情了。他曾经天不怕地不怕，执掌牲畜的生杀大权，可眼下却不能勇敢地结束自己的生命。因为生不如死，虎大又觉得世上没有比活着更让他痛苦的事情了。生和死竟如此相似，好像一对孪生兄弟亲密无间，关键时刻令人难以割舍。好死不如赖活着，虎大比任何时候都要感触这句老话的存在。

虫子们也有疲倦的时候，它们咬够了，挠够了，吃饱了，喝足了，就躲到一边睡觉去了。虎大也就刚刚合上眼——他不是瞌睡而是想借此疗伤镇痛——突然一滴冰冷的水珠从棚顶落下来，正砸在他的脸上。

虎大惊了一下，睁开眼时，发现有一只很小很小的东西慢慢地从自己的脸上爬起来，开始只有蚊子那么大小，不一会儿工夫，就变得像苍蝇那么大，后来有麻雀那么大，再后来扑棱一下，从他脸上跳下来，抖落了一身泥水。虎大那半边脸好长时间都跟挨过一拳似的发麻。

虎大抬眼看，竟是这些年他从来也没有梦到过的寡妇牛香的男人。他浑身像草鱼一样水光溜滑的，简直就是一条大鱼，坚定地直立在虎大眼前，偶尔会得了重伤寒似的战栗，把带着鱼腥味的泥水肆无忌惮地滴洒在虎大脸上身上。虎大没有害怕，相反，他知道自己已是在劫难逃了，他只有真心实意地面对这个湿漉漉的水鬼，也许才是唯一的出路。至少，在死之前他可以争取获得对方的一丝谅解。

然而，死者一点儿也不想听他的种种解释，和煞有介事的苦衷，因为对于他们来说，结果已经不能改变，生和死被完全割裂开来。况且，他对生者的今生和来世已经了如指掌。眼前这个湿淋淋的水鬼，他显然已经知道，虎大当时派他去抗洪水时的最最微妙的心理活动。所以，他非常镇定自若（说话的口气一改过去的卑微与胆怯）地说：

"虎队长啥都别说了，你这些话是哄不住鬼的，你当初不就是想除掉我这个眼中钉，才派我出去抗洪救灾的吗！"

虎大羞惭地说："我也是不得已啊！"

牛香的男人说："等你到了这边，就不会这么说话了。"

虎大想想又说："兄弟我真是太对不住你了。"

牛香男人却说："你对不住的不是我，是你自己，人在阳世挖多深的坑，到阴间就下多深的地狱。"

虎大哆嗦得几乎说不出话来，过了好一阵他才缓过劲来。虎大嗫嚅着说："好兄弟，我不是人，我是牲口，我连牲口都不如啊……我的好兄弟。"

说着，虎大就用一只手开始一下一下地扇自己嘴巴子。

虎大还郑重承诺：

"下辈子大伙儿若是还让我当这个队长，兄弟啊，到时候你想干多轻省的活儿就干多轻省的活儿，你想要啥就有啥，你要是想啥活儿都不干也成，你就整天背着手到处转去，由老哥我把你养活着，我月月叫人上门送口粮供你一家老小吃喝，我非要让你好好享享社会主义的福分。"

也不知道边说边扇了多少下，扇到最后，手上一点儿劲也没有了，想换另一只手再扇。这时，虎大的手无意中摸到了一截硬撅撅的东西，他这才发现，刚才自己不过是在跟圈棚里的一根光秃秃冷冰冰的拴马桩说话。这里原本只有他一个人。他觉得自己的行为实在是荒唐。可是，没过多久，那些奇异的幻觉又再次出现了。

虎大发现墙角有一摊白花花的东西在自己眼中闪耀。这种时候，虎大早就饥饿难耐了，长时间的精神折磨和肉体的创伤，使他对食物有着极强的欲望。而眼前闪现的东西，他一眼就辨认出来了，是大米饭，香喷喷的大米饭，雪白晶莹的米粒正在眼前闪耀。他已顾不上多想，饿狼扑食般骨碌过身去，张开嘴没命地去舔食地上的东西。

嘴里的东西还没来得及吞咽，就听见后面的脚步声了，又有人蹒跚着朝他走来。虎大抬眼望时，却见是红亮爹，正唰啦唰啦地朝自己走来。这个冤魂的出现完全把虎大给吓呆了——令虎大感到无比震惊的，不是红亮爹本人，而是随着红亮爹蹒跚的脚步，从那乱蓬蓬的发丛和身上雪片一样筛落下来的白色的蛆虫。

虎大趴在地上，浑身触电样扭动，他想极力逃脱红亮爹的纠缠，可伤痕累累的身体，像是真的被吸在了漏电的土地上，一切举动都变得无能为力，除了抽搐之外。这时，他才猛然回过味来，刚才被自己狼吞虎咽吃进肚子里的东西，开始疯狂地蠕动，他的意识让它们复活了，五脏六腑也跟着一阵阵绞痛。

虎大睁开眼看时，发现自己正愚蠢地趴在一摊蛆虫上面——香喷喷的大米饭神秘地消失了。他忙不迭地把手指伸进自己的喉咙里——如果可能的话他会毫不犹豫地将整只手直接伸进胃和肚子里去——想要把吃进去的东西都呕出来，可已经晚了，那些白蛆顽固地占领了他的肠胃，正在里面欢蹦乱跳幸灾乐祸呢。他干呕了半天，吐出来的，不过是一些残留在口腔和喉咙里的黏糊糊的汁液，这种暗黄色黏液带有十分险恶的臭味。

红亮爹已经站在虎大跟前了。他的模样看上去非常落魄，日夜不停地思念亲人，使他目光焦灼，神情忧郁，还有长达数十天的饥渴，让这个可怜的饿死鬼完全皮包骨了，以至于此刻站在那里，身体轻得像被风吹动的稻草人一样，摇摇欲坠。

虎大被胆怯逼到了墙角，他知道自己已无路可退了。虎大勉强跪趴在地上，他恨不得伸出舌头去舔红亮爹的双脚，以求得对方的宽恕。但是，在这个死魂灵面前，巨大的恐惧彻底摧毁了他的所有行为能力。虎大能做到的，仅仅是发抖，并且像个胆小鬼，惶恐无助地体验着一股股屎尿洗劫下身的痛苦。

红亮爹终于开口说话了。

"虎队长你还硬朗吧。"

虎大完全没有想到，红亮爹说的第一句话竟然是问候自己。虎大忙不迭地应声，生怕让这个死人挑了礼数。

"老弟呀，你也好吧，这些日子可把我想日忒（坏）了！"

对于活人假惺惺的问候和客套，红亮爹丝毫不介意，相反他像是没有听见似的，开始言归正传了，因为阴阳阻隔，跟活人见面并不容易，时间比生命都宝贵。

"我本来不想来吓唬你的，可阴司非让我回来一趟，说如今的冤假错案多得很，没昼没夜地判上三年五载，怕是都判不过来。他们有心定我个私吞五谷罪，送我去磨房磨成粉末喂鸡喂鱼也就算了，可我不服啊！我若是认了，我自己倒也没啥，可我的红亮将来就要受到牵连，就要遭受一辈子的饥荒，我咋能忍心啊。"

听完这些话，虎大这才想起来早些年红亮爹盗窃公粮的那桩案子。他本来想说自己当初也是公事公办秉公执法，可有过先前的经验教训，他知道自己的谎言根本瞒不过死人。更重要的是，此刻说出口的话，只有天知地知，我知鬼知，别人是听不到的。他就不能不实话实说了。

"老弟呀老弟，你就全当我是一头猪吧，我全家老小十几张嘴，我也是被逼得没路可走啊！那些救济粮全让我夜里以巡查为理由，一点儿一点儿老鼠攒仓样地偷回家吃了，我不这样弄，我们一家人活不到今天呀！还有那些跟我睡过觉的女人，我也得想着关照她们的吃喝呀！"

红亮爹长舒了口气，不无感激地说："这口黑锅我一背就是十几年哪，虎队长你终于给我澄清了！"

虎大听了非但不觉得受用，相反他感到羞愧难当，更加无颜面对死去的人了。

虎大说："下辈子我加倍还给你，我要让你一家老小有吃不完的粮食，享不尽的富贵。"

哪知红亮爹却坚决地给予否定。他语重心长地说：

"人生在世就这一辈子，下辈子的话那都是活人骗活人的鬼话。"

矮胖子朱队长临行前慎重交代过，要求苟文书务必维持好村子的秩序：主要是看押好虎大，在上面没有做出最终的判决之前，任何人都不得单独探视犯人，如有闪失，后果将全部由苟文书一人承担。吩咐完这些以后，朱队长就带着他的人马连夜上路了，他们甚至没来得及摘去口罩，喝一口苟文书叫人准备好的热茶水。实际上，苟文书已没有心情亲自送这些人离开村子。但是，的确有个人老早就守在村外的一个必经的路口，冒着淅沥的秋雨像忠实的奴仆一样，耐心地等候着朱队长经过。

一开始，朱队长误以为这是苟文书的意思，可当这个前来送行的人站在他们面前时，朱队长才知道来者不善。问题似乎又没有想象中那么复杂，对方只是把朱队长拉到一边，凑近耳畔嘀咕了好一通，话题跟虎大有关，跟苟文书有关，似乎还跟一些女人有关。不管怎么说，朱队长立刻感到豁然开朗了，因为这个家伙提供的材料对他很有用，至少他回去也好向上面汇报了，他可不想因为白跑一趟回去挨领导的呲。

最后，送行的人又将一个鼓鼓囊囊的包裹，塞进了朱队长的臂弯里，并告诉他里面是自己的一点儿心意请他笑纳。他们俩一高一矮像两个滑稽戏演员，站在雨中又推让一番，实在是盛情难却，朱队长才说了恭敬不如从命的话，并且很友好地跟雨中的送行人握了握手。

"同志，你提供的情报很及时，我会把事情向上面反映的！你现在的任务是，要密切监视村里的一举一动，切切记住要稳扎稳打，不能有丝毫的马虎！"

送行人也紧紧地握着朱队长的手摇了又摇：

"请领导放心吧，我保证出色地完成任务！"

在回去的路上，朱队长找机会查看了一下包裹，里面都是他非常喜欢的东西，有高粱大曲，有几包纸烟，还有两张上好的二毛羊皮，他觉得这一趟自己真是没有白来，收获不少。

等那群拿着鸡毛当令箭的家伙前脚刚走，苟文书立即连夜召集了一次规模不小的村委会——这种显得正儿八经的会议，在我们羊角村已经中断了许多年了，苟文书来以前所有的事情都是虎大一手遮天，一个人说了算的，因此虎大老早就取消了这种名存实亡的东西——包括出纳会计村民代表，就连卸任多年的妇女主任也都一一叫来参加。

然而，会场的气氛却非常尴尬。一开始大伙儿都谨小慎微，个个蔫头耷脑，嘴巴像是被胶布封住了不声不响。但是，没过多大工夫，不知哪一个躲在角落里放了很臭的哑巴屁，又故意赖到别人头上，惹得那位妇女代表突然莫名其妙地傻笑不止。场面就像起死回生般恢复了活力，大伙儿终于畅所欲言，每个人都憋了一肚子话想说，而这些话若是不及时讲出来，保不准谁又会猛不丁蹦出个把响屁。

苟文书在他的红皮笔记本里擦擦地划动着那只劈头钢笔——他认真地记录下时间地点与会者姓名，以及会议的议题，之后笔尖像锋利的犁铧随时准备翻开了那片干涸已久的土地。

但是，由于大伙儿已经长时间没有参加过类似的会议了，他们丧失了最起码的组织性和纪律性，一个个东拉西扯嬉皮笑脸，一忽儿天上的仙女，一忽儿地上的懒汉；要么，不是张三的男人前天睡了李四的女人，就是王五的女人在外村养了个野汉子……有好几次苟文书不得不打断他们的胡说八道，要求大伙儿必须言归正传，静下心来好好讨论一下有关处决虎大的问题。可是只要大伙儿一开口，话题就会不由自主地朝着那些无聊的是是非非一路滑跌下去，即便九头牛也休想将他们拉回来。

最后，苟文书在恨铁不成钢的情况下，只得无奈地宣布会议结束。

能看得出来，这些人离开的时候依旧是满脸的诡秘和意犹未尽。有人甚至厚脸无耻地向苟文书建议，今后这种民主会议要定期召开，理由是大伙儿现在有的是闲工夫，与其东游西逛偷鸡摸狗，不如大伙儿聚在一起谈天说地来得快活，至于会议的时间可以延长到黎明以后，中间还可以酌情安排一顿饭食。而苟文书已经没有丝毫心思搭理这群不可救药的村民了。

苟文书的心情坏到了极点，他从来没有像今晚这样感到无望和空茫。

开会的人散去，留下满屋子的汗脚臭味，苟文书转脸就气急败坏地把手里的笔记本和那只心爱的钢笔摔在地上。钢笔帽如同一枚银光闪闪的子弹，从地上飞弹起来，直接撞在窗户上，窗玻璃在一声脆响中碎裂出一个突兀的三角形孔。那只钢笔帽又从破碎处飞出好几米远，正好击中了场院大树下的那口铁钟——钟声却跟蚊子叫一样有气无力。

苟文书依然无法排解满腔的愤懑，他又将桌子上的所有东西全都扑拉到地上，然后他像狗一样平平地趴在桌子上，呼呼喘气，几乎就差口吐白沫了。

正在这时，外面突然响起来一串凄厉的嗥叫声。声音离苟文书很近很近，近得就像是擦着他的耳郭子过来的。苟文书不由得打了个激灵，他稳定心神后急忙跑到门口朝外观望。不看不知道，这一看险些把苟文书吓得魂飞魄散。苟文书慌乱中赶紧撤身闩好屋门，然后脊背靠紧门板想听听外面的动静。那声音又迅速消失了，听了好一会儿，再没有任何响动。

苟文书正在疑惑之际，那扇刚刚被击碎的窗玻璃前好像有什么东西一闪，一幢黑影乌云一样压贴在窗上，挡住了月光。紧跟着，又传来一声脆响，一只毛茸茸的物件猛地从那三角形孔里钻进来，刹那间，挣裂了破孔周围的其余的玻璃，碎片纷落下来，声音异常刺耳。苟文书早已方寸大乱，他瑟缩在桌子后面，连头也不敢露出来，屎尿也窜出裤裆来了。

倏忽，窗前的黑影似乎又不见了，唯独月光白花花扑进来，屋内有点儿光怪陆离的。但随之而来的仿佛是，更加疯狂的指甲抓门的声音，兹啦兹啦，粗砂纸打磨一般。门扇也跟着咣咣啷啷乱颤，还有凶恶的嗥叫声从门缝挤进来，钻进苟文书的脑子里，屋顶簌簌地掉下一层古老的灰尘。苟文书这才有所省悟地叫着：

"狼来了！"

想到狼，苟文书刺溜一下钻到床底下去了。整整一个晚上，这个在惊慌失措中摸不到自己眼镜的男人，龟缩着不敢露出头来。

但是第二天一早，苟文书又鼓起勇气敲响了那口铁钟，这是他在我们羊角村最后一次敲钟。等了好半天才稀稀拉拉聚过来一些人，苟文书故意让自己显得很镇定，然后他郑重其事地向大伙儿通报了狼来了的消息。苟文书终于克制不住内心的恐惧，他向四下里张望着（好像那些狼随时都会出没）说："狼真的来了！大伙儿得保持警惕啊！"说完，他又用手指了指自己身后的那块残破的玻璃窗，生怕大伙儿不信任他。

可是，在场的人却表现出难以抑制的兴奋，态度跟战战兢兢的苟文书截然相反，大伙儿嘀嘀咕咕了一会儿，好像狼来了是件多么有意思的事。人们居然大声喧哗起来。

"我们早就说过，虎大是杀不得的，看吧，虎大一回到村子里，连狼都要跑来拜见他呢！"

"要是真的杀了虎大，那些狼准会把羊角村男女老少都吃光的！"

"快把虎大放了吧，我们可不想活活喂狼吃！"

"对，快放人！"

一时间群情激愤，有人带头振臂高呼，要求立刻释放虎大队长。苟文书完全被这种一浪高过一浪的声援弄得目瞪口呆，他原来是想善意提醒一下，从而最大限度地保护大伙儿的生命财产，没想到我们村这些人一个个将生死置之度外，这种紧要三关的时刻，却还忠心耿耿地为他们的虎大队长操心。这不能不让苟文书感慨万千。他忽然意识到，自己待在这个古怪的村子里完全是多余的，村民拥戴虎大的激情超乎想象。

第五章　母女俩

15

　　这年眼望快到秋收时节了，地里的庄稼（这些都是虎大前一阵子带领大伙儿在夜里劳作的结果）也干透了，风一吹谷粒就不停地往下散掉，惹来黑压压的麻雀落满了田间地头。麻雀的聒噪声空前嘹亮，天空被遮得暗沉沉的，就像暴雨将至。可是，即便这样，也没有人愿意下地干活儿，村里整天鸡飞蛋打狗跳墙，人心惶惶不安，躲还躲不及呢，谁又敢出来收割呢？只有眼看着那些就要到嘴的粮食，被麻雀们糟蹋光了。

　　苟文书一连数天在屋里躺着，他感到浑身酸痛腿脚无力，整个人处于昏昏沉沉之中，当他好不容易能挣扎着爬起来，想到门外透一透新鲜空气，那伙之前狠狠拾掇过他的人又气势汹汹不请自来了。这回不像上次，他们的目的已经非常明确，就是要求苟文书立刻起草出一份辞呈，并极力推荐一名最合适的人选，接任他的队长职务。做完这些以后，他们要求苟文书尽快离开我们羊角村，而且，永远不许他再踏进这里半步。其实，苟文书深知，自己已经被这伙居心叵测的人架空了，他在这里已经是聋子的耳朵，没有一点儿用处了。所谓的最佳人选也早就确定下来了，他们只不过想借用一下苟文书手里那只能写会画的笔，走一走可有可无的形式，而在这种特殊时期，形式往往都大大超过内容的，他深知一个人孤掌难鸣回天无术。

　　村里乱成一锅粥的时候，秀明总算是把可怜的串串接到自己家里来了。这是发生在虎大被押送回村的头天晚上的事情。那天晚上，秀明在院里的花池子旁边，挖坑埋掉了被扔进家里来的狗头——这只狗是串串到来之前，唯一能跟秀明相依为伴的亲人。之后，秀明就毫不犹豫地离开了家，她把自家狗所遭遇的不幸完全看作是糜子对自己的昭示。

串串刚接来的时候，并没有给秀明家里增添任何愉快的气氛。相反，这个皮肤蜡黄眼神忧郁，看上去弱不禁风的丫头，打第一眼见到秀明的时候就表现出了罕见的执拗和冷漠。那阵糜子已经失踪有些日子了。糜子失踪后雨就一直不停地下着，那些天串串冒雨找遍了所有她能想到的地方，但结果都是一样的，寻找的信心和希望最终让连绵的秋雨淋湿浇透了，变得冷冰冰的，毫无生气。所以，当秀明找到这个孤苦伶仃的丫头时，立刻被对方那种近乎绝望的表情怔住了。

串串的眼神忽然让秀明想起一个人，一个青羊湾人都再熟悉不过的男人，那一刻的串串，跟多年前沦为孤儿的三炮如出一辙。但不管怎么说，秀明还是以一个长辈的身份，尽可能亲切地接近她安慰她。为了说服串串，秀明几乎磨破了嘴皮子，可是串串这丫头对她说的话却无动于衷。

在一开始的那些日子里，串串一直呆呆地靠窗坐在炕上，眼睛不时地投向黑漆漆的窗外，好像随时等候糜子从外面进来，而她要不顾一切地迎上去，将失而复得的糜子抱紧，再也不让她离开自己半步。而串串的两只手，却始终不停地将一根蓝色的尼龙灯绳子在十根手指上缠来绕去。

秀明知道自己得争分夺秒，因为一切问题都必须在天亮以前解决掉，一旦天亮了，秀明怕自己的瞌睡来了会耽误事的。最后，秀明实在没有办法了，她抹着眼泪说：

"就算姨求你了，你就跟姨一块儿回去吧。"

串串还是不吭一声。秀明只好爬到坑上，伸出双手从身后把串串紧紧地搂在自己怀里。哪知串串猛地一下，就从秀明的怀里挣脱出来。串串还瞪着黑黑的眼睛看秀明。过了好一会儿，串串终于开口说话了。秀明听见串串说：

"你别哄我了，谁的话我也不信，我非要等她回来。"

秀明听完，实在忍不住了，又一把搂过串串抽泣起来。

秀明边哭边说："好闺女，只要你肯答应跟姨走，我保证帮你找到縻子。"

实际上，连秀明也不敢相信，自己竟然说出了这样一句没有把握的承诺，这句话跑得比她的脑子快，几乎想都没想一下就说出口来了。也许正是为了这句承诺，串串最后才勉强跟着秀明回来的。

仿佛真的有神灵襄助，本来秀明一点儿把握也没有的事情，奇迹却发生了。就在第二天黄昏，秀明领着串串，娘俩沿着那天秀明寻狗的方向一路走下去。她们俩一前一后从宽阔的玉米地里穿过去，再往前面走就是一望无边的水田，然后跨过一条汩汩流淌的黄水渠，又往前走了一会儿，才来到一片潮湿的坟岗上，眼前到处都是大大小小的坟茔。秀明正稀里糊涂往前走，串串毕竟眼睛尖些，走着走着，她突然失声大叫了起来：

"鞋！鞋！"

秀明被她突兀的喊叫声吓得回过头看，见串串正跪在地上，手里捧着一只鞋，翻过来掉过去仔细看着。

"是她的鞋！"串串依旧在大声喊。

"我认识她的东西。"

秀明也愣住了。

后来，在离发现那只鞋不远的地方，她们找到了縻子家的祖坟。奇怪的是，原先被三炮刨挖得乱七八糟的坟包，不知让谁给合拢了，那里又新鼓出一只小坟包来，是这片坟岗上所有坟头里最矮小的一只，没有立墓碑，上面连一根野草也没有长出来。

串串顿时哭了。秀明也跟着流泪。

秀明说："好闺女你使劲哭吧，哭过了就好受了。"

串串边哭边说："我再也没有亲人了……"

秀明忙说："串串别难过，只要你不嫌弃，姨就是你的亲人。"

串串抽泣着，终于叫出了第一声姨姨。两个女人在坟前一直待到天黑尽了，串串也不肯走开，浑身抽搐得缩成小小的一团，最后秀明强拉硬拽才把串串劝回去。

那天以后，串串的情绪才逐渐地缓和起来，小丫头不再执拗地看着秀明了，眼神里充满了信任和眷恋。但是，几乎每天傍晚，她都要去坟岗待上一阵子，一直到很晚了才回到秀明家里。秀明也劝过她不下十几次了。秀明每次都说一个女娃娃家别老往那种地方去。可串串什么也不想说，只是在一旁默默地流泪，两只脸蛋子被晚风吹得猩红。

晚上串串只要一走进家门，就帮着秀明洗洗涮涮不知疲倦，好像她天生下来，就是要给别人默默无闻地当使唤丫头的。可是，她吃得却很少，话也不多，跟秀明说的最多的话，就是我来干你歇着。等忙完手里的活儿，她就一味地躲在黑暗的角落里，专心致志地把那根从家里带来的半截灯绳子，在手指上缠来绕去，仿佛她的手上有一只永远也解不开的疙瘩，需要她没完没了不遗余力地努力下去。除此之外，串串没事做了，还将那只捡回来的黑绒布鞋泡在水里，洗了一遍又一遍，往往是，头一次还没有彻底晾干呢，她又固执地把鞋放进水盆里了。

秀明看了心里非常难过，可是她实在没有好的办法，来阻止这个苦命的丫头。秀明当然明白失去亲人的痛苦，不是一天两天就能消除的。她要给这个小丫头镇痛疗伤的足够的时间。秀明相信时间能抹去一切的，包括心灵上的创伤。

没过多久，秀明发现串串往外跑的次数渐渐少了，秀明心里不胜欢喜，想着这个丫头终于从往事和苦难中慢慢解脱出来了，她打算好好地给串串做一件新衣裳——串串浑身上下都脏兮兮的，而且全都让坟岗上的树枝和棘棘草划破了。秀明把自己结婚时缝的一身衣服悄悄拆了，改小，拿给串串穿。串串穿了新衣服，样子就更好看了，而且，做起家务活儿时也有了笑容，完全是发自内心的感激。秀明也因此感到一丝庆幸，自从那次虎大家的闺女出了那种事以后，夜晚似乎变得不安全了，白天村子里的人依旧处于无休止的昏睡状态，串串不爱出去乱跑了，秀明的心也落下来。

又熬过去许多个晚上，依旧平安无事，秀明就放心多了。还有更让秀明感到欣慰的事，串串似乎变得懂礼貌多了，有事没事总亲切地喊秀明姨姨。这种称呼对秀明来说比什么都重要，在这个孤清的院子里，一双老人相继离去，广种又一去不回头，没有丝毫音信。很长时间，秀明觉得自己被抛弃在时光之外了，像一具活着的尸体，记忆却长满了发霉的灰尘，等待她的似乎只剩下最后一件事了：那就是身老病死，心脏停止跳动，悄然而孤独地离开这个乱哄哄的村子。

随着这只寂寞的孤燕飞落到家院里，似乎又一次唤醒了秀明打算沉睡下去的念头，她忽然就萌生了一种从未有过的冲动：秀明决定从今往后要把串串当作自己的娃娃来对待，还要把自己平生所学毫无保留地教授给串串。别人不让她教书也没有关系，那她就只当串串一个人的老师。

接下来有一天黄昏，秀明从睡梦中惊醒。其实，秀明是让一串奇怪的歌声给吵醒的——那歌声惨凄凄的，听了让人有些毛骨悚然，就像以前村里的一个神婆子，在实施法术时嘴里哼哼唧唧的——她睁开眼睛时发现有人正坐在门槛上，后背靠着门框，两扇门大敞着，冷飕飕的秋风不停地灌进屋子里，发出女人扯着嗓门呜咽一样的响声。

秀明还发现，唱歌的人披散着头发，风把头发吹得扑啦啦地，在那人额头上甩来甩去，像一条条被倒提起尾巴的泥鳅。唱歌子的人一转脸，一双眼睛又黑又亮，特别是此刻她人坐在门槛上，外面的天色渐渐暗下来，发梢闪动的鱼鳞样的一丝亮光。秀明愣了一下，但还是认出了对方，她就是串串的养母糜子。

糜子正一个人坐在那里，她的两只手掌相对，中间隔着近一尺长的距离，展开的十指上紧紧地绷着一根蓝色的尼龙绳子。绳子经由她的每一根手指的缠绕，变成一张来回交错拉伸开的网。糜子正精心地将手指在那张网中间自由穿梭，随着她的手指的起落，那张网一忽儿变窄，一忽儿又变宽了，一根根交错起来的绳线，看得叫人眼花缭乱。

秀明实在看不明白糜子想干什么，她想把糜子从门槛上拉进屋里去，因为串串还在里屋睡觉呢，她想好歹该让糜子看上一眼。可没等她走到跟前，糜子突然就不见了，留在秀明眼中的只是黑头发一闪即逝的虚影，极像一只蝙蝠突然从屋梁下一掠而过。

秀明心里一阵发紧，只好蓬头垢面地出了院门，到街巷里四处寻找，可找来找去，最终还是被一阵若有若无的歌吸引过去了。那歌声的确很有穿透力，隔着半个村子、一片麦场和几十亩宽阔的水田，从很远的乱坟岗上悠悠地飘过来。

秀明根本听不清那种低回的曲调。等她好不容易追赶到歌声传出的地方，那里早就没有人影了。秀明朝四周喊糜子的名字，传到耳朵里的只有自己的干巴巴的回声，那声音听起来跟哭没什么两样。

等秀明拖着疲惫不堪的身体返回来，却又远远地听见了那种暗哑的歌声。秀明急忙往家跑，到门口一眼瞅见糜子果然还坐在门槛上，后背靠着一扇门板，黑头发依旧披散下来，把整张脸都遮住了，看不清是什么表情，是哭还是笑。穿过黑发又似乎能看到糜子的眼睛，正一闪一闪地盯着自己，但那目光实在让秀明感到难受得要命。秀明本来窝了一肚子火，想狠狠说糜子两句，让她不要装神弄鬼，来吓唬她和串串。可话到嘴边又咽下去了，连同那些气话一起咽下去的还有一串发苦发涩的泪水。秀明真想把糜子喊过来，好好跟她唠一唠家常，说说自己的难心事，也说说串串近来的种种表现。但每一次，不等她开口，糜子就不见了踪影，留给秀明的是梦境一般的虚幻。

那些天里，糜子的幽忧的歌声，总是在夜半三更时分响起来，直到黎明前消失。有时候歌声是在秀明家，有时候是在我们村场院那边，更多的时候歌声好像都是从那片荒无人烟的乱坟岗上，传到人耳朵里的。但我们村里的人并没有感到厌恶，理由也很简单，因为夜里大伙儿是不用睡觉的，神秘的歌声并不会影响到人们的睡眠，相反正是这种忧伤的歌声，让大伙儿轻而易举地淡忘了黑夜的漫长和自己的无所事事，都在无聊中听着那忧伤的歌子打发时间。

后来的一天早晨，秀明刚刚躺下来准备睡一觉，便听见屋子里有种咣当咣当的噪音，像是有什么人在那里拼命翻箱倒柜，一开始她估计是讨厌的老鼠在作祟，也就没放在心上。可是，到了傍晚，她还没有彻底睡醒，那种声音又剧烈地传到她的梦里来了，搅得她把梦的内容全忘光了。

秀明又赖在被窝里躺了一会儿，她还没有下地，就听见一只盛米的瓦罐突然毫无理由地倒在地上，骨碌出很远，罐子里剩下的一点儿小米也给撒了。她急忙穿好鞋走到跟前去扶瓦罐，没等她把那些米从地上收拾起来，摆在桌子拐角处的一只瓷茶壶，又砰的一声落在地上，摔得粉碎。

秀明吓坏了，一只眼皮扑扑直跳，她不知道究竟是哪里出了问题。后来，她去灶房拿簸箕和笤帚准备收拾的时候，脚又无缘无故地把家里唯一的一只暖水瓶踢倒了，瓶胆碎了，滚烫的开水喷洒在她的脚背上，冒着滋滋缭绕的白气。

这时，幽忧的歌声又从外面传来，这种低回哀伤的声音，夹杂在傍晚静静飘落下来的薄薄的霜花中，她才知道自己睡觉的时候，糜子居然一直坐在院子里的树下唱歌呢。

秀明扭过头，看着睡在自己身边的串串，生怕外面的歌声会影响到这个丫头。可她看到的情形恰恰相反，串串睡得非常安详，或者说，那种歌声非但没有打扰她，却如温情荡漾的催眠曲一样，串串完全被歌声带进温暖的梦乡里了。而秀明此刻似乎也终于听清了那歌里的唱词：

> 月儿映白了窗花花，
> 红灯笼让风吹熄了，
> 鸟鸟压弯了树枝子，
> 乖娃娃哟，
> 你要听娘亲的话，
> 一觉儿睡到天光亮……

秀明幡然醒悟：这些天糜子的歌声根本不是她想象中的魔咒，而是献给串串最好的睡眠礼物，难怪这个丫头一天比一天懂事让人放心了。这一切原来都是糜子煞费苦心的结果，秀明感动得直想流泪。

秀明二话不说，快步跑到院门口，想把糜子叫进屋来。她明明看见糜子的背影了，等秀明跑过去，人早就没影了，歌声也越来越远，仿佛渗透到了黑夜的另一面和大地的另一端了。秀明埋头干活儿的时候，不由自言自语起来。

秀明说：“糜子呀糜子，你就放心去吧，串串这丫头有我呢，你若在天有灵就好好保佑她吧。"

话音未落，外面传来重腾腾的一阵脚步声。秀明抬头看时，才知道是三炮来家里了。屠户三炮当然早就得知了秀明把串串接来住的消息。但三炮对此一直保持着令人难以捉摸的冷漠态度，直到这天黄昏，縻子的歌声再度响起来的时候。事实上，连着好些天，这种歌声都在三炮的耳畔回荡。三炮一进院子就质问起秀明来了。

"谁稀罕你当老好人的？"

"你别忘了串串可是我的闺女，我还没死呢，轮不着旁人猫哭老鼠假慈悲！"

秀明一时竟无话可说。三炮凶巴巴的样子也着实让人害怕。

三炮又怒气冲冲地说："秀明你给我听清楚，从今往后这丫头的事你最好少管，要不别怪我对你不客气！"

说罢，三炮气呼呼地扭头走了，把院子踏得咚咚响。秀明这才意识到，这些天縻子的不时出现和她断断续续的歌声，也是想提醒自己要保护好串串。她正想撵出去，跟三炮好好说说自己已经决定照管串串的事，却猛然听到屋子里咣当一声巨响，似乎又有盆盆罐罐摔在地上，碎了。秀明便顾不上多想，连忙跑回屋里查看。原来是一直供奉在六斗橱上的那只黑陶罐，莫名其妙地从高处掉下来了，罐口的牛皮纸封也散开了。现在罐子被摔得粉碎，把婆婆的骨灰白茫茫地撒了一地。

这时，秀明像是恍然大悟了，她一下子就想起了白天睡觉时做过的那个本来已经忘掉的梦。在梦里秀明见到了自己婆婆，婆婆说她眼皮子跳得厉害，还嘴里一个劲儿嚷嚷着嫌这家里太吵了，吵得她心神不宁，连个囫囵觉也睡不好。秀明就对婆婆实话实说了："家里根本没有人吵，那是縻子在给串串唱催眠的歌子呢。"可婆婆偏说："这哪里是唱歌子，我看比那些孤魂野鬼哭得还难听啊！"秀明才知道，是縻子的歌声搅扰了婆婆的安宁，感到很过意不去，于是又说："糜子也怪可怜的，老人家就多担待些吧。"婆婆听了，也就无话可说，但秀明见婆婆脸色很难看，苍白苍白的，没有一点肉色。婆婆叹了叹气，又说："糜子命真苦，咋嫁给了那么个挨刀子的货！"

秀明本来想劝劝婆婆，她还想求婆婆捎句话给糜子让她放宽心，她现在跟糜子在一起很好，却发现婆婆用两只鸡爪子一样的手捂着耳朵，一颠一颠地走了。婆婆大概不想管糜子家的事。婆婆真的要走了。

串串不知什么时候睡起来了，正揉着眼睛站在秀明身后。

串串好奇地问秀明："姨姨在跟谁说话呢？"

秀明伸手摸了摸串串的脑门，忙扯谎说："我在跟自己说呢。"

串串却没头没脑地说："我刚才做了个梦，梦见她回来了。"

秀明赶紧说："串串你别胡思乱想，她再也不会回来了。"

然后，秀明就想着手把婆婆的骨灰收拾干净。她从灶房里找来一只盛饭的瓷碗，蹲在地上，用双手一掬一掬把地上的白骨头灰小心翼翼地捧到碗里，就像在捧不小心撒落在地上的面粉。串串也默默跟在秀明身后，手里捏着根笤帚，给秀明打帮手。等她们忙完手里的活儿，串串就像一只忧伤的燕子，挥动翅膀擦着地皮飞出了院门。

天已经黑下来了，秀明不想让串串跑得太远，就站在门口朝街巷上喊串串的名字。但就在那一刻，从不远处的场院那边传来了枪声。乓、乓先是两声空响。随后砰的一下，很沉闷的一声。枪声响过之后，惊悚不安的黑色空气又渐渐恢复了秋日的平静，耳畔只有呼呼的风在吼。一直端在她手里的那碗骨头灰，在风中飞飞扬扬散去，秀明回过神的时候，那碗早已空了。婆婆真的让风吹走了。

这时街巷里忽然又传来一阵杂沓的脚步声，好多人朝着场院方向疯跑着。后来，秀明放下手里的那只白瓷碗，内心疑惑地去了场院。那里已围得水泄不通，她木讷地站在人群后面，依稀听见大伙儿还在议论纷纷。过了一会儿，秀明这才弄清楚，公社派来的那个苟文书死了。听说,苟文书用的是虎大一直压在枕头底下的那只防身用的手枪。

当天晚上，这个天大的噩耗就传到了寡妇牛香的耳朵里。牛香一句话也没有说，她让自己静静地坐在自家的院子当间，潮湿的稻草搅拌着簌簌落下的泪水，被她的双手搓出滋滋嚓嚓的声响。在不知不觉中，一根很长很长的草绳子搓成了——它像一条恣睢的巨蟒，吐着信子，穿过院子，翻过门槛，一直爬到大街上。

16

同样是在苟文书自杀的那天深夜，虎大逃之夭夭了。我们村那伙人发现这个情况的时候，关着虎大的那间牲口棚门锁好好的，钉在窗户上的粗木条也原封未动，唯独地上臭烘烘的龙门阵似的摆着一堆粪便，除了以前牲口屙的，多数都是虎大被他们抓住后留下的。谁也说不清虎大是怎么跑掉的，自从他被那伙人控制住以后，一直都被绳子五花大绑着，身上还有他们动武时留下的伤。难道这个虎大能飞了不成！反正，跑了和尚跑不了庙。于是，那一群人兴师动众地围攻了虎大的家院。

"你们最好老老实实把虎大交出来！"

这种时候，虎大老婆怯生生地趴在门缝上朝外面观望，院子已经被那伙人围得结结实实，苍蝇也飞不出去。

"他一直没回过家呀，我要是哪只眼睛见过他一面，立时让我哪只眼睛瞎掉！"

这伙人根本不信女人的话，他们像潮水一般冲了进去把虎大老婆撞翻在地，还没等这个女人从地上爬起来，一群人又呼啦一下往门外涌去。虎大老婆又被那些大脚片子狠踩了一通，那些留在身上的数也数不清的淤血和肿块，直到第二年春暖花开冰雪融化时，它们也没有完全消退。

从那晚开始，对于虎大的搜寻工作一刻也没有停止过。那伙人动用了十条大狗和一百多把洋镐和铁锹，他们掘地三尺，几乎找遍了我们羊角村里里外外每一寸土地（包括所有的地窖、防空洞、坟茔、枯井，还有多年前的老鼠洞），但虎大始终像他们最初发现他逃走时的那种印象——是插上翅膀飞走的。

最后，搜寻队还在我们村打麦场的一个早就发霉的秫秸堆底下，发现了一只非常可疑的洞口，足够一个崽娃爬进里面去。于是，他们集中了十五名精壮劳力，从这只洞口挖下去。不论洞的深度和长度，都完全超乎大伙儿的想象，他们先是垂直下挖了六米半深，在这个位置上，洞的方向突然发生了改变，在地底下跟大伙儿开玩笑似的拐了个一百八十度的弯子，朝东南方向延伸过去，而且，洞内突然变得狭长起来。搜寻队只好沿着改变后的方向，继续卖力地向前挖掘。两天以后，从打麦场到队部的场院，再到中心大街，搜寻队足足挖了五十六米长，一共挖坏了五把铁锹和三把洋镐。等回头再看被挖过的地方，就像在村子里豁开了一条人工干渠，高高地堆在渠坝两旁的湿土，正散发出阴郁陈腐的气息。

在随后的一天，挖掘工作遇到了难题，因为他们在顺着洞的方向在村里挖来挖去，费尽周折，最终，大伙儿发现那只奇怪的洞像是跟人兜圈子似的不断转移着方向，猛不丁停在了三炮家的后墙根底下。大伙儿才如梦方醒，觉得没有再挖下去的必要了——虎大总不会躲在三炮家里吧！有人把情况向三炮做了汇报，三炮想都不想就说："挖挖挖，就是天王老子家也要挖开看看嘛。"得到了三炮的许可，搜寻队更是大刀阔斧，又一门心思挖起来。结果发现，这只漫长漆黑的洞从三炮家的后墙穿过去，经过院子后又朝西北方向趔摸而去，沿着这个方向这只神秘的黑洞正好在我们村里转了一大圈，它最终指向我们羊角村最古老的一间蔬菜地窖。

到了第四天晚上，大伙儿已经筋疲力尽，眼看着这只曲曲弯弯的长洞就到终点了，每个人都以为奇迹将要发生，却意外地挖出了一摊稀烂的尸骨。搜寻队的人惊呆了，面面相觑。有人忽然联想到三炮家许多年前丢失的那个小兄弟（三炮爹最疼爱的那一个儿娃），再对照躺在洞里的这一小摊白森森的尸骨，搜寻队才恍然大悟。

有个胆子大的家伙儿，不知轻重地伸出手，从骨头堆里捡起一根来，还没来得及细看，骨头迎着呼呼而来的夜风，像一只神气的火把，莫名其妙地燃烧起来，发出明蓝色的火焰。火苗被风一吹，势不可挡地扑到那个人的脸上，头发眉毛呼啦一下烧了起来，疼得那个人哇哇怪叫。旁边的人想过来扑灭火苗，结果越是扑扇火就越烧得旺了，最后还惹火上身，烧坏了自己的衣裳。

三炮后来对这件事情保持了沉默，他也要求在场的人守口如瓶，并叫人就地将残骸掩埋了，又派人请来大夫给烧伤者好好治疗。在这件事上，大伙儿觉得三炮挺够意思的。

寡妇牛香没能逃脱罪责的反复纠缠。

那伙人普遍认为牛香的嫌疑最大。但他们知道了这个女人的厉害，因为她从来没有在他们面前表现出必要的恐惧和胆怯。所以，为了谨慎起见，他们对牛香采取了放长线钓大鱼的策略，派人日夜把守在她家附近。监视工作进行了七天七夜之后，他们发现牛香果然一秒钟也没有离开过她的院子，而且，一到晚上她就开始不停手地搓起草绳子了，好像这才是她活下去的真正理由和人生的唯一目标。

这种时候，屠户三炮已经所当然地被那伙人推举到了最前沿，他不用再藏在幕后躲躲闪闪，很多重要的场合都由他亲自指挥，发号施令。这伙人对三炮的推举和爱戴程度，超乎了他自己的想象，这是完全靠心甘情愿和盲目夸大的虚假心理，来加以默认和疯狂支持。事实上，最先在村里带头骚乱起来的，正是跟在三炮屁股后面原本打算学学屠宰手艺混口饭吃的一帮年轻的徒弟，他们整天忙前跑后不遗余力为三炮卖力。

自从牲口棚用来圈人以后，那些马啦驴啦骡子啦就没地方拴了。人又在棚子里大吵大闹哭爹叫娘，牲口们在棚子外面又踢又咬，搅得村子一刻不得安宁。为了不让这人饿坏了，每天至少要给他们吃一顿调和粥。做饭的那口锅是三炮以前专门用来杀猪煺毛的大铁锅，那口锅随便能放进一头二三百斤重的肥猪，每顿饭至少要用去百十斤面和八大桶水，五名厨子（过去都是饲养员）轮番用铁锹搅拌一个上午。这样耗费的物力人力实在太大，而且，队里仅有的一点库存余粮，很快就用光了，眼看就要坐吃山空。这时三炮突然冒出了一个得意的点子，凡是被关在牲口棚里的人伙食一律由家里自行解决；另外，这家人还得义务饲养一头牲口，以缓解目前非常困难的人畜住宿的局面。这样一来，村里基本上家家户户都有事情可做了：大伙儿一边要惦记着往牲口棚里送饭，一边还要为牲口准备足够的草料和水。在这件事情上，三炮表现出罕见的聪明才智，他可不想再犯虎大以前犯过的错误，激起不必要的民愤。大伙儿也是通过这件事，才知道三炮不光会耍刀子，他还很会动脑子呢。

消息不胫而走，三炮很快就被上面叫去开了一个最新成果展示会，在会上发言时他除了介绍自己的成功经验外，很是说了些豪言壮语，旁边的人听得一愣一愣的，大伙儿都对这个心狠手辣的屠户起了可怕的敬畏，等他再回到村里，就换了张沐猴而冠的嘴脸，他胆子更大，野心也膨胀起来，他成了继虎大之后村里最厉害的角色，说一不二，无所不用其极，弄得大伙儿都战战兢兢，再也不敢乱说乱动了。

可也不是事事都顺心，三炮还是有些顾虑的。三炮最大的顾虑就是，至今杳无音信的虎大。三炮连做梦都想生擒活捉虎大。三炮心里非常清楚，一天不铲除虎大，他就一天也不得安宁。为了尽快抓获逃犯，三炮已在我们村附近布下了天罗地网。他派下面的人在村子的东南西北，分别修了四座哨望亭。那种亭子是用木头搭建起来的，下面像一把四四方方的巨大的云梯，有十四米高，梯子顶上架着个太阳棚，可以遮风挡雨。每晚分三班轮换把守，彻夜不休，他们手里都有家伙，见到可疑人等靠近村子，就会鸣枪报警，村里听到枪声又会加强警戒。

有一天午夜，东南西北四个哨望亭，几乎同时看到了一个奇特的天文景象。夜空中有一颗最大最亮的星星突然一闪，然后拖着一条巨大的尾巴，迅疾地朝地面坠落。夜空被划出一道银亮的白弧，最终那颗星石陨落在村子的正中央了，并发出一种巨大的轰鸣，把大地砸出一个深不见底的巨坑。这种事情以前谁也没有见过，把守在那里的民兵吓得无可名状，手指一抖，扣响了扳机。四支鸟枪砰、砰、砰、砰，接二连三叫了起来。枪声响过之后，我们村陷入一阵巨大的混乱之中。

天亮以后大伙儿才亲眼看到了那个奇异天象留下的痕迹，村里的场院一夜之间变成了明晃晃的天然湖塘，湖里的水黑油油的，在阳光下闪着陌生的幽光。大伙儿慢慢靠近时，觉得身上凉森森的，脊背冒凉气，一阵风旋来，水面忽然起了波澜，继而有了一个大大的漩涡在转动，那感觉像是会随时要把什么东西吞进去，于是人们惶得一哄而散。三炮到底胆识过人，他一点儿不为所动，撇撇黑嘴茬子，朝湖里大胆地啐了口痰说，你们这些人才是少见多怪，多好的一个湖塘啊，等闲下来老子要在里面养鱼吃。三炮的镇定并不能让所有人信服，事情越传越邪性，村外有些人谝闲传，说看了最新的报纸，还听了上面的广播消息，说天上掉下来的其实是一架飞机，那玩意飞得太高太快太仓皇，竟一下子撞到了星星的尻子，才酿成机毁人亡的惨剧。传言一时无法证实，不过大伙儿对于场院出现的湖塘倒是有了合理的解释。

才过了没两天，我们村里几乎所有母鸡都开始下一种软乎乎的东西，那些橘黄色的软蛋，全都像是在鸡的肚子里就被剥去了壳儿，外面仅有一层非常薄的膜罩着，用指甲轻轻一捅，就破了，发红的黏稠物流淌出来。这种奇怪的软蛋，从鸡屁股滚出来的时候，往往都夹带着哩哩啦啦的丝丝血迹，而且，通常是一下就是一大串，大大小小十几枚，止不住似的。一般，第一枚跟平常的鸡蛋差不多大小，随后就变小了，越来越小，最小的比刚刚挂在藤蔓上的葡萄珠大不了多少。大伙儿顿时慌作一团，一开始只简单地认为，是那晚的巨大声响把鸡们吓坏了，所以才产下这种软乎乎的东西。大伙儿只是给它们添加一些更好的饲料，并用朴素的话语进行心理安抚，希望它们能变得坚强起来，很快能振作精神，下出坚硬的好蛋来。

可是，情况似乎并没有这么简单，就在三天以后，鸡们普遍停止产蛋了，食欲却突然下降，都喜欢没完没了地找水喝，好像吃了很咸的东西需要解渴。它们看上去没有一点儿精神头，一个个蔫头缩脑；羽毛凌乱，毫无光泽；鸡冠子也由原先的水红色变成绛紫色了，就像中了什么有毒的暗器似的；还往出屙一种黄绿色带血丝的黏稠的屎，奇臭无比。这些鸡整天不停地张着脏乎乎的嘴巴喘气，时不时发出嘶哑的咳嗽声，咯唠咯唠地叫着，非常刺耳难听。大伙儿心疼地把病鸡抓在手里，像抚摸自己的崽娃一样，果然是火团似的烫手，才知道它们正发高烧呢，鸡眼球赤红，嘴角挂着精亮的黏液，胸脯上的毛早被它们自己啄去一大片，露出粗糙的皮肤和充血的毛孔。大伙儿刚把鸡放在地上，想给灌点儿水喝，给吃点儿人都舍不得吃的无比珍贵的阿司匹林，可它们的腿爪就已经麻痹了，根本站立不稳，扑扑倒地抽搐起来，不大一会儿工夫就断了气。

鸡的大面积死亡，几乎是一夜之间的事，它们一个个肯定是被吓破了胆。到了第二天清晨，我们村里果然没有听到一星半点的鸡叫。那些死鸡白花花地躺在门前的渠沟里，远远看去如同一条白色的孝带，惨兮兮地缠绕着整个村庄。

但随之而来的烂蹄疫，又把大伙儿从失去鸡的短暂悲伤中，一股脑儿卷进更深重的灾祸里。因为要想方设法搜捕虎大，并争分夺秒最大限度地节约时间，三炮就给骨干分子们配备了马匹。村里马并不多，主要是骡子，这些大牲口力气十足，跑起来也欢实。那天，有人骑着骡子跑得好端端的，突然胯下的牲口毫无缘由地扑通一下跌倒了，骑在骡子上的主人被扔出两丈来远，摔得鼻青脸肿头破血流。等到三炮让大伙儿赶到他那里集合，向他汇报搜捕情况的时候，问题一下子显现出来，三炮派出去的人几乎都是一个样子：他们如同遭遇了一模一样的陷阱暗算或突然袭击，一个个不是擦破了额头鼻梁，跌断了门牙，就是瘸腿跛脚哼哼唧唧，非常狼狈，而且，他们几乎异口同声诉说出了完全相同的马失前蹄的情景。

三炮的大眼珠子叽里咕噜转了一会儿，他也觉得蹊跷。最初他怀疑是那些饲养牲口的村民，因为对他心存不满，所以事先给牲口动了什么手脚，才导致这种荒唐的事情接连发生的。但是，等三炮对那些肇事的骡马进行了细致察看之后，才发现牲口的蹄肘早就肿胀不堪了，特别是蹄子的底端、蹄壳上缘和蹄缝里，都有不同程度的裂口和烂伤，那些地方还不停地流着腥臭的白脓和血水。几乎所有牲口都出现了这种可怕的烂蹄疫，它们一瘸一拐，行动艰难，而脾性又变得火暴、多疑，动不动就会受惊，彼此又咬又踢，咳咳长嘶，弄得大伙儿都不敢轻易靠近。

果然，没出一个礼拜，我们村里就死掉了七匹骡子和三匹马，还有一头身强力壮的小叫驴。它们死的时候都非常痛苦，死之前就不吃草也不饮水，侧躺在地上狠命地蹬着蹄腿，浑身抽搐不止，眼圈始终泪汪汪的，肘部的肌肉早已稀烂如泥，烂蹄子像刚刚从滚烫的油锅里捞出来一般。村里有个脑子灵性的老人说，狗日的三炮尽作孽，咋能把人往畜生的棚子里圈呢，人畜不分，天理难容，老天爷要降罪喽。

这种时候，很多人又开始在一个个不眠的长夜里，默默怀念虎大在的那些日子了。即便虎大身上有千错万错，毕竟虎大在的时候，能镇住这个村子，灾害不像现在这样，有恃无恐频频发生啊。三炮倒是没有表现出过分的慌张，相反，他镇定地对大伙儿解释说，烂蹄疫没什么可怕的，只要尽快将尸体处理掉就没事了。于是，他派人连夜在地里挖了一个大坑，掩埋了这些可怜的半死不活的牲口。

一波未平一波又起，原本属于我们羊角村的庄稼地里，不知从哪里跑来一大帮人，这些外人潮水一样从四面八方涌来，一个个眼放绿光，走起路来左摇右摆，每个人手里都拎着一条空麻袋，个个像饿疯的麻雀，顷刻间扑满了干燥的稻田。这些人用手不停地将那些沉甸甸的稻穗，捋满一把塞进麻袋里，再接着捋下去。有的甚至直接把稻穗头揪下来了，手掌被稻穗的锋芒刺刮得鲜血淋漓。

等我们村回过神来为时已晚，大伙儿扯着嗓子朝这些外人喊话，劝他们赶快离开我们的庄稼地，可已无济于事，抢收的快乐使那些外人忘乎所以勇往直前。把守们只好向天空鸣枪，枪声有气无力地在天地间回荡着，除了惊吓起一群早吃得肚皮溜圆的麻雀乱飞乱撞了一阵之外，根本没能引起那些外来者的足够注意。恰恰相反，这百十号人像排列整齐的巨大的蝗虫，表现出大无畏的精神和不怕牺牲的胆量。他们所过之处稻穗全没了，只剩下光秃秃的秸秆了。等事情传到三炮的耳朵里，他才意识到早该去秋收了，眼下的恶果是全村只能跟着他饿肚子了。

17

鸡瘟和烂蹄疫在我们村泛滥成灾时，秀明跟串串的关系正好变得更加稳固和融洽了。

这些日子里，秀明再没听到糜子那种幽忧的让死人都感到不安的歌声在院里响起，她也不止一次对根本看不见的糜子唠叨着，让死人放宽心，因为串串这丫头越来越懂事了，她们俩一定能过得好的。这样说了，秀明又担心会引起死人的误解和妒忌，急忙又自言自语，她让糜子有空就给娃娃托个梦，这样她们娘俩就能在梦里见面了。不过，秀明又不止一次地叮嘱糜子，千万不能吓着串串了，因为她知道串串再也不能经受任何的惊吓了。

串串也从来没有对秀明说起过自己做梦的事，好像来这里之后，她从来也没有梦见过糜子。她也不再当着秀明的面，在自己的手指上没完没了地缠绕那根蓝色的尼龙绳子，而是将这根绳子同那只洗得干干净净的黑绒鞋都深藏了起来，有时连她都快记不起来，自己还珍藏着这两样东西。实际上，珍藏遗物和默默怀念，已经完全取代了先前的那种失去亲人的痛彻感和忧伤了，细水长流式的平淡生活，反倒让这个丫头从死亡的阴影中慢慢地解脱出来，并学会了怎样对待活着的人。

串串的话明显比以前刚来时多多了，姨呀姨呀叫得很亲，家里的杂务串串基本上都参与进去，洗洗涮涮打扫院子生火做饭忙里忙外，这些事情串串总是抢着去做，而且，秀明发现，串串每做一件事情，都有条不紊很有耐心。

特别是有好几次，赶上秀明让那伙子人拉出去开会，等会刚一结束，秀明急忙跑回家，生怕串串一个人在家担惊受怕。没想到，秀明急匆匆赶回来一看，串串已经把饭菜准备好了，还晾好了开水。串串在门口替秀明掸掉身上的灰尘，秀明还没进屋坐下来，串串又把淘湿的洗脸毛巾递上来，让她好好擦擦脸——秀明的脸总是被他们涂得乱七八糟的，简直像戏里的花脸。秀明擦脸的工夫，串串又把晾好的开水端过来让她喝。秀明心里一阵泛酸，眼泪止不住淌下来。秀明把串串揽过来，一遍一遍轻轻抚摸着串串的肩膀和脊背。这种时候，串串也不吭气，默默地接受着秀明母亲般的爱抚。通常这种时候，屋里很安静，掉根针都能听得清清楚楚，两个女人就这样相依为命地待在屋子里，暂时忘却了外面的喧嚣和时事纷扰。这时候，旁人若是猛不丁走进来，肯定会毫不犹豫地认为，这对母女关系好得足以让所有人羡慕了。

串串到来没多久，昔日这个一度沉寂没落的家院，又一天天有了生气，有了说说笑笑的声音，有了母女俩形影不离的清晨和黄昏。尤其是，秀明开始一心一意地关起门来教串串识字算术以后，这种感觉越发明显。

现在，秀明只当串串一个人的老师。她每天晚上至少保证给串串上三到四个小时的课，秀明把之前藏在咸菜缸里的几本语文数学书都一一找了出来，她自己又根据回忆编好了一本教案，又用家里多余下来的糊窗户的白纸，给串串订了两个很厚的本子。这样，串串学习的事情就在这个小院里悄然进行起来，谁也不可能知道。这中间除了秀明被那伙人叫去折腾几回，串串的课几乎一天也没有落过。秀明还教会了串串唱十几首好听的歌子，有几首还是苏联歌曲。秀明发现串串唱歌时也很用心，而且嗓音很甜美。

有时候，秀明教着教着，会忽然想起来过去自己在学校的教书生活，想起那些依旧清晰如昨的学生娃娃的面孔，想到他们如今跟一群没人放的羊一样，到处乱跑，终日无所事事，就知道跟着那伙人动拳头瞎折腾，秀明真的感到痛心疾首。她实在为那些不辨是非的娃娃惋惜，但她不知道这种情况究竟会持续多久。这样想的时候，红亮的影子又总会在秀明的眼前晃动。

夜里，秀明又梦见了红亮。红亮风风火火地从外面跑进来，她喜出望外地迎出去，久别重逢让她激动得直掉眼泪。可她却看见红亮的后面跟着一伙阴阳怪气的人，他们的眼神跟三炮如出一辙。秀明就说："红亮啊，我的娃儿，你可算回家来了！"可没等秀明把话说完，红亮突然一抹脸就变成了三炮，正冲她嘿嘿怪笑，身后那伙人一拥而上，不由分说就把秀明带走了。等到了外面，三炮一转身竟又变回了红亮，他质问秀明："就是你害死了我爹，你别再装老好人了。"秀明说："红亮你这样说我，到底还有没有良心啊。"红亮冷笑着答："良心！啥是良心，我现在只想给爹报仇雪恨！"秀明傻眼了，急得哭了，却没有眼泪，她整天盼星星盼月亮，没想到最终却盼来的是这个结果。秀明的哭泣声把串串惊动了，她紧紧地抓住梦中人的手，连着叫了好几声姨，秀明才醒过来。这个荒诞的梦实在是太可怕了，以至于后来的许多天里，秀明脸上还带着梦境里的那种惊恐之色。

其实，真正叫秀明担心的并不是那些噩梦，梦，毕竟不是真的，而最让她感到忧心忡忡的，还是三炮和他身边那伙人，他们的所作所为越来越离谱了。即便待在家里不出门，秀明也能清醒地意识到，这个古老的村子正在丢弃很多宝贵的东西，大伙儿现在只顾自己，眼看身边人受了冤屈也无动于衷。最可怕的是那些跟红亮和串串差不多大的娃娃，他们像一群没人管的麻雀，成天恓恓惶惶到处乱窜，就是不干他们这个年龄该干的事。

　　因此，每当村里弄得乌烟瘴气的时候，秀明都要郑重其事地跟串串再强调一遍："这是在伤天害理！"串串听了，表情严肃地冲秀明点点头。秀明又接着说："娃娃们都是因为没有书念，才跟着一群疯子扬土的，迟早会有后悔的那一天。"串串又肯定地点了点头，目光充满了信赖。然后，她们就整天把自己关在有些阴暗的小屋子里，借助昏黄的灯光，讲课、听课、看书、写字，似乎一点儿也不受外界的侵扰。也许，正是在这种专心致志而又平静的教学生活中，秀明不经意中发现，自己终于摆脱了长久以来困扰着她的那种不良的睡眠习惯。

　　应该说，正是串串的到来赐予了秀明无形的爱和家的温暖，才让一度困扰她的作息时间得到真正改善。自从秀明决定振作起来，开始孤注一掷地教串串念书以后，精神突然得到了前所未有的提升和放松，坚强的不屈不挠的意志又回到秀明的身上，这让她强烈地意识到一名乡村知识分子的良知和坚持。

　　因为串串的作息时间一直是正常的，串串每天到了晚上十点多就困了，十一点钟串串准时躺下来睡觉。一开始，秀明也不太习惯，串串问她为什么还不睡，秀明的回答是："你先睡吧，我再坐一会儿。"可是，等串串真的睡着以后，秀明就陷入一种巨大的困惑和孤寂当中。有时，串串半夜睡醒，发现秀明还在屋里走来走去，或者擦桌子洗衣服，串串就觉得非常奇怪。串串就央求说："姨你快睡吧，天都快亮了，你这样会把身体拖垮的。"秀明就非常尴尬，因为她从串串的眼神里看出了急切的关心和无比的好奇，她不想让这丫头失望，就和着衣服在串串身边躺下来。

　　最初的几天，即便躺着也毫无睡意，秀明就在黑暗中睁大双眼等待天亮，或者一味地回忆过去的某个人或某件事。但这一切还是被串串敏感地捕捉到了，串串说："姨，我给你讲个小故事吧，人听着故事很容易睡着的。"秀明没有反对，串串已经开始讲了，声音很小很小，跟蚊子一样。串串反反复复像痴人说梦：

"从前呀有一座山，山里有一座庙，庙里有三个和尚，一个老和尚在给两个小和尚讲故事，从前呀有一座山……"

奇怪的事情紧接着便发生了，秀明根本记不得串串给她讲了什么故事，或者，故事最终要把她带到哪里，反正没一会儿，她便昏昏入睡了。第二天她醒过来时，太阳已经老高了，屋里至少像有一百年没那么亮堂过了。那时，串串正静悄悄地站在地上，黑玛瑙一样的眼睛一眨一眨地看着她。串串笑着对秀明说："姨，你睡得可真香啊！"秀明眼里泛起一层薄薄的泪雾，脸上是那种久违了的潮湿的笑。

第六章　皈　依

18

秋老虎最后一次赤红着面皮，趴在天空中使性子发威。晌午的空气干燥得快要着火了，偶尔旋起一阵又热又燥的风，没有任何方向和缘由，灰尘像烧煳的辣面子一样呛人眼鼻。就连我们村哨望亭里的人也昏昏欲睡（这些人在白天基本上是聋子的耳朵，但到了晚上他们又能变成睁着眼的夜猫子）。所以，最初没有一个人发现，有个陌生的老驼子正一瘸一颠地朝我们羊角村方向缓缓走来。

老驼子手里拄着一根和他本人一样弯曲枯朽的干树棍，他无意中瞅见了歪斜地插在我们村口的那块奇怪的木牌。木牌上的字迹早已经被日晒雨淋得不成样子，只有几个大字还能依稀看出，小字根本无法辨认了，它们全部洇成黑豆样带尾巴的点儿，远远看去就像一块写满了异国文字的神秘路牌。

老驼子茫然地对着那块木牌发了会儿愣，然后，他颤巍巍地松开手里的树棍，又颤巍巍地解开自己的裤子，一股臊热的味道随着颤巍巍的抖动弥漫开来。这时忽然从远处旋来一团干燥的灰尘，老驼子眼睛顿时一眯，两条腿颤巍巍的，裤裆迎风尿湿了好大一片。

就在当天傍晚，这个衣衫褴褛的邋里邋遢的老驼子开始挨家挨户敲门。起初，大伙儿都没把他当回事，只要看一眼他那龌龊的长相就知道，驼子是个外来的老讨吃。可是，老驼子并没有见人就伸出脏兮兮的手，做出那种常见的可怜相。所以，我们村有的人只从门缝瞥一眼他，就二话不说把门关得死死的；也有个别人心慈手软，从门缝塞给他一个黑面馍或半块剩馉馇，并不忘嘱咐他一句："拿上，快走哟，唉，这年头还敢出门！"

这种时候，老驼子反倒不急不忙的，他双手合十，做出一副和尚化斋时虔诚还礼的样子。别人这才注意到，从老驼子的装束看，他原来是个寺庙里的和尚，他身上穿着的僧袍僧鞋僧袜都又破又旧，打着很多补丁，有的地方还露着皮肤，已很难看出僧服原先的青灰色了。关键是，他的脊背驼得非常厉害，后背还扣着个奇怪的罗锅子，看上去真的又落魄又滑稽，活像马戏团里的丑角。

按理说，得到了施舍就该安静地走开，可这老驼子却不，他像是急着要找什么人似的，继续用他沙哑难懂的外乡口音说："施主，我跟你打听个人，你们村里有没有个叫红亮的娃娃啊？"本来，这种时候我们村的人就有点刚睡醒的样子，被问得不耐烦了，他们跟平时打发任何一个上门来的老讨吃那样，随便摆摆说："快走快走，我们啥也不知道！"老驼子还想问什么，人家已经气急败坏地把门甩上了。也有一些人纯粹是闲得无聊，他们既不肯舍散给老驼子吃的东西，也不想立刻撵他走，而是一味地拿老驼子寻开心，打发时间，故意拿话头引着老驼子说这说那，最后，他们却告诉老驼子，那个娃娃早就让狼叼走吃掉了。

可是，当老驼子执着地不厌其烦地一路打问到寡妇牛香的门上时，我们村这个深居简出的女人差点就从门槛上跳了起来。牛香简直不敢相信自己的耳朵，因为有很长一段时间，红亮这个名字已经被大伙儿忘到脑后了，也包括红亮爹，这爷俩好像彻底从我们羊角村消失了。现在，这个既熟悉又陌生的名字，忽然从一个素不相识的老驼子嘴里猛不丁冒出来，惊愕程度可想而知。牛香急忙扔下手里刚搓了一半的草绳子，她警惕地朝门外瞧了瞧，见街上再没什么人，才心惊肉跳地将老驼子一把拉进自家的院里。

牛香听老驼子说，他本来在很远很远的牛首山的庙上，是一路逃难逃出来的。他们的庙让一伙坏人给毁了，那些人推倒了院墙，砸坏了殿堂里的所有佛像，最后又在庙里放了几把火，老方丈也在大火中坐化了。红亮本来也是住在他们庙上的，庙里出事以后，红亮这娃娃就跑得不见影了。老方丈临终前嘱咐过驼子，让他好生照顾这个可怜的娃娃，所以他才大老远地找到这里。

老驼子对牛香说："当初红亮是叫一条狗一路叼到我们庙门口的，那狗通着人性呢，汪汪地冲庙里直叫唤，嗓子都叫哑了，一直把庙里的师父从里面叫出来，救了它的小主人。红亮是在山里让狼咬伤的，多亏了那条狗，要不他怕早就没命了。打那以后，红亮就住在我们庙里。庙里的师父们念经的念经，做饭的做饭，挑水的挑水，日子过得清净。有一天，从山下上来了一伙子人，看上去都年纪轻轻的，学生娃样，比红亮也大不了多少，不像坏人。听说他们本来是要上北京去的，半途中发现扒错了汽车，往下跳车的时候，里面有个小家伙扭伤了脚腕子，痛得龇牙咧嘴的，走不动路了。他们在山里等了一整天，也没再碰上一趟便车，后来走投无路了，才摸黑来到庙上，想让我们方丈发发慈悲，收留他们，给他们一口饭吃，再让他们好好睡上一觉……"

说到这里，老驼子像是忽然被浓烟呛住了，浑浊的泪水大滴大滴往下掉，牛香心里也不好受，她赶紧给这可怜的老头儿递过一条干手巾。老驼子颤巍巍地接过去抹了抹自己的老眼，长叹一口气说："唉，都怪我们方丈为人太善了，好心办错事呀，一开始没把这伙小土匪的面目认清，才招来一场大灾祸啊！"

寡妇牛香做梦也没有想到，眼前这个又丑又老的驼子，竟带来了红亮的消息。牛香激动得不知道该怎么办，好像老驼子告诉她的，是她那俩离家出走的娃子的事情，她甚至比听到自己亲生儿娃的下落，更觉得欢欣鼓舞。她急急忙忙给老驼子烧了开水，用茶叶盒里最后的几根茶叶，给老驼子沏了杯茶水；又慌慌张张钻进伙房去，给老驼子搅了一碗热气腾腾的面糊糊，里面撒了仅剩不多的胡麻香油。她几乎将老驼子奉若嘉宾了。

老驼子坐在那里吃饭的时候，牛香焦虑地搓着双手，她的手早就让那些干涩粗粝的稻草折腾得不成样子了，只要轻轻一搓，皮屑就雪片般纷纷扬扬往下掉。牛香在地上转来转去，就像一只坐不住的猴子。她思前想后，觉得应该把这个天大的喜讯告诉给秀明，没有人比秀明更有资格知道这个好消息。于是，她悄声叮嘱两个娃娃好生在家里看门，还让他们对客人一定要有礼貌，不能吵闹。然后，牛香自己像一名女地下党似的从家里溜出来，头上裹了一条黑乎乎的围巾，只露一双眼睛，几乎一路小跑地去秀明家通风报信。

可是，老驼子却把牛香神秘的举动，误认为是她要去外面找什么人来拾掇他的。所以，当寡妇牛香前脚刚走，老驼子就不顾两个娃娃的热情拦阻，毅然固执地离开了寡妇牛香家。

这阵天色早已黑尽了，老驼子在坑洼不平的村路中艰难地蹒跚着，他手里的树棍笃笃地敲打着路上的石头，声音响亮而又空远。他有点害怕，生怕这该死的声音招来村里野狗的偷袭和围攻，所以每走一步都小心翼翼的。由于人生地不熟的，再加上赶夜路，腿脚又不好使，他在村里气喘吁吁地绕了老半天，感觉自己好像走进了迷宫，四周的气氛有一些阴森森的味道。到处都有岔路口，到处都乱七八糟的——的确如此，前段时间我们村的开镰帮们兴师动众挖出的那些坑道和垃圾，让这来自远方的驼子找不到出口了。

老驼子不得不停下脚步，朝四周张望，最后他抬头望着近在咫尺的天空，星星密密麻麻的，像佛堂里点燃的一炷炷香头不停闪耀，他正在心里乞求如来佛能帮他一把的时候，却依稀听见身后传来了一阵轻盈的脚步声，就像飘零的树叶在村巷里随风游走。好像离他越来越近了，但那些脚步声又仿佛消失了，一点儿痕迹也没有。有人已经走在他前面了，像是专门给他带路来的，没有任何言语，始终跟他保持着三五步的距离，也不回头，只顾默默地行进着，犹如蜻蜓点水。老驼子犹疑了一会儿，发现前面的人好像也是急于往前赶路的样子，就悄悄地跟在后面，一瘸一拐地走起来。

就这样，老驼子跟着前面的人，在村里转悠了一会儿，他们一前一后走进一家荒凄凄的院落，里面有两间矮屋，没有亮灯，院里一片漆黑。老驼子来不及细细琢磨，天太黑了，为了找到羊角村，他已经在路上不停地走了许多天，他想跟那人进去随便歇歇脚，等天亮了再赶路也不迟。屋门是敞开着的，前面的人一闪就进去了，老驼子正犹豫着要不要跟进去，却听见身后有人说话："走吧，咱们也进去坐一坐吧，主人回来了。"没等老驼子做出任何反应，早被一伙人簇拥着进了屋。

里面人多嘴杂，跟赶集似的热闹。老驼子进去时，看见炕沿边早挤满了人，凳子上还坐着好几个。有男，有女，有老，有小，但一个个面孔都是模糊的，像隔着雾气，又像在梦里看到的陌生人那样，遥远而不真切。有人在地当间走来走去，有几个人在旁边交头接耳窃窃私语，有两个人站在拐角里正激烈地争执着什么，一副面红耳赤的样子；还有一个阴郁的男人，浑身上下都湿漉漉的，刚从河里捞上来似的，他一会儿趿拉着鞋进来，一会儿又趿拉着鞋走出去，鞋子上沾满了鱼腥味很浓的泥浆，他好像怕自己身上流下来的脏水和泥点子把屋子弄脏了，一直不肯找个地方安静地坐下来。唯一让老驼子感到有点纳闷的是，这么多人聚在一起，可是却不点灯，省油似的，屋里黑灯瞎火，让他很不适应。这时，又从外面匆匆忙忙进来两三个人，屋里挤得满满当当的，人太多了，老驼子正准备出门一走了之，门却被谁轻轻地合上了，他只好在门背后的旮旯里委屈地蹲下来。

老驼子还没蹲稳，有个男人径自过来把他从门背后搀起来，亲切地说："老哥，你是远客，又是庙上来的师父，快请上坐吧！"一个戴眼镜看上去文绉绉的白面男人，已经提前给他让出一条凳子来，并客客气气地指着凳子说："老人家，快坐这儿吧，一路上辛苦了！"老驼子有点受宠若惊，但直觉告诉他，这个戴眼镜的年轻人不像是本村的人，他身上有股城里念书人的气味。他疑惑之际，戴眼镜的男人已经拉他到凳子跟前，并轻轻摁着他坐下来了。老驼子这时又注意到，对方的手臂也是白白净净的，根本不像是常年下地受苦的人，这就更坚定了他先前的猜测。这时其他人也都坐好了，只有最先搀老驼子的那个中年男人没有坐，他站在地当间，头发灰白灰白的，像落上了一头鸟粪，他恭谨地冲四下里看了看，然后轻咳了咳嗓子，开始说话：

"今天把大伙儿请过来，主要是为我那娃子的事，你们都知道我那娃子跑到外头也有些日子了，村子现在乱得很，成天里鸡飞狗跳的，万一娃娃这阵子冒冒失失跑回来，我就担心坏人算计他哩！所以请大伙儿来家里给拿个主意，看有啥法子，让这娃娃再避避风头？"

说到这，男人求助的目光向四周转了一圈，随后就停在老驼子的脸上。老驼子心里正在犯嘀咕，男人刚才那番话他听得明明白白的，所以，老驼子一直偷眼打量说话的男人，怎奈屋里太黑了，所有人的面孔都模模糊糊得看不分明。这时，又听见搀他落座的男人站着问他："老哥，我那娃娃年少不懂事，在庙上没少麻烦师父们，我这里向你道谢了！唉，要不是庙让人毁了，我是真想让娃娃在那里住上一辈子呀！"老驼子赶忙说："你是说红亮吧，那是个好娃，庙上的师父也都喜欢，我们方丈活着的时候还说过，这娃前世跟佛有缘哩！"男人听了，冲老驼子释然地笑了笑，说："就看他将来有没有那个造化了。"

屋子里有个小脚老妇人，这时站出来，她脑门子上有一片乌黑，像凝固多年的血迹，但已看不出丝毫的疼痛表情。她接过话说："现在最要紧的，是千万不能让娃娃回来，他要是回到这个火坑子，真不知道那些畜生咋整他哩！这些坏东西，连我老婆子的棺材板都敢抢哩！"老驼子听了叹口气说："是福不是祸，是祸躲不过，凡事都得看造化啊！"刚才说话的中年男人沉默地听着，间或发出一两声叹息，同时继续用求助的目光挨个看着屋里在座的人。坐在炕沿边的一个年岁很大的老头儿，一面不停地呷吧烟锅子，一面剧烈地咳嗽着。这时小脚老妇人气颠颠地走过来，用手猛地揪了一下老头儿的一只耳朵，骂道："老不死的，见天就知道抽，在阳世抽不够，到了阴间还往死里抽！"这话一下子就惹得屋子里的人哄堂大笑起来。老头儿的嗓子被烟痰堵住了似的，又咳嗽了半天，但他还是忍不住有话要说："依我看，别光在这动嘴皮子，得来真格的，红亮爹如今只剩下这根独苗苗了，咱们大伙儿分头行动，村子的每个路口丫杈都放一两个人死守着，万一娃娃回来就把他挡住！"

这个观点顿时引起大家的一通争论，有人觉得这个办法不错，大伙儿都能尽一份自己的微薄之力；有人却持截然相反的意见，认为这根本行不通。理由很简单，他们这些人在暗处，红亮在明处，他们晚上活动，红亮白天行走，阴阳两界相隔，即便眼睁睁看着红亮回来，大伙儿也是束手无策，根本不可能阻止他回家。

老驼子这才恍然大悟，好像无意中听到了一条绝密的天机，难怪屋里黑洞洞的，难怪每个人的脸和表情都模模糊糊的，弄了半天屋里这些人全部是村里的死魂灵，包括红亮爹在内，他们虽然已成阴魂，却能心照不宣地聚在一起，目的就是为了搭救村里的一个娃娃。他原来一直以为，鬼魂们根本没有做不到的事情，只要他们想就可以轻而易举地办到，而他们此刻的种种焦虑和担忧终于让老驼子明白了一个道理，阴魂也有他们自己的难处，阴阳两界其实有很多相似的地方。但这些阴魂却都很真诚，虽然能力有限，目的却只有一个，那就是群力群策，把别人的事当成了自己的事，不像活着的人那样，整天互相算计，互相仇视，甚至打击报复，大打出手，这实在让他感动得热泪盈眶。老驼子毕竟在寺庙里待过几十年，耳濡目染的神神鬼鬼的东西太多了，人间阴世总有说不清道不明的玄机。而且，庙里的老方丈也曾告诉过他，世间确实有火焰高的人能有幸看见鬼魂，还可以跟他们对话交谈，这似乎没有什么稀奇古怪的。老驼子坐在那里多少还是有些紧张，但也不至于惊慌失措。大伙儿七嘴八舌议论纷纷，很长时间也没有拿出一个绝好的办法来。最后，老驼子终于忍不住拍着胸口站起来。

"你们大伙儿都别吵了，红亮的事就交给我这老驼子吧，趁着娃娃还没有回家来，我天一亮就上路去找他！"

外乡老驼子的神秘来去，很快就在我们村掀起了一次波澜，进而引起了一阵不小的恐慌。

先是住在红亮家隔壁的一个邻居对大伙儿讲，老驼子来的那晚，红亮家的院子里整个晚上人影晃来晃去的，隐隐能听见嘻嘻哈哈的说笑声。起初，他们以为是谁家的娃娃在里面疯闹嬉耍呢，就想去阻止一下。可明明听见里面有声响的，等走进去一看，连个鬼影子都没有，到处都是灰尘和蜘蛛网；等他们再回到自己家，那种讨厌的声音又传到耳朵里，彻夜不休；再等他们提心吊胆地跑出去看，里面的声音又奇迹般地消失了，后来吓得这一家人连门也不敢出，个个都憋着一肚子尿。

接着，我们村有一个平时最爱溜嘴皮子的家伙主动站出来，说老驼子的确跟他打听过红亮家住在什么地方，他当时故意拿话套老驼子，说红亮一家老小早都死光了，还找红亮家做什么。老驼子却说红亮那娃娃命大造化大，能逢凶化吉遇难呈祥的，还说红亮就是死了，也能起死回生。他当然不信，就问驼子凭啥胡说八道。老驼子就给他讲了红亮在深山老林里的一些稀奇事。

"话说那年腊月天，红亮让狼叼走了，狼没吃他，一口气把红亮叼到深山里面，半路上偏偏遇到了一个花白胡子的老神仙，听说老神仙就住在牛首山的月亮洞里，是个世外的高人，能掐会算，还能呼风唤雨。那狼见了老神仙自然就害怕了。老神仙有一群羊，还有一条牧羊狗，好厉害的一条狗啊！原来这狗是当年二郎神的哮天犬转世的，老神仙走到哪里，狗就跟到哪里，形影不离。你们想一想，那狼碰见了哮天犬，哪还敢龇一龇牙，乖乖地放下红亮逃命去了。老神仙见红亮怪可怜的，就带着他一起进山去了。夜里老神仙把他的羊群圈在一个大山坳里，那里有很大的一个山洞，洞口很小，里面又深又宽。大大小小几十只羊圈进去，不显山也不露水。老神仙还用石头和干树杈将洞口封死了，羊就跑不出去了。到睡觉的时候，老神仙一施法术，就变出来一堆崭新的羊毛毡和棉褥，在洞里找个干燥地方，下面铺上厚厚一层杂草和干树叶子，再铺上羊毛毡。睡觉前先在洞里生一把火，火光就把洞里烤暖和了，身上盖张老羊皮袄睡在里面，一点儿冷气也感觉不到。那条神狗就是老神仙的哨兵，整夜都把守在洞口，外面稍微一有风吹草动，狗就会警觉地咬起来。到了白天，老神仙还要把羊群赶到阳面的山坡上，他能用法术把山坡上的积雪变成水，枯死的草就慢慢活过来了，变成绿油油的一大片草场，那些羊儿很爱吃的……"

爱溜嘴皮子的家伙啰里啰嗦讲着他听来的故事，我们村很多人都冲他翻眼睛，有人干脆不耐烦地说："拣要紧的说吧，谁有心听你放狗屁呀！"这家伙鼻子都快气歪了，他不甘示弱地冲骂他的人嚷："不想听快滚蛋，老子还不稀罕讲呢。"不过，我们村还是有很多人都想知道红亮的事，纷纷劝他别耍娃娃脾气，说大伙儿都竖着耳朵听呢。有人甚至献殷勤地给他递上一根纸烟，还有人急忙替他擦着了火柴。这样一来，爱溜嘴皮子的家伙就兴致勃勃吸着烟，又娓娓地讲起来，这回他倒是很识相地专讲大伙儿喜欢听的东西了。

"红亮毕竟是个娃娃嘛，一开始跟老神仙在山里兴致高得很呢，整天在山里跑来跑去的，帮着老神仙赶羊拎东西干这干那。有一天晌午，红亮吃了些干粮，喝了老神仙用雪水熬成的罐子茶，瞌睡就来了，一个人待在山洞里迷糊着了。老神仙照样带着他的狗在山坡上放羊，天将擦黑的时候，羊群突然东一下西一头地乱窜起来。那些饿狼说来就来了，也就是打闪穿针的工夫，山坡上的羊群就被饿狼搅散了。老神仙不着慌不着忙的，他连眼皮子都不抬一下，照样坐在一只山头上闭目养神。他的狗早就迎着狼勇敢地扑上去。狼不怕人，可狼见了狗就怕得要命，你们都知道狗是狼的舅舅嘛，哪有外甥不怕舅舅的道理，何况这个狼姑舅是天狗下凡呢。也就是三下五除二，狗就把这几匹饿狼给拾掇了，美美地吃了一顿狼肉，喝了一肚子狼血。这时老神仙忽然眼睛一亮，冲狗打了个呼哨，那条狗就拼命朝山洞的方向跑，果不其然，一匹狼刚好钻进山洞，正朝睡梦中的红亮扑去呢，好一条天狗转世，简直就跟箭一样射过去，一下子就用两只前爪死死地抱住了狼的脖子，咔嚓一口，咬断了狼的喉咙，热气腾腾的狼血把山洞子都喷染红了。红亮这才从梦里惊醒，要不是老神仙的那条狗，他娃娃的小命早没了……"

爱溜嘴皮子的讲得云遮雾罩的，我们村的人简直像在听天方夜谭，都一愣一愣地发傻。大伙儿很想知道后来又发生了什么事情，就在这时，我们村开镰帮的巡逻队伍从远处齐刷刷走过来，那些人故意把脚步声弄得惊天动地的。开镰帮早就有规定，不准大伙儿聚在一起大声喧哗说三道四，所以，讲故事的和听众不得不赶快散开，各自回家去了。

　　但是到了第二天，我们村就沸腾了，几乎所有嘴巴都在风传有关红亮的故事，而且越说越离奇古怪了。

　　有人说，那一年红亮跑到深山老林，遇见了世外高僧指点，修行得像三头六臂的哪吒一样，来无踪去无影，嘴里会喷火，眼睛能闪电，呼风唤雨，无所不能，山里的狼虫虎豹全都让他驯服了，老虎成了他的坐骑，一群狼娃子给他看门护院抓猎物……这种说法还没有达到家喻户晓的程度，又有一种新的说法应运而生。他们说那年冬天，红亮确实让一匹饿狼囫囫囵囵一口就吃进肚子里去了，所以他的魂儿还保存得完完整整的，有时候变成一只布谷鸟飞回来，在我们的村庄和田野附近叫个不停，有时又变成一匹狼在村子周围逡巡，肚子饿了专门挑那些作恶多端的坏蛋吃。显然，这些说法都忒神了，但我们村的人都宁肯信其有，因为村里的坏蛋好像越来越多，大伙儿都希望能有人来治一治他们，哪怕只是吓唬一下也好。

　　跟以上两种说法相比，接下来的第三种传说就显得有鼻子有眼多了，所以，一下子就在村里广泛地流传开来。在这个故事版本里，那个外乡驼子化身为红亮爹的死魂，老驼子的外表之所以那么丑陋不堪（他甚至有点像神话传说里的那个丑陋不堪的铁拐李），其实都是用来掩人耳目的。因此，红亮爹回村的目的就变得非常单纯了，他是为自己的娃子铺路搭桥来的，他就是想来试探试探大伙儿，想看看究竟谁是好人，谁是歹人，谁能真心实意对待他，他就会把红亮托付给这个人。支撑这种说法的证据，至少有三条可信：第一，老驼子看起来像个讨吃，可他好像又不是专门为了要饭才来村里的；二一条是，老驼子走路一瘸一拐的模样，跟红亮爹那年被大火烧了以后的样子非常接近——也就是说，红亮爹死后就应该是老驼子现在这种又丑又老又驼又瘸的龌龊样子；最后一条极为关键，我们村有人不经意中发现，那天早晨，天蒙蒙亮的时候，看见有个黑影子正一瘸一拐地从红亮家的院子里出来，一路摇摇晃晃朝西面去了。

这一发现立刻坚定了大伙儿的信念，不用猜了，那个黑影一定是老驼子无疑，而老驼子就是红亮爹的化身，往西去的方向又正好印证了迷信传说，死去的人当然要驾鹤西行，而且一定要赶在天亮之前出发。据说，若是走得太晚，太阳出来了，就永远也回不去了，那样还得重新托身转世，如果恰好在路上碰到一条狗或一头猪就糟了，下辈子只能转世做狗做猪。而恰在此时，住在红亮家隔壁的邻居再次给以证实，他们说那晚红亮家的确有一大群黑影子晃来晃去，整夜都嘈嘈窃窃像在开社员大会。这个邻居第二天就哭哭啼啼找到三炮那里，说他们一天也不想再在红亮家隔壁住了，那里隔三岔五就闹鬼，再这样住下去，他们一家人就算不被活活吓死，也会全都变成疯子。

如此一来，不论是化身为老驼子的红亮爹，还是神乎其神大难不死的红亮，一下子成了我们羊角村最热门的话题，夜里很多人都不敢走出自家院子半步，生怕撞到鬼，尿屎都拉在屋子里。而不久前因为慢待了上门来的老驼子的人家，更是诚惶诚恐的，夜里眼皮子跳个不停，白天却又噩梦缠身，简直度日如年。

我们村那个最爱溜嘴皮子的家伙，一天傍晚从地里往回走，走得好好的，嘴里还吹着响亮的口哨，可突然被杂草丛里钻出来的长虫咬住了脚脖子，伤口那里肿得比牛腿还粗，差点把命要了，很长时间他都不敢再出门胡说八道了。也有人认为，都是溜嘴皮子的那张臭嘴惹的祸，他那女里女气的口哨声惊动了草丛里的长虫，看看这家伙有多烦人，连长虫都嫌弃他了！接下来倒霉的，是村里一家的黄花闺女，开春的时候才刚刚跟自己的心上人订的婚，就等腊月里过门呢。可就在这一天晚上，她跟邻村的未过门的女婿约完会，然后彼此分手往回赶，她快走到村口时，被一匹狼从身后给扑进路沟里了，说来也怪，那狼没有吃她的肉，倒把她摁在沟里给日撅了一顿。后来她回到家，死活想不开，整整哭了半宿，家里人横竖都劝不住，天亮前她竟偷偷跑出去，一头扎进我们村的水井里死了。

在大伙儿惶恐不安的日子里，寡妇牛香依旧埋头搓着草绳子，她相信不做亏心事就不怕鬼敲门，对于村里的各种传言，以及接二连三发生的怪事，她都置若罔闻。牛香唯一感到遗憾的是，那天自己太心急了，没有跟老驼子打听清楚红亮的情况，就着急着忙去叫秀明，结果让秀明来家里扑了个空。为了惩罚自己毛手毛脚又急于求成的毛病，牛香决定每天至少要再多搓出五十根草绳子。随着劳动量突然加大，睡眠跟着就好起来，她逐渐恢复了夜里睡觉白天干活儿的劳作习惯。身边的两个娃子，对她的这种改变感到非常奇怪，他们问她："你咋一到晚上就哈欠连天想睡觉呀？"牛香笑着对娃娃们说："因为咱们的老祖宗就是晚上睡觉白天干活儿的。"

尽管没有亲眼见到老驼子，秀明已经被牛香带来的好消息弄得神魂颠倒了，红亮还活着，他还活着，这娃娃还在世上……天神哪，天底下还有比这更好的消息吗！只要一想到红亮，秀明激动得简直无法自已。她每天都要在村口站上两三个钟头，早也等，晚也等，盼星星，盼月亮，日子一天天过去了，也没有见着红亮的影子，耳朵里听到的尽是稀奇古怪的事情，她就多少有点怀疑了。

就连串串也发现秀明有点神经兮兮的，门外稍微有一点儿什么声响，秀明就睁大眼睛说："快听，快听，准是红亮回家来了！"可是等串串跑去外面一看，只不过是一只花猫在那里爬墙，或者是一群老鼠在伙房里咬面箱子底儿。串串就回屋劝秀明，让她别太心急了，该回来的时候肯定会回来的，急是没有一点儿用处的。于是，理性又开始慢慢占据秀明的大脑，理性告诉她事情也许并没有想象得那么简单，世上每件事都不会是轻而易举改变的。所以，秀明接下来除了坐在家里静静地等待，就是每天教串串读书识字算题，唯独这件事情一天也没有终止过。

19

天气很快凉下来，村里人的心态似乎也随着深秋的气温逐渐趋于平静，不再像前一阵子那么骚动和恐慌了。

这天晌午，一个少年和一条狗一前一后从村口走到场院，又从场院走过每一条街巷，所到之处全都是乌烟瘴气乱七八糟的萧条景象。而且，几乎没有看到一个人影儿，连一声狗叫也没有听见——只有跟在他后面的狗，一瘸一拐忠实而又缓慢地迈着跛爪，狗喘息不止，粉红色的舌头耷拉下来很长，晶莹的口水落在厚厚的尘土中；狗的鼻子也在烟尘中一抽一抽的，因为没有尾巴，所以这条狗走起路来屁股总是很显眼地朝两边一拧一撇，随时都要失去平衡跌倒似的。

少年似乎根本不认识这个地方，这种印象太离谱了！他感到一阵蹊跷，在认真地辨别了一番方向之后，他又在破破烂烂的村子转悠了一会儿，才终于找到一户似曾相识的院落跟前。然后，他很疑惑地朝院里长时间凝望着，用一只手背慢慢地揩了揩快要流下来的眼泪和汗水。他看着这片寂静无声的院子，突然有种恍若隔世的感觉。但是，他很快就傻眼了。

这个破落不堪的宅院，正以少年想象不到的样子，呈现在他眼前：地上和屋顶衰草丛生，猪狗鸡羊的粪便遍地皆是，里里外外的墙壁都熏得黑黢黢的，屋里除了密集的蜘蛛网和苍白的灰尘，连一件像样的家具都没有留下，一切东西似乎早在一百年前就化成了灰烬。他狐疑地在屋里转了一圈，狗笨拙的呼吸声震落了屋顶和墙角的灰尘，好几次那些蜘蛛网迷蒙了他的眼睛。

从进屋以后，他不时地揉着眼睛，最终在里屋一个很黑的角落里止住了疲倦的脚步。他看见靠墙的地上有一只落满尘土的小炕桌，桌子前面的地上有厚厚一摊纸灰，连那些纸灰也沾满了灰尘，看上去白茫茫的像雪片；桌面上摆着干巴巴的几样供品，发黑的蒸馍连表皮都龟裂开来，像奇怪的伤口惨白地翻开着，一只碟子里装着发霉变蔫的果子，它们似乎全都安静地趴在往事的忧伤之中不能自拔；还有烧过的香灰和蜡烛滴淌下来的痕迹，一切都不露声色地静默在昏暗之中。

站在桌子跟前，发了一会儿呆，他才把自己随身带来的一只包袱，从肩膀头上摘下来。他再次用目光在屋里搜寻，最后将那只包袱塞进一个旮旯里去——包袱里装着几本幸免于大火的佛经书，和他临行前从寺庙的一片瓦砾堆里偷偷捡回来的一个人面鸟身的青石物件——之所以要宝贝似的捡回来，他觉得这物件给人一种温暖的感觉，就像自己曾经在梦里见过的东西，跟他有着某种千丝万缕的关系。

少年忽然觉得两只眼睛和鼻孔里发酸发烫，心里有种刀子剜割样的刺痛。他不由得回想起来腊月里的一天，自己被怒气冲冲的爹从课堂上揪着一片耳朵薅着一撮头发拽出学校时的情形。想着想着，泪水就汹涌地在他眼眶里翻滚打转了。他几乎能感受到爹当时说话时的声音，和怒不可遏的战栗正扑面而来。但是此刻，他却不能在这间屋子里捕捉到一丝一毫爹的气息，往事仿佛过去了几十年。

狗一直在他身前身后转悠，好像不是狗跟着他，而是他自己投在地上的一团孤单的影子。自打进屋以后，狗就汪汪地叫了几声，他对狗说："军刺不咬，我们到家了。"但狗似乎还是无法抑制本能上的警觉，它在屋子的每个角落都嗅了嗅，然后突然对低处的一张蜘蛛网产生了浓厚的兴趣。狗举起一只前爪谨慎地去扑那张网，使得网上的一只正在沉睡中的黑蜘蛛有点惊慌失措。黑蜘蛛立刻摆出一副大敌当前的架势，迅捷地在网上倒退躲闪，并不失时机地伸出触角去抓狗的鼻子。

狗像耍杂技那样将两条后腿直立起来，用两只前爪轮番去扑捉对方。黑蜘蛛在网上跟狗不紧不慢地兜圈子，没一会儿，狗就有点气急败坏了，它三两下就将那张网撕破了。关键时刻，黑蜘蛛猛地弹起来落在狗的一只眼睛上，狗吱地惊叫了一声，立刻趴在地上用两只前爪疯狂地拨拉眼睛上的东西。黑蜘蛛掉在地上，缩成一团，一动不动，装死。狗依旧不依不饶地用爪子去踩它，又像不是真的要置对方于死地，只是那么轻轻地踩一下，松开，再用爪子来回拨拉着，黑蜘蛛始终缩成个坚硬的疙瘩，时间一长，狗就对此完全失去了兴趣，它又抽着鼻子在屋角开始了新的探嗅。黑蜘蛛却乘机抽身迅速逃脱了。

这当间，少年从院里找来一只秃头笤帚，和断了把的锹头，像以前自己在庙里每天帮着师父们打扫寺院一样，默默地把屋里屋外好好拾掇了一通，彻底地掸去了屋顶、墙角和窗台上的厚厚的灰尘，和那些无处不在的蜘蛛网，然后打开窗户，让秋天的阳光一览无余地洒进灰尘弥漫的小屋内。屋里顿时亮堂起来，墙壁镀了金箔似的闪闪发光。之后，他又把炕上的一片草席和一卷潮湿得发了霉的铺盖抱到院里晾晒。

在抖开那些被褥的时候，几十只毛蝎子和潮虫噼里啪啦掉在地上，它们在白花花的太阳地里，惊惶地蠕动，个个如临大敌。太阳太毒了，地皮火辣辣烫脚，这些虫子又一直蛰伏在阴暗的时光罅隙中，落在地上不一会儿，就被烧得四脚朝天了。他蹲下来，静静地注视着脚下这些不停挣扎着的小生命，心中忽然就有种莫名的怜惜和罪孽感，这些小东西的命运多像他自己啊！

这种情感过去他可从来都没有过的——打小到大他不知抓逮过多

少只鸟雀、蚂蚱、青蛙和野蝶，那时他从来都是心安理得地只顾自己快活——而现在，他却强烈地意识到，正是自己的突然归来和刚才不知轻重的整理，才搅扰了这些小东西的安宁，弄得它们一个个惶恐不安，无家可归了，甚至于被活活晒死在太阳底下。于是，他微微闭起双眼，嘴角轻轻地蠕动着，仿佛在祈求什么。

外面的形势变化很大，据说矮胖子朱队长坐了青羊湾的头把交椅。当这个天大的消息传到我们羊角村的时候，三炮兴奋得一个蹦子从床上跳起来，哈哈大笑，躺在他身下的女人吓得半死，错误地以为三炮人疯了。

三炮是光着脚跑到外面去的，他差点忘记了门前的场院已是一片汪洋，待那死湖里的水没过膝盖时，三炮才从美梦里醒过来。

就在这时，三炮忽然注意到远处似乎有一个虚点正慢慢朝他这边飘移，四名忠实的打手也在三炮身后吧啦吧啦抄起了各自手里的家伙。接着，是一阵狂噪不安的狗叫声。三炮下意识地退回到门口，他看到果然有一只狗已经一扑一扑地冲到了那个人前面，三炮隐约听见狗的主人喝狗的声音。那声音有点脆生生的，听起来不像是个大人，却很坚定。打手们已经冲前面的人发出了严重警告。

"喂，你是谁?"

"别往前走了，不然的话，我们就不客气啦!"

那狗和它的主人并没有被威慑住，他们毅然朝三炮这边走来。

"不用怕，就他一个人!"打手们互相小声嘀咕着。"他不像是大人，还有一条瘸狗，嘻嘻。"

三炮又观察了一会儿，才摆了摆手下命令:

"你几个别一惊一乍的，去一个人问问，看那小狗日的到底是干啥的?"

　　说完，三炮若无其事地转身回到办公室里，身后留下一串湿漉漉的脚印子，像一只鸭子刚从水塘里慢吞吞地踱上了岸。

　　进屋后，三炮一下子就把床上的那个女人从被窝里薅起来，这是三炮住进这间屋子以来睡过的第六个女人，也可能是第五或第七个，反正，三炮已记不太清楚了。因为其中有三个女人都是自己主动送上门来，非要三炮好好培养一下，她们一个个都在床上表现出令人惊讶的狂热技术，一副不榨干对方不罢休的架势。三炮有时会感到力不从心，可更多时候又非常渴望她们能把自己折腾得死去活来，然后他好昏昏睡去。

　　有一对双胞胎姐妹，纯粹是下面弟兄的一片好意，他们不知从哪里帮三炮弄来的，怕他睡觉时身边只有一个女人陪伴，仍然会感到寂寞。这两个相貌体形和身高完全相同的女人，只会任他摆布，她俩都生着一双忧忧郁郁的鱼一样明亮的大眼睛，却跟一对活尸差不了多少。有时，三炮刚刚跟其中的一个亲热过，他本来打算稍微歇息一会儿，再跟另一个弄一遍，可后来等他从这个女人的肚皮上再次滑下来的时候，另一个却在一旁悄悄掉眼泪，他才知道，其实整整一个晚上，自己都在跟同一个女人亲热个没完没了，而始终冷落着另外一个。时间一长，三炮对她们俩便毫无激情了，他实在害怕再见到这对如影随形的双胞胎姐妹，他夜夜都在跟同一个女人和这个女人的影子或鬼魂厮守在一起，他永远分不清谁是谁，有时甚至搞不清自己是死是活。

　　只有一个女人，是三炮自己最看好的。而且，过去三炮走东串西给人家杀猪时，他俩已经偷着睡过一回了，现在算是旧梦重圆。这个女人皮肤寡白，跟刚刚收拾干净的猪膘一样丰硕鲜嫩，在月影下会发出晃人眼目的雪光；她身上还有一股香涩幽深的艾蒿味，眼神里时常闪烁着璀璨而又鬼魅的火花；她的身体像一辆骨架宽大装得满当当的运粮的板车；一对浑圆的屁股像磨盘一样结实耐用。而每一次，倒在这个女人的身上，三炮都有种被彻底淹没的快感。

在长时间的寻欢作乐中，三炮觉得自己渐渐弄懂了女人，他完全掌握了女人的身体相貌跟性欲的关系。在三炮看来，凡是瘦兮兮柔若无骨的女人，即便脸蛋生得再漂亮，都很快会让男人失去兴趣的，因为跟她们在一起，男人总是强大无比，不可战胜的；而那些骨架宽阔肉感十足的女人，一般都像肥沃的土地，长相完全可以忽略掉，任凭耕过一茬又一茬，犁过一遍又一遍，跟她们亲热就像在打持久仗，但她们永远都不会屈服，永远会孕育出无限生机，吸引和诱惑着男人的目光。

眼前的这个狐狸脸女人就是这样，被三炮忽然揪起来以后，女人的乳头在三炮眼前一抖一抖地乱跳，一如挂在枝子上的最后的两颗又大又红的耀眼的枣儿。

三炮乘机捏住了一颗，狐狸脸女人立刻吱地叫了一声："疼死人啦，死鬼！"三炮毫不理会，又用嘴去嘬另一只，嘬住后他就狠命地吮咬，狐狸脸女人的尖叫声也随之从门缝里挤出去："娘哟！疼死姑奶奶了——疼疼疼！"

三炮不管，就势将狐狸脸女人摁倒，他就是要用这种方式来庆祝刚刚得到的天大的喜讯。恰好，这种痛苦又欢快的叫喊声让门口的把手们听到了，他们还听到了三炮诡异的笑声嘿嘿传出来。不管怎么说，三炮笑了，他们就应该高兴。

但在这个秋天最后的黄昏到来时，那些把手们一点儿也乐不起来了，他们脸上带着巨大的恐慌，面面相觑，一个个像刚撞到了鬼，说话时舌头都直得转不过弯了，上牙跟下牙得得得敲个不停。

"不好啦，他他他真的回来了！"

"红亮这小狗日的不是叫狼叼走了吗？"

"不是都传说他在深山老林修炼成精了……不会是个鬼吧……"

"尽瞎说，青天白日的哪来的鬼，他明明就是人嘛！"

"你看那狗凶得像老虎，保不准就是那个哮天犬变的……看着怪怵人的！"

"你们看，他他他身上还穿着和尚的袍子呢！"

"三炮大哥你快出来看看吧！"

"真的是红亮，这回怕是要出大事情啦！"

……

那时，三炮正在兴头上，外面七嘴八舌的吵吵声，让他不由得从浪尖上跌落下来。三炮粗声喘息，狐狸脸女人在他身下突然停止了蛇样的扭动，两副赤裸的身体叠摞在一起如同一只连体怪胎。当红亮这个名字挤进门缝，钻进脑子里时，三炮直挺挺地愣住。近来，村里所有关于红亮爷俩的传说，三炮也都听下面的弟兄瞎吵吵过，不过，仗着自己杀牲如麻胆子大，三炮并没有把这些风传放在心上，他甚至暗中借着这股恐惧的风头，更有效地扩展了自己的势力，背着大伙儿做一些见不得人的坏事。三炮不止一次地跟下面的人讲，别他妈的见风就是雨，人死如灯灭，编那些鬼话都是骗活人的！虽然表面上这样说，私下里三炮还是悄悄派人四处打听，让他们发现可疑情况立即向他汇报。

三炮多少有点儿慌张，他再次跨过狐狸脸女人的身体——女人温暖的小腹被他笨拙的脚趾狠狠划了一下，她顿时母鸡样哟哟起来——跳下那张宽大的松木床来。三炮回头对床上的狐狸脸女人说："快穿上衣裳滚吧，爷们这里遇到重要情况了。"狐狸脸女人当然心存不满，但她还是磨磨蹭蹭地爬起身来，唠唠叨叨地穿着衣裳，好半天才噘着嘴懒洋洋地走出这间屋子。狐狸脸女人一抬眼，就看见三炮站在前面的那棵树下，树上的叶子早掉光了，只有那口大铁钟光杆司令样地吊在树干上一动不动，看上去可怜巴巴的，全没了往昔的风光。

　　狐狸脸女人发现，跟三炮一同站在树下的不过是个男娃子，十来岁的样子，身上穿着青灰色的肥大的衣裳，看起来很不协调，像个旧道袍子。三炮似乎战战兢兢地靠近那个男娃子，正比比画画地给对方讲着什么，男娃默默地低着头，自始至终也没看三炮一眼。她觉得非常委屈，因为三炮刚才所谓的重要情况，只不过是要见这个和尚模样的小鬼头，却粗鲁地把她像母狗一样扔在一旁，让一个女人从快活的巅峰，猛不丁跌落到失意的低谷里。狐狸脸女人气恼地咬了咬自己的嘴唇，然后不无诅咒地骂着三炮。

　　"天杀的！挨刀子的！让雷神爷劈了你才好哩……"

　　狐狸脸女人掉头决定走开的时候，却突然听到了一声凄厉的长哭。这哭声来得太猛烈了，一下子就洗劫了女人内心最柔软的那一部分，她不由得就流下一串眼泪。而就在女人感到伤心的工夫，奇怪的事情发生了。那口在我们羊角村里吊了几十个年头的大铁钟，突然就从树杈上掉下来，不偏不斜，莫名其妙，正好砸在三炮的头上，咣当一下巨响。狐狸脸女人的耳朵塞满了钟浑厚有力的声音，半天都在嗡嗡作响。

　　随即，狐狸脸女人听见三炮一声比一声刺耳的怪叫，就像她多年以前听到的狼嗥。她早已胆战心惊了，祸从口出——她赶紧用一只颤抖不已的手掌极力捂住自己张开的大嘴。她猛然间清楚地意识到，正是自己刚才的那些无声的诅咒，在现实里得到了灵验。这样一想，狐狸脸女人简直快吓晕过去了，而这以前她一点儿也不知晓，自己的嘴巴竟会如此歹毒！所以，这个女人几乎是落荒而逃。她根本顾不得正趴在大树下疼得呜呜直叫的三炮了。

　　红亮回村来的消息，最先就是由狐狸脸女人传开的。

　　也许，那天狐狸脸女人确实受了巨大的惊吓，她的讲述似乎失去了自控能力，有点儿一味地添油加醋和言不由衷。狐狸脸女人在外面跟大伙儿说，她亲眼看见红亮对那口大铁钟施了法术，屠户三炮当场就被砸得头破血流。她还说她从红亮那娃娃的眼神里看到了两簇火焰，熊熊燃烧的火焰，一不小心就能把整个羊角村烧掉。她说就连屠户三炮当时看到红亮的时候，身体好像也突然矮了半截。她敢说那天三炮的惨叫比鬼哭狼嚎还难听，她这辈子从来没有听过这么可怕的声音。当然，狐狸脸女人也提到了那条狗，她一再摇着头说那可不是一般的狗，她从来没有见过那么凶的狗，有牛犊子那么大，嘴巴比刀子还尖还长，牙齿像两排雪亮的钢钉子，眼睛一瞪就叫人浑身发毛。显然，这绝不是一条像我们村那种哼哼唧唧身体软绵绵的笨狗。

毕竟有关老驼子的传闻才刚刚告一段落，我们村人紧绷着的神经稍稍松弛下来了，猛不丁又传来了红亮回村的消息，这时人们多少有种应接不暇的懈怠，简直就是多事之秋，哪一天不发生古怪的事情啊！尤其消息又是从狐狸脸那样一个女人嘴里传出来的，大伙儿都没太当回事。很多人宁愿把红亮的消息，当作是那个老驼子走后的一条可有可无的补白，不过是人哄人的把戏。

可是，这天人们在村里忽然看见，三炮的脑袋被白纱布裹得像一棵发蔫的大白菜时，情况一下子就不同了。有人发现三炮带着一伙人呼噜呼噜朝门可罗雀的红亮家方向走去。缠在三炮头上的那种粗糙的白纱布，在阳光下渗出殷殷血红。三炮走路都有些困难，瘟鸡样老往一边斜，他的两只胳膊被四个壮汉搀着，好像七老八十走不动路的样子。跟在三炮后面的几个人，手里分别用布袋或提筐拎着米、面、烙好的葱油饼，还有鸡蛋。

这种时候，大伙儿才确信无疑了。一些人远远跟在后面，想看个究竟，结果，先是听到一阵狂噪不安的狗叫声，那狗太凶猛了，吠声简直惊天动地，三炮一伙人根本进不去，他们胆战心惊退退缩缩，最终只是在红亮家门前停留了一小会儿，又都乖乖地原路返回了。不过，带来的那些米面鸡蛋可没有拿走，像供奉神灵一样，虔诚地在红亮家门前摆了一地。而且，一摆就是好些天，主人不想把东西拿进去，外人也不敢轻易去碰它们（尽管那些食物有着巨大的诱惑力），主要是惧怕里面那条传说中的神狗。连三炮他们都躲闪了，还有谁敢去冒这个险。

那天，只有秀明一个人，被允许单独走进了那个破破烂烂的院子。我们村很多人都站在村街上或墙根底下，竖着两只耳朵聆听。但是，除了听到秀明老师的失声痛哭之外，再也没有什么大的动静了，期待中的久别重逢多少显得有些死寂。从秀明进去以后，大伙儿也再没有听见那种可怕狗叫声。后来，天快擦黑的时候，红亮出门要给爹上坟，是秀明老师亲自陪着他去的，那条大狗没有跟他们出来。我们村的坟地离村子不远，穿过了打麦场和庄稼地就到了。因为是深秋季节，地里光秃秃的，什么东西也没有长，几乎一眼就可以望见远处大大小小的一片圆土包了。

直到这时，一路尾随而来的人才有幸听见些真切的动静了。秀明老师哭着跪在红亮爹的坟头前，连声祷告说："姐夫，你快睁开眼看看呀，姐夫娃娃回家看你来了……你快好好看一眼睛呀！"红亮也一直趴在地上，不停地磕头烧纸，好像爹是昨天刚殁的样子，哭声哇哇的响亮，扯着嗓子号，一连声唤爹，撕心裂肺。惹得那些跟来看热闹的人也都纷纷落了泪。这种时候，大伙儿才发现，自己并不是什么铁石心肠的人，更不善于隔岸观火，看到别人家的娃娃给爹哭坟，也觉得凄凄凉凉地十分难过。这种时候，好奇心和幸灾乐祸这对孪生魔鬼，被轻而易举粉碎了，于是，很多人欢腾地跑来，终又悄无声息地散去，在掉头走开的时候，发现自己眼眶子早已湿湿的了。

秀明跪在那里，感觉非常茫然，或者说，她一时半会儿还不能接受这个既成的事实。红亮就在她面前，朝思暮想的娃娃终于回来了，她该欢天喜地、高兴得发疯才对。但她真的感到很茫然。红亮确实不是她的娃子，可却胜似她亲生的，秀明心里一直这么想，特别是这种时候。看上去，红亮个头明显是比过去高了一截子，嘴唇生了胡须，都发黑发密了，眉头紧锁，鼻梁挺挺的，厚实的嘴唇，眼角流露出一丝冷漠的光，跟他死去的爹一模一样。只是眼神跟过去不大相同，有了许多新的内容，忧郁、伤感、凄迷、又有痛苦和绝望，像是换了个人似的。秀明脑海完全被大片大片的迷雾堆积起来，占据着回忆的每一个空隙。红亮爹的样子还始终执着地凝固在那年冬天的课堂上，包括红亮爹的怒火、红亮爹骂娃子恨铁不成钢的语气，都分明还清晰如昨，那样逼真的一张脸面，怎么就不在这人世上了呢？

　　天悄然黑下来了，秋风冷飕飕地在坟丘之间钻来钻去，坟地上几棵歪脖子榆树的叶子都凋尽了，枯的落叶被风一卷，发出扑嚓嚓的响音，满地乱舞，像一群一群牲口从身后横冲直撞地跑过来。秀明已经从地上起来了，红亮还默默地跪着，身体向下一抽一抽的，像得了重伤寒。秀明走过去伸手拉他，红亮本能地躲开了，然后他嗓音喑哑地说："你先走吧，我想再跪一阵子。"声音很小，却非常坚决。

　　秀明的手就无力地缩回来，大滴大滴的眼泪悄然滑落。秀明不知道该给娃娃说什么好，她站在他后面出神地抹了抹眼眶，就幽忧地走开了。秀明心里想，红亮一定还有好多好多话要对爹说呢，她说再多的劝慰的话也没有用，这种时候她最好还是回避开。

　　秀明离开不久，几只黑影便神不知鬼不觉出现在坟地边上。

　　那时，红亮依旧跪在爹的坟前，膝盖和小腿早就跪木了，一点儿感觉也没有，好像一段朽木埋在地上。眼泪也像是流干了，眼睛像石头一样冰冷僵硬，刚才的放声痛哭似乎耗尽了所有体力，整个人都恍恍惚惚的。经历的事情实在太多了，但红亮还清楚地记得那年冬天的早晨，爹是怎样怒气冲冲地突然闯进课堂，然后怎样揪着他的耳朵和头发，然后怎样不顾秀明老师的拦挡，将他一步一步拖出学校，又是怎样将他小狗一般拖着走向村里的；红亮还记得那一路上爹都在骂他是个小畜生，当时他真的觉得自己犯下了弥天大罪，他用刀子杀死了一个大活人！可是，当他终于鼓足勇气回家来了，爹却已然不在世上。而红亮原来一直以为被自己捅死的那个人，却活得好生生的，他就住在虎大队长的办公室里，门外成天还有把守放哨。红亮似乎钻进一条由苦思冥想编织成的死巷道里，他怎么也找不到往事的出口了。

红亮是被几只黑手从地上硬架起来的，可他还是不想就这么站起来，即使人被架空了，他的膝盖和小腿依旧倔强地保持着跪着的姿势，好像悲痛的力量压得他整个人永远不可能站立起来了。几只手从不同角度强行拉扯着红亮，像抓捕一只活蹦乱跳的野兔子，然后他们把红亮一下一下往地上蹲。可是，如此反复，红亮就是不肯站起来。后来，一直不动声色的那个大块头黑影终于发话了："红亮侄子，我有心里话要跟你说呢，你要是非想跪着听，当叔的也不为难你。"红亮当然听出来是谁的声音。这个声音那天在场院门前他已经领教过了。

只听三炮嘿嘿冷笑几声，他围着跪在坟地上的红亮来回转了两个圈。他说："别看当年你戳伤过我，可当叔的从来没怪过你呀，相反，我非但不怪罪你，还要处处想着帮衬你保护你哩！"说到这儿，三炮突然在红亮身边蹲下来，或许由于蹲得太猛，脑袋上的伤口顿时疼痛欲裂，三炮连着怪叫了几声，又双手捂着脑袋强迫自己镇定下来。三炮嘴里痛苦地咝咝了一会儿，该死的头痛折磨得他不想再绕什么弯子了。于是，他言归正传，并且言简意赅地说："好侄子，你知道是谁把你爹害死的吗？……是虎大，就是羊角村的虎大队长，他看上你秀明姨了，所以想方设法找你爹的茬子，目的就是要害死你爹，好霸占你姨！唉，当时要不是老叔发现得早呀，你爹的骨头怕是都叫蛆虫嚼烂了，根本埋不进这坟里去！"

一口气把话说完，三炮又一用力，他从裤腰间抽出一把明晃晃的刀子。借着头顶一弯刚刚升起来的新月，三炮一手抓刀，一手伸出大拇指，在银亮的刀刃上老练地蹭抹了一下，然后又跷起指头，当当地弹了几下。红亮听得清清楚楚，刀子发出的声音脆得有些刺耳，让他惶惑间又想起那年的腊月，自己手里拿过的那把同样冰冷锋利的刀子——它正是眼前这个屠户的东西。红亮发愣的时候，三炮却忽然把刀递到他眼前：

"给你，我的好侄子，拿上吧！君子报仇，十年不晚！狗娘养的虎大不能便宜了他，他跑了，他女人还在，他的几个丫头片子还在，去吧，快去找她们算总账，快去给你死掉的爹报仇雪恨啊！"

红亮其实一点儿也没有要那把刀子的意识，可奇怪的是，刀子已经紧紧地被他抓在手里了，锋刃银光幽幽，闪着一线蓝色的仇恨火焰，让人不寒而栗。有了那把刀子在手，红亮自己慢慢地从地上起来了，又像是被神汉施了魔咒，麻木的双腿忽然有了知觉，产生了巨大的力量，浑身开始火辣辣地发烫，好像脚下有一堆烈火在炙烤着他，他必须要从那火堆里跳出来。又仿佛，他被无数双黑手从后面推搡着，一切都似乎由不得他了。

红亮从坟地穿过大片大片的庄稼地，再走到打麦场，腿脚完全不受自己支配，它们一味地勇往直前，分秒必争，走过村口，拐进街巷，一直往前走。红亮头也不回，丝毫不曾犹豫过。

路过自家门口时，忽然有股冷风当头吹来，红亮趔趄着跌倒在地，跟在他身后的黑影，全都被风吹得稀里哗啦，跌的跌，爬的爬。顷刻之间，乌云遮没了月光，天空黑压压的，四周什么也看不清了，只有狂风在耳边呜呜地叫嚣。路边的一棵多年前就枯死的老树，咔嚓一声在风中倒地，然后灰尘四起地横在前面的路上。从那树头惊起的一只老鸹，正凄凉地在夜空里一声声惨叫。"有鬼呀！"不知是谁喊了一嗓子，地上的黑影顿时慌作一团，屁滚尿流，连滚带爬，转眼就逃得没了踪影。后来红亮回想起那股突兀的妖风，依旧心有余悸。他知道那一刻连老天爷都想出面阻拦他，突如其来的狂风已经充分证实了这一点。可是，愤怒的火焰一旦燃烧起来，老天爷也拿它没办法，火会借着风力，更加狂妄不羁。身后的那些黑影已经胆怯地落荒而逃，红亮却在狂风中一往无前，攥在手里的那把锋利的屠刀，像一枚巨大的指针，笔直地指向虎大家的方向。

红亮不再害怕，似乎是，从来也没有像现在这样目标明确，大义凛然。他矫健地一跳，就跃过了横在路中央的那棵老树，咚咚的脚步声仿佛一直延伸到了那年腊月，他当时是那么慌张地在村巷里拼命奔跑，屠户三炮像恶魔的影子一样在后面叫嚣着穷追不舍……似乎就是从那一夜起，红亮被人一路追赶着，渐渐远离了自己的亲人和村子。也就是从那时候起，红亮开始了一段不同寻常的流浪生涯。最先是一个头发胡子花白面庞紫亮黝黑的牧羊老汉收留了他，老爷爷见他可怜，就让他跟着那条走起路屁股尾巴一摇一翘的貂花皮牧羊狗一起进山放牧了……可是后来他们多次遇到了狼的纠缠，最后红亮的命保住了，可老爷爷跟他的羊群却都遭到了狼群凶猛的围攻和掠杀。那一天红亮亲口答应老爷爷，由他来管护羊群，因为老人要到山下的镇子上打酒买日常零碎。可是红亮后来忘记了老人临走前的叮咛和嘱咐，他一个人翻墙爬进山里的庙上，偷吃神龛前的供品果子，因为怕被庙里的师父抓住，就悄悄地躲在大殿的神像后面，后来不知不觉竟给迷糊着了……那些狼太狡猾了，它们分成了两拨，一拨守在通往小镇的偏僻山路上对付老人，另一拨趁红亮不在时偷袭了羊群。红亮后来是在那条牧羊狗的带领下，从一个很深的山涧里找到了一些被狼撕破的衣裳片，上面沾满了血迹，他依稀辨认出正是老人生前穿过的……

这一刻，红亮的心又被往事紧紧揪扯起来，眼睛始终湿漉漉的，他咬紧牙关，绝不让自己再哭一声。风声止住了，乌云悄然退却，月亮又露出一弯光明，他的脚步也终于停下来。

虎大家看上去死气沉沉的，借着乍现的一抹月光，他依稀看见这家门口和墙根下堆满了粪便，街门楼子坍塌了一多半，大门死气阴沉地关着，但门框跟门墙之间有很宽的裂缝，就是一只羊都能钻进钻出。红亮想都没想就从那道裂缝里挤进去，院里到处都是落叶，还有没被落叶覆盖的垃圾和杂物，只有一间屋子闪着昏暗的鬼火样的灯光。红亮顿时感到恍惚了，仿佛走错了地方，在他朦胧的记忆中，虎大家当年是多么的阔气，一年四季人来人往，晚上灯火通明，如今却死寂得简直成了孤坟一座。红亮稍微停顿了一下，就紧紧攥着刀子，几乎是大踏步地走进那间屋子。

人一进屋，就闻到一股难以形容的臭味，煤油灯吱吱地在窗台上燃烧着，灯瓶周身油腻而又黢黑，根本看不见里面的油液，仿佛只是那个改造后的脏兮兮的墨水瓶子在竭力燃烧。放在地当间的尿盆明晃晃的，红亮差点把它一脚踢翻。在这间黑暗的小屋的一面炕上，几个女人瑟缩地挤在同一个被窝里，每人都只露出一只脑袋，抬着惊悚的眼皮，恐惧不安地冲红亮张望，她们暗淡的目光中，带着早就习以为常的无助和凄惶。红亮几乎能听见她们哒哒哒的牙颤声。不知怎的，红亮忽然有些不知所措，就像黑夜里赶路的人不小心走进别人的家院，打扰了别人的睡梦，让他感到非常抱歉。尤其，红亮面对的本来应该是自己的仇家，深仇大恨，不共戴天，可现在的情形却是，这几个仇家的女人在听到他的脚步声后，全都在第一时间老鼠一样胆怯地钻进被窝里，露出可怜巴巴的乞求宽恕的眼睛，盯着眼前这个手持利刃的少年。

"虎大呢，我找虎大……快让他滚出来！"

"我我我非要……要杀了他不可！"

"我给……给我爹报仇！"

定了一下神，红亮终于结结巴巴地说出了自己全部的心愿。这样他才如释重负地开始大口大口喘气，刚才他一直屏住气息的，就像每个要做大事的人那样，情绪激昂，孤注一掷。与此同时，被窝里的女人们几乎一同尖叫起来，把红亮吓得一哆嗦，手里的刀子竟当啷一声落在地上，刀光闪过，蓝色的火焰倏忽就熄灭了，落地的刀子变得无声又无息。但是，女人们又一次尖叫起来，好像刀子不是掉在地上，而是硬生生戳在她们的肉里了，疼得她们不得不大呼小叫。接着，红亮还没来得及想好，要不要弯腰捡起那把刀子，几个女人已经像猫一样从被窝里钻出来，她们扑通扑通全都在炕沿边跪了下来。

"我爹不在家，他不知道跑到哪去了。"

"求求你，小祖宗，饶了我们娘几个吧，我们给你磕响头了！"

"呜——呜。"

红亮完全没有想到，情况会是这样。当虎大老婆带着两个女娃筛糠样颤抖着，给他磕头告饶的时候，心中那份坚硬突然就像那把刀子一样落地了，只留下一种冰冷无措的感觉。在虎大家这间黑洞洞又臭气熏天的屋子里，他忽然又一次迷失了自己和目标，他一点儿不知道接下来该怎么做：拿起刀子冲上去，或者，干脆扭头离开？他一动不动地站在原地，像毫无收获的讨吃，遇到了比自己还要穷困的乞丐，耳朵里尽是女人们哇哇的哭泣声和擤鼻涕的滋溜声。好半天他才明白过来，没有虎大的这个家早已变成了空壳，弱不禁风，不堪一击，刀子和仇恨对她们已经毫无意义了。她们是三个女人，她们是女人，女人，世上最柔弱最善良的女人，最没有抵抗能力的女人！他一直强迫自己这样思考问题。特别是，那两个始终瑟瑟发抖的女娃，突然就让红亮联想起自己在庙里的那段孤寂的生活。那还是在牧羊老汉遇难后，红亮在山里寻找老爷爷时也遭到了狼的围剿，真多亏了那条牧羊狗，它几乎用自己的身体挽救了红亮的性命，然后把受伤的红亮用嘴叼着一路送到庙上的。

红亮清楚地记得那天晚上，庙里弥漫着浓厚的烟火气，寺院里一片狼藉，火始终在哗哗啵啵地燃烧，焚毁的椽梁和瓦片不停地从高处猛地砸落下来，火星子在夜空中鬼魅地飞溅着，四围不时发出轰隆轰隆的巨响。那时候学生模样的少年们都已经跑光了，只剩下几个年轻的师父奄奄一息躺在地上，头破血流，嘴里发出痛苦而又绝望的哀叫，他们是眼睁睁地看着自己的老师父殁的。古庙从此毁于一旦。他们恐怕到死也想不通，这就是师徒几人潜心向佛修身养性的结局！出家人都愿意相信因果报应和轮回，可那一刻，面对突如其来的灾祸，他们只能束手就擒，任人宰割，唯独老方丈最后在烈火中安详消逝的样子，永久地铭刻在他们虔诚的心灵之上。

这辈子红亮是不会忘记那一幕的，就在灾难发生的同一天，那些坏少年们围住了那个一直在庙上的灶房里干杂活儿的小姐姐。这些家伙在一间禅房里强行扒掉了小姐姐的衣裳，把她摁倒在叩拜用的毡垫子上，他们嘴里像猪一样不停嘟嘟嚷嚷着小尼姑小尼姑……但是最后，随着他们不经意间扯掉长期蒙在她头脸上的棉围巾，这些家伙突然就没命地鬼呀鬼呀地叫喊起来。他们几乎魂飞魄散，来不及提起自己愚蠢的裤子，一个个跌跌撞撞拼命逃出那间禅房，跑下山去。有关那个小姐姐的事，都是庙里的驼子师父以前告诉红亮的。小姐姐原来就是个苦命娃。在她五岁那年，山下的村子正闹狼患，那年秋天她跟爹到山坡上割草，快到傍晚的时候，她爹把捆好的草往回背，一趟背不完，就让她留在山坡上看着。等她爹刚刚离开，一条躲藏在山梁后面的狼，突然龇着牙跳到她背后，她正蹲在草窠子里小便呢，一点儿也没在意。

狼一口就叼住了她的屁股蛋，她哇地叫了起来，然后歇斯底里地哭喊。这时，她爹正好放下草赶过来，远远就听见了娃娃的号叫声，他顺手捡起一块石头，一边跑一边朝狼猛掷过去，那条狼在逃走之前，狠狠地咬了她一口，把她的左半边脸连同脖颈上的一块肉皮一并撕了去。她爹看到她的时候，小姐姐已经昏死在山坡上，脸和脖子上血肉模糊，下嘴唇、鼻头、左脸和脖颈，全都没了，颧骨和腮白森森露出来。她爹当场就吓晕过去了。后来，她爹不知怎么抛下她跑了，再后来，驼子师父正好打那儿经过，发现她还有一口气呢，就把她背到庙里。小姐姐在庙里养好伤以后，很少有人再听她说过一句话，为了不吓着旁人或香客，她一年四季都用棉围巾把头脸裹得严严实实的，犹如一个十足的哑女，在庙里过着深居简出的日子……

此刻，一旦想起这些事情，红亮的身体不由得打了个寒噤，喉咙深处发出悲戚的声响，一串眼泪夺眶而出，心里那个仇恨的疙瘩慢慢解开了。他耷下眼皮，释然地扫了一眼地上的刀子。耳边响起庙里的老方丈遇害前曾跟他的徒弟们说过的话：仇恨是恶魔，放下了屠刀，回头是岸。红亮一直不理解这句话，现在，看着地上那把屠户三炮亲手递给他的刀子，猛然间像是有所顿悟似的。红亮没有再去捡那把刀子，而是转过身，一步一步走出去。他出去后又回转身，轻轻地帮她们掩好屋门。身后的屋子立刻陷入一片沉寂当中。

他往回走的时候，无意中抬起头，发现月亮又圆又大，天空深蓝，有微风拂面，街道清清白白的。他沿着原路返回，刚才横在路中央的那棵老树不翼而飞，前面没有任何障碍，他觉得有些不可思议，也许是叫什么人搬走了。不过，红亮也没再多想，三步并作两步，一到家，就被那条牧羊狗军刺呜呜叫着紧紧拥抱住了，狗热乎乎的舌头亲热地舔他的脸，自从不幸发生以后，他俩一直这样相依为命。

军刺是牧羊老汉的叫法，老人是在蒙古草原上收留它的，据说它是藏獒跟当地牧羊犬杂交的品种，老爷爷一直管这条乖戾又勇猛的貂花皮牧羊狗叫军刺，老人说它就像一把钢刀，一次次插进恶狼的心脏。这条忠实的老狗的确遍体鳞伤：它的一只肩胛和脊背露出巴掌大小的森森白骨，脑门上有一只三角形的发白的豁口，这些伤痕都是过去跟凶狠的狼一次次搏斗时留下的印记。最让红亮痛心不已的是，军刺的一条后腿为救他被狼咬残了，走路瘸颠着，它再也不可能像过去那样飞快地一路奔跑了。

20

　　从爹的坟上祭拜回来，红亮就在那间黑漆漆的屋子里，开始了漫长的追忆和痛苦的忏悔，他成天都在胡思乱想过去亲历的那些事。这当中秀明带着串串来看望过他几次，但每一次她们都被拒之门外了。因为红亮始终把屋门闩得死死的，不论谁来，他都不会打开，好像他已经变成了一个不食人间烟火的信徒了。那条体形硕大的貂花皮狗，也被他关在屋子里，时不时会汪汪地叫几声。

　　秀明只好把那些用筐子提来的蒸馍和饭菜，搁在外面的窗台上，反复叮嘱红亮要记着吃，可等她们下一次到来时，发现窗台上的东西还原封未动，蒸馍比石头还硬，饭菜也馊臭了，招来一大群苍蝇。秀明伤心得没话可说。串串劝秀明不要太难过了。串串说那是他还没有饿，等他饿极了自己就会吃的。秀明觉得串串的话也是模棱两可的，可她实在想不出好的办法，只好叹着气回家去。

　　这天晌午，秀明正要出门给红亮送饭去，有两个小丫头哭哭啼啼上门找她来了。原来是虎大家最小的两个女娃，其中一个是过去秀明班上的女学生。秀明打开门的时候，一眼就看见这两个可怜的小丫头跪在地上，她们俩像一对孤单的哑女，唯独眼睛猩红，鼓鼓地外出凸着，完全像没有眼皮的鱼那样懵懂和胆怯。她才知道，这些日子村里那种连天连夜的哭声，就是从虎大家传来的。因为她们的娘亲一天比一天不正常，这姐妹俩哭得时间太久了，快把眼睛哭坏了。

秀明只好叫串串替她把饭给红亮送过去，并再三叮嘱串串要好好跟红亮说，劝他一定要吃点东西。串串愣了一下，就端着饭碗迈开细碎的脚步出门了。秀明这才跟两个小丫头去了虎大家。一进虎大家的院子，秀明完全傻眼了！这个家简直比猪窝还要脏，到处都乱七八糟邋里邋遢的，所有的物品和家具都离开了它们原来的位置。

秀明在窗台上看到了揉成一团的两条花裤衩，在饭桌上看到了一只袜子和一只掉底儿的鞋，在灶台上看到了一把铁锹和半截砖头，在炕上看到了一摊粪便，而在水桶里看到了一双脏兮兮的旧雨鞋，上面沾满了泥浆……总之，一切都悄无声息，却又不可思议。

秀明跟着两个小丫头在屋里屋外找了好半天，最后才在空荡荡的鸡窝里发现了蜷缩成一团的虎大老婆，她的浑身上下都沾着干巴巴的鸡粪，她乱糟糟的头发丛里尽是柴草和鸡毛，嘴角却露出愚蠢的微笑，好像她是在刻意藏起来，好让别人来找着玩的。事实上，自从那天晚上红亮手里拿着刀子来过一次以后，这个女人就被没完没了的噩梦缠绕住了，她再也没有正常过一秒钟。

秀明一纵身跳进鸡窝里，她想把虎大老婆从地上搀起来，弄回屋里去，没想到她刚一接近这个胖女人，就被对方狠狠地啐了一口唾沫。然后，虎大老婆朝秀明很妩媚地笑了笑，秀明听见她像是在背诵一句顺口溜似的不停叨叨："你们谁也别想逮住我……我是一只老母鸡……咯咯哒……我要飞走喽！"然后，她又迅速地朝鸡窝里的那只更小的窝棚（这是过去鸡们宿夜的地方）里钻进去，好像她真的变成了一只鸡。

可是，问题很快出现了，虎大老婆的上半个身子艰难地塞进了那只小洞口，她的屁股太大了，死死地卡在洞口处，怎么也进不去了。秀明就跟两个哭哭啼啼的小丫头商量，她们想一起用力，从后面把卡在洞口的人拉出去。可是，最终，却将对方的裤子刺啦一下撕扯了，露出肥大的屁股来。而被扯破裤子的女人却在另一头喊叫："哎哟哟，你们别碰我的屁股嘛，我就要下蛋了！"

秀明也被折腾得毫无办法，她抹了抹额头和眼窝里的汗水，嘴里嗫嚅着：

"这到底是造的啥孽哟！"

起初，串串来这里给红亮送饭的时候，两个娃娃都是隔着门或窗户说话的。多数时候，是串串一个人在外面自言自语，红亮很少搭话。这天串串终于鼓起勇气，敲响了这间老屋的门。不是出于别的什么感情，而是她太理解孤苦伶仃的滋味了，一如当初秀明费尽周折找到她一样。红亮听到敲门声时迟疑了一会儿，不过他还是把门打开了一道缝。

红亮看到站在外面的不是秀明老师，而是一个跟自己差不多大小的丫头。两个人互相看了看。红亮的目光是狐疑不定的。串串笑得很甜。军刺乘机刺溜一下钻了出去，串串顿时吓得尖叫起来。红亮说："军刺别胡闹。"军刺立刻就乖多了，但它还是饶有兴趣地在串串的腿脚上嗅了又嗅，又立起前爪亲热地扑了扑串串，它在用自己的方式表示友好。狗当然能从串串身上闻出来，她几乎每天都来这里送好吃的东西。串串好像被吓得不轻，这狗太大了，都快赶上串串高了，像只小老虎，她一动不动贴在门框上，冲红亮流露出一缕求助的目光。红亮才犹豫地走出门来，大声把军刺喝开了。

"你是谁？为啥来这儿？"

红亮嘴里这样问，心里却一点儿也不觉得陌生，对眼前的这个丫头竟有种似曾相识的感觉，他对她毫无敌意。

"是秀明姨让我来给你送吃的。"

串串的眼睛一眨一眨。她似乎也有同样的感觉。

"腿咋瘸了呀？"

串串指着正在墙角抬起后爪撒尿的军刺问。

"你是说军刺吧，你不知道它有多厉害呢，不过也受过好多伤！"

"哦，怪不得身上花花的……够可怜的。"

"这家伙很喜欢吃你送来的东西。"

"秀明姨一直惦记着你呢，这些天你回来了，她高兴得合不拢嘴哩！"

这时，军刺又把鼻孔凑过来，不时地闻闻串串，再舔舔红亮。狗仿佛要用这种亲吻来拉近他们俩之间的距离。

"我要走了，晚了姨该着急了。"

红亮就不再说什么了，看着她把窗台上空的碗盆轻轻地放在小提筐里，心里有种温暖的感觉在静静流动。串串离开之前，又扭头对红亮说："姨成天都为你担心呢，你没回来的时候，她一睡着就叫你的名字。"

说完，串串便提起小筐子一蹦一跳地走了，空的碗盆随着她的轻快的脚步，发出一串一串清脆悦耳响音。串串走了好半天，红亮一直沉默地望着外面。

后来，虎大老婆彻底疯张的事，红亮是从串串嘴里听到的。串串有一天告诉他，那个女人变成一只老母鸡了，整天钻在鸡窝里不肯出来，还往自己嘴里塞鸡粪。红亮大吃了一惊。天地良心，他确实没有想到自己的贸然行事，会导致这种可怕的结果。

接下来，大伙儿的传言便铺天盖地而来，说什么怪话的都有。有人说红亮身上附着他爹的魂儿，要不然一个十来岁的娃娃，咋能带着刀子独闯虎大家呢，难道他吃了熊心豹子胆了！甚至还有人说，红亮肯定是在外修炼成精了，连饭都不用吃，只要闻一闻村子里的食物气味就够了；他想杀谁根本不用动刀子，只要默默念句经咒就解决了（这一点大伙儿比较认同，因为三炮的脑袋就是一个再生动不过的活例子，那口大钟在场院挂了那么些年，偏偏红亮一回来，它就掉下来了，八成是被施了妖术的）。

　　串串再给红亮送饭去的时候，陆续将这些流言蜚语讲给他听。而且，人们的结论似乎已经出来了，都说红亮把虎大老婆一下子给逼疯了，这个娃娃心肠忒狠毒了，简直杀人不见血啊！红亮听了感到莫大的内疚，他不知道那天自己是怎么了，被人家拿话稍微一撺掇，他就热血沸腾，鬼迷心窍了，不管不顾地上虎大家替爹报仇了。

　　现在，红亮几乎已经放弃了复仇的所有想法和冲动，可虎大老婆却莫名其妙地疯了。大伙儿好像都没心没肺地，他们忘了红亮爹当初是怎么惨遭迫害而死的，却单单记住虎大女人是怎样一夜之间变疯的事实，从而吵吵得没完没了。过去跟虎大关系保持不错的人，又纷纷站出来，他们建议三炮将红亮还有那条凶恶的大狗赶出我们羊角村，而且永远不许再回来。道理很简单：这个娃娃浑身上下都充满了鬼魂的气息，他在这里多待上一天，村里就会有厄运降临，有人就会遭殃。

　　秀明稍后才得知了红亮去过虎大家的事，她确实为红亮的莽撞行为感到失望和难过。但她很快就原谅了这个可怜的娃娃，因为她又进一步得知三炮那天去坟地找过红亮。这让她感到异常愤怒，她实在忍无可忍，当天就跑到三炮那里跟他理论了一次。秀明对三炮说："你到底想干啥？连一个娃娃都不肯放过吗！"

　　这些天三炮被头疼折磨得十分虚弱，纱布去卫生所换过两次，可伤口却悄悄地在里面化脓，就像一棵生了卷心虫的大白菜，正从里面慢慢地腐烂掉。秀明跟他说话的时候，他正躺在床上养病，秀明的话里火药味十足，愤怒的声音震得他的伤口又隐隐作痛了。三炮强装出一副笑脸，但秀明几乎一眼就识破了他虚伪的假象。"别那么大火气嘛，气大容易伤身哩！"三炮的目光在秀明身上划来划去，像是要找出什么破绽似的。"秀明呀秀明，我那可都是为他好啊，红亮不去找虎大，旁人会说这娃娃不懂孝道，没有良心，那他将来还咋在咱们羊角村立足嘛！"秀明白了三炮一眼，说："你要有那么好的心肠，太阳怕是都要从西面出来了！"说完，不等三炮答话，秀明就愤怒地离开了，她想着该去好好劝慰一下红亮了。这娃娃天生命苦，打出生那天起到现在，没一件顺当的事，现在又让娃娃背负那么大个罪名，他咋能承受得住呢？

　　秀明回去带上晚饭走到红亮家，院子里的那条大狗只对她龇了龇牙，就趴在地上闭目休憩了。秀明顺手从提筐里掰出一块馍扔给了狗。这时红亮闻声从屋子里探出头来，看见秀明的时候他愣了一下，随即又缩回头去。秀明想了想，还是走进屋里。进屋以后，秀明放下筐子就默默地干起活儿来，上上下下清除屋角房梁上的灰尘，擦抹仅有的一张桌子和瘸了腿的两条凳子，然后她又上了炕，把一团被褥抱出去抖了又抖。她忙忙乎乎干活儿的时候，红亮悄悄地走出去，跟院里的狗坐在一起耳鬓厮磨，狗拿鲜粉的舌头舔他的脸，他替狗不停地挠着痒痒。

　　秀明干完了活儿以后，就喊红亮进屋吃饭。连着叫了好几声，红亮才闷声闷气地从院里起来，垂着头进屋，一副很不情愿的样子。秀明已经把带来的饭菜摆在桌子上了，见他进来就把筷子亲切地递过去。红亮又愣了一下，并没有接，只是无声地站在地当间像根木头。秀明心疼地走过去，伸手摸了摸红亮的脊背。起初，手指刚碰到他的时候，他迅速躲了一下，可是，秀明并没有放弃，她的手指更加亲密地紧贴到红亮的后背上。秀明边抚摩边说："娃娃你在外吃苦了……"刚一张嘴，泪水就滴滴答答坠下来了。

　　屋子很静，夕阳的余晖从门口和窗户迂回进来，娘俩就那么呆呆地站着，红亮半天一言不发。

"姨知道你心里苦得慌啊!"

"我天天都盼你回来,在家教串串识字念书的时候,总是想起你坐在课堂里的情形,那阵娃娃们都有书念,该多好啊!"

"娃娃你回来就好,你爹他在天有灵,也该宽心瞑目了。"

"你别管村里人咋说,嘴长在他们脸上,只要咱们自个儿问心无愧就成。"

"娃娃,你跟姨说句话好不好,你哪怕就是咳嗽一声呢,姨心里也好受些呀!"

"有啥事千万别搁在心上,会窝出病来的,红亮……"

秀明再也说不下去了,泪如雨滴,吧嗒吧嗒不停歇。她觉得自己实在撑不住了,整个人松松垮垮地一屁股跌坐在地上,放在红亮后背上的那只手也无声又无力地滑下去。

红亮一直背对着秀明,也是满面委屈的泪水,可他一直强忍住不哭出声。秀明突然在红亮身后跌倒,红亮就本能地感到有点紧张了,所以才猛然转身蹲下去搀扶她。秀明这时一看见红亮泪眼蒙眬鼻尖发红的样子,情感的洪流一下子奔泻而出,翻江倒海,她再也顾不得什么,一把将红亮揽进自己的怀里,娘俩顿时抱头号啕大哭起来。

"我真的不想杀人。"

"姨知道呢。"

"我从没想过要拿刀子去杀一个人。"

"姨知道你心善,你不会的。"

"我没想过她人会疯张。"

"好娃娃你当然不知道,你怎么能知道呢。"

"可他们都说是我把她逼疯的。"

"娃娃,让他们说去,咱不怕。"

"可那天我去过虎大家,我手里还拿着三炮给我的刀子。"

"姨相信你是好人,你让坏蛋利用了。"

"姨,我就是个坏人,我恨过爹,也恨过你,过去我心里一直恨你!"

"姨从来就不怪你。"

"姨,我不是人,我跑出去不管爹,才让爹死了,我没有亲人了!"

"娃娃,你还有姨呢!"

"可我没爹了……"

"呜——呜。"

"好红亮,我的好红亮,你再别哭了,你一哭姨这心都碎了……"

三炮觉得脑袋整天昏昏沉沉的,里面像飞旋着一千只黑头苍蝇。有时又突然很清醒的样子,什么都能记得,可过不了一会儿,说上两句话,喝完一缸子茶水,人又晕乎乎倒头睡下了。

在经过前几番轰轰烈烈的折腾之后,村子渐渐地恢复到最初的那份平静。三炮也由原先无比亢奋的状态,逐步转变到悄然筹划建屋造院的私密行动上来。这原本就是三炮半生当中最大的一个心愿。

三炮想把自己原来的那院旧屋统统毁掉重新扩建,他打算盖一排崭新的砖墙瓦顶的大房子,从而跟村里的所有老式的土坯宅院区别开来。这排房屋主要包括一间很大的堂屋、三间厢房和两间耳房;另外,在院子当间盖一间至少能容纳五十人的简易会堂,这样他就可以随时在家里召见下面的兄弟了,布置任务了;至于院墙,三炮希望砌得越高越好,最少也要有四五米高,墙头上再加装一圈密密麻麻的铁丝网和玻璃碎片,这样就不用担心那些居心叵测的家伙会从墙头爬进来暗算他;除此之外,还要搭建两间马棚和一间仓库,要把地下彻底挖空作菜窖,战备时也可以当作防空洞用;再预留一片蔬菜地和花果园,把村里种植技术最好的老把式提溜过来,亲自为他栽种苹果鸭梨桃啦杏啦这些花果树，还要搭起一架长长的葡萄藤，夏天可以躺在浓密的叶荫下歇凉。

前一阵，因为痴迷于纠察和抢夺，三炮就把这件事抛到了九霄云外了。而现在，他一旦躺在病床上，经常被来自脑子里的那种隐隐的疼痛所折磨的时候，他忽然又想起了这档子大事。这是生病的人常有的一种心态，因为他们总是觉得去日不多，非得抓紧时间做一些实实在在的事。在三炮的精心布置和遥控下，大伙儿当天就拆除了三炮家过去的那院老屋。干活儿的人为了捞取表现，弄得村子里灰尘四起，到处丁零哐当，号子声连天响，像是在搞一项史无前例的巨大工程。

接下来，三炮的那些弟兄们像拉网捕鱼一样，开始在村子里的每一个角角落落搜寻一切能够用来建造宅院的材料，包括檩条、椽子、大梁、棚席、芦秆儿，大大小小的棍棍棒棒，以及必要的砖头瓦块和土坯。这些东西从家家户户的屋顶上或院子里被收集起来，整整用二十辆板车，装得满满当当地运送到三炮家的老宅基上。

即便这样，他们还把村前村后仅剩下的五棵直插云霄的钻天杨，和三棵老榆树伐倒了。同时，这些人也无情地捣毁了长期坐在树上的喜鹊和乌鸦的窝巢，惹着这些大个头、大嗓门的鸟儿整整在村子上空盘旋了三天三夜，聒噪声此起彼伏，直到第四天凌晨，这群失去家园的哀伤的鸟儿，才集体伤心欲绝地飞离了我们羊角村的天空，并叽叽喳喳发誓，今生永世不再回来。我们村再也找不到树木，看不到鸟的天空，在头顶寡蓝寡蓝地耀人眼，似乎连风也跟着鸟儿消失不见了。偶尔风过来的时候，没有任何迹象，人都觉得自己像被什么看不见的巨大的东西推推搡搡，满地乱跑，无所依靠。

然后，三炮动用了十里八庄技术最优秀的二十一个泥瓦工和七名木匠（其中一个老木匠过去曾给虎大打过松木床），每天三顿三晌地给他们管吃管喝管烟抽管酒喝，目的只有一个，就是要把这座新屋建成羊角村乃至青羊湾独一无二的宅院。为此，三炮还破例找来了一名风水先生——这个戴着圆片片茶色石头眼镜的老家伙，早被前一阶段的纠察吓破了胆，死活也不肯出来，最后还是三炮下面的两个弟兄，拿着枪杆子硬顶着他的后脑勺才不得不出山的。

根据风水先生一番十分烦琐缜密的测算之后，得出的结论却让三炮大吃一惊。原来三炮家的宅基的地理形势非常不妙，四面陡峭，中间低洼，虽得水却无风。风水先生认定五十年前这里曾是一座地下兵营，而一百年前却是一片荒芜的坟墓，民国时候这里埋葬过成百上千具无辜者的尸体。

三炮由此也恍然大悟，家族的衰败全都是因为风水不好。风水先生测遍了羊角村的每一寸土地，几乎连一个鸡窝狗棚都没有放过，却意外地发现，羊角村在整个青羊湾这片土地上，地势又最低，如果赶上百年不遇的山洪或雨涝，这里有可能会变成一片汪洋。

不过，风水先生最终还是为三炮找到了一处相对较好的宅基地，正好就是红亮家的这爿破院子。风水先生说他在这里看到了奇异的灵光，想必是我们羊角村最好的宅基了。三炮始终将信将疑。一方面，三炮还是比较相信风水先生的话；但另一方面，红亮家如今已是家破人亡，唯独剩下红亮这根独苗苗了，怎么能说他家是上好的宅基呢？他想进一步跟风水先生打听一下所谓的"灵光"从何而来，但对方却神秘地三缄尊口，只说这是天机，万不可泄露的。三炮也无可奈何。

不管怎么说，重新建造屋院的计划并没有半途而废。送走了风水先生，三炮当即派人去把秀明请过来。三炮一本正经地跟秀明谈了自己的心愿。

三炮说："秀明，我这可都是为那俩娃娃将来作打算的。"

秀明说："那是你自己的事，可你别想打串串和红亮两个娃娃的主意。"

三炮一直在秀明面前踱着步子。

三炮一边慢慢地踱步子，一边用手摸自己的后脑勺。

三炮说："我脑子疼得钻心，秀明，你可别让我再头疼了。"

秀明认真地打量了三炮一眼。觉得三炮非常陌生，觉得三炮身上虽然没有了过去那种杀牲时的生冷气焰，但更加让人忐忑不安。尤其是，他的头上扣着一顶颜色很鲜亮的绿军帽，胳膊上套着皱巴巴的红袖箍，一切看上去都跟他本人极不协调，非常滑稽。

三炮始终和颜悦色地笑着。他对秀明说："老妹子你就把串串交给我吧，红亮那娃的事往后你也别再操心了！我前一向实在太忙了，连放屁的工夫都没有，往后这俩娃娃的事我全包下了。特别是红亮这娃，爹娘都殁了，别看过去他拿刀子戳过我，我大人不记小人过，我可是真可怜他！"秀明想了想，直截了当地回绝了：

"三炮你休想！我答应过糜子，更不能辜负了我姐夫，这辈子我要跟那两个娃娃在一起，除非我死了。"

说完，秀明转身平静地走出了三炮的屋子。她刚走出没几步，就听见三炮在屋里把什么东西重重地砸在地上，一声脆响，声音传出很远。

21

连续给红亮送过几顿饭之后，串串的眸子一天天变得光鲜起来。

串串在短短的几个月时间里，基本上完成了她过去只念了一半的小学课程，她熟练地掌握了加减乘除的四则混合运算和应用题的解答；她背会了所有需要背诵的课文，还额外增添了几十首唐诗和宋词（这些都是课本里没有的内容），另外也了解了许多地理、历史和自然学科方面的基础知识。

秀明为了检验串串的学习和掌握的情况，专门给她出了两大份试卷，结果，连秀明也感到吃惊了，串串几乎是以满分交卷的。这个丫头的领悟能力和记忆力比她想象中强得多。秀明还发现，串串这丫头的字写得也很规矩，一笔一画，横平竖直，字里行间透着一股子坚韧的力量。

与此同时，红亮把自己关在家里，他对那几本自己随身带回来的厚厚的经书产生了浓厚的兴趣。

在这些竖版排列艰涩难懂的文字里，红亮知道了佛祖释迦牟尼成佛前若干世的故事，知道了西方净土和极乐世界之说，知道了阿弥陀佛讲经说法时的宏大场面。他惊奇而又崇拜地读完了萨埵那太子舍身饲虎，以及尸毗王本生的故事。前者讲述了萨埵那太子为了拯救一只快要饿死的老虎，竟然不惜用自身的血肉去喂食它；而后者讲的是尸毗王看见老虎嘴里叼着一只鸽子，为了挽救这只可怜的鸟儿，他宁愿用自己的生命去换取。正是经书里这种彻底而又坚定的牺牲精神，感染了红亮那颗单纯善良的心灵，使他的血液澎湃，身体前所未有地感到战栗不已。因为这些故事里的主人公萨埵那太子和尸毗王，他们都是佛祖释迦牟尼成佛前某一世的化身，释迦牟尼正是在自己以前的若干世生活中，一直以大无畏的牺牲精神贯穿始终，才能最终成佛，脱离轮回，跳出茫茫苦海，然后去弘扬佛法，解救天下苍生。

　　一次次的感念化作了滚烫的泪水，滑过红亮的面颊。夕阳染红了黑朽不堪的窗框，月光映在黑漆漆的墙壁上，晨曦犹如一条条长脚的幼虫，鲜嫩饱满跃跃欲试地从门缝隙间爬进来，给红亮和军刺带来一丝温暖和光明。除了这些，还有每天按时送来的饭食，和送饭人细碎的脚步声。每次听到外面传来的声响，军刺就开始满屋子乱转，把鼻子凑到门缝上冲外面叫唤，很委屈的样子，弄得他根本无法集中精力继续埋头看书。

　　一旦看到军刺狼吞虎咽的吃相，红亮也受到感染了。再悲伤的力量，有时候也可以被食物的诱惑所暂时取代。而且，军刺是非常有心计的，它往往吃上几下，见小主人无动于衷地看着自己发呆，它就猛地停下来，扑过去用舌头不停地舔红亮的脸，发出真切而又恳求的哼唧声，意思像是在说："你为啥不吃？你不吃那我也饿着，我不能一个人吃独食！"

　　红亮的脸上留下了潮湿的米粒，和香喷喷的馍的气息，就再也忍不住了，他终于跟军刺一起分享了一块黑面馍馍，还喝了半碗热乎乎的稠米汤。这种人狗相依为命的孤独生活，很容易让红亮想起军刺舍身咬败那些狼，不顾一切把他救到庙里的事情。

　　那阵子，除了晚上睡觉，白天红亮就带上军刺跑到庙外的山中游荡。山里的那些布谷鸟不知是从哪里钻出来的，一出来就不知疲倦地在山谷中唱起歌来，咕咕咕——咕，声音悠扬而舒缓，把一道道青蒙

蒙的山谷拉得又深又长，山谷里到处都充满了那种婉转动听的咕咕声
……

一开始，秀明就曾打算过，要把红亮接到自己家里长住的，这样
她照顾起来就方便多了。可是，秀明又担心红亮刚从外面回来，情绪
很不稳定，加上这娃娃对她一直有些冷淡，她就没敢把自己的想法表
达出来。

在这期间，寡妇牛香倒是悄悄地来过两次，一次是把她以前给自
家娃子做好的黑布鞋送来，让秀明拿给红亮穿，算是尽了自己一点儿
心意；另一次，牛香听到了外面的风言风语，她担心村里有人图谋不
轨，会联起手来对付红亮，所以，她急匆匆跑来找秀明商量办法。牛
香说："这些人啥事都能做出来，加上又有三炮在后头撑腰，不防可不
行。"秀明听了感激不尽，她对牛香说："我替我姐夫一家记着你的好
处！"牛香有点儿难为情地说："咱们老姐妹还客气啥，只要娃娃平安
无事就好。"所以，那天三炮找秀明说串串的事时，秀明忽然想起牛香
对她忠诚的提醒，一口就拒绝了三炮的妄想。

这天傍晚，秀明在给红亮送饭去的时候，她再三地思考，终于把
藏在自己心里的话对红亮原原本本说了。秀明最后轻声说："姨没有别
的意思，就是想让你过得好一点儿，也算了了你爹娘的心愿。"红亮压
根没有想到，秀明会提出来让自己去跟她们一起住，所以，他几乎不
假思索就回绝了。红亮嗫嚅着说："不，我哪都不去。"秀明从红亮沉
默的眼光中，看到那种她最害怕的东西，隔阂中带着几分桀骜，忧伤
里透出些许怀疑。秀明还想再劝一劝，可嘴唇动了几下，又生怕操之
过急，反倒起了副作用，她只好保持沉默了。

从红亮家里出来，街路变得黑漆漆冷冰冰的，月亮躲在又黑又厚
的云层里不肯出来，村子完全隐没在凄凉的秋夜中。秀明有些心灰意
冷，刚才的谈话让她有点寒心，她原来以为红亮会答应她的，可那娃

娃执拗的态度，实在让她忐忑不安。秀明正满腹心事往回走，突然觉得前面有一片黑压压的东西，不停骚动着，好像一大群黑色的牲口被绊住了蹄腿，个个都在暗中发力，气势有些汹涌，随时要冲过来似的。没等秀明分辨出到底是人是鬼，那一片黑色已经涌动着朝她迎上来。接着，几道手电光突如其来地刺破了夜晚那张亘古不变的黑脸，一股比黑夜还要浓稠的漩涡霎时间将秀明团团围住了。雪亮的手电光像巨蟒不停地吐着毒信子，在秀明脸上疯狂地划拉着。秀明睁不开眼，但她能感觉到一阵浓浓的汗味正扑鼻而来，夹杂着难闻的酸臭和浑浊的土腥味。

第七章　磨　难

22

　　这一天广种突然回来了。广种当然就是秀明家的那个坏脾气男人。我们羊角村只有一个广种，这是确凿无疑的。他还是从很远的那个煤矿上回到村里来。以往广种也是这么猛不丁跑回来的，但这一次似乎有点儿不同。

　　这次广种不是自己跑回来的。跟广种一起来的另外还有四个人，一看整齐划一的穿戴，和一张张黑黝黝的脸庞，就知道他们也是矿上的人，而且都有点像干部。和以前一样，我们村很多人都跟在护送广种回来的干部身后。大伙儿跟在后面整整走完了一条主街，和两条窄巷子，才猛然间意识到：广种有点不太对头。这个广种，跟以前的那个广种，好像不是一个人了。

　　大伙儿心目中的广种长年在外，见过世面，靠挣工资吃肚子，月月都能见到"麦子黄"的收入。以前的广种好像很胖，脸上泛着黑里透红的光，特别是走起路来腰板还一挺一挺的，见人就从劳动布制服里往出掏烟——那烟很好抽的，一点儿不呛嗓。可眼下这个看起来有点像广种的人，却让人越看越不像了，越看越怵人了。这个广种又瘦又瘪，就像被巫师用什么神奇的法术给缩小了，连路也不会走了，他不会笑，也不会说话，更不会从兜里往出掏烟。拉广种回来的同样是一辆糊得黑了吧唧的卡车，一看就知道是从煤灰堆里钻出来的，车身太宽，根本进不了我们村里。广种就是让这四个干部模样的人七手八脚硬从村口给抬了进来。

这时候，秀明正在家里给串串讲一篇新课文，她丝毫没有意识到自己今后的生活会发生重要的改变——这种改变几乎是带有毁灭性的。很快干部模样的人就走进了秀明家，当然，他们也把眼珠子都不动一下的广种抬了进去。是串串去开的门，她们还以为又是那些闹哄哄的年轻人上门找麻烦来了。串串坚持不让秀明出去，她让秀明赶紧藏在里屋，自己出来应付。

"广种同志的爱人在家吗？"

干部模样的人客气地询问。

串串愣了一下，她正要开口说话，秀明已经从屋里出来了。

秀明怯怯地站在门口，突然有种很不祥的预感。她没有听清楚他们在说什么。

"你就是广种同志的爱人——秀明同志吧！"

秀明茫然地点了点头。

事实上对于这个严谨的称呼，她感到非常陌生，像是快被大水淹没时的那种窒息感涌上来。冲她问话的人很庄严地上前一步，微笑着伸出手来，秀明就被对方很突兀地握了一下手。这种刻板的尊重，同样让她感到不习惯。

"秀明同志，你一定要坚强，我们相信你能经得起大风大浪的考验！"

"广种同志他是因公负伤的，特别是在全矿上下抓纠察促生产形势一片大好的前提下，广种同志为我们树立了学习的楷模，他是我们工人队伍的骄傲！"

干部说着说着，忽然激动起来，他又伸出手跟秀明握了握。秀明一点儿反应也没有，她的一只手很机械地被握紧并用力摇晃着。其中一个人跟秀明讲话的时候，另外三个人已经把广种像一筐鸡蛋似的，小心翼翼地抬到秀明眼前了。

秀明的目光僵硬地碰了一下那个被他们像鸡蛋一样抬进来的人，感觉依旧是非常陌生的，仿佛自己从来也没有见过这个被抬进家里的男人。接着，他们没有征求秀明的意见，就径直将广种抬进屋，放在炕上了。秀明的样子看上去还是非常恍惚，她像是站在过去的梦里。而他们却跟主人一样，胡乱拉开被子给广种盖在身上。

"情况是这样……前些日子矿上运动太多，又要派人出去搞系统联合，下井的人手少，广种同志自告奋勇一直坚守在一线。不巧那天发生了瓦斯泄露和爆炸事故，井下又着了火，广种同志算是捡了一条命，不过他下半辈子恐怕是……秀明同志请你一定要挺住啊！"

进屋以后，干部继续说着刚才没说完的话。很长时间，秀明都在听，她只说一句话，像在自言自语："是他……广种……他真的回来了……"

干部们将早就准备好的抚恤金和安置费放在桌子上，还郑重其事地当着秀明的面打开了一个硬纸卷，那是一幅红通通的奖状，上面写着一行金灿灿的醒目标语：

下定决心 不怕牺牲 排除万难 争取胜利

秀明始终盯着那十六个字发呆。四个干部又轮番说了一些不关痛痒的安慰话，极力表明了组织上也很痛心也很难过，同时也为广种的突出表现感到无比自豪，但这些冠冕堂皇的话，始终也没有打破屋子里的那种阴郁的沉默。

后来他们大抵觉得有些尴尬了，再后来，连串串给他们沏好的茶水也没来得及喝上一口，他们只是把茶杯在手里象征性地捧了一会儿，像捧着一颗定时炸弹，最后又原封未动地放下了，然后他们就起身匆匆忙忙告辞走了，好像生怕炸弹会随时爆炸。很快，停在村口的那辆顶篷黑乎乎的跟棺材一样的卡车发动起来，一转眼就跑得没影了。天空中扬起了的一串蛇烟，很长时间都没有散去。

秀明跟串串平稳的生活秩序就此完全被打破了。

很多时候，秀明觉得广种已经不再是一个男人了。这个遭遇了矿难的人，几乎变成一株脆弱的植物，又像一个月子里的可怜的崽娃，洗漱、擦身、接屎把尿、穿衣吃饭喝水，没有一刻离得开秀明。尽管串串也会主动替秀明分担这些琐碎的事，但秀明实在是不想让串串过多地承受这种无端的痛苦。

这个突然回到家里的瘫子，全身上下的肌肉被烧得枯焦萎缩了，小腹以下没有任何知觉，即便用锥子狠狠刺他两下，也无济于事。广种只剩下一口气，微弱地喘着，感觉像一只巨大的妖蛾子，似乎正在尽最大能力将腹内污浊得像煤灰一样的气息呼喘出来。

广种在这间屋里一躺就是几个月，不说，不笑，也不动一下，每天只能勉强喂给他几勺米汤。剩余的时间，他的两只眼睛一眨不眨地盯着屋顶，好像那里有什么神奇的东西深深吸引着他。这段时间里，包括秀明在内，我们村几乎没有一个人怀疑过广种早已经奄奄一息了，很多人都劝秀明赶紧准备后事吧。

秀明始终没有号啕大哭，她只是背着串串悄悄地抹眼泪。她还偷偷地去集市上扯了几丈黑布，还有白布，一到晚上她就埋头给广种缝制将来要穿的衣裳。

有一天早晨，秀明因为熬夜做衣裳，醒来就晚了，那时候串串还在睡觉。秀明忽然发现躺在自己身边的那个枯树根一样的男人不翼而飞，眼前只有一团空被卷。这简直不可思议！秀明几乎是光着脚跑出屋子的。她找遍了屋前屋后和门前的一条街，始终没有发现广种的影子。

快到晌午的时候，有人在牲口棚无意间发现了广种，他正仰面躺在一间又黑又臭的棚子里，嘴里衔着一撮柴草，脸上沾满了黄色的牲口粪便，趴在地上活像一只癞蛤蟆，两只手却跟爪子一样锋利地抠着地——谁也不会想到，广种居然就是用这两只手从家里一路爬过来的。

那天晌午，被秀明从牲口棚里背回家的广种，真的就剩下最后一口气了，简直像个死人，印堂青亮，面颊和两腮像是被一种肉眼看不见的神奇的力量，拼命地往内挤压着，两片干瘪的嘴唇毫无意义地从中间张开，给人一种虚张声势的感觉，嘴巴形成一只黑洞，若隐若现的喉咙变成一条幽深的隧道（或者是地下的煤井），一直通向另一个神秘的地方。广种的眼睛也蒙上了一层难得一见的死灰，时而苍白地睁着，时而又叵测地紧闭。可是，广种也会突然睁大了双眼，要刻意吓唬别人似的，又像要极力看清身边的每一个人、记住每一双看过他的眼睛。

串串整天都感到害怕得要命，好几次她都避开秀明跑到外面，一个人蹲在墙角大哭了一通。平时，串串尽量躲远一些，生怕被广种那双可怕的眼睛摄去了魂魄。

我们村的人陆陆续续来到秀明家里，一方面碍于秀明老师的面子——毕竟秀明教过很多娃娃念书识字；另外，大伙儿也想最后再看一眼我们羊角村有史以来唯一一个在外面挣工资、吃皇粮的传奇人物，也好让将要上路的广种再最后看上大伙儿一眼——因为很多人以前都抽过广种口袋里的那种又细又白的香烟。

但是，广种的命似乎很硬的，难怪瓦斯爆炸都没被炸死，大火也没有将他彻底烧焦。接下来的一段时间，广种突然又表现出一系列起死回生的迹象：他开始张口骂脏话——骂秀明是婊子是破鞋，骂串串是婊子养的野种；或者像个哑巴那样呜哇乱叫，有事没事冲人翻白眼，脸上总是洋溢着愚蠢的傻笑。有时简直就是一个白痴，有时又完全是一个无赖。

广种开始变着方儿折腾秀明她们娘俩。他先是拒绝吃东西，秀明每天按时按顿喂他，他却把牙缝咬得严严的，用筷子撬都撬不开。秀明只好把饭放在一边，想着过一会儿再来喂他吃。哪知没过多久，广种满手都糊着自己拉出的屎尿，他就用那双脏手胡乱去抓旁边的饭碗，拼命地把米粒往嘴里塞。

串串最先发现的时候，当场就把肚子里的全部食物呕了个精光。

秀明欲哭无泪，只好默默地端来温水，从头到脚给广种擦洗身体。

这种时候，广种被剥得一丝不挂。秀明手里捏着湿毛巾在他枯萎的身体上来来回回地擦着，似乎在清理一件刚刚出土的价值不菲的文物。之后，秀明又给广种换上一身干净的衣裳，再把那些弄脏的被褥和衣裳拿出去拆洗晾晒。这时天气已经很热了，擦洗的过程招来了满屋子的苍蝇，把秀明的脑子都快吵晕了。为了能让病人休息好，秀明让串串手里拿着蝇刷子，不停地驱赶那些讨厌的苍蝇。

那天以后，广种真就变成一个十足的恶魔了。他几乎用尽了他能想出来的各种损招折磨秀明。他趁秀明和串串睡着的时候，在水缸里丢进一只死老鼠；在米柜里撒一把沙子；有时夜里突然大喊大叫又哭又笑，像疯子一样吵得整个村子不得安宁；至于在被褥里拉屎拉尿，早已是家常便饭了；他用火柴把炕单被褥点燃过几回，每一次都让秀明和串串虚惊一场；他还以各种方式自杀过十三次，吞服鼠药、割断血脉、绝食，或者，干脆好端端地突然从炕上一头栽下来，弄得头破血流，让秀明她们成天手忙脚乱，惊心动魄。

秀明已被折腾得筋疲力尽，为了防止他再一次干出蠢事，秀明和串串用了一整天时间，把家里所有他能够得着、找得到的物品，统统藏了起来，甚至连一根针也没有给他留下。可是，即便这样，他还是能想出防不胜防的办法，来作践自己和家人，这包括他狠命地把自己的舌头咬得鲜血淋漓，还用巴掌把鼻孔拍出汩汩的血来。

有一天夜里，串串从睡梦中惊醒，她听见一向斯文的秀明姨，正在冲广种大吼大叫。

串串吓呆了，秀明一副歇斯底里的样子。

"你怎么不死啊?"

"你死了算了!"

"你到底回来想干啥?"

"我们娘俩过得好好的，你为啥还死皮赖脸地回来?"

"你说呀，你哑巴了，你为啥不说话!"

"死人! 你这个活死人! 有本事你倒是快点咽气啊!"

"你死了就安生了，省得天天祸害别人!"

"呜——"

串串躲在被窝里一直没敢动。

后来，串串从微微掀起的被角看到，秀明把广种得来的那张奖状从墙上一把扯下来了，她像是用尽全身的力气，把它撕得粉碎，然后像雪片一样抛在广种的脸上。

这时候，广种又一动不动了，形同一条已经僵死了很久的毒蛇。

串串在被子里抽泣得像只受伤的幼畜。

进入春季以来，军刺忽然表现出某种难以抑制的亢奋。

在这些日子里，红亮一直没有走出这个破烂不堪的院子。串串给他送饭的时候，也觉察到他整天全身心投入到那些古里古怪的旧经书里面，一点儿也不知疲倦。其实，红亮心里背负了太多的愧疚和无奈，对于秀明姨身体遭到的殴打和精神受到的戕害，他一直都认为，那是他亲手给秀明姨带来的灾难。所以，红亮不敢出门，怕节外生枝再生事端，给秀明姨惹来不必要的麻烦。

红亮觉得串串每天来给自己送饭很辛苦，作为报答，红亮把自己过去在庙里听来的故事讲给串串听。红亮说有一回他问那个驼子师父，山里的狼怎么从来也不到庙里伤人。驼子师父没有直接回答他的问题，却给他讲了一个跟狼有关的故事。驼子师父说，有一年过农历庙会，庙里来了很多烧香还愿的人，有几匹狼也悄悄地守在庙门外，想伺机叼人。当时庙里正在做法事，那几匹狼就不敢贸然靠近，却又不想就此离开，它们无奈地蹲坐在外面苦等死守。快到晌午的时候，法事还没有结束，可狼们已经饿得头晕眼花，失去了耐心，除了领头的狼之外，其余的狼都无精打采地趴在地上，眯缝着眼睛打起盹来。这时，庙里的老方丈突然打开了山门，他对外面的狼说，老衲方才听到了污浊的声音，请鼾睡的施主离开这清净之地吧！那匹领头的狼听了方丈的话一愣，突然回身冲其他几匹狼嗥叫起来，然后就带领它的同伙呼啦一下退后数里，而且，自此再也没有来骚扰过寺庙的安宁。

串串听得非常认真，脸上却是很迷茫的神情。红亮就对她解释说："别看狼那么凶狠无情，可是它们对佛也知道敬畏呢。"

有一次，串串因为感到好奇，无意中拿起一本经书翻了几页，结果被红亮发现了，并当即制止了她。

"你们女娃娃不能乱看这些的！"红亮的语气不无严肃，好像一个饱经沧桑的老头，在跟不懂事的小孙女说话。

串串也从红亮虔诚的眼神里，看到了某种不容亵渎的神圣感来。

但串串并没有料到，跟她年龄相差无几的红亮，竟会对这几本经书产生那么浓厚的兴趣，并且好像已经深深地禅悟到了那几本经书博大精深的含义。所以，串串并没有及时跟秀明说起过这件事，她把这一切简单地认为，那不过是红亮一时心血来潮，用来打发苦闷和孤寂时光的一种有效的方式，或者，红亮也只是像她一样，随便翻翻而已。相比较而言，院子里的另一番景象引起了串串足够的兴趣。

早在春天刚一来临，我们村别的地方还冷清清、光秃秃的时候，串串就在红亮家的这个颓败的小院子里，发现了一片吐芽的青草，和含苞待放的桃花儿。尤其是，那两棵桃树，从焦黑孱弱的树身可以看出，它们曾经历过一场大火的无情焚烧。可是，它们却在这个春天奇迹般地复活了，所有的枝枝杈杈上都缀满了粉褐色的花苞儿。随着一阵一阵的春风旋进院里，那些花苞儿便迫不及待地吐露出即将绽放的痕迹。

那些天因为广种突然回来，串串跟在秀明后面整天忙得团团转——服侍一个疯狂的病人，远比干世上最累最脏的活儿都要辛苦——也就把红亮有些反常的表现暂时搁在脑后了。充其量也就是，她们匆匆忙忙地把做好的饭食送去，还像以前一样，放在窗台上。有时连话也顾不上说一句，就急忙赶回去了，她们都很担心家里的那个病人。所以，等串串注意到那些花儿草儿争奇斗艳的时候，跟红亮一起回家来的那条狗已经出事了。

串串那一刻仿佛置身于一个世外桃源：小院里青草如毯，桃花妖娆地在枝杈间闪耀鲜艳的光芒，成群的蜜蜂和野蝶，不知从什么地方纷纷飞过来，它们在花朵和草丛中飞来飞去，显得忙碌而又快活无比。那些蜂蝶的翅膀，在阳光中放射出异彩，透亮闪烁，光鲜动人。四周是大片大片嘤嘤嗡嗡的鸣唱和声，还有无数只鸟雀在头顶一掠而过，太阳红彤彤的放射金光，人的眼睛快睁不开了。

串串一下子就被眼前的明媚的春光景象吸引住了，以至于很长时间她都没有顾得上放下手里的提筐和饭碗。等串串终于回过神，她想做的第一件事情就是大声冲屋子里喊，她喊红亮，想让他也赶快出来，跟她一同看一看外面的美景。

可是，她连着喊了好几声，里面也没有任何动静。

串串这才推门走进屋里。一进去串串就傻眼了，她看见红亮满面泪水，呆坐在地上，他没有像平时那样，捧着那些古老的经书聚精会神地看，而是紧紧地抱着一条狗——那狗也跟睡着了似的。这时，串串才意识到军刺好像有些异样。

在这个特殊的季节里，军刺总是习惯性地发出那种很不安分的叫声，像是遭遇了主人的轻慢或虐待。串串记得有一天，她刚一进院子，就看见这条大狗蹲在地上，牙龇得很厉害，仿佛能一口吞下一头猪娃子。她随手扔给它一片香脆的馍馍，可它连眼皮都懒得抬一下。后来还有一次，也是串串去给红亮送饭，离开时她忽然看见军刺的肚子下面，无端地伸出一根很奇怪的东西，红赤赤的，足有一尺来长。当时，串串确实给吓了一跳，懵懂中想到了什么，但出于女娃娃那份特殊的矜持和羞涩，她扭头就跑回去了。

就在昨天傍晚，军刺突然神秘地失踪了。红亮回忆说，他事先一点儿也没有注意到，因为他一直痴迷于那些经书。等红亮发现狗不在家的时候，天色已经黑了，那阵距离军刺跑出去已有很长一段时间了。红亮后来是顺着一阵狗叫声，一路找过去的。

红亮觉得自己跑得愈快，那狗的叫声就愈凄厉，一声紧似一声，听起来简直痛不欲生。红亮的脚下便生了风，傍晚升起的炊烟袅袅飘移过来，红亮被一团团烟雾包围着。那些烟雾倏忽又散去，牲畜的气息、粪便的气息、青草的气息和面条煮进锅里的气息，还有另一种湿热腥膻的不为他所知的野性味道，都掺和在一起向他扑面而来，让人惴惴难安。红亮听到狗的叫声在这谜团一样的空气中，突然变得歇斯底里。

等红亮终于循着声音赶过去，那里已有一大圈人正围着什么看热闹呢。红亮听见有几人正在里面嬉笑着议论：

"狗日的虎大，这回他家的母狗怕是要给他下几个带把子的狗崽子喽！"

"这条招骚的母狗会偷哩，恋上外面的野汉子了！"

"虎大家的狗比虎大老婆强百倍哟！"

"强不强的那得看公狗的家伙有没有用……嘿嘿。"

红亮好不容易才挤进人堆里，却一眼就看见两条狗屁股紧挨着屁股被人们围在当间，它们俩很像是在进行一场别开生面的拔河比赛，在人们的嬉笑与恐吓声中，两条狗都试图立刻夺路逃奔，可它们愈是拼命挣扎，就愈加连接得紧密了，看上去它们更像是某种天生的连体怪物。其中一条正是他带回家的军刺！红亮一眼就认出它来了，它比那条灰头土脸的母狗大出好几倍，显得极不协调，可它们俩却鬼使神差地联结在一起了。红亮发现这条曾经勇猛异常的牧羊狗，已在喧嚣的人潮中变得焦躁而又惶遽，仿佛一匹奔腾中的野马，看到了眼前骤然而起的熊熊烈火，喉咙里汪汪叫着，焦虑而又不知所措。

就在那时，站在最里面的七八个年轻人，突然高高举起了他们手里的铁锹——坚硬的锹头已经抢到了半空中，锹刃雪亮地落向那两条狗的脊梁，狗的脊椎骨被砍断时的声音脆如破竹——咔嚓咔嚓。

围观的人群顿时变成了欢乐的海洋，他们始终在欢呼雀跃，一个个激情澎湃，不由自主地跟着那几个挥动铁锹的年轻人振臂高呼起来。人们都要高兴得发狂，这条来自外乡体形巨大的恶狗终于被除掉了，从此人们可以高枕无忧，再也不必担心这条狗会从某个黑暗的角落里猛扑出来。

那一瞬间，红亮仿佛听到了木闸被洪水骤然冲开的声音，听到一阵急促而凄厉的惨叫，听到奄奄一息的呜呜声。随即，他的耳朵里变得一片漆黑，两只耳朵跟随着那种可怕的咔嚓声，像一对怪鸟一样，呼扇着失去羽毛的翅膀飞走了。红亮什么也听不见了！只有热血在眼前奔涌出来。不，血是滋出来的，空气中立刻浮悬着一股气血的芳香和腥热。

从昨晚把军刺抱回家来，一直到现在，红亮都很固执地坐在地上把狗的尸体抱在自己怀里，他似乎坚信这样做，也许军刺能起死回生。而此时，串串看见红亮的一只手始终轻轻托着狗的下颌。看上去，军刺就像枕着红亮的手睡熟了。串串依稀听见红亮自言自语。

"都怪我都怪我，早知道不该带你回来呀！"

"我的好军刺……是我害了你是我害了你是我害了你啊！"

这样喃喃地不知低语了多久，红亮才开始在院子里的一棵桃树下挖坑，新鲜的泥土渐渐地在他的脚底下堆积起来，很快堆成一座小山，土里散发出一种跟麦子一样浓郁的气味，让串串的心情更加潮湿而又迷惑。坑挖好之后，他又转身回屋，将不久前从外面带回来的那个青石物件找出来，然后平平稳稳地放进土坑里，就像在安放一件重要的遗物。在把军刺最后放进土坑前的一瞬间，红亮终于忍不住扑在军刺身上哭了起来——狗身上的血迹早已板结了，上面沾上了一层新鲜的泥土，看上去不那么怕人了，最后，狗安详地躺在红亮为它亲手挖好的土坑里。

那一刻，串串的眼里也涌出了泪水。串串一直试图想对红亮说些什么的，可终究什么也没有说出口。串串只是静静地注视着，那个刚刚从院子里隆起的小坟丘，以及在暮色中开得很绚丽的桃花。串串鼻孔一阵发涩，那些桃花香得有些忧伤，偶尔有几只花瓣从枝头坠落下来，也是那么无声又无息的。

串串的脸上有些哀悼和伤感，此刻静谧在四周的气息有点异样，让她忽然感到忐忑不安了，但她太年轻了，对未来的一切却毫无预见。串串看见红亮跪在地上，双手合十，眼睛微微闭着，两行泪珠扑闪闪滑过面颊。串串还发现，红亮的嘴里一直念诵着什么，那种连续不断的奇妙的语音如同来自另外一个未知的世界，低回，清澈，沉静如水。串串心里更加不安，以为军刺的死刺激了红亮，让他变得有些不太正常了，她走过去想把红亮从地上拉起来，好好劝劝他。红亮却连眼睛也没有睁，只是稍微停顿了一下，然后说：

"你快回去吧，我要好好超度超度它。"

当时，串串的确听到了"超度"这个对她来说非常深奥的词，她犹豫了一会儿，觉得自己留下也无能为力，她帮不了他的忙，最后只好悄悄转身离开了。

就这样，红亮一个人跪在暮色微合的孤清清的院子里，捻土为炉，插草作香，用他不久前从庙里师父那里学来的几句经文，给军刺做了最简单的祷告和祭奠。在长时间默默的念诵声中，红亮虔诚地超度和祈祷着，他由军刺联想到军刺的主人——那个罹难的老爷爷，再到心甘情愿为寺庙牺牲自己而遭焚烧之灾的老师父，这些面孔接二连三地在他眼前浮现，也包括已故去的生父，所有这些人在红亮的心里从来也没有像此刻这样清晰可辨。以至于红亮在某一瞬间，忽然感受到了娘亲的存在——事实上红亮根本不知道娘亲一丝一毫的模样——但这一刻他却真实地感受到了，娘亲好像就站在自己身旁，用慈蔼的目光潮湿地看着他，用世上最亲切朴实的语言跟他说话问这问那。就连娘亲呼出的气息也是真实可感的，那么温暖而又轻柔，让他觉得无比幸福。他仿佛又回到最初的时候，他懵懵懂懂地在娘亲的羊水里游来游去——这是他打生下来至今最强烈的一次感念。

红亮一直不敢睁开自己的眼睛，他想这也许就是佛法的力量无所不在——这简直太不可思议了——接下来他平生第一次看到了自己的娘亲的模样——她很瘦，个子也不高，额头上有细密的皱纹，两只手不知所措地在胸前一动一动，脊背因过早背负了生活的沉重，而无奈地向里佝偻着，洗得发白的大襟衣裳上扎着一条粗布围裙，像刚刚从伙房里走出来，慈祥的目光被烟火熏得湿漉漉的，又似刚刚痛哭过一场——红亮虽然从来没有见过这个女人，可他一眼就认出来她就是自己的娘——他觉得自己就像趴在一口很深的水井前，目光通过幽深阴暗的井口，一直探伸到最底下的水面，娘亲的模样就映在镜子般的水上。可那影像忽然摇晃起来，是自己的泪水不经意间滴滑下去，落在了娘亲的脸上，母子泪水重合，水面顿时泛起一圈一圈的涟漪：近在咫尺的娘亲，倏忽又不见了。

等红亮鼓足勇气睁开双眼时，四周早已一片漆黑。红亮依稀又听见，娘正站在村子的某个地方，深情呼唤他的名字，一声又一声，那声音听起来仿佛又远在天边。红亮早已泪流满面了，他的嘴唇哆嗦着，终于忍不住叫了一声：

"娘——"

这是从出生到现在，他第一次那么深情地呼唤，尽管没有一个人能听得见。但他坚信，此时此刻，此情此境，总会有那么一个人听到，娘在天有灵，她一定会！

不知不觉，夜色已将小院子和天空完全拢合了，四周变得一片寂静，深黯的空气中流动着桃花特有的甜丝丝的芬芳——那是一种苦尽甘来的味道。街巷深处笃笃笃地传来一阵敲击声，起初非常细碎，渐渐地就明晰了，同样是一种既陌生又熟悉的声音，从很遥远的地方一下一下一路朝这里敲打过来。

红亮静静地跪在军刺坟前听着，耳边仿佛又回荡起庙里的一百零八下晨钟，每一声都重重地敲击心灵深处。还没有等红亮从地上站起来，有个颠颠的身影已在院子当间气喘吁吁地停下来。红亮疑惑地回头看时，黑影正在冲他微微点头致意，这个不速之客满身都是仆仆的风尘。一时间红亮惊喜得热泪盈眶，他像兔子一样从地上蹦起来。

23

屠户三炮是在傍晚以后，悄悄地摸索到秀明家里的。

这个不久前刚被打折了一条腿的男人，一副穷途末路的样子。

三炮在我们羊角村已经没有丝毫立足之地了，在他兴师动众拆除老屋准备大兴土木扩建新宅的时候，他一点儿也没有想到自己会走到这步田地，有朝一日自己的处境要悲惨到睡在野外。如今一切都化为乌有了——连同他那些疯狂的美梦：糜子寻了短见，串串跟了秀明，老宅院彻底变成一片废墟，三炮把自己好端端的一条腿也搭进去了。现在他成了丧家之犬，整天孤魂野鬼样四处游荡风餐露宿。

三炮手里拄着一根弯树棍，那条瘸腿在后面一拖一拉的，好像凭空多出的一条大尾巴，但他已经没有过去那种凶巴巴的恶狼相了，前番遭遇让他彻底变得乖戾而又猥琐了。三炮见到秀明的时候，一句话也没说，一副羞于见人的样子。

秀明只抬头望了一眼这个蓬头垢面的叫花子，因为天色暗了，她当是上门要饭的讨吃，二话不说走进伙房，从小笸箩里翻出一块硬饽饽，随手递给了他。秀明转身时说了句：

"拿上走吧，天快黑了，不走就看不见路了。"

三炮这时才小声喊出了秀明的名字，那声音跟蚊子差不多少。

"秀明，是——我。"

秀明已经转过身往屋里走了，听到后面的人在喊她，才猛然间意识到，他根本不是来要饭的。

"三——炮？你又来这儿干啥？"

秀明疑惑地盯着三炮那张脏兮兮胡子拉碴的脸——这张脸再也看不到往日的傲慢和盛气凌人，剩下的只有龌龊的黑瘦和绝望的憔悴。

"你走吧！"

"秀明你别怕，我没啥恶意……真的……我就想走前再看一眼……娃娃。"

三炮单腿僵立在原地，身体不时地前摆或后晃，一直拖在他后面的那条腿暂时离开了地面，倒是挂在手里的那根棍子虽然弯曲着，却实实在在替他吃着劲呢。

"三炮你这是要到哪儿去？"

"谁知道呢，走到哪儿算哪儿喽，唉！"

"早知现在何必当初呢？"

"唉……不说那些，不说那些了……串串这娃还乖吧。"

"三炮你听我的，还是快点走吧，那丫头怕不想再见你了。"

这次，三炮没有再往下说。他稍微顿了顿，然后慢吞吞地转过身去，树棍子在脚下一戳一戳地，整个身体笨拙地朝院门方向挪移。挪了没两步，又木讷地回转头，曾经黑塔一样魁伟的身体，此刻一阵哆嗦，整个人矮得不成比例了。

秀明目睹了整个过程，内心感到一片茫然：眼前的这个男人像是从外太空赶来的，他的一切都让人感到突兀而又陌生；他曾经在这里折腾出的所有惊天动地的声响，都变得虚幻和不真实起来；他是那么绝情地抛弃了自己的婆姨和养女，一门心思要重归故园；他又是那么不择手段地在羊角村干出一桩桩令人发指的荒唐事；但他最终却又如此狼狈和无奈地出现在她面前了。

秀明猛地回过神，转身跑回屋去，从柜子里拿出五块钱（就是矿上给广种的那些抚恤金里的钱），然后又快步撵了出去。三炮还没有走远——以前他走路大步流星的，手里老提着个沉甸甸的筐子，筐子里面是杀猪用的各种长短刀具，走起路来那些东西会哗啷哗啷叫个不停——正在前面的街巷上一颠一抖地移动着，远远看去，像一只单腿怪物在地上艰难地跳弹。

秀明追上去把钱硬塞进三炮的手里。

三炮捏住，呆呆地看了看手里的钱卷儿，又惶惑地看了看眼前的秀明，突然把头低垂下来，将脸撇向一边，半天也没再吭一声。

秀明正要回去，串串身上挟着一股风从家里跑来了。

串串一喘一喘地站在秀明和三炮中间，她那已经开始悄悄发育的胸脯不停起伏着，那里面揣着一对战战兢兢受了惊恐的小兔子，又像是伺机待发的两枚复仇的子弹。

秀明一惊，她注意到，串串的目光很坚硬地扫在三炮那张表情痛苦的黑脸上，决绝而又愤怒。这种感觉让秀明非常难过，她不知道时间会不会抚平那些伤痕。

突然，串串一把就从三炮的手里把那五块钱夺了回来。她甚至没有忘记把那块硬硬的饽饽也一起拿回来。

"不给他！为啥要给他？给了他还不如给了那些老讨吃，给了狗呢！"

没等秀明作出任何反应，串串一下就拉起她的胳膊往回走了。

秀明觉得胳膊那里被串串捏疼了，有种火辣辣的感觉。

"姨，咱们回家吧，他就是饿死穷死，跟我们一点儿关系也没有！"

秀明听见串串坚决而不容置疑的声音里，忽然带出了颤颤的哭腔，很难过很揪心，迫不得已的那种，好像随时都可能要大哭一场了。

这种时候，她只能尊重串串的意见，而别无选择。她不想让娃娃再难过，就跟着串串一起往回走。其实，最重要的是，她不想失去她，今生今世她失去的东西已经太多太多了。

过了一会儿，秀明再度偷偷回过头，朝身后张望的时候，隐约看见一只渐渐消失的虚点，在悄然降临的夜色中一晃一晃。

经过我们村队部那排空荡荡的房子时，三炮禁不住停下脚步，拄着棍子朝里面出神地望了望。

门和窗都被砸坏了，到处都露出龇牙咧嘴的痕迹。月光静静地落在屋里的灰尘上，发出一层淡蓝色的光芒，接近于湖水的颜色，让一切在今夜充满了神秘而又伤感的味道。

还有那片静谧在月色下的死湖，湖面连一丝波纹都看不见，只有另一个稍小一些的月亮，很虚幻地浮在水上面，叵测又诡秘的样子。

三炮就站在湖边，感觉到脚下潮湿冰凉。很长时间，他才缓缓地舒了一口气。

三炮觉得这面一动不动的湖，在今晚就是一面镜子，一面很大很大的镜子，它能照出自己，也能照出整个村子，能照出一个人的今生，也能照出这个人的来世。

三炮忽然有种抑制不住的冲动：好像从今往后再也没有人愿意听他说话了，所以他很想跟倒映在湖面上的那个人说一说：

"兄弟你是谁？是三炮？你也是三炮？"

"我不信，别日哄（欺骗）我了，你不是根本就不是，我才是三炮！青羊湾地面上只有我一个三炮！"

"你不过是个杀猪的屠户，我知道你会杀猪宰牛，还会宰羊宰鸡宰鸽子……我还知道你杀过人，你一直是个心狠手辣的杀人犯！"

"咋样？这下让我捅到你狗日的心窝子上了吧！这回你该死心了！"

"你瞪着我干啥？你就是瞪上我一夜，你还是个杀猪的屠户，你注定一辈子要做屠户！"

"你害下的命忒多了，连自己的女人你都打晕了让旁人去睡，你活该这辈子断子绝孙！"

"嘿嘿嘿。"

"你狗日的放严肃点，你还有脸笑！你笑个球呢！"

"我当然笑，我笑你是个王八蛋龟孙子！"

"嘿嘿。"

"嘿。"

"……"

"呜——"

三炮拄着树棍子哭了好大一会儿。他不知道自己为什么会哭，也不知道究竟要哭些什么，反正湖里的那个人跟他说着说着，就无端地哭起来了，他也跟着一起哭。哭着哭着，三炮发觉湖面忽然不安地晃动起来，越晃越厉害了，似乎随时都会有一股惊涛骇浪涌上岸来，将身后的整个村庄吞没。

三炮太投入了，以至于忘记了恐惧，因为他从来没有见过如此庞大的躁动不安，这景象犹如传说中的巨大的水怪，在湖里蠢蠢作祟。

恰恰相反，在三炮多半生中，从来没有像现在这样勇敢面对过什么。跟忽然失去记忆的人那样，三炮似乎完全不记得以前发生的每一件事情：他已经不记得少年时候的穷困和饥荒，不记得娘亲浮肿而亡的尸体，不记得丢失多年的弟弟的脸，不记得当村长的爹整天一筹莫展窝窝囊囊的样子——正是从那时起他暗下决心，要接爹的班执掌羊角村，可一切都事与愿违；他早就不记得糜子绝望不堪的幽忧眼神，也不记得养女串串稚嫩的目光中，充满了无法消解的恨；他几乎不记得脚下的这片土地不久以前让一个叫三炮的屠户折腾得天翻地覆满目疮痍……

一时间，似乎有许许多多人凭空冒了出来，慢慢接近他，并突然扑上来将他摁倒在地。这一切亦真亦幻，似有若无，连他自己都感到莫名其妙。

但三炮始终坚信，那些人全都是从眼前的这片死湖里钻出来的水怪。——因为就在三炮被逮住的最后一瞬间，他猛地看到湖面上浮动着无数张颜面如生的亡人的脸，男人、女人、大人、娃娃、胖的、瘦的、哭的、笑的、漂亮的、丑陋的、年轻的、老迈的，林林总总，看都看不过来，可他始终都想不起来，这些人到底是谁，他们像天上的星星一样密密麻麻。

恍惚中出现了一个女的。借着惨白的冷月光，三炮只勉强看清最先冲向他的那个人。这时候的三炮完全没了主张，他像一只空空的壳子被人从地上拎了起来。

那个女的手里好像捏着一把很长的刀子，刀刃闪着冷冷的银光——只有这把刀让三炮感到非常熟悉，可他还是想不起来自己在什么时间、什么地方见过或摸过它——然后猛地朝他肚子刺过去。

"不——不——丫头，你——你千万不要杀我啊!"

胆怯像魔鬼一样纠缠着三炮。

就在对方第二次、第三次将刀子奋力拔出来，再刺向他的时候，三炮终于在一阵撕心裂肺的剧痛中恢复了一点儿残存的记忆，他几乎快要认出她来了。因为这个丫头不久前还跟着他领导的开镰帮们轰轰烈烈甩开膀子大干呢，她好像是虎大家的二丫头——而这以前他一直以为她仅仅是个乳臭未干的黄毛丫头呢，他甚至不记得有一夜他还强迫这个丫头陪自己睡觉的事。

可是，一切似乎都晚了，所有意识正在从他脑海中迅速消失，就像潮水忽然退却。

三炮觉得自己的小腹先被猛刺了一下，接着前胸又挨一刀，刀刀见血，每一次刀刃都噗地带出一串红红的肉丝。最后一刀正好戳穿了他的胃脘，剧烈的痉挛使刀子吸进去以后，不论对方怎么用力也拔不出来了。

三炮已经感觉到窒息了，他猛然间意识到，插进他身体里的，正是自己过去杀猪时最得心应手的那把刀子，又长，又尖，银光闪闪，坚硬无比。

"虎——大！"

这是三炮一辈子吐出来的最艰难也是最痛苦的两个字。

他的身体始终在死寂的湖边摇摇晃晃的，又像一棵被突然砍断根系的树，随着扑通一声，屠户三炮自己一头栽进眼前的湖里去了。之后，这里再也没了任何声响，四周连个鬼影子都没有的，三炮孤独地带着自己满脑子疯狂的幻觉，消失在水中了。夜里旋起的一股凉风，把这神秘的湖面吹得皱巴巴的，就像被谁随手扔在场院前的一片破破烂烂的黑油布。

——直到后来有一天深夜，劳动了一整天的人正躺在屋里酣睡如泥，猛然间感觉到，房屋跟吊在半空中的木头箱子那样，忽然左摇右晃；大伙儿都像躺在一辆受惊的马车上剧烈颠簸着，人的四肢完全失去了自控能力，根本直不起腰来；屋里所有东西都发了疯似的，在黑暗中胡抛乱撒，四周丁零咣当一通轰响，屋顶也噼噼啪啪像是要全部裂开，尘土雪片样飞落下来。惊醒后的人急欲逃出动荡的屋子，却都跟醉鬼一样头晕目眩，挪不开脚步。在极度的恐慌和奔突中，大伙儿才意识到，地醒（地震）了！

那晚我们的村街上兀自站出许多精溜溜光着屁股的男女，人们的身体和四肢抖得像干树枝，恐惧让大伙儿的双手暂时失去了掩护身体私密之处的功用。男人和女人身上的东西，都长甩甩地露在外面，一个个却都毫无察觉。幸好，这突如其来的剧烈震颤转眼之间就消逝了。

后来终于熬到了天亮，我们村一多半房屋畜棚看上去都东倒西歪的，几乎所有东西都改变了它们原来的位置和挺拔的姿态。最让大伙儿感到吃惊的是，原先场院前的那片从天而降的怪湖，像是插了翅膀一样，从大地上悄悄飞走了，甚至连一滴水珠也没有剩下。而留在人眼里的，只是一条又宽又长的大裂缝，像一道被魔怪豁开的伤口，一股股弥散着异味的灼热气流，从地缝里源源不断地涌出来。

24

　　白天，地里的人头渐渐稠密起来，似乎再也不用任何人来催促一下，提醒一声，更不需要谁来敲响那口早已不复存在的破钟了，大伙儿浑身憋足了的劲，没地方使去，生怕力气会白白浪费掉。所以，东方刚一破晓，大伙儿就三五成群地扑到庄稼地里，他们抢着用锹挖，用木榔头砸，用耙子耙，再用柳条抹子抹了又抹，把地里最小的指头蛋大小的土坷垃都磨得粉碎了，他们像抚摩心爱的女人那样全神贯注不知疲倦。

　　这种时候，大伙儿好像萌生了一种全新的思想意识，那就是每一个人都觉得，自己不仅仅是在为集体出力，而更多是为了他们自己。大伙儿因为全身心地投入到久违了的农活儿中去，从而真正感受到了劳动给人们带来的全新而又单纯的快乐。庄稼人天生下来就是种地劳作的，只有跟土地长时间亲密接触着，大伙儿才不会感到空虚和寂寞。

　　地头时不时会笼起了一条条朦胧的烟带，悬浮在半空中，看去白茫茫的，久久不肯散去。那烟尘却一点儿也不呛人，新翻起来的泥土，透着一股子甜丝丝温润润的舒爽气息，顺着人的鼻孔毛毛虫一样，嬉皮笑脸地钻进气管，却又不长驱直入，而是在气管里稍作停留，像是故意招惹人的注意力，然后才慢悠悠地深入到肺里，把泥土最浓郁最本原的芬芳之气，传递给身体里所有能感知到的器官和细胞。再由这些器官和细胞作出一个综合性的评价，由内向外，通过每一条神经、每一根血脉、每一只毛孔和每一次深呼吸，把它们所共同感知到的春天和土地的气息反刍一样，全部粘贴在一张张因劳作而涨得通红发烫的脸颊上。土地一旦目睹了一张张这样灿烂的笑脸，就会不由得更加心旷神怡，顷刻之间，漫川遍野都吐露出一派昂然的青绿和生机。

这时候日头也跟鲤鱼跳龙门一样，从地平线上噌地一下跃出来，赤红着脸蛋，喘着热乎乎的粗气，像愣头青见到自己心仪的女子那样，有些战战兢兢，又有些毛手毛脚，不知所措了。一旦日头蹲在东边的树林上空，大胆的阳光一下子就把春天里一副副忙碌的脊背晒得发软泛白了。一眼望过去，犹如一片片云朵擦着地皮子静静浮动着。还有那些好看的彩色云团，这儿一朵，那儿一朵，红的、黄的、绿的、紫的和蓝的……眼睛根本看不过来，遍地都是！

可等人再仔细一瞧，根本不是什么彩色的云团，那是我们村女人头上系着的棉围巾，还有她们身上穿着的漂亮的花布衣裳。这些颜色好看的春装，在箱子底埋压了很久很久了，以至于穿在身上时，连她们自己都觉得非常别扭，生怕别人看到，生怕别人会取笑，心里却似乎又盼想着别人能多看两眼才好。女人们复杂的心情，一时半会儿根本就说不清楚的。没有人能猜得透女人的心思，就像从来也没有一个人能想明白，脚下的这片神奇的土地会年复一年日复一日地取之不尽用之不竭。土地同女人一样，永远都是一个解不开的谜，博大精深的谜。

土地确实跟女人一样。不管秋冬以后大地上留下的再深再多的伤口，经过漫长的一个冬天的休眠和调整，在春天到来时它们又恢复如初了。土地就像生过一堆崽娃的女人，只要月子里红枣粥小米饭美美地喂养滋补一通，立刻就能焕发光彩，重新张开温柔的双臂，迎接自己男人更有力的亲吻，和野性不羁的播洒了。

随着气温逐渐转暖，和煦的春风一缕一缕从东南方向拂吹过来，那些早就熟谙了乡野气息的燕子，也乘着春天的风浪急匆匆打南面赶回来了，原先它们是发过誓永远也不飞回来的，可眼下它们又忍不住不计前嫌地回到了故乡。它们擦着地皮子精灵一样飞进我们村里——黑亮的羽翼不时地拍打在那些忙碌的肩背上——便开始忙乎自己的事情了。燕子们在屋檐下进进出出忙着衔草啄泥，有时候赶巧主人进门来，它们也毫不在乎跟在自己家里一样，依旧忙得不可开交，顶多是唧唧叫着和人打声招呼。

在这之前，寡妇牛香搓完了家里所有的稻草，堆在院子里的草绳子比山头还要高，眼看快把院墙撑倒了！——这一年的七月，我们羊角村收割地里的夏麦时，用的都是寡妇牛香亲手搓出来的那些草绳子，这种时候大伙儿忽然打心底里涌出对她的敬意——当大伙儿一股脑地下地甩开膀子大干一场的时候，牛香终于领着两个儿娃大大方方走出了自家的小院子。

那天，牛香特意地洗了洗头——以前被铰得乱七八糟的头发已经齐刷刷地长到肩膀头上——用一对黑发卡将两鬓耷拉下来的发丝别了起来，又在脸蛋、脖颈和手上搽了她最喜欢的雪花膏（她已经很久没有在脸上涂这种东西了，几乎有些不适应了），再换上一件干干净净的碎花布衣裳（穿衣服时她在兜里破天荒地发现了一个纸团，打开看才知道是抄了一半的歌词，"我们心中有多少话要对您讲"，她反复看了几遍，苟文书的样子就在字里行间晃动起来，他正站在场院门前执着地教大伙儿唱歌子），出门前她没有忘记在衣兜里揣一把葵花籽。牛香就这样精精神神地走到街上，又像谁家刚刚娶进门的新媳妇，她不停地从兜里掏出葵花籽放在嘴里，边走边嗑，噼噼啪啪将嘴里的壳儿响亮地吐到外面去。两个儿娃一前一后跟着她撒欢儿，活像两匹快乐的小马驹无忧无虑。

牛香沿着村街转了一大圈，像妇女干部参观视察一样，把我们村里里外外看了一遍，当然包括队部的那排空房子和它前面的那片死寂的湖水，也一丝不落地看过了——她在这些地方停留的时间稍微长些，一副若有所思的样子，那些不堪回首的往事似乎又历历在目了：她没有忘记自己曾和虎大在那间房子里度过的一个个销魂之夜；她没有忘记那个面皮白净模样斯文的苟文书在这里度过了一段孤独而又痛苦的时光；她同样也不会忘记有一天晚上自己不顾羞耻地钻进房去、不惜用身子作代价妄想换取虎大一人的平安。现在回想起来，那些荒唐的事情似乎已经过去几十年了，遥远得都有些恍惚了——之后她才带着两个儿娃重新回到村里。后来牛香打发娃娃们先回家去，自己径自去了一趟虎大家。

她回来的时候眼圈红红的，搽在脸上的雪花膏被泪水冲得左一道右一道的，脸都抹花了。牛香完全没有想到，虎大老婆依旧疯张得不成样子，整天钻在臭烘烘的鸡窝里，发呆、傻笑、说胡话，把几个可怜的娃娃们抛在一边不闻不问，家里乱得简直像猪圈。

正是这种时候，牛香才猛地意识到，自己在家里幽闭的时间的确太长了，她想自己再也不能这样待下去了。事实上，在回家的路上，牛香就暗下了决心，从今往后她要尽自己最大的努力，来好好照顾虎大一家的生活，不管再让她背负多少的委屈和苦难，她都会一如既往心甘情愿，直到有朝一日虎大能活着回来（她坚信只要他还有一口气在，就一定能回来的）。

从这天以后，牛香和自己的两个儿娃，主动承担起了虎大家烦琐的家务活儿，包括打扫院子，拆洗被褥，整理内务，教虎大最小的三个女娃学会做简单的饭菜和洗衣服。最最棘手的活儿就是，想方设法把虎大老婆从鸡窝里拽出来，帮她彻底地洗澡剪头发，更换干净的衣裳。几乎每一次，牛香都被这个疯疯癫癫的胖女人折磨得筋疲力尽，因为加上虎大家的三个女娃和自己的一双儿娃，他们五六个人也不是她的对手，她足足有二百斤重，而且发疯时力大无比，在关键的时候会干出人意想不到的蠢事。

有时候牛香还不得不厚起面皮就近叫来几个邻居帮忙，然后大伙儿仔细分工，各负其责。也就是具体由谁负责抓胳膊，谁负责抱大腿，谁来按住她的头，谁来压住她的屁股，谁来用毛巾塞住她臭气熏天的嘴——以防她突然张大嘴疯狗样咬伤别人；还有谁来负责最后用绳子把她捆得结结实实，只有这样，牛香他们才能对她实施全面彻底的清洁工作，给她洗脸擦身铰指甲梳头更换衣裤。然而，这件事情几乎又是徒劳的，改头换面没过多久，她又把自己像一只母鸡一样屁股冲外藏在鸡窝里了，就像她天生就应该待在那个恶心人的脏地方。

牛香在万般无奈的情况下，终于大刀阔斧地拆掉了虎大家的鸡窝——因为这里早在鸡瘟发生以后就没有一只鸡崽了，连过去的鸡粪便也毫无臭味可言了。

这样一来，倒是彻底地从源头斩断了这个胖女人赖以维系的病根——失去了鸡窝，她的病情似乎也不再继续往下发展了，病情逐渐稳定，并得到有效的控制。后来，她充其量只是呆坐在屋檐下，冲所有人傻笑或挤眉弄眼，嘴里说着那些恐怕连鬼都不会听明白的疯话。

地里干得最热火朝天的时候，秀明老师也悄然地加入大伙儿的行列中来。

秀明老师的到来多少还是引起了大伙儿的注意。因为很多人都在劳作中慢慢地意识到，在这之前自己做过非常荒唐的事——那些事情就像噩梦一样，这辈子都不可能再做第二次——劳动让每一个人重新学会了冷静思考，并让自己的灵魂感到了一次次强大的震颤。毫无疑问，他们都曾伤害过别人，也曾被人深深地伤害过。这种微妙的发自内心的悔悟，在这个迟来的春耕季节里，显得格外强烈，以至于，大伙儿再次见到秀明出现在田间地头的时候，很多人都用点头或微笑的方式，间接表达了自己内心的种种愧疚和忏悔之意。因为几乎所有家里有念书娃娃的大人，都不可回避地遇到一个非常头疼的问题：娃娃们离开学堂很久了，他们终日游手好闲无所事事，大人们连做梦都盼想着有个人，能帮他们好好管教管教这些小土匪们。

所以，大伙儿基于种种考虑，忽然就对秀明老师起了敬意，在我们羊角村这片巴掌大的土地上，只有秀明老师一个人，是念过很多书有文化的女人。但是，尽管这样想着，他们的嘴却又不善于表达，只好表现出某种庄稼人特有的狡黠和伎俩。

比方说，大伙儿故意不让秀明老师干重活儿。秀明要去翻地，就有人过来把她手里的锹抢去了；秀明要去背土肥，背篓却又叫别人背跑了；秀明只好去拿木榔头敲地里的土坷垃，却还是有人过来非要跟她交换工具，因为对方好心好意地劝说，秀明老师手劲很小而榔头太重了，大伙儿担心她会不小心砸着脚背或扭伤了手腕。

一开始，秀明也觉得有些奇怪，大伙儿这样争来夺去的，让她感到很不舒服，觉得他们都合起伙来要孤立她似的。但是，这个聪明的女人很快就回过其中的味来。秀明忽然感觉到这些熟悉的笑脸是那么陌生，又是那么可亲可敬，自己以前太不了解这些朴实的人了。

秀明在地里干活儿的时候，串串有时会把干粮和水送来。这个丫头眼见着已经出落成一个大姑娘了，一对又黑又长的发辫在肩背和前胸晃来晃去，两只鼓鼓的胸脯恰到好处凸现起来，脸上完全脱去了稚气，眉目清秀，不时流露出少女特有的那份妩媚和矜持，有时会害羞得脸蛋通红，低着头半天不说一句话。秀明坐在地埂上喝水歇息，串串就蹲在她背后，不停地用双手帮秀明捏肩捶背，还叮嘱秀明千万不要硬撑着，别太累着自己了。她们娘俩亲亲近近的样子，通常会招来大伙儿艳羡的目光。很多人都对秀明说：

"秀明老师你可真好福气啊！"

"这丫头比亲生的都好！"

"那是人家秀明根本就没把娃娃当外人看待。"

秀明听了，心里暖融融的，倏忽又变得潮乎乎的了，再端详一会儿眼前的串串，就忍不住要伸出手，去摸串串的脸蛋和额前的一绺刘海儿。是苦尽甘来吗？是老天有眼吗？是前世的缘分，还是今生今世永久的约定……秀明一时间也弄不清楚了，也许，人这一辈子总是苦痛并着欢乐而来。

也有些时候，秀明确实又感到非常迷惑。尤其是广种被送回家以后，这种感觉一下子变得强烈起来。她不止一次想过，如果没有串串在她身边，而是让她一个人面对可怕的广种，也许她早就疯了，或干脆一死了之。正是因为有了串串默默的支持，和尽心尽力的帮助，秀明才对生活有了重新面对的勇气。在经过了广种那段疯狂得近乎变态的折腾之后，她们的日子也渐渐地恢复了正常。每当夜深人静的时候，她又可以教串串念书学文化了。串串干活儿很勤快，学习也非常刻苦，秀明教过她的东西很快就被她消化掉了。白天通常都由串串操持家务，收拾屋子、生火做饭、照顾病人吃喝拉撒。

秀明不知道是她跟串串坚持不懈和无微不至的照顾，打动了广种那颗被恶魔纠缠的心，还是广种忽然良心发现了，或者，仅仅是一种回光返照。反正，广种终于选择了一个病人该有的配合与沉默。在日常精心的护理过程中，这个下体瘫痪的男人终于变得像一只温顺的绵羊，他渐渐学会最起码的表达方式。如果他平躺着突然瞪大双眼看着天花板，眼珠子一动不动，那就表示他要大便；如果他闭着眼睛把嘴巴噘起来吁吁吹气，表示他要小便；肚子饿了想吃点东西，他会像猴子一样用手掌轻轻地拍自己的肚皮；而口渴的时候，他又会吐长了舌头。秀明和串串会根据他的这些简单的动作和表情，随时满足他的生活需求。这样一来，病人最大限度地减轻了痛苦，而好人也能最大限度地获得解脱。

　　然而，最让秀明耿耿于怀的是，红亮有一天神不知鬼不觉地离开了我们的村子，而事发之前秀明没有一丝一毫觉察。秀明感到有些痛心疾首，因为终究没能把这根孤苦伶仃的独苗留在自己身边。要说稍稍有些预感的，唯独串串一个人。

　　早在这之前，特别是那条叫军刺的狗死后，串串就发现红亮有些不寻常了，他若有所思的神情和澄澈如水的目光，总让串串陷入难受和不安的煎熬中，因为红亮总是给她一种飘忽不定的感觉，就像孤独的大雁总有飞走的那一天。尤其是红亮整天痴迷于那些古董一样的旧经书里，串串曾随意翻看过一次，当时她就有种很奇怪的感觉，她一直没有机会把这些说给秀明阿姨听。现在回想起来，这种不好的感觉完全得到了证实。

　　因此，红亮最终不辞而别以后，秀明伤心得痛哭流涕的时候，串串做出了一个非常大胆的猜想——尽管她的内心很抵触这种可能的存在，因为在她许多次朦胧的梦境中，正如秀明姨期望得那样，她跟红亮手拉手走在一起——串串一本正经地对秀明说：

　　"他可能是出家当和尚去了！"

　　当时，秀明被串串的话硬给怔住了，很长时间都反应不过来。等串串从头到尾讲出自己的理由，特别是她给红亮送饭时的亲眼所见和种种感受后，连秀明也开始有点怀疑了。接着，串串又回忆起一件事情。这之前秀明把牛香上次送给红亮的那双黑布鞋找出来，叫串串给红亮送过去穿，因为她们都注意到红亮脚上的鞋破破烂烂的，连脚趾都露出来几根，可怜兮兮的。可红亮始终没有穿上新鞋，有好多次串串看见红亮都低头盯着脚上的那双旧鞋发呆出神。串串觉得好奇，就问红亮到底在看什么。红亮有些奇怪地说："鞋。"串串说："鞋都破成那个样子了，扔掉算了，有啥好看的，你还是把新鞋换上吧。"哪知红亮却神神怪怪地说："新鞋上啥都没有，我就是想看看那些破了的洞呢。"

无疑，这些反常的表象跟针尖一样，再一次刺痛了秀明脆弱的神经。而这种时候，秀明感到非常内疚和难过，因为她把红亮的出走完全归咎于自己的照顾和体贴不周，或者说，怪就怪她没有及时发现红亮的那种不可思议的思想苗头。无独有偶，村里一个热心肠的人替秀明回想起一件奇怪的事，说几天前的一个早晨，也就天刚蒙蒙亮，他在村口撞见了去年秋天就来过咱们村的那个老驼子，还是一瘸一拐邋里邋遢的样子，只是身后多了一个年轻人，他们一老一少一前一后往村外走去。当时没太在意，现在细想起来，觉得跟在老驼子后面的人很像红亮。秀明隐隐觉得，这个说法证实了串串的猜测并非空穴来风。

最后秀明还是决定要亲自出去把红亮找回来。她简单地跟串串安排好家里的事情，就匆匆忙忙上路去了。

在路上每遇见一个人、一辆迎面驶来的车或一群牵着骆驼赶路的人，她都要把人家拦住，不厌其烦地向他们询问有没有见到过一个年龄身高模样如何如何的男娃子。但几乎所有人都冲她摇摇头，表示没有见过，因为他们都要赶着去做自己想做的事，因为他们已经很久很久没有做过正经事情了，时间对于他们来说比什么都宝贵。

后来，秀明只身穿过了一片荒无人烟的沙漠，那天忽然刮起了沙暴，她差一点儿没有让铺天盖地的黄沙掩埋掉。再后来，秀明跟沿途的那些村镇上的人打听哪里有寺庙，她就往哪里去。可她接连所去过的几座寺院，几乎全都是瓦砾遍地人去庙空，她才知道，就在村里上演一出出荒唐闹剧的时候，外面的世界甚至包括最偏远角落里的那些寂静的庙宇，也遭受着同样的命运，除了那些漫漫黄沙无人问津保持了原貌。就这样长途跋涉了半个多月，秀明拖着疲惫不堪的身体，又无奈地回到了我们羊角村。

在回家的路上，秀明听到路边的很多广播里，都在放着一支相同的歌子：

> 形势就是好呀，
> 就是好就是好，
> 光辉思想大普及，
> 五星红旗飘呀飘，
> 激情似烈呀烈火烧，
> 嘹亮的号角冲云霄，
> 干部群众心连着心，
> 幸福的生活比蜜甜！
> ……

秀明听了，既感到迷惑，又觉得新奇和激动。等双脚踏上青羊湾的土地时，秀明已经默默记住了那些歌词，并且会轻声哼唱了。

那天，串串看到秀明跟个女讨吃一样，站在家门口，心疼得直流眼泪。

秀明憔悴的眼神里却丝毫没有丧失信心，她不止一次对串串说：

"放心吧，姨总有一天，会把红亮找回来！"

秀明这句话说出口，直到很多年以后（那时我们村人都像鱼儿爱惜流水一样，热爱来之不易的新生活，因为那时土地已经真正属于我们自己所有了，大伙儿就像在伺候自家的院子，想种啥就种啥，没有任何人会来干涉的；那时秀明已经第二次离开了她所熟悉和热爱着的教书生活和学生课堂，过上了安逸平静的退休生活；那时串串也从一所师范院校毕了业，被分配在县城里做了一名光荣的人民教师），有一次暑假，串串带着秀明去外地旅游，她们在山西境内一座很有名的古刹，偶然听那里的僧人谈起一位叫作弘量的大师，才总算是得到了一星半点跟红亮有关的消息。

——据那里的僧人介绍说，这位弘量师父十三四岁上出的家，在佛学方面天资聪慧，他少年时期走遍神州的名山大川，拜访各路高僧习学佛法经文，造诣极深。后来他每每登坛讲经说法时，下面的受众都鸦雀无声，万众仰慕，人们几乎能清晰地感觉到，佛殿之内飘逸着来自弘量师父体内的缕缕清香。而且，弘量师父最与众不同的地方是，他诵经的声音简直就是天籁之音，使闻者无不心有所触，沉醉其中不能自拔，佛家称之为极品妙音。但可惜的是，这位师父居无定所，长年云游四海，没有人能知道什么时候他会出现在什么地方。

眼下，虽说红亮悄悄地离开了她们，可平淡的日常生活一刻也没有停止下来，就像她们从来没有放弃过对广种的悉心照料。

有一天傍晚，牛香抽空到秀明家串门子，亲眼看到秀明她们把家里侍弄得井井有条。尽管屋里常年躺着一个瘫子，但从表面却看不出丝毫病人家属特有的痛苦和无奈。

牛香走到炕跟前，想近距离地看望一下广种——这是她第一次那么认真地观察这位大名鼎鼎的病人——她发现广种的头脸以及身上的衣裳，都干干净净的，头发胡须修剪得非常得体。关键是病人的精神状态非常好，不喊不叫，平静地躺着，像一个乖娃娃。他在看到她的时候，竟然主动表现出某种友好的微笑。

"瞧着吧，广种兄弟很快就会爬起来，能自个儿走路了！"

牛香是发自肺腑地替秀明感到高兴，她说话的时候激动得差点掉下眼泪。

但就在这时，广种突然变得情绪很不稳定，张开嘴巴，睁大眼睛，两只面条一样软弱的手，在褥子上无力地抓挠，嘴里发出难听的怪叫。

牛香吓了一跳，以为是自己冒昧地探望，给病人带来了不快。而秀明却以为是大小便的突然来临，使得病人变得烦躁不安。可是，她们的判断很快就被证实是错误的。广种情绪愈发得激动，一对死鱼一样的目光，始终没能离开牛香的晃悠悠的胸脯，弄得这个女人非常尴尬，以为这个病恹恹的男人又被色魔迷住了心窍。

后来，就在牛香很不好意思准备起身，准备离开的时候，串串突然准确地猜出了病人的需要：

"我想他八成是想要你身上的那个东西！"

原来，吸引广种注意力的，竟是一直戴在寡妇牛香胸前的那枚红艳艳的领袖像章——当串串尝试着把这个东西从牛香身上取下来，递给他的时候，秀明她们立刻从病人闪烁的泪光中，看到了一种失而复得的罕见的喜悦。

牛香只好做个顺水人情，把东西送给了广种。其实，她哪里知道，这东西原本就是广种那年从外面好不容易弄到手的，并打算带回家送给秀明戴，不想后来阴差阳错，竟被虎大在红亮家院子里捡到，反手又送给了寡妇牛香。

但是，屋里的三个女人，却都无一例外地把病人的这种行为，简单地看作是对像章盲目而狂热的崇拜。甚至于看作是，广种病情有所恢复的一种良好的征兆。

牛香离开秀明家的时候，天色已经黑尽了，她悄悄地在秀明耳朵边嘀咕：

"不管咋说，屋里有个男人在，总归比一个人强啊！"

秀明听了，若有所思，却没有再说什么。

就在这天深夜，大地忽然醒了。

沉睡中的羊角村如同一只巨大的木头箱子，不知被什么重物猛烈地撞击了一下，然后便惊心动魄地摇晃起来。

西北往事三部曲·卷二

出 品 人 ｜郭文礼	策划编辑 ｜刘文飞	责任编辑 ｜范　戈
复　　审 ｜王国柱	终　　审 ｜郭文礼	书籍设计 ｜张永文
印装监制 ｜郭　勇	项目运营 ｜有度文化·刘文飞工作室	

投稿邮箱 ｜liuwenfei0223@163.com

微　　博 ｜http://weibo.com/liuwenfei0223　　微信公众号 ｜bywycbs1984

西北往事

三部曲·卷三

张学东 著

山西出版传媒集团　北岳文艺出版社

·太原·

图书在版编目(CIP)数据

西北往事三部曲 / 张学东著 . —太原：北岳文艺
出版社，2023.1
ISBN 978-7-5378-6629-3

Ⅰ. ①西… Ⅱ. ①张… Ⅲ. ①长篇小说－中国－当代
Ⅳ. ①I247.5

中国版本图书馆 CIP 数据核字(2022)第 171281 号

西北往事三部曲·卷三

张学东　著

//

出 品 人
郭文礼

策划编辑
刘文飞

责任编辑
刘文飞

助理编辑
马媛慧

书籍设计
张永文

印装监制
郭　勇

出版发行：山西出版传媒集团·北岳文艺出版社
地址：山西省太原市并州南路 57 号
邮编：030012
电话：0351-5628696(发行部)　0351-5628688(总编室)
传真：0351-5628680
经销商：新华书店
印刷装订：山西人民印刷有限责任公司

开本：787 mm × 1092mm　1/16
总字数：750 千字
总印张：57.75
版次：2023 年 1 月第 1 版
印次：2023 年 1 月山西第 1 次印刷
书号：ISBN 978-7-5378-6629-3
总定价：198.00 元(全 3 卷)

目录

第一章　赤　篇

1

那时候，我们这座西北小镇就像一只被踩扁的麻雀那么单薄，不过是几条窄街和两三家小型工厂，这里最高最显眼的地方，是从一片低矮的厂房中间直伸向天空的大烟囱，一年四季总是有气无力地冒着青烟。而一到傍晚，街道更是冷冷清清的，偶尔会有一群小孩在风沙中乱跑，嘴巴哇啦哇啦地叫喊着，像极了一群凄惶的麻雀找不到充饥的谷子。

我们食品厂突然就乱成一锅糨糊了，车间停产了，烟囱不冒烟了，厂委会隔三差五就要揪出一撮人去游行，搞什么群批群斗。这里面有男人也有女人，有工人也有干部，还有我们子弟学校的那些"臭老九"。大伙儿反映空前强烈，因为这些坏分子平时就不太老实，总爱乱说乱动，还蓄意破坏生产和团结的大好局面。全厂职工都被动员起来了，上面号召大伙儿要时刻保持警惕，把眼睛再擦亮一点，争取尽快把那些坏人像垃圾一样清理出来，让他们变成人人喊打的过街老鼠。

一呼百应，很快，就连食品厂子弟学校也被迫停了课。教室门被踹开了，窗户也被砸得稀烂，桌子板凳一夜之间缺胳膊少腿，讲台上堆着一团团黑纸灰，偶尔能看到一半页幸免于难的学生课本，白森森地露着一角，怪吓人的。我们子弟学校高年级的那些学生，个个都像是中了邪，六亲不认、骂骂咧咧、喊打喊杀，不是砸桌凳烧课本，就是朝那些教过自己的老师脸上吐口水，因为再也不用念书了，他们有大把大把的时间需要挥霍。

我哥也"光荣"地成为他们中的一员。我亲眼看见他用毛笔在别人脸上乱涂乱画。我哥的画技实在太差了，那个女的在他笔下很快就变成传说里的钟馗，披头散发，龇牙咧嘴，脸上长胡子，模样十分的荒唐，她自始至终都在抽泣，好像犯了错误的女学生，但她根本不清楚自己究竟做错了什么，要遭受如此的羞辱和折磨。我看见我哥像个蹩脚的指挥家，一边抖着手里的画笔，一边对那女的嚷："哭屁哭，你是老师还不老实啊，再哭就揍你。"那女的才不敢出声了。我哥这种人什么事都能做出来，如果当时他的年纪再长几岁的话，我相信他能干出更荒唐更大胆的勾当。

那阵子，厂里确实破败和萧条得一塌糊涂了，到处都是被焚烧和砸毁过的痕迹。子弟学校的操场上也空荡荡的，一群讨厌的麻雀在上面漫不经心地跳跃着，好像也在示威游行。所有的墙壁上都贴上了白纸黑字，那些字个个写得有人头大，让人见了浑身直发怵。突然有一天，我们无比震惊地发现，我爸的名字也被赫然写在上面了，还被画了大大的红圈，又打上了锋利鲜艳的红"×"，就像被判了死刑的囚犯。

我们还从来没有见过我爸的名字被写得这么巨大、这么醒目过，斗大的名字后面紧跟着东倒西歪的几行黑字。这时我们才惶恐不安地得知，那是厂委会给我爸定下的一系列罪状：牛鬼蛇神、特务、披着羊皮的狼。他们说我爸整天尽吹些资本主义的靡靡之音，他是站在烟囱上招手——想把人往黑路上引的；此外，我爸经常消极怠工、出工不出力、对社会主义心存不满，对党和人民耿耿于怀……总之，我爸一下子就成了大伙儿眼中十恶不赦的大坏蛋。

其实，我爸这人并没啥本事，他只是一个给食品厂烧锅炉的工人，最大的爱好是喝酒和吹小号。表面上看，这两件事情并没有什么直接的联系，但我爸不往肚子里灌下二两烈酒，是吹不出什么好调儿的。

除了上班烧锅炉，他就成天抱着他的破号呜呜哇哇地吹，边吹边往肚里灌烧酒，酒在他的五脏六腑里迅速燃烧，吹出的曲调也透露出火辣辣的味道。我们家时刻有种要被点燃的危险。

顺便再啰唆一下，我爸早先是一个文艺兵，吹拉弹唱样样能来两下，可他就是死爱喝酒，酒喝多了就爱吹胡子瞪眼睛（他们这些搞音乐的都有点不太正常）。几乎没有领导喜欢他这样的性格，反正从车间主任到罗厂长，厂里没有谁真正待见他。他曾在厂里搞过几天宣传工作，接连与工人、干部发生过大大小小的摩擦后，就被无情地提溜到锅炉房干活了。

我爸这个人最大的优点就是自负，永远都认为自己是对的，还有点厌世嫉俗的臭毛病，不论做什么事情，他从来不认真地检讨自己，只知道回家对我们动拳头发脾气。我妈总是在说，她这辈子算是倒了血霉，摊上我爸这样没本事的男人！这种时候，她爸自然要与我妈大肆理论一番，轻则吵，重则打。之后，他倒跟没事人似的，把自己关在一间幽黑的小房子里，昏天暗地地一通乱吹，好像我们家死了人，要他来报丧似的。我妈的哭闹声当然就被那小号的声音淹没了。我想，再泼辣的女人在我爸这样的男人面前也毫无办法。

自打烧上锅炉以后，厂里就很少有人同我爸说话了。没人说话不要紧，好在我爸有他的烧酒和小号，都是嘴对嘴的玩意儿，只不过他是把从酒瓶里吞进肚里的那团火，又鼓着腮帮子从那只黄铜玩意儿的嘴里吐了出去。那团火便以我爸为圆心向四周蔓延，传到别人的耳朵里是不是音乐我并不知道，可我总听得别扭。我爸这样吹来吹去喝来喝去骂来骂去，我们家便像一辆被他折腾散架的老牛车，随时都有坠落悬崖的危险了。

事实就是这样，我妈跟我爸总在为一些鸡毛蒜皮的琐事争吵，哪怕一丁点儿事情都会弄得脸红脖子粗的。我爸大概有些怀才不遇的困惑和迷茫，他也许到死都弄不明白，我为什么连一点儿他的音乐细胞都没有继承下来。他整天优哉游哉地吹着，其实，我知道他希望能感染我，使我能决意做他的嫡传弟子，可我对他的黄铜玩意儿一点儿也不感兴趣，甚至厌恶透顶。我爸时时有种担心，他觉得我完了，其实他是觉得我们都完了，包括蓝丫和我哥——我爸对他的子女们充满了愤怒与失望。我爸经常喝得酩酊大醉，然后挨个数落我们，这是他的一贯风格。

等到厂里再开群众批斗大会的时候，我爸就被一伙儿雄赳赳气昂昂的人从家里推出去游大街了。

这回，厂革委会决定非要把我爸彻底地批倒批臭不可，让我爸这样自以为是的坏人永世不得翻身。我爸这种人天生又是不见棺材不落泪的性格，他垂头丧气，两眼紧闭，一言不发，好像早已把生死置之度外了。我妈哭着倒在家门口，好像一只得了瘟病的老母鸡。我们把她搀回屋里，她哭得死去活来，就像我爸已经被人拉出去枪毙了。

那些戴红袖箍的人怒不可遏，他们嗷嗷怪叫着，将我爸心爱的小号捆绑在他的两腿之间，推推搡搡，像赶牲口似的架着我爸往前走。那个黄铜玩意儿就随着他踉跄的脚步，左摇右摆，模样十分怪诞。我爸被押着从食品厂一路走到东方红剧院，再从东方红剧院走到十字街头的会场，在这里他终于和一群戴着尖顶帽子的男男女女汇聚一处了。像在等待最后的判决，这些人在广场上歪歪斜斜、瑟瑟缩缩成长长的一溜儿，一个个蔫头耷脑，无精打采。

我心惊肉跳地躲在人群中远远观望着。我爸老老实实跪在水泥地上，他这辈子好像从来没有那样过。他腰身弯曲着，瞅着地面，好像那里有一块金元宝吸引着他（其实，只有那只碍事的小号像死狗样垂在地面上）。在我爸他们身后，立着一排穿制服戴袖箍的人，一个个梗着脖子，龇着牙，瞪着眼，不可一世的样子。他们手里还拎着棍子或结实的武装带，时不时用力敲打着前面跪着的那些"坏蛋"们，喝道："都老实点，老实点……不准你们乱说乱动！"

日头毒得要命，我在人群里快被蒸成肉干了。空气凝滞而又哄臭，脚丫子味儿和哑巴屁层出不穷。我口干舌燥，眼看快喘不上气来了。我想我爸一定渴疯了，就从人堆里钻出来，拼命往家跑。到家以后，我就钻进伙房，把头伸进水缸里，像驴一样咕咚咕咚猛喝一通。自己喝饱了，抹抹嘴，才想起来我爸。

于是，我又找来一只搪瓷缸子，从水缸里舀了满满一杯，端着就往外跑，一路跑一路打水嗝，脚步慌慌张张的，水也跟着滴滴答答洒了一路。好容易从人山人海中挤到跟前，像是被人夹住了尾巴的狗。猛然抬头，却发现刚才我爸头上戴着的那顶又细又长又尖的纸帽子不见了，而且，他的身上肯定有什么不太对劲的地方，看起来又突兀又别扭——是他的嘴、鼻子、眼睛、额头……好像都不对，哪里出问题了呢？

后来，我又往跟前凑了凑，这才看见我爸脚底下落着一摊乱糟糟的黑毛发，像生冷的猪鬃。这才意识到我爸的脑袋上有点不对劲了。是头发。天哪！我爸的头发怎么会齐齐地少掉了半拉，青亮的头发茬子依稀可见。这是哪个笨蛋干的？手艺这么差，还敢出来给人家剃头发！我爸让他们弄成这副怪模样，今后可怎么见人呀！或许是，脑袋上剩余的头发在隐隐作祟，我爸跪在那里，总给人一种向左严重倾斜的错觉。

我刚把水给我爸递过去让他解解渴，一只飞来的大头皮鞋踢在那只搪瓷缸子上，哐当一声，本来就没剩下多少水，这下全洒在地上了。我可惜得想哭，却听见戴红袖箍的人大声呵斥："小鬼，想找死是不是！快给老子滚开！"我吓得腿脚都要抽筋了。这时，我爸终于抬起脸，悲凉地望着我，因为头发的缘故，他的样子实在太滑稽了，我几乎快忍不住笑出声来。可忽然间，我又泪流满面了，我觉得自己像个傻瓜一样喜怒无常。

这天一直挨到夜幕降临，我爸他们又被黑压压的蚊子饱饱地喝足了血，厂委会的人才心慈手软，允许家人把他们搀回家去。

我爸已经奄奄一息了，可他还像梦中人那样呻吟着：号啊，我的号啊，别抢走我的小号……

我妈痛恨得咬牙切齿，她嘟囔着，和蓝丫分别抓胳膊抱腿；我负责抬我爸那颗沾满口水、鼻涕和血迹的只剩一半头发的大脑袋；而我哥这个狡猾的家伙，却只把我爸那只心爱的小号搂在怀里，好像他最聪明最孝顺一样；而且，他还故意磨磨蹭蹭落在我们后面，好像那只黄铜玩意儿重得他搬不动似的。

后来我才渐渐明白了，我哥那时一心只想当他的革命小将，所以他才不想当着外人的面亲自去抬我爸，以免影响了他的积极形象。其实，我哥这种做法完全是掩耳盗铃、自欺欺人的。用当时的话说，老子英雄儿好汉，我爸都落魄成这副模样了，我们几个又能好到哪里去呢？况且这种时候，恐怕连傻子也能看出来，我家已经到了声名狼藉的地步。

再后来好像没过多久，我爸又被一伙儿声色俱厉的家伙从家里提溜走了，他们像扔一棵发霉发臭的大白菜似的，随随便便把他丢进一辆绿色的军用卡车里。据说，他们是要扭送我爸到一个遥远的叫白土岗的农场接受学习改造，这也是厂委会给我爸的一次洗心革面、重新做人的机会。没想到的是，我爸这一去，很久很久都没有回来。

可问题是，我妈也正是在这种严酷的条件下，突然发现自己怀上了我那个可怜的弟弟。我能感觉到，我妈一点儿也不喜欢他，因为我们总能听见她拍着慢慢鼓起来的肚子，唉声叹气，唠唠叨叨。"你这个小孽障，早不来晚不来，怎么偏偏这种时候要来啊！"而我始终也没有弄明白，既然那么不想要，当初为什么还要怀上弟弟呢？

2

早先我们家确实有过一个弟弟的。

弟弟奶气十足的手指总是有事没事叨在嘴里，为此也屡屡遭受我妈的呵斥。我妈一定不喜欢小孩子这样做，她的手掌会突然间落在弟弟的脑瓜上，啪——，简直又响又脆。那时，你就能清楚地听到狼和狐狸的诡秘笑声，他们笑起来总有股让人恶心的夸张劲儿，假模假样的，好像他们开怀得不得了。

狼是蓝丫。蓝丫当然就是我姐。大家都一直管她叫蓝丫。为什么是蓝丫，而不是懒丫或别的什么，我也说不清。我一直怀疑蓝丫到底是不是我姐姐，我好像从来都没有认认真真地叫过她一声姐姐。我讨厌自己有一个什么狗屁姐姐。我的思想里一定有一种叫作重男轻女的东西在隐隐作祟。蓝丫的脑子里有水。这是包括我妈在内的所有人，对她的最有力的一种评价。她的所有功课从来都徘徊在及格线的边缘，不是58分就是59分，连60分都是很偶然的事情。

而我哥充其量只能是一只不折不扣的狐狸。我哥这个人除了非常狡猾，在我看来简直一无是处、不值一提。

当然，狼和狐狸都不知道他们各自的雅号，这是我私下里给他们起的。我只把这些名称告诉给四孬（虽然我知道四孬是个百分之百的坏蛋），他的肚皮都快笑破了，他说我这个人损得邪乎。我不明白他的意思。

我还想把这个秘密告诉给弟弟，让他也分享快乐，可他太小了，小得就像一只刚从水里捞出来的蝌蚪。弟弟总是给人一种懵懂的不停寻找什么的模糊印象。他生下来一只眼睛就有点儿问题，像患有很严重的白内障，眼球被一层可怕的白色覆盖着，街道的老太太管这叫玻璃花。最要命的是，他可能还是个小哑巴，打生下来就不出一声，让人百思不得其解。

就在弟弟降生不久，那场令所有人都望而生畏甚至有些摧枯拉朽的风潮，终于在陋鄙不堪的街巷和呆头呆脑的人群中隐匿了声迹。这时我爸尚未归来。当初我爸离开家的情形简直就像一场噩梦，我们谁都不愿意多想。唯独弟弟的降生，叫人难以忘怀。

其实，弟弟刚生下来时不哭也不闹，乖极了，只是偶尔地转动一下笨拙的蛤蟆一样的眼珠。当时我们都在家，我们听见来接生的两个女大夫小声嘀咕着什么，直觉告诉我们那大概跟弟弟有关。我的心就咯噔一下，有一种十分强烈的沉重感从胸口爬了上来，然后停在嗓子眼里扑腾不休。

我妈并没有听见，分娩后的虚弱让她看上去像一片脱水的干菜叶，她的整个身体突然间瘪得不成样子。昨天我还分明看见她挺着西瓜一样溜圆的大肚子，在房子里转来转去，可就在刚才她大喊一声之后，顷刻间像耍魔术一样，那个巨大的肚子就被剥鱼肚似的掏空了。

这大概是我第一次感到惊讶，我无法相信一个孩子是这样到来的，或者，我不相信自己也是如此来到这个世界上的。我看到了血，鲜红的血，太多太多的血奔涌流淌，而不是魔术师手里经常使用的四四方方的红绸布。更令我吃惊的是，我妈在生产时的姿势，又丑又怕人，她的两条腿撒开的样子难看极了，像是快要从中间裂开似的。她的嘴里被大夫塞上了湿毛巾，嘴唇咬出了血印，塞上毛巾的她更像一个被歹徒绑架的受难者。在那一刻，生育这种痛苦的表象永久地植根于我的记忆，那是一种虽生犹死的记忆，是毁灭与新生的决斗，简直就是惨不忍睹的温馨。

如果我的记忆没有出错的话，我还可以肯定，我的恐惧也是从这一天开始不断蔓伸的。我不知道我妈为什么要生下这个弟弟，这个简单的问题一直困惑了我很多年。我妈生孩子的情景，总让我跟电影中某个遭受严刑拷打的革命女战士联系在一起，比如江姐，再比如韩英，那种生与死的扭曲和撕心裂肺般的号叫，真让人永生难忘。

其实，分娩对于我妈来说，已经不是什么新鲜事了，她在生弟弟之前已经生过我们三个孩子了，但弟弟的出生却让她备受煎熬。因为弟弟的到来是以一只沾染血污的小脚丫伸展到空气中的。弟弟便是带着一股特殊的腥热气味来到这个陌生的家庭的。

这个倒着出生的人就是我的弟弟。他的出生以及后来所发生的事件，给我的生活带来了某种致命的影响，他的确是个不幸的孩子。有时候我甚至在想，是老天故意要跟我们每一个人开这过火的玩笑。他的确不应该来到这个世界上。

实际上，我们根本无法理解我妈的这一次磨难，整个过程漫长得像一次长途跋涉，或者，更像身处险滩，任凭惊涛骇浪一次次向她呼啸而来。我看到的只是弟弟被大夫从血泊中高高举起来的鲜红的样子，他像一只别致而又令人恐怖的血肉玩具，他的到来显得突兀而又傻里傻气，仿佛是从天而降的一个小怪物，我妈的肚子里怎么可能长出这样一个奇怪的东西呢？生育本身使我们感到无比困惑和恐惧。

我们真的被弟弟古怪的样子吓了一大跳。他的脑袋瘪得像被汽车轧过似的，浑身血迹斑驳，皮肤皱褶不堪，像个老头儿。我不知道自己刚刚出生是不是也是这副模样，但我觉得他的的确确是个奇怪的小不点儿。

我要说的是，弟弟的出生没有给我妈带来丝毫的乐趣，他似乎对自己的到来有些幸灾乐祸，他把每一件在别人那里原本顺理成章的事情都掉了个个儿，好像偏偏要同我妈作对似的，或者，至少是想考验一下我妈的承受力。可我妈似乎再也经受不起任何打击，我爸离开时我妈哭得死去活来，一切灾祸都来得异常凶猛。而就在我妈基本上恢复了往日容颜之时，弟弟很唐突地来临并给她带来难以忍受的痛苦。

我妈生下弟弟后两只乳房在很长时间里都干巴巴的，一点儿奶水也没有，她像一只倒空了最后一滴水的橡皮鳖子，这让她陷入极为尴尬的境地。她虽然想尽了各种办法，甚至寻了许多偏方，却依旧无效。所以，我总担心弟弟随时会饿死，因为他在出生后的三个月里几乎没有哭过，他成天躺在襁褓里，两只手在眼前拧麻花似的晃来晃去。

那天我看见我妈把弟弟从床上抱起来，她的两只眼睛死死地盯着弟弟的脸，看上去有些凶恶。

你是哑巴吗？你为什么不会哭啊？

弟弟根本没有看她，他的玻璃花一样的眼珠很木讷地转动并远远地飘向窗外。外面的阳光很刺眼。我妈看看弟弟，又看看窗外。她多少有些气馁，我听见她大声嚷起来。

早知道你是个哑巴，我生你的时候就该一屁股碾死你！我妈已经不止一次说这样恐怖的话了。用屁股压死一个小孩子，我不知道那是多么可怕的事情！

我妈说完气话，把弟弟狠狠地撂在床上，声音很响，像一块砖头落地，即使这样，弟弟还是没有一丝声响。弟弟很坚强。他的坚强似乎与生俱来。

我妈气急败坏地冲蓝丫说："你难道是死人吗？站在那里一动不动？就不知道给他换换尿布吗！"大人的愤怒永远都施加在孩子身上。

蓝丫急忙跑到外面取干尿布，弟弟生下来后，这份体面的工作就光荣地交给了她，那些花花绿绿的尿布全部由蓝丫来清洗晾晒。我哥很狡猾，这种时候他居然能安静地坐在桌前装模作样地复习功课，我只好给蓝丫做帮手。

在家里我们都要替我妈做很多家务事，可在学校里我们几个并没有什么好日子过。因为我爸是个有严重问题的人，我们就不可能像别的孩子那样无忧无虑、随心所欲。

他们说这跟成分或历史有关。历史究竟是什么，我至今也搞不清楚，但它总跟我爸的那只令我厌恶的小号纠缠在一起，我们总误以为我爸小号所发出的那些声音就足以构成重大的历史问题了。我们还被告知，就是像我爸这样的一撮人把历史给搅乱了。我想谁都该知道，历史当然不能乱，也不允许乱，历史的车轮要是真的乱了套，跟天塌下来有什么两样？天又怎么能塌呢！我爸这种人理所当然要受到历史老人的特殊惩戒，直至他低头认罪、洗心革面、重新做人为止。

在那些年月里，我们三个人的眼神中总浮现着一种饱受欺凌的饥荒，但这种味道并没有持续太久。

首先是蓝丫，她在某个不起眼的日子里突然变得活泛起来，据说她当着全班同学的面给老师一个严重的下马威。她对老师的态度足以证明，我们并不像大家想象中那样逆来顺受，或者说，哪里有压迫哪里就会有反抗。

那次滑稽而又荒唐的事件终于发生在蓝丫的班上。我当然没有机会亲眼看见这场龌龊闹剧的现场，事后才听说有人在蓝丫他们的教室讲台上屙了一摊大便，教室臭气熏天，一群苍蝇飞得兴高采烈。更为下作的是，班主任头天落下的教科书就盖在那摊粪便上，和秽物粘在一起的那页，居然是《毛主席语录》和我们伟大领袖的光辉形象。

这次事件顷刻之间成为举校关注的焦点，因为这看似针对一个教师的恶作剧，其实质是带有某种恶毒攻击领袖和反革命企图的有预谋的行动，子弟学校人心惶惶，唯恐受到株连。课被迫停了下来，罗厂长和子弟学校领导三番五次到教室挨个了解情况，每个人都成了不可排除的嫌疑者。学校普遍认为蓝丫的嫌疑最大，这种断定最直接的依据是：龙生龙凤生凤，老鼠生儿打地洞。用电影里的话说，小偷的儿子永远是小偷，而法官的儿子只能是法官。还有，在事件发生的前一天下午，蓝丫脸蛋上被她的班主任老师用红墨水画满了红色的圆圈并罚站在操场上（理由是她上课打瞌睡必须给予警戒）。

蓝丫却始终理直气壮。

哼！真要是我的话，我就把屎屙在老师家的锅台上，我才没有那么蠢呢！再说，我从来没有一大早晨屙屎的习惯，不相信你们可以去问我妈！不嫌麻烦的话你们还可以去问问我爸，他老人家一定会告诉你们是谁干的！

老师们都笑哭不得。我不敢确定这件事是不是蓝丫亲自干的，但我隐约觉得她有这个魄力，就连我妈她也敢对着干。她会指使某个男生去做，在这一点上，蓝丫绝对是个天才，她一点儿也不傻，她的屁股后面有一个排的追求者呢，而且个个都表现出随时愿意为她赴汤蹈火、肝脑涂地、两肋插刀。

基于上述的事实，蓝丫又被大家重新认定为绝对无法教育好的"五类分子"后代。对于像她这种死不悔改的学生，他们选择了无视她的存在，他们都与她保持距离，他们妄图用这些卑劣的手段打击她的不驯和傲慢。蓝丫从此就再也不用去上学了，老师认为让她坐在教室里纯粹是一种浪费。当然，我们受到株连也在所难免。同学们见了我老远就躲开了，仿佛我得了传染病。

蓝丫整天在家里无所事事，她对我妈的生育似乎没有任何兴趣，至少没有足够的同情心，她甚至在我妈最痛苦的时候，都表现出令人惊讶的无动于衷和幸灾乐祸。她通常摔摔打打、骂骂咧咧地走进伙房，然后将锅台或案板上的每一件物品弄得叮当乱响。她做出的饭也总是半生不熟，不是忘了撒盐，就是忘了倒酱油和醋，总之，她对做饭这样琐屑的工作过早地落在她的头上感到深恶痛绝。

我有一次亲眼看到我妈训斥过她之后，她在盛饭的时候很恶毒地朝我妈的碗里吐了一口白唾沫。那一刻，她的脸上浮现出一丝诡秘的快慰，那种报复后的笑容让我在以后每每捧起饭碗都感到惊惶和恶心。她给弟弟洗尿布更是敷衍潦草，她对弟弟的怨恨更是由来已久。

蓝丫通常丢下饭碗就溜到外面疯野去了，直到很晚才肯回家，可我妈根本管不住她。我不清楚她整天都在外面忙些什么，反正，她待在家里的时间很有限。她在家的时候多半是对着镜子发呆或跟我妈针锋相对。我又总觉得我妈好像挺怕她的，说不清是什么理由，只是错觉吧。

我哥素来是个狡猾的狐狸，他从不与我妈发生任何正面冲突，他总是习惯用一种笑嘻嘻的无赖眼神看着我妈，这就是他的高明之处。但他对时间把握得实在太差，或者他压根儿就是一个没有时间观念的人。

整个晚上你都能看见他坐在饭桌上，四平八稳、装腔作势地忙碌着，那架势很像一名资深的学者在进行一项科学研究。但到了大家都准备上床睡觉的时候，他的作业通常勉强做完一多半。于是，在我妈的抱怨声中，就能听见我哥很不严肃的笑声。我讨厌他那种缺乏阳刚的声音。我又感到奇怪，我妈从来都不真的冲他发火，恰恰相反，每次他充满讨好和伪善的声音，竟都让我妈情绪释然地变得宽容起来，好像他从来都不曾惹得她真正生过气。我逐渐开始相信那句话，人心真的是长偏的，我妈至少是这样的。

我哥有时候也找出一些乱七八糟的理由来搪塞一二。他说满房子都是尿臊味，让人怎么安心学习呢！不过，这些话从来不当面讲给我妈听，他知道她是不喜欢听这些牢骚的。他是个不折不扣的老滑头。

蓝丫坐在地当间清洗尿布的时候，我就得跑到街上给弟弟打牛奶。我经常拿着那只空葡萄糖瓶子在街边漫无边际地游荡。有时候我会看见瓶子里还残留着一汪乳白色的液体，那种液体总让我垂涎欲滴，我通常会拔去瓶塞，将头仰得高高的，然后津津有味地吮吸瓶里最后的奶液，牛奶的味道真的又香又甜。

从那时起我对白色的东西产生了一种依赖与憧憬，也包括皑皑的积雪。每年下起第一场雪的时候，我就被一种遥远而又紧迫的声响左右着。我爸就是在一个冬天的清晨被他们带走的（几乎是从温暖的被窝里揪走的），我们哭喊着从家里撵出去，我爸已经被他们扔进军绿色的卡车厢里，两个背枪的家伙正抓着他的胳膊按住他的头。汽车开动了，我爸的身体跟着车身剧烈摇晃着，他摇晃着佝偻的背影，距离我们越来越远。

当然，我也会主动地给弟弟换换尿布，他总是半闭着眼睛，弟弟屙的其实一点儿也不臭，大多的时间像一摊黄连素的水溶液。我的手在接触到弟弟的屁股蛋时，突然有股很强烈的冲动，我决定仔仔细细地看一看弟弟究竟长什么样，但我很快就惶遽起来，我被弟弟屁股蛋上的斑驳青紫的印记吓得魂不附体。

我猛地联想起我妈无数次抱起弟弟，并用一种恨铁不成钢的口吻追问，你为什么不哭呢？你是哑巴吗？哭！你给我使劲哭呀，你这个孽障！要你有什么用处？我立刻愕然了。我重新仔细查看弟弟屁股上那些人为的痕迹，我的眼睛渐渐地暖热起来，那热量倏忽传遍周身，我被一种从未体验过的战栗作用着，它让我体会到了恐惧的力量对一个孩子的巨大震慑。

哦，弟弟你为什么不哭呢？难道连哭也有这么艰难吗？你就当是行行好哭一声吧！我真的越来越觉得，他跟水塘里的小蝌蚪一模一样，它们就是那样一声不响、懵懵懂懂，直到长大的那一天。

那以后我时常在睡梦中大汗淋漓地醒来，梦中总会有庞大的黑色向我扑来。那时我感觉到身体的每一处都被一双女人的手，还有尖锐的指甲掐拧着，那种疼痛是我无法形容的，让我越来越没有做梦的勇气。

我妈终于同意让我抱着弟弟走出家门。

那天真是一个好天气，我听见成群结队的鸟儿在树头或天空中鸣叫，它们叫什么我听不懂，但我仿佛觉得它们是冲着弟弟和我而来的，因为我很久没有看到过这么多欢快的鸟儿了。小鸟在前面带路，这可真是美好的一天，好得让人难以形容。

我很小的时候就梦想自己变成一只天上的鸟，哪怕是一只麻雀也好，因为鸟可以自由地飞来飞去，关键的时候，我可以飞上天，他们谁也别想纠缠我。这种近乎痴狂的想法总是让我表现出郁郁寡欢的模样，因为我永远也无法让自己变成一只鸟，哪怕是一只人人讨厌的麻雀。所以，当我抱着弟弟走在路上的时候，我忽然觉得自己就像一只快活的小鸟。

我妈的样子并不像我这样欢乐，她甚至有些犹豫不决，走了一半的时候，她突然停下来，她说要不我们先回去吧。我不明白她说这话的真实含义，我只是想她大概是忘了带什么东西。但很快她又从我的手里将弟弟抱过去，然后步态迟疑地继续往前走。

所里的民警当时接过户口簿仔细地查看一番，便问弟弟叫什么名字。我看见我妈至少愣了三十秒，以至于那位民警同志用力敲打桌面时，她才回过神，她的脸上表露出很尴尬的犹豫，事实上连她自己也没有想过该给弟弟起一个什么名字才好，或者，她从来都没有思考过这个问题。

　　我妈当时只是自言自语地说了句："叫啥好呢！随便什么吧……他爸也没有来得及给他取个名字，干脆叫……叫他张哑巴算了。"

　　我想那位民警叔叔一定是听错了，或者他认为我妈已经说出了弟弟的名字。于是，他龙飞凤舞地在户口簿添上"亚"字，当然他会毫不犹豫地将那个"口"字旁去掉，而民警叔叔根本不知道那只是我妈一时信口而出的怨言。

　　我跟我妈抱着刚刚有了名字的弟弟回到家，一进门我妈就吹胡子瞪眼睛的，因为蓝丫正在家里照镜子臭美。她当然是在照镜子，因为照镜子一点儿也不费脑子。这对于一个没长脑子或大脑不健全的人来说，是再简单不过的事情；而且，她还用一根烧得滚烫的钎子不停地烫卷她的刘海儿。她就是这么爱臭美，谁也拿她没有办法。

　　房子里弥散着那种毛发烤焦的难闻气味，好像蓝丫不是在烫发，而是在很专注地燎一只羊头。其实，像蓝丫这样的女孩在我们食品厂比比皆是，她们上学时心不在焉，在子弟学校勉强混完初中便在家窝着等待就业机会。或者，她们中有的干脆就到街上去当小阿飞，学抽烟酗酒打群架偷鸡摸狗，终日游手好闲无所事事。现在，蓝丫已不用念书了，她有大量的时间需要打发，包括用一根烧红了的钎子没完没了地折腾她那头黄毛。她这种无所事事的样子总是令我妈大为恼火。

　　说起来蓝丫的确喜欢臭美，不管有事没事，她总会面对着家中那块唯一的半拉镜子照来照去——那块穿衣镜还是很早以前我爸在一次醉酒后同我妈吵闹时打碎的。事实上，那些年爸妈总在为一些鸡毛蒜皮的琐事争吵不休，哪怕一丁点儿事情都会弄得脸红脖子粗的——蓝丫看着镜子里的人，仿佛里面是个从天而降的仙女，而唯独不是她自己。蓝丫的寂寞跟镜子里的美丽有关。我估计镜子里的蓝丫大约忽略过这样一种事实：现实跟镜子之间毕竟是有距离的，靠得太近或离得太远，都会使人产生错觉，物我两忘，而且容易破碎。这很危险！后来的一切证实了这种危险，而我又绝非杞人忧天。

我妈当即就把弟弟屙脏的一团尿布甩给蓝丫了。我妈气冲冲地说："姑奶奶你能不能干点正事，你除了会烫你那几根骚毛，就不能帮我干点家务活吗!"也许，在我妈看来，洗尿布这件事是对蓝丫的臭美最有力的惩罚和打击。

蓝丫一直冲我妈翻着桀骜的白眼，并使劲皱着眉头，鼻子一抽一抽的。趁我妈转过身去的时候，蓝丫以最快的速度异常厌恶地用一只手捂住自己的嘴巴和鼻孔，好像弟弟的尿布有剧毒似的，让她唯恐避之不及。

3

有一天早晨我醒来的时候，天还没有彻底亮开。房内黑沉着，窗玻璃上凝结着的霜花分明还很清晰，一些破碎的寒光就是从玻璃面上反射到地板上的，显示出窗格子的规矩与冷漠。

我妈好像起得特别早，她起来后就开始用一条小棉被包裹尚在熟睡中的弟弟。我哥和蓝丫还在睡懒觉，她却把我叫了起来，她说弟弟发高烧了，她要抱着他到医院去看病。

出门前，我妈从衣兜里取出两角钱悄悄塞给我，叮嘱我去帮弟弟取牛奶。那时，她的脸上依稀绽放出难得一见的轻松和蔼的笑容。我很久没有看见我妈有那样的笑容了，或者说自从我爸不在之后，她就不再这样笑过一次。所以，我对她的这次笑容同样记忆犹新，这笑容让我在漫长的童年生活中感到了一丝少有的温暖。

我带弟弟去医院打针，你记着要早点把弟弟的牛奶打回来，别光贪玩！

她说这些话的时候，那种难得一见的笑容早已烟消云散。

我接过那张两角的纸币，突然间产生了某种虚空的感觉，它既真实又苍茫无边。我觉得自己好像快从地上飘了起来，我忘了自己有多长时间没有看到过那么崭新又那么令人激动的两角钱。我甚至已经开始为这两角进行了一次复杂而又冗长的盘算，后来我决定先用它买一只漂亮的棒棒糖，然后再买上几个香脆可口的米花糖，剩下的钱或者还能买到一只果丹皮的。我应了一声便睡眼惺忪地拎着奶瓶子跑出家门。

因为这两角钱，我几乎用去了整个上午的时间，仿佛陷入了某种圈套。我看见瘦长而狭窄的街道上空留下我孱弱的影子，这也是我对吴忠这片巴掌大的地方所有记忆当中最为重要的一部分。这天我突然感觉到我妈对我那么好，好像她从来都没有对我那么好过，最直接的证据就是，今天不年不节的，我妈居然很大方地给了我两角钱。因为有了这两角钱，我就开始胡思乱想。那是一种令人发狂的资本，我有两角钱啊！我估摸着我妈带弟弟去医院看病必然不会那么快回来，看病是件很麻烦的事情，要挂号再排很长的队，还得让穿白大褂的家伙们问这问那摸来摸去，所以我大可不必抓紧时间。

我并没有如愿地买到那种好吃的棒棒糖、米花糖，还有果丹皮，事实上我什么也没有买到。我很快就遇到了麻烦。我的钱被几个比我大一点儿的男孩抢走了，他们什么时候跟上我，我一点儿也不知道。当一团黑影挡住了我的去路时，我依旧沉浸在拥有财富（如果那两角钱也能称作财富的话）的喜悦当中，我只是本能地把自己那只攥着两角钱的手紧紧地插进裤兜里。他们命令我乖乖地把钱拿出来，否则就要给我点儿颜色看看。我就说我没有钱，真的，孙子骗你们，我真的没有两角钱！我妈从来都不随便给我零花钱的。

他们自然不相信。他们说："他妈的没有钱你在商店里转来转去干什么？"后来，他们大概不想再听我啰唆什么了，就狗一样扑了上来。我的一只手里还拿着打牛奶的玻璃瓶子，我必须保证它不能摔碎，否则弟弟就没有奶喝了。我根本不是他们的对手，再说他们有好几个人呢。

于是，我被他们制服了并死死地按在地上，他们用上了吃奶的劲儿才掰开了我的另一只手，我的手指都快被这帮家伙拧断了。你们一定不知道冬天挨打的滋味有多么难受啊，我全身的骨头都像散了架，巨大无边的疼痛如同一把把坚硬锋锐的冰叉一直刺到五脏六腑中。见我死狗一样趴在地上不动了，他们几个又从棉裤里掏出各自的小东西，然后一声号令，每个人嘴里都发出哨子一样的怪响，五六柱尿液喷泉似的在我的身体周围织成水帘，湿热的尿臊味弥散在袅袅的雾气中……

四孬就是在那一刻从天而降的。

四孬小老虎一样扑过来，他的确是天生打架的料，三下五除二，那些家伙就开始哭爹喊娘屁滚尿流了。我想，若不是四孬帮忙，我还会吃更大的亏。可我当时从地上爬起来，并没有对四孬说上一句感谢的话，因为我一直认为他是我们学校里也是厂子里最坏的小孩，动手打架是他的天性，他并不是来帮我，他只是见到别人打架就手痒痒而又正好充当了一次"小英雄"。

四孬说："往后谁再敢欺负你，你就说是我哥们儿。"

四孬就是这么说的，虽然当时我对"哥们儿"这个概念还相当模糊。四孬还说："你怎么不还手呢！笨蛋！是男人就得学会打架！要不你就只配做孬种，受人欺负。"

可是，我觉得一个小孩还不够资格被称为男人。

这件事让我忽然觉得四孬还算是个有正义感的人，至少一开始是这样的。我之所以愿意和他交往，就是因为他帮我解了围。这时他大概也就十岁，他可以将那些坏孩子揍得鼻青脸肿、体无完肤。所以，在其他孩子都唯恐避他不及的时候，我接受了他的友谊。男孩子的友情通常是跟一次"战争"联系在一起的。

当我终于脚步迟疑地走近家门口的时候，却被房里传来的一记声响所怔住，似乎有个女人在伤心地抽泣。

进去以后，我妈就莫名地将我搂在她的怀里，好像她很想念我似的，这种近乎窒息的拥抱让我措手不及。我根本不明白我妈这样做的原因和真正目的，我只记得她已经很久没有这样抱过我了。我强烈地感受到她瘪瘪的身体正在不住地颤抖，她的身体上有股淡淡的尿臊味，那是来自弟弟的。

我妈终于从痛苦的哭泣与战栗中将自己解脱出来，她抹去泪水的动作有些勇敢得让人害怕。

"你弟弟丢了！我一回头他就不见了！"

我妈一直僵硬地看着我，好像我知道事情的真相似的。她的眼里全是泪水，看上去简直悲痛欲绝、生不如死。

"我明明是把他放在医院走廊的椅子上的，可我一回头他就没了，这个小孽障啊！"

那时，我听见自己手里的奶瓶砰然落在地板上，雪白色的液体从地面上飞溅起来，然后又平静地匍匐在脚下。我的眼前一片白色，或者什么颜色都没有了，只是一片空白。我还听见自己的眼泪也掉在地上，它静静地躺在那摊白色里并迅速溶于白色。它让我依稀想起来有一次在医院的走廊里看到的一个快死的人，他就是那样安静地平躺着，躺在一片醒目的白色之中。这个面目不清的陌生死者是我噩梦的重要组成，他经常自由出入于我的睡梦中。而此刻，他突然就变成了可怜的弟弟，面目清晰得无法形容，我从来没有看见过如此渺小而又生动的孩子的面容。

接下来，我第一个从屋子里跑出来，一出门，眼泪就模糊了我的视线，我什么也看不清了，外面天色已经暗下来。

这时我听见我妈在屋里冲我哥和蓝丫哭叫起来："你们这两个死人，守在家里等死吗？你们的耳朵塞了猪毛了咋的，你们还不快去找找弟弟呀！"然后，我妈的哀伤的哭声再次从屋里传出来。她确实伤心得要死，但我就是想不通，弟弟好好的怎么说丢就丢了呢？说实话，对于我妈的这种说法，我一直表示疑惑不解。

我哥和蓝丫像两根木头似的争先恐后地从屋里跑出来，他们俩的脸上挂着极不情愿的表情，要不是我妈把他们骂得狗血喷头，这两个人也许是不会走出家门的。我们仨一同往外面走的时候，我哥梗着脖子埋怨我妈："妈也真是的，一个大活人，还能把自己的孩子弄丢，除非她脑子进水了！"

蓝丫却一副不以为然的样子，她好像一点儿也没有把这事放在心上，好像我妈只是在跟我们开玩笑似的，她竟然还有闲心边走路边打着瘸腿踢她的沙包。那只花花绿绿的布沙包在马路上像一只丑陋的老鼠，一会儿跑到路边，一会儿又窜到我们的脚下。

不知怎的，蓝丫的沙包突然飞起来，正好砸在我哥的屁股上，我不知道她是不是故意的，反正我哥立刻火冒三丈，好像他的屁股上着了火。我哥简直怒不可遏地朝蓝丫扑过去，一把就揪住了她的羊角辫，用力撕扯着，嘴里愤愤地嚷："我让你踢让你踢！"

蓝丫顿时痛得尖叫起来，但她也不甘示弱，乘机伸手去抓我哥的脸，蓝丫的指甲又尖又长，一下子就把他的脸抠疼了。我哥恼羞成怒，干脆把蓝丫摁倒在地，同时骑到她的身上，用手使劲扇她耳光。他们俩根本就不记得去找弟弟的这件事了，就那样旁若无人、互不相让地扭打在一处。

我实在懒得搭理他们，这两个家伙总是那么没心没肺的，弟弟都丢了，他们还有心思在这里为一点点小事手足相残，我真希望他们彼此打死算了。于是，我就头也不回地朝前面一路小跑而去。我一边跑一边"弟弟，弟弟"地叫个不停，每遇见一个过路的人，我就上前不厌其烦地跟他们打听，问他们有没有见过一个小孩，并颠三倒四地给他们描述弟弟的小样子。

　　后来，我还是径自跑到那家医院里。医院早已经下班了，我是从大铁门下面钻进院子里的。可是，很快被值班门房里的一个老女人给挡住了，她长得就像传说里的老巫婆一样阴郁。她问我："小孩你要干啥？"我说："我来找弟弟。"老女人抽动着她那只鹰钩鼻子，目光凶巴巴地扫着我的脸，好像那里有一大团细菌。她对我说："哪儿有你弟弟，赶快滚蛋！"

　　我的眼泪都快急下来了，我苦苦央求她说："阿姨让我进去吧，我妈说她把弟弟放在医院的椅子上不见的，你就让我进去找一找弟弟吧！"老女人没有再说话，她瞪着鱼眼皱着眉头，我想她可能正在思考该不该让我进去。哪知她猛地朝我伸出手来，像是要把我抓住吃了似的。但我毕竟是个孩子，身子一闪，她就抓空了，我乘机从她眼前溜走。老女人在后面大喊大叫："小坏蛋，别让老娘逮住你！"

　　但我并没有离开医院，后来我还是跟猴子似的从医院后面的一个破窗口爬了进去。一只手背让玻璃碴子划破了，鲜血汩汩地流着，我也顾不上疼，只是用舌头把血随便舔了舔。原来血的味道很甜的，像糖果一样。我爬进医院后就开始满世界摸索，走廊里面黑洞洞的，青霉素、酒精还有福尔马林的混合味无处不在，让人恶心得想吐。

　　我在里面瞎转悠了老半天，后来糊里糊涂地推开了走廊尽头的一扇房门。里面好像有几块半人来高的台面，靠墙还有两三张病床，都没有铺床单，人造革床面黑溜溜的，发着冷光。我乍一进去的时候，觉得有点儿阴森森的，我像盲人那样伸手摸着往前移动脚步，当我准备靠近其中的一张床时，脚下猛地被什么硬物绊了一下，就听咣当一声，我吓出一身冷汗。大概是放在地上的一只铁皮桶被我撞翻了，我急忙蹲下来，心里想着要把那东西扶起来。

　　我的手伸出去时，一下子碰到一团黏稠湿软的东西，我的手即刻又缩回来，与此同时，一股混浊而又腥臭的气味钻进我的鼻子里。我这才意识到，自己的手碰到的是一摊类似于肠肠肚肚的软东西，我的手已血迹斑斑的了。我强迫自己镇定，然后不安地起身再次朝四周看。这时我的视线比刚才清晰多了，这一看不要紧，我不由得大叫了一声，就像撞到了鬼，觉得头发都一根一根地直起来了。在最靠里的角落的那张床上，我隐约看到有个人的形状躺在上面，一动不动的，人形上面苦着一条白布单，连头脸都被苦住了。我的脑子立刻呈现出以前在电影里看到过的一张死人的脸，狰狞而又邪恶，我似乎又连着叫了两声"妈呀"，同时拔腿往外飞奔。

"有鬼呀，鬼来啦……快救命呀！"

仓皇之际，我几乎连喊带叫，那种感觉真是恐怖极了，就像一条毒蛇在后面追我。我一口气逃到了后面的住院部，远远看那里倒是有灯光和人影。我的心狂跳不已，我恐惧地一次次回头朝身后观望，还好，没有想象中的鬼魂追上来。我大口大口地喘着气，直到跑进住院部的走廊里，才稍微平静了一些，从头到脚出了一身臭汗。走廊里不时传来病人痛苦不堪的呻吟，偶尔有一两名女护士穿着白大褂在走廊里穿梭。

我赶紧上前跟她们打听我的弟弟，护士翻着卫生球样的白眼珠，对我的问话爱搭不理的。后来她们大概也注意到了，我的一只手血糊糊的，另一只手背上有一道很深的口子还在滴血，她们才眨着白卫生球不无警惕地（也许她们把我当成那种不要命的小混混了）告诉我："小孩，这里是医院，不是派出所，你要想找人的话，最好去找民警。"

直到这时，我才相信，问题并不那么简单。也许，弟弟根本就不在这家医院里，他确实让我妈给弄丢了。

在弟弟丢失后的许多天里，蓝丫和我哥他们都表现出无所谓的神情。他们俩除了仇人相向之外，我哥继续装模作样地学习，而蓝丫则分明感到了一丝轻松，我隐约听见她说过这样的话：

"哼！少一个哑巴也没什么不好！"

我非常清楚她的真实意图。

这下蓝丫终于解放了。她再也不用使性傍气地给弟弟洗尿布了。

几天后，我妈打算去厂里报到上班，食品厂已经基本恢复了正常的生产。我听见她跟蓝丫唠叨着："我不上班，难道你们几个都等着喝西北风呀?!"而情况的确是这样，我们家已经快到揭不开锅的地步了。

那天蓝丫的嘴里很唐突地冒出这样一句话，她用不屑的眼神盯着我妈。那种神情令人不寒而栗。

"早知道是这样的结果，干吗还要生下他呢！"

这话其实一直都憋在我的心里，可我始终没有蓝丫那种天不怕地不怕的勇气，把它讲出来。

那时，我看见我妈一脸的晦涩和痛苦，像是嘴里有一颗牙莫名其妙地掉进了喉咙里，噎得她半晌才缓过神来。她想从凳子上跳起来，但我不明白她为何又克制住了，她将下嘴唇咬得很紧，泪水在眼眶里直打转。她依旧不甘示弱。

"你什么意思？你到底是什么意思?!"

蓝丫没有任何回答，她已经用片刻的沉默与僵持回答了问题。她以更加放肆的表情向房里的每一个人证明了她略占上风的气焰。

最后，她阴阴阳阳地说："反正是个哑巴，丢了就丢了呗，谁也没有怨你。"

我暗地里狠狠地瞪了蓝丫一眼，她骄傲的神态和恶毒的说法令人伤心，我十万分地讨厌她说弟弟是个哑巴。就凭这一点，我觉得她应该受到惩罚。我相信弟弟并不是哑巴，他只是不愿意那么早开口讲话罢了，弟弟一定是个最坚强的孩子，他甚至在大人无数次狠下心来用手指拧他掐他的情况下都没有哭出任何一声。但我不知道弟弟现在到底在哪里，我只是担心他那样不哭不闹，别人会以为他是个死人，根本不会把他抱回家收养，或者忘了给他按时喂奶。

我妈多少有点儿哑巴吃黄连——有苦说不出来了。我能感觉到蓝丫把她气得够呛，可我妈一时半会儿也拿不出对付蓝丫的好法子。所以，当蓝丫蹦蹦跳跳跑到外面玩的时候，我妈只好一个人待在里屋生闷气。

这时我哥却一反常态，他扔下自己手头的事情，钻进里屋去跟我妈磨叨。

我听见我哥添油加醋地说："妈，你对她也太软了，她都要爬到你头上屙屎了！"

我妈立刻被我哥的话刺痛了，她毫不客气地说："放你娘的狗屁，快滚出去。"

我哥却厚着脸皮说："妈你就知道骂我，还不是看我老实好欺负。"

我妈哼着鼻子说："反正你们仨没一个是省油的灯……我这命咋就这么苦呀，你们谁知道妈的心呢，你弟弟丢了，妈的心能好受吗？你们一个个都没良心！"

说着，我妈又呜呜地哭了起来。

我哥只好沮丧地从里屋钻出来，我觉得他纯粹是偷鸡不成反蚀一把米。当我哥发现我正盯着他看的时候，他故意把脖子拧了拧，好像在说老子天生这副德行，你能把我怎样。

其实，我并不想搭理他，我就是想不通，同样一母所生，我哥的心眼儿咋就那么坏呢。

我妈回厂子上班没几天，一个叫刘庆福的男人就来我们家做客。

那天我正在家里帮我妈绕毛线，她把我爸的一条旧毛裤拆洗了，她说要用这些毛线给我和我哥每人织一件毛背心。她说反正你爸一时半会儿也用不上。刘庆福进来的时候，房子里正弥散着一股淡淡的樟脑丸味。这个个头儿不太高的男人没有敲门就径直走进了房里，他的手里捏着一卷用牛皮纸包裹好的东西。

我妈先是一惊，我们家已经很久没有来过什么客人了。我爸走了以后，厂里的人个个都故意躲避着我们，仿佛我们浑身上下都长满了令人惧怕而又极具传染力的毒疮。所以，我妈在热情地站起身的同时，就忘了她手里的线团。那只紫红色的线团从她的手里滚落下来，线团最终停在刘庆福的两只脚中间的空隙处。

她急忙走过去去捡，就在她即将摸到那团毛线的一瞬间，刘庆福也蹲下了身体。我听见我妈哎哟了一声，事实上我已经感觉到他们可能会碰在一起。我心里直想笑，两个大人的脑袋撞在一起实在很愚蠢。我听见刘庆福像个孩子似的连声问："没事吧？是不是碰疼你了？"说着，他早将线团捡起来递给我妈。她的脸就在那一刻忽地通红一片，她应该为自己毛手毛脚的行为感到难为情，尤其整个碰撞的过程让我看得清清楚楚。

我要说的是这个叫刘庆福的人，那天很快就准备离开，他除了将手里的那卷的确良花布作为探望我妈的礼物留下来以外，硬是坚持从裤兜里掏出十几枚新旧不齐的粮票拍在桌子上。然后，他摸了摸我的脑壳，他说要听妈妈的话。他的说法让我觉得很不舒服，好像我是个坏孩子一样。不过，我很快就联想到我妈，一定是她在外人的面前说了我们的坏话，所以刘庆福才如此放肆地跟我讲这种话。于是，我就气愤地跑出了院子，刘庆福似乎又跟我妈说了些什么，我听见我妈笑得很灿烂，我觉得她是个不折不扣的势利眼，那么一卷破布就让她笑起来没完没了，仿佛她八辈子没见过似的。

我只好独自在街道上漫无目地游荡，路过那家小商店的时候，我将头伸进去，我清楚地看到玻璃柜台里面诱惑我的仅有的几种食品。

当我的目光落在那些我喜欢的棒棒糖上时，我忽地难过起来。这是我从来不曾有过的感觉，就像一阵无缘无故的风突然就从平地卷了起来，让人来不及防备，把我的心情吹得乱七八糟。我急忙从商店里缩回脖子，那一刻我的眼前浮现出一个瘪瘪的小脑袋，它在我的脑海中愈来愈大，最后压得我抬不起头来。我突然什么也看不见了，整个世界一片漆黑。

有人从身后悄悄蒙住了我的眼睛。是四孬。又是他。

他说："瞧你没出息的样儿！想吃糖是不是？口水都快掉下来了。"

我急忙尴尬地摇摇头："谁想吃糖了？我只是想看看。"

四孬就把嘴撇到一边去，他趴近我的耳朵小声说："你要想吃我就有办法，你信不信？"

我将信将疑地看着他脏了吧唧的脸，"你有钱吗？"

四孬颓然地摇头。

说心里话，四孬其实还是很英俊的，只是他的脑门上总闪着鬼点子，脸蛋上还有一些打架时留下的伤痕，让人觉得一点儿也不踏实。

四孬让我站在门外等他一会儿，就自个儿钻了进去，很快，他又出来了，远远地就给我使眼色。我开始不明白，后来看见他撒腿往前面没命地跑起来，才醒悟过来。我害怕极了，就跟在他身后一路狂奔下去。我们一口气跑到那条煤渣路上，回过头发现并没有人追上来。四孬从裤兜里变戏法似的取出几只棒棒糖递给我，我犹豫起来，我的两只手也悄悄藏在屁股后面了，我不知道自己该不该伸出手去。

四孬生气了："他妈的我从来没见过你这号人！"他深仇大恨般地剜了我一眼，"你不要就是不把我当朋友！"

如果说这世上真的有友谊的话，对于我来说也许就是从这里开始的，我很久都忘不了四孬那时的眼神，有一点儿执拗，我知道我必须去接受，我只能去接受，即便这东西是偷来的，我没有选择，因为他愿意做我的朋友。

我和四孬并排走着，我们谁也不说话，任由甜美的糖汁在我们的喉咙里滑过。我们不说话，是因为我们完全沉浸在甜蜜之中，沉浸在初来乍到的友情里，至少那一刻是这样的。

这时，从对面走过一个肮脏的老婆子，她背着一只破旧不堪的麻包，蹒跚着向我俩走来，眼看就要撞着我们了。我们连忙闪到路边，一股刺鼻的异味包围着我们。我从她的背后可以看清那只麻包里已经装进了一些杂物，却并不很满。她并没有看见我和四孬，或者她连头也没有抬一下，她的全部精力都集中在马路上。我看见她弓下身体，将路旁的一只纸盒子宝贝似的捡起来。那时，我的目光被夕阳中的一只颤颤巍巍的枯如鸟爪似的手触动了一下。之后，那个脏兮兮的老婆子又缓缓地朝前走了，她的行走没有丝毫方向性，好像只是为了走而走，永远没有止境。

四孬愣怔了一会儿，他很突兀地问我："长大了你想干什么？"我傻傻地望着那个老婆子消失的背影，嘴里吃糖的滋味真好。我说："我还没想好呢，反正不会去捡垃圾吧！"哪知四孬却得意地说："我长大了要干你们都想不到的大事情。"

我觉得四孬的样子很古怪，我一直认为这家伙确实挺鬼的，但他并不是那种鬼头鬼脑的人。他大概很善于伪装，所以，我敢打赌，四孬的鬼谁也不容易发现；谁若能当面揭穿他的诡秘，我宁愿让他把我当驴一样骑来骑去，我乖乖驮着他满街巷疯跑。至少，像蓝丫这样傻乎乎的人是不会轻易发现的。

那天在回去路上，四孬突然毫无缘由地问我："蓝丫到底是不是你姐呢？"我没有立刻回答。他就很莫名地撇着嘴巴。四孬的嘴是天生的难看，地包天。"你们俩打过架吗？我打赌你肯定打不过你姐！"

我还是一句话也不想说。我之所以一句话也不想对他说，是因为我讨厌回答跟女生或女同志有关的问题。我看不起一个堂堂的男生总是盯着一个女生不放。四孬真的是一个令人厌恶透顶的家伙，打一开始就这样。他的嘴总爱那么往上撇着，在我们一起往回走的路上，他的话题始终没有离开过女生。"那你觉得罗杨怎么样？"

我心里想，罗杨人长得挺好看的，学习成绩也不错，只是有一点儿脱离群众，不怎么爱和我们这些人搭讪，平日里总是文文静静地坐在那里看书。干部家庭的孩子大概都是一个德行吧。四孬见我默不出声，接着又说："我能看得出来你对她有点意思，不过，你肯定没戏！她是不会喜欢你这种人的。"四孬说得十分肯定，那口气就好比他是罗杨粪便里的一条蛔虫。我冲他狠狠呸了一下："去你妈的吧，别以为我会像你一样死皮赖脸！"

事实上，四孬这时已经开始蠢蠢欲动了，这主要是来自他的身体或生理上的一些变化。他先是个头儿一夜之间蹿出一大截儿，像根电线杆子，以绝对优势把其他同学落在后面。接着他的脖子上很奇怪地长出一块鸡嗉子样的古怪东西，嗓音变得粗糙不堪，说起话来有点老气横秋（这跟他很早就开始吸烟有关系）。记得有一回在厕所里，四孬很下流地掏出他的烂玩意儿让我看，我当时着实被吓了一大跳，他的那块地方莫名其妙地生出些稀稀疏疏的毛发，很令人惊慌。四孬问我长了没有。我不好意思地摇头。四孬就咧开他的地包天大嘴不无嘲弄地笑起来，他说不长这些就不算是真正的男人。我将信将疑。不过，从那一刻起，我对四孬产生了厌恶。我觉得他是个不折不扣的臭流氓。

后来，四孬见我不搭理他又来无话找话，我觉得这家伙从来都是这副德行，无事生非，无中生有，惹人讨厌。他说："你姐倒可以算得上我们厂里最美的女生。"他居然用了"美"这个词，好像他是一个审美专家，好像他的眼光和学识足以能够驾驭"美"这一类词。

我照样没有搭讪。我觉得四孬的脑子一定有点问题，因为他竟然认为蓝丫长得好看，我怎么一点儿也看不出来呢？这太可笑了，我宁愿用好看或漂亮这类词来谈论一只老鼠或大白兔。在我们将要分手的时候，四孬提出一个更为唐突的问题，令我顿时感到手足无措。我直想上去扇他一个大耳光。

四孬无耻的脸上露出一种令人作呕的傻相，他说："你知道你姐来过那个没有？"接着，他不等我做出任何表情就说出他一直想说的屁话。他说："一个女的要不来那个，她就不算是真正的女人，就不能和男的好！"说完，他冲我鬼鬼地笑了一下，就跑开了。

我想骂他都来不及。在跨进家门之前，我至少诅咒过一百遍四孬。这个混蛋！他居然敢向我说那么流氓的话。

等刘庆福再次来我家的时候，我看见他的头发上面泛着一层油亮的光泽，这使他的脸庞也透露着一丝油腻的味道。说心里话，我有点喜欢这个男人，在我的记忆当中，他从不空着手上我家来。

那天我妈刚刚擦洗过身体，房子里还漂浮着香皂的味儿。她恰好换上那件用刘庆福送来的布料做成的上衣，是一件小翻领的碎花底衬衣。

我妈穿着这件崭新的衣服迎出来。她对刘庆福笑得很甜。她说："没想到你还挺有眼光的！怎么样，好不好看？"

接下来，我就听见刘庆福不无夸张地赞誉："好看，太好看了！这下你至少年轻了十岁！赶明儿你往车间一站，那些老婆子非眼红死不可！"

说着，刘庆福耍魔术似的掏出几颗水果糖乘机塞到我的裤兜里，他问我喜不喜欢吃糖，没等我回答，他又说："听话到外面好好玩去，叔叔要和你妈妈谈很重要很重要的事情。"

我立刻飞快地往出跑，生怕谁会抢兜里的糖果，但我突然觉得刘庆福所说的很重要很重要的事情一定和弟弟有关，我就无法按捺地转身跑回来。我焦急地询问站在我眼前的刘庆福。

"你是不是找到我弟弟了！是不是呀，弟弟是不是有消息了？"

那时，我看见我妈的脸色突然莫名地消沉下去，就像天空中的一朵浮云忽然间遮蔽了太阳的光辉，阴得让人浑身不自在。她沉默了许久，后来她把脸转向房里的男人，断断续续地说："对，对，你快去吧。"她还想说什么，但她最终掉过头进房去了。

我嘴里含着一颗水果糖，又开始在外面游荡。我感觉自己如同一只孤独的麻雀，翅膀上的羽毛还很稀少，注定飞不出多远。这时候我并没有过多地思考未来，而是时不时想起我那可怜的弟弟。想起弟弟，我就会无数遍地在心底为他祈祷。在我的印象中，弟弟并没有走远，他只是跟我们开了一个小小的玩笑。我时常觉得他就躲藏在某个黑暗的角落里，就像一只游荡在水泊中的孤苦伶仃的蝌蚪，正用他那双黑色的眼睛默默注视着我。蝌蚪一样的弟弟之所以藏着不露面，是不想让我们再把他捉回来受罪！每当这样畅想的时候，我就会变得激动起来，这些奇怪的念头雨点一样落在我的脸上，让我在清凉中学会一个人漫无边际地胡思乱想。

所有白天的想象似乎都会在梦中再度出现，只是，在梦里它们完全变成黑白，变成另一种虚幻的形式。梦中的弟弟总是比我想象中要小许多，他时常漂浮在一片茫茫的水中，只露出一颗小小的圆脑袋，两只鱼一样的眼睛闪闪发亮。此外，似乎永远也看不出他的忧伤和痛苦，他几乎没有什么特别的表情（或者是我还没有清楚地看到），他虽然孤单却从来对我无所乞求，只是慢慢地游弋并靠近我（想要跟我打个招呼吧）。有时，随着他游动的身体，我依稀发现他的手和脚都消失了，只有一条在水中灵活摇摆着的小尾鳍。我想弟弟大概真的就是一只蝌蚪转世，现在他从我们的生活中游走了，他要回到真正属于他生活的地方，因为他害怕被人们整天不停地呵斥。情况就是这样，蝌蚪刚刚生下的时候就被它们的母亲抛弃在水塘中，它们最终学会找到自己的妈妈，但那需要时间，很长。

我坚信弟弟一定会像蝌蚪那样游回到我们身边，找到自己的妈妈。

我甚至已经闻到了这个城镇上空正飘散着一些尿布的味道，我开始迷恋那种气息，它使我真实地感受到一个幼小生命的存在。

那天我走出很远，最后连我也弄不清自己到底走到哪里去了。刘庆福塞给我的糖果足够我绕着这座城镇转上两圈。我奇怪地感觉到糖对一个人的作用，有时候它甚至能代替麻醉剂，让人在甜蜜与回忆中无限徜徉，遗忘痛苦。吃糖的感觉让我总有种亲近弟弟的可能，我觉得弟弟那尚未沾染尘埃的小手正慢慢地朝我伸过来，而他的脸上却没有丝毫表情，他只是用他的小手一遍又一遍地触摸我的皮肤乃至灵魂深处。

于是，在来去之间，我无数次将一块石头、一只摇着尾巴的狗或一株在风中轻轻摆动的小树幻想成我的弟弟。弟弟几乎无处不在，可他究竟又在哪里呢？

我不经意间发现，只要看见糖或听到与糖有关的事情，我就会自然而然地怀想起丢失在外的弟弟，而且这种奇怪的回想总是来去匆忙，就仿佛是在一摊白色的液体中流淌着的飞蛾，速度快得让人不堪回首。

有一段时间，我几乎快要忘记弟弟长什么模样了，这种感觉令我诚惶诚恐。我从一只破木箱里找到那些弟弟曾经用过的尿布，这是他留下的所有记忆。我把尿布一片一片叠起来蒙在自己的脸上，我希望自己能很快地回忆起来。但我渐渐地失望了，弟弟在我的脑海中最后只剩下一双畸形扭动着的小手，那手似乎试图抓住什么，可终究什么也没能抓住，或者，他根本还不具备抓住任何物体的力量。

4

刘庆福一如既往地来我家，我妈总是简单地把我们兄弟安顿了一下，他们就谈笑着高高兴兴离开了。估计他们已经走远了，我哥才神秘兮兮地说："他们肯定是去看电影了，不信打赌！现在刚好赶上八点钟的那场。"

我哥接着又说："傻瓜你真看不出来吗？"我一愣。他说："姓刘的想和妈好，你难道一点儿看不出来？"

我紧张地看着我哥的脸，我完全不明白他的意思，刘庆福为什么要和我妈好呢？他俩又不是小孩子！我觉得我哥的说法很突兀。他的脸上过早地浮现出一抹让人很不踏实的神色，仿佛他早已洞穿了一切似的。他颇为老练地撇了撇嘴巴："今晚是一场爱情电影。"

那时，一直沉默着的蓝丫慢慢抬起头。日后我才知道，我哥在我们面前的这番极具煽动性和爆炸力的危言耸听引起了蓝丫的关注。我哥总是善于向我们卖弄他的小聪明。蓝丫当时并没有做出任何反应，她只是稍稍把头抬了一下，脸上逐渐泛起一层狐疑的光芒。她也许觉得我哥的话很荒唐。她对他嘴里唐突地冒出"爱情"二字肯定不屑一顾，她甚至用她一贯的沉默，凶猛地讽刺了我哥幼稚的发音。

而正是那天以后，我哥终于决定将他的一些初步猜测透露给我妈。当然他并不是只想图一时嘴上快活，而是以更换一个新的文具盒为交换条件。他一本正经地说："反正妈你得想清楚，我只向你要一块钱，我的铅笔盒实在破得不成样子了。"

我妈被我哥神秘的样子给说服了,她在慎重考虑后勉强接受了我哥的条件,不过她说那个旧的得留给弟弟用。

我哥立刻欢喜起来,狐狸就是这样,一颗酸葡萄就能让他欣喜若狂。我哥将蓝丫积攒糖纸的事情告诉给我妈,令他失望的是,我妈对他的举报根本不感兴趣,她甚至以很不屑的眼神瞥了他一下。她说:"这就是你要告诉我的重要情报?我看你是想要钱想昏了头!"

面对我妈的轻蔑,我哥明显遭受了一次不小的挫伤,但他绝对是个天才,他在当时便学会使用推理论证的思维。他把我妈硬摁在一把椅子上,"妈,你听我慢慢说!"那口气很像样板戏里的李铁梅。他接着说:"那些糖纸肯定不是捡来的,捡来的东西不会那么新,别人更不可能一下送给她那么多高级糖纸,那她的东西究竟是从哪里来的呢?"我哥说到这里,眼球快速地转了转,"显而易见,我猜肯定是她买的!妈这下你明白了吧!她买那么多高级奶糖,总不该是你给她的钱吧!"

我妈终于恍然大悟,她很快联想到最近自己的钱包或口袋里总有少钱的事情发生,有时候是五六角,最多的时候是一块。她的脸上立刻发生了质的突变,她把牙齿咬得嘎吱乱响。女人的冲动往往来自一句挑拨的闲话,她们大多时候并不是以自己的大脑来行事的,更多的是借助别人的思考与挑唆。缺乏头脑的女人犹如一把干柴,通常只需要一个细碎的火星就足以让她们的理智化为灰烬。

我哥的确很聪明,他不失时机地向我妈要回了他想得到的报酬,然后他趴在她的耳旁嘀咕起来。

我到现在也忘不了我哥当时卑鄙而又狡诈的狐狸般的神情。这个狡猾的家伙用他自以为高明的策略过早地在我的心目中死亡,我从那天起决定正式命名他为"老狐狸",我看见他把一条光滑的尾巴深深地埋藏在裤裆里。我知道这根本无济于事,他的浑身上下都透露着那种难闻的味道，我打骨子里头鄙视他这种搬弄是非的人。以至日后我爸重新回到这个家，并大刀阔斧进行了一场规模空前的整顿，那时我哥终于原形毕露，我爸对他凶神恶煞般的折磨令我倍感快慰，这叫罪有应得。

蓝丫的眼光总是悬浮着令人慌张的颜色，实际上她看每一个人的时候都是那么凶猛，却忽略了我哥的存在。这不能不说是她的失败之处。我不知道蓝丫是否像我一样贪恋那些好吃的糖果，但我发现她在摆弄那些美丽的糖纸时，脸上会短暂地浮现出一种少女的美丽，她鲜花一样的面容正在八月的阳光里随波流淌。

我放弃了自己近乎愚蠢的想法，其实我才懒得管他们的闲事，我对弟弟的想念已经到了白热化的地步，想到弟弟我就会想到糖。幸亏那个叫刘庆福的人会隔三岔五来我家，而且他从不空着手来，我觉得他越来越明白一个孩子喜欢或需要什么。当然，我那时还不懂什么叫收买人心。

我妈领回工资那天，她居然破格容许我哥帮她数一次钱。她用一种模棱两可的话对我哥或我们每个人说："你脑子聪明，快帮妈好好数一数，究竟是三十七块八还是三十八块七。"这看起来只是一道算术问题。

我听见我哥用那种演讲式的声调点着我妈交给他的一摞钱币。我忽然有种羡慕的不平，我哥数钱的样子也成为我童年生活难以忘怀的一个重要画面。直到今天，每当我领回薪水时，我会在一沓大额钞票的气息中隐约看见一个阴险的模样，那样子总令人对人民币不寒而栗。

我妈和我哥的计划就是在这天傍晚悄然展开的，我哥甚至还用敲竹杠的方法再次从我妈的手里得到了两角钱作为睡眠或劳务补偿。我哥打小就已具备了生意头脑，他大概可以成为一名演讲家或职业演员。

　　这晚睡得最早的是我，我相信这是他们精心策划的一部分。接下来必定是一向善于磨蹭的我哥，他居然以前所未有的快捷提前完成了家庭作业，这自然是阴谋的另一部分。蓝丫趴在灯下的样子很认真，橘黄色的灯光放射状地投射在她的身上。我在即将昏睡前看到她的两只羊角辫金灿灿的耀眼，她的辫子永远都梳得那么干净，就像童话里的一位公主。

　　我妈没有像平时那样一遍遍催促蓝丫上床睡觉，她独自坐在伙房里的一只盛满热水的木头澡盆里，我听见哗哗的泼水声从伙房里一阵一阵地传过来，那些欢快的水声总使人想起凫在水中的一群可爱的鸭子，有时它们洁白的翅膀在水面上扑腾不休，浪花翻飞。

　　其实，我妈经常在伙房里擦洗身体，这几乎是她睡觉前必做的功课，或者不如说是她睡眠的一部分。坐在澡盆里的她通常微闭着双眼，她的双手在胸前交叉开来并紧紧地向后拥抱着自己，袅袅升腾的水汽也将她背对着窗户挂满细密水珠的胴体笼罩着。

　　这是一个漆黑的夜晚，也是我记忆当中最黑暗的一个晚上。这晚我睡得很不踏实，朦胧中总有一双手在我的眼前晃来晃去，有时那是一双小孩子的手，柔嫩得能渗出水来，有时却又如大人的手一样结实有力，它们在我眼前晃动的时候，我总是觉得那是一朵正含苞怒放的花。

　　我在迷迷糊糊之间似乎看见黑暗中有人从床上轻轻地爬起来，然后先是保持不动，过了一小会儿，黑影才蹑手蹑脚地下了床。随后，我的耳畔有一种琐碎的声响，那大概是钥匙在衣兜中相互摩擦的响音，那声音虽然很轻，但我却听得很真切。我无法形容我那时的感觉，我有一种想大喊一声的冲动，却怎么也张不开嘴。后来，黑影大概又在尿盆上蹲了下来，我的梦境被一种淋漓欢畅的液体喷击声所困扰，呼吸着一种别样的味道。

再后来我是在一阵可怕的哭叫声中睁开眼的，我不知道究竟发生了什么，一个女孩的凄惨的哭号从睡梦中越来越清晰地向我逼近，而后划破夜空。我的双眼不太适应深夜里亮起的灯光，我努力逃避着光的刺激。

与此同时，我看见我妈和我哥居然都穿好了衣服，仿佛要出门远行，或者他们睡前根本就没有脱去衣裤。可是我很快就变得战战兢兢了，因为我发现一个疯子样的女孩正耷拉着脑袋跪在冰凉的地板上，她的头发乱得像一堆杂草。我妈手里的一只鸡毛掸子一起一落地挥舞着，我觉得她像一个蹩脚的指挥家，她的手势简单而又缺乏节奏。蓝丫无限痛苦的哀号像一支悲怆奏鸣曲正伴随着她挥手的动作此起彼伏。我哥刽子手似的侍立在我妈身旁，灯光让他的瘦削的狐狸脸愈显分明，或者他正在扮演一个丑陋的帮凶。我妈愤怒的声调一次比一次高亢。

"我让你偷！我让你不学好！我让你偷！"

我的身体在被窝中剧烈地筛动，一个无形的黑色漩涡将我吞噬，我始终不敢坐起来或动一下。我甚至感觉自己是一条在鱼缸里谨慎游弋的鱼，而鱼缸中的水正在寒冷中逐渐结冰，我的行动和思维也濒临冻结。我甚至完全感觉到时间也在这一刻凝固不前。

时间多么像一只装有金鱼的鱼缸呀，而且被完全封闭了，没有一丝氧气。蓝丫的身上只穿了一件白色小背心，能依稀看到她日渐鼓突的胸脯，仿佛一对清洁而又玲珑的红宝石镶嵌在上面。

"小小偷针，大了偷心！"

我妈终于累了，她将手里的掸子接力棒似的交给了我哥。

"你替我狠狠收拾这个贱货！往死里打，打死她我偿命！"

我哥明显有些犹豫不决，但他并没有拒绝。他的两只眼睛在深夜里更加狡黠，他怀着一种不可告人的目的斜睨着我妈。

她很快就明白了，她和我哥向来都是心有灵犀的。

"我让你打你就打！打一下我给你一毛钱。"

我哥就郑重其事地对蓝丫说："你这可不能怪我啦。"

我将脑袋深深地藏在被子里，我听见我哥用非常古怪的尚未变声的公鸭嗓音对他施加在蓝丫身上的惩罚做着详尽而无情的记录。那时，她的哭声已经渐渐丧失某些实质性的声势，或者她只是为哭而哭，她的哭声和泪水已成为黑夜的一种形式，成为她人生的一次磨砺，成为很多年以后我回忆她少女时代的佐证。

我妈和狐狸联合策划的一场最精致的阴谋，蓝丫的茫然就范记载了她少女时期的一次最大的耻辱与创伤。从那天起，她的脸上时常流淌着一种叫作疼痛的东西，我妈将蓝丫所有积攒起来的塑料糖纸付之一炬，我在纸张和塑料混合燃烧的火焰与莫名而来的糖果香味中为她流下了眼泪，那泪水浸湿了身下的一片被褥。

我在被子里紧紧地攥着拳头，人在害怕与悲伤的时候竟然也能握紧拳头。我甚至还想起了四孬，如果他在场该有多好啊！四孬一定不会眼看着他们那样对待蓝丫而不管的，他会将那只狐狸的鼻子揍开花的！一定会！

家里只剩下蓝丫一个人。

那天，我快走到学校门口的时候，又折了回来，我突然很想和她待在一起，我觉得她很需要一个人在她身边。

这应该是许多年以来我和蓝丫绝无仅有的一次相处。她仰面躺在床上，她虽然一声不响，可我的心却起起落落。我很笨拙地站在床边，我看见她的眼睛没有任何内容地睁着，天花板在她的瞳孔里变得庞大无边。我的手就轻轻地放在她的枕头旁边，我多次试图伸过手去摸摸她的脸，可我终究有点胆怯。

我们至少这样僵持了一个钟头，后来她的身体在被子里有了一些动静，我知道她一定很疼的。她的手似乎正在身体的某个隐秘部位摸索着。很快，她的表情也有了些异样的变化，那是一种我从来没有看见过的神情，惊慌、迟疑、懊悔、羞涩，包括她将那只指尖沾满红色的手，从被子里抽出来放在自己面前观望时的情景。我对手的记忆总是断断续续，时隐时现，而蓝丫的这只手大概成为我对过去乃至未来思绪的延伸。

现在我依旧十分清楚地记得那只手，被鲜血染红的纤细的手指。那一刻我突然对我妈他们产生了有生以来最为铭心的仇恨，我想蓝丫就要死了，她的身体正在流血，他们一定把她打得遍体鳞伤，否则她怎么会成那样呢。

我猛地扑向她，我把自己最柔软的脸蛋紧紧地贴在她的脸上，她的脸异常冰凉，甚至丧失了起码的温度。

"你别死，我不让你死……呜呜。"

蓝丫半晌没说一句话，但她却用双手暖暖地拥抱着我。这是她第一次那么真实地抚着我，她让我无比强烈地感受到被女孩抚摸的温馨与甜美，甚至让我想起了糖或者和糖相关的一切食物。蓝丫的双手迷乱地摩挲着我的脑壳和脸蛋，她把我就要流出的眼泪一次次抹开，最终我们的脑门也紧紧地贴在一起。

但是，我并不知道，蓝丫在身心俱损的这一天早晨，迎来了她生命中最值得纪念和惊喜的时刻，没有人来告诉她这些。我们的身体成长总是在一次次惊恐与困惑中完成，当我们发觉自身的变化时，我们早已化蛹成蝶。或者，更像那些整日游荡在水沟边的蝌蚪们，只是一天天懵懂长大，最后变成和原先的自己完全不同的另一副模样。那些痛并欢乐的记忆永远在风中飞舞，在水中荡漾。

当那些鲜艳而芬芳的液体静悄悄地从她那女儿身体中不断地涌泄出来时，蓝丫的生命从此浮现出难得一见的生动。我在惊恐之间发现，蓝丫从来不曾像今天这样美丽。尤其是，她沾满泪痕与羞辱的脸上，从此有了一种叫作女性的味道，它们像秋天第一片红透的树叶，在我的眼前呈现出无比的娇艳与纷繁，又使我心痛神迷。

第二章　橙　篇

5

那些年天空很蓝，蓝得跟我长大以后看到的大海一样辽阔无垠。后来我知道，西北的天空基本上都是这样，如果没有西北风带来的肆虐沙尘，没有那种呛人眼鼻的干燥气味，我也许会喜欢上这个地方。可能正是气候和风沙的缘故，我们打小就很木讷，不善言辞，情感像皮肤一样粗糙，即便是亲人们之间，也是很疏淡和乏味的，我们几个小时候甚至从来没有在大人面前撒过一次娇。或许因为天空总是湛蓝，生活总是平淡，我才对那个奇异的时刻记忆犹新。

那是一天傍晚，整个西面的天空浮现出一片难得一见的火烧云，云层之间透射出万丈绯红色的光芒。街上很多人都偏着脑袋翘望这罕见的景象，他们的面庞沾满了金灿灿的光斑。

这时，一个穿着破旧的劳动布制服的中年男人径自从人群中穿过，他的脸上也涂上了一些光亮的色泽，但他并没有丝毫心境去欣赏天空中绚丽的赤色云霞。

正是在这样一个美丽得有些不切实际的黄昏，我爸终于回来了。他的突然归来让我们每一个人都瞠目结舌。与其说无法忘却他的归来，不如说我们深深铭记了那一次灿烂无比的天空，那些似火焰一样燃烧在天际的瑰丽图景让人备感温暖。但很快我就发觉我爸的归来带着冰铁一般的沉默与寒冷，让人很久以来都沉陷在一种无比深重的疑惑当中，我甚至觉得那天的天空恰恰跟我们开了一个非常大方的玩笑。

　　我爸在回到家里的第一个夜晚，没有和任何人说一句话，甚至是一个字。他用一双过早丧失神采的眼睛长久地注视着墙壁、天花板，还有那只被尘埃覆盖着的小号，他的执着姿态和大多数犯人有着惊人的相似之处。我妈做好饭的时候，他早已经鼾声如雷，那种激烈而缺乏教养的声息简直令人望而生畏又生厌。如果不是从墙上的镜框里看到他曾留下的照片，我们根本无法接受这个近乎冷酷的家伙就是我们的爸爸。他多像一个陌生人啊。

　　我们不能理解像我爸这样一个接受过改造的人，如果一生都让他在那种地方度过，这并不困难，但有一天他突然获得自由而重返现实生活，他的心情会是怎样的？相信谁也说不清楚。有一点可以断定，我爸再也不是从前的那个人了，至少他需要相当长的时间来寻找那些被中断或遗忘了的东西，包括那只被他吹了半生的黄铜玩意儿。

　　我们在没有丝毫心理准备的情形下，不得不接受着一个熟识却又陌生的人，包括他振聋发聩的睡眠方式和神经质般的发呆。

　　我爸的归来让我又无限眷恋地想起了弟弟，他还没有见过他最小的儿子（他或许根本不知道我妈又为他怀过一个男孩）。他走的时候，弟弟还只是作为一个构成人的最微小分子在我妈的体内游离。而现在，他回来了，弟弟却杳无音信。我妈特意嘱咐过我们，对谁也不要讲，谁说出去就撕烂谁的嘴。我们只能保持缄默。

　　那天晚上，我妈对我们的睡觉地点做了一次大胆而创新的改革。她在晚饭以后就开始了规模空前的改造与搬迁，她在我们的协助下，将堆积杂物长达数年之久的里间房腾了出来。从这天起我们几个将正式搬进里面睡。

　　这的确是一个难眠的夜晚，我蒙起头试图让自己立刻进入梦乡，可我的大脑却依旧处于一种持久的兴奋之中。我的眼前不时地浮现出天边那片焰火般绚烂的云霞和一个陌生男人孤绝地向我们走来的场景。

他的脚步带着某种迟疑与生硬，当他的一条腿跨进门槛的一瞬间，他突然又收了回去，他用极其冰凉的目光很古怪地注视着眼前——这原本就属于他自己的家，我估计他担心自己走错了地方。

我爸在睡觉之前做了一个令我妈异常迷惑的动作，他突然背过身去，右手从裤腰间伸进去摸索了片刻，给人的感觉像是在挠痒，但他似乎从里面掏出个什么物件，只看了一下又原封不动地放回，生怕谁抢去了似的，由于他背对着我妈，所以她并不清楚他在做什么。

他的鼾声的确给我们的睡眠制造了很大的困难。他就躺在我妈身边，好比一台马力十足的搅拌机轰轰隆隆地彻夜不停地工作着。我妈根本没有合眼，她像一只保持高度警觉的母猫，她侧过身，表情怪异地观察着那张酣睡中的黑脸。后来她轻轻地将手伸过去，犹如一条藤蔓游过去。我爸鼾声依旧，她的手谨慎地在他的脸上摩擦出声音，沙沙地响，仿佛风吹干芦苇一般。她就卷着被子将自己的身体往他身边靠了靠，停下，又靠了靠。

令人不安的事情终于发生了，我爸猛然间一骨碌儿坐起来，原本平静的黑色中很突兀地立起半截黑物，他用一种近似于咆哮的声音大口大口地喘息。

你是谁？你是谁？你要干什么？你要把我带到哪里去？……到最后，他的喉咙里只是干巴巴地喘着，哮喘病人一样严重。

白天，我爸在饭桌上再次重复了那个让人疑惑的龌龊动作。他坐在椅子上，却将手伸进了裆部，片刻的摸索后，他将一张皱褶不堪的一元纸币扔给坐在他对面的我哥。

我深深记得我哥当时奇特的神情，他先是一惊，勇敢地抬头看着。我爸已经埋头吃饭了，他从一团饭粒中挤出几个带着米味的字——头发太长了。

见钱眼开的我哥顿时喜形于色，用一种极其快捷的手法将钱老练地塞进自己的兜里。事实上，我们每个人都很震惊，就算理个头也用不了那么多钱呀。他在外待得太久了，他根本不清楚理一个头需要多少钱。而我哥却将他的慷慨理解为对他的偏爱，他的小脸上浮现出一种夸张的傲气，甚至有些拿不稳地跷起了二郎腿。他的一只臭脚竟然肮脏地碰了一下我的裤腿。

然而谁又能料想到发生在傍晚的一幕呢，让我们对他的理解程度达到了前所未有的迷惘。

我哥那天回来得很晚，他在钻进家门的一瞬间，脸上还悬挂着那种眉色飞舞的神情。我能想象出他大概又像只癫皮狗似的去纠缠他所迷恋着的某个女生了。有一次我看见我哥从剧院走出来，残阳迎着他的脸懒散地照过去，他的眼睛只能眯成一道缝。我哥并不是一个人去看电影，他死乞白赖地跟在一个女孩的背后，他们大约保持着两步之遥的恒定距离，我哥的目光始终没有离开那个女孩的身体。此刻，我试图从他的脸上再找到一些与电影或约会有关的暧昧神态，可这个狡猾的家伙实在太善于伪装了，他的头发长得快要遮住鼻梁了，这恰好掩饰了他的撒谎的目光。他只是若无其事地对我妈说，饭好了没有，他快饿死了。

所以当我爸看着他照旧杂乱无章的长头发时，我哥依然沉迷在某种只有他自己深谙的情景当中。我爸很严肃地追问："你根本没去理发？"我哥轻描淡写漫不经心地吱了一声："我忘了。"就在他捧起饭碗准备狼吞虎咽的一刻，我爸突然一把夺过了他的饭碗，"忘了就别吃饭！"我妈急忙过来打圆场，可我爸连看也没看她一眼，于是，她只好向我哥使了个眼色，我哥嘴里嘟嘟囔囔地出去了。

在我的印象之中，自从我爸回来后，我妈就跟换了个人似的，每天很早就从厂子里溜回家，然后扎起围裙准备饭菜。我觉得她有些刻意讨好我爸的嫌疑，但他对她的贤惠和精心表现出令人费解的冷淡，甚至连一句最起码的赞赏也没有。

我哥出去一个多钟头才慢吞吞地回来，那时我正在做作业，他的头发丝毫没有剪过的迹象。我知道他一直对他的长发保持着孤芳自赏的优越态度，他需要这种桀骜不逊的外表来掩饰内心的空虚与自卑。我经常可以看见他在某个女生面前虚荣地摆弄他的长发，用当下比较时髦的说法叫作"扮酷"。他万万没有想到，为捍卫自己所谓的"酷"要付出了怎样的代价。

我爸的忍耐终于到了最大限度，或者，我觉得他根本就是给我哥挖了一个可笑的陷阱，包括那张从身体隐秘处取出的纸币，我哥浑然不觉。我哥在他的再三逼问下，说出了一个连他自己恐怕也不会相信的理由，他结结巴巴地说："我……把……钱……给……弄丢了。"他肯定以为这样便可以搪塞过去。

后来发生的一切很像一场电影。我爸用他粗壮的手臂老鹰抓小鸡似的将我哥的脑袋提起来并摁在桌上，我哥立刻杀猪般地尖叫起来。那时，我和蓝丫都不约而同地站起来，蓝丫并没有像我那么慌张，恰恰相反，她十分沉着地注视着这一幕，在我爸说"把剪子给我找来"时，她竟以百米冲刺的速度从衣橱里取来了他需要的东西。

我看见剪刀在我爸的手中愤怒地张开雪亮的大嘴，很快在我哥歇斯底里的叫喊声中，他那头引以自豪的乱发如杂草一般纷纷散落到地上。我爸用剪子的模样很容易让人联想到牧场上铰羊毛的红脸大汉。更让我感到惊恐的是，蓝丫居然主动上前帮助他将我哥的双手牢牢抓住，她的动作远比我想象中有力。我哥鬼哭狼嚎般叫着："你以为别人不知道，你这个小偷你这个贼……你快把我的胳膊弄断了。"

眼前的一幕让我恍若又回到了多年前的某个深夜，我清楚地看见我哥手里挥舞着一根掸子，有三五根羽毛从半空中旋转着飘落。那晚我哥的眼神和此时蓝丫的有着令人担忧的相似之处。

我妈试图上前制止，却被我爸狠命地推向一旁摔个趔趄，她在惊慌与愤懑之中选择了沉默；而且，随着时间的流逝，她的这种情绪愈来愈重，她对眼前这个男人的古怪举动心存余悸。

我哥遭受了他有生以来最严重的一次打击之后，我偶然间发现了蓝丫同我爸的一次颇为神秘的谈话。他俩的秘密长谈让人感到迷惑而恐慌。以后我经常碰到这样的情况，我对蓝丫的作为感到不解。

我爸在他回家后的许多日子里依旧保持着孤独与冷漠，但他跟蓝丫似乎有了某种眼神上的交流，这种神秘的交流总在人不经意间发生，他们有种合作上的默契。

我哥的头顶上很滑稽地蒙着一顶特务似的鸭舌帽，这使他的狐狸脸孔愈加分明。他对我爸的记恨也正是从他的头发开始的，我爸的粗暴行为在很长时间里依旧能在我哥的脑袋上可见一斑。

而我爸的心情并没有因为获得自由而海阔天空。他一次一次地去找厂领导，罗厂长他们对他过去几年的经历还保持着高度警惕，他们用一种看似柔软的办法消耗着我爸的时间和精力。他们说："你的问题我们迟早会研究的，回家等消息吧。"我爸还想跟他们说些什么的，但他还是尽量抑制住自己的情绪，他知道有时候多说两句也无济于事。他只好闷在家里吹小号，却从不成调。

有时，他走在厂区，独自徘徊在路上的他被许多目光扫来扫去，像飘落街头的一片枯叶或一张草纸无足轻重，任凭风吹向四面八方。

这年秋天很多人都看到了我爸，他通常用双手紧紧地搂抚着自己的身体，给人一种很不健康的印象。他的身体总是在不停地颤抖，这种颤抖同样让人感到由内的不自在。

很多邻居都向他瞥来关注的目光，他们不时地拦住我妈。

这人究竟是怎么啦……没怎么他一直就那样……他的脸真吓人，青得像刀背一样……没什么他就是那样的人……他在家经常大喊大叫吧，好像还吹那个东西……我们拿他也没有办法……你可要劝劝他啊，号是万万不能再吹了……劝也没有用的……听说人在那种地方待久了都是有点怪的……也许吧，谁知道呢……

人们始终将信将疑，我妈的神色慌张而又难看。事实上，从我爸回来，她的脸上终日挂着那种举棋不定的焦虑，她对于这期盼已久的重逢表现出莫名的失落与无可奈何。

锅里的饭似熟非熟地冒着气，我就把头往锅里伸，黑色锅盖就悬在半空中。我听到肚子有些咕噜的声音，就把手里的锅盖沉沉地放下来，锅和盖儿扣合在一起的声音很响，可是没压住那刺耳的声音。自从我爸回到家，那该死的声音一刻也没停止过。

房里快没有光亮了，光亮全被我爸手里的玩意儿抢去了。酒气占了上风，空气便浓烈了许多，酒气里面有股枸杞和劣质人参掺杂在一起的味道。酒气在即将暗下来的空气中闪闪躲躲，我感觉自己就快被这糟糕的酒气灌醉了。我不愿意醉在这里面，因为我能嗅到我爸尖锐的脚汗味。

从前他最爱吹的是一支俄罗斯民间小调，可今天他没有吹。他只是将号管握在手里，他的嘴贴在号嘴上，反复地做各种音阶练习，像爬楼梯一样上上下下使人感到喘吁。练了一会儿，他猛然将桌上的小半瓶烧酒全部灌进了胃里，然后奋力将酒瓶摔在地上。他接连嚷着，去把她给我找回来，快去……老子要宰了这个不要脸的东西。

我当然不敢狡辩，该死的蓝丫跑到什么地方去了，我怎么会知道？当然，就算我知道我也不会出卖她的，她好歹是我姐姐。我爸打我们的时候从来不会心慈手软，所以，我连声应诺着往出走，根据以往的经验，我知道他又要暴跳如雷，在这种情况下，我只能乖乖地服从，别无良策。

我有很多天没有见到四孬了，天知道他又跑到哪里去了，反正脚长在他的腿上，他随便想去哪里。有时候，我倒莫名地羡慕起他来，我觉得四孬这个混蛋活得很轻松，想干什么就干什么，只要他愿意。这样想着，我忽然又替蓝丫担心起来，我觉得她不能再整天无所事事下去了，现在可不比从前，要知道我爸回来了，他可不是好惹的，单看他那张青灰色的脸就让人不寒而栗了。

我爸最晚一个回家，他的晚归使得这个深夜开始弥漫着一股呛人的酒气。我妈为他打开院门的时候，这个烂醉如泥的人像一个软骨病患者，或者，更像一具立在门板上的尸体。我们听见我妈接连发出的几声怪叫，仿佛乌鸦落在了院中，她试图去搀扶，可她对我爸身体的重量明显估计不足，以至于被跌撞而入的他撞了个趔趄。

我爸一进房便倒在了地中央，他的舌苔硬得像把铲子，但他的脸上却始终挂着一层让人无法捉摸的笑，这种乍现于他脸上的笑容犹如贴在墙上的年画一样生硬不真实。我们都战战兢兢地立在他身边，那情景很像是吊唁一位逝者。他用一种含糊而又恐怖的口吻命令我们将他钉在墙上，他在说这番话的时候，脸上依旧飘荡着视死如归的狂笑。

正当我们惊魂甫定时，我看见我爸从他的裤兜里掏出几只长钉，他平平地躺在地上，一只手却将那几只铁钉高高地举起来，他的双眼朝上方很空洞地转动着。"你们用它把我钉在墙上吧，记住千万要钉结实一点，我会掉下来……"醉鬼的话永远都让人摸不着头尾。

后来我妈硬将他手中的铁钉夺去，我们只是被那种充斥着酒精的紧张气息包围着。在许多年以后，我时常会想起这一天和紧紧攥在他手中的几只银光闪闪的铁钉，我不知道那些铁钉从何而来，更无法知晓他这种古怪念头的真实意图，或者，他只是喝多了酒，一个醉酒的人自然会有些神志不清，可我觉得那些熠熠发亮的铁钉仿佛已经永久地插进了我的记忆深处，它具有某种永恒不灭的暗示意味。

最终从地上扶起我爸的人是蓝丫，躺在地上的他根本不让我妈来碰他一下，他更像一个淘气而又倔强的孩子，我和我哥都没有任何表示。我很害怕，我们都没有那种近距离接触他的勇气。唯独蓝丫，她让我强烈地感觉到作为一个女儿应该具备的体贴和温顺。我的思绪又飞回到很久以前，当我和她抱头痛哭时，她的手就是那样温暖地一遍又一遍抚摩着我，那天我流着灰色的眼泪，我以为她要死在我面前。

我们被他的胡言乱语和不时的呕吐长时间折磨着。这晚的月亮已经趋向于圆满，我们每一个人都被从窗外渗透进来的清洁月光静谧着。我爸在一番折腾后终于显得筋疲力尽，我看见我妈愤怒地将他所有沾染秽物的衣裤扒下来扔出房外，那些东西像一条条懒散的死狗匍匐在院子里，样子很吓人。

直到第二天，家中依旧弥漫着昨晚那种令人作呕的味道，但更令人感到难安的是我爸那张铁皮般的硬脸。他的目光刀子似的在我们三个人的身上拉来拉去，那刀子在我哥的脸上停顿了片刻，又划向我。我的头皮迅速地麻成一片，但他最终的目光还是放弃了我，而是很阴险地笼罩着我妈。

蓝丫显得很平静，她已然隆起的胸脯正很均匀地一起一落，她很自然地看着我爸，眼中荡漾着一种自信而又无所谓的光芒。

这时，我妈突然站起来指向蓝丫，她以高八度的尖锐声音斥责："我就知道你没有安什么好心思，这回狐狸尾巴露出来了吧！快把你爸的钱拿出来！"

我立刻感到背生芒刺，我不知道家中究竟发生了什么，我爸生硬而又愤怒的面孔以及我妈大义灭亲的口气已然表露出事态的严重程度。我不经意间瞥见我哥，他的脸上依然是那副令人厌恶的神色，他的头发已经比前些天稍长了一些，但看上去还是那么别扭，他的下巴总是比一般人要显得尖长许多。

我哥或者只是在自言自语，但我们都听得很清楚。他哼着鼻子说："狗改不掉吃屎的！"

蓝丫就是在那一刻间突然扑向我哥。我看见蓝丫的手鸟爪似的扑在我哥的脸上，我哥顿时措手不及地叫喊起来。

"你抓坏我的眼睛了，你这个贼！"

留在我哥脸上的几道抓痕显得极其突兀，接下来捍卫我哥的人是我妈。她母狮一般将蓝丫的辫子一把拽在手中，她说："我今天非好好治治你这个小贱人。"蓝丫在她的撕扯下发出激烈的悲泣。她说："我根本没有拿过你们的任何东西。"

没有人理会蓝丫的哭诉，她含泪怒视着我妈和我哥，然后掉头冲出房子。她在转身的一瞬间又看了一眼我爸，她肯定希望他能说些什么，或者她只需要他的一个信任的眼神。然而，我爸根本就是一副生冷而无动于衷的表情，我看到一串晶莹的水珠在她转身离开之际无声地落在地上，潮湿而又斑驳。

我妈无休止的唠叨被我爸懊恼的眼神制止了。他突然扔下碗筷说："给老子闭住你那张母狗嘴，我看八成是你拿了老子的东西！"我妈迟疑了片刻，很滑稽地笑了两声，那笑声很牵强，像是从很瘪的牙膏皮里硬挤出来的那种。

于是，我妈的脸上浮现出一抹过于尴尬的绯红，但她随即就从椅子上跳了起来。"你这话什么意思？别忘了我是你老婆！"说着，她将手里的筷子狠命地摔在桌上，筷子弹起很高，有一根很响地落在地上，几粒白米在空中弹跳或飞舞着。

这一天，我妈做什么事情都咬牙切齿的，她洗锅的时候故意把碗碟弄得当当响，她对我爸视而不见，吃晚饭的时候她竟然是一个人躲在伙房里吃的，没有跟我们一起坐在饭桌旁。

天黑以后，我爸才有点儿坐不住了。我不知道他是否真的在替蓝丫担心。他又开始高声大嗓地发号命令，好像是我们把蓝丫从家里赶跑的。我哥对蓝丫已经到了深恶痛绝的地步，当我跟他一同出门去寻找蓝丫的时候，他一直用手捂着脸上的抓痕，嘴里始终骂骂咧咧的。我哥甚至对我爸的回来感到痛恨不已，我已经不止一次地听到他在咒骂："这个老东西，他到底回来想干啥？我们过得好好的，谁稀罕他跑回来的！"

所以，我们俩出门没走多远，我哥就对我说："我才懒得去找她，要找你一个人去找吧。"说完，他就像深夜里的一只狐狸，转眼就从我跟前溜走了。这是意料中的结果，我哥当然不会去找蓝丫，这些日子他简直恨她都恨不过来呢。

后来我终于在厂子的某个角落里找到了蓝丫，我是循着一串哭声走过去的。

蓝丫在黑暗中痛哭不止，夜风呜呜地叫着，她抽抽噎噎地哭。我就站在她面前，忽然觉得我们之间是那么陌生，我们同在一个屋檐下生活，很多时候却互不了解。她是我的姐姐，好像这是唯一被家庭和父母告知的事实。除此之外，我们彼此始终是若即若离的。

我说："跟我回家去吧。"这样说又觉得有些底气不足，我又补充了一句："他们让我来找你回去。"蓝丫在黑暗中不停地抹着眼泪，她的脸上水光溜滑，长时间的痛哭使她神志虚迷，就像一个人在梦里的样子。

"你快走吧，我就想一个人待着。"

"外面黑咕隆咚的，咱们还是回家去吧！"

"不，我偏不回去！"

蓝丫幽忧地对我说，又好像只是在对空气说着，她对我视而不见。

这时，我看到了她眼中的光芒，扑闪闪的，凄迷而又充满了恨。我不知道该怎么劝她了，说心里话，我还从来没有见过她那么伤心的样子。没等我再次开口说话，蓝丫已经从角落里站起来，然后往前慢慢地走着。她的头发被风吹得乱蓬蓬的，从后面看，她简直就像个女幽灵。我发呆的工夫，她已经不见影了。等我回过神来，再想撵上，她真的走远了。其实，我完全可以追上去把她拉住的，可我忽然有些犹豫了。对于蓝丫的坏脾气，我多少是有些怕的，她太执拗了。

也许，都是因为我的不作为，才让别人有机可乘的。后来，我只是一路尾随着蓝丫。她走多快，我就跟多快，很快我们一前一后地来到了厂门口，再往前走几步，就是我们厂的那家对外的食品经销店。就在这时，一个中年男人鼻孔冒着烟从商店里踱出来。商店门口有一盏路灯，男人站在路灯下，慢条斯理地吸着手里的烟，宽阔的脸膛上光灿灿的。男人大概也看到蓝丫了，她正行色匆匆地朝商店方向走着。于是，中年男人就倒背着双手，像是站在那里特意等着蓝丫。

蓝丫的脚步有点儿迟疑，不过，她还是回过头冲我看了一眼。那时我就站在路边，也那样望着她。我希望她能回心转意，然后跟我一同回家，我也好交差了。可是，蓝丫却不想那样，也许是我把她跟得太紧了，她反倒更加不想回去了。我没想到的是，那个站在路灯下穿四个兜灰的卡干部装的男人，却大摇大摆地朝蓝丫走过去。也许，他已经看到了蓝丫伤心欲绝的样子。他的一只上衣兜口好像露着钢笔帽儿，那里熠熠闪着银光。

我想蓝丫肯定不会搭理他的，可是我又想错了，蓝丫竟在那男人跟前站住了，像一株亭亭玉立的树那样，腰肢轻轻扭动着，我没有听见她说话，却又委屈地抽泣起来，就像在外面受了欺负的孩子正好遇见了自己的大人。她一哭，我就彻底糊涂了，我越发不能理解她了。蓝丫为什么会在一个外人面前表现得像个泪人似的，再说刚才她明明是已经不哭了的，可转眼的工夫又跟一个比她大很多岁的男人哭得稀里哗啦的，女人的眼泪可真是多啊！

这时，我才刻意打量那个中年男人，原来是我们食品厂的罗厂长，我同学罗杨的爸爸。他经常出入厂门口那家食品商店，里面有两个脸蛋漂亮的女营业员，很多人都谣传，说其中有一个是罗厂长的相好。

蓝丫后来究竟跟罗厂长哭诉了些什么，我不得而知。我看到的只是罗厂长频频点头的样子，他不时地将一只宽厚的手掌落在蓝丫的肩头，像是拍又像是轻轻揩着，后来他居然哈哈地笑了起来，好像蓝丫给他讲了多么有趣的事情，他那样的人物居然会在蓝丫面前笑声朗朗，这又是我没有料到的——也许正是他这样的人，才更懂得体贴和关怀下一代吧。但感觉中，他们俩好像事先商量好了似的，他们见面后聊了几句，罗厂长就转身走进商店里去了，很快他又从里面出来了，也是大摇大摆的样子。我远远看见，罗厂长把一袋什么东西顺手塞给了蓝丫，也许是糖果，或者是饼干什么的（要知道经销店里这类东西不少呢，罗厂长想拿什么还不是一句话的事），反正蓝丫得到那袋东西后立刻发出一串咯咯的声音——该死的家伙，她竟然又破涕为笑了。不过，我心里还是有点儿感激的：毕竟蓝丫从家里跑出来，连晚饭都没有吃，她的肚子一定饿坏了，罗厂长这样慷慨真是难得啊，应该谢谢人家才对。

蓝丫并没有拿着东西回家去的意思。也许她怕我们跟她争抢好吃的吧，所以她继续沿着马路往前游荡，脚步却比先前轻盈了许多。我正犹豫着要不要再跟着她，却看见罗厂长站在路灯下又点了一根烟，他煞有介事地吸了几口，吐出一串烟圈。然后他就甩开双手，好像忽然有什么急事似的，朝着蓝丫渐渐远去的方向大步流星跟了上去。再后来，他们好像在前面的某个地方又神秘地汇合了。

不过，夜色太暗了，前面的路灯又都是坏的（老早就让四孬他们当弹弓靶子打碎了），我的眼睛实在看不清什么了。我只好垂头丧气地一个人走回去，在进家门之前，我一直都在挖空心思，想着该怎么搪塞我爸呢。

6

　　子弟学校的师生没有人不知道的，我哥的班主任事先收到了一封匿名信，老师在疑惑之际带领几名学生跟踪到了我哥并人赃俱获。这一切对于我哥而言是劫数难逃，那时他正和自己心爱的女同学光裸裸地纠缠在一间农民废弃的看菜棚里，他们还在他的书包里搜到了几只破旧的避孕套（是女孩的或是他的？不详）和一本被学校多次查禁的《少女日记》的手抄本。我还隐约记得我妈在我们很小一点的时候曾有过的警告——那种东西不是气球，你们小孩子家千万不要碰它。

　　也许，我哥最有理由痛恨他们班上那个女留级生的。据说这位女留级生上课时思想从来都不能集中。她就像班里的每个同学的姐，她家的生活条件似乎比其他同学要好，时常穿着碎格子或小花底的上衣，在同学中如同一只花蝴蝶，显得漂漂亮亮格外扎眼。班里一有什么风吹草动，她总是最先骚动起来，原本她就比其他人要成熟一些。

　　女留级生跟人说话的时候目光总是咄咄逼人，尤其是跟男生在一起，眼神里似乎透着一股看不见的神奇的东西戳刺对方的神经，或许是她一再留级的缘故吧。她还习惯于把手指头放在嘴唇上边说话并轻轻地不停摩挲，于是，男生们就会不由自主地去看她的嘴唇和脸蛋，她也因此更显得高傲和迷人。她是个对学习毫无兴趣的人，听说有一天她竟当着全班同学的面将自己的课本大胆地撕去几页，然后折成了纸飞机在教室掷来扔去。她说，我就想当留级生，要是让我一辈子都留级那该多好呀！

而且，她的确胆量过人，令大家刮目相看，她敢在试卷上肆意乱画某个代课的女老师，并且给她们画上胡须或夸张的二钴辘眼镜片，使那些受辱的老师恨得牙根痒痒。令我百思不得其解的是，我哥竟然对这个留级生产生了一种难以启齿的暗恋。

我哥大概在很长时间里都无法让自己的内心平静下来。他走在路上或坐在家里都恍恍惚惚的，多半时间用在发呆上。我哥整天想入非非，这种坏念头完全是由女留级生所造成的，因为她在那段时间又穿了一件十分惹人注目的崭新的水红色绒衣，这在当时简直令所有同学陡然一惊，衣服的领口有一道五寸长的铝拉链，闪着熠熠的白光，使她的颀长的脖颈和胸脯显得异常娇嫩。我估计她大概是故意将那拉链拉得较低，袒露出白得刺眼的光。她留级到我哥班上的时候，老师恰好安排她和我哥同桌。她的身上还不时地散发出一股好闻的雪花膏味，可以想象，我哥完全沉浸在她所营造的那种暧昧不清的氛围当中，让他整天都魂不守舍。

我哥在某天课间时做了一件可谓生平最勇敢的事情，他将一张蓄谋已久的纸条悄悄地塞给女留级生，这个细节是事发以后她招供出来的，她说是我哥先追的她。女留级生接过那张纸条后是多少有些惊讶和娇羞的，但她毕竟是个老留级生，很快就显得镇定自若。我哥当时肯定是长长地出了一口气，对他来说起码算首战告捷。

为了这次约会，我哥可谓是处心积虑。他连续几晚都彻夜难眠，我想他一定将每一个细节都一一设想过了，包括该怎样站立、走路、点头或微微一笑。也许，只要一想到她身上的味道，我哥就有些激动和意乱情迷。我并不知道我哥是否对自己的这种朦胧的觉醒和骚动感到忐忑不安，或者他还根本没有弄清楚见到她以后自己能做些什么。我总在想我哥大概只是想跟她好好谈谈，至于后面所发生的一幕肯定连他自己也吓傻了。

　　周六下午通常是不用上课的，我哥他们的约会就要如期来临，我哥出门前竟然趁我爸不在家偷偷喝了一点儿白酒，大概只有酒精才可以使男人一往无前地去做自己想做的事情。我哥那时是不是已经意识到自己是个男人了？这很难说，至少我不敢确定。这是我看见他头一回偷着喝酒。在离家以前，我哥偷喝酒时的动作简直愚蠢至极，我想酒精一定刺伤了他的年少的气管和胃，但他很快就适应了，他只是突然从眼眶中涌出一串泪光，这令原本慌张的他更显龌龊。

　　我哥和女留级生约会的地点选在厂子外面的那片树林，那里长满了高矮参差的柳树或白杨，那时树叶已开始变得金黄，风在林间自由穿行。女留级生比我哥先到，她看着我哥一步步朝她走来，她的脸光灿灿的，很妩媚。这让我哥有点不舒服，仿佛他在赴她的约会。我哥并没有按照预先设想的方案进行下去，事实上我哥一见到女留级生便把所有想好的话忘得一干二净，他突然变成了一个十分滑稽的白痴。倒是女留级生很主动地拽着我哥在一块石头上坐下来，她拽我哥时只用了两根细嫩的手指，像在轻轻地牵引一根带着线的羽毛。

　　女留级生后来在自己的检讨书中写道，他俩第一次约会的时候她塞给我哥一块又薄又长的泡泡糖，是上海益民的那种，糖纸上有个小囡囡，嘴里吹出一个脑袋大小的泡泡。女留级生自己吹得很神气，她的脸蛋一鼓一鼓的，像是一条正在呼吸的美人鱼，雪白的气泡在我哥的眼前噼噼啪啪破裂，那种白色的东西偶尔会粘在她的鼻尖或唇上。后来女留级生不知为什么突然站了起来，把我哥吓了一跳，我哥以为她发现了什么异常情况，他不无恐惧地对她说，还是坐下来吧，当心让人看见。说话间，我哥尽量朝四周诡秘地张望着，这一举动使他狐狸一样的面孔更加狼狈不堪。她却执拗地说，就不坐。我哥问她，她却红着脸神秘地冲他摇头。我哥只好无味地嚼那块泡泡糖。她看着他一个劲地笑，她笑的样子让我哥更加摸不着东西南北。

"你不会吹吗？你为什么不吹个泡泡让我看看呢？"

我哥很尴尬地抿了抿嘴唇。

"你们男生都那么笨，可好吹呢，不信我来教你。"

女留级生说着，便将粉粉的舌尖伸出来，她很认真地给我哥做示范，一股水果香味便热乎乎地虫子般爬到了我哥的脸上，撩拨得他浑身痒酥酥的，可我哥依旧不得要领，腮帮子鼓足了劲，也还是没吹出半个泡泡来，竟不小心将嘴里的糖也吹到了地上。女留级生顿时乐弯了腰，正当我哥一脸窘迫看着她的时候，她却极其突兀地伏下身体在我哥赤红不堪的脸上亲了一口，她说，傻呀你。我相信那一瞬间我哥真的完全傻了，那是他所渴望已久的东西，但她这种突然奇袭的方式着实让他惶恐不安和胆战心惊了，他的脸顿时跟猪肝一样难看。女留级生却跟没事似的，她不无狡黠地说，我猜你肯定是第一次跟女生吃"老虎"吧！她的笑声永远欢愉傲慢并夹杂着很浓的挑衅味道。

有关他们俩具有划时代意义的幽会，我哥只向老师交代了一些细枝末节——他完全吓傻了，变成一只惊弓之鸟，他几乎丧失了基本的语言表达能力。比较起来，女留级生则显得勇敢和直接得多，她甚至还坦白了那天她为什么会从石块上站了起来，而不肯再坐下来的原因，那纯属于一个少女的隐私。那年我哥14岁，而女留级生要比我哥大好几岁，同学们说她早就成熟得一塌糊涂。她的直言不讳令所有人瞠目结舌。她一本正经地对老师说，那天来月经了，怕凉。负责审讯她的班主任老师脸猛地红了一下，她说这种事情有什么可讲的，这位同学你现在必须端正态度，要把你思想深处腐朽堕落的根源彻底剖析出来，一定要诚恳！要深刻！

我哥的学生生活至此宣告结束，他和那个女留级生同时被学校开除了学籍，谁都清楚一顿毒打正在家里等着他。唯一值得一提的是，女留级生似乎一点儿也不恨我哥，更没有将处分当作一回事，她离开学校的那天居然使劲在黑板上吐了很大一摊口水，她愤愤地说，二十年后老子又是一条好汉！

我家处在非常严酷的气氛当中。蓝丫那天倒显得格外高兴，我发现她吃饭的时候不时地用余光扫视着我妈，而我妈一直为她的哭哭啼啼遭受我爸的痛斥。蓝丫的胃口好极了，她竟然破天荒地吃下两碗米饭，扔下饭碗就跑到外面疯去了。

就在学校发生这次事件的第二天傍晚，四孬从外面风风火火地跑回来。

四孬的脸上似乎平添了几分沧桑的味道，短暂的旅途使他更加自以为是。有人还看见四孬的手里拎回一只黑色的小皮箱，没人知道里面装着什么东西。

7

　　我哥根本不敢回家，他也没有脸面再回来。我早就说过他是个胆小鬼，他不会对他的行为负任何责任的，他在事发当天就跑得无影无踪了。我确信他吓破胆了。那些天我爸暴跳如雷，我们全家人的魂都被他愤怒的火焰煎熬着，我妈更是战战兢兢。我爸不许我们任何人去找他，他成天手里攥着一根很粗的擀面杖在院里转来转去。我知道他想干什么。

　　四孬的脑子一定出了问题，否则的话，他不会选择这样的时间来到我家。他坚持说："我早就想跟你爸学小号了，我等这一天头发都快等白了，不信，你看我把号都买好了。"他的手里果然拎着一只锃明发亮的黄铜玩意儿。为了证明他的决心，他还当着我的面炫耀似的把那东西凑在嘴上弄出一串很古怪的声音。

　　我鄙夷不屑地瞥了他一眼："你这是在吹号吗？我怎么觉得比驴叫的还难听呢。"

　　四孬顿时变了脸色，他照着我的胸膛就是一拳，疼得我差点背过气去。

　　"你他妈的狗屁都不懂！我前些日子跑出去就是为了买这东西，我觉得会吹小号挺牛气的，弄不好我会成为一个大艺术家。"

　　我说："你要能成艺术家狗都不吃屎了。"

　　他说："反正你少管闲事，我自个儿去找你爸说去。从现在起，我要拜师学艺了！我是一天也不能再等了。"

　　我不敢再嘲笑他了。我忽然觉得自己是不是有些嫉妒他了。这种感觉很微妙，尤其是看到他手里那只熠熠生光的黄铜玩意儿，我明白了一个最简单的道理。也许我太小看他了，至少，他有勇气拎着号来找我爸，来拜一个劳改释放人员做老师。我不想再给他泼凉水了，我说："要找你自己去找吧！反正那是你和他之间的事，不过，丑话说在前头，别怪我没有提醒过你，我爸跟别人不太一样！"

　　四孬白了我一眼，一副十拿九稳的样子，径自走进我家。

　　四孬拎着小号走起路的样子很滑稽。我没有跟他进去，说心里话，对于他的冲动，我总是表示怀疑。况且，我实在不愿意看到他碰钉子后的狼狈相。

　　没想到只过了一晚，我又被该死的四孬叫了出来。我觉得这家伙迟早要把我害了，我家出了那么丢人的事情，他竟然还要我帮他的忙，我不知道他是怎么想的。

　　四孬的头上无端多出一顶帽子，是那种比较时髦的绿军帽，我觉得很可笑，为什么非要戴顶帽子出来呢，难道想焐出虱子吗？我不清楚他又想带我去什么地方，更不知道他想玩什么把戏。我只知道他是属狗的或者他就是一条狗，狗是改不了吃屎的，这一点我早就确信无疑。

　　四孬说："想找你帮个忙，主要是替我分享一下快乐。"我不清楚他的葫芦里究竟又卖的是什么药，但是直觉让我相信他不会做什么正经事情的。还没等我答应下来，他就拉起我往前走了。说心里话，鬼才愿意跟他去干那些无聊的勾当，我只是想打发时间而已。四孬边走边说："我只是想请你吃顿饭，千万别紧张。"他说得有鼻子有眼，容不得我怀疑什么。

　　脚下的路是再熟悉不过的，路有些弯曲，像一条抛物线。路的两旁有三两家杂货店，出售着一些再普通不过的东西，包子店是例外，因为我们每天早上经过这里都要进去喝上一碗豆汁、馄饨或带上两个豆沙包才去上学。

　　四孬这家伙似乎已经跟包子店的那个女孩混得很熟的样子，有几次我看见包子店的女孩陪他走出这条小巷，那样子看起来就像在谈一场恋爱，当时我怀疑四孬也许已经和这个可怜的女孩睡过觉了，他可是什么事情都能做出来的人。这样想的时候我感到很不舒服。

　　四孬通常行走在这条巷子里是孤独的，后来他有了我这个如影随形的伙伴。我们老远就看见包子店的那个梳着两条长辫子的女孩——林秀秀，她的名字多好听。

　　林秀秀一家是从江苏一带迁过来支援我们西北搞建设的，我们应该和她保持友好。此刻，她细挑儿身体紧依着青灰色的砖墙，她的长辫子就要垂到屁股蛋上了，她的手背在身后并不时地朝左右张望。女孩站在那里，像是从砖缝里挤出来的一朵梅花。

　　包子店隐约有一股气味传来，我像饿狗一样吸了吸鼻子，那是鸡蛋肉末儿和虾皮的味儿。四孬问我饿了没有，我假装摇头，事实上肚子早就不争气地咕咕叫出声来，四孬早已听到这种狼狈的声音。

　　好在林秀秀转过脸不再看我，她的眼睛一眨一眨地盯着四孬虔诚地看，一条辫子黑油油地翻过肩头，然后像一条黑色的溪流很神秘地匍匐在她的胸前，她的前胸有一个鼓鼓的小山包，将辫子很软地顶了一下，溪流就在那里拐了个弯。

　　四孬说："你的辫子越长越好看了。"说着，他就伸手将它们捏在手里把玩起来。他还乘机摸了摸她的屁股和脸蛋，林秀秀开心地傻呵呵乱笑。

　　我恶心透了。真是不长脑子的女人！四孬让她快去端二十个肉包子，他对我说："我请客，你可一定要赏脸，能吃多少就吃多少，二十个不够再拿二十个，反正你他妈的能吃多少就吃多少，最好吃得立马蹲下就能屙出屎来。"

林秀秀好像没听懂四孬的话。不过，她还是屁颠屁颠地进去端包子去了，她笑得无限春光，我还是第一次见她这么笑呢。

我回头冲四孬撇了撇嘴，我说："还是你狗日的行！"

四孬得意地冲我笑着。

"你觉得她怎么样？她可是地地道道的江南小妹妹，要不要我把她介绍给你？"

我不客气地回敬他："我恶心！"

林秀秀魂不守舍地站在那里，多少有点碍手碍脚的，四孬又一味地跟她挤眉弄眼嘻嘻哈哈，我觉得很可笑，他们俩搞得跟夫妻似的。

我的胃口竟异常地好起来。

等我们吃完了包子，四孬又把我拉到东方红剧院门口，我以为他还要请我看一场电影呢。四孬却找了一处有树丛的地方，让我们俩都藏在那里。要说明的是我们这座小城那时只有两家放电影的地方，而距离食品厂最近的便是这家。现在剧院里正在放映一部爱情片，里面的隔音效果不太好，总能清楚地听到从里面传来的音乐和演员悲悲切切的说话声，那种对白既空洞又虚伪，听了浑身直起鸡皮疙瘩。

四孬在附近转悠了一圈又回到原地蹲下来，他盯着剧院门口发出很阴险的笑，他从口袋里摸出两根已揉得不成样子的烟，扔给我一只，他说电影很快就散场了。我不明白他说这话是什么意思，我突然想起来他学小号的事情。我说："我爸答应你了？"四孬反过来问我："你觉得你老子会收我这个徒弟吗？"我觉得他话里有话，我说："除非太阳从西边出来。"四孬就不搭理我了，他把戴在他头上的绿军帽摘下来，他细致地将帽子窝得像口锅似的，然后将帽子轻轻地放在屁股下面，他说："我先屙泡屎做做准备工作，要是屙不出来你可得帮忙。"

我被他的古怪模样和举动搞昏了头，我只好一口连着一口猛往肚子里吸烟，鼻孔里冒出两股浓浓的白烟，渐渐有种恍然大悟的感觉，我终于明白他的目的。"你他妈满肚子都是坏水，亏你能想出来。"不过，我几乎立刻就闭嘴了，周围的空气已经被该死的四孬彻底污染了，简直浑浊不堪。

四孬就当着我的面把屎屙在了他的帽壳子里，看来他不需要我做什么了，可四孬说这些不够，"你还是也来一泡吧。"我呸了他一口，"你快去死吧。"

这时，剧院里又传来一阵高亢的曲调，如高山流水一泻千里。我听出那里面有很多只小提琴在同时演奏，我就莫名地害怕起来，我知道电影就要结束了，电影结束时通常会响起这种音乐，而四孬在黑暗中如同一只逡巡已久的狼，正在伺机而发。四孬回过头叮嘱我："过一会儿他们从里面一出来，我就把这把东西给他们送过去，你呢，就站在身后大声喊都来望，都来望……听懂了吗？必须喊！"

我越发觉得摸不着头脑了，"你到底什么意思？他们究竟是谁？你快说呀！"四孬的表情严肃起来，他仿佛从来都没有那么严肃过，"你只要按我说的做就行了，别的事情不用你来操心！"我竟莫名地慌乱起来，因为四孬这个混蛋的确把我弄糊涂了，我素来懒得参与他的勾当。"咱们还是回吧，谁会稀罕你的臭狗屎呢，你他妈的还是不是人呀？"

四孬根本不听我的，我完全是在对牛弹琴。他吸完了最后一口烟，用手指很老练地将烟蒂弹向空中，烟蒂迎着风更加火红，火在夜空里划出一条非常绚丽的圆弧。随后，四孬将那顶绿军帽沉甸甸地拿在手里，仿佛拿着一件珍贵的宝贝。

他一字一句地说："你最好给老子把嘴闭紧，否则我对你也决不客气！"

我早就说过，四孬是只疯狗，是头犟驴，或者，他根本猪狗都不如，在他的眼里只有欲望和仇恨，他为了放纵可以毫无顾忌，所谓的谨慎也只是挖空心思绞尽脑汁。他一直在思考如何不择手段达到目的，为此他可以毫不顾忌，他太随心所欲了，总有一天他会为他的所作所为付出代价的。我估计这家伙成天都在挖空心思地想出各种损招来对付别人，没有谁能阻止得了他。

然而，接下来发生的事情令我们有点震惊，或者只是令我震惊，四孬显然失望极了，像是遭受了某种不堪承受的失败。

电影散场了，我和四孬暗探一般密切注视着从剧院走出来的每一个人或每一对男女，现在是秋天，晚上很凉快，所以并没有多少人愿意憋在电影院里。

四孬始终没有看见他要等的人，而我却看见了蓝丫，要知道下午时我还在四处找她呢，我时常为她不在家而遭叱责。可是，现在她却从剧院里神秘地钻出来，我一定是看花了眼。四孬说："没错！是你姐姐，瞧她那副骚样！"

四孬在说这些话的时候几乎咬牙切齿，因为他的计划明显要告吹了，他说："操他妈的，他们肯定去了另一家电影院。"我问谁，他说你以为会是谁！我说不会又是哪个漂亮姑娘吧？

四孬说："你他妈的简直是弱智，听着，我等的是你妈他们，你懂吗？傻逼，就是你妈和那个叫刘什么的狗屁玩意……因为他对我学小号很重要！"

我完全蒙了。刘庆福跟四孬学吹号能有什么关系呢？我觉得四孬简直是在胡说八道，他说话跟放屁一样臭气熏天。我发现蓝丫并不是一个人来的，走在她旁边的那个男人才是真正令我惊诧不已的，他就是食品厂的罗厂长，罗杨她爸。我想他们或许是碰巧了。

我和四孬正准备转身离开，却见蓝丫紧紧跟在罗厂长的身后，他俩一前一后鬼鬼祟祟地朝我们这边的树丛里走来。

四孬立刻有些幸灾乐祸，他说："没想到你姐姐也是个烂货，你妈也是个烂货，你们一家都是些烂货……"

我急了，没等他说完便随手扇了他一巴掌，可四孬并不还手，他竟然用一种惊讶的目光打量着我："小子有种！你有点像个男人了！"

这时，蓝丫距离我们只有十来步远，我还不能完全看清她的脸，她被人搂在怀里像一只猫，她的身体扭动得十分夸张，她的水红色连身裙被什么东西掀起了很高，四周并没有起风，我不明白她的裙子为什么久久落不下来。而那裙子里面似乎有一只老鼠在爬在咬在抓（猫在抓老鼠吗）……要不，蓝丫怎么会抖得那样可怜无助呢？

狗日的四孬眼睛都快直了！

血一下子涌上了我的脑门，我感到自己的眼球都变得灼烫起来，体内有一种被燃烧的疼痛令我冲动不已，我觉得我非得做点什么。我一定要做点什么。否则，我会立刻疯掉。那时，我恰好看到脚下的那顶军绿色帽子，它就匍匐在草丛里，浓烈的异味中充满了隐喻气息，看上去跟草没什么两样。

我去捡起它的一瞬间，四孬依然十分诡秘地看着我，他的嘴角渐渐露出了笑，是那种很可怕的笑，带着一种淫亵、讥讽、怂恿和即将报复的亢奋与快慰。

四孬肯定是在小觑我，我知道他一直认为我不太像个男人，当我疯狂地扑向他们时，四孬肯定还在轻蔑发笑呢。但他怔住了，他和许多人都清楚地听到了一声中年男人的怪叫，那顶绿军帽不偏不斜正好扣在罗厂长那颗略微斑秃的脑袋上，一股恶臭迅速在夜色里弥散开来……

电影院门口的闹剧发生之后，四孬古怪的行动并未终止。

那段时间他的手似乎又痒痒得不能自已，看谁都不顺眼。我知道他生来就喜欢找别人的茬子并以此为乐。在接下来的某天晚上，刘庆福同志终于被几个小流氓堵在了厂外的一条小路上暴练了一顿，差点没要了他的老命。据说当时在场的还有一个女人，我妈。我不清楚这到底是怎么一回事。但事情就是这样。后来不知是我妈，还是刘庆福去报的案，反正四孬被拘留了十五天却是事实。

四孬从里面一被放出来就来家里找我了，酷似一只八辈子没闻见鱼腥的猫，一见面就张口要烟抽。我说没有而且我也不想抽了。四孬冲我白了一下眼，然后径自来摸我的兜，这是他的习惯，他从来不轻易相信任何人。

我这才看清，四孬的嘴唇附近又多出几撮毛茸茸的东西，光秃的脑袋也长出半寸多长发茬儿，看上去总感觉很别扭。四孬从我的一只兜里取出几粒早就被洗衣服时洗得丧失原味的烟末儿，他贪婪地塞进牙缝里，津津有味地嚼着，像在咀嚼某种精美的食品。

四孬说："先给我拿两块钱吧，你知道我好久没抽了，要不一块也成，我就想买一包大前门。"他说这话时有点儿像儿子在向爸张嘴讨钱一样自然。

我摇摇头说："别说一块，我连一分钱也没有，而且我现在必须出门去找蓝丫，否则我爸就不允许我吃晚饭。"

我听到四孬很突兀地问我："你知道他们给我烟抽的条件是什么吗？"我并没有兴趣猜。我说："你知道我爸的脾气，如果天黑之前我还找不见蓝丫，我不会有好果子吃的。"四孬像是根本没听见我的话，他的眼睛里突然迸射出一股异常阴毒的光来，那光照在我的脸上十分冰凉。四孬的下嘴唇长得又厚又长，这使他说话时的神情既冷漠又夸张。他诡秘地啐了口唾沫。

"操！是大便，那些狗娘养的让我吃他们的大便，吃一口才给我一根烟抽，要不就让我舔他们的脚趾头。"

我顿时愕然了，我并不想知道四孬是不是真的吃过那种秽物，听说一旦被关在里面，新来的通常是要吃些苦头的。于是我就莫名地恶心，真想立刻替四孬大吐一场为快。

四孬的眼睛里始终投射着狼一般的光芒，他的目光从我家的每一件物品上扫过，最后，他盯着我爸那只落满灰尘的小号。他拿起来凑在嘴边，腮帮子鼓得像条快死的鱼，竟然也憋出了响声，只是那声音太刺耳了，让人想到屠宰场的猪的凄惨叫声。

放下小号，四孬咂着嘴皮说："我太想学吹号了，这回你爸肯定会答应我的！"

我知道他一直是个我行我素的家伙，他的意志没有人能改变，即使关在里面再长时间也无济于事，不过我还是提醒他要好自为之。我说："你忍忍吧！你以为我爸会教你这种货色？你他妈简直是做梦娶媳妇！"

四孬却梗着脖子说："你不信咱们走着瞧吧。"

一连几天，四孬都缠着要跟我爸要学小号。对此我多少有些疑惑，我能看出来我爸根本就不愿意收这个弟子，可又隐隐觉得他们之间仿佛早就达成了某种共识。四孬又厚着面皮来过我家两趟后，我爸就采取了妥协的态度。我爸竟然手把手地教四孬最基本的演奏技法和音阶训练。于是，四孬成天端着小号哇哇啦啦地吹起来，像跟谁有深仇大恨似的鼓着腮帮子。

现在，有关四孬学小号的事情几乎快忘光了，但有一个笑话我至今记忆犹新。

那段时间厂里的人饱尝了怎样的噪声污染啊。以至于哪家的小孩子不乖或哭闹不休的时候，大人们就会瞪大眼睛说，再不听话就把你送到吹小号的四孬家去！看你还敢不敢哭！孩子们果然就收敛了。

但是，蓝丫有一天清晨突然莫名其妙地趴在床沿狂呕起来，却真有其事。

蓝丫当时的模样蠢得像一个十足的孕妇，嘴里发出非常古怪的嗷嗷声。起先，我估计她大概是生病了，我没有太在意。但是，到了当天晚上，她依旧持续不停地干呕着，仿佛她的肠胃里钻进去一只令人厌恶的老鼠，她非得把它吐出来似的。

第二天天刚蒙蒙亮，我爸就把蓝丫死狗一般从床上揪了起来，她当时衣服还没来得及穿好，她的样子惊厥而又虚弱。我爸虽然极力压低嗓门，命令她在极短的时间里穿好衣服。即便这样，我还是感觉到我爸那种凶神恶煞般的面孔，我赖在被窝里听着外面的动静。随后，他们父女俩一前一后离开了房子，我听见我爸推着他的自行车，车轱辘发出沉闷的滚动声。

我想，我爸大概是要带蓝丫去医院检查身体，假如她成天这样吐个没完没了，我们大家干脆不用吃饭了。还有，当时干什么事都要排队，他们去早一点应该是有好处的。

8

　　可以说是跌跌撞撞的，我在子弟学校一口气读到了初中，也可能是自己一下子开窍了，成绩竟渐渐好了起来，还被一位代课数学老师盯上了。我的意思是，这个姓温的老师除了上课喜欢叫我起来回答问题或在黑板上做习题之外，还有事没事总愿意把我叫到他的办公室里或喊到讲台前，然后问这问那，好像他总有很多问题要问似的。

　　时间一长，我多少有些烦他了，原因有两个：一是温老师跟学生说话的时候总爱跟别人靠得很近，这种过分的无缘无故的亲近让我很不舒服，另外，他的嗓音又尖又细，活像个女人，同学们私下里都称他为"假丫头"。你就想一想吧，一个声音很像女人的男老师如此近距离地跟你说话，你会怎么想？况且，我还发现他有一个习惯，就是特别爱用他沾着粉尘的细长的手指帮人整理衣服或头上的帽子，那样子跟一个悉心的母亲对待自己的孩子相差无几。这的确令人烦恼！他每次给我侍弄我的衣服时我都难受得要死，躲也不是，不躲也不是。

　　每次，温老师边精心地做这些滑稽的事边不停地唠叨："这样就好了，这样才像样嘛！"或者，他又补充说："你们这些孩子就是不喜欢整洁，真拿你们没办法。"说这话的时候，他的样子也流露出男老师似乎不该有的温柔，简直让人哭笑不得。

　　我从温老师那边回到教室，总有几个调皮的同学围过来，他们说："假丫头又给你开小灶了对不对？"然后，他们学温老师的样子用手指头在我的身上捽来捽去，还夹着嗓子细声细气地说："脏死了脏死了！怎么就不知道爱干净呀。"

后来我渐渐发觉，其实在学校里别的老师很少和温老师在一起扎堆聊天，而且他在办公室里给我们讲题的时候，底下就有几个年轻老师在窃窃私语，间或还发出怪怪的笑声。起初我并不觉得，后来我明白他们都在取笑他呢。这样一来，我更不愿意走进他的办公室，一进去就觉得浑身不自在，好像穿错了衣服似的，由不得他们不嗤笑。

有几次他叫我去他的办公室我都假装忘了或临时编个什么借口搪塞过去了，时间一长，温老师似乎也有了觉察。不过，他依旧乐于跟我说这问那，他特别爱跟我强调学好数学的意义。有一回在操场上，他旁若无人地搂着我的肩膀，他个子不算很高，而我那时已经快赶上他了，他用左手搂着我，就像一对情人那样，右手作了一个很得意的挥动。他说："学好数理化，走遍天下都不怕，可见数学的重要性啊！"温老师走路还有一个特点，他的两只手臂摆动的频率很高，男人们走路大多不这样的。

第二天一早，班里的几个男生就开始模仿温老师跟我谈话时的情景，弄得我尴尬极了，如同我真的跟温老师谈了恋爱一般。我知道这是很荒唐的想法，男人和男人，怎么可能呢！当然，那时间我还不晓得天底下真的就有同性恋的事情。

这个时候，传来一则消息，谁也弄不清消息的真正来源，反正已经在同学们中间广为流传。我现在已记不得了，但大致的意思是，温老师是那种人，就是跟一般的男人不太一样，他身上最大的疑点是不大喜欢女人。因为别人看他长期过着单身生活，有好心的同事便帮忙给他介绍女朋友，没想到好心竟做了驴肝肺，他们的行为激怒了温老师。班里有个同学用当事人的口吻演示了当时的情形，他用手捏着嗓子学温老师讲话："讨厌！真是讨厌死了！谁稀罕你们多嘴多舌的……

真是的。"然后还故意将手臂快速摇摆几下。

该死的是，那个男生模仿完这些话语后，突然把怪异而狡黠的目光投射到我身上，引得全班男女生都看着我。我的脸顿时红成猴腚子，我真想找了老鼠洞钻进去。我暗自发誓，从今往后要是再跟他单独在一起走路，我就不是个男人。

唯独罗杨不像其他同学那样无聊，她又是学习委员，有时候实在看他们闹得过火了，她还会上前很不客气地说几句，直到他们意犹未尽地散开回到座位上。那时我对她充满了感激和亲切，好像她是专门为我解了围来的人。其实，我明白她就是看不惯他们那样放肆地糟蹋一个老师，而且，单从教书来看，温老师是所有代课老师中最认真的一个，至少他从来没有无故缺过一堂课，他甚至经常带病上课。这在当时那种环境里实在太难得了。

也许是为了表示我的心态是正常的，我每天课间都抽空跟别的女生说上两句话，或者假装拿一道习题去问我身后的罗杨。我要让同学们都明白一个最起码的事实：我绝对不是那种人。我很正常啊。

这种做法从一定意义上讲维护了我本人，但多少还是有点掩耳盗铃的做作。我忽然有种感觉，女生们说不定这样想：看他装得挺像的，谁知道他私下里会做出什么事情呢。就在我为自己的处境感到极其艰难的时候，温老师又来找我了，这次和以往多少有些不同，他并没有亲自来喊我，而是托一个同学转达，意思上我放学后，哪里都别走，等他。这简直太可笑了！当那个同学神情诡秘地当着大家的面转告我的时候，我真想上去抽他两个嘴巴子——这小子一副幸灾乐祸的坏模样。

我觉得自己必须当机立断，否则大家将会怎么看待我啊。

于是，我毫不客气地大声嚷："见他妈的鬼去吧！我才懒得理他呢！他算个屁！"

直到如今我还能清晰地回想起过去的一幕，在那间破旧的教室里，面对无数双好奇却又麻木的眼睛，我以一个坏学生的模样和口吻对自己的老师破口大骂，我幼稚地以为这样就可以摆脱一场可怕的"温疫"。

我当时一定有点恼羞成怒，我自以为是地咒骂着温老师，试图以此来消除同学们对我的误解，我至少要让他们表明我自己的立场，那是他的事，跟我毫不相干，反正我是不会再去的。

那天上午最后一堂课还没打铃，我就从后门溜出了教室，我的模样一定慌张可笑到了极点，就好比身后跟着一只饿狼。或者，我知道那只眼光放绿的狼正在某个时间某个地方等着我呢，所以，我只好选择逃避。远远地躲开他。我不能让别人以为我是那号男人。事实上我对所谓的那种男人一无所知，正是由于无知才给我带来了莫名的恐慌：两个男人能"好"，简直不可思议！

我在逃跑中脑子里时常浮现出一些可怕的画面，我无法将它想象得清清楚楚，因为我根本就不清楚那究竟意味着什么。上学成了充满恐怖的冒险，老师变成了怪兽，随时都会向我伸出魔爪。这时我多么希望自己就是一个女孩，那该多好啊！温老师不喜欢女生，这是他们挂在嘴边的话。而愈是这样想，就愈加重了恐怖的气氛，温老师细长的手指总在我身上游来游去。

他为什么那么喜欢给人弄衣服呢？

为什么那么喜欢靠近我这样一个男生呢？

听，他的嗓音多么像一个女人啊！

还有，温老师为什么还爱搂着别人走路呢？这有多奇怪啊！

他走起路来多像一个女人呀！

在这些问题的堆积下，我最终把他想象成一个卑劣的流氓，那时，我还不知道"变态"这个词，但我盲目地断定他之所以对我那么好就是想诱惑我，以达到自己不可告人的目的。可是，每次我的思想就在这里停止不前了，也就是说，我无法想象这以后将要发生什么可怕的事情。

这种情况下，我只好去找四孬帮忙，我知道四孬不会见死不救的。

我一五一十地对四孬讲了这一切，他差点儿当场就笑死了。他不停地说："太好笑了，天下还有这么好笑的事情。"说着，他居然装出女人的样子一把将我抱住，还动手动脚。我使劲呸了他一口，我说："你他妈的简直就是渣滓！"

四孬这才老实了，他问我："说吧，让我怎么帮你？"我说："那是你的事，我只希望他往后别他妈有事没事老缠着我！"这样说完我就有些后悔了，好像我是个女的被人糟蹋过似的，温老师并没有对我怎么样，这才是事实。四孬当下撇了撇嘴："包在哥们儿身上了，不过我可不能白白替你做修理工啊！"我当即答应事后送给他一包烟。

现在回想起来，这大概是我少年时期做过的最愚蠢的事情。我为什么会那样残酷地对待一个喜欢我的老师呢，而且在他把我当作他唯一的朋友的时候。用四孬这样的恶棍对付温老师简直是张飞吃豆芽——小菜一碟。事情发生的时候我并不在场，我只是从后来温老师惨不忍睹的伤势中感到了巨大的震撼和内疚。

后来四孬向我通报了事情的经过，他想通过他的描述以达到让我立刻掏钱为他买包香烟的目的。

那天傍晚，四孬带了另外两个厂外的年轻人来到温老师的宿舍里，当时他正趴在一张旧桌子上仔细地批改学生的作业，他咳嗽得很厉害。所以，当门外喊温老师的时候他毫无防备，他一定以为是自己的学生来找他问问题呢。他刚把门热情地打开一个缝儿，门外的两个年轻人就狂风一样灌进来，随后他们用一只旧帆布书包将他的脑袋蒙住。这时，四孬也破门而入。开始，四孬他们并没有准备揍他，他们三两下就将手无缚鸡之力的温老师身上的背心和裤衩剥了个精光，还用门背后的一块擦脚布塞住了他的嘴。四孬坏坏地笑着："听说你他妈的和男人不一样，今天老子就想看看究竟怎么个不一样的。"

四孬在温老师的宿舍里找到了一只羊毫毛笔，在另外两个人的帮助下，用毛笔蘸上清水在温老师的重要部位一遍又一遍地擦来擦去，直到看着他像一个正常男人一样挺起来。

四孬后来对我说，那狗日的裆里的活硬得像根水管子！四孬还说，本来只想要一耍，可他敢骂我们是狗娘养的是畜生！我们才狠狠地拾掇了他一顿，看这小子还敢不敢嘴硬！

我稍微愣了一下，狗日的四孬已经把手摸进我的裤兜里了。我破口骂他："狗屎！我们都是他妈的狗屎！我们连狗屎都不如！"我知道自己的骂声多么苍白无力，四孬连理都不理，他拿到自己应该得到的东西，头也不回地扔下我走了。

接下来两个礼拜左右温老师都没有来上课，听说他请了病假待在家里。我的心中反倒空落落的。他不在的时间里，我并没有感到丝毫轻松，相反我的心依旧悬在半空中。跟他相比，临时来给我们班代课的数学老师简直是个窝囊废，我估计他讲的那些东西恐怕连他自己也没有彻底弄明白。

于是，我竟又莫名地怀念起温老师来，那时的心情太复杂了，我甚至不知道该如何重新面对他。

第三章　黄　篇

9

　　我有一阵子没有再见到四孬，这家伙好像从地球上一下子消失了踪影。有人说他在外面打架斗殴被抓起来了，也有人说看见他从拘留所里钻出来，脑壳被剃得青亮，地包天嘴唇里斜叼着半拉香烟，人模狗样地穿着一条裤角宽度至少在一尺二寸以上的喇叭裤，在街上扫来扫去，身边还跟着两个涂眉画眼的女阿飞。人们说得跟真的一样，我没理由不相信，可就是没有看见他。其实，我一点儿也不想见他，他不在的时候我倒落得干净，用我们厂子那些老头的话讲，那小子从来都是夜猫子入宅好事不来。我也是这么想的。

　　还是说说眼下吧，这之前蓝丫被我得罪得一塌糊涂。我想蓝丫这辈子也不可能原谅我了。如果没有东方红剧院门口的事，她本来可以顺理成章地进我们厂门口的食品经销店里当营业员的，可她的好事都让我跟四孬搅黄了。我能感觉到蓝丫每时每刻都在仇视着我，她异样的目光充满了怨恨与诅咒，这种敌意时常让我感到惶恐。这个时候，我发现蓝丫已经完全不再是个单纯的女孩子了，她的身上爬满了那些远离纯洁女孩的怪味道。她的眼睛总是带着钩子似的斜人，她的唇齿间不时跳跃着某种骚动，她的胸脯已经有了十分招惹人注意的嫌疑，她照镜子的时候愈加顾影自怜矫揉造作，有时候竟然莫名地泪眼婆娑。总之，我越来越不敢看她，更不敢让她直视着我，她的目光的确让人心惊肉跳。

　　这阵子，我爸和我妈整天吵着要离婚。我不知道他们俩是谁先提出来的，离婚这种说法总是在我不经意的时候钻进我耳朵里。离婚究竟意味着什么呢？我觉得大人们的争吵有时候跟孩子没有什么太大区别，唯一的不同是大人们更擅长煞有介事。我爸和我妈就是这样，好像彼此都在拿"离婚"这样的破烂玩意儿当王牌来威吓对方，就好比一个小孩在冲另一个小孩生气，说："我不再跟你好了！"而另一个小孩自然会不甘示弱地回敬一句："不好就不好有什么了不起！"可是，没过几天，你就会发现，两个孩子又神秘地好在一起了，而且毫无理由。离婚的事情在我看来就是这样，因为他们总是挂在嘴边，却不付诸实践，时间一长，我觉得他们不过是说着玩的，简直索然寡味。

　　我估计错了，孩子毕竟不太懂大人们的事情。

　　我爸的工作总算有眉目了。厂里安排他去当清洁工，负责全厂区的卫生，我觉得这对我爸来说一定是天大的侮辱，对于我们也一样。可是，我又错了，我爸二话没说，第二天就去上班了，他大概是在家里窝得时间太久了，又太急于找到一件事做。就好比一个快饿死的人，即便得到一份嗟来之食，他也会毫不犹豫狼吞虎咽地饱餐一顿的。我爸顾及不了那么多了，反正，打扫卫生和烧锅炉都不是什么好活儿，凑合干吧，谁让他是有"前科"的人呢。

　　正在这个节骨眼上，我哥竟然厚着脸皮回来了。他的样子使人看了就会难过，如果不仔细辨认，准会以为他是个从河南或安徽一带跑来这里讨饭的花子或灾民，他身上的衣服又脏又破，头发乱得像一蓬蒿子一样一扎一扎的，他的眼睛深深地陷了下去，只有眼珠偶尔会动一下表明他还活着，几根稀疏的胡须七长八短的，像用胶水胡乱粘在嘴唇和下巴上。最滑稽的是，他两只脚上的鞋居然不是同一双（还是一顺撇儿），两个大拇指长长地钻出来。数月的漂泊流浪使他看上去的确憔悴不堪，当他站在学校门口等着我出来并向我招手示意的时候，我大为震惊。很多人都盯着我们，他们大概以为我想加入什么狗屁丐帮了。

我原以为他永远也不会回来了。我做梦也想不到这家伙还能活着回来。他能回家也是一种勇气。

出乎意料的是，我爸这回没有动手，他甚至连一句过重的话也没有对我哥说，他只是死死地盯着他，至少看了一根烟的工夫。他让我把我妈洗澡用的那只大铝盆从床底下取出来，然后往里面添热水和冷水。我试过水温，不冷不热，刚好。我爸让我哥把身上的破衣烂裤鞋子全脱了，又让我把那些烂皮扔出去找个没人的地方烧掉，我就按他说的去做，那些破衣服燃烧后发出的怪味令我今生难忘。在跳动的火光中，我听到了虱子和虮子们鞭炮似的鸣叫，我仿佛又看到了我哥被他的班主任老师堵在一间破草棚里，他和一个女生正赤裸裸地纠缠在里面。

等我回来的时候，我哥已经乖乖地坐在铝盆里擦洗身体了。那天阳光灿烂极了，阳光把我哥整个人裹在里面，院子里到处弥散着人体特有的潮湿的腥味。我哥的身体在阳光和水汽的笼罩下发出即将成熟的光亮，他用双手拘谨地捂在腹部以下。我爸正拿着那把生了锈的剪刀为他剪头，地上撂着一片一片黑黑的头发。这个镜头同样让我不寒而栗，在我记忆当中，这是我爸第二次给我哥那样粗鲁地理发，不同的是，这次他不需要蓝丫来做帮手，他也不需要我，我哥更没有歇斯底里地大喊大叫。

我哥默默地清洁着自己，同时接受着我爸悉心的修剪和抚慰。肥皂在他身体上静静移动而涌起的白色泡沫足以让我对现实感到迷惑和遥远，仿佛才过去的一切只是梦境中的一个个片段，跟现实毫无关系了。我得承认，才几个月时间，我哥瘦得快皮包骨了，肋巴骨一条一条显现出来，剃掉胡子的下巴尖得像一把匕首，深陷的眼眶和凄迷的眼神使他仿佛染上了西方的犹太血统，他原来可不是这个样子。我敢保证，若谁把他杀了扔在马路上，连野狗都不会来啃他一口的。他依旧和我睡在一起，我自始至终也没有问及过他这些日子在外头是怎么过的，我能肯定他过得不会好的，否则不会弄成现在这副模样。回归是他最无奈的选择。流浪的经历将会永远地存刻在我哥的记忆深处，成为他人生的一次充满戏剧意味的经历。

我哥在他回来的当天傍晚，就改头换面地跟着我爸去厂里干活了，这对他洗心革面大有好处。他像个贴身的仆人那样忠实地紧紧跟在我爸身后，或者像一条驯服的小狗，头始终不抬一下，手里拿着扫把或簸箕，干起活来像模像样。

我要说的是，我爸并没有给他剃成秃子。恰恰相反，我觉得这是我爸给他剪得最好看的一个青年头，不长也不短，挺时髦的，近似于时下比较流行的韩国某歌星的短发型，只是差一些板栗一类很酷的染色。

我妈已经很长时间没回家了，她一直住在我外婆家。我估计她已经忘了我们。可我有时还会想她。外婆是个很厉害的女人，身体肥胖，足有二百斤重，说话的声音很响亮，跟骂人似的，她的长相总让我想起巴西电视剧《女奴》中的黑奴雅努阿里亚，不过，我觉得她的心眼没有那个黑女人那样好。据说当初她很不看好我妈嫁给我爸，她认为谁跟了我爸这样的倒霉蛋准没有好日子过，现在，她的忠告似乎灵验了——她可以沾沾自喜。

那天我去外婆家找我妈，想让她跟我回家，却正好碰见刘庆福也在那里。我外婆的桌子上放着一大包食品，里面有我外婆最爱喝的麦乳精，我狠狠地瞪了刘庆福和我妈一眼，我还瞥见外婆一副很受用的势利样，我当时直感觉到恶心——我后悔自己当初还吃过刘庆福送给我们家的那些狗屁东西，如果可能的话，我真想当着他们的面把那些东西一股脑儿地全吐出来。外婆告诉我："回去跟你爸说你妈不想回去了，让他死了那份心吧。"然后，他们所有人都不再搭理我，他们围在桌上玩麻将，骨牌被他们搓得哗啦哗啦直响，他们的笑声也是那么刺耳难听。

我掉头走了。我妈这才跟了出来，她拉住我的手说："别怪妈，那个家我实在不想回去了，我没办法再跟你爸这种人过下去了，你要是想妈的话就来外婆家看我……"说着，她塞给我两块钱。这只是大人自以为是的一种精神补偿。我本来不想接的，我说我不缺钱用，可她硬塞进我的裤兜里。我这才一字一顿地告诉她，我哥回来了。

我妈愣了一下，展现了片刻的惊喜，随即却哽咽似的说："他还回来干什么？不争气的东西……"说着，她声泪俱下。我说："那你就跟我回去吧！"我妈顾自抹了会儿眼泪，用濡湿的手摸了摸我的脑袋，又帮我整理整理衣服，说："妈不回去……你们要听他的话啊！"

我后来忘了自己是怎么走回来的，口袋里的两块钱都快被我揉烂了，它潮乎乎的，像一块抹布黏在我的手心里。我知道我妈是铁了心的，她跟我爸在一起的时光大概到了山穷水尽的地步，否则不会是今天这个样子。厂子里的人都议论说我爸劳改了几年患上那种男人最怕的软病，所以他才脾气暴躁无常，但我那时候还不能完全明白那究竟是怎样的病，我只是打一开始就发现他和我妈分开睡了，而且，他好像特别厌烦我妈，把她对他的一片好心全当作驴肝肺了（这是我妈说的）。

自打我哥回家后，蓝丫还没有跟他说过一句正儿八经的话。蓝丫依旧每天毫无目的地到处乱跑，谁让腿长在她身上呢！她当然没有得到那份体面的工作——去烟厂的门市部当售货员。蓝丫一定恨透了我，在她看来，是我和该死的四孬搅黄了她的好事，否则，她很快就会如愿以偿的。可是，我又招谁惹谁了？

我自然只能在心底里咒骂四孬。我一次次警告自己，如果这辈子我再搭理那个该死的流氓，我就不得好死。这样想的时候，我又觉得自己很可笑，因为四孬根本就不在这儿，况且他也得到了应有的惩罚。

这一天临近放学的时候，罗杨突然很谨慎地把一张字条团成一颗子弹样子悄悄掷给我。我当时正在收拾书包，她就坐在我后一排，那个纸团正好落在我的面前。说心里话，自从那件事发生以后，我几乎不敢再回头正眼看罗杨或后排的其他同学，我怕罗杨的目光正充满敌意地射向我。

不过，我不止一百次地告诉自己，这个班很快就要毕业了，我们将要各奔东西，我爸希望我能考取某个技工学校，然后随便混两年就可以分配到一份工作。其实，我的想法比我爸还要简单，我就想着赶快毕业吧，我多一天都不想再在这个班里待下去了。想想看，这个子弟学校能出什么好学生呀，四孬和我哥已经够大家喝一壶的了，我们还能指望什么？还有老早就被开回家的蓝丫，她是我伟大的姐姐（虽然我从来也没有当着她的面喊过她半次），这些还不够瞧的吗？当然，我也不是什么好东西，我不是也跟四孬那样的人混在一起吗？我打小就吃过四孬为我偷来的糖——尽管我知道那东西是偷来的，可我还是吃得津津有味。我就是这样一个意志薄弱的家伙。

当时我并没有展开来看那张字条，我被她的举动吓住了，这对我而言不啻是一次警告和恐吓。我的脑子里乱极了，我知道自己是逃得过初一却逃不出十五的。该来的迟早会来。现在，她真的来了。她怎么可以视而不见呢！

这个下午我战战兢兢，我尽量装出一副没事的样子，尽管很久以来我对罗杨——也就是罗厂长的女儿——心存敬佩，尽管我讨厌四孬曾对她的非分之想，尽管我知道我得罪了她的父亲，我要装得跟没事人似的，我不能在她的面前——一个女生面前失去我的尊严。

尊严这个东西有时并不可靠，经验再一次证明我的想法是正确的。我们依赖经验的同时总会丧失一些思考的本能和勇气，因为我们选择了依赖和被动。

我没有及时打开字条并不是意味着我多么清高，其实，我只是不想在罗杨的注视下这么做。我跑出教室并避开同学们的目光之后要做的第一件事情就是看她写了些什么。

可是，当我跑到一个僻静处时，却无论怎样也找不到那个纸团了，我翻遍了所有可以想到的地方，甚至是鞋壳里，该死！我把它弄丢了。我的内心突然有生以来第一次感到了无限的懊悔，这种感觉一下子就把我整个人给死死地攫住了，像一场明明白白的梦境，可我就是挣脱不了。最后，我又沿着原路返回，我猛地意识到那张不起眼的字条对于我来说竟然有那么大的魔力，这些年我丢失过多少东西，包括我的亲弟弟，我都没有这样失落过啊。

正当我气急败坏地往回走的时候，罗杨出现在我的视线中，我想掉头避开，可已经来不及了。

直到那一刻，我仿佛感觉到一切还是梦境一场：场景是我再熟悉不过的。树叶黄了。太阳落了。鸟儿静寂无声。秋风徐徐吹过。我的思绪漫漶不羁，在那短暂的一瞬间，我似乎有成千上万句语言要表达，可终究被莫名的战栗搅黄了。我忽然发觉，自己的嘴里仿佛嚼着什么东西。我急忙张开嘴像一只反刍动物那样，手足无措地将嘴里的东西吐出来。

那竟是一团被我嚼得不成样子的白色纸浆。我想，这大概就是我要找的东西。可是，我差一点就把它给吃下去了。

我并不知道罗杨在那张字条上写了些什么，直到很久以后我才得知，那只是一句再简单不过的鼓励，她希望我好好学将来能考上一所好的学校，就这么简单。因此，关于罗杨的一切回想对我来说意义非凡，我和她的往事充满了温馨和谜一样的甜美，虽然这当中隐含了无数的苦涩和无可奈何。随着时间的悄然逝去，我觉得那些往事在过去时光的某个不经意的罅隙里始终熠熠闪烁，它们就停留在流动的时间之外，它们之所以存在，正表明了时间的线性规律，它们游离于一片跟时间毫无关系的状态中，却恰好成为永恒不变的记忆。

我没有足够的勇气当面问她，虽然我一直在做各种各样的猜测，却终究没有哪一个是正确答案。我觉得自己几乎快被那张没来得及看一眼的字条搅糊涂了，而且，我一闭上眼睛，脑子里就会浮现那张字条。我想她是想警告一下我，她想狠狠地骂我一顿，或者，她根本什么都没有写，她就是想通过这种办法来耍笑我一番的。最可气的是，我居然愚蠢到了极点——我被一张可有可无的字条折磨了很长时间。

那天放学的路上我又碰到她，我装出很坦然的样子，表示我已经看过字条了，而且，我还装作漫不经心，我要让她知道我根本就没把她的话当回事。我就是想杀一杀她的威风。

可是，我一点儿也高兴不起来，说实话我挺懊恼的，因为我觉得我起码应该知道她给我写的是些什么，那样会好一点儿。有时候我的思绪会漫无边际地徜徉着，一些十分朦胧的想象很荒诞地出现在我的脑子里，这种时间我多半是在梦里。

10

转眼又过了好些日子，我妈依旧不肯回来，像是决心要打一场持久战，她还是整天住在她的娘家里，一点儿不顾我们的死活。我爸从来都不说一句去把她找回来的话，他保持沉默，对于我妈提出的离婚置若罔闻，我觉得他在这个问题上处理得挺糟糕的。这样算什么呢，不冷也不热的。其实，离婚这件事在我们厂一点儿也不稀罕，别的不说，四孬家就离了，那时候我们还很小，四孬也很小，四孬就没有爸爸了。四孬有一回对我说："离了就离了呗，少一个人成天管着你那该有多好啊。"

我没有四孬那么乐观，我想即使全厂的人都离掉了，我也不愿意看着我爸和我妈离婚。我再去找我妈的时候，我的胖外婆就对我横挑鼻子竖挑眼的，她总是不拿好脸色看我，好像是我一次次影响了我妈下决心似的。

这种时候，我又开始怀念四孬了。我怀念和他在一起的那种并不算太正常的交往，有时候我觉得那多少有些罪恶感，可我没有办法，我怀念那种感觉，即使让我再罪恶一次。我觉得他要是回来就好了，他一定会给我帮忙的，这家伙有一肚子的坏点子。这一点我很自信，四孬的确是个能为朋友两肋插刀的人，只是有些时候，他却把事情搞砸了。

唯独蓝丫越来越古怪。

　　蓝丫已经不仅限于用烧红的钎子烫弯她的刘海，她不知从什么地方弄来那种正开着花的草，她用那些草叶儿把自己指甲盖全部染红了，就跟毛野人似的。她还故意将那些红指甲在我的眼前晃来晃去，唯恐别人看不着似的，她在期待我的一句赞美。我从来都不会赞美她的这些破烂玩意儿的，我觉得她的行为越发有些离谱了，我真的不知道她这样混下去会怎么样呢。

　　不过，我管不了蓝丫，我们谁也管不住她，她甚至记恨我们每一个人，她的眼神总是跟我们势不两立。她依旧早出晚归忙忙碌碌，出门前要在镜子前花去几个钟头的时间，回到家里就把自己的房门关得死死的，嘴里不着边际地哼着某部电影里的插曲，她最爱唱的歌子不外乎是《妹妹找哥泪花流》，或者是《泉水叮咚响》，我老早就听腻味了，我做梦都盼着她能换个新调儿。

　　倒是我哥更像我爸的一个奴仆了，他很少说话，乖戾得像只老狗，总是抱着扫帚之类的东西跟随在我爸身后，干起活来很卖力，而且丝毫不像是装出来的，仿佛他天生就是一个清洁工。他很少说话，好像跟我们每一个人都很陌生，他根本就不是这个家里的一分子——他只是被我们勉强收留下来的一个讨饭的，仅此而已。我发觉他的眼神非常阴郁，看人的时候总是冷冷的，还经常做出恍然大悟的奇怪样子，张着一只空洞的嘴巴，喉咙里仿佛能穿进一列火车，让人心里很不舒服。

　　最让我不能接受的是我爸的行为也变得更加古里古怪。自从他开始做清洁工以来，我们家的院子里就成里一个名副其实的破烂场，什么东西都捡，空酒瓶子、破纸箱、废铜烂铁、旧书报，总之，只要是眼睛能看到的东西，都被我爸宝贝似的捡了回来。现在，院里连个落脚的地方也没有，我每天上学或回家都要从这些破烂玩意儿中跳来跳去，一不小心就会把它们弄得叮当乱响。我厌烦透了。还有，那些东西毫无头绪地堆在院里，它们在阳光下散发出霉变或锈腐的怪味，一些打游击似的苍蝇在上面兴趣盎然地飞来飞去，我的鼻子里时常感到呛涩难忍。这还不够，我爸经常把这些破东西叮叮当当地装在从厂里借回家的垃圾车里，然后把它们送到街上的废品收购站去，他用它们换来的钱打回散装的烧酒，然后一个人尽情享乐，直喝到人仰马翻才肯罢休。

好在这种带有气味的季节很快就过去了。秋天的时光很不经过，天气很快就冷了下来，废品杂物依旧堆在院子里，可是苍蝇没了，臭味也就没有那么明显了。这时厂区以北的乡村早就一派萧条，地里灌了冬水，再也看不到农人忙碌的身影，他们开始蛰伏在家里，直到来年春暖花开。

礼拜天傍晚，我刚回到厂区，就看见许多人正在朝一个方向奔跑，他们中大多数人都是穿着工装的车间工人，凌乱的脚步声从我的身边潮水一样涌过，也有跑得慢的或根本跑不动的，跟在人群后面走着，他们的表情看上去并不严肃，甚至有些不怀好意的诡秘和轻松。我并没有多想，脚步已经不由自主地掺杂在他们的行列中了。

这时，我突然在队伍里看到了我爸，他的肩膀上还扛着一把扫帚，他走路的样子像脚底下踩着一截弹力十足的弹簧，再也刹不住了，我从来没有看见他这样快步流星高昂地走着。我急忙放慢脚步，我可不想让他看见我。我前后找了半天，始终没有发现我哥。

相隔很远的地方我就听见了呜呜的警报声，那种声音我还是第一次那么真切地听到——以前都是电影里的声音，我立刻兴奋起来，不管三七二十一小跑起来，我知道只有公安局的来抓坏人才用那种声音。

其实，等我赶到现场的时候，公安局的电驴子已经呜呜地开走了，人们意犹未尽而又散漫地站在食品厂门口，每个人的脖子都抻得老长，目光也是那么意犹未尽而又散漫地飘向远处。我躲在人群中，耳朵里听到最多的是"活该"这个词，我又不经意间看到了我爸，他的脸上破天荒地挂着一层笑容，这之前我起码有快半个世纪没有看到他的笑容了。我看他笑得越来越得意，甚至有点荒唐，他并没有同他身边的任何人进行起码的交流，他只是一味地自得自乐，后来，他竟然乐颠颠地撇开人群跑了，他的背影在渐去渐远中使我空前地迷惑起来。

当天晚上，我爸喝得酩酊大醉，他把一大瓶泡着枸杞和树根一样的人参的酒全部喝光了，他没有冲我撒酒疯，而是从床底下的木箱里找出了他的小号，那只号放的时间太久了，吹出的声音干涩而又尖锐。

就在我爸四仰八叉地倒在床上昏睡不久后，蓝丫也回来了，在我的记忆中，这是她那段时间以来回家最早的一次。她居然也喝得摇摇晃晃，这真让人奇怪，他们俩究竟是怎么了？大概他们事先商量过的，他们的行为带有某种不约而同，我这样想。

蓝丫一进门就嗷嗷地呕吐起来，我急忙把一只洗脚盆塞在她面前，她吐出来的东西比大便还难闻，她昏天暗地地吐过一阵后，渐渐安生一些了，不过很快，却又莫名地嚎啕痛哭起来。她一边哭一边骂，什么流氓啦、该死的、不要脸和王八蛋，她还把自己说成是姑奶奶，我不明白她骂这些有什么意义，我只是觉得一个女人喝成这样简直该下地狱。而且，她还莫名地傻笑，一张颓废的脸扭曲得面目全非，嘴巴张得跟池塘里的癞蛤蟆似的，还把笨拙的舌头吐出一截。

这个晚上的情况就是这样，当我爸和蓝丫终于归于平静的时候，我已被他们折磨得筋疲力尽。我快睡着的时候，朦胧间听见房门被拉开了，另一个黑影狐狸一样灵敏地闪进来，我想该是我哥回来了吧。

第二天一早，教室里的气氛异常活跃，同学们都无心念书，罗杨没有来上课，而大家的话题却全是冲她来的。我这才知道昨天傍晚发生的事跟她有关。她爸，也就是我们食品厂的罗厂长被局子提溜走了，说他强奸了一名刚上班不久的年轻女工，女孩的家里把他给告发了，事情就是这样。按理说，我也应该高兴才是，这家伙以前还想对蓝丫动手动脚的，这回他的狐狸尾巴终于露出来了，看来群众的眼光真是雪亮的。可是，我没有高兴，我有些无动于衷，我甚至没有参与同学们如此热烈的议论和幸灾乐祸。

一个女孩的优越感就此顷刻之间化为乌有。我这样说的时候我知道自己对罗杨必定是心存怜悯的，世上的事情似乎就这么奇怪，在这之前我对罗杨完全不是这种情感，甚至与此截然相反。当然，我也从来没有讨厌过她，我也不知道自己是否喜欢着她，这很微妙。罗杨也绝非是那种因为家世便会飞扬跋扈的女孩，相反，她很爱学习，对待同学并没有怎么清高或傲慢，对我也一样，虽然我爸只是她父亲所管辖的厂子里的一名锅炉工，后来又做了清洁工。

连续几天罗杨都没有来学校，她的座位整天空着，我每天走进教室的时候都会莫名地看一下那张课桌，我内心中最柔软的部分正在作祟，它像一片浮萍悄然浮出水面，在我的内心深处飘荡不休，是担忧是关切或是别的什么东西，反正这一切都让我忐忑不宁。我的心思再也无法回到书本上，可我一点儿也不知道自己能为她做些什么。

那些天放学后我故意绕道而行，我朝着罗厂长家的方向惴惴地走着，在那排楼房前我驻足不前，我的行为大抵有些鬼鬼祟祟，我漫无边际地徘徊着，我希望奇迹能够出现。

一次次的等待让我一次次更加失魂落魄，罗杨家好像住在三楼，我能看到她家的阳台和后窗，我猜想她也大概能看到我的，我盼望她能突然出现在阳台上或推开窗户冲我挥一下手，那样我就放心了。有几次，我隐约听到从楼上传来一阵断断续续的女人的哭声，虽然很小，但那种声音的确让人难受。

11

我越来越发现自己的无耻。这无耻跟我的身体密切相关。

事实上，在十五岁来临之前，我的身体已经有了令我感到羞耻和焦虑的变化，我曾经那么轻蔑四孬所告诉我关于他身体的种种变化，而那时我对他除了厌恶和嘲讽之外，对自己的未来没有丝毫的前瞻和远虑。

我第一次发现身体的变化，是在一场荒唐的梦境中。我感到来自身体的某种突变或不适，那种情形可怕极了，一味地坚硬并充斥着邪恶和张牙舞爪，仿佛电影里面鬼子的小钢炮一样蠢蠢欲动，很长时间都不能自行消解。我把自己的身体紧紧地裹在被子里面，生怕被别人看到，我以为它从此将要那样挺拔着，这是一件多么可怕的事情！我将怎么见人？

为了让自己的身体在天明以前恢复原样（我可不能就这样走出家门走进教室的），我第一次气急败坏地使用了手——那之后我觉得手也是罪恶的，我开始讨厌用手来吃饭或写字。实际上就连手的帮助也有可能是徒劳的，甚至适得其反，手让膨胀的身体越发不可收拾。我的脑子里出现了某个幻象，准确地说是一个处于极度朦胧状态中的女孩。而在亦真亦幻的期待中，我的手渐渐代替了另一双手，温柔、细腻、濡湿，并充满激诱与爱怜。

最终我在一阵触电（这以前我有过一次被电击的经历）般的战栗

中结束了我自己，愉快之后是更深的颓废感。我忽然觉得自己完了，我在严重的罪恶事实面前觉得我征服了自己。我疲惫不堪，心存焦虑。而那里果然老实了，哑巴了，傻了，它以为自己可以称霸，而它却蔫得毫无生气可言。但是，我也面临着难以收场的局面，从那只小钢炮里窜出的火力成了我更新的迷惘和罪证，那种从未一见的古怪的气味和状态，包括它不可一世的恣睢，都让我陷入更深的耻辱感中。我战战兢兢地触摸着那些荒唐的罪证，让自己清醒过来。在黑暗中，我的手指惊颤着，我忽然觉得那些黏稠低温的怪物酷似我梦境中大片的黑色蜉蝣物。准确些说，这种感觉很像我将一只滑腻潮湿的蝌蚪掬在手中。

那以后，我竟欲罢不能，我无数回借用了手，又无数回在近乎绝望的境地痛恨那双手。手成了万恶之源。我在黎明清醒的时刻，总能感到自己内心深处的卑劣，我觉得自己正在朝着一个未知的荒唐的充满罪孽的方向一次次坠落。这种所谓的清醒于事无补，相反，它让我陷入更加深不可测的迷惘。我的梦啊，为什么总会出现那些可怕的浮游着的黑色！我真的需要某种救赎——我希望有谁能进入我的灵魂里并祛除我性灵中的魔障，使我摆脱那些黑色的诱惑与困扰，但根本没有一个人能洞穿一切。我不能将这一切告诉他们中的任何一个人。

我的担忧更多地来自对身体的疑窦。

那种在我看来完全处于病态的无师自通的行为，的确为我带来过些许欢慰。我甚至不能排除我对那种事情的向往和贪婪，当那些来自体内的奇怪的液体以势不可当的凶猛奔射出来的时候，我的快乐的抽搐与痛苦的呻吟达到了巅峰。还有，那个被我无限遐想过的幻象总是屡试难止，她的容貌、肢体、飘散着芳香的头发以及闪动着的眼眸都在我的想象中不可抗拒，那些美丽的幻象参与着我的罪恶，使我欲罢不能。

这种时候，四孬竟然一阵风似的来到我面前。我这样说的意思是，我并不希望他来搅和这些事情，我们厂已经够乱的了！四孬并没有像以往那样直接来找我，我不知道他葫芦里卖的是什么药，他大概不急于见到我，或者，他根本就不想见我。

蓝丫这天回来得依旧很晚，事实上她很少不是深更半夜才回家的。回来以后，她并没有上床睡觉，我听见她猫叫春似的吹着口哨，她吹出来的声音从来都没有调，可她却爱装模作样地吹，仿佛在给自己壮胆。她吹口哨的时候通常心情不错，或者她在晚上碰到了什么好事。

果然，第二天看见她的时候着实吓了我一跳，蓝丫的样子就仿佛是《画皮》中的女鬼，刚刚生吞下一颗活蹦乱跳的书生的心脏——她的嘴巴超乎寻常地血红着，她还故意将自己的嘴巴用劲噘起老高，看上去真的令人毛骨悚然。后来我才明白，那是蓝丫作为一个女人得到并使用的第一支口红，那支口红的颜色就是那么鲜艳如血（大概工艺很差吧），涂在蓝丫的嘴上毫无美感可言，她却丝毫也不觉得。相反，她感到美，美极了，否则，她不会见人就故意把嘴唇努起来，像是去吹一根蜡烛。

我担心的事情终于发生了。

我爸狠狠地赏给蓝丫两个大嘴巴，殷红的血从她洁白的牙齿缝隙中一点一点渗出来，血最终在她原本嫣红的嘴唇边汇聚。蓝丫的那张嘴突然间变了形，她的表情因为疼痛和惊厥瞬间凝固，就像一张后现代主义的肖像画，充满了工业文明的废墟般的气息。蓝丫的表情在与我爸的父女对峙中显得陌生而又冰冷，她的眼神里出现了觉醒般的仇恨与反叛。

我隐约感到蓝丫十七岁的这一天终于有了某种反抗，她不再把自己当作是小女孩了，她的身体已经完完全全符合一个女人的特征，她对色彩和修饰的追求也日趋张扬，她真的不再把自己当成小孩子了。

当蓝丫用陌路人一样冰冷的眼光看着我爸时，我感到世界末日就要来临，空气中陡然生出一种硝烟味，是我爸用他暴怒的手掌点燃了隐藏在他和蓝丫之间的火药。我爸并未意识到这个问题，他也许只是稍微感觉到自己的手心依旧在隐隐作痛，他还在手掌接触到蓝丫的脸颊时感觉到某种性别的差异。我看到蓝丫的脸上清晰地留下几道印记，我害怕他俩彼此坚硬的对峙。

蓝丫在片刻的僵持后朝地上狠狠地啐出一口鲜红的口水，她的野性不羁恣意汪洋地凸现出来。随即，她以同样阴毒的声音回敬了我爸一句。

"你有什么资格管我！你连你老婆都看不住！你他妈整天就知道喝酒打人……你还会干什么！"

我爸彻底傻了。他的手抖得跟鸡爪一般，他的身体剧烈地战栗起来。

从蓝丫嘴里冒出的每一个音节都掷地有声，伴随着蓝丫摔门而去的背影，我爸像一只被猎枪击中的绝望的狗熊戛然停止了嘶吼，并在短时间内一动不动。而我如惊弓之鸟，早已胆战心寒。

那天蓝丫离家以后，我爸果然一动不动了，我从来没有看到他这样安静过，在他以前跟我妈的所有争吵和对峙中从来没有出现过这种僵局。我想，他是被彻底击垮了，被自己的女儿毫不客气地收拾了一顿。他整个人都有点惶惑了，他在房里愣了半天工夫，然后落魄得影子一般飘荡在空洞的家中。他不喝酒，一句话也没有。我吓坏了，他毕竟是我爸呀！当然，他也是蓝丫的爸爸，可该死的蓝丫却出言不逊。我想他真的伤心了。他经受过种种磨难，什么事情也不能将他压垮。

在我的印象中，他的确让我们难以亲近，他的脾气时常令人胆战心惊，前些年他在外面改造，我们甚至没有怀念过他，至少，等他重新回到这个家以后，真的不曾给我们带来什么愉快。如果说有什么，恐怕就只有一个字可以概括——怕。反正我很怕他。他不太适合扮演父亲这个角色，他对孩子的态度通常是粗鲁而又偏激的，他大概从来也没有想过我们的心理承受能力，他看上去更像一个监管犯人的狱头，凶猛、粗暴、森冷，使孩子们不寒而栗，并长期处于某种恐慌之中。

家里实在待不下去，我就借故撒尿溜了出来。

外面寒气彻骨，我的棉袄有些小了，很薄，裹在身上依旧浑身发抖。我妈不回家，就没有人给我们缝新的。我的两只手使劲往袄袖里钻着，袖子也短了，所以总有那么两截腕子露在外面，都有些木了。我毫无目标地游走着，像个无家可归的孤儿，事实上有那么一阵，我真的再也不想回去了，我宁愿自己是个孤儿，我就想这样无休无止地走下去，直到有一天一步也走不动为止。

但不知不觉中，我竟然又站在那幢楼前了，我绕着那楼前后转了几圈，我的目光穿过夜晚冷冽的空气飘向罗杨家的阳台，她家亮着灯，橘黄色的灯光在远处的楼里一闪一闪的。仅仅是三层楼那样的高度，在我看来却高不可及，也深不可测。我没有听到什么声音，黑夜冷寂。

我无法想象她此时正在做什么，或者，她已经睡下了。不，她不可能那么早就睡了，她肯定在温习功课吧。我的思绪漫漶而又绵延，我的内心忐忑却又憧憬着什么。我这是在干什么呢？我有什么资格站在这里胡思乱想呢！我突然想起前些天刚刚背过的一首古诗，那跟牛郎织女有关，前面的都没记住，只依稀记得最后两句：盈盈一水间，脉脉不得语。我觉得自己正在倚地望空，楼上地下是两个世界，房内窗外也是两个世界，我站在原地，寂寞地聆听风在耳边嘶吼。

等我见到四孬的时候已是第二天中午，他像一条癞皮狗似的很唐突地出现在前面的路上。我远远就感觉到他了，我知道只能是他，不会是别人。

他的确像大家说的那样穿上了喇叭裤（我们厂穿这种裤子的人并没几个），两只宽裤脚把鞋完全遮住了，就像挂着两把扫帚站在那儿，或者说他的两条腿变成了扫把在大街上扫来扫去。我们的确有一阵没见面了，见了面都觉得有点别扭了。四孬的样子比我想象中要好得多，不像以前那么邋里邋遢的，相反，他更加流里流气，一副见多识广的架势。四孬白睐了我半天，才慢吞吞地说："你小子还就这个样，难怪没有女孩喜欢呢！"我的脸立刻就升温了，我闪烁其词地哼了一声，并十万分不满地骂他："我以为你早八辈子就死在外面了！"四孬脸上顿时浮现出儿时那种傻相，这倒让我觉得亲切了。

四孬说："屁话！我这不是囫囵囵囵囵的一个人嘛，再说我要是有个三长两短，谁——谁将来当你姐夫呢！"

听到了吧，这个流氓简直无药可救、信口开河。

我和四孬走在一起，别提多不自在了，我看起来土里土气的，这都怪他那条扎眼的喇叭裤。他一路走着，把马路上的灰尘都扫了起来，惹得别人老盯着我们傻望。四孬突然撸起他的袖子，我这才注意到他居然人模狗样地戴上了手表，当时我还不知道那种东西叫电子表。

"你他妈从哪里骗来的玩具表？"

四孬不屑地瞥了我一眼，"这叫电子表，懂吗？从香港进口过来的，还有我这条裤子，瞧一瞧吧，是苹果牌的，你这个大傻X！"说着，他给我看了眼他腕子上的表，上面的确显示着数字，这太神奇了。

"有件事我得跟你说清楚，你姐，就是蓝丫昨晚去我那儿了，她说她就是死也不想回家！"

四孬神气地看看我，那样子让我觉得他此刻正以救世主的身份同我讲话,而且这么多年他从来没有如此正经地看过一个人。我的表情依旧很茫然。我一点儿也不明白他的意思，准是蓝丫疯了吧！

"我的意思是你爸真他妈不是个东西，他欺负谁不好，偏偏跟自个的女儿过不去。他要是再敢动她一指头，我就跟他没完！"

"你有本事你找去他吧，跟我说有什么用处。"

四孬吐了口唾沫，又接连吸了几口烟。"你怕他，我可不怕他！我他妈谁也不尿！"

我被四孬威慑住了。我发现四孬和以前不太一样了，我甚至觉得他有点不太像他自己了，他什么时候开始关心别人的事情了。我一头雾水——我的意思是蓝丫凭什么去找他呢，她找谁不好。蓝丫的确有点弱智。不过，我蓦地陷入深思并邪恶起来，我的思绪飞回遥远的梦中，我幻想着某种画面，可我觉得那不是四孬和蓝丫，而是我和另外一个女孩。所以，就是在白天，在四孬眼前我突然打了个寒噤。四孬并没有看出来，而我知道自己为什么会突然战栗。

四孬瞥了我一眼，像猜出了我的心事，他郑重其事地说："口红是我送给你姐的，怎么样！"

12

蓝丫跟四孬这个混蛋就那么莫名其妙地好上了，简直令人匪夷所思。这倒让我回想起许多年前的旧事，我记得有一次四孬极其无耻地对我说"你姐是我们厂最美的女生"。那时候我们都很小，而四孬居然堂而皇之地使用了"美"这个词，现在看来，这个混小子早就有企图有预谋，可我当时怎么一点儿也没察觉呢！

我这样说的意思是，杀了我也不能接受四孬将来有可能做我姐夫的事实，我觉得自己多少有点引狼入室的嫌疑。这家伙确实太鬼了。而且，蓝丫肯定是疯了，否则她怎么会看上四孬这个无赖呢？苍蝇大概不叮无缝的蛋的。可那个林秀秀该怎么办？我觉得她对四孬可是一片真心。四孬亲口对我说他跟林秀秀没戏了。他俩断了。是这样吗？反正，我实在懒得去想他们之间的破事，爱谁是谁呗。

事实就是这样，四孬和蓝丫好得一塌糊涂，他俩成天形影不离。四孬亲口告诉我蓝丫的嘴唇长得独一无二，他喜欢看她涂上鲜红艳丽的口红。四孬还信誓旦旦地说他要跟蓝丫结婚，但是他们可不想要孩子，生孩子的事他们还没有想好，可那至少得等到三年以后，因为到那时候他们才能有资格领到结婚证。

我觉得这简直太糟了，甚至有点荒唐。蓝丫怎么偏偏会喜欢四孬这个坏家伙呢。

我懒得去操心蓝丫的事，她爱跟谁好就跟谁好去吧！她连我爸也不放在眼里，更何况我呢。问题的关键还不全在这，想一想四奓，我更是觉得毫无办法，他想做的事情我从来都阻止不了。没有谁能阻止他们的爱情（是爱情吗？我拿不准）。我只是经常为我们这个家感到难过，我妈不要我们了，整天躲在我那十分厉害的外婆家，蓝丫又是这个样子，谁也管不了她，我哥一连几个星期不跟我们任何人说一句话，跟活死人没什么区别，他的存在只能让我感到极度的压抑和恐慌。还有我爸，自从和蓝丫发生那场冲突后，很长时间都蔫了吧唧的，对我们不闻也不问，好像我们彼此素不相识，只是偶然住在同一间车马店里而已。

我们这个家究竟是怎么啦？而我知道就连自己也遇到了棘手的问题。

我的问题并不比蓝丫和我哥他们轻多少，我的内心长时间处于忧郁和烦躁中。每个夜晚降临的时候，我都难以入眠，我知道我在担心什么，我在思考什么，可这一切都是徒然无益的。我的精神家园笼罩在片片瓦云下面，这里没有阳光，没有空气，没有鲜花和水草，我像一条被扔上荒岸的鱼，我的呼吸就要终止。在死之前得不到任何救恕和宽慰。

我跟四奓见面的机会很少，因为他正忙于谈情说爱，而我必须将身心投进学习中，我尽量想跟他们不一样。我不知道用诸如恋爱这样的词来概括他的事情是否恰当。总之，他正在和该死的蓝丫没完没了地亲近，我有几次在马路边或厂里的某个犄角旮旯撞见他俩（他们肆无忌惮地拥抱或接吻）。那时，他们的脸上都泛着红光，那种光芒十分吓人，仿佛能燃烧大地。

我的确害怕见到他们。每次看到那样的情景我都浑身不适，我担心自己单薄的身体早晚会被他们身上所散发出的那种灼热的光芒点燃或刺穿。

十二月的每一天都冰冷而又漫长。

罗杨已经重返学校上课了。她的样子明显地有了变化，这是我觉察到的。她变得沉默少语，没有哪个女同学愿意跟她在一起，好像她犯了天大的错。课间她就一个人坐在桌前埋头看书，放学独自一个人紧靠着路边行走，脚步踟蹰缓慢，目光中时常流淌着惊慌的漪纹。她原先的同桌也是个女生，她几次三番向老师提出来调换座位的要求。老师装作很无奈。就在第二天一早，我发现身后的罗杨不在了——她一个人坐在教室最后的一张空桌前。那是一张破烂不堪的旧课桌，有一条腿快要断开了，人趴在上面总能发出刺耳的噪声，而她尽量保持着平静，不让那桌子有丝毫声响。

我坐在教室再也无法安心学习，我时时刻刻感觉到她已然怯懦的目光求助一样笼罩着我，我多想当着全班同学的面转过身，直直地冲她走过去，并勇敢地在她身边坐下来。我要让他们知道，他们不应该这样对待她——发生的一切都跟她无关，她就是她，也只能是她。可事实上，怯懦的人是我。我的思想永远比我的身体走得远，思想这东西真的是无边无界，而我竟是那样残忍。

罗厂长很快被判了刑，公告就贴在食品厂的大门前。他犯的事好像不仅仅是流氓罪一条，据说他贪污挪用公款。

那天百十号人围在门口看那种打着鲜艳的红对勾和划着红圈的公告，我没有去，那不是我关心的事。当天下午，食品厂的新厂长就走马上任了，厂里要开职工大会进行传达教育，子弟学校的老师们也要求参加，学生可以放假半天。

我在外头晃荡了很长时间才回到家，四娄居然赖在我家。蓝丫不知什么缘故回来了。

我大概明白他们俩想做什么，时间却比我想象中要短得多，他们先是弄出很含糊的嬉笑和呢喃，其中伴随着蓝丫的几声响亮的尖叫。我听见蓝丫一直在不停喊着："小流氓，小流氓，你这个小流氓……四孬要流氓啦。"而四孬仿佛在跟她故意对仗。四孬一口气至少说了二十遍："我就是要耍流氓耍流氓……我要天天跟你耍流氓。"很快，又听见四孬怪怪的喘息像是一头被猎人追逐并挨了致命一击的熊，蓝丫红着脸蛋子从她的房子里潦草地跑出来，身上背着一只鼓鼓的尼龙包，要出远门的样子。她走路的姿势有点异样，好像屁股上刚刚注射了二十万个单位的青霉素而又忘了拔掉针头。她边走边骂四孬，仔细听又不像是在骂。四孬的样子委实很狼狈，呼哧呼哧喘着气，边提着裤子，跟刚跑完三千米似的。

房子里的浑浊气味对我而言却是熟悉的，它让我顿时感到了惶恐与负罪——我的夜晚里时常发出这样的黏稠而又古怪的黑色气味。我还在床沿下发现了一团同样污秽的卫生纸。

我觉得这俩混蛋的胆子也忒大了。万一让我爸撞着，他一定会把他们大卸八块、碎尸万段的。我敢打赌。

四孬扔给我一根烟，他大概有收买我的意思。"我陪她回来取几件衣服，我们想到外面玩几天。"

我狠狠地吸了两口烟，那种感觉又从记忆中寻找回来了，我觉得自己的身体飘了起来，像一片羽毛，无足轻重。

四孬果然叮嘱我："千万别跟你爸说！听到没有？"说着，他竟把手腕上的表摘了下来。

"送给你作个纪念吧！"他的口吻使我感到陌生而又悲壮。

我未置可否，他就一把拉过我的手，将表硬套在我的手腕上。那种感觉很奇妙，是不允许拒绝的。四孬的样子都有点大义凛然了。

我必须出去走走，待在这个破地方，我简直快要憋疯了！

我毫无表情地盯着那块带有四孬体温的电子表，那上面的末尾数字闪得奇快，它让我由生以来第一次感受到时间的仓促。换句话说，那似乎完全属于时间的范畴，是一种瞬息不止的概念，我觉得自己内心突然悸动起来，我明白表上的阿拉伯数字是可以重复不休的，但有很多东西恐怕再也不能重复了。

接着，我很不习惯地看了一眼已属于我的表，上面的准确时间是15点38分59秒。这串奇妙的数字在在我眼前一跳一闪，却寂静无声。

蓝丫和四孬就是这时候离开家的。他俩大概去了南方吧。四孬没有说。

我还注意到那块表上有这样的几个英文字母：COSIO。

若干年之后，我才明白它的真正含义——卡西欧。多新鲜的名字，它像星星一样让人眼前一亮。

13

食品厂的人大概都有翻身农奴把歌唱的感觉吧。新年的联欢晚会上，他们在厂子的礼堂里举办了一场职工文艺汇演，看上去他们个个都那么高兴，只不过是换了一个新厂长而已，可他们就高兴得有些忘乎所以了，简直让人恶心得想吐。

子弟学校的学生当然得演节目，我们班是大合唱《没有共产党就没有新中国》。女生分两排站在前面，我们男生在后面，我真希望永远这样站下去，因为她就站我的正前方。这时罗杨已经重新回到学校里，她已然在内心里接受了所发生的一切。在同学们冷眼旁观甚至冷嘲热讽的时候，她并没有过多地在乎这些，相反，她以幽然而冷静的态度忽略着同学们的关注。也就是说，从表面上看，她好像已经适应了这种逆境中的学习和生活。罗杨总是匆匆忙忙地来了又去了，只要一走进教室里她就完全让自己钻进书本里，很少多说一句话，而且谁也不能够左右她。我觉得那时候她身上所表现出的坚忍和镇定已超乎了大家的想象，我对她的担忧简直有些多余。

其实，最先排练的时候并不是这样，可临上场以前，老师突然做了一下调整。老师也许有什么考虑，她让罗杨从第一排换到了第二排，这样她正好站在我跟前了。

这是我要感激老师的唯一的一件事，因为这让我跟罗杨靠得那么近（队列的要求是要紧凑），我清楚地看到她的脖子和微微颤动着的马尾在聚光灯的照射下散发出清洁而又柔和的光芒。我有意向她靠近，我要让她也能感觉到有一个人与她彼此靠得很近，我的心跳在悄悄加速，大概她也能体会到这种跳动的节奏。整个演出的过程我都在看着她，虽然我看不到她的脸，也不知道她的表情是怎样的。是忧伤还是无所谓？我不知道。可是我那么真切地感受到一个女生的魅力——娇小、芳香、精致绝伦，她的存在对我来说有种无法抗拒的力量。

我完全不知道自己嘴里唱些什么，或者我根本就什么也没有唱，我的大脑一片空白。这空白又全部被一种暗自的忧郁和恻隐所敲碎，一片一片飘落下来，空余下我内心裸露的寂寞。等我迟钝地走下台的时候，我突然发现她已经不在场了。我急忙乘机溜出来。

外面竟纷纷扬扬地飘起了雪，夜晚在白雪中变得妖娆而又充满了不确定性，仿佛夜晚不再是夜晚，而是孤立于昼夜之外的另一种形式。

雪肃静地下着，一走到外面，我立刻就被雪的净洁气息感染了。人站在雪地里，内心突然变得安静而纯粹了，仿佛那些洁白的颗粒正纷纷扬扬地覆盖在心的表面。雪是具有某种魔力的，即使再喧嚣的世界也会在白雪中肃然沉寂下来。一切动的东西都将停止了，天地间的万物都默默肃立着，仿佛谁也不忍心错过这场飘飘洒洒的雪，谁也不想破坏这份安宁。人的心性在雪世界里可以得到充分的释放和净化。

礼堂里的声音穿透寒冷的夜色传得很远，而且像过滤了似的，听起来比在里面更加清晰。这时，有个甜得发腻的女声正在唱那支《我们的生活充满阳光》，外面正在下雪，夜色凄迷，纷纷扬扬的雪花让外面的世界充满了诗性的味道。

就在我要撵上前面的黑影时，我却很不争气地摔了一跤，我听到自己像一块冻肉一样啪的一声重重地落在地上。我来不及爬起来，哈气阻挡了视线，我就趴在地上，用一种前所未有的果敢声音冲前面的影子喊："罗杨，罗杨……是你吧？罗杨，等等我！"

影子终于迟疑地停住了。我从地上起来的时候看见她正一动不动地站在前面，我们之间隔着纷飞的雪，由于她是冲着礼堂方向站着的，借着礼堂门前的灯光我能清清楚楚地看到她的脸。那些落在脸上的雪融化成水，我看到她的脸上有粲然的光亮，那样真切而又美丽。我向她走过去时，她依旧站着不动，但她的目光却是闪烁不定的，使我产生了从未有过的美妙幻觉，我觉得自己依旧站在舞台上，这天地间的雪竟成了理想中的道具，给人以足够的自信和勇气。

我仿佛鼓足了自己这十多年生命里一天天积攒下来的勇气突兀地站在她面前，我觉得自己有点像一个大人了（四孬以前总骂我不像个男人，他是对的，我一直缺乏勇气和信心）。可发出的声音远不及一只兔子，我的心跳慌乱到极限。我完全不知道自己说了什么，或者，我什么也没有说。我只是在飘雪的净洁空气中再次闻到了一缕淡淡的香。

哦，那就是雪的清香吧，真叫人陶醉。

之后，我们并排走在雪地上，脚下一刻不停地发出吱吱声，雪让人心灵纯洁，让世界平静。雪让万籁俱寂，让人们尽情回味。雪甚至给眼前这座西北小城添了几分诗情画意，就像它从来没有过苦难和伤痕。我们却走得很不自然，好像两个人刚刚学会走路，积雪在脚下发出轻微而稚嫩的声音。这种声音原来竟如此美妙啊！我走得很谨慎，唯恐破坏了这等待已久的氛围。我一点儿也不觉得冷了，虽然我的棉袄很有些年头了，而且，连刚才摔了一跤也跟没事似的。

分手前她告诉我，其实她在家有几次都看到我站在楼下，她问我为什么会站在下面，我不停地摇头，但心里却无比感动。

我一直陪她走到楼下，我们彼此说了好几遍再见，她还鼓励我要好好学习，她的样子很符合一名素质优良的女教师。她问我可还记得那张字条。我愕然了。她说她觉得我是同学中最有性格最有自尊的一个。她说她相信我将来能有作为。

交谈使彼此变得亲密起来，即使是站在冰天雪地里我也不觉得冷。相反，我的心里暖融融的，我觉得自己的某个感觉器官正在恢复活力。她已经说过几次就此分手回家，可我还是赖赖的，没有离开的意思。最后我坚持等她上楼以后再走开，她犹豫着，也只好这样。我听到她的脚步空灵地落在每一级台阶上，楼道里发出某种低低的回响。脚步声停下来时，我听到咚咚的几下敲门声，之后是寂静和等待。她妈大概睡了，所以我能听见哗啦啦的钥匙声，十分清脆，再后来是房门重重合上的声音。

我依旧没有离开，而是飞快地绕到楼的前面，我想她也许会站在窗前继续看着我。我的想法大概是不可靠的。她家的灯亮了一盏，接着又亮了一盏，她的影子映在玻璃窗上并且晃动了那么几下。就在我无限憧憬地张望的时候，突然被来自上面的一连串的凄厉的叫声和歇斯底里的哭喊攫住了，我不知道发生了什么。

那种惨痛的声音来得太突然了，甚至是凶猛的，一下子就划破了寂寥的天空。我看到窗前的影子失控一般不停晃动，我不知道在那幕后究竟发生了什么。我被一种可怕的预感和无法抑制的慌乱挟持着向后面的楼道冲去。

这年冬天究竟是怎么了，谁也说不清楚，事情总是接踵而来，就在这个下雪的寂静晚上，罗杨她妈悄然吞下了整整一瓶子安眠药，而选择的时间是全厂人在礼堂大联欢的时候。我在罗杨家看到了那只开启不久的白色药瓶骨碌在地上，一切迹象表明，她妈是有预谋的，换句话说，她妈大概早就不想活了，只是在寻找一个最佳时机。

在医院的急救车到来之前，罗杨始终在哭，一种女性天生的柔弱和孤苦在她的身上浮现，泪眼婆娑，让人怜爱。她紧紧地抱着她妈的头，哭声沙哑，身体一刻不止地战栗。

我觉得自己的身体也在战栗，我把一只手轻轻地放在她的后背上，她的身体已然在剧烈地抽搐。我的眼前一片茫然，听凭她的哭声将我一次次推向迷惘的深谷，我潜意识里将自己的耳朵拉长，像暗夜中的猫科动物。救护车呜呜的声音终于由远及近，可我听到的却是类似于警察抓人的警报声。我再度陷入莫名的恐慌。

想死的人有时候恰恰是很难死掉的。大夫给罗杨她妈彻底清洗了肠胃，这个可怜的女人渐渐恢复了知觉。

事实上，那只是作为生命存在形式的一种苟延残喘，她可以一整天都以同样的一种方式发呆，或者，疯疯癫癫地见人讲一些莫名其妙的怪话。我觉得她真的疯了，这是一种比死更可怕的存在。

罗杨只好暂时待在家里照顾病人，她必须每天守在她妈的身边，她开始学着洗衣服、做饭，并想方设法地将食物喂进她妈的嘴里。她比我想象中要冷静得多。她妈总是将大小便弄得满床都是，所以，罗杨一刻也不能离开她。

放学后我就绕道去她家里，起先，她还愿意把我课堂上做的笔记拿去看，我就成了她的通信员，我觉得自己对于她来说终于有了一点儿价值。我很乐意这样做。可是，这样坚持了没多久，有一天她告诉我不要再来了。我问她为什么，她说不为什么，她就是不想再麻烦我了。

我再去找罗杨，她连门也没有让我进，她只是隔着门缝对我说，你以后再也别来找我了。透过门缝，我看见她的眼眸黯淡无光，脸色焦黄。我忽然发现她不再像从前那样了，欢乐、自信和憧憬都不复存在，她此刻的模样对于我来说太陌生了。但是，她柔弱的口吻却是毋庸置疑的。

此后一连数天，不论我怎么固执地敲门或站在楼前一遍又一遍喊她的名字，她再也不答应我了。她和我之间完全被钢筋混凝土的坚固隔绝开了。

她也许是对的，我生活在梦里，而她已经跌入残酷的现实之中。

那天刚进家门，我爸就劈头盖脸赏了我几个耳光，大白天的我看见星星满天闪耀。我爸以雄狮般的怒吼警告我："你他妈的再敢出去丢人现眼，看老子不拧断你的狗腿！"

我用舌头近似贪婪地舔舐正在往外漫溢的血，它居然很甜，甜得让我误认为那是我爸在我嘴里塞进了一块红色的奶糖。

我爸指着我的太阳穴，"你们几个有一个好东西吗？你们全都是些现世报！"

于是，我爸罚我这一天不准吃饭。饥饿有时候能教会人很多东西，比如忍耐和忘却，忍住饥饿，忘记疼痛。到了傍晚，我已经头晕眼花了，肚子里也一刻不得安宁，我咬牙切齿地跟这些令人讨厌的声音较劲。我希望用这种方式表达我的反抗，我从来不跟我爸正面冲撞，我觉得那毫无意义。随便他怎么样吧，即便两天或三天不让我吃饭、睡觉，但我不会轻易服输，至少，我不会对他说一声我错了。

为了更有效地惩罚我，我爸把我妈用来洗澡的大盆从床底下挪出来，那只盆里已经落了很厚的一层灰尘和毛絮，我妈已经很久没用它洗澡了。我端着那只大铝盆，然后走到外面去。

外面天寒地冻，到处都是皑皑的积雪。它们像一种古老的白色不幸地覆盖着坚硬的大地，雪的降临使街道和房屋突然丧失了某种必要的秩序，互相臃肿在一起，不分彼此。我在雪地里站着，很容易产生迷失方向的感觉。

此刻我的任务就是往这只盆里蓄满雪，我爸没有给其他任何工具，他让我用手捧雪。我明白他的意图。我该为我的所做付出代价，每个人都应该为自己的所为付出代价，这是一条起码的规则。

我忽然发现这是一件很有意思的事，形式上跟在雪地上堆一个雪人一样，这个想法立刻使我陡增乐趣，所以，我忘了这是在接受惩罚，而是独自进行一种游戏，我决定要在这只铝盆里堆起一个巨大的雪人，我要让它像模像样，而且，我还要让我爸最后看到它的时候把鼻子气歪。

半个钟头后，雪人堆起来了，它的身体肥胖臃肿，脑袋又大又圆，我还在它的脸上镶了三块黑炭做眼睛和鼻子，它看起来更像一只熊猫坐在盆里慢吞吞地洗澡，模样怪异而又愚蠢。我在刻意打造它的时候并不知道我的工作只是我爸一个阴谋的开始。

我把它连盆拖进院子里，故意弄出很大的响声。我爸把房门推开，朝院里的怪物望了半天，最后，他的目光落在我的脸上。我觉得他有足够的理由暴躁并对我大发雷霆，可他没有。我觉得他的眼神是复杂而焦虑的，当他再次审视盆里的雪人时，他竟轻轻地喘了口气，像呷进一口美酒开始慢慢品味，他的目光里终于有了实质性的内容，让人觉得很阴险。

接下来，我爸命令我和我哥到里房关好门睡觉，他一再强调，谁也不准出声或起来，有尿也得老实憋着。我哥倒头就睡着了，鼾声嘹亮，比死人还沉，也难怪，他白天要干很多活，回到家只有两样事：吃和睡。我一直怀疑他是否还会说话，要知道他小时候可是个很爱说话的家伙呀。他有过一段不同寻常的经历，这属于他的内心世界，他从不跟人提及。

我欲睡未睡的时候，听到有人敲门，很快，外房有了来回的脚步声。接着是我爸的说话声，中间还有另一个陌生男人的声音，听起来很耳熟，却一时又记不起来。他们说话的声音时大时小，有时是激烈的，有时又相当沉默，他们的谈话不时涉及另一个人——她。我渐渐明白了，他们说的正是我妈，我也猜定外房的那个男人是谁了。我忽然觉得情况严重极了，不是担心，而是可怕。果然，在短暂的谈话后，外房发生了一阵骚乱，更准确地说是彼此纠缠和冲撞。我怀疑他们要打起来。我一骨碌从床上爬起来，光着脚站在地上，我的耳朵紧紧贴在门背后。

又过了一会儿，外面发出了完全是激烈的挣扎声，那个人的声音却像是被什么东西堵住了，只是类似于哑巴似的呜哇声，又低又哑。我好奇极了，真想打开门走出去看个究竟，可我真的不敢。这时，我听到外面乒地一下，那声音让我忽地想起了放在院里的那盆积雪。紧跟着又是一阵混乱而又喑哑的声音，我甚至听到类似于鞋落在地上和腰带扣松解时的声音。最后，我清楚地听到我爸用力的哼哧声。这一切太可怕了，我想象不到外面究竟发生了什么。在片刻的镇定后，我终于再也无法忍耐下去，门吱扭一下被我拉开了，我看见我爸满脸的惊愕，他看见我的一瞬间，脸上的表情尴尬而又恼羞成怒。

令我震惊的是盆里的雪人熊猫没有了，一个男人憋屈地跪在盆中，我能看出他是半裸着下体的，他的手被反捆着，嘴里塞上了抹布，两只黑色的皮鞋东一只西一只，一堆裤子蛇蜕一样横在地上。男人的头狼狈地低垂着，可我知道他是谁。

我爸很快就稳住神，他冲我瞪了一眼，目光挪开我的脸。他说："你是不是想撒尿，儿子？"说着，他一把将我拉过来，我的两只脚都悬空了。"听话，儿子，我不打你，你不是要尿尿吗？就尿在这家伙的脸上吧！"我爸的语气温和得超乎想象，那一刹那我觉得他根本不是我爸，我不知道他是谁。我爸粗暴地把我拉到那人眼前，他说："儿子你认识他吗？这狗日的叫刘庆福，就是他成天撺掇着你妈要离开我们这个家的！所以儿子你要听爸的话，要不你从今往后就再也不是我的儿子了！"

我始终在战栗不止。

当这个叫刘庆福的男人抬起头充满乞求地望着我们父子俩的时候，

我的战栗忽然消失了，我忘记了发生的一切，包括他曾经硬塞进我裤兜里的糖果。我如此强烈地意识到，我就是我爸的儿子，这完全取决于流淌在我身体中的血液。我的青春期在这个冬天的夜晚变得恣睢汪洋，我觉得自己身体中像有神灵相助般倏然滑下一股热流，这热流直达我的丹田和阴囊，我想憋也憋不住了，生理反应就是这样奇妙吧！不及我拉下裤子，一道晶莹的亮光便在两个男人的面前划出一道弧度很好的线来。我眼前跪着的男人再次哑巴似的呜哇起来。

　　盆里的雪渐渐化成了水，男人的膝盖以下浸泡在里面。我听见我爸在我身后发出我由生以来听到的最怪异的笑声。

　　在这之前，我一直以为他这个人根本不会笑呢。

14

　　我的名誉已经不太好了，满厂子的人大概都知道我对罗厂长的宝贝女儿死乞白赖的。我并不在乎这些，嘴长在他们身上，爱说什么由他们去吧。关于我妈和那个刘庆福的闲话每天都有一大箩筐，说什么的都有。还有蓝丫和四孬的那些偷鸡摸狗的破事，这两个家伙成天在外面逍遥自在，全然不顾别人的死活。

　　说实话，我简直厌恶透了这种成天生活在别人的唾沫星子里的生活。如果有一天我能离开这里，我绝对不会再回过头来多看这里一眼的。

　　有一天，四孬他妈泼妇一样闯进我们家来，她居然好意思说蓝丫是个狐狸精，把他家四孬拐跑了，我看见我爸的鼻子快要气瘪了。四孬他妈不着边际地把我爸数落了一顿，见我们跟本不把她的话当回事（我用双手将两只耳朵捂得严严的，我还自语着"不听不听，黄狗念经"），她气馁了。这个愚蠢而又可悲的女人一定是想儿子想疯了，可谁让她不把自己的儿子管好呢（打小就没看好过怪谁）？这是活该的事情。她忽然就一屁股坐在我家的地上，眼泪鼻涕哗啦哗啦地淌下来，样子十分可怜。四孬一定不会想到他老娘会这样思念他呢。

　　这时候我在学校收到四孬的一封来信，这简直是个奇迹，他居然还知道写信。我估计这封字迹潦草丑陋、错别字连篇、语句混乱的信凝聚了蓝丫和四孬俩人的全部智慧，这的确有点难为他们了。

　　四孬在信中告诉我，他俩大概还得过些时候才能回来，因为他们要搭一位朋友的便车到广州去，信里还让我帮他打听一下学生中有多少人愿意出钱买他上次送给我的那种电子表，并要我做好统计工作，等他回来送货上门。信的结尾提了一笔蓝丫的情况，他说她穿上喇叭裤的样子比以前还要好看。

　　我对这封信毫不关心，去他的电子表吧！还有什么狗屁喇叭裤！这一切对我来说无关紧要，一想到四孬他老娘那副可怜巴巴的模样，我就觉得好笑，我要是四孬他妈，才懒得想这个不肖的龟贼儿子呢。

　　在这个平淡的冬日黄昏，我看见我妈行色匆匆地走进家门，她犹豫的脚步使她看上去有点走错门的感觉。我透过窗户看见这个神情抑郁的女人走进院子，她的脸色黑沉，目光带着莫名的仇恨，就好像谁刚刚把她的一个亲儿子推进河里淹死了。我有些害怕，这害怕从那天晚上一直持续到此刻，我觉得我妈是来找我算账的。

　　反正她不是回来跟我们过日子的，这一点完全可以肯定，我妈像走进一家旅馆或行李寄存处一般将她认为那些属于她的衣物等生活用品搬走了。在家里的所有柜门或抽屉发出刺耳的噪声里，我爸竟连窝儿也没挪一下，他老猫似的伏在一把椅子上，安静地观看着我妈不无报复性的搬家行动。整个过程中，我爸始终充当着一名管理员，好像他的职责仅仅是注意旅客不要将不属于自己的物品拿走，其他的事情他一概不操心。而我妈，这个中年女人显然对我爸近似宽容的姿态表示了由衷的不满和愤恨，她在内心中是希望他能上前阻止一下的，哪怕是装装样子或例行公事地敷衍一下也好。可是，她一定失望透顶了，她对房里的男人无动于衷的态度感到痛恨不已，所以，她像跟那些柜子或抽屉有深仇大恨似的，她让它们发出空前响亮的噪声。我妈想用这种女人特有的方式报复房里的男人。

　　我妈临走时狠狠地瞪了我爸一眼，我看见她把最后一只胸罩塞进手里的提包中。"你根本就不是人！你连狗都不如！"说完，我妈狠狠地朝地上吐了一口白唾沫。

我的心都提到嗓子眼了，可我爸竟然还是一动不动地坐着，这大概是他表现得最绅士的一次，并且是唯一的一次，任由我妈从他眼前把那些原本属于这个家里的东西稀里哗啦搬走了（我妈还拿走了家里唯一我学习时用的一盏台灯，那大概是我外婆的主意，因为那是她的陪嫁品），他跟没看见似的。我妈走到院子里的时候，停了一下，像是想起来什么似的，定定地站在院里回过头看了一眼房内，我的目光正好穿过窗户与她再次相对。

许多年以后，我总是无法忘记我们母子之间的那次短暂的目光相对。我的记忆时常从这里打开一道缺口，它成为我在梦中和我妈交流的唯一凭证。在我看来，我妈并不像大家想象中那么坏，她没有做一个好妻子和一个好母亲，可她绝不是一个坏女人，至少，她不像我爸灌输给我们的那样糟。其实，她之所以走到这一步，是被逼无奈，虽然当时我并不能完全理解一个中年女人，但我知道她不是一开始就想这样的，只要我爸能稍微对她好一点，事情肯定不会发展到这一步。但即使事实就是这样，我想我也不应该原谅她，对于我爸而言她的行为也许并不过分，可于我们来说是绝对不可以原谅的，她毅然抛弃了我们兄妹，在这个寒冷的冬天，她带着她的那些嫁妆离家远去，她以为从此可以海阔天空，可以从此去追求她的幸福生活了。

这时，我爸突然命令我："去！把床底下那只盆也拿出来让她带走！"我犹豫了一下。我爸的眼神坚定而阴郁，那眼神在我的记忆中停留了很多年，简直无法抹去。

他说："你是死人吗？还不赶快去拿！"等我拎着那只澡盆撵出来时，我妈已经头也不回地走出了院子。我飞快地追上去，由于那只澡盆很大，我的身体跑动的时候就倾斜得很厉害。我大声喊我妈。我说：

"妈你等等我，你等等我呀妈……"我还没喊完，就被脚下一块东西猛地绊了一下，整个身体一个大趔趄摔在马路当间，手里的铝盆哐啷一下砸在地上，那只盆顿时变成七八块碎片，那种铝片的新茬口银子一样鲜亮。

我妈听到声音就转过身，站在原地看着我，我也趴在地上看她。我内心强烈地期待着她能走回来把我从地上扶起来，哪怕只是用她的手摸一摸我的脑袋或冻得皴裂的脸。我发现她的身体斜得很厉害，快要倒了似的，她手里那一大包东西跟着她的身体很不协调地不停摇晃着。我忽然觉得我妈变得朦胧起来，像是被一层雾气遮着，我难过地揉了揉自己的眼睛，可她已掉头走远了，越来越远。等我从地上爬起来，她早就没了踪影。

那一刻我只是感到疼痛和委屈，我觉得自己的五脏六腑全被摔碎了，它们也一片片地掉在冰冷僵硬的地面上，从此无法弥补。我让自己忍住痛，不哭，也不流泪。

那天以后，我学会了克制自己流眼泪。伤心过后，我以为从此再也不用为什么事情伤心了。我妈的离去在这个冬天成为事实，这似乎已不能改变。我兀自想起他们老挂在嘴边的话：天要下雨娘要嫁，任她去吧！

我垂头丧气地走回来，我爸正等着我呢。他摸着我的头说："别难过了，儿子，迟早要碎的，这是命！"我有些听不懂他的话，特别是被他抚摸着的那种感觉，很让人心慌。

偏巧这时有人敲门，咚咚咚，只响了三下，很规矩却又急迫，其实院门根本就是敞开着的。我和我爸一回头，看见有个女孩站在我家门口。她挺瘦的，细高挑个儿，头发披着，刘海用发卡往上别着，这样她的脑门就露出来一块，白白净净的。她焦急的眼神使她看上去几乎丧失了理智，她的脸上水光凄迷。

我回头看了一眼我爸，他的样子有些怪异。我没有征求我爸的意见，就快步走出了院子。那时，我的脸红着，我感到我爸的目光正阴冷地笼罩着我的后背。就在刚才，他的女人头也不回地离开了他，而此时他的儿子又在他的目光注视下跟着另一个女人走了，这对于他来说是残酷的。至少，这个时候他大概不想让我撇下他的。但是，我不害怕，自从刚才我摔碎了那只盆以后，我就不再害怕了。

对于我来说，那时候罗杨肯来找我比什么都重要。

罗杨一定是急坏了，以至于她见到我的时候只是一个劲儿地流泪和颤抖。我让她别着急，我像个大人似的哄她，我说不会有事的，让她先别哭。我跟着她一口气跑出厂区，她的情绪渐渐平静一些，她告诉我她妈不见了。下午罗杨用轮椅把她妈推出来，因为她觉得今天的阳光很好，她想带她到外面晒晒太阳。自从家里出事以来，她们母女很长时间都闷在房子里。她把她妈连同轮椅放在路边的空地上，她蹲下来给她妈捶了一会儿腿，直到自己感到有点目眩才站起来。她妈一句话也不说，这种状况已经维持了很长时间。不论她说什么，或做任何努力，都是徒然的。

我和罗杨找遍了附近所有角落，始终没有发现她妈的影子。当时，事情发生在罗杨的一次呆望中，她的目光飘向远方，冬天的田园沉浸在大雪初融的寂静中，几只老鸦在澄澈的蓝天中飞过，它们发出呱呱的叫声，很凄凉。罗杨的思绪空前迷惑，她感到无比的孤单和难过，泪水在面颊丰富起来。她在长时间的凝神眺望中终于回过神，可她却猛地发现路边的轮椅空了，她妈不翼而飞。她疯狂地在道路上奔跑、呼喊，她的声音在天边空旷地回荡着。她的寻找是徒劳的，后来她猜想她妈一个人走回家去了，她急忙推起轮椅赶回来，可是，她妈并没有回来，她只好来找我了，她希望我能帮助她。

　　根据我的判断（在这事上我比罗杨要理智一点），她妈并不可能走多远，她毕竟是个病人，她能走到哪里去呢？我想她大概是突然想起来什么，所以才扔下罗杨独自离开的。可她究竟去了什么地方，这简直是个难题。于是，我和罗杨分头去找，比如她过去工作过的车间、罗杨他爸的办公室、医院的病房，还有我们的学校和教室，总之，凡是能想到的地方我们都去过了，最终还是音信皆无。

　　我和罗杨像热锅上的蚂蚁似的在她家里团团转。她泪眼婆娑，梦呓一般不停地责怪自己，她陷入不能自拔的艾怨之中，而我的劝说早就变得苍白无力。在语言无能为力的时候，我让她紧紧抓住我的手，我也本能地抓住她的手，眼泪和她潮湿的体温成为我们之间短暂的交流和永远的回忆，这种感情一直渗透到我未来的漫长生活之中。那时的她就如一只患疾的小动物，忧郁、抽搐，让人顿生爱怜。而正是在这种时候，我对生活的看法有所改变，我忽然觉得自己不再那么孤独和绝望，因为在这个世界上还有另一个人跟我一样，而在她最需要一个人陪的时候，我恰好就在她身边，看她流泪，听她诉说，切身感受她的一次次战栗。我因此感到别样的温暖，虽然这温暖酸涩而又潮湿，但这绝对不是乘人之危。事实上，我的情况并不比她好多少，她在关键的时候记得有我可以信赖，这比什么都重要。因此，当我跟她第一次那么近距离的相拥着的时刻，我感到的是从不曾有过的幸福，尽管这幸福的战栗就发生在温热斑驳的泪光之中。

　　直到天黑以后，几个穿警服的男女才敲响了房门，他们把罗杨她妈犯人一样架押了回来。他们严厉地叮嘱我们，一定要把病人看好，别让她整天四处乱跑。我连连点头，而罗杨早已因为意外的感动而泣不成声。从警察严厉的眼光中，我感受到了不久前发生的一幕闹剧和警察们当时不可遏制的愤怒，而此刻这愤怒已经被白色的警服掩盖成无可奈何。在下班之前，他们看见一个神志不清的女人疯疯癫癫地突然闯进来，她死死地拉住一个女警察的手再也不肯松开（女警察的手腕上此刻还清晰地留有她的抓痕，她撸起袖子向我们展示）。那时，罗杨她妈用正常人一样的口气接连乞求着：

"你们枪毙我吧！你们为什么不拉我去枪毙呢？快点枪毙我呀！你们这些杀人凶手……为什么还不枪毙我呀！"

这一天对于我来说是最幸福的，这跟兴灾乐祸毫不相干。那天晚上我离开罗杨家的时候，罗杨在楼门口幽幽地看着我，我也傻傻地看着她，有一刻我们谁也不说话，语言在那时显得苍白而又乏味。

罗杨最后说，现在只有你还愿意做我的朋友。

我在回家的路上为这句话感觉到热血奔涌，在一处阒黑的角落，我冲天空大声呼喊她的名字，我听见自己孱弱的声音在夜色中久久回荡，我抬头长时间凝视着深黯的夜空，那里似乎正有一颗明亮的星子默默地注视着地上的我。

第四章　绿　篇

15

这一年我哥正好十九岁，用他们的话说虚岁都二十岁了。

我爸忽略了这个事实，因为这一年我爸的运气好转，心情自然也跟着不错。我爸的脸不再像从前刀背那样黑青黑青的，气色也很好，眼神中的忧郁逐渐隐退。新上来的厂长是个颇爱文艺的家伙，从部队上下来的，听说还会拉一手二胡，他一来厂里就带来了新气象，他说这么大一个厂子没有文化生活怎么能行。于是，就让工会张罗着组建一支自己的乐队。满厂子选了四五个有特长的人，不知是哪一个多嘴，他们把我爸找去了。我爸不但进了乐队，厂长又当着工会主席的面撂下一句话，简直胡尿闹，把个人才不当人！于是，我爸又被破格调回了工会。他再也不用去扫马路了，白天他穿着体面的工作制服去工会打杂，晚上提着他的小号到礼堂去呜呜哇哇排练曲子，就连我哥的工作也有了着落，他被安排到销售科暂时打杂，他的任务是把成捆成箱的食品或饮料一件件地搬上汽车，然后眼看着冒着青烟的汽车将那些东西拉到商店或别的什么地方。我有几次看见我哥吭哧吭哧地搬运那些装满箱子的诱人食品，什么点心、水果糖、啤酒，还有袋装的白砂糖或红砂糖，当然也有大罐大罐的酱油、醋。我哥干得不知疲倦，嘴里虽然吭哧着，脸上却很自豪的样子，给人感觉他好像从来没有干过活儿似的。

我哥重新获得工作不久后的一天，他并不知道有更美妙的事情正在前面等着他呢。这时，一个早就暗恋着我哥的女孩出现在他的生活中。在这个春天尚未完全到来的时刻，她把南方女孩那种特有的温柔目光投注到我哥身上。

这家经营了多年的包子店，格局已经发生了某些变化——年迈的爷爷和奶奶渐渐退出了门面上的事情，而是由老人唯一的孙女林秀秀来招徕掌管了。我偶尔还去那里买一两个包子带到学校吃，每次我都会很奇怪地多看她两眼。我一直觉得她待人很真诚，她的脸长得很清秀，使人不得不佩服南方女孩的皮肤就是比本地人要好。

我哥自从有了正式工作以后，不再把自己弄得十分落魄，他每个月可以拿到将近二十块钱，除了把绝大多数钱交给我爸外，手里多少会落几个零用钱。我哥的生活真正改变是从他每天上班前要绕道去江南包子店喝一碗豆浆吃五个小笼包子开始的。有一次我从包子店门前经过的时候，他居然叫住了我。那时，他斜站在店里，向我招了两下手，他的手在弥漫着香气的空气中树叶似的动着。

他说："弟弟，你进来。"

我犹豫着，觉得自己很不习惯被他这么叫。这时，我哥已经在他方才坐过的地方坐下来，他身上的劳动布工作服使他看起来像模像样。一个年轻的精力充沛的搬运工。我这样想。

我哥见我犹豫地走进来，便冲正在旁边忙着的林秀秀说："他是我弟弟，你给他也盛碗豆浆，拿几个包子吧！"他的样子很神气，事实上，我一走进来就开始讨厌他了，我觉得他叫我时有些骄傲与卖弄的成分，而且，我很反感他对别人说我是他弟弟。

那时，我的心里很不舒服，因为我总觉得别人会拿很古怪的目光注视着我们。我讨厌他还有另外一个理由，那就是他曾经做过的蠢事，虽然已经过去很长时间了，但它好像很难一下子就从我的身体和记忆中抹去。当我硬着头皮坐下来的时候，我忽然被眼前几个冒着热气的包子弄得恶心起来，这并不是厌恶，我只是不想吃它，什么也不想吃。就是这样。于是，我只喝了几口豆浆，便慌忙离去。我临走时冲我哥说我要迟到了。我走出没几步，听见后面有人像在喊我，我一回头，却看见是林秀秀，她追上来把一个鼓鼓的透着油渍的纸包塞给我。她说："你哥对你可真好啊！他让你把包子带到学校吃呢。"我简直被他们弄得莫名其妙，我甚至短时间里产生了受宠若惊的慌张，我忽然有种太阳从西边出来的感觉。

可是，那时我依然没有觉察到什么蛛丝马迹，我当然也没有吃那几个裹在草纸里的包子，我把它们扔进了学校的一只垃圾筒里，而且，我还幼稚地发誓，这辈子就是饿死也不吃包子这种食品。

我哥越来越像一个工人了，他用自己的零用钱买了一顶他童年时就爱戴的那种鸭舌帽，他把工作服的袖子卷起来一截，露出两段瘦白的胳膊，以此来显示他整天干劲冲天的样子。

我爸再度痴迷在他的音乐世界里。每当夜幕降临时，我们厂的礼堂就会灯火通明，架子鼓被一个秃头的老胖子敲得震耳欲聋，女电子琴手奏着生疏而又单调的曲调，还有，我爸将自己紫黑色的嘴唇紧紧贴在号嘴上，像亲吻一个难以制服的女人一样把自己的脖子涨得通红且青筋鼓动。他们不见天地吹吹打打，惹得许多人趴在一扇扇窗户上抻长了脖子观望着。到了白天，我爸跟一位干部似的，倒背着双手不紧不慢地去上班。我没有去过他的新办公室，听说在工会里上班成天就是扎堆吹牛打扑克或摆两局棋，我能想象出我爸这个怪人坐在这伙人当中是副什么表情，他肯定不再像以前那样拧了。否则，他得回到过去，回到巨大的噪声和煤炭的海洋之中；再不就去扫马路，看着尘土和树叶在眼前飞来飞去。

我知道，我爸早就学聪明了。他现在是光棍一条，除了身边还有几个不争气的儿女之外，他就剩下那只被尘埃蒙得太久的小号了。

　　一个月后，职工周末舞会正式举办，厂里为此特意买了一只不停旋转着的雪球灯，它像来自太空的另一个星球让人神往，他们还用彩色塑料纸将原先的荧光灯管裹起来。舞会一开始，墙壁和地板上就飞速闪耀着五颜六色的光点，这在当时看来实在太神奇了，这些东西一下子就照亮了我们的生活，许多小孩满场子追着撵着那些飞旋的光点。最先光顾舞会的是那些上了年纪的退休老头儿和老太太，他们在简单的舞曲和旋转的彩色灯光里舞动起来，跳舞使他们一下子年轻起来，每个老人的脸上都洒满了那种诡秘而神奇的光芒。也有许多人是裹足不前的，他们对舞会明显持有怀疑和观望的狡黠心理，前些年大家经历的事情太多太多了，这不能怪他们。他们必须学会警惕。

　　我哥这一天突然出现在礼堂的舞会上，他当然不是一个人去的，事实上他是被她给拉去的。我哥在包子店吃了一段时间的早餐之后，他和店里的女孩林秀秀的关系就发生了质的改变。这两个人能以如此短暂的时间走到一起，在我看来简直是个奇迹，他们俩都曾有过噩梦一样的经历。我哥不曾告人的流浪生活和林秀秀一次一次被四孬玩弄然后抛弃的事实总在我的记忆中闪现，是什么力量让他和她走到一起并毫无顾虑的呢？这个想法成为很长时间困扰我的网子，使我欲罢不能。

　　其实我哥根本不会跳舞，当他被林秀秀拉进舞会之后，我能想象出他笨拙无措的表情和因为时刻担心被我爸发现的害怕的样子，但为了在女孩面前不丢失他作为男人的尊严，他依旧赔着笑脸跟她来了，他大概要让她知道，为了她他什么都敢做的，包括光顾这该死的舞会。林秀秀因为曾和四孬轰轰烈烈地好过一阵子，甚至还跟四孬跑到外地为四孬花钱买过一只质地很好的小号，所以她大抵是见多识广的，加之她是南方女孩，骨子里就自然有几分灵气。当我哥的手慌张地放在她绵软的腰肢上时，她立刻就学着那些大人的样子摇摆起来，接下来我哥也面红耳赤地跟着她很不协调地摇晃着。女孩的全部气息毫无遮拦地扑向他，这又让我哥重温了过去的某段忧伤，女孩袅袅的气息的确让他感到紧张和害怕，虽事隔多年，但它们依旧从遥远的某个地方袭来。

现在，家里又剩下我一个人了。这样的日子已经持续了很长时间，空空荡荡的房子和孤灯下的我，还有身后墙壁上偶尔晃动一下的我的影子。我妈走的时候带去了属于她的物件，我已经很难在家里捕捉到关于我妈的任何气味，甚至，很难发现有关女性的气息。蓝丫跟四孬出走时也带走了一些东西，那些东西好像把属于蓝丫的味道也带到了很远很远的地方。可是，谁也不会相信我在这样的夜晚会无限忧伤地怀念她们的气味。

这种时候我就十万分地想离开家，离开这间冷冰冰的房子，我觉得只有在外面广阔的空气中，我才能停止那种忧伤的怀念。外面是铺天盖地的大雪初霁的凄寒，但人在巨大的寒冷面前却显得无所畏惧，你冷你的，而我依旧走我的路。是什么让人学会了忧伤？又是什么让人懂得了怀念？这些问题跟脚下的道路一样漫长而无休止。尤其在这样的夜晚，远处传来不知是谁的一声喊叫，猛烈却又转瞬即逝，寒风凛冽，夜色渐深，我的脚步迷失在漫无边际的思绪中，直到我依稀听出从礼堂里飘散出来的一些叫作音乐的东西时，我才回过神来，然后再顺着原路走回去。

在往回走的那一刻，我是多么希望家里正有个人在等着我回来啊！哪怕是一只狗一只猫也好。

我哥在这个深夜躲藏在厂里的一处人迹罕至的旮旯里亲吻了那个南方女孩。当时的情形大致是这样的，他俩在舞会里扭了一阵后觉得并没有多大意思，最后在我哥的建议下，他们先后离开了那里，这是我哥的阴谋，他等林秀秀离开后才装作若无其事地走了，他想以此来说明自己的清白。然后，他来到和她事先说好的地方。他说，我送你回家吧。她在黑暗中点了点头。可我哥并没有立刻离开的意思，他走近她，这种靠近使他的呼吸变得急促而又浑浊。她的身体已经紧紧地靠在身后的一棵老槐树上，棉衣和树皮摩擦出很粗糙的声音。我哥始终盯着她的脸，林秀秀的脸在无月的夜空下发出微弱的白光，那种缓慢而又朦胧的光泽使得我哥心脏跳动得格外猛烈。

林秀秀说，我们回家吧……

我哥闷声点点头。

林秀秀的身体依然靠着树，树的虬枝在风中动荡着，显示着冬夜特有的萧瑟和凄寒。

当他们之间的距离等于零或接近零时，我哥突然痉挛似的叫了一声，那种声音粗粝而又奇怪，像是毫无根由，或者刚刚从一场梦魇中苏醒。

林秀秀用手背轻轻摩挲了一下自己的嘴唇，她略带惊恐地看着对方，他的喘息同样令她感到忧伤。女孩隐约看见我哥的目光囚徒似的逃避着她，她的眼眸闪了一下，随即便暗淡下来。

一切不幸的事情打一开始便有一个不祥的预兆，林秀秀跟我哥短暂的爱情时光大概就属于这种情况。

那段时间对于一个十九岁的年轻人来说的确不同凡响，新的工作和美丽的女孩接踵到来，这使得很长时间都沉默寡言的他逐渐恢复了语言。语言太重要了，说还是不说，这件事情对我哥来讲显得尤为重要。

我哥有一天晚上躺在床上冲我说："你知不知道四孬那家伙的事情？"

那时候我还不明白他这样问话的真正目的，我还不知道他对林秀秀的感情里竟深藏着恨。他对四孬这个不相干的人所表现出的好奇使我多少有点纳闷。

我说："他以前跟那个包子店的女孩好过，你大概知道的。"我的回答过于靠近主题，因为我依稀感觉到他想问我什么，虽然他的发问显得很隐秘。

接下来是我们兄弟间的长时间沉默填充着渐浓的夜色。

我对出现在我们之间的这次谈话空白总是念念不忘，就好比一枚钥匙遗失在黑暗中，即使不去找它或完全不知道它落在什么地方，可它依旧以一枚你记忆中的样子躺在黑暗之中，这种印象永远无法抹去，而在我的记忆中，有关这枚钥匙确切方位的追问一直延伸到现在。

是我率先打破这种沉默。我说："其实那都是过去的事情。"我之所以这样说是因为我不想让我们彼此带着这枚丢失在黑夜中的东西进入梦乡。

"他和她好到什么程度？"我哥问我。

我说："我不清楚，这你可以去问她。"

我哥就不再说话，但我听到了一声叹息，那只是我哥的一次深呼吸，并无可叹的意思。

我和我哥的这次缺乏连续性的谈话，被我后来认为是不祥的预兆。

16

四孬真是个不折不扣的败类，他居然没有把跟蓝丫出行的重大决定告诉他妈，以至于这个行为古怪、面目阴郁的老寡妇三天两头跑到我们家来，她跟我爸的近乎滑稽而偏执的纠缠成为我们当时家庭生活的重要调剂品。

基于对儿子的思念，这个女人每一次到来都伴随着狂躁和喧嚣，最终以老泪纵横而告终。食品厂谁都清楚，这个先后被自己的丈夫和孩子们所抛弃的女人，她的生活有多么糟糕。她的丈夫是个色鬼而且沉迷于赌博，好色而又好赌的男人简直就是魔鬼，听说他把自己作为最后的赌资，在赌场上以摇骰子的形式，轻而易举地被一个非常年轻的寡妇赢了去，那个寡妇我们孩子从来没有见过。后来，我们只是从事情的结果猜测到这一点，四孬他爸再也没有回来，他和那个外地来的漂亮寡妇在天亮之前消失在我们这个小城。据说他当时离开的时候，卷走了家里所有值钱的东西，其中包括四孬他妈积攒下来的三十七斤全国粮票和二十一尺布票。

起先，我爸对四孬他妈不定期的骚扰并不当回事，他只是以不屑和稍带同情的冷漠观看这个老寡妇在我们家上演的一幕毫无逻辑的闹剧，可当这样的情况一再出现的时候，我爸不得不变得警惕起来。所以，当这个气势凶猛的女人再次冲向我们家的时候，我爸立刻以一个现场指挥官的身份命令我和我哥准备作战。

"堵住她！你们俩快去给我堵住她！别让她进来！"

可是这个丧失理智的女人已经具备了某种坚不可摧的强硬，她先是用两只猪蹄一样的拳头重敲房门，然后再用一双巨大的脚掌一通乱踢，就在我们感到敌人的火力逐渐削弱的时刻，这个夜叉似的寡妇竟然往后倒退数米，并以平生吃奶的气力疯狂地撞向房门。随着一声巨响，很长时间外面都死寂着，我们以为她败退了，可当我爸试探着将门拉开一道缝隙时，却发现她头破血流地歪斜在门槛上，门板上出现一团猩红。

这种时候，我爸又像影片中的投降派那样恐慌起来，他的指挥官身份丢失了，他急忙招呼我们将这个女人拖回来，而且，他还鬼鬼祟祟地探出头向四下里张望一会儿。当我和我哥把这个肥猪一般的寡妇拖回家里后，我爸又开始履行一个赤脚医生的职责，他手忙脚乱地让我们拿这拿那，而他已义不容辞地投入到急救之中。过了很长时间，这个该死的女人终于苏醒了，她恍如隔世地看着房里的一切。

她说："我这是在梦里吗？"

当这个寡妇一旦发现自己的身体正躺在一个男人的臂弯中时，她突然会弹簧似的跳起来，好像她从来也没有晕倒过，然后继续变本加厉地大声喊叫：

"抓流氓啊！快来抓流氓……"

这个女人后来变得聪明一些了，她再来我们家时不喊也不叫，而是乘机尾随在我们某个人身后，等她进到房里才开始上演她的一整套把戏。

有一次她死死缠着我爸，要让他带她到外面找四孬去，她自始至终只有一个狗屁不通的理由——你家的小狐狸精把我儿子拐走了，要不是她，我家四孬早就回来了呀！我爸被她弄得哭笑不得。我爸也开始冲她吼叫，你这个不要脸的泼妇，明明是你的龟贼儿子拐走了蓝丫，你还猪八戒倒打一耙！他们俩的争吵就是这样让人心烦而又毫无意义，公说公有理，婆说婆有理。而且，我渐渐发现他们的吵闹最后只是一场小孩过家家，仿佛彼此都不需要对方做出任何承诺，只是注重气急一时的发泄，过后，那个女人从地上爬起来（有时是我爸将她扶起来的），我爸的火气也消退了，他们平静下来显得十分尴尬和荒诞，好像彼此做了十分不合情理的事而伤害了别人。四孬妈神志不清地摇晃着身体往外走，每每都喽嘞着说，我先走了。而我爸则站起原地木讷地看着她晃动的背影渐渐远去，在他发出一声恨铁不成钢的叹息后，一场闹剧宣告结束。

其实，在我看来，这个不可理喻的女人，的确十分可怜，她一共有四个宝贝儿子，可她不知好歹地一味偏袒怂恿，致使四孬的三个哥哥先后被学校开除学籍，又被公安抓捕归案判了刑，他们在很遥远的地方接受劳动改造。而四孬更不是一盏省油的灯，长期的担惊受怕使这个寡妇变得抑郁而又神经质。

就在我爸一次次遭受四孬妈无赖般纠缠的时候，我哥和林秀秀的爱情列车正在悄然行进，但有时给人的感觉却又难入正轨。

这对年轻人在彼此恋情的滋润下变得光彩照人。林秀秀是个已经北方化的女孩，她喜欢梳两根又粗又长的辫子，眼神中流露出江南水乡的温柔情愫。她的身体看上去略微偏瘦，脸色有些苍白而且不够健康，但她喜欢笑，笑的时候脸上有一对很浅的酒窝，洁白的牙齿很整齐地露出一排，这足以弥补一切。她的身体上最引人注意的还是她的胸脯，在早些时候她已经开始使用乳罩这样的文明玩意儿。我是从四孬嘴里得知的，四孬有一次问我，你说女人为什么要在那块多穿一件衣服呢？我懵懂地摇头。四孬不无淫荡地笑着，他说是为了挺得高高的来勾引男人的目光，记着女人就爱犯贱。他的说法只能让人作呕。

　　我哥这段时间很少自己跑去包子店里吃东西，在上午八点钟后，林秀秀会殷勤地将他要吃的早点准时送来，而且，她像仆人一样静静地站在他的旁边，静静地看着我哥胃口很好地咀嚼着食物，目光中流动着幸福的波澜。我一直有这样的揣测，林秀秀和我哥之间究竟谁会更喜欢谁一些呢？我知道这不是我操心的事。

　　林秀秀有一天独自走到我们家里。

　　那时我哥正躺在床上听收音机里的小喇叭节目，我对他的童心未泯感到吃惊。林秀秀就是这种时候敲响了我家的门，而我当时以为是那个该死的老寡妇又来骚扰我们来了。我哥以我爸的口吻命令我快去锁好门，然后他继续专注地听小喇叭节目。我急忙跑出去，我并非听他的话，我只是不想面对四孬那个可怕的老娘。等我站在门后的时候，门再度被敲响了，而且还从外面传来很轻弱的询问声，我才放下心来。我看到林秀秀后，突然就不自然起来，一种微妙的感觉在心中滋生。自从我妈彻底离开家后，除了四孬他妈不定期来光顾之外，我们家没有再来过第二个女人。站在我眼前的女孩几乎给了我一次视觉上的冲击，她清爽、羞涩，耳边的发丝微微动着，眼眸频频闪烁。

　　我哥对林秀秀的到来表现出令人吃惊的冷淡和镇定。这是我最讨厌他的地方之一，他缺乏真实的表露和对待一个女孩起码的尊重。他当着我的面懒懒地问了句，你来干什么。这简直是明知故问。林秀秀的脸红了一下，怯生的目光在房子里流动，她做出的回答是顺便来看看。接着，她就像女主人一样开始对凌乱的房子进行必要的整理。我听见我哥闷哼了一声，有什么好看的，然后继续旁若无人地收听他的广播，仿佛那些东西对他来说比眼前的女孩更重要。林秀秀就像女魔术师，在很短的时间里，将我家收拾得井井有条、面目全新，换下来的脏衣裤放在一只脸盆里，窗台和桌子上硬币一样厚的灰尘擦干净了，露出了它们原来的面貌，就连地上也洒上了清水，房子里有了某种庄重和整洁。林秀秀的麻利和勤快令我吃惊，让我忽然对一个女孩的意义产生了钦佩。蓝丫是不爱做家务的。

可是接下来发生的一幕更让我大吃一惊。那时，林秀秀已经收拾完了她认为该收拾的一切，她把脸盆里的衣服泡上水，然后找来一只小板凳，静静地坐下来哗啦哗啦搓洗起来。我哥就是在这时突然从床上一跃而起，他大喊了一声："放下！给我放下！"

那时，林秀秀惊惶地抬起头，她的两只袖子撸起来很高，细瘦而又白嫩的手腕上沾满了洁白的肥皂泡沫，她怔怔地望着我哥冲她叫嚣。

"谁稀罕你来做这些的！"

我哥一脚将林秀秀面前的脸盆踢到一边，盆底和水泥地面之间发出的摩擦声异常刺耳。我哥莫名地恼怒着，他的恼怒在我看来既可笑又可悲，这个时候他必然忘了就在早晨他还津津有味地吃着林秀秀给他送的早餐。

林秀秀掩面而去。她走出去时我正站在门口，我看到这个可怜的女孩往前拼命奔跑时的身体不停地抖动，她哭泣的声音已经离我远去。女孩的背影在冬日的阳光下忧伤且又无助，她大概不知道自己究竟在什么地方出了错，而我哥在伤害她的时候充满了愤怒。我觉得他完全不知道自己在做什么。这时，我哥已从家里跑了出来，他很快追上了走在前面的林秀秀。接着，他们彼此纠缠着，很快，我看见她像是被劫持一样跟着我哥又往我家方向走来。

那天我忽然对我哥这个古怪家伙产生了新的不满和厌恶，于是，我急忙离开了家，我尤其不想跟那个莫名其妙的人待在房里听什么广播。我在外面游荡的时候得到一则最新的消息：刘庆福的两条腿突然就不行了，疼得连路也不能走，弄不好两条腿会瘫掉的。

这个不经意听来的消息使我在这个春天忽然感觉到某种异样的寒冷，我悄悄地离开了那些散布消息的人们，脑海被复杂的思绪完全占据。刘庆福的样子像是被泡在水杯中的褪色相片，因为水的动荡而模糊缥缈起来。我依稀看到一张成人的脸在水中逐渐萎缩，表情痛苦不堪，最后变成一只灰色的点。当杯中的水完全静止时，一张扭曲的熟悉面孔若隐若现。

17

　　很多年以来，我对这个跟随着父母从美丽而又遥远的南方城市辗转迁徙到吴忠生活的女孩林秀秀默默地关注着。

　　她刚来到这个地方的时候只有五六岁，那时候我们都还很小。她对这个西北陌生的地方一定充满了好奇，同时，她在梦里肯定一次次重返故乡——那里的小桥、流水、霉绿色的青石台阶、晃动在橄榄色的水面上的残阳，还有平静的水中摇曳着的瘦身船……这所有一切最终构成她对家乡的无限回想。林秀秀的爸爸是个司机，在她九岁那年，他到外地送货时出了车祸，她妈常年忧郁成疾，后来死于肺结核。林秀秀是爷爷奶奶靠在厂子里开包子店勉强拉扯大的。虽然家庭遭遇了一次又一次的不幸，这个南方女孩依旧对未来的生活充满了信心。在我看来，她似乎比别的女孩更渴望得到一份情感的抚慰，她曾经那么痴情地对待四孬，而四孬这个狗娘养的偏偏不把她当回事，这是我对四孬最愤慨的地方。当然那个时候她跟四孬之间纯粹是瞎胡闹，说得好听一些就是小孩子过家家，至于后来林秀秀偏偏又喜欢上我哥，这是始料不及的，也确实令我大为不解。我倒不是说她不能和我哥在一起，我只是觉得她那样一片深情地对待我哥根本就是个错误。

　　我哥和四孬不一样，他们俩完全属于两个世界里的人，他毕竟是自家兄弟，我不想过多地评判他。我就是觉得我哥这种人很难跟一个女孩轰轰烈烈地相爱，这一点跟四孬相比他就望尘莫及了。四孬基本上还算是一个敢作敢当的人。因此，当林秀秀死心塌地地喜欢上我哥的时候，他愈加显得优柔寡断和乖戾不经，他的内心有一片阴云挥之不去，长时间的沉默寡言和自卑使他显得畏首畏尾。而且，我觉得他永远是那种可以原谅自己而不能宽容别人的人。他当时的心态大概可以用《三国演义》中杨修的那句话加以概括：鸡肋鸡肋，食之无肉，弃之有味。而且，我哥算是有"前科"的人，他学生时代的所作所为足以遭到任何一个好女孩的唾弃，也许只有林秀秀比较般配他。

而在当时，我们大概都忽略了我哥整天埋头苦干的动机。而我一直简单地以为他只是为了求得我爸的宽恕。这个有过一段痛苦经历的年轻人打一开始就这样默默无闻，不知道我哥当初情况的人一定会以为他的踏实和勤快是与生俱来的。我不得不佩服我哥把从前的那个善于搬弄是非、游手好闲、好吃懒做的家伙历练成现在这个样子，的确令人刮目相看。我就不止一次看到厂子里的某个上了年岁的老人用爱惜的慈蔼目光看着他，我还听见他们对我哥赞不绝口，他们说看看这孩子，干起活儿来简直不要命。大人们习惯于用劳动来衡量一个人的品行。

他们的这种说法是有根据的，绝非信口开河。

销售科里的搬运活儿几乎让我哥包揽了下来，他的师傅是一个将近五十岁的老头儿，常年的搬运工作使他的腰肌劳损，走起路来总佝偻着，看上去弱不禁风。这个操着一口陕西口音的老头儿对我哥更是另眼相看，自打我哥被安排做这项工作后，陕西老头儿上班越来越轻松，多数时间都在找人摆棋。下棋的时候就要跟别人夸夸我哥，他说收徒弟就得要我哥这样的小年轻，腿脚麻利，又肯吃苦，做师傅的就落个清闲自在。

林秀秀再度出现在我家已是这一年春节前的事情了。这个有着南方气质的女孩对我爸表现出难得的恭敬和温顺，她让我爸忽然觉得养儿子还是有些好处的，因为在这以前，我们除了给他带来无尽的烦恼和愤怒之外，他从来没有得到作为一个长辈应该得到的起码的恭敬和温顺。所以，他跟林秀秀慢声慢语的交谈几乎创造了我们这个家庭的一次历史性的记录。他们的谈话内容涉及了两个家庭的基本情况，就好像两个国家的最高元首之间进行的某种非正式会晤。女孩始终很有礼貌地称我爸为叔叔，她还不失时机地告诉我爸她很喜欢听他吹奏的曲子，她说那时候她父母都去世了，她经常一个人坐在黄昏的窗前发呆，发呆的时候总能听到从远处悠悠传来的号声，正是这些曲子陪伴她度过了许多孤苦的时光并弥补了她的创伤。

我爸则表现出少见的受宠若惊，就在刚才他还对这个不速之客充满猜疑和抵触（他对我哥和女孩的事情早已有所耳闻），而此刻，他那张长久以来阴沉惯了的脸上有了近乎得意的笑容，他甚至有些不自然地谦虚起来。

他微红着脸说："我那都是胡乱吹吹，不好，不好，上不了台面。"

接着，我爸继续当着女孩的面全神贯注地摆弄自己的黄铜玩意儿，号声越发嘹亮，曲调欢快无比，屋内似乎荡漾着明媚的春光。

林秀秀兴许受到了我爸的鼓励，他卖力的吹奏已经说明了一切，她依旧像上次那样，对我们这个长时间缺少女人操持的家进行了无可挑剔的整理和清洁，尽管我爸一再推却，她还是将这件事情进行到底。他们俩一唱一和，劳动伴随着乐曲，房子里弥漫着潮湿而又新鲜的女孩气味。面对女孩的勤快和恭敬，作为回报，我爸还特意吹奏了几支她喜欢的曲子。

林秀秀离开时不忘带走我们很多天前换下来的几件脏衣服，她告诉我爸以后她会经常来看他的。我爸立刻表示了由衷的欢迎，为了表达他的情意（我爸一直不善言辞），他硬是留住林秀秀又多听了一曲。之后，他才意犹未尽地说："你回去吧！记着有空再来玩啊！"

林秀秀长长地哎了一声。

我在回家的路上恰好听到了这些节奏欢快的音乐，我不得不承认我爸只要稍微用心，那些从号管里钻出的声音还是很好听的。这以后，林秀秀来我家已成了家常便饭，而且多数时间我哥都不在（她选择这样的时间不无道理），她一来就会程序性地帮助我们收拾家务，有几次她还亲自下厨做饭，南方女孩就是灵秀，反正她做的饭菜我很爱吃。

有一天早晨不经意间看见林秀秀鼻青眼肿的样子，很是吓人，她那种可怕的模样一下子破坏了我对她的印象。

那时候她正匆匆地低头迎面走来，她大概是看到我了，想转身往后走。我连着喊了她两声，她才犹豫地止住脚步。

她始终不敢抬头看我，当我追问她的时候，她只是摇了摇头，嘴里嗫嚅着："不小心摔……摔的。"

我的直觉告诉我她在撒谎。她转身离去的背影显得弱不禁风，我觉得她是那么瘦小而又孤单，她眼中的忧伤深不见底，这个比我大几岁的女孩在这个冬天的清晨消失在我面前的感觉苍茫而令人疑惑。

我哥在这天做了一件他生命里最了不起的事情。事先我并不知道，那一整天我多少有点精力分散，这跟我遇见林秀秀有关。当我得知这件事情的时候，我哥已经作为食品厂一个及时挽救国家财产的优秀模范典型被广为传诵。

下午放学之前，我们厂的广播忽然高亢地响了起来，一位女播音员明亮而富于激情的声音清晰地传到我们的耳朵里（子弟学校里的广播和厂子是同一个线路），我才恍然大悟，我那勤劳勇敢的哥哥为全厂职工和广大人民群众做了一件惊天动地的好事。

就在头天晚上，销售科食品仓库里的暖气管子突然爆裂了，据说我哥恰好路过（为什么是恰好经过？我没有继续追问过），当时水已经从门缝里溢了出来，由于情况紧急，我哥砸破窗玻璃翻越进去，然后从里面打开仓库的门，再将码在地上的食品糖果一件一件扛了出来。事情就是这样。我听到广播里的结束语大致是：

让我们向这位工人阶级的儿子学习和致敬吧！

就在广播一遍又一遍不停播送这则好人好事材料的时候，我爸也迎来了他一生中最激动不已的时刻，事实上他在白天已经获悉了整个事情的前后经过，他这一天都沉浸在一种近乎晕眩的喜悦之中。可是，他万万没有想到，就在他心情舒畅地回到家中连屁股还没有坐稳的时刻，一通喧闹的锣鼓声热烈地传进他的耳朵里。我爸立刻从椅子上弹起来，因为锣鼓声已经响彻在我家门前了。

面对这突如其来的一通锣鼓和赞誉，我爸明显地慌乱起来，他从椅子上弹下来之后，脚上的一只鞋趿拉着还没有来得及穿好，连声命令我从柜子里帮他找出那件逢年过节才穿的灰涤卡战士装并掸去上面积落已久的尘土。他对着镜子穿衣服的时候，脸部表情异常复杂而又凝重，好像站在门外的是响当当的人物正等着他去接见呢。最后，他严肃地扣紧了脖间的风纪扣，还将脖子来回扭了几扭，确信浑身毫无不妥之后，才像一副道具一样僵硬地挺着走出去开门。

在出门前我爸大概还是对自己没有十足的信心，回头用询问的眼神看着我。

我会意地冲他点点头。我说很好。

我要说的是我爸那位伟大的搬运工儿子就是被一阵嘈杂的锣鼓声和掌声拥送了回来，他的身上戴着一朵又大又艳的红绸子花，很像旧时代某个上门娶亲的姑爷，他的脑袋上依旧戴着那顶他最喜欢的鸭舌帽，他看上去比我爸更拘谨一些。当我爸诚惶诚恐地迎着站在门前的一队面带笑容的同志走出去的时候，我哥的神情开始有了质的变化，我从他的脸上看到了难得一见的自得，但他并未表现出张狂，相反他将那份自得也隐蔽得很深，根本不容易发现。他一直是个善于伪装的家伙。他甚至持续做出某种扭捏和腼腆的表情来更好地加以掩饰。我爸忙不迭地将大伙儿让进家里，气氛空前的热烈，使得房子显得捉襟见肘，我爸的手忙脚乱充分显现出他对这份荣誉的高度重视。

我哥的所作所为足以让我爸感到荣耀！那位操着陕西口音的老师傅此刻也夹杂在人群中，他高高地竖起一根大拇指，连声说这娃可是个好娃呀！

我爸急忙应声，还是您这个当师傅的教导有方啊！他们的彼此谦让使我哥竟有些无所适从了，他竟像一个害羞的女孩似的抓耳挠腮起来。客人们已经涌进房里。还好，家里并不是很乱，因为前两天林秀秀刚刚收拾过，否则，我爸一定会因此而感到难堪。只是家中喝水的杯子实在太少，我爸内心想必是有些懊悔的，早知现在，何苦当初呢？这种时候他才知道过去那些摔摔打打的行为是多么愚蠢。我想当务之急是家里该添置一些杯子和碗碟才对。

除了一朵大红花外，我哥还得到了一张镶嵌在镜框中的奖状，这些东西在我家显得弥足珍贵，他们被悬挂在家中最显耀的位置上。在往墙壁上钉钉子的时候，我哥还险些被锤子砸断手指，流出的血触目惊心，但疼痛的感觉并没有流露在这个年轻人的脸上，更没能阻止他的行动。

我想这个人大概被荣誉冲昏了头脑。

18

　　她似乎已经把自己从家事的苦恼中一点一点解脱了出来。这个女孩比我想象中要坚强得多，她对既成的事实所表现出来的镇定和坚忍在当时几乎令我吃惊。

　　我打一开始就低估她了。她看起来除了身体略显清瘦一些之外，一切都不曾在她的脸上显现，她依旧是那么健康地出现在教室里，出现在我们的眼前，笑容虽不多，但也绝不刻意板起面孔。最先，一些有着麻雀一样伶俐的嘴的女生总在下面唧唧喳喳，可罗杨从不搭理，时间一长，她们自然觉得没趣，也便说得少了。我觉得罗杨对学习有着天生的执着，只要翻开书本，她整个人就会立刻投入其中，不为外界所动。

　　我很少在罗杨面前主动提及她爸的事，就好像发生的一切我都不知道，我觉得这是我对她的尊重。我一直以为自己这样做是正确的，是对她默默的理解和悯恤，因为我觉得这个世界上善于搬弄是非的嘴巴太多了，根本就轮不着我来说三道四。

　　在教室里我们很少说话，偶尔只是彼此看一眼，多数的时候是我在看她，而她在低着头看书，一旦被她发现，她就冲我淡淡地笑一下，随即埋下头来。我当时觉得这就足够了。到了晚上，我躺在床上，会把白天她在我眼中的样子仔仔细细地温习一遍，回想她仿佛是一件最能使自己感到宽慰的事情。同时，我的身体越来越令我惶恐，有时候我觉得身体仿佛对我这个人有所不满，它们暗地里蠢蠢欲动着，使我无法跟白天的那个自己联系在一起。

身体潜在的欲望使我总是感到莫名的迷乱，我企图在黑夜里实现我跟她的朝夕相处，但一些可怕的情形总是把我从美梦里唤醒——似乎有无数个声音在遥远的地方喊着我的名字，可我时常处于欲醒未醒的边界，一旦挣脱梦境回到现实的黑暗中，我才发现身体的荒唐和内心深处的羞耻。我开始痛恨夜晚里的每一个不正常的自己，那不是我，或者不是我的身体，它更像是一个十足的恶魔，它把原本在白天不属于我的东西在黑夜中强加给我并扭曲地呈现出来——让我自己吓唬自己。

可是，不久以后我便发觉她开始对我疏远，她不再对我露出微笑，有时明明看见了我，却故意把头低下或转开。我一时弄不明白自己什么地方让她感到不自在了。于是，我对她的态度越发变得谨慎和腼腆，我发现我愈是注意她，她愈是不理睬我。这个时候，我开始怀疑自己，我想一定是在什么地方得罪了她，否则，她不该这样对待我。我甚至怀疑，难道她也感到了我的身体在夜晚所出现的可耻的变化？

这种情形持续了好一阵，我们似乎彼此都在有意疏远着对方，我不敢再去接近她，至少，我不让自己刻意地去注意她。这样做的时候，我的心情无比复杂，它几乎影响了我正常的生活和学习。那段时间我经常失眠，萎靡不振，睡觉前发誓不再去想她和跟她有关的事情，可只要闭上眼睛，满脑子都是她忧悒的眼神。

我哥的睡眠却很好，经常做梦，牙齿磨得响亮无比。他在梦中常说一些十分清晰的呓话，而且总是伴随着令人恐怖的笑声，仿佛忍俊不禁的。我哥自从成为全厂的典型人物以后，白天他在厂里勤快得无可挑剔，好像这个厂里只有他是唯一肯卖力气干活的人。反正，只要有那种急难险重的活他都会迎刃而上、大显身手。当时他还不到二十

岁，身体并不是十分强壮，我觉得他就是善于充大瓣蒜，给人一种
"这个厂离开了他，大家就像是要去喝西北风饿肚皮"的感觉。

在这个春天一个少有的晴朗的星期天，早晨，罗杨出乎意料地来
找我了，当时我还赖在床上睡懒觉呢。我那精力充沛的哥哥已先于我
们起来了，他现在的生活非常有规律，显示出工人阶级的旺盛精力和
有规矩，他早上养成了在厂子里慢跑的习惯，锻炼完身体他还会去包
子店吃早点，我不知道他跟林秀秀的关系进展如何，那个女孩很长时
间都没有在我家里出现过了。

我哥进来拽了一下我的被子，用一种家长式的口吻对我说："你还
赖着不起！"我懒得理他，翻个身继续蒙头装睡。他这才趴在我耳边
说："你同学找你！还不起？"我依旧眯着眼，我觉得他也许只是想骗
我起床。

过了一会儿，我哥阴阳怪气地说："你怎么能跟这种人来往呢？她
爸可是被判过刑的！"他刻意将"这种人"和"判刑"这些词说得高亢
且异常严重，我明白他的意图。

我这才一骨碌爬起来，与此同时我也想到是谁来找我了。我慌慌
张张地套上衣服，来不及收拾自己，蓬头垢面地跑了出去，门外果然
是她。我惊喜而又尴尬地对她说："罗杨你稍微等我一下，我马上就出
来。"我回到房里漱了漱口抹了把脸，等我再次出门的时候，我哥却一
把将我拽住了，我发现他的样子很严肃，甚至有点让人害怕。

我哥口气坚定地说："你最好听我的让她赶快回家去，而且以后再
也不要上我们家来！"

一时我竟被他的话给唬住了，我至少在他的脸上反复瞅了十几秒，
我忽然觉得站在我面前的人对于我来说异常陌生。当我明显地感觉到
他并非是在劝我，而是在很生硬地命令我时，我的火气猛地一下就蹿
上来，我用力将他的手甩开了。

"你还是管好你自己的事，我的事轮不着你来管！"

我哥并没有被我的倔强给怔住，相反，他突然变得温和起来，这种在他年少的脸庞上所凸现出来的一团和气与沉稳使得我浑身一阵发怵，在我的记忆里，他自从回到这个家还是第一次主动跟我说话，而且是以他的方式来告诉我该怎么做。

"我这可都是为你好，你想一想，像她这样的女孩，别人躲都躲不及，你怎么还能和她来往呢？再说，万一让爸知道了……"

后面的话他当然不说，我知道他想让我好自为之。

我掉头愤愤地撇开他走了出去，我依稀听到他还在说，你会后悔的。我知道他在警告我。这就是我哥的所为，我还一直以为他从此再也不用张嘴说话了，其实，我完全低估了这个阴险的家伙，他之所以保持了很长一段时间的沉默，是因为他在那段时间里丧失了话语权，一个聪明人说还是不说，往往取决于他对时机的有力把握，我哥沉默着只是在寻找发言的最佳时机，他大概不想永远做沉默的大多数。现在，他终于寻找到了时机，并重新获得了这个说话的资格，所以，他没必要再沉默下去，他需要表达，这才是他的个性。

我也决不示弱，在离开前也抛给他当头一击："你以为自己是什么好东西吗！也不撒泡尿照一照！"

我哥当时的脸色一定难看极了，他万万没有想到自己苦心经营的一次表达落得如此下场，最为致命的是在他看来我十分凶猛地揭开了他过去的伤疤，他原以为以他现在的作为和带给我爸乃至全家的荣耀足以轻而易举地威慑住我，然而事与愿违，我非但没有把他的话当回事，还几乎有效地粉碎了他的一切。

我哥在我和罗杨离去后很长一段时间都难以平静下来，他甚至变得恼羞成怒，以至于我爸跟他说话的时候他依旧心神不宁。不过，他很快就使自己装作若无其事，在为我爸准备好午饭并看着我爸开始吃饭的时候，他终于寻找到了另一个适合表达的时机。那时，我爸正好问起我，他说："都什么时候了你弟怎么还在睡懒觉呢，快把他弄起来！"我哥装模作样地叹息了一声，我爸并没有注意到这个细节，只是连续扒拉着碗里的饭。我哥并不为我爸的粗心感到失落，相反，他觉得时机终于成熟了。于是，他郑重其事地打断了我爸看起来不错的食欲，支支吾吾地说："他很早就被一个女同学叫走了……那个女生好像就是罗厂长的女儿。"

我爸不错的食欲终于被遏止住了，在他抬起头的时候，我哥正看着他，我哥的眼神使他有种失职感。我爸的脸立刻阴沉下来。我哥接着表达了他的另一层意思，这时候话语权又回归到他的身上，他完全可以自由表达，毫无障碍。他说："那个女生老缠着弟弟，我担心这会影响他的学习成绩，他现在的首要任务是好好学习，我觉得我们家将来应该有一个人能出人头地！"我哥的这番话一说出口，立刻被我爸认可了。片刻间，我爸竟忘了父子有别，他以革命同志样的口气赞同了我哥的意见，他几乎动情地抓住了我哥的一只手，"你说得真是太对了！我和你的看法完全是一致的。"我哥顿时眉飞色舞，话语权的及时归属使他沾沾自喜，尽兴的表达让他感到由衷的快活。所以，接下来他以一个智囊的身份说："我们再也不能任其发展下去，要当机立断！"

这个上午，就在我哥他们绞尽脑汁试图设法阻止在他们看来我跟罗杨日益严重的不正常关系时，我们已经坐上了一辆长途公共汽车。车子一路颠簸着，三个小时之后我们将到达那个荒无人烟的劳改农场。我爸曾经也在这个地方经受过一段他一生中最痛苦的时期，只是他在这里接受改造时我们弟兄姊妹都还小，所以都没有想过要来看望他。

罗杨说春天来了，她该给他爸送一些换用的衣服，希望我能陪她一起去。我自然乐此不疲，只要能和她在一起，让我做什么都无所谓的。一路上经过了许多站点，每到一个点都要下去一些人，满满一车人最后剩下十几个人去那个地方。车里人少了，颠簸得也就越发厉害，这些前去探望亲人的陌生者都保持着沉默，任由五脏六腑被车子颠得一阵阵高度痉挛，谁也不肯说起有关犯人或监牢的话题。大家只是一味地沉默不语，想着各自的心事，表情麻木，眼神呆滞。

我和罗杨也混迹其中，唯一的不同是，我们俩看上去年纪很小，我对罗杨所表现出来的谦虚谨慎的态度在他们看来是幼稚可笑的，我们的样子大概会引起大人们对我俩关系的深层探询。所以，我也始终将目光淡淡地瞥向窗外，不过每过一会儿我都要回过头悄悄地看一看罗杨的脸。我不知道我为什么对她总有一种看不够的情致，好像不这样做，就会忘了她的模样似的。我实在是没有办法。

后来，我只是站在外面等着她，我不想出现在他们父女相见的场面里，那不属于我。而且，我觉得应该给罗杨和她爸一次相互倾诉的机会，他们应该有许多话要说吧。特别是罗杨，几个月来她承受了她爸永远也无法想象的痛苦和煎熬，她必须毫无选择地去面对这一切。

这个时候我可以尽量放松自己。这完全是一个不同于外部世界的地方，四周的青砖围墙有一丈来高，上面还扎着连绵的铁丝网，不时有劳改犯排着稀稀拉拉的队在监管人员的口令声中朝着某一个地点走去，他们的服装很整齐，男犯的脑袋都是青亮可鉴的，他们走过我身边的时候，我感到某种莫名的压抑和惊慌。我忽然想起四孬，他曾有过几次被剃秃了脑袋的短暂经历，一个人被成天关在这种鬼地方，时间长了，即便不疯也会傻掉的。好在四孬现在聪明多了，他大概更喜欢外面的世界吧，否则，他不会带着蓝丫满世界乱窜的。

罗杨从探视室出来的时候，两只眼睛红红的，神情凄迷而又哀伤。我不知道该对她说些什么，我默默地跟着她。我们一同离开了这个即使在阳光灿烂的春天依旧令人感到冰冷的地方。在巨大的铁门前，站着两个荷枪实弹的警卫兵，他们用冷酷的目光看着我们，我几乎不敢正视他们，尤其是他们手中散发出铁蓝色光泽的步枪，更是让人心惊肉跳。我知道他们不会向我们开枪的，他们的站立只是为了提醒每一个出入者，这个地方跟外部世界是严密隔绝的。两名站岗的卫兵和我们年龄相差并不太大，但令人肃然的警服却把他们同我们如此鲜明地分别出来，他们直视着我们时，我感到一种从未有过的压迫，我暗自发誓，今生今世不再来这个地方。

我和罗杨一定忽略了一个重要的问题，一早赶路的我们太急于抵达目的地而没有来得及询问返程车的事情。直到现在，我们才发现，这个地方每个礼拜只通一次车，返程车要等到下午五点钟以后，也就是说我们还得在这里游荡上大半天时间。这对于我来说是一次难得的机会，我并不想这么早就回去。我极目朝四周眺望，这里仿佛是一个原始部落，除了那院被高墙团团围住的监舍之外，遍地都是荒蛮而渺无边际的沙漠。整个世界好像突然就剩下我和罗杨两个人了，我们茫然无措，毫无头绪地在原地徘徊。

在这样的环境中，忽然被那种物我两忘的虚幻感萦绕着，仿佛已经抵达了世界的尽头，现实被远远地抛在身后，我们的存在和呼吸只表明了时间在这个午后的一个虚弱的坐标点。

这个时候，我竟觉得自己像一个男人了，因为我跟她靠得那么近，而且丝毫不觉得胆怯了。相反，我在她面前表现出男生应该有的某种责任，我说我们得先找个地方吃点东西。她木然地看着我，目光显得柔弱无力，女生就是这样，她们在自然面前通常比我们显得更无奈一些。但是，我的想法也不见得多么高明，在认真地分辨过方位之后，我知道别说是吃饭，这方圆几十里内连个人影子都见不着，只余下辽阔的天空和须臾间飞过的几只清瘦的鸟。

我们开始沿着来路往回走。我和她早上都没有吃过任何东西，她是急于赶路，而我是听从她的召唤。此时，我和她拖着疲惫的身躯走在几乎被黄沙覆盖了的碎石子路上，我一点儿也不记得自己是什么时候拉起她的手的，当我意识到这个问题时，或者说当我俩共同意识到这个问题时，我们彼此长时间地相望，好像之前我们从来都不曾相识过，而只是在这特殊时刻才相遇的。在这空旷的道路上，风向变得毫无目标，风可以从任何一个角度吹过来，她的头发在我面前飘扬。我们彼此对视的时候，她是那样孤立无援。我将她的两只手都握在我的手掌心里，我对她说："其实我一点儿都不想那么早就赶回去。我不想回家。"

罗杨终于第一次那样悉心地看着我了，但很快她的目光就闪烁起来。那是令我忧心似焚的闪烁不定。我能感觉到她正试图将自己的手从我的紧握中挣脱出来。我抓得更紧了，以至于她发出了轻微的叫声。这声音如刀割一样让我伤痛。我急忙无比吝啬地松松手，但并没有放开，我依旧捧着那双濡湿微凉的手。

罗杨不再执拗，她再次将目光移到我的脸上，片刻的凝视之后，她忽然很奇怪地问我：

"你为什么从来都不肯问我一句……"

我愣住了。一直以来，我以为自己装作若无其事地面对一切是聪明的，可现在我才明白，现实就是现实，谁也休想逃避，因为我们最终是被现实围困着的。我们必须真诚地面对一切。我犹豫着并略带惭愧地看着她，我说："我就是不想像他们那样，我不在乎你家里发生的事情，那跟你无关！"说完这些话以后，我觉得喉咙舒服了，似乎从来没有那么舒畅过。我就是要让她知道，我从来都不想伤害她。

她幽幽地说："其实打一开始我也非常害怕面对这一切，怕任何一个人打问家里的事，他们说起我爸时，我感到好比挨了他们的耳光似的，可渐渐地我也习惯了……我一直都想听听你自己的看法，你不说我还以为你是打心里看不起我的……"

罗杨的话没有再说下去，她所有的语言在我们之间变成一阵战栗和轻轻的饮泣。

我记得当时自己是那么霸道，我紧紧地将她的双手握住的那一瞬间，我对这个世界有了一种前所未有的深刻印象。我甚至希望我们就此停止呼吸，生怕连微弱的呼吸也会将她从我身边带走。当我们紧紧地拉起手走在一起的时候，我那么坚定地告诉她我从来都没有在乎过发生的一切，而且，我异常清醒地觉得自己在这样的彼此面对中忽然长大了许多，大得似乎足以去面对一切……

19

　　我不得不佩服我哥的禀赋，在某些方面，他绝对是个天才。他在我们回来之前已经做好了方方面面的工作。为了达到预期的效果，我哥以他模范和标兵的身份诚心邀请了厂里的一些革命同志，他们一伙儿人整个下午都守在我们家里，我哥为他们的赏光不停地忙碌着，他为他们准备了芳香的茉莉花茶和两包前门牌香烟。这些工人阶级出身的人们被我哥照顾得舒舒服服，他们尽情地吸着烟，啜着香味四溢的热茶，分成四拨，在我家的两张床、饭桌和我妈唯一没有来得及搬走的缝纫机板上玩牌或下棋。每个人都像过节一样无忧无虑地尽情玩耍，房子里烟雾缭绕，像一个民间棋牌社一样秩序井然、热闹非凡。为了稳定人心，我哥不厌其烦地一趟趟给每个人殷勤地倒满茶水，并不时地赔以微笑，递上香烟。其实，房里的人们并不管三七二十一，只要有得玩，有烟抽，有茶喝，不必动脑子，成了名副其实的门客，他们只需要按照主人的意愿行事就可以了，其余的事一概不用他们操心。

　　这一天一定是我家最不同寻常的一天，热闹、纷扰、嘈杂，到处充满了节日的味道，又有点像秩序混乱的农贸集市。可惜，我没有机会目睹家中发生的一切，因为当我和罗杨返回厂子的时候，他们已经按预先设计好的方案站在厂门前等候着了，那种阵势让人觉得恍然如梦。

　　我和罗杨被我哥他们一伙儿人围困在当中。那时天色已黑尽，厂子门前的一对路灯露出苍黄的面孔开始履行它的职责。昏黄的灯光拉长了我和罗杨的影子，站在我们身边的每一个人包括我哥的面孔都被灯光打磨得光怪陆离，我们和他们彼此相对却形同陌路。片刻的相持之后，我哥跳梁小丑一般露出了他的真实面孔，他双手叉腰，不知他为什么会选择这种姿势的站立，这使他的腰身显露出某种不忍目睹的矫情。就在傍晚来临之前，我哥请他的这帮工人兄弟到包子店里美餐了一顿，所以，当这些伸着懒腰、打着饱嗝的人们矗立在我们面前时，我感到前所未有的饥饿感正阵阵袭来，好像他们每一个人冲我吹一口气，我就会立刻晕倒在地。我们一整天都没有吃一口东西，因为怕耽误了搭车的时间，我和罗杨不敢离开那个候车点，当然，我们也不可能向那些穿警服的人寻求帮助。一路上罗杨对我说"让你受罪了"之类的抱歉话，而我也一直笑着说"其实我一点儿都不饿"。所以，当我们终于回到家的时候，我是多么迫切地需要吃东西，可这最起码的需要也被拒之门外了。

我哥对我说的第一句话是："你还知道回来！"接着，他把自以为老练的目光从我的脸上慢慢移开，我以为他会就此放过我们，我只想尽快回到家里把肚子填饱。可是，我立刻就失望了，在他将目光移开的同时，我看到他是怎样轻蔑地对待罗杨的——他的神情骄横而又粗野——他喋喋不休地对身旁的围观者说："你们大伙都看到了，她就是大名鼎鼎的罗厂长的千金！"接着，他话锋一转，并且用他愚蠢的手指指着罗杨的脸，"就是她！整天缠着我弟弟，今天一早她就把我弟弟叫走了，你们看看，竟然直到现在他们才回来，我真为他们担心啊。"说到这儿，我哥故弄玄虚地在我的肩头拍了一把，我感到恶心极了，他装腔作势的模样实在让人觉得可笑。

人们开始七嘴八舌，每一个人似乎都有权利出来对我们进行评判，但他们没有一个人肯站出来独当一面，他们更懂得幕后力量的无穷无尽，他们愿意做忠实的陪衬，而让我哥一个人来唱独角戏。在流言蜚语的漩涡中，我和罗杨看上去更像是一对不良少年，我们犯了不可饶恕的罪行，现在，我们理所当然要接受人们的审判。

我对我哥说："这根本不关她的事，是我自己要去的，你让她回家吧！"我看见罗杨脸颊上闪烁着点点泪光，在路灯的照耀下，她的样子显得如此孱弱不禁。我的心中涌起一股莫大的歉疚，我几乎不忍心再多看她一眼。我哥却发出嗤的一记笑声，他对周围的人说："罗厂长是什么样的人，大家谁不清楚？我和我爸都很担心我弟会被什么人带坏了……她今天必须当着大家的面说清楚，以后再也不要来找我弟弟了。"

在这种情况下我不想再说什么了，我不想跟眼前这个滑稽的伪善者对话，他的煞有介事和装模作样让我恶心透了。我终于有足够的勇气再次面对她了——好像我从来都不曾那么果断而又无畏地面对过一个女孩——就在众目睽睽之下，我一把拉住她的一只手，她的手冰冷、柔弱，无助地战栗，仿佛比这之前缩小了一倍。当我拉住她的一刻，她已经没有丝毫的反应，她的手已完全失去了知觉。她看起来像一具蜡像，除了默默涌淌出的泪水告诉我她在哭泣之外，我几乎不敢正视她的样子。

我不顾一切地说——喊——吼："罗杨别理他们！咱们走吧！"

我那时多像一名单枪匹马闯进敌营并因为长久厮杀而两眼充血的白袍小将，我那时认为自己一下子长大了而且无比强壮，足以面对世界上任何一个混蛋的挑衅。罗杨单薄的身体被我忽然间拉长了，她几乎发生了某种即将倒下的倾斜。我哥一定是被我的样子怔住了，但我的莽撞正好中了他的下怀，他立即冲上前，张开两臂拦住我们的去路。他故意放慢了语速说："你如果还想回家的话最好想清楚，你回家我们没有意见，但她必须留下来……她应该接受教训。"

　　我哥的这句话我至今记忆犹新，语速慢得让人毛骨悚然，跟拿录音机事先录好的一样。在跟他短暂的对峙后，我像一匹困兽一样猛地扑向他并发出一声阴毒的咒骂。因为猝不及防，我哥和我同时趔趄着翻倒在地上，他跌得又急又重，我在上面狠狠地卡住了他的脖子，他的手也不遗余力地抓向我，使得我的嘴角和下颌严重变形，我们彼此的嘶吼更像某种兽类发出的。被我哥召唤来的人们围着我们，我的主动出击对他们来说是期待已久的，我们厂有很长时间没有发生过斗殴事件了（因为四孬不在），此刻发生在我们两兄弟间的战争让这个有着节日性质的夜晚出现了一次意想不到的狂欢。但是，他们肯定失望透了，随着我爸的突然到来，我们的战斗立刻被迫终止。我被我爸小鸡一样提溜起来悬在半空中，在落地之前，我的脸上噼啪作响，春天的夜晚在我的眼中空前地虚幻起来，充满了不确定性。

　　罗杨突然摆脱了我的手，她的模样决绝而又平静，她的眼神让我感到惭愧。她看着我的时候，我对自己产生了从未有过的厌恶。在那一刻，我感到孤立无援，人们的喧嚣和骚动围困着我们两个。

　　她说："我不用你管，你回家去吧。"

　　夜色缥缈，人情苦淡。从我嘴里溢出的一些温热的血使这个夜晚始终氤氲在一种濡湿和甜涩之中。

　　后来，我的一只眼睛怎么也睁不开，另一只眼睛也只能在疼痛中勉强闪烁。我努力让自己微弱的目光穿过熙攘的人群，那些在灯光的映射下发出明亮色泽的液体正从两只鼻孔和牙齿缝隙中争先恐后地涌出来，我不时以舌尖舔吮那些近似黑色的液体，血从我的身体里跑出来，现在，它们又慢慢地通过喉咙爬进我的身体中。我的血我当然要咽进自己的肚子里。这个时候，我觉得自己是一条可怜的狗，被人殴打的畜生，我曾看见一条伤痕累累的狗趴在路边，正用粉红色的舌头不停地修复自己身体，或者，它只是在聊以镇痛。

我发誓从今往后我绝不同我哥说半句话，他对我造成的伤害我可以无所谓，可我永远也不能原谅他那样对待一个女孩。

事实上从这一天起，我在人们的眼里成为真正冥顽不化的小流氓，而我哥不是，他在一夜之间又平添了些许威信，在他一手导演的不甚成功的闹剧中，他还是得到了可喜的收获，虽然他的脸和脖子上留下了斑驳的印记，但那毕竟是有价值的。没有牺牲就没有胜利。况且，群众的目光永远是雪亮的，我的冥顽不化、不可教诲、执迷不悟和六亲不认，在大伙儿看来简直该千刀万剐、碎尸万段。

事情永远不会如想象中那么简单。

第二天上午全班的周会上，我被老师请到前面，与此同时，我的光辉事迹也被老师毫不留情地给描述了一番。但是，这个过程老师犯下了几处错误，大概是与消息渠道不统一和老师本人添油加醋随意发挥有关。比如：老师说我和罗杨彻夜不归，我失去理智大喊大叫并且对解劝的群众大打出手等。

接着，老师又让罗杨站起来，这是我记忆当中她唯一一次被罚站。老师语重心长地说："罗杨同学，你要认真地检讨自己，你的行为已经对一家人亲情造成了严重的伤害。再接下来，老师要求大家踊跃发言，开展批评和自我批评，深刻剖析我们犯错的根源，并且一再强调，每位同学都要发言，言无不尽，有则改之，无则加勉。

于是，班会整整持续了一个上午，好心的同学为我们提出了成百上千条意见。后来同学们累了也饿了都回家了，教室里只剩下我和罗杨。再后来连罗杨也悄然离开了，只剩下我一个人傻傻地站着。

那时的我自然想不起来"近在咫尺"或"天各一方"之类的词，我只想一个人这样永久地站着，不用思考，完全麻木，像个傻瓜。我的站立似乎跟教室前面的黑板形成对抗，跟黑板上方的"好好学习，天天向上"的标语形成对抗，跟空荡荡的教室形成对抗，也跟自己内心的空洞形成对抗。

第五章　青　篇

20

　　有一阵我忽然不想同任何人多说一句话了，我似乎对语言失去了最基本的驾驭能力，分明到嘴边的话就是说不出来，话语的本能冲动只停留在喉咙间。有时候分明感觉到喉头似乎微动着，但嘴根本就没有张开，不发出任何声音。语言被封闭在内心，仿佛担心一出嘴就会化了似的。所以，那段时间我整天低着头，遇见什么人总想躲得越远越好，害怕别人问这问那。

　　不说话有不说话的好处。一开始，我主观上抵触着跟别人交谈，但内心深处却又为此感到十分难过。对于别人的言谈我多数采用点头或摇头的方式，但随着时间的推移，我渐渐迷恋上了这种方式。一切好像变得简单起来，再也不必浪费口舌。在我那时看来，纷扰的生活只是一群苍蝇，从眼前飞过来又飞过去，我不理这些就是了，我的内心渐渐变得澄澈起来。拒绝表达成为那时我跟生活抗衡的唯一方式，我没有足够的勇气选择绝食、自杀或谋杀，我就是不想说话，因为没有一个人愿意听我说。说和不说是一样的，我选择沉默是对我自己的尊重，因为根本没人尊重我的意愿，哪怕是一次次苦苦的哀求。

　　我又开始到处游荡、我行我素，对任何事情都漠不关心。别人都觉得我有点怪，连我爸也常常骂我是哑巴、聋子。他们都认为我精神受了刺激，有点神志不清。他们还说小小年纪不学好，恋爱是好谈的吗？我不知道他们想表达什么，这是哪儿跟哪儿的事。即使每一个人当着面骂我是哑巴、聋子、傻子、疯子、神经病，我也绝不还嘴，只是木讷地点头，我倒觉得自己真的越来越像他们骂的那样了——活像个榆木疙瘩。于是，人们开始宽容地对待一个他们认为已经哑了聋了傻了疯了神经了的年轻人。

世上的事情原本就是这么有意思。

我不得不提到一个叫大头的小男孩，很多时候我都想，他就像是老天爷赏赐给我的伙伴。其实，大头只比我小四岁，因为从小有病，一直没有念过书。像大头这样的人，从娘胎里一出来就使一切变得复杂或简单起来，不用上学，整天待在家里或任由自己四处走动。做爸妈的每一天都愁眉苦脸的，可时间一长，也就顺其自然了，就算是把人活活愁死也没有半点用处。大头的爸爸就把工夫用在夜里，用在他妈的身上，果然功夫不负有心人，不久又生下一个男孩，大头就有了一个弟弟。他的弟弟是个很正常的孩子，看起来似乎跟大头没有任何血缘关系，猴子一样，又聪明又活泼，很讨人喜欢，完全不像大头那样愣愣傻傻、混混沌沌的样子。自打有了这个弟弟，大头彻底被家人淡忘了，他爱干什么就干什么，他想在什么地方待上半天就在什么地方待上半天，发呆也行，打盹也行，好在大头的脑子还没有完完全全坏掉，至少，他还能走回自己的家。

那时，我和大头经常并排坐在厂区外面的一根水泥管子里。在那种像洞子一样的冰冷的空间里，我们仿佛又回到了最原始的地方，回到了祖先那里，彼此亲密无间，可以促膝长谈，世界在两个尚未成年的男孩面前突然封闭起来并且变得单纯而友善。

那种感觉真是太好了，甚至在成年以后我还时常追忆那些快乐时光，追忆我和大头远远地躲在水泥管中的自由生活。那些水泥管就堆放在一片空地上，有几十根之多，它们毫无理由地彼此靠摞在一起，仿佛是压住孙行者的五指山或飞来峰。放学以后，我就背着书包准时来到这里，然后蛇一样钻进环形水泥管里。这是一根居中的管子，位置恰到好处，里面事先已经铺垫上一层厚厚的柴草和纸片，躺在里面很舒服，通过前后的管口可以瞭望外面的世界。人大声喊叫的时候，管子里发出嗡嗡的声响，好像人已脱离了地球而进入到宇宙空间站一样，完全生活在另一个空间里。每天我都会来这里独自待上一阵，躺在里面尽情地休憩或浮想联翩，只有在这一时刻才感觉到这个世界变得宁静下来，人的心脏像秒针一样跳动不停。夕阳在远处的天边一下一下降临着，傍晚的时光静默在霞光辉映与和风徐缓之间，人的心变得纯净如水。如果可以的话，我愿意永远生活在这根水泥管里，哪里也不想去。

这时，我眼中的霞光突然被遮住了，连风的声音也倏忽小了。一只大大的脑袋从西面突兀地伸进管子里，只是伸进一个脑袋，然后外面的人长时间谨慎地观望着我。而我根本看不清那张脸，只是一个黑色的剪影停留在管口处。太阳光从脑袋的周围挤射进来，我看到那人的两只耳朵在光圈里，出奇地猩红着并且闪闪发亮。说心里话，我从来没有见过那么红亮的一双耳朵，我忍不住笑出声来。

孤独的人是可耻的。有时候孤独者也需要联盟。现在，两个孤独的小家伙装模作样地钻进水泥管中，以为这里就是世外桃源，从此可以无忧无虑了。

打那儿之后，每当我放学来到这里，大头已经坐在管子里静静地等着我了。有时大头会从家里弄来一个苹果、两片饼干或一把水果糖，我也会找到一两颗水晶玻璃珠子送给他。我们彼此期待。在这根环形管中，我和大头就像一家人，我们亲如兄弟，相互沉默，就那样简单而自足地躺在里面，看夕阳一次次将天空染红，看天空一次次在我们眼前昏暗，然后在圆形的暗淡中聆听似在呜咽的风声。在这里根本不需要任何言语。

那是一种成年人永远也无法理解的幸福时光。

我和大头在水泥管中建立了深厚的友谊，这份友谊对于那时的我来说显得弥足珍贵，我几乎快要忘记所有不快乐的事情了，我觉得自己的逃避终于取得了实质性的成果。

在这冰冷的水泥管里（它们看似冰冷，却是可以忽略的，甚至让我们感到温暖而自足），我渐渐对语言恢复了基本的信心，我毕竟和大头是有所区别的。特别是在这种时候，我又有了交流的欲望，我要把我的真实感受告诉给大头，我要让他知道他的出现对我来说有多重要。

刚开始的时候，我的倾诉一定是慌乱而又缺乏逻辑的，因为我根本不知道该怎么对大头讲述过去的一切。好在大头是个绝对忠实的听众，他从来不打断我的话，而且态度非常谦逊，大多数时间他连眼睛也不眨一下，只是痴痴地看着我，脸上带着一种茫然无知的快乐。

有一次我冲大头说起了她，我不知道自己为什么会这么做，为什么会把这些告诉给一个脑功能不健全的孩子。我说是自己连累了她，如果不是因为我，我哥他们就不会那样对待她了，我们现在虽然还在一个教室里上课，可是我们形同陌路，我再也不敢跟她说话了，我经常有意躲着她，我怕再发生那样的事情。我正动情地往下说着，大头却轻轻地将手摸在我的脸上，他一遍又一遍地摸着，后来，我看见他的两只手上湿湿的。那一刻，我坚信大头是一个心地非常善良的孩子，他并不像别人说的那样一无是处，相反，他对这个世界的感受比任何人都要深刻，这跟智商并没有太大关系。智商太高的人有时恰恰让人感到惧怕。

在我向大头表达自己内心感受时，我依旧保持着同外界的隔阂，假如这世上永远没有第二个人愿意像大头那样靠近我，我也会感到知足和快乐的，因为我毕竟有了大头这样一个难得的伙伴，虽然我们在年龄上存在一定差异，虽然大头不是一个健康的孩子，他的智力停留在三五岁。这不是他的错误，他是个无辜者，尽管人们都认为他是个傻子，给家里带来了不必要的烦恼，可我还是愿意和他在一起，他让我感到宽慰，至少让我觉得这个世界还有一个可以去的地方。

有一天因为老师拖堂，放学时天已经黑了，我本来不打算再去那边，当我吃完饭洗涮锅碗（该死的蓝丫跑了以后这活儿就落到了我头上）时，却听到外边传来大头他妈呼喊大头的声音，我这才想起来，大头还在那根水泥管里待着呢。于是，我急忙扔下手里的活儿一路小跑着朝厂外的那片空地去了。果然，大头还在里面，呼呼地睡得正甜，像个褟褓中的婴幼儿似的。当我不无愧疚地把他唤醒的时候，他看着我说："天还没亮啊！"我哭笑不得。我说："大头咱们回家吧。"他这才伸着懒腰说："我肚子都饿了。"回来的时候，我们彼此拉着手。大头的手又胖又潮，拉着他，我很快就感到了温暖。

这个小家伙的快乐总是来得飞快，他一路跑着跳着，显得无忧无虑、逍遥自在，往往引起我的羡慕和叹息。这就是他的福气。换一个角度看，老天对他又是公平的，夺去了他的健康和聪慧，却又把一颗容易快乐起来的心给了他。比起他来，我觉得自己真的有毛病，我为什么在乎那么多呢？我为什么不能让自己自由自在、轻轻松松呢？这大概就是老天故意要捉弄像我们这样的人吧。我们健康，但我们忧郁。

我一直把大头送回家。在分手的时候，大头好像想起了什么，他把右手的小拇指伸出来弯成一个钩子。我立刻明白了，也连忙将自己的手指像他那样伸过去，并和他的钩在一起。我觉得自己应该给他一个承诺。这时，大头妈正好从外面回来，这个女人毫不客气地冲上来，一把将大头从我身边硬拽过去。我被她撞了个趔趄。她的巴掌早就密如雨点拍打在大头的屁股上，还好，这个女人并不蠢，她至少知道不能打孩子的头。大头在他妈的拍打与咒骂中快乐丝毫没有减少，相反，他还一个劲儿地扭过头冲我憨笑着，好像他妈打得一点儿都不疼。可我觉得疼。

我可怜的伙伴就是这样被他妈拽回家去的。看到这种情景，我心里突然就不好受起来，和大头相比，他妈至少还是管他的，尽管这个女人显得生硬而又蛮横，一点儿也不让人舒服，甚至是怒气冲冲的，但这对于大头来说却是最好的方式。有时我甚至在想，大头对于疼痛的感觉也很迟钝吧。这样的想法又让我陷入某种担忧。人和人之间的关系真是微妙之极，跟大头短短的一段时间接触，竟让我有越陷越深的感觉，甚至有点不能自拔。大头在我心目中已然成为一个我亲生的弟弟，我没有把他当作外人。事实上我曾有过一个弟弟的，只是他至今去向不明。我总能记起他可爱的模样，他的一双小手总在眼前晃来晃去。还有，他淡淡的尿臊味时常在我的回忆中萦绕不绝。大头的出现让我再度回想起我那丢失已久的弟弟。想到这些，我就觉得自己永远也不能原谅大人们的一些事情，包括我爸妈他们。

大头有一次为捍卫我们二人的共同空间付出了血的代价。我更愿意这样去思考问题，因为如果不是为等我，他是不会受到这份伤害的。当一伙儿小二流子试图强占我和大头的水泥管时，大头表现出了他惊人的勇敢和忠诚。他们冲管口叫嚣着："傻子，你快给老子滚出来！"大头木木地看着他们，同时有几张半拉脸出现在管口，由于背光，大头看不清他们凶巴巴的样子。大头把自己的两只耳朵用手捂住，他示意他们不要大喊大叫。

大头说："你们把我吵死了！"

他们可没有工夫跟大头耗下去，硬说这是他们的地盘。"傻子，你再不出来，我们就要给你点颜色看看！"大头并不知道什么叫"颜色"，就冲外面笑着说："你们的脸黑，我什么也看不见。"那些家伙的忍耐到了极限，他们从外面找来砖头或木棍使劲砸击水泥管，声音大得震天响，可大头死活也不肯出来，他只是用手紧紧地捂着耳朵蜷缩在里面，嘴里还一直唠叨着："不听不听，黄狗念经……"

后来，那些家伙就顺着管子爬进来，死死地拽着大头的两只耳朵，把大头硬是揪了出去。可是，等他们刚刚准备要好好收拾一下大头，一不留神，大头又迅速地钻进管子里去了。他们简直快被大头给气疯了。再后来，他们果然恼羞成怒，轮番骑在大头的身上，让他在地上爬来爬去。有一个小矮个儿还专门跟在后面，手里捏着一根棍子，不停地像赶驴似的敲打着他。我的伙伴并没有因此而放弃守护我们的水泥管，他乘机将一个家伙从他的背上给掀翻在地，然后又爬进管子里。

大头这回可闯了祸，因为那个从他身上摔下来的，是这一伙小流氓的头头儿，当众出丑使他饿狗似的扑向了大头。

我见到大头的时候，他的鼻子嘴角都在流血，一只眼睛像熊猫那样乌黑着，原本大大的脑袋上又鼓起三四个血包，衣服脏烂不堪。即便这样，他也没有离开那根水泥管子，他像一只脏兮兮的耗子躲在里面，当我出现的那一刻，他居然露出了憨憨的笑容，只是笑得很牵强，让人心里难受。

那天依旧是我送大头回家的，我不忍心让他就这么回去。我诚心诚意地向他爸妈表示歉意，我说这都怪我，是我没有照顾好他。那时，大头的弟弟已经放学回来了，他正在缠着他爸做某种孩子的游戏，那个男人对大头的伤势丝毫不放在心上，他的目光像是在打量一个不知从什么地方来的小叫花子。过了好一阵，他才轻描淡写地说："让人打死活该！谁让你整天到处乱跑。"而那个令我厌恶的女人却把这一切没头没尾地全都归咎在我的身上。

她说："真是要命啊，他是个傻子，难道你也是傻子吗？你这么大一个人为什么整天和他缠在一起呢？我看你他妈的脑子里一定是进水了吧！你脑子让屎糊住了！"

我一时被大头的爸妈给弄糊涂了，也许他们骂得对。我真是活该！

那以后我又不得不提醒自己：这个世界上我就是我，我就是一个孤儿，没有兄弟姐妹，我妈不要我们了，我爸骂我是哑巴、聋子，我哥伙同那些人把一个朋友从我的生活中硬是给赶走了，蓝丫跟着该死的四孬一去不见踪影，邻居们时常用白眼冷觑我们，甚至于我连大头这样的朋友都不配有的。

我除了会给别人带来伤害之外，我还能做些什么呢？

毫无疑问，来自身体中无可抗拒的孤独迫使我再次面对自己。在别人沉沉入梦的时刻，我觉得自己依然清醒如昼，并且神态庄严。在浓重的黑色中，我借助穿过门窗透射在房里的冷寂月光一遍遍打量自己近乎裸露的孤独。

不久，我又一味地沉浸在回忆当中，我爸、我妈、我哥、我的姐姐（虽然我还从来不这样叫过她）、我失踪的弟弟，还有很多张熟悉的面孔，他们在我的回忆中一团和气，看上去亲切而又单纯，他们似乎在我出生以前就先来了，他们站在某个地方耐心地等着我。当我睁开双眼学会看这个世界的时候，他们就成了我爸、我妈、我哥、我的姐姐（虽然我从来不这样叫她）、我的弟弟，还有我最亲密的伙伴。

尤其是大头，仿佛许久以前他就安静地站在厂外的那片土地上或窄僻的路口，在我的记忆当中，他始终那样站着，只为等我而站着。神情庄重，动作简单，而老天恰恰赐予他所谓的病障，使他打生下来就能执着单一、从始而终。和大头相比，我们每个人都应该感到羞愧，因为我们天生就不能专注地对待任何一个人或一件事情。我们最致命的缺点是敷衍一切。

爸妈生下我们弟兄三人（应该是四个），但他们不会专一地对待我们，如果可能的话，他们还会生下第五个或第六个孩子。有时候我真的在想，爸妈当初生下我们的时候只是一念之差。换句话说，每一个人来到这个世界上都是多余的，也是极其可疑的。至少，我们不应该沾沾自喜。

　　事隔多年，每当静下心来回想，我就不由得感到阵阵难过袭来，看来一些东西在岁月中留下的痕迹真的很难抹去。时间像一棵始终不断生长的树，而我们只是顺着树干往上慢慢爬动着的蚂蚁，我们可能永远也爬不到终点，我们的一生都在徒劳，即便爬到巅峰，恐怕面对的还是更大的空茫。树却没有停止生长，一刻也没有，它不在乎我们是否能够到达终点。当我独自静坐之时，偶然看见那扇旧时的窗子和一抹晦涩的月光，此时它们正极力地框住往事并照亮我的每一个回忆。

　　在我跟罗杨的关系被迫中断期间，只有大头是最贴近我内心深处的一个伙伴。大头对我的执着并不曾因为被别人屡次阻挠和欺侮而改变，相反，他依旧傻傻地钻进水泥管子里耐心地等着我。在那些黄昏迫近的短暂时光中，我的伙伴表现出他的忠诚和坚定，那种忠诚和坚定是常人身上很少见的。我狠心地令他失望过几次，后来我先有些撑不住了，我知道我不能改变他，我只有改变自己了。

　　就这样没过多久，我又重新跟大头在一起了。就在我们的友谊进行得十分顺利的时候，厂子里发生了一件事情。事发当天是一个不错的天气，空气中飘荡着暖春的青草气味，树上的叶子都长出来了，嫩绿的颜色在风中招摇。这时节天色便黑得迟了，放学以后可以在外面游荡很长时间。

　　那天放学后我的伙伴依旧十分执着地等着我，我们见面后仍像往常那样钻在水泥管子里，我把要温习的书取出来有一阵没一阵地看着，默默背诵。大头这时发现了一双蝴蝶在外面时高时低飞舞着，他就欢天喜地地钻出去追逐它们去了。大头毕竟是个孩子。大头对蝴蝶之类的东西所表现出的兴趣充分说明他的内心是纯净的，没有丝毫污染。那双蝴蝶在这暖春时节的比翼双飞使得这个黄昏笼罩上一层朦胧而又浪漫的晶莹光泽，就像蝴蝶的翅膀那样闪闪发光。

起先，我还能听见大头发出的欢快而幼稚的喊叫，我甚至还能看见他挥舞着两只手臂空忙地做出捕捉的动作，蝴蝶在他眼前时高时下飞来飞去，他的声音肯定是伴随着脚下的一路追逐和蝴蝶毫无方向的翩翩翻飞而显得长短不一，渐渐地他的声音就像蝴蝶一样从我耳边轻轻飞走了，而且越飞越远。

这时我并没有太在意，事实上我的内心因为外面的这幅生动的男孩戏蝶图而放松惬意着，我的伙伴对自然和生物的热爱和所付出的欢快的奔跑都令我心驰神醉。可后来，暮色竟忽然苍茫起来，天空将暗。我在管子里接连喊了两声大头，除了耳中响起嗡嗡的回声，仿佛天地间只剩下我一个人了。我急忙从里面爬出来，并接着喊大头的名字。依旧没有回音，唯有风在耳边呼呼地叫着，像是要驱赶我这唯一的阻碍物，又像是提醒我黑暗即将来临，或者，似乎要告诉地上的人们，黑暗会把一切可怕的东西带来。

太阳早已经落到天的那一边，留下的只是一片薄薄的铁锈红，远在西边的一排排房子和树林静穆着，如同黑压压的人群站在广场中等待一次庄严的审判。我忽然觉得一种苍凉感洗劫着我单薄的躯体，强烈得让人无法自抑。

我的伙伴大头在片刻的消失后又突然出现了，他再度出现的时候天色已完全黑沉了，我隐隐约约看见一只黑色的影子朝我这边飘来。其实，我起初并没有看见什么，我的目光是被一种声音牵引过去的。那种声音简直让人汗毛倒竖，比方说声音如果是直线性的，而此刻它完全丧失了这种良好的线性，如果非要比喻的话，我觉得它像剧烈的心电波，峰和谷之间简直一落千丈。

大头跑得太快了，而我的确被这种尖锐而战栗的声音吓坏了，我从水泥管里钻出来时，依稀看见那个快速向我飘来的影子。它像是被什么东西紧紧追赶着而慌不择途。

我接连喊了几声大头，没有人回答我。大头踉跄着朝我这边扑过来。我估计他一定是遭受了某种巨大的惊吓。大头距离我至少还有二十米，但我能强烈地感觉到他的身体正在剧烈地发抖，患了疟疾或瘟疫似的一刻也不能停歇。我看不清他的脸，只是强烈地感觉到大头的嘴唇抽搐着，他所有的牙齿都打架似的相互碰撞起来。

"大头是我，你不要害怕大头，你看到我了吗？我就在这儿。"

大头的喊叫声减缓了一些，但粗粝的喘息声依旧清晰，而我始终弄不明白他在狂乱地叫喊什么。由于极度的恐惧，连他自己也不知道在叫喊些什么。大约恐怖的情景使他丧失了语言，或者，使语言丧失了最基本的形状。

……可怕的事情就在一刹那之间发生了。

在以后的许多时光中，只要想起这件事情，我都无法让自己的内心平和下来。我永远不能原谅我自己。有关时间的仓促感在那特定的一秒钟将我敲得粉碎。我最忠实的伙伴在时间和厄运联手制造的迷雾中忽然消失在我面前，消失在晚霞落尽的时候，也永远地消失在这个世界面前。那时，时间的河流始终流淌有声，但那些声音只意味着残酷和决绝。时间让人在现实面前变得苍白无力。我们束手就擒。

当时，我并不知道大头究竟碰到了什么，但我立刻警觉起来，我猜想有一种可怕的东西正隐藏在前面的某个地方，大头在追逐美丽的蝴蝶的时候恰好看到了它。其实，一切容不得我思考，我并不比大头好多少，我早被他歇斯底里的一路喊叫怔住了。我仿佛也被传染上了。而快速降临的黑暗使隐藏着的恐惧变得巨大无边，朝我们逼近。我听到远处传来的声音，高亢而又嘹亮。我知道它来自我爸。而此刻，我是多么讨厌那种单调的号声。

天地完全缝合的那一瞬间，我觉得面前的景象突然停止跳动了，一切都仿佛被时间的大手轻轻地擦去了。我至少愣了十几秒，我几乎忘了正朝我奔驰而来的伙伴的存在。事实上，大头已经消失在我眼前，就像他有意似的躲进这无边的黑色中去了。他和他的喊叫声一下子都没有了。与此同时，我听到了另一种声响，沉闷而且悠长。这种声音使我想起一团重物从六楼的垃圾通道直落向地面。这声音在以后的时光中同样让人不寒而栗。

接下来惊慌失措的是我。我几乎喊破了喉咙。我充血的沙哑声音在夜色中久久回荡。我平趴在那眼弃井前，尽可能把头伸进井口，里面深不可测。我冲着井里呼喊大头的名字，井中一片死寂，除了我战栗的声音绕着井的内壁发出嗡嗡的回声以外。

那时候月亮好像刚刚从云缝里挤出半撇阴险的亮光，井中的水面上浮现出银色的月光。我觉得水面上的月光诡秘而且险恶，它贪婪地吞噬了我的伙伴，此刻却佯装平静无痕。

我依旧朝下面狂喊着："大头大头大头大头大头……你在哪里啊大头？"我的眼泪无声无息地滚落下来，井面上似乎有了些微的漪纹。泪水实在微不足道，它无法唤醒沉于水中的伙伴。

之后，我一路哭喊着朝厂子里飞奔而去。

那个晚上对于我来说是一次莫大的惩罚和打击。当大头一家和邻居们打着手电筒、拎着长长的木杆和绳子赶到现场进行打捞的时候，我早已呆若木鸡。大头的妈妈，那个一直以来让我十分厌恶的女人在整个过程中居然自始至终都在嚎啕大哭，她的尖锐的哭声令这个可怕的夜晚有了某种实质性的悲痛力量。在这之前，我一直以为这个女人根本不在乎大头，看来，我的判断是错误的。谁不心疼自己的孩子啊。

人们七手八脚地忙乱着，我哥居然也不请自来了，他在看到我的那一刻，表情异常阴冷，他恶毒的目光仿佛在告诉我，这下你完蛋了！你死定了！这种时候，我似乎并不害怕什么，我只是盼望他们能把我的伙伴从井里搭救上来，只要他能活着出来，就是立刻把我投进井里我也毫不犹豫，绝无怨言。起先我哥的参与引起了大头一家的不满，不过，他所表现出的勇敢和强烈的责任感很快就说服了他们。我哥说，就是上刀山下火海我也得去，我有这个责任。于是，在大伙儿的帮助下，我哥腰上系好了绳子，然后在手电光的照射下他顺着井壁爬了下去。那时，我对我哥似乎并不怨恨了，相反，却有了一些感激，因为他肯去搭救我的伙伴。

半个多钟头后，大头终于被人们用绳子拽了上来。大头浑身水光四射，像一条很大的鱼，看上去跟睡着了似的。我想挤进去再多看一眼大头，可是，大头的妈妈正歇斯底里地扑在他泛着银白色水光的身体上哭天喊地，大头的爸爸此时也蹲在儿子的身旁，他没有哭出声音来，但我能感觉到他的泪水已经婆娑不止了。

我哥这时从井里爬出来，在手电光的照耀下，他如同一条刚蹿出水面的大鱼，但他是鲜活的，他没有睡着，浑身上下都闪烁着晶莹的光芒。我哥径自朝我走过来，他已经冷得瑟瑟发抖了，可他穿过人群的时候依旧装作若无其事。他朝我走来时，我的内心充满了感激。我哥在我面前站住，半天也不说一句话，他的身体激烈地抖动，接着，他在我面前连续打了四个喷嚏。我的脸上顿时蒙上了一层水。我哥猛地挥手给了我两个大耳光。他恶狠狠地瞪着我，这回有你的好果子吃！在我的耳朵发生鸣叫的时候，我哥掉头走了，把我一个人撇在原地。我多么希望他能把我也带走，哪怕是用绳子捆绑回去也行。我听见他从我身边走过时裤腿和鞋里发出哗啦哗啦的声响。这些声音和耳光的脆响让我长时间不能自拔。

人们陆续离开了，好像一场演出或电影结束了那样，我傻傻地站在原地，大脑仿佛积了水，地上残留下一些水迹，风又开始在耳边嘶吼咆哮。有几次大头妈恨恨地向我扑来，被一些人挡住了。她一直远远地号叫，张大嘴想要吃人的样子。"小狗日的，你赔我的大头啊！你这个扫帚星！赔我苦命的大头啊……"看来人们说得不全对，这个女人还是有良心的，至少她还在为儿子的死愤怒。而我忽然想起我弟弟丢的那天，母亲好像没有这种痛苦的表情。

大头撇下我走了，我一下子觉得自己变成了一个孤儿，孤苦伶仃，无依无靠。而且，我在他们眼里是个扫帚星，是罪魁祸首，被视为一切不祥的征兆。那以后，人们对我采取了更坚决有力的冷漠和防备，只要看到我出现，他们会避而远之，表情生硬，目光刀子一样锋利。尤其是，绝对不允许我靠近他们的小孩，如果那样，我坚信他们会毫不客气地跟我玩命。有时我甚至觉得自己是个另类，是他们以外的一种，形式上等同于"阶级敌人"。

蝴蝶终归是要从春天的鲜花里飞走的。后来，我就这样一遍又一遍告诉自己，我的伙伴只是跟随那双蝴蝶一起飞到另外一个世界去了。在那里，我的小伙伴正像西方神话中洁白的小天使一样自由飞翔无忧无虑……

21

一切似乎都在翌日清晨变得更加复杂起来。那天晚上我几乎彻夜未眠，大头溺水的事情来得太突然了。在我回家之前，我哥已经向我爸详细地汇报了有关当晚我和大头的事情，当然，他主要是大肆讲他下井打捞大头的事迹，以显示他的果敢和伟大。他肯定还会添油加醋地把大头的死因归咎于我，表明我的罪大恶极。

我终归要回家的。这个晚上我得到了应有的惩罚——我爸让我哥拿来坚硬的搓板命令我老老实实跪在上面，当然，在跪之前我先美美地吃了我爸朝我臀部踹来的致命一脚——之后我才趔趄着并稳稳当当地跪倒在那块搓板上——我的两只手还得高高地托举着半脸盆洗脚水（是我爸和我哥刚洗完脚剩下的，他们没有让我洗脚）。搓板很硬。我的腿有些木了。我知道自己罪有应得，可这一切跟我的伙伴所遭受的劫难相比又算得了什么呢？如果这样可以挽留住大头，我宁愿长跪不起，我甚至愿意喝下盆里的脏水，只要能够让大头再回到我的身边。可我知道，一切妄想都已无济于事了。

在晨曦悄然浮动的时候，另外一件事情正以火车那样的速度轰鸣着朝我们的生活疾驶而来。

当那些有晨练习惯的老人们一早爬起来慢悠悠地来到厂外的一片树林里开始打太极拳或散步时，他们并不知道将要看到什么。在那片厂子和郊区接壤的树林里，杨树和柳树混杂着，林子中有一条弯弯曲曲的小路，厂里特意在里面修了几处水泥凳子，供锻炼者在此休憩。这片树林在我更小一点的时候，也是我的乐园，那时候我经常坐在里面背功课或捉一些蚂蚱蜻蜓之类的活物。后来我就不怎么去了，因为时不时有一帮小阿飞在里面聚集斗殴，树林成了阴暗的角落，我不是什么好孩子，但我至少不想去做阿飞。

　　还是从昨天傍晚说起吧，或者要更早一些。那时候我一定还坐在教室里，而我的伙伴大头已经离开家门朝着我们共同的精神家园一步步走去，又或者是一路奔跑着去的。在厂区通往那一堆水泥管子的路上，我的伙伴大头依旧表现出跟往常一样的欢快与无忧无虑，对于他来说，每一天当中的这段时光，意义一定不同寻常。而他妈对他的行为早就深恶痛绝，在他推开房门往出走的时候，他妈用厌恶的目光瞥了他一下。我的伙伴并没有发觉，他只是听到他妈咬牙切齿地说："你最好再也别回来了。"我的伙伴完全没有把他妈的呵斥当作一回事，相反，他觉得她只是在忠告他要早点回家。我的伙伴最后一次跟他妈说的话是"放你一百二十个大放心，我会回家吃饭的"。

　　大头溜达着离开了家，在经过包子店时，他突然停下来，因为他看见林秀秀正站在门前的水泥台阶上左顾右盼，她的两根辫子在胸前不时晃动着。她的脖子里系着一条水红色纱巾，风把它吹得多少有些飘拂不定。而且，我相信林秀秀的样子在大头看来一直是非常美的。大头有一次问我，你喜不喜欢她。我说不，因为她是一个不长脑子的女孩。大头当时一脸的迷惑，他不服气地说，可是她有两根非常非常好看的辫子。我说对。我知道大头喜欢的只是林秀秀那一对黑亮的辫子。这是一个再简单不过的要求。大头有喜欢一个女孩的权利，虽然他的喜好非常简单，但越是简单的东西越是珍贵。

　　林秀秀也看见了站在她面前的大头，她不知道大头正十分专注地看着她的辫子。林秀秀以南方女孩特有的温柔对我的伙伴说："大头，你要去哪里?"大头并没有回答她,他木木地摇了摇头,接着他用一根胖胖的食指指着她胸前的辫子说:"你能让我摸一摸它们吗?"他说得结结巴巴,眼神中透出一种木讷的痴狂。

林秀秀先是很认真地看着他,忽然笑了起来,清澈的笑声使得她整个身体不停俯仰着。她的脸起了红红的涟漪。他依旧十分专注地望着她的脸,目光中有一种期待和渴望。林秀秀终于停止了笑声,她用手轻轻抚摩着大头的脑门,佯装气恼地说:"你这个傻孩子啊。"然后,她就地蹲在大头跟前,把自己的一根辫子抓在手里,对大头说:"让你摸一下辫子可以,不过你要帮姐姐做一件事情。"

大头立刻喜出望外,他不假思索地接连点着头。林秀秀就将自己的辫子大大方方地递给大头。那时,我的伙伴心跳一定变得很强烈,他异常珍重地用自己的手指去触摸女孩的辫子。我无法想象大头当时的心情,不过,他的手指一定表现出从未有过的焦虑和颤动。最后,他用两只手紧紧地攥住对方的两根辫子,像捉着两条油光水滑的活泥鳅。他的脸上绽露出无比开心的笑容。我的伙伴在得到这一精神上的极大满足后,终于恋恋不舍地松开了两只已经变得异常潮湿的小手。他感动的心情溢于言表。

大头激动地说:"秀秀姐你说吧。"

后来,大头义无返顾地朝车间的方向去了,他的手里捏着林秀秀写好的那张字条。临走前,林秀秀对他说:"记住一定要交给他本人!等你回来姐姐给你拿最好的豆沙包吃。"这个时候,他们两人心中都有各自的期待,林秀秀为多日不能与她所喜爱的人相见而饱受煎熬(这段时间我哥似乎一直有意躲避着她),此刻,她心中正在为即将到来的约会而憧憬和焦虑着。至于大头,他当然只是为能报答林秀秀让他亲手摸到他喜欢的辫子而激动不已。当然,他们俩谁也不会想到,他们的生命在这一刻已彼此关联,两根生命的游丝悄然牵扯在一起了。

这最后的短暂时光在若干年以前的那个春天的黄昏显得匆忙而又神秘。在整个回忆中，我时常把大头的死想成一种近乎完美的离去——有蝴蝶，有女孩，有美丽的长辫，还有落日前的无限静默。那个黄昏，我的伙伴至少完成了他由来已久的夙愿——他一直暗暗喜欢着林秀秀的辫子，只是辫子，而且，他亲自用双手触摸了那两根他向往着的美丽长辫，那种感觉一定很柔美吧。大头那年十四岁，可我一直觉得他依旧只有四五岁的样子，而且似乎永远只有那么大。他永远只是一个善良而又天真的孩子。事隔多年，我忽然无比地怀念我的伙伴以及我们在一起的最后时光。死亡降临之前，我的伙伴履行了他的诺言——而诺言这东西在今天看来显得多么苍白啊。我的伙伴迅速朝目的地跑去，在一间货仓门口，他把自己大大的脑袋探伸过去，他的样子有些滑稽，但他的口吻郑重其事，任何人不能忽视。

大头冲站在里面的他要找的那个人喊："你出来吧！我找你呢。"

那个被大头喊出来的人正是我哥。他用近乎疑惑的目光长时间盯着我的伙伴，他莫名地拿手指了指自己，问："你找我？"我的伙伴使劲地点了点头，他发现另有几个人同时笑眯眯地看着他，大概觉得有些不妥。为了保密起见，他说："你过来吧，我要把东西交给你。"

我哥完全被这个大脑袋的半大孩子弄糊涂了，他不想让其他工友看见自己跟一个半愣不傻的孩子掺和在一起，他没好气地说："小鬼你滚远点，我忙着呢，没工夫跟你玩！"正当他准备转身的时候，我的伙伴急切地说："我真的有东西给你……不信你看这是秀秀姐写的。"我哥显然被秀秀这个名字给拽住了，他稍微慌张和犹豫了一下，便来到大头身边。他一把从大头的手里夺过那张揉得皱巴巴的纸条，然后，他用十分严厉的口气对大头说："你快回去吧！记住，以后再也不准来这里，否则我就把你送到公安局去，听见没有！"

大头一定被我哥那种冷冰冰的样子吓坏了，他毕竟还是个孩子，要知道"公安局"是多么可怕的三个字，他急忙转身往回跑。他飞快地跑了一阵，回头见我哥并没有追上来，这才长长地喘了口气，在完成了这个神圣的使命之后，我的伙伴感觉到了无比的轻松和惬意，尽管他跑得气喘吁吁。

接下来，我的伙伴并没有再去包子店，因为他不是一个贪吃的小孩，吃于他而言毫无意义。夕阳把他的影子拉得又瘦又长，他知道自己应该去什么地方。当他安静地坐在属于我们俩的那根水泥管子里并尽情畅想着抚摸林秀秀的辫子的情景时，他并不知道那是自己第一次摸到那对美丽的长辫，同时也是最后一次。当然，一切对于我的伙伴来说都是最后的一次，包括此刻他安静地坐在这里。

再回过头来说那个退休的老工人，他是最早来到树林里的。春天清晨的林中弥漫着淡薄的雾气，那时太阳还没有升起来，老人和往常一样迎着朝霞向厂子东面的树林走去。老人最先听到的是鸟的叫声，后来他回忆说那是落在树头上的一只老鸦。老人站在自己平时锻炼的地方，那是林子深处的一小片空地。当老人屏息敛气拉开架势准备练拳的一刻，他无意间发现自己前方的一棵树上悬挂着一面粉红色的旗，他觉得那颜色像一团火，在树林中轻轻飘荡。老人有些疑惑，他用手背使劲揉了揉自己的眼睛，待他慢慢走上前时才发现那树上并不是一面旗，而是吊着一个女人。悬挂在女人脖子和树之间的是一条红色纱巾。

我后来回忆，那红色纱巾正是这个春天里林秀秀经常系在自己脖际的饰物。就在老人发出惊叫的一瞬间，树上的那只老鸦突然呱的一声凌空飞起，有一瞬间它遮蔽了初升太阳的光辉。

林秀秀的死讯几乎是跟太阳的光辉一起降临的。春夜的凄寒使她的身体早已变得冰冷而又僵硬，她身上穿着一件崭新的粉红色碎花布棉袄，那是她在春节前为自己亲手缝制的，过年的时候她曾穿过几回，有一次她来我家串门就是穿着那件好看的棉袄。我记得我爸还为此夸过她心灵手巧。后来，她似乎再没有穿出来，直到她系着纱巾落寞地走进定格她生命的这片树林的这一天。

　　有人怀疑林秀秀的死跟我哥有关联，事发当天，公安人员来厂里了解情况，但到处都是替我哥说好话的人，我哥一贯的优良表现再度得到广泛传诵并最终为他开脱了一切罪责（对于林秀秀的死，至少他是有责任的）。

　　我哥的态度很冷静，一点儿也不像人犯，更符合一个死难者家属的形象。他的神情看上去多少有些忧伤和落魄，可我估计他是故意做出来给大家看的。他把林秀秀写给自己的纸条原封不动地交给了警察。纸条上面写着：今晚我等着你，你要再不来，我就死给你看！

　　警察问："那你为什么不去？"

　　我哥想了想说："白天太累了，回家吃完饭先躺了一会儿，就把这事给忘了，后来我弟弟跑回来拼命喊救人我才醒来。"

　　警察又问："你知道她会死吗？"

　　我哥说："以前她也拿死来吓唬过我，女孩子嘛，我根本没放在心上，再说我跟她早已经完了……我是不会再去见她的。"

　　"什么时候？"

　　"大概……年前吧。"

　　"理由？"

　　"我觉得她什么都好，就是有一样，她太爱黏糊人……我不喜欢女孩这样。"

　　"听说那个叫大头的孩子是你捞上来的？"

　　我哥点了点头。

　　"那天大头是跟我弟弟在一起玩的，他不小心掉进井里，我应该去救他。"我哥补充说。

警察说："你可以走了，有事情我们再随时找你。"

这些若有若无的问答都是我后来才听说的。我还听说林秀秀的尸体被送回厂里，我当时丝毫没有畏惧，竟偷着跑到她家里去看了一次。我觉得应该去送送她。

那天她穿着很新的棉袄罩衣，两根辫子梳得很整齐，却不如先前那样光亮了。她躺在一张拆下的门板上，显得异常安静，像睡着了似的。只是，我没有看见她的面孔，他们说上吊死的人舌头是伸出来的，很吓人，所以她的脸拿白布蒙着。

说心里话，我一直不太相信他们的说法，我始终觉得林秀秀的死跟我哥有很大关系，具体是什么我也说不清，只是直觉这样告诉自己的。我甚至觉得林秀秀死的时候我哥或许就在她身边，他眼看着她一步步走向生命的尽头。

事情应该是这样的（当然这只是我的一种假设）。在走上绝路之前，她曾苦苦求他能好好待她，只要他肯对她好，让她做什么她也愿意，可他毫无怜悯之情。他甚至用愚弄的目光看着她，他说随你的便吧！想死还不简单，黄河又没有盖被。她彻底绝望了，她扑过去孤注一掷地想拉住他，可他一下子将她推倒在地上。他说你死了那条心吧！我再也不想吃你的包子的……就在他决绝地转身离去之际，她默默地凝视着他远去的身影，绝望与悲怆已将她团团围住，她轻轻地将系在脖子上的纱巾摘下来，纱巾大概是我哥刚跟她好上的时候送给她的，她一直倍加珍爱，只有到了节日才舍得戴上，可现在对她来说已经毫无意义了。我哥送给她的信物最终变成了她的殉葬品。所以，她摘得很慢，像从枝头上摘一朵娇艳的花儿。她任由眼泪不停地流着，她把纱巾慢慢地系在头顶的一个树杈上并挽上死结……

后来，我又记起那天的一个重要细节，大头是在夜色中呼喊着朝我奔跑而来的，当时究竟发生了怎样可怕的事情？或者，是什么把我可怜的伙伴吓成那样，他没命地狂奔着，最终迎接他的却是一只吞没他的黑洞。我一直深感遗憾的事情是，那天我没有来得及去前面观察一下是什么令大头慌乱狂奔，事情来得太快了，容不得我多想。

这样想象的时候，我感到背负芒刺。

我的脑子乱极了，实在不敢再往深里去想。

谁会相信我的直觉呢？况且，警察最终认定林秀秀就是自杀的。她的死只能被人们说成感情用事，或者说这个女孩太傻了。至于大头，一个弱智孩子，他的不幸似乎与生俱来，自然不会引起人们太多关注的。他们甚至轻描淡写地安慰着家属："这样也好啊，你们少了拖累。"

我又重新孤单一人了。我时常可以在梦中见到大头，他的样子一点儿也没改变，依旧是大大的脑袋，但他不会说话了，他似乎变成了哑巴。而且，浑身总是湿漉漉的，像是独自一个人站在永无止境的瓢泼大雨中，或者，是从我梦中的大片的黑色向着我游过来的。有时他会对我凄然地笑一笑，那稍纵即逝的笑容让人感到绝望。而那一刻，我似乎觉得自己彻悟到了什么——许多夜晚中，我总试图看清那些朝我靠近的面孔，此刻我终于捕捉到了它。我不再感到迷惘了，即便那笑容是凄凉的，可它已顽固地植入我的记忆中了。

很多时候，我觉得大头就是我丢失已久的弟弟，他们两个在我梦中有着惊人的相似之处。我们总是彼此无言地相望着，然后，大头又乖戾地钻入一根水泥管里就再也不肯出来了，任凭我怎么大声呼喊。那看似冰冷坚硬的水泥管道，事实上正是弱者的保护伞，是我们的港湾。当我和大头钻进其中的时候，它和外界特别是和所有的成人形成了相对可靠的庇护所。只有在这里面，我的伙伴才可以自由自在，我和他之间的友谊才能得到最大限度的保障。

白天在班里的时候，我还会不可避免地跟罗杨见面打一下招呼，但那种象征性的东西在两人之间依旧显得十分生硬和牵强，我一味地沉浸在失去大头的哀伤之中——我和她的关系竟变得可有可无了。在那段特殊时期里，我明白没有任何一个人可以替代我的亲密伙伴。

第六章　蓝　篇

22

刘庆福有一天架着双拐很突兀地出现在我家门前。那时候已经是夏天了，他用一根拐子使劲地笃笃地敲击地面，敲了一会儿又用另一根拐子捅院子的门。当我打开门后，立刻被眼前这个憔悴而又邋遢的男人怔住了，我甚至想不起来究竟在什么地方见到过他，我以为他只是个讨饭的花子。当他用抑郁的眼神狠狠地盯着我并开口讲话的时候，我顿时慌张起来。同时，我感到异常震惊。我完全没想到会是他——他跟以前简直前判若两人。我几乎想迅速关闭院门逃离他的视线。

但是，刘庆福早用一根拐子将门支开。我根本无法关门。他的脸上有很黏稠的汗液在慢慢流淌。如果有一只苍蝇恰好停在上面，一定会被死死粘住腿脚的。那种黏稠的感觉让人恶心。他闷闷地说："看见了吧，是你们弄坏了我两条腿，我现在什么也干不了，下半辈子你和你爸得养着我了！"说完，他径自用拐拨开我，一瘸一颠地走进我家的院子。

没有人能阻止刘庆福闯进我们的生活，我爸他们对这件棘手的事也同样束手无策。

事实就是这样，我几乎忘记了刘庆福曾经带给我们的糖果有多么好吃了。那些日子，我几乎每天都在盼望他的到来。他来了我就有糖吃了。他很少空着手来我家的。他知道该怎样讨好一个孩子。后来，我多少有些讨厌他了，说不清为什么，大概是因为他看我妈的眼神越来越不让人舒服了。但我那时候还是个孩子，我不太懂大人们的事情。我哥大概比我和蓝丫聪明些的，他曾像个预言家那样说过刘庆福想跟我妈好的话。我哥的说法同样让我感到恶心。再后来，我爸就回来了，我爸一回家刘庆福就不怎么来我家了，好像把我妈给忘了似的。他大概怕我爸的。有几次，他是趁我爸不在家时才匆匆忙忙来找我妈的，那天临走前我妈好像对他说："你以后还是别来了，他人现在回来，我有点害怕啊。"我当时并不知道我妈害怕什么，或者她为什么要害怕。不过，我觉得我爸的样子确会让每一个人感到害怕的。再后来，我也说不清，反正我妈和我爸整天闹着要离，"离婚"这个词在我家显得平平淡淡，他们每每说起它就像是在说上床睡觉一类的事那样随便。所以，离婚曾一度成为我这样根本不配来思考它的小孩子所要面对的一个实际问题，一种不知深浅的话语方式。

爸妈成天为这事闹得很凶，家里鸡飞蛋打狗跳墙的，难怪蓝丫愿意跟着四孬那样的混账家伙跑掉了。想想吧，这样的家谁又愿意待下去呢？当然，我哥除外，他似乎更能忍受这些无聊的事情，他从来不站出来发表自己的见解，仿佛耳聋眼瞎了，他整天忙于自己的事情。这时候他的工作岗位已经由原来普通的搬运工被提升为一名质检员，他成天在每个车间里背着双手走来走去，他完全把精力投入到厂里的工作中，埋头苦干，毫无怨言，工友和师傅们夸他，领导们也越来越喜欢他了，他的前途似乎一片光明。特别是发生了林秀秀件事以后，我哥似乎显得更加沉稳了，他早出晚归，兢兢业业。还有，他再也没有提及过林秀秀的死，对那不幸事件的泰然和冷漠简直让人怀疑，好像林秀秀跟他一点儿关系也没有了，或者，他的生活中从来都不曾出现过那样一个痴情的女孩。

我想了很长时间，我觉得刘庆福是有道理的，一想到我曾把尿尿在他的身上，我就感到恐惧和羞耻了。我欠他的。所以，那天当他提出要住在我家的时候，我没有当即拒绝他。我似乎还没有想好拒绝他的任何一种理由。况且，他的两条腿确实很糟，他的脸上一直浮动着那种似乎永远也缓不过来的冰冷感。我不知道那个夜晚我爸和我对他所做的一切究竟意味着什么。

我爸和刘庆福之间的僵持简直令人窒息。当我爸从舞会的欢快音乐声中拎着小号回到家里的时候，他完全没有料到这个男人竟然旁若无人地正躺在我家的床上，两只木拐紧紧靠着床头，在灯光下显示出某种安详的质感。刘庆福似乎睡着了，他发出响亮的鼾声，尤其是他的两条腿像是从身体上拆卸下来，然后随随便便摆放在我爸睡觉的床上，两条腿之间似乎没有任何联系，既随便又妥帖，简直无懈可击。还有，刘庆福两只脚上的袜子都有几处破洞，被鞋捂得发白的脚趾从袜子里露出来，脚趾上面有一种险恶的白光。房子里尽情弥漫着刺鼻的怪臭。尽管我在他们回来前已经打开了所有的窗子，但那种陌生的臭味依旧挥之不散。

起先，我爸并不清楚发生了什么，他狠狠地看着躺在床上的那具身体，奇怪的目光最终被那双具有警示意味的拐子挡住了。我爸知道要面临着什么。他的眼睛里突然有种微妙的变化，愤怒而又慌怯，或者说，我爸一边怒不可遏，一边又表现出瞬间的惊慌无措。他瞥了一眼站在角落里的我。他希望我能解释眼前的情景。

与我爸相比，刘庆福则显得成竹在胸。他醒了，或者，他根本就是在装睡。他张开眼，很平静地打量着我爸，有种喧宾夺主的架势且不可侵犯，既而发出某种意义很不明确的呻吟，是痛与舒服之间的那种。他的样子有些气人。他并不立刻坐起来（他并不太容易坐起来了），他只是很懒散地望着站在他面前的男人。事实上，他们是彼此对望着的。

两个男人，一个躺着，一个站立。角落里还有一个不知所措的我。

刘庆福对我爸说："你总算回来了，你儿子不给我吃也不给我喝，我实在睡不着了。"

我爸又狠狠瞪了我一眼："没用的东西！为什么不把他扔出去？"

刘庆福说："你快弄饭吧！我饿得难受啊……"

我觉得他的口吻简直有些滑稽了。

我爸转身将房门敞开，他指着我说："快去！把他拉下来！"

我无奈地来回看着他们。说心里话，我也讨厌这个男人躺在我家，可我不知道该怎么做。

我爸有些恼火了："你还傻站着干什么？你是死人吗？"

刘庆福突然笑了两声，很冷的声音。"我哪儿也不走，谁也别想让我离开这里。"

"你到底去不去？要不连你也滚出这个家！"

我爸愤怒的目光快要把我点燃了。我感到浑身发烫。我必须做出选择。其实，我并不想赖在这个家里，但那时候我还没有想好该往什么地方去呢。自从大头离我而去后，我忽然觉得自己成了一个可有可无的人，我的来去对任何人来说都不重要。大头的死让我明白了这一点。而在这个晚上，我又一次陷入迷茫了。我觉得自己就要跌入一个深渊里，四围没有一个人肯来帮我，我厌烦了大人们之间善于玩耍的游戏。在我的眼里，他们永远都在制造事端，他们喜欢把平静的生活搅得一团糟。但他们从来不肯承认这一点，他们认为他们所做的每一件事情都比我们重要。我觉得他们可以随意操纵这个世界，他们想让一切都变得复杂而又莫名其妙。

我爸的忍耐终于达到了极限。他忽然向刘庆福冲了过去，他还没有完全想好该怎样对付眼前的这个令他烦恼的家伙，但他的双手早已将对方的一条腿死死拽住了。我看到我爸猛地一用力，刘庆福就像一片麻袋似的从床上落到了地上，嘴里发出一连串痛苦的哀号，但他的双手早已将地上的一只桌子腿抱住了，任凭我爸怎么使劲，桌子腿跟地面摩擦出刺耳的声音。桌子将要倾倒，而刘庆福始终在地上挣扎着。这时我看到刘庆福两只脚上的袜子不见了，两只挥舞着的臭脚发出更耀眼的白光，他的一条裤腿被撕裂了，毛发葱茏的瘦腿绽露出来。当他趴在地上尽可能坚持不动的时候，我发现他的屁股也裸露出来，他里面穿着很花哨的裤衩。大概那块的裤缝从中间摔裂了。我爸情急之下再度将希望寄托在我身上，他用眼光示意我能上前助战。

我爸向我怒吼："你去掰开他的手，要不你就拿脚狠狠地踢他！往死踢他！"

就在我站在原地尚未采取行动的时候，我哥及时地赶回来了，这对于我来说无疑是种解脱。我真的不想卷入这场无聊的战争中。况且，我是有些不忍的。要知道刘庆福已经是个瘸子了。

三个男人同样可以上演一出戏的。

我哥毫不犹豫地投身进去，他遵照我爸的命令去对付刘庆福的手，他用脚连踢带踩。我爸死命地拖着对方的两条腿往外拉。我听到刘庆福发出一声声杀猪样的惨叫，可他就是牢牢地抱着桌子腿不肯松手。我哥只好开创性地对刘庆福的坚持给予更为严酷的瓦解。他让我将暖壶里的开水倒在杯子里递给他，然后他哗地一下泼在刘庆福的鸟爪一般的手背上，一团森森的热气顿时在房子里弥漫开来。刘庆福在滚烫的开水中发出令人窒息的一声怪叫，他的头发散乱地倒竖起来。他的双手终于松开了，接下来他被我爸他们死狗一样拖到院子里。他的喊叫惊天动地。

我爸原本想就这样将刘庆福扔到家门外面，可我哥却认为不妥。他们父子俩在门口相互交换着眼神。

我哥凑近我爸的耳朵上说："这样做恐怕会惹麻烦的，不如先让他在院里躺着，等夜深人静后再打发他滚蛋。"

　　我爸立刻用一种近似感激的目光看着我哥，然后他又冷冷地看了看躺在地上呻吟着的刘庆福，点了点头。同时，他还以抚摸的形式拍了拍我哥的肩膀。回房前，我爸照准刘庆福的后背又踹了一脚，我听到他骂了句："死瘸子想来老子门上找便宜！看我不治死你个狗日的王八蛋！"

　　为了保险起见，我哥让我把刘庆福的两只破袜子找来塞进他的嘴里，并且把他的双拐藏了起来。我哥还命令我好好看着他，密切监视他的一举一动。

　　等他们都进房以后，我才靠近刘庆福并蹲在他身边。我以为他快不行了，他一动不动地躺在地上喘息着，过了一会儿他才有些动静了，但他的嘴是被塞住的，他发出的声音几乎毫无意义。他的身体抖得很厉害，尤其是他的双手，手指全部蜷缩着，既合不拢也伸不直。他的眼神非常怕人，当他发现我正在观察他的时候，他的神情更加阴郁凶猛了，他想使劲啐我一口或咬我一下的，却都是枉然的。于是，他用刀子一样诡异的眼神死死地盯着我，他的腿毫无力量地摊散在地上，而且裤腿全部被撕裂了，脚脖子上尽是一道道的抓痕。我想把他嘴里的东西取出来，可他分明拒绝着我，他的头摇摆得十分厉害。他根本不让人靠近的。我想如果他的腿脚好使的话，他一定会猛烈地向我发动进攻的。

　　我实在不忍心再看这个可怜的人。我觉得他根本是拿自己的命来开玩笑的，何况他现在已经是个瘸子了，他想在这里讨得公道，简直是白日做梦。刘庆福一定不知道我爸有多么恨他！曾经有一次我听见我爸跟我妈吵架，他咬牙切齿地说："你闹着离婚不就是想跟那个姓刘的好吗！你等着，我非宰了那个家伙不可！"

　　后来，我忽然想到也许有一个人可以帮助刘庆福，他现在这种样子是需要有一个人来管一管的。于是，我背着他们悄悄地离开家，我几乎是一路不停地奔跑。奔跑使我的心情得到暂时的释放和解脱，外面的空气那么清新，我喜欢一个人这样奔跑。奔跑总让人产生某种摆脱现实的虚幻。至少，可以暂时摆脱这个家。

这时，天空飘起了雨。雨裹挟着悬浮在空气中的沙尘击打在脸上，我感到某种泪流满面的清澈与痛楚，沙子钻进嘴里，很粗粝地在牙齿间摩挲。

我很久没有见到我妈了，她看上去已经变成另外一个女人了。我找到她的时候她正在和两个男人、一个女人打麻将。我说："妈，你快回去看看，他们要弄出人命的。"我妈认为我不应该当着那些人的面胡乱说话，她把我拉出房间，我就将刘庆福的事一股脑儿地说给她听。

我妈后来只说了一句话："我早就说过他不是人！"

我知道她是在骂我爸呢。

我妈并没有跟我回家，对于家中所发生的事情她并没有表现出多少担忧，相反，她倒是有些幸灾乐祸。她愤愤地说："让他闹腾吧，会有他倒霉的一天！"我妈说这话的时候语气里充满了诅咒。那一刻我忽然明白，夫妻之间的反目多么可怕。我真实地感觉到我的爸妈真的走到了情尽义绝的地步，他们再也没有回头路可走了。而且，多年来刘庆福为我妈所付出的情意也将付之东流，或者说，我妈和刘庆福之间并没有什么情感瓜葛。现在看来，刘庆福只是一厢情愿罢了，我甚至觉得他就是一个愚蠢之极的男人，在我爸妈注定的失败婚姻中，他只不过充当了一根导火索。仅此而已。

回来时雨下得更大了，我独自一个人在风雨中逡巡着，我的脚步凌乱，泥泞的路上没有留下我的印记，我在风中摇摆。我在想那个可怜的家伙在雨中挣扎时的龌龊情景。我的眼里竟涌起了阵阵热流。

我拼命地在雨中奔跑。

我像一只丧家之犬在这座小城的泥泞小道上游荡。

我直想大哭一场，只为我自己。

从那天起，我的生命里充满了潮湿的气味，我觉得自己就要在那种潮湿中发霉腐朽。那场可怕的雨渗进我的毛孔并如细菌一般钻进我的骨髓里。

那场雨之后，我似乎过早地患上了关节痛，在以后每个阴雨连绵的日子，身体的多处关节就会隐隐作痛，它们像陈旧不堪的机器部件，在深夜里发出吱吱的声音，仿佛有一群穷凶恶极的耗子正在疯狂地咬噬一堆残骸。

23

　　蓝丫四孬这两个人居然还知道回来，而且是人模狗样地出现在人们的视线当中。据说他们从吴忠出发浪了一大圈，一路走兰州，上西安，经郑州，随即南下广州，接着又转道去了北京和呼和浩特，最后由银川返回我们这偏僻的小镇。他俩身上穿着时髦且扎眼的衣裳，四孬穿着石墨蓝的牛仔服，蓝丫的迷你裙短得几乎遮不住屁股。他们两个人一共拎回大大小小五六只旅行袋，每只里面都鼓鼓囊囊的，谁也不清楚那里面究竟装着什么。根据四孬妈的说法，他出门前从她那里拿走了一小笔积蓄。

　　我发现四孬变了，主要是口音，他居然讲起了普通话，满嘴的洋腔怪调，"您呀您的"，时不时地还冒出一半句"你有没有搞错"或"没问题"之类的怪话，这些突兀的点缀让人听得很不自在，浑身起鸡皮疙瘩。

　　四孬回来的许多天里都忙于做他自己的事情，听说他经常出没在街上的一些服装店或集贸市场，有时他还出现在一些中学的校园里。他必须口若悬河地推销他那些装在旅行包里的玩意儿。而且，他跟蓝丫配合得十分默契，他俩总是形影不离，一唱一和，一个扮白脸一个演黑脸，大有点夫唱妇随的架势。起先，人们大多嗤之以鼻，他们固执地认为四孬的做法十分危险，有必要跟他划清界限，他们甚至使用了一个很大的帽子扣在四孬头上——你小子想搞资本主义那一套！

但是，那些年轻人并不这么想，某个晚上，他们聚集在四孬家的一间房子里，尽情地翻开那些鼓鼓的袋子，将里面的五颜六色的新式服装当场套在自己身上（四孬允许他们这样做）。在四孬为他们提供的镜子里，他们看到了完全不同的自己，流行服装的魅力几乎让他们疯狂了。他们中有人甚至当场就从身上掏出所有的零用钱，或者急急忙忙跑回家想办法。出门时不忘说一句，四孬这条裤子你无论如何得给我留下！事情就是这么简单，谁也挡不住潮流的趋势。在这一点上，四孬的确是个人精，他没有在外面白白转悠那么一大圈。

蓝丫只在某个白天偷偷回过一次家，此后很长时间里她就再也没有走进过这个家门，因为几天后她跟我爸长期以来紧张的父女关系宣告彻底破裂了。

那时正值如火如荼的七月，我忙着复习功课应付考试。在考试结束后的一天夜晚我才终于见到了四孬，当然还有蓝丫。我实在记不得究竟有多久没看见他俩了，是仨月？还是半年？我不知道这段时间他们是怎么在外面混过来的，但看起来他们并没有缺胳膊少腿，而且脸色不错，有吃有喝。

是四孬主动来找我的，也许是蓝丫的主意吧！女人有时候总是婆婆妈妈的。我觉得我们之间的话题越来越少，因为四孬总是没完没了地摆乎他那些破事，什么流行啦港衫啦赚钱啦，我只能勉强听听，总插不上嘴。

那天见面后他跟我说的第一句话就是，操！你根本不知道我现在有多忙啊！他的口气使人觉得他像个国家总理。说话间，他已将一个装着东西的塑料袋扔给了我。后来回家我才知道，那是一条很漂亮的牛仔裤，是他们送给我的礼物，也是我长到这么大得到的第一条最像样的裤子。我到外面上学的时候就是穿着这条裤子上路的，四孬说你得穿得像样点，别让人家笑话。

　　而那时候我还没有意识到生活正在发生某种重大的改变，牛仔裤和迷你裙正悄然进入我们的生活，人们再也不用整天穿着四个兜或青年装一本正经地走来走去，而且也不用将脖际间的风纪扣扣得很严，穿着需要开放。我们的生活早该充满阳光，不是吗？其实，我是想说四孬和蓝丫他们的新的生活已经开始了，我必须承认，我一直瞧不上四孬这种人。一直以来，我总认为他这种人只配胡乱捣鼓混日子。但当时的情况就是如此——四孬义无返顾地走上了经商之路，或者连他自己也没完全弄明白经商是怎么一回事的时候。

　　四孬成了弄潮儿。我不知道这样说是否恰当。

　　至于蓝丫，她当时给我的印象是，像电影里的一个摩登女郎，过于裸露身体的衣裙使我往往不敢正眼看她，我估计旁人也会有这种艰难不适的感觉。让我没有想到的是，蓝丫看到我的时候突然捂着嘴呜咽起来，而且，她还将我紧紧地搂在怀里。她的身体散发出对于我来说非常陌生的香味，她的乳房尖尖地顶在我的胸前，她的芳香和成熟的身体使人窒息。但我丝毫没有反感，我甚至希望她能永远这样拥抱着我。我的感觉总是那么奇怪。我没有哭。我只是觉得心里有种很潮湿的冲动正勇往直前。我觉得自己像是被母亲的手紧紧拥抱。这种感觉让我不能自抑。蓝丫的身体战栗得像一只鸽子。我也紧紧地抱着她。我们徜徉在重逢的快乐当中。

　　我不得不相信时间可以改变一切。其实，多年来我一直以为我对蓝丫没有多少感情，可当我们拥抱在一起的时候，我忽然觉得我竟那么想念她。这种想念一刻也不曾停止。或许因为她是我的姐姐吧，我们原本血脉相连。她把眼泪弄在我的身上和脸上。她让我像个孩子似的在她怀中战栗抽泣。那时候我才相信女孩子真的是很爱流眼泪的。而以前，我甚至觉得蓝丫这种女孩压根儿就不会哭。

　　四孬不屑地说："喂！有没有搞错你们？别弄得跟生离死别似的！"

我们这才分开。

尽管蓝丫一再向我追问家里的事情，我总是缄默不答。真的，我实在不想在这种时候谈论那些烦心的事。重逢最不适宜回忆往事。我想知道四孬他们成天都在忙些什么，可四孬却很神秘地摇摇头，他说："给你讲你也不明白的，你的任务就是好好读书。"他的话令我一震，连四孬这种人居然都知道拿高调来训导我，看来，真是士别三日要刮目相看了。

那晚，我们坐在街上唯一一家国营的冷饮店里，是国营吧，那种感觉既特别又滑稽。那时候还没有普及瓶装的啤酒，我们就一杯一杯往自己的肚子里灌那种散装的像马尿似的淡黄色的液体。那种酒很苦。四孬海量，他咕咚咕咚像在喝自来水。我的肚子实在不争气。膀胱快要胀爆了。

蓝丫似乎对四孬很不满："你们别再喝了，我弟弟他还是个学生。"后来她还挡过几次，可那时我已经烂醉如泥，我变成一只摇摇晃晃的啤酒桶，连路也不能走了。我满地打滚。

这该是我平生第一次喝醉。醉酒的感觉糟糕透了。当我喝完最后一口酒的时候，我就英勇地倒下了。可我的脑袋清楚得很，我大喊大叫，嚎啕痛哭。我甚至高呼要杀人。这个毛病一直保留到现在，朋友们对我酒后的行状给予高度概括：丧心病狂。他们永远也不会真正明白我为何会这样！一个人的第一次醉酒就像一个女人的第一夜，失去了永远不会再回来，痛苦的欢乐的悲伤的压抑的全部被打碎并融合，醉酒的人完全是一只摔碎的瓷器，一败涂地，美丽的容颜碎成一地刺目的白光。

据说这个晚上，我一遍又一遍地念叨着一个人的名字——罗杨。我们近在咫尺，却相隔甚远。四孬后来说看不出来你小子还有一手。我羞愧难当。比起四孬，我简直无地自容。他很小的时候就说过他喜欢蓝丫，现在他做到了，至少他们可以整天在一起，虽然很多时候我并不欣赏他俩的这种关系。

或许，这就是命吧。

值得一提的是，后半夜我睁开眼时，朦胧之中我发觉自己竟醒在别处。我想坐起来，可是我的脑袋疼得要死。我不知道自己怎么会在这个既陌生又熟悉的地方。但我眼前的人儿并不陌生，她把我从床上搀了起来，她的另一只手里端着一杯浓茶。她幽幽地说："你怎么能喝成这样？"我一时竟想不起来她是谁。我牲口一样喝尽了杯子里的水。我的胸中有一团燃烧的火焰。

她这才说："是四孬把你送过来的，那时候你站也站不起来。"

我尴尬地看着她。

她在橘红色的灯光中显得玲珑娇媚，她的表情始终是幽忧的，她的眼眸有被打湿的痕迹。而我已无从在她的脸上找到过去的遭遇，她大概学会了忘记过去，或者，她不想在我面前表露心声，但我相信她一定哭过。那是为我吗？我当然没敢问她。我的心里隐隐地痛着，在她的面前我显得那么微不足道，这种卑微的感觉是我曾经欠下她的。至少，我要让自己明白这一点。我应该学会感激。

我不知道自己该说什么。我只是安静地望着她。我的眼里饱含泪水。她也是。我们很长时间都在沉默。夜晚阒静无声，昏暗的灯光填充着我和她之间的空隙，一切都显得那么和谐。这和谐中透出人情冷暖，透着那段不堪回想的时光。他们说时光如水，现在，我正和她沉浸在这忧伤的水中，我们默不作声，任凭泪水打湿双眼，缩短彼此之间的距离。

她要为我煮些稀饭，因为夜里我吐过好几回。我说你别去我什么也不想吃。

这时，我已经拉住了她的手。她的手潮湿而又温暖。她的手永远保持着我梦想中的味道。她想闪避。她的眼光扑朔迷离。而她的两只手都被我握着，我让它们在我的脸上轻轻摩挲。手指滑过的地方仿佛获得了重生。我确信之前自己已经死过一回。她的手停留在我的嘴唇上。

我开始亲吻那些潮湿温暖的手指。在某一刻，我抱紧了她。她的挣扎显得毫无意义。眼泪降临在我们彼此的胸前。我忙不迭地去啜吮那些咸涩的泪，我要接住它们，我不忍心让那些晶莹的液体孤独地降落在冰冷的地板上。那些依旧流淌在时光中的眼泪后来成为我对一个纯洁女孩最刻骨的回忆。

大概我们之间需要太多的倾诉，以至于黎明迫近时我们仍然有满腹的话要说给彼此去听。

第二天我跑去问四孬为什么要把我送到罗杨那里去。四孬一副气愤不过的样子。他说："有没有搞错！不送行吗？你小子他妈的死乞白赖要往人家那里去，谁也拉不住你！我算是服了你，往后我再拉你喝酒我就不是人！还有，你姐口口声声嚷着要跟我算账呢！"

我茫然。

不过，我该感谢四孬才对。有时候人们需要喝醉。

四孬狠狠在我胸口击了一拳，他说："好呢！你俩其实挺配的，抓住机会把她追到手。"

我的脸色一准儿比猪肝还要难看。我言不由衷地执拗着："我们只是同班同学。"四孬是个直人，他骂我："你小子，鸭子煮烂嘴煮不烂！"

没过几天，我就在厂区听到了一些传言，都跟四孬有关的，大伙儿说这小子在搞投机倒把。这个说法比较新鲜，弄得我很是紧张了一阵。为了对得起那条牛仔裤，我急忙去找他，并将那些传言告诉给他，哪知四孬竟一副不屑的样子。

四孬说："他们懂什么？一群乡巴佬儿！纯粹的农民！没见过世面！"

我不想跟他辩驳，再说，他的事与我何干？我只是隐隐地感到某种危险。四孬这家伙从来都是不见棺材不落泪的主。

但是，四孬和蓝丫同居在一起的事实终于激怒了我爸。几天来我爸的脸子吊得比老黄瓜还要长半截。

我爸和我哥终于在四孬家门口堵住了蓝丫。

这个场面非常壮烈。父女兄妹终于相见，按理说应该高兴，可他们全都疯了，他们剑拔弩张、仇恨相向。他们全都变成了斗杀成性的蛐蛐。

那天，蓝丫失去了一绺乌黑的头发。我爸出其不意地薅住她烫成波浪卷的头发。

"不要脸的贱货，让你给老子丢人现眼！"

我那天才知道我爸原来是个很爱脸面的人。看起来他能容忍蓝丫跟人跑到外面永远不要回来，但他绝对不能无视蓝丫在家门口败坏他的名声。当然，我哥向来是非分明，立场坚定。因此，他每次投身战斗都显得雷厉风行一往直前。可是，有时他不免要给人一种爪牙的嫌疑。

我哥一定忽略了一个重要的事实，这是他人生的一次失败。就在他与我爸拖着蓝丫往前疾走的时候，四孬同志突然出现了。之前，四孬还赖在床上，但四孬妈这个令人讨厌的女人以百米冲刺的速度跑进房将自己的宝贝儿子呼唤起来。

她说快起来你媳妇被人拖走了！

这个不长脑子的女人从来都是这样，只要是四孬喜欢的（包括一个女孩）她都坚决拥护。她已然忘却了不久前她还无赖一般出现在我家时的狼狈情形。

四孬的确是光着脚跑出院子的，他几乎赤裸着身体，性感的三角裤头使他的男性特征显现无疑。那时蓝丫正被我爸拉扯着头发，她的身体斜在地面上，两只脚无助地在地上滑行。她的嘴里发出痛苦的嚎叫。但是，她始终没有向我爸他们求饶。她甚至没有喊一声爸爸。

这时，四孬从后面冲了上来，他的手里暗里捏着半拉砖头。后来我知道，那是专门为我哥准备好的。当他以六亲不认的架势凶猛地冲向我哥的时候，我哥的内心肯定是低估了他的胆量。我哥甚至摆出一副封建家长的面孔冲正向他扑过来的四孬说，你就死了这条心吧！也不撒泡尿照照自己……但他的话已经不可能讲下去了，因为我看见四孬手里的砖块突然准确无误地落在我哥的脑袋上，我哥头顶立刻升起一些苍白的灰尘。随即，我哥跟一只鸡一般抽搐地倾倒了。

四孬乘我爸惊慌失措时从他手中抢走了蓝丫，我爸已无心恋战，面对残局他只好去抢救躺在地上浑身抽搐着的伤员。

我哥的脑袋那天一共缝了九针。该死的四孬用他手里的砖头狠狠拍了这个上前挡他的人。他不去考虑被他打破头的人有可能成为他未来的大舅哥。我估计四孬是不会在乎这些的。

这混蛋下手也忒重了。而我爸的手里还捏着一撮黑色的卷发。

那天以后，蓝丫亲口对我说往后我再也没有什么亲人了，这世上我只有你这一个弟弟。

蓝丫说得情尽义绝。

我确信她会说到做到的。

24

我哥那段时间不得不整天躺在床上。这对于他而言不啻为一种耻辱。但这个脑袋上裹着纱布的年轻人表现出一些漫不经心的痛苦，我发觉他的相貌越来越像我爸，他唯一缺乏的是更有说服力的胡须和饱经沧桑的眼神，即便如此，当他每次看向我的时候，我也时常会因为他与我爸的那份酷似而感到恐慌。

我哥的伤势招来很多热心人的探望。这些人多半是厂里的基层干部或车间主任，我哥亲切地跟他们每一个人寒暄，虚弱的眼神中不无感激。他们对我哥的事情表示出极大的同情和理解，我想起一句话：谁站在人民这边，人民就会支持谁。在离开我家之后，他们会把事情的前因后果广为传诵。当然，在他们的故事中，四尧和蓝丫永远是不羁的、邪恶的，甚至是放浪形骸的。而我哥自然是正义的一方。

起先，我仅仅以为因祸得福这种事情再次发生在我哥头上。在探望他的人群中有一个名叫方兵的女孩，她是食品厂宣传科的一名干事，会画画写大字，歌子也唱得不错，大门口的那块宣传栏基本上是由她亲手完成的。我时常能看见她独自站在一只很高的梯凳上，面对着那块大黑板，手里不停地写写画画，样子十分专注，嘴里不停哼唱着《请到天涯海角来》或《我的祖国》这样的歌子。在她完成的板报中就有大肆地报道过我哥事迹的内容，我依稀还记得那行醒目的红色标题。所以，我那时常想，她对我哥是有一些好感的，至少不会陌生。

方兵再次出现在我家的时候，我哥已基本上恢复了原先的气色，但隐隐袭来的头痛还是困扰着他。方兵为我哥带来了一摞闲书和旧报纸，甚至还有几册连环画。据她说是奉领导之命行事的。尽管这样，她的到来同样使我们家显得有些不同寻常，那是一种久违了的感觉，既新鲜又陌生。方兵的出现使我一次次想起了那个可怜的女孩。应该说方兵跟林秀秀截然不同，林秀秀身上表现出的是小家碧玉式的妩媚，甚至有些暧昧不清，而方兵的气质里却是带着某种有棱有角式的知识分子的感觉，她不像林秀秀那样梳着两根长长的辫子，相反，她的头发修剪得很短，齐着耳际，十分蓬松，刘海在额前一颤一颤的，看上去浑身都透着一股子奔放和明快的干练劲儿。后来据他们传说，现任厂长很器重这个女孩子，这一点也很重要，至少对我哥来说是这样的。

方兵和林秀秀相比还有许多的不同。她是懂得分寸和节制的，同样的事情在她做来便显得合情合理、妥帖入微。我觉得这是一个女孩最重要的气质。在我哥养伤期间，她前后来过两次，头一次是跟大家一起来的，她只是夹杂在人群中，恰到好处地问候两句，并不表现出特别的亲近与突出。第二次她是利用中午下班后的空余时间顺便来看望我哥的，放下手里的东西，照旧是轻轻地问候几句，连坐也没坐就匆匆地离开了。

那些天里，我哥活脱脱一个学者或知识分子样儿，他把方兵送给他的书报翻过来掉过去地看个没完，感觉中他从来不曾这样认真地读过任何一本书。每看上一会儿他都要仰面躺在床上，两只眼睛长时间对着天花板发呆，或者在思考。有时，这种莫名其妙的发呆能持续整个中午。

接着，他会突然振作起来，继续捧着那些书全身心地读着，像是在研究某个重大课题。而且，他还养成了熬夜的习惯，在昏暗的灯光底下，他像一只不眠的虫子，在那一摞书报中搜索来搜索去。有时，某个生字会把他弄得束手无策、焦头烂额，他不得不向我借来字典，可他总是查得很费劲并显得笨手笨脚。最后，他只好把那个生字指给我看，我替他念出来，他便悄声念叨着，继续埋头看书。有时他会瞪大了眼睛说："真是怪事，我明明认识的。"

我哥的胡须就是在这些天里凶猛地生长起来的，他的眼底有了些微的血丝，眼圈凹陷进去，神情中时常交叉出现欣喜与焦虑。

他开始喜欢对着镜子发呆，他的行为使我莫名地想起蓝丫过去的某些举止。我哥在镜子里一遍又一遍观察自己的脸，他的脸在短短的两周内已明显消瘦，这跟那些参差不齐的胡须有关。有时，他会在别人毫不经意的一瞬间用指甲迅速地拔出一根较长的胡须。我哥还用两根手指轮番将自己的眼皮掰开，掰得很大，眼球像是随时要从里面滚落出来。而我哥的表情十分严肃，仿若一个职业眼科大夫在观察病情。这样持续了片刻后，他开始用手掌在自己的下颌处来回地摩挲，接着他又神经质地去翻箱倒柜地找出我爸的刮胡刀，这大概是他第一次决定使用这种东西。

刀片上好后，他先用湿毛巾蘸上香皂沫在自己的脸上认真地擦来拭去，他的脸部以下逐渐洁白了起来，泡沫越积越厚，远远看去，他的下颌像围着一只白色口罩，显得极其臃肿。这个时候，我哥谨慎地冲窗外看了看，确定没有什么人来打扰后才开始安静地站在镜子前。他把下颌尽量抬得很高，这个动作使一张人脸突然变形，酷似猩猩的蠢态。他左手侧扶着脸，右手里的刮胡刀很保守地在下颌处试探两下，刀柄在手中一动一动的。银亮的刀口处立时堆满了白色的香皂泡儿。

我哥忽然回过头问我："你知道那个混蛋藏在什么地方？"

也许太过专注了，我始终在观察他的一举一动。我漫不经心地摇摇头，不过我是真的不知道四孬的去向，再说就算知道我也不能出卖他，我们毕竟哥们儿一场。

我相信我哥肯定对四孬这家伙恨之入骨，但他不一定是四孬的对手。他一直想去报案，可我爸似乎不希望家丑外扬。说白了不过是一场人民内部的矛盾，不宜上纲上线。我哥也只有将牙齿往肚子里咽。四孬那天一砖将他放翻在地上，等他苏醒的时候头上已经缝了数针，而四孬和蓝丫早就跑得无影无踪了，天知道他俩躲到哪里去了。"来无踪去无影"这类的词可以安在四孬的身上了。三十六计，走为上，四孬才不会傻等着吃亏呢。

在家中静养两周后，我哥终于决定走出家门。

那天他走出房间的背影给我留下了很深刻的印象，使人觉得恍惚。

七月的阳光突然爬上了他的脸，我哥的身体极不适应地在院子里摇晃起来，这种摇晃带着某种虚弱和慌乱。他急忙伸出手无助地扶住墙壁，像个小老头儿。同时，他的身体由于激烈的呼吸产生了逆光起伏，他的后背在我的视线中弯曲或倾斜着。他的一只手无所适从地抚摸着自己的后脑。来自脑神经的剧烈晕眩使他站立不稳。这个时候，我猛地意识到狗日的四孬的确太狠了，那块砖头真的击中了我哥的要害之处。他已经去医院拆换过线了，大夫说伤口很快就会痊愈，可那种不时而至的晕眩却让他痛苦万分。

在这个假期里，我爸和我妈的离婚终于取得了实质性进展。之前，他们所采取的死磨干耗的办法在我看来简直是毫无意义的。夫妻关系走到这一步已经无可挽回，耗下去对谁都没有好处。加上那个刘庆福先后来我家闹过几场，一个瘸瘸颠颠的人，想一想也真是怪可怜的，他的存在是对我爸乃至我最有力的惩罚。我们做了过火的事情，在他面前我们显出十足的卑鄙和残忍。虽然我的参与绝非我本意，但事实却不容改变。我们必须为我们的行为付出代价。

我哥的头被打破后，我妈终于找到回家的借口，当然只是片刻的逗留。这种事情发生在我哥身上总让我产生怪异的嫉妒，这说明我哥在我妈心中的分量，看来他们娘儿俩的关系确实不错，我不知道如果换了我，她是否会那么神色紧张地跑回家看望，但有一点可以肯定，我妈对蓝丫一直是耿耿于怀的。作为母亲，她对女儿的情感实在是令人费解的，她和蓝丫早年间的关系一直很紧张，或许这问题多半是出在蓝丫身上的。她对我妈同样心存嫉恨已久，她始终不能原谅我妈对自己的谩骂与苛刻，而且，蓝丫最不能原谅多年前我妈曾伙同我哥对她造成的严重的身心伤害。她的月经初潮期竟然是在那样的屈辱与疼痛中来临的。这对一个女孩而言太过于残酷。所以蓝丫始终铭刻在心。

不管怎样，我妈终于肯回家来，这是一次巨大的进步。而且，她和我爸之间并没有再发生令我担心的事情。相反，他们彼此和平共处、相安无事，就好像他们曾经没有在一起共同生活过一样。长达两年之久的分居，使他俩终于能够心平气和地坐下来说话。他们的话题跟我们几个孩子有关，但我妈自始至终都不肯谈及有关蓝丫的事，有一次她甚至明确表示她不再有蓝丫这个女儿。他们的交谈出现了从未有过的拘谨和客套。他们像陌生人那样开始彼此相互适应。

那天是我妈亲自进伙房做的饭菜，这期间我爸始终坐在房里抽烟，他的神情十分模糊，看不出任何惊心动魄或平静如水的东西，只是一味地沉浸在他自己制造出的烟雾之中。

一家人坐在一起吃饭成为一次罕见又严肃的行为。饭前我妈将窗户全部打开，阳光一块一块地贴在地板和墙壁上，显得十分黏稠，那些结满灰尘的桌子板凳早被擦拭一新，发出幽暗高深的光亮。

我妈只说了一句以后少抽点烟吧，午饭就开始了。当天我爸居然很听话地不再吸烟。每一个人都在逃避似的不停地扒着碗里的饭菜，说话成为多余。我妈不停地将好吃的菜夹进我哥和我的碗里。我的眼睛潮湿得就要滴水，这种感觉同样陌生而又稀奇。我乘机回看了我爸一眼，他吃得很庄重，像是在宴请某个重要的客人，而唯独不是在同自己的孩子老婆一起吃饭。整顿饭他们再也没有谈及过去那些不愉快的事情，仿佛一切都不值一提。

饭后依旧是我妈钻进伙房洗涮，我爸打着饱嗝继续抽烟，不知为什么刚一点着他就用手掐灭了。他打开桌上的收音机，刘兰芳正在滔滔不绝地播讲评书。他就坐在那里津津有味地听着，并不时发出某种赞赏的笑声。我哥躺在床上开始翻阅方兵送给他的书报，这是他一段时间以来的必修课。我百无聊赖地在院子里转来转去，过于强烈的阳光使我一阵阵晕眩，伙房里传出的碗碟相互碰撞的声音亲切而又温暖，家里荡漾着让人想大哭一场的气息，但有时我又觉得它们似乎很遥远。

泪水终于在艳阳高照之下悄悄地滑下来，我不想去擦，任由它们纵横交错，那种温暖的眼泪使我再次沉陷在某种迷茫当中。这个夏天的中午，我被一种来自母性所制造的家庭气息缓缓地裹挟着，我感到前所未有的恸动与抚慰。

方兵出最新一期宣传栏的时候，我哥已经可以在厂里走来走去了，他脑袋上的那圈纱布已经拆去，但他的脸上依旧保留着一种大病初愈的虚弱神色。

身材修长的方兵站在高高的梯凳上全身心投入工作的情形给我留下了难以忘怀的印象，并使我在很长时间里产生连续不断的美好憧憬。这憧憬使我朦胧地看到未来的某一天，罗杨也会以一个美好的职业女性的形象出现在我面前。当然，方兵的出现对于我和我哥来说却有着截然不同的意义。

那天上午，当我路过门口那块板报栏的时候，我看见方兵正站在那条梯凳上，阳光下她的身体向上拉长，细长的手臂尽量向黑板上方伸展，捏在手里的排笔正在用橘红色的广告色书写着规范的美术字。

她下身穿一条浅灰色的及膝制服裙，臀部很招摇地凸现出来，由于脚尖踮起来，她的两条小腿显得非常舒展挺拔，腿部肌肉和脚踝处的弧线丰满而又圆润。而上身的短袖的确良衬衣正好束在腰间，从身后看，胸罩的背带若隐若现，短发蓬松而又精致，整个背影充满了青春的光泽。我得承认一个事实，有关方兵身体上所充分绽露出的女孩气息，许多年来几乎占据了我的个人的审美情趣空间，这跟爱没有关系，但它无时无刻不深深影响着我对一个女孩的美的判断。有些时候我甚至暗自希望她和罗杨能合二为一。

这时，我的身后传来了一些不很连贯的脚步声。我当时深深地为方兵工作时所表现出的不俗和美感感到惊讶。事实上，我对她一无所知，我只知道她是厂工会宣传科的人，和我爸同在一个单位，她上班的时间不会太久。当她同那些人一并来家中看望我哥的时候，我才开始注意到她的，而且，我能真切地感受到我哥在见到方兵后眼神中所流露出的东西，同他以前与别的女孩在一起的感觉完全不同。我哥虚弱的目光中有种闪闪跳跃的光芒，以前他在林秀秀面前从来没有表现出这样的激情与渴望，相反的是他对待林秀秀的态度从来都是以自我为中心的，换句话说他从来没有真正在乎过那个女孩对他的情感。我知道，我不应该总拿林秀秀反复做对照，特别是对于一个已远离我们生活的人，对她我应该保持必要的沉默。但是，我想说明的就是发生在我哥身上的变化。如果没有猜错的话，我想他这次一定是喜欢上她了。

我转身时我哥正朝这边走来。就在我要离开时，我听见身后发出了一声轻微的惊叫，我清楚地听到某个物品从高处落在水泥地面上。我故意装作没听见并扭头走开，其实，在听到那个叫声后，我很想转过身去，但我已经看见我哥走过来了，他走得很慢，脚步迈得很稳健，而且，他的双手背在身后，这一点，他的确是很像我爸的。

我朝相反的方向走去，但我已经听见身后方兵的声音，因为我哥恰好走到她跟前。

她说："喂，帮我一下忙。"

她已经转过身背向板报，并且用一根沾染颜料的花手指指着地上躺着的排笔。

当我哥应允着上前为她捡起排笔的时候，我非常羡慕，那种感觉难以说清。我哥捡起排笔后在方兵事先预备好的一盆清水里拿手撩着水将它洗干净，然后才很恭敬地还给方兵。我哥不失时机地夸赞她字写得很漂亮，而且还告诉她，他正在读她送给他的那些书报。

方兵不无关心地问："你的伤好了吗？"

我哥冲对方点点头："这得感谢你拿给我的那些书，要不然我的伤不会这么快就好的！"

我躲在一边，他们交谈的声音并不大，事实上他们只说了几句无关痛痒的客套话。方兵面对着站在她下面的人时，我正好可以非常清楚地看到她的正面。白衬衣里，她的一对胸脯在阳光下显现出与众不同的优美曲线，系在腰际的衣襟和裙子之间自然地形成一圈窄小的过渡地带。她的身体因此生机勃勃，而罗杨在这方面依旧只是以一个中学生的模样呈现在我面前的，她的身体过多表现出的是羸弱和娇小，没有太过成熟的韵味。而且，我跟罗杨在一起的时候，我们的接触从来没有涉及那些敏感的部位，至今我对她的身体依旧保留着相当朦胧的印象。

方兵却不一样，尤其是，当我发现她的胸脯在衣服里颤动时，我感到嗓子眼里一阵发紧，有一股很奇怪的热量倏地钻进身体里。我看见自己的影子在阴暗处颤动起来。我感到一阵惶恐，我发现自己对方兵的感觉渐渐变得不再单纯，我甚至有了某种深深的罪恶感，而且，生理上突然萌生的悸动使我产生了一股与他人抗衡的力量——那里面包含着原始的侵犯和掠劫，或者类似中世纪欧洲贵族之间的为情决斗。

准确地说，我的那种奇特甚至古怪的想法完全是针对我哥而来的。很久以来，特别是林秀秀死后，我总是提醒自己，像我哥这样的家伙并不配得到任何一个女孩的青睐。

此刻，我的妒意油然而生。

当我哥确定了自己新的爱情目标并成天忙于追逐女孩方兵的时候，我跟罗杨正好可以保持非常平静的关系。这个假期我们毕业班的同学有许多事情要做，因为等新的学期开始时，我们一班同学将要分道扬镳，有人继续升到别的学校去读高中再考大学，有的将离开这座城镇到外地上中专或技工学校，还有人从此再也不用上学而是回家待业。我报考的是中专，理由有两方面，我真的不想在这个地方继续待下去了，我必须要对我过去的生活有所摆脱，另一方面来自家庭，我爸希望我能选择一条捷径，至于将来的事情完全取决于我的努力。

我一直不是一个合群的人，中考一结束我就基本上脱离了学校和人群。我甚至在想，即使考不上学，我也不想再让自己坐在该死的子弟学校里了，如果可以选择的话，下辈子一定不在这样的地方生活。

黄河从我们这个城镇的西北方向蜿蜒流过，荒僻的河滩上生长着矮短的红柳树和大片大片的芦苇。河边的浅水处，卵石斑驳地躺在上面。我一直想约罗杨到黄河边去坐坐，那里距离小镇不远，骑自行车十来分钟就可以到达。更小一些的时候，我和四孬夏天经常徒步到这里玩水，偶尔还能在芦苇丛中摸到几枚野鸭子蛋，然后用泥巴将它们挨个糊了，在地上燃一把干芦柴，把糊好的鸭子蛋放在火堆里烤，过一会儿便可吃了，味道十分香美。

这一天我终于鼓起勇气约罗杨来到这荒无一人的地方，那时正值傍晚时分，铁锈一般的红色在天边静静地浮动，水面上荡漾着均匀的金色波纹，鸟儿在芦苇丛中窃窃私语。我和她并排坐在岸边的沙滩上，沙子在身下暖烘烘的，靠近脚边的地方一层层微浅的水波上下动荡着。我们都脱了鞋，赤脚静坐，眼看着天边的赤红色消失殆尽。

罗杨很执着地用两只脚轮番踩踏着靠近水边的潮湿的沙滩，经脚踩过的沙面立刻晃动起来，从下面渗出大量的水，沙面在她的脚下仿佛是一面古铜色的镜子，而且，愈来愈大，那面镜子逐渐向周围扩散，上面有罗杨和我的影子，虽然模糊却显得异常古典。

之后，晚霞将要消失，水流的声音清脆悦耳。我和罗杨顺着一条崎岖的沙石小道向河边的防护林深处走去。我们彼此手拉着手，赤脚在沙石上摩擦出很嘈杂的声音。在这样阒无声息、人迹罕至的地方，哪怕任何一点儿动静都显得多余。我们只是毫无目标地缓缓潜行。正是日落风息的时刻，我们的行动或多或少惊扰了栖息在林中的鸟儿，它们在我们的脚步声中频频飞起，但并不飞走，只是在距离树林不远的上空来回盘旋，发出尖锐的叫声。

这时，我们透过树林可以看见闪烁不定的河面，金黄色的河水平静无痕地在我们面前展开，而我们终于到达了一个更为幽深的地方，这里似乎从来也没有什么人来过。我和罗杨彼此身体紧靠着，而我已经不再满足于两人的并排站立，我轻轻地扳过她的身体，我能感觉到她的身体若有若无地抗拒着这种亲近。她甚至不再看我，有意将目光奋拉下来，神情若有所思。

我让自己的双手揽住了她的腰身，我感到她浑身有了一种异样的变化，她只是由于如此近距离的相对而感到不适。我的手臂环拢的空隙越来越小，最后，她拘束地将自己的两只手放在我们之间。当我将她完完全全拥住的那一瞬间，我清楚地听到一声微妙的惊慌的叫喊。

"我们回去吧。"她的呼吸急促起来。

我说："好。"

但是，我们都站立不动，她的额头紧贴在我身上，她的柔弱与娇小使我想入非非。我的脑子里仿佛又出现了那个站在梯凳上的透射女人韵味的身体。那种亦真亦幻的图像使我忽然变得手忙脚乱。我的那种近乎疯狂的欲念和行为脱离了我的实际年龄。

我大概用了一个十分野蛮的动作很粗鲁地吻住了她。我的强烈的有些病态的行为一定激怒了她，但她在我的猛烈的无法遏止的亲吻中几乎同时丧失了挣扎的欲望。

她的嘴唇湿热颤动丰饶而又绵甜不绝。我让自己的嘴唇长时间跟她的粘在一起，我们似乎再也不能分开。令人深感惶恐的是，当我和她的身体接触到的时候，我的身体竟然坚硬如铁。这种坚硬与我们的亲吻显得格格不入甚至大煞风景。我暗自恼羞着但根本不能让自己停止。我忐忑地以那种可耻的坚硬顶向她的柔软的腹部。她的腰腹只是无处躲藏地扭动着。她的嘴始终紧紧地闭着，她的眼睛也紧紧闭着，她的面部表情痛苦而又绝望，但这痛苦和绝望中又无时无刻不透露出一股浓稠的哀婉之美。正是这种浓稠的哀婉激活了我。我们的身体在她的近乎压迫的扭动中紧贴在一起并发出含混不清的声音，如同一对可怜的哑巴。

那一刻，我的手不再是我的手，我的大脑不再是我的大脑，我的身体不再是我的身体，我的心脏已不在自己的身体里跳动。我的手更加狂妄地钻进她的衬衣里面，但我一时又不得窍，那只很小的胸罩客观上阻挡着我单刀直入的渴望。在踌躇之间，我的耳畔传来了河水一次次吻上岸的声音。我在水声里仿佛又看到了那些梦中常出现的大片黑色，此刻，它们正给我注入汹涌澎湃的激情，使我再也无法抑制自己的冲动。

　　她的身体已毫无反抗能力，或者说由于无力的反抗而使得她出现了某种近似于痉挛的生硬和战栗。我太笨了，我相信我那时的动作一定愚蠢至极。后来，在我感到万分绝望的时候，那只胸罩竟然自动开启了，我的手仿佛是在极度的黑暗中触摸到一线光明。那光明来得太突然了，我只能争分夺秒。我的手指如同掬住了两只活泼而又慌张的蝌蚪，它们比我梦中的蝌蚪还要光洁细腻。它们在我的手指间战栗，激昂，游动，仿若随时会从她的胸口处飞弹出去。我想更清晰地看看那双娇小玲珑的蝌蚪，我的脸已经贴近了它们，我感到那里滚烫如火，似乎能让我燃烧起来。在这种陶醉的痴迷中，我依稀闻到一股淡淡的母乳的芳香，那是一种与生俱来的需要与惯熟。

　　当我的双手抚在她尚未完全饱满起来的温暖的胸脯上时，我变得那么自信和果敢，我的心中不再有一丝的恐惧和焦虑，我的眼前看不到黑暗（那些大片大片的黑色已经从梦中悄然消失），只有光明从她微闭的双眸和嘴唇间流淌出来。

　　但是，那种梦幻霎时破灭，她猛地睁开眼睛，她的瞳孔中透射着委屈与惊吓。她像对待一个无赖那样推开我并用自己的手臂紧紧地保护住身体。美丽的蝌蚪不见了。它们隐匿在黑暗中。与此同时，我强烈地感觉到来自她躯体内的战栗。我看到她泪眼婆娑地站在我眼前，任凭我做什么，她都一味地沉浸在自己的呜咽声中。而我对她突来的悲伤与战栗毫无计策。

　　我的身体顷刻间消沉下去，那种坚硬的感觉不复存在。我觉得自己突然空茫起来。那种原始的冲动和焦虑突然被束之高阁，我成了一只空空的壳，随时会从地上飘起来。我不知道该对她做些什么。我唯有将她轻轻地拥在怀中任凭她嘤嘤的哭声埋葬我所有的冲动和慌张。

　　如果不是她的泪水最终将天幕的那抹夕阳湮没，我可能根本无法从梦境中苏醒。如果不是觉得她的泪水那么咸涩淋漓，我可能会认为从那一时刻起我的生活不再是一场梦，不再是一次转瞬即逝的青春做伴，甚至不再是聚散离合的一次短暂悲欢。

　　……然而，夏日河边的美好时光瞬息万变，霞光在林中悄然落尽，树林、沙滩、天空，以及汩汩流淌的河水完全融为一脉一色，天和地之间似乎没有了距离。

25

　　十六岁这年秋天，我终于可以如愿以偿了。我乘上一辆绿白相间的老式长途汽车，离开了吴忠汽车站，我忽然回头，发觉身后这座西北小城正伴随着车体的颠簸，在玻璃窗外激烈地抖动起来，它看起来更像一个风烛残年的老人，在萧瑟的秋风里泪眼婆娑。透过雾一样飞扬的尘埃，我发觉往事变成一群闪烁的飞蛾，又如一道诡谲的彩虹，正朝着我明亮的双眼蜂拥而来……那一刻，我竟突然感到惶恐起来。我掉转头紧闭双眼，不让泪水流下来。我问自己为什么会这样，许多年来，我不是一直都在梦想着这一天快点来临么！的确，这一天的来临远不如想象中那样完美，它甚至苍茫得有点像黄土高原上骤起的狂风，风里有种叫作沙砾的东西凶猛地击打着我的脸，让我无法躲闪。那些旧时的风几乎吹残了我所有的梦。我能看见的仅仅是一只鼓鼓的行囊，正很有形状地落在我孱弱的肩头，或者，我觉得它更像我多年来积蓄的所有泪水和忧伤。此刻，我依然背负着它们，我的脚步蹒跚心情沉重，我不知道自己将要走到哪里去，我不知道我梦想中的所有轻松与欢快叛逃到什么地方去了。

　　一切都像是老天爷安排好的，我将要离开这座西北小城，到遥远的南方去读书。也就是说，我中考时的成绩还算理想，我的名字在榜上排在很多人前面。读书也许不是最重要的事情，但它可以让我离开并开始独立。我爸那些天看上去脸色不错，逢到熟人的时候会用很爽朗的声音跟别人寒暄两句，有时还夹杂着意义并不明确的笑声。我爸有必要站出来承担一下教子有方的美誉。这种情形以前并不常见。我要去的那所学校离我们这里很远，远得我几乎对它没有丝毫的地理概念。我只知道它在遥远的南方。据说四孬和蓝丫他们曾去过，并从那里带回了电子表和港衫。

我还记得当时那所学校一位专程负责招生的老师突然出现在我家门前，他的到来在我们厂里掀起了一次不小的波澜。我爸在那一天里显得格外兴奋，虽然天气很热，他毅然穿得十分整齐，表情严肃，而且没有忘记将外套的风纪扣系好。他和那位操南方口音前来家访的招生员在房子里进行亲密的交谈。他们的谈话涉及南方的生活习惯和我未来的前途。在我的记忆里，这是我爸一生中最为看重的一次交谈，甚至超过了我被某学校录取这件事本身。很长时间我爸都沉浸在由这次特殊的谈话所带来的激动中。

考分公布后，一班同学即作鸟兽而散。我们中半数以上的人当场宣布自由了，因为我们再也不需要成天坐在教室里口是心非地混日子了，念书对于我们而言已成为过去，我们可以混迹在成人世界的某个角落中继续过那种寄生的生活。运气好的话，爹娘老子可以为我们找到一份比较体面的工作，当晚脱去学生装，第二天便可以人模狗样地坐在一间办公室里喝茶读报纸了。

当然，那不是我的生活方式，我所选择的对我当时的状况来说是极其重要的，我不在乎将来会怎样，或要面对些什么，我只是在内心深处执着地追逐那种为我所不知的逃离中的生活。我不知道自己为什么那么迫切地想离开，离开这里的每一个人和每一张面孔。虽然，此刻，过去那些让我讨厌过的面孔看上去并不那么糟糕了，甚至莫名其妙地增添了一些妩媚和慈善，但我并不敢正视它们。在这些面孔前，我时常感到自卑和怯懦，令人不可思议的是，这份自卑和怯懦在一段时期里竟然变为我一次次暗中下定决心的勇气。

我要逃离这个地方。

我要让自己学会义无反顾。

我别无选择。

那是我最后一次返校，同学们稀稀拉拉地聚集在学校里，有一半的学生缺席——他们根本没有必要再来，此刻他们已经坐在某间充满茶香的办公室或机器轰鸣的工厂车间里。而我们中的少数人正在谈天论地，挥斥方遒，然后相互交换赠言。我始终是沉默的大多数中的一个。对于我所取得的好成绩，包括老师在内的绝大多数人都表示费解，在他们眼里，我并不是一个勤学好问的家伙，而且几年里各门功课成绩平平，从没有出类拔萃过。我原谅他们对我所持的鄙视和偏见，因为我看上去的确不属于那类书呆子，我的样子甚至更接近或等同于一个混混儿，比如四孬这样的家伙——近墨者黑吧。

我不应该轻易忘记过去所发生的一切，当我和罗杨整个早晨被我们的老师罚站并无条件接受来自每一个人的诘问和发难的那一刻。那时，我多么希望他们能饶恕我们——尽管我一直近乎固执地认为自己并没有做错什么，我只不过是陪自己喜欢的女生去探视她远押在外的父亲，除此之外，我们真的没有做错什么。如果我们真的做了什么，我渴望并且不逃避得到应有的惩罚。我又真的应该感谢那些伤心的往事，这样说必定是很有些矫情的成分，不过在某种程度上它们的确让我清醒。从那时起，我学会了沉默寡言，学会了静下心来一门心想自己的事，甚至连我爸他们都认为我真的快变成一个哑巴或聋子了。

当然，我永远也不会忘却那些日子里自己成天耗子一般躲在冰冷的水泥管里啃书本。那时，我的私人空间充满阳光和温暖，我的身后常有大头那样忠心的伙伴跟随。在那些短暂的快乐时光里，阳光驱散阴霾并仁慈地照射到水泥管口上，那是一圈浑圆的光亮，让人感到异常幸福。

但是，有一个人我始终对他怀有难忘的至深的亏欠。那就是教我数学的温老师。特别是当我得知自己的中考成绩里数学分数最高的时候，我的那种难以言说的羞惭快把我折磨疯了。我想自己永远无法偿还他曾为我所做的一切，尽管我那时并不能接受他的所作所为，我甚至避他唯恐不及。现在看来，自己当初该有多么愚蠢，看看我都对他做了些什么啊。我永远不能原谅自己。

返校日这天罗杨也来了。她没有跟我说话。我看见她跟几个女生在一起不时地聊着什么，她的表情始终很平静。那些女生大约是说到了我的什么，她们正转过头冲我这边发出甜甜的笑声。说实话，我很不习惯那种意义极其不明确的声音。

而她却始终没有看我，我知道她在有意回避。在她的脸上，我找不出那天我和她发生在河边的一幕。我当时想我们真的就要在此分手，从此天各一方、不相往来了。我为这种突兀的想法暗自神伤了许久。我心里明白，即使走到再远的地方，她也是我唯一不能割舍的女孩。

以至于以后，当时光的锋芒撞倒旧日沉默的墙壁，我走进往事的废墟中，几乎已不可能再捡起那些被时间所遗弃的枯枝败叶，却依然能清晰地看到她身体中所表现出来的令人心痛的安之若素——那是由于长时期的坚忍所致。时光如水，将一个少女打磨成一枚永远沉寂在激流中的光洁美丽的石头，只可远观，石头在沉稳与坚忍中逐渐失去韶华。我不知道自己是不是在临池羡鱼，我一直都想从那激流中打捞起那块令人伤感的时光之石，但我渐渐明白，我大概永远也做不到了。我离水越来越远，而她却在水一方。

在今后相当长的时间里，罗杨将要和我分开，一方面她要照顾她妈，另外她想继续读完高中将来考大学。

等班里同学散了后，我单独去找温老师。说心里话，我或多或少还是有些怕他，那种感觉非常奇妙。事实上，自从发生了那件事情后，温老师对待学生的态度已经有所改变了，尤其是那种令人不适的亲密感一下子减弱了。

那天，我坐在他的宿舍里，这还是从那以后我第一次那么近距离地跟他交谈。他对我取得的好成绩表示了由衷的祝贺，看来我真的没有看错你啊！他的这句话让我感动了很长时间。我发觉他的样子比几年前更显得清瘦，头发也濒临斑秃，眼镜片似乎加厚了一倍。在我们谈话的过程中，他几次将眼镜抹下来，用手背轻揉自己的太阳穴。当然，温老师说话的声音还是那样，但这时已我完全能接受他了，我知道那是父母给定的，是天生的，我们之所以厌恶他，完全是误解或者是我们过于幼稚。而且，他本人为此也曾痛苦过。

其实，那天我一直很冲动地想向他承认过去的事情，可每次话到嘴边就不知道该怎样讲了。在我准备离开之际，我们之间有一次十分亲密的握手，当他那只显得皱涩的手握住我的时候，我忽然感到热血涌动。温老师说："到了外面要继续好好学习，不要放松了对自己的要求。"说着，他的另一只手（左手）轻轻地在我的肩膀上拍了两下并停留下来，在那一刻，我再也无法让自己的眼泪刹车，它们无比惭愧地顺着我的面颊淌下来。

我带着呜咽的声音嗫嚅着："温老师……我……"我变得哽咽无语了。

后来，他掏出自己口袋里的手绢递给我，在我用它擦去那些泪水的时候，我想他早就知道那件事情了，他悄悄地原谅了我的无知，并一如既往地把自己的知识无私地传授给我们每一个人。

那时，我强烈地感受到，被人默默原谅是多么幸福的事情啊！问题的关键在于，这个曾被自己丧心病狂伤害过的人永远保持着沉默和友善。

　　我答应到外地会给他常写信的，他听了很高兴。可后来我连一个字也没有给他写。我知道，我是何等自欺与欺人。这就是我的悲哀吧。

　　接下来有很长一段闲散的时光需要打发，因为距离录取通知单下来还要些时日。我开始为自己打点行装，事实上我对出门远行毫无方向，我只是整天把自己关在家里，然后装模作样去整理那些过去念过的书本。那种心情十分寂寥，似乎在默默地同过去的时光一段一段告别，同时，对未知的前程感到陌生而又憧憬。

　　这种时候家里通常只有我一个人。我可以有大量的时间用于沉思默想，至少暂时不会有人来搅扰我，使回忆中断。我独自坐在空荡荡的房子里，四面的墙壁很险恶地将我围住，使我感到窒息。长久以来，熟悉的阳光在这间房里已形成了某种格局，仿佛非常适宜于孤独和寂寞在其间自由穿行和生长。

　　我已经很久没有再去过那片树林，我仿佛被某种神奇的力量牵引着一路前行。这是一个彩霞满天的黄昏，树林尽披着水红色的光泽，风在林中自由穿行，那些光灿灿的树叶在我耳边发出轻微的呼喊，像是有许许多多的童声在低低哼鸣。一旦踏进这林间小道，我的心神便虚飘起来，我不知道自己为何而来，或者来这里做些什么。我只是痴呆地顺着覆盖着零散树叶的林荫小道一路潜行，在树林的深处，那块空地已然野草丰茂，其间开遍了各种花儿，看样子很长时间没有人来过了。自从那年林秀秀的事情发生后，那些晨练者已更换了场地。有人多次在这里听到悠长的歌声，但它跟哭一样哀伤，他们普遍怀疑这个地方有鬼。我的乍到使得那些寂静惯了的鸟儿警觉地喧闹起来，它们成群结队地在林中飞舞，仿佛在向这林中树神通报我的到来。

　　我很容易就找到了那棵树，它似乎更加茁壮，并且根部生出了一丛新枝，若是在冬天我更容易辨认出它的每一处枝节，那上面有一个非常结实的三角树杈，林秀秀大概就是在这里用我哥送给她的红纱巾结束了她年轻的生命。沉默片刻，我又径自来到厂区外面那片宽阔的空地上，当初我和大头经常并排坐在这里的一根巨大的水泥管里。我不禁又想起了那段特殊的时光，在那种像洞子一样的冰冷的空间里，我跟大头亲密无间，我们把友谊最大限度地封闭和保护起来，大头的心地是那么单纯和善良。

那些水泥管早已经被工人们埋在地底下了，似乎连同往事的痕迹也一同被埋葬了。也许只有我还清楚地记得，曾经确实有两个男孩在这里度过许许多多个甜蜜而又苦涩的黄昏。我若有所思地在草地上坐下来，我不想那么快就回家。后来我索性躺下来，身体紧贴着大地，我忽然觉得自己仿佛又回到了过去，霞光里有一只大大的脑袋浮现在我眼前，夕阳的光辉笼罩着那只圆圆的脑袋，看上去暖融融的，连同那两只大大的耳朵都闪闪发亮了……大头正慢慢地朝我走来。

那天，我究竟是什么时间回来，或者，我是怎样回来的，这些问题一直困扰着我。我只记得自己当时几乎寸步难行，我在草地上躺了很久，而且，大约是睡着了，我独身在野外睡着的情况和经验，之前从来没有过的。熟睡中的晚霞一片赤红，天空也是赤红色的，当风声完全停歇下来的时候，大头出现了，非常清晰和自然，仿佛我们俩事先约好了要在这里见最后一面似的。分开来那么长时间，此刻与他再度相逢，我感到异常激动，但他却很平静，跟过去一模一样。

那时天色已晚，赤红色完全在我眼中消逝，除了大头以外，我什么也看不见，好像他自身带着某种光亮。我们又席地而坐，我们之间始终有一段发着光亮的距离，它总是在我很冲动地想过去跟他握手或抚摸他圆圆的脑袋时闪烁着令人晕眩的亮光，使我不得不老老实实地坐在原地。尽管我们面对面坐着，但我们谁也不肯谈及过去的那些事情，只是倾诉现在和畅想未来。对于大头来说，前世似乎已经注定并永远地成为过去，而最重要的似乎是他的来生。当夜风再次吹来的时候，我们之间便出现了一簇幽蓝色的火焰，这和我记忆中的火的颜色完全不同。火光照亮了我们彼此的脸，奇怪的是，大头的脸在火光中没有丝毫明灭变化。

后来，我抬起头看到了西边天空中的一颗星正一闪一闪的，大头用手指指着说，快看，那就是启明星，它是来叫醒你的（他的表达非常流畅，一点儿也听不出有什么毛病）。然后，他站起身来，我才发现他依旧穿着那年春天他穿过的那身衣服，胳膊肘和膝盖上还补着四四方方的大补丁。我急忙起身，想拉住他的手再好好看看他。可是，无论我怎么努力，就是触摸不到他，我和大头之间永远隔着一道不可逾越的闪着奇异亮光的距离。我根本不可能跨越。这或许就是生和死之间的距离。

大头意犹未尽地说，到了该回去的时候了。

大头的说法非常亲切，如同我们还会随时相见。之后，他就像一阵清风那样掠过树梢不见了。大头的离去使我倍感神伤。我依旧躺着不动，我期待着他能再次出现并与我交流。我不知道与他的邂逅是靠近还是远离。后来，我是被一种前所未有的清冷激醒的。我的头昏昏沉沉的，周身酸痛难忍，身上的衣服和头发湿乎乎的，脸面和手臂上落了一层薄霜似的水珠。

等我醒悟到这次可怕而又诡异的经历时，已是若干天后的事情。那片空地依旧被一种悲剧的气氛所覆盖并不停地在我长时间的昏迷中来回闪现，那里对我有着巨大的甚至不可思议的诱惑力。我在噩梦里若出其里，与不期而遇的伙伴重逢。当我被冻醒时，黎明的阳光已经穿破茂密的树叶直射我的脸上，我忽然感到不安起来，或者，我脑子里所出现的情景只是一场梦，除了梦又会是什么呢？我根本说不清楚。

几天以来，我一直躺在床上，水米不进。身体的温度超过了任何可以想象的灼热感。我觉得自己已经死了，或者，就要死了。高烧和昏迷时刻纠缠着我的身体，他们谁也弄不清楚我究竟是怎么了。

他们甚至根本不知道我彻夜未归的事实，他们看到的只是一具遍体滚烫的身体在床上翻滚，在极度的昏迷中时有挣扎，嘴里胡言乱语。有时，当体温上升到无法容忍的程度，我会竭力在床上乱翻乱滚，手脚在空中不停挥舞。有几次我都从床上跌落到地板上，发出石头砸地般的响声。在昏迷中，我试图寻找到一丝救命的清凉，我会突然抱住一个人的大腿或一只桌子腿，然后连声呼喊救命。高烧使我的眼圈深陷，头发焦黄，嘴唇干裂，肤色赤红。

病最重的时候，我的脑子里成天都塞满了梦，怪诞不经的梦，潮水一般在我的潜意识里涌动。我经常梦见熟悉或从来不曾相识的人，完全陌生的街道和人群，完全陌生的场景和时空。有时，我一个人横穿过几条街道一路狂奔；有时，四孬在前面跑我在后面追；还有些时候，一大群狗跟在我的身后，我慌不择途，而我妈我爸就站在前面，还有我哥，他们冲我微笑却袖手旁观。在那些梦里，我又重新站了起来，我开始跳跳唱唱打打闹闹。但是，在更多的时候，天空总是铅灰色，人们都是冰冷的面孔，每个人都像是刚从冷库里走出来的，就连罗杨也是。在梦里，她一句话也不对我讲，总是远远地避开我，只有大头和林秀秀还像过去那样愿意靠近我，他们俩总是流着铅灰色的眼泪。

我被他们强行灌下去大把大把的阿司匹林和柴胡之类的退烧药，两只屁股由于大量的注射已经可怕地浮肿起来，当我平躺着的时候，后背几乎挨不到床上。为了让我尽快退烧并解除我的痛苦，他们用一根很长的细塑料水管将自来水引到床上，水管的一头被扎死，上面用针头戳了无数只小孔，清凉的液体就是通过它们喷射到我的脸和身体上的。我当时的情形更像是一株垂死的植物，而且价值不菲，他们希望我能在不断的浇灌中长出新枝来。

在我被高烧折磨的同时，我的意识几乎完全消失了，记忆像一片摔碎的玻璃，只是闪烁着错综而迷茫的白光。这个时候，我已经不能讲话了，长久的昏迷使我看上去完全是个死人。我更不能在床上翻滚，身体在火一样的煎熬中瘫软下来，毫无生气。

他们几乎对我丧失了拯救的信心，我哥不止一次地提醒我爸，为我准备后事。我爸并不甘心我就这么死掉，至少，他觉得我不应该这么快就死了。我还有许多事情要做，比如上学，工作或同一个女人结婚睡在一张床上。所以，他对我哥的劝说置若罔闻。

那些天里，我爸固执地从厂里的冷库里找来了大量的冰块，每天都端回来满满一脸盆，然后，他把这些大大小小的洁白的冰块摆满了我的房间，让它们在我灼热的身体周围渐渐融化，房内温度急剧下降，已经可以看到白色的雾气。冰化成水的过程正是我飘荡的魂灵逐渐在房子里降落下来并最终回归到我肉体上的重要时期。事实上，我的生命已悬若游丝，若不是那些珍贵的冰块，我不可能有机会再来回忆这些旧日往事了。

我对我爸的感情正是从这里重新开始的，之前，我一直以为我的生与死对他来说无足轻重，他一生中只酷爱他的小号并敢于为它付出任何代价（包括一个健康的家庭和三个孩子）。正是那些晶莹的冰块在融化之时开启了我和他之间封冻已久的父子之情。那些天里，我爸再也没有摸过那只他吹了多年的黄铜小号。他整天守在家里，无比悉心地照顾着我。

在我生命垂危的时候，我爸甚至求助于那些他从来都不屑一顾的神汉或巫婆，他们轮番在我家设坛做法，我的房间里飘荡着呛人眼鼻的香烛裱活的烟雾，那些神汉或巫婆在地中间手舞足蹈，嘴里念念有词，身上穿着令人悚然的冥蓝色袍子，脸上画着怪异的图腾。每次他们都会在法事结束前宰杀一只活蹦乱跳的公鸡，他们将鲜红的鸡血涂在我的脸上，使我看上去人鬼难辨。而且，我还得喝下他们为我在法事上收到的灵丹妙药"符"，其实是一些焚烧过的纸灰。我哥对我爸所采取的这种做法几乎忍无可忍，他一回到家就跟我爸发生激烈的争执，他甚至给我爸扣上了一顶可怕的帽子："你这纯粹是在大搞封建迷信和牛鬼蛇神！"

我爸并不示弱，他顾及不了那么多了，他以家长的威严漠视我哥的危言耸听。

我爸说："你狗日的再敢惹老子发火，你就给我滚蛋！"

这时我哥不得不闭嘴，他又表现出自己一贯的狡猾，他大概不想为此惹得我爸大发雷霆把他逐出家门。况且，他还有许多事情要做，比如认真地在生产车间走进走出以行使他质检员的权力，或者，他还要为自己的终身大事做一些考虑。

在我昏迷后的第三天傍晚，大头又一次悄然出现在门口。那时房门敞开着，但他并不立刻走进来，只是站在门口把一颗很大很圆的脑袋探进来冲我张望。大头的模样跟过去相比似乎睿智了许多，两只眼睛闪闪发亮，不再像以前那样混沌不清，但他依旧不多说话，眼睛一眨一眨地看着我，双手很规矩地垂下来，或者跟害羞的女孩似的扭捏着背在身后。他的样子使我恍然觉得他只是站在门口等我的，他始终不肯走近半步。他的两只脚在门槛上时进时退，像随时都要离开。我努力让自己睁大双眼，我想更加清晰地看着他。但我的身体异常虚弱，我所看到的他只是很模糊的一个影子。

过了一会儿，我听见了外面传来的沉重的脚步声，我知道是我爸端着一盆子冰块回来了。我想告诉大头，可我的嘴只是嗫嚅着，发不出任何声音。我感到沮丧极了。这时，我爸已经走进房间，大头始终一动不动地站在门口，而我爸像是穿过大头的身体走了进来——他们的身体在某一时刻完全重叠，分不清彼此。我那时才意识到我爸根本就看不到大头，我之所以能够和他相见，是因为我此刻正徘徊于生与死之间，就仿佛细菌之所以能侵入人体是自身免疫力下降的缘故。或者说，大头只是站在过去的某个时间里，因为他的样子和过去一模一样，他的浑身上下自始至终都在往下滴着水，像是刚刚从河里走上来。我依稀看到那些漫漶不经的水正缓缓地从门槛间流淌进房子。我甚至感觉到一丝清凉了。我似乎明白了大头的意图——他的这次到来就是为了把自身的清凉带给我，除此之外，他帮不了我什么忙。

我的眼泪哗哗地流出来。我爸恰好站在我面前，他正把一块用毛巾包裹好的冰块搁在我滚烫的脑门上。他目睹了我的眼泪流淌的整个过程，他为此感伤不已。他凝视着我的时候，自己的眼圈也潮湿起来。等我爸为我抹去泪水并帮我灌下一大把药片的时候，我的伙伴已经消失不见了。他悄然离去正如他悄然来临。他的离去在我脑海中的印象如同液体的蒸发和消散。

接下来的一天深夜，我忽然从噩梦一样的困围中挣脱出来，蒙眬中，我看到一团很小的黑色东西在距离床不远的地板上爬来爬去，并发出嘤嘤的哭声，十分可怜，像是被人抛弃了。他还不会说话，只是耗子似的在地上爬动，偶尔会抬起头来，两只黑豆一样的眼珠发出幽冥的光，使人不寒而栗。当他停下来用一只稚气的手撑着身体，而另一只手油腻地伸向我的时候，我感到心惊肉跳，因为我不知道他究竟想要什么。但是，我终于借此看清了他的脸蛋，他的脸比我想象中要小，似乎只有鸭蛋那么大。我的记忆又死灰复燃了。他正是我的弟弟，我曾苦苦地在梦里追寻过千万次的弟弟。现在，他却只身一人爬进了我的房间，他那么羸弱瘦小，小得我几乎看不清他的样子。我根本无法与他沟通，他还不会说话，或者，他永远也不能开口说话。

在黑暗中，我挣扎着向弟弟伸出手去，我一直想给他一只手让他牢牢地抓住我，或者，像捉住水中的蝌蚪那样将他紧紧地掬在手心。就在我们的手将要接触到的一瞬间，我哥醒了。他大概需要解手。骤然亮起的灯光使我无法再看到那只黑暗中向我伸过来的小手。我听到院子里传来淋漓的液体喷射在马桶里的响音，我一个劲儿地在地上寻找，那个爬动着的影子不见了，取而代之的是地板上发射出的一片散漫的白光。那一刻，我恨透了我哥，我甚至怀疑是他的两只愚蠢的脚将弟弟踩进地下去了，我真想乘他再次熟睡之机爬过去用两只手紧紧地卡住他的喉咙，可是，我浑身一点儿力气也没有。

大头他们相继出现并离去之后，我的病情依旧处于非常时期，许多年后当我回想起这些虚幻的情景，依然觉得恍如一场诡异的梦。那只能是人病入膏肓时的系列噩梦。

在我昏迷的最后两天，我妈才辗转地得到了消息，她整天守在我的床边，哭得跟泪人似的。当我爸下班回来还来不及放下手中装满冰块的脸盆时，她已经泼妇一般扑过去，跟他厮打在一起。我妈的表演已远不如过去那么富于激情，更重要的是，我爸也无心恋战。正所谓一个巴掌是拍不响的。最后，我妈只好像个孩子一样一屁股坐在地上号啕起来。她的哭声实在令人烦恼，如果有选择的话，我会马上离开他们。

我妈很快让自己从无赖式的悲伤中解脱出来，然后帮着我爸全身心地投入到对我的照顾中来。我能感受到她为我所做的一切，包括她用湿毛巾每隔两分钟为我进行的全身擦拭和用一把破旧的蒲扇为我不停地带来凉爽。我妈连续两个晚上没有睡觉，眼巴巴地盯着我。她在跟死神对视。我敢打赌，这是她这一生当中陪我度过的最漫长的一段时间，也是最后的一次。我能感受到这些，但我什么也不想说，我不会给他们说一声谢谢的，这些年来我学会了保持沉默和让自己坚强。

哪怕是他们来求我，我也会一言不发。在我少年时期的内心中，潜伏着近似于报复样的畸形心态。

我妈的确在不停地唠叨，快醒过来吧！我的孩子！我不想立刻答应她。

第七天的早晨，我基本上苏醒了。我的喉咙里能发出一些简单的音节，干巴巴的，听来老气横秋、十分刺耳，像是谁拿一把锈钝不堪老掉牙的老锯子在有气无力地锯开一截生铁皮。

我还得老老实实地躺几天，高烧和大量的排汗使我弱不禁风，我连站起来的力气都没有了。我依旧不能说话，连起码的点头或摇头都省略了，他们怀疑我的脑子一准儿被烧坏了。我妈在我醒过来后至少又抱着我痛哭过一百次，她的两只眼睛肿得睁不开了，她上厕所都需要有人替她带路，她流下的泪水如果积攒起来怕是可以够她痛痛快快地洗一次澡了。可惜的是，她的洗澡盆几年前被我不小心摔碎了。

26

　　关于离婚的问题似乎显得有些微不足道。这段时间，家里连续出现的一系列事情，使我爸妈能经常能得以相见。生活像调皮的孩子捉弄人，偏偏要反其意安排这对冤家碰头，这样一来倒是打破了过去那种冷战的局面。他们俩经常被孩子们的事情搞得焦头烂额，有几次因为我，我妈竟然破天荒地留下来过夜而没有连夜赶回外婆家去。我最需要人照顾的时候，我妈尽了一个母亲该尽的义务。

　　对于我将要到外地去读书的事实，我哥表现出淡淡的慌张和嫉妒，但他是个聪明的家伙，他是不会轻易对我说什么的，即便他的内心有一些不舒服，他也只是用眼神把他的不满情绪传达给我。他大概想告诉我，你不要得意得太早了。而我，根本没有必要去理睬他，如果记忆没有出错的话，我很小的时候就曾对自己宣布这个家伙在我心目中死亡了。至于有一段时间他对我造成的不可宽恕的伤害，现在，这一切对于我来说只是过去的一次经历。我铭记，但我不再抱怨。

　　我大病初愈后，内心显得格外脆弱，我甚至变得有些多愁善感起来。当我终于可以走出房间感受阳光照射的一瞬间，我忽然感觉到生命的孱弱不经，我的身体中有一股很新鲜的东西在渐渐生成并不断流动，我甚至能够感受到它们在我体内流动的声音，它们代替了过去的身体中怯弱和阴郁，同时，最大限度地给我以生的勇气，使我感受到在生命的边缘地带跋涉是多么的凶险和艰辛。那些死去的人带走的永远是坚强和纯洁，或者说，因为坚强和纯洁善良才使他们走上了不归之路。他们的离去是一种最好的解脱和对俗世最有力的摈弃。而我们之所以还不能离开现实生活，恰好说明了我们自身的卑贱和伪善。我们不配离开。我们要遭受更多的侵蚀和创痛，最终抵达纯洁的坚硬和忍耐。

日渐变得敏感的我有一天看到方兵的时候突然停下脚步，我长时间地观察这个绽露成熟姿色的女孩。一个奇怪的想法忽地就诞生了。我走过去站在她面前，冲她笑了一下，我说："你有时间吗？我想跟你谈谈。"我想象不出自己当时的表情，我甚至不能确定自己是否使用了"谈谈"这样庄重的词语。

方兵一定是被我一本正经的样子给怔住了，不过，她很快以一种居高临下的成年人的目光打量了我一下。她很严肃地用一根细长的手指指了一下她自己。

"你是说你找我？"说完，她一动不动地盯着我的眼睛，目光像透明的水纹一样在我面前闪烁不已。但是，没等我回答，她就忍不住笑了起来，她的身体在清澈的笑声中有了更加美丽的弧线。我甚至感觉到她的胸脯正要向我倾斜过来。我急忙下意识地朝后退了一步。

我有点生气，她的笑声几乎挫伤了我继续跟她交谈的勇气。

"你要再笑的话，我就不跟你……谈了。"

"哈哈——是吗？"

她的笑声戛然而止。但是，我依旧能感觉到她身体里残存着某种笑的元素，某种使我感到不平等的对话气氛。

"那么，小孩，你想跟我谈什么呢？"

她居然对我说"小孩"，我实在厌恶这种称呼。

"你记住我已不再是个小孩！"我回头朝身后看了看，有三三两两的人正朝这边走来。"可我不想在这里说……"

我掉头撇开她朝外面走去，她似乎犹豫了片刻，最终还是选择了跟过来。我带她来到那片荒僻的树林。奇怪的是，当我决定再次来到这里的时候，我丝毫没有感到惧怕，反而还有点兴奋。

一旦走进这样一处人迹罕至的幽静的地方，方兵就不再像刚才那样盛气凌人了，她身上的某种成年人的气息正在变弱。

当她看见我背靠一棵老树站立着的时候，她不无警惕地朝四周看了看，接着，她的目光落在我的脸上。这时候，我发现她的神情中有种细微的慌张在逐渐生成，她在说话的时候不再轻易使用小孩这种字眼。她又往我这边靠近了几步，仿佛在寻求一种更为妥帖和安全的位置，我们彼此可以清晰地看到对方的任何一个细微的眼神。这时我忽然感觉到女人身上那种与生俱来的胆怯，她们几乎不能离开自己熟悉的生活的小圈子，在陌生的地方她们常常感到害怕并因此显得有些心神不宁。

"你带我到这里究竟想说什么？"

我依旧很平静地看着她，我对自己的平静感到陌生，按理说，站在这片树林中，我该紧张才对，而现在的情况恰恰相反，有点紧张的却是我面前这个比我大几岁的女孩。我看到她耸起的胸脯剧烈地起伏着，由于起伏这个细节而使得她身体上的曲线有了一种律动，她胸前所表现出的美丽颤动使我突然感到微喘并且一时不知从何说起了。

"再不说我可要走了。"她很有些不耐烦。

"……你以前来过这里吗？"

她摇头。

"那你知道发生在这片树林的事情吗？"

"大概知道一点儿，这里以前好像死过人。"她在说死过人的时候，我感觉到她的声音多少有些颤抖了。

我没有接她的话，而是很突兀地说出了我哥的名字。

"林秀秀就是因为他才上吊的!"

显然，方兵对我的说法，特别是我说上吊时刻意加重的语气，感到惊慌了一下。

"你为什么要告诉我这些?"她的质问明显透出愤懑。

方兵的表现使我变得轻松起来，刚才那种由于她身体的某种诱惑所带来的意义不明确的不适感倏地消失了。继而，我陡增了跟她谈话的勇气。

"你们谁都不会知道!可我知道林秀秀其实就是被他害死的!"

我的情绪忽然高昂起来。我为自己终于在另一个人面前说出深藏在内心已久的猜想而感到无比惬意，尤其是站在我面前的这个女人正是我哥最新的追求目标。

方兵的阵脚似乎完全被我打乱了，或者，她认为我所说出的一切对她而言毫无意义。

"这跟我到底有什么关系呢?你这小孩……"她一定是有些慌不择口，但这次我没有因为她使用"小孩"这样幼稚而突兀的字眼而生她的气，相反，我为她的恼火而感到得意和轻松。

后来，在她心事重重地即将离开的时候，我大声说:"你最好当心一些，他看上你了!"

方兵在听到我的喊话时稍微停留了一下，接着，她头也不回地走开了。我看到她的臀部在我的视线中一扭一扭的，那种富有节奏和韵味的扭动在阳光中闪闪发亮，使我竟有些留恋不舍。我觉得自己不该对她讲这些，我和她该安静地坐下来，坐在一棵枝繁叶茂的大树下面，谈论一些完全不同的话题，比如，有关童年的记忆，有关自己的成长或身体的秘密等方面，我们甚至还可以在林子中安心地散散步，呼吸一下新鲜空气。如果可能的话，我还想拉着她的手在林中奔跑或者去捉一两只绿头蓝眼的蜻蜓，这样也许会更好一些。至少，我和她不应该像刚才那样乏味无聊而又一本正经。

我到如今也弄不懂自己为什么会跟方兵说这些无聊的事，我时常为自己的所作所为感到惭愧，我觉得自己的内心潜藏着某种巨大的阴暗。我究竟想达到一个怎样的目的？我恨我哥吗？或者，我想替死去的人申冤报仇？还是，我为了自己？我不知道。但是，如果我那天没有说这些话，情况会不会完全不同？我真的不知道我哥会因此走到那一步。我完全低估了方兵对他的意义。

那天晚上我做了如下的梦：眼前是一个非常隆重的婚礼场面，最先出场的新郎是我哥，他穿得跟电影里的姑爷们一样体面，长袍马褂胸前佩戴大红绸花，黑色的礼帽代替了他的鸭舌帽。厂里的老老少少都来贺喜。我爸脖际间的风纪扣扣得很紧，这使他颈部青筋暴露，他的脖子很僵硬地在人群中扭来扭去，频繁地跟那些平庸的笑脸打着招呼。后来，一阵鞭炮声从外面传来，我哥脸上露出了得意的微笑，他在众人的簇拥下出门去迎接他的新娘。唯独一只八抬花轿停放在门前，抬轿子的人已不知了去向。我哥已顾不得许多，喜笑颜开地去揭轿帘子。而我分明看见坐在轿里的人是林秀秀而不是我哥要娶的方兵，尽管她的脸上蒙着一块红色纱巾，我一样认出了她。我哥一定是被喜事冲昏了头，他竟然不管三七二十一将她抱了起来，就在他欣喜若狂地迈过门槛的时候，我所担心的事情发生了，我哥一个趔趄摔倒在地，抱在他怀里的人重重地落在院子里，发出沉闷的声响。人们围上去，竟发现地上只有一块裹着红纱巾的石头……而我哥，满面都是血，鼻梁骨也摔得粉碎……我在人群中寻找并不停呼喊她的名字，可林秀秀真的消逝不见了……

后来，梦境中断了，我似乎被人狠狠地踹了一下，我睁开眼听见我哥愤怒地嚷着："你再他妈的说梦话就滚到外面去。"

一些怪事接踵发生。有一天早晨我爸推着车子刚一走出院门就哇哇地叫嚷了起来，因为他的脚正好踩在门口的一摊粪便上，我爸义愤填膺地简直就要从地上跳起来，他一面破口大骂，一面返身走向院子，在门口将那双沾染了秽物的鞋脱下来。那一整天，我家的院子里都弥漫着那种令人做呕的臭味。

接下来的一个中午，就在我们刚刚淡忘了那件龌龊的事情时，我们家门上又出现了一顶破烂不堪的绿军帽，用一只图钉钉在门板上，那帽子同样散发出一股腥臊的气味，几只苍蝇落在上面忙碌着。更有意思的是，那天我们家的门锁怎么也打不开，如同锈死了一般，钥匙怎么也捅不进去。那天中午我们表情怪诞地站在自家门前，仿佛走错了地方似的，面对黑色的锁头长时间发呆。我哥只好从外面请来修锁匠。那师傅像个间谍似的对那把锁倒腾了半天，最后他说："砸了吧，锁孔里好像给堵进了什么东西。"

面对这些令人恼怒而又毫无防备的怪事，我爸终于忍无可忍了。他的脸气得又青又长，下巴颏快要从脸上掉下来了，两只眼珠鼓鼓地往外凸着，似乎喷着火。

"我知道是谁干的了，我非要去找这个王八蛋算账！"

那天，我爸独自一人去找瘸子刘庆福。

我爸离开家后，我哥悄悄地骑走了他的自行车。我哥这阵子的行动的确有些神秘。我从窗户里瞥见他小偷一般迅速消失的背影和戴在他头上的那顶咖啡色的鸭舌帽。我一直觉得他戴帽子的样子十分滑稽，帽子之于他绝对是种道具，就像此刻他偷偷地骑走了我爸的自行车。

我爸做梦也没有想到，当他凶恶地闯进刘庆福家里的时候，突然被眼前的情形怔住了，他看到一张苍老而又龌龊的面孔沉浸在房内的阴暗中。房里的人正仰坐在椅子上，手里拿着一只酒瓶独自畅饮，瓶里的酒下去了一多半。我爸一走进去，立刻被一股浓烈的酒气包围起来，同时，那种霉腐的阴潮气息使他几乎想呕吐。

刘庆福那张瘦削的脸完全被疯长的胡须遮盖了，由于酒精刺激所表现出的赤红色在胡须丛中闪闪发光，当他用极其浑浊而又迷醉的眼神盯着我爸的那一刹那，我爸感到了某种前所未有的震惊。接下来，我爸渐渐地平息了内心的火焰，或者，当他目睹了眼前这一情景时，特别是看到刘庆福望着他时的迷茫与空洞的眼神，他心中窝着的那团火莫名地被来自阴暗中的力量所熄灭了。我爸忽然由一个气势汹汹的入侵者变成了一个温和而又不合时宜的拜访者，尤其是他要面临的竟是这样一个令他感到手足无措的醉鬼，一个既可恨又可怜的瘸子。

我爸只好选择无聊地坐下来，为了找到一处可坐的地方，我爸像一名忠实勤快的奴仆那样将一些恶心吧唧的杂物一件件挪开，然后很规矩地让自己勉强坐下来。

后来的情形大致是，我爸想劝刘庆福不要再喝酒了，但喝醉的人很难接受别人的意见，他所表现出的倔强令我爸简直无计可施。两个男人在酒瓶问题上发生了孩童般的争执，当然，喝醉的人永远斗不过清醒者，酒瓶最终被我爸得到，瓶子里的剩酒大概全部装进了我爸的胃里。

我爸不知道自己为什么要喝那瓶里的酒，就像他不知道自己原本满腔的愤怒跑到哪里去了一样。

我只知道我爸回来的时候已经很晚了，他像一张薄纸片那样飘飘荡荡地走进院子，他的身影在墙和地面之间长时间地晃来晃去，而他的脸在薄薄的月色中透出深红色的光亮，使人感到某种久违的亲切和温暖。

他的安静与沉闷异乎寻常。他没有像我们小时候那样大喊大叫，没有骂人，没有动手打我，甚至只是如泥巴一般瘫软在床上，他的十根手指慌乱地颤动着。当我为他脱掉脚上的鞋时，他已经沉沉入睡，间或发出浓浓的呼吸和不知所云的呓语。

此时，他看上去更像是我们的爸爸，更像一个已过中年的男人。当我长久地凝视他熟睡的样子时，我仿佛看到了自己的过去，看到了我们一家罕见的那次大相聚，我甚至听到了我爸那只熠熠闪光的小号所发出的悠扬的声音。我觉得这一切不再那么刺耳。

第二天一早，我是被惊醒的，我听见我爸又狮子一样在院子里怒吼。

"我的车子呢？你们谁动过我的车子？！"

我爸走进我们的房间时，我看到我哥像一只慌张的兔子从床上跳起来。显然，他的脸上还残留着昨夜月光的浪漫颜色。看来，那是一个温馨的约会，是在电影院？还是在马路边的一片幽寂的树林中？我不得而知。

事情就是这样，我哥正是在昨晚弄丢了我爸也是我们家那时唯一的一辆自行车。这是一个非常严重的过失。我已经为我哥犯下的错误而感到两股战战了。

令我惊讶的是，我爸竟跟换了个人似的，刚才的吼叫不像是他所发出来的声音。他居然没有动我哥一指头，如果放在从前，后果简直不堪设想，我敢打赌我哥至少要为此鼻破血流的。我爸只是狠狠地瞪了他一会儿，一副恨铁不成钢的愤怒样子。之后，我爸倒背着手走出清晨的院门。

那一瞬间，我清晰地看见阳光穿过院门照射进我家的院子里。阳光真是很好，我很久没有注意过清晨的第一束阳光。

几天之后，录取通知书就下来了，我爸拿着它的时候脸上晃动着一种很陌生的光亮，他好久没说一句话，只是静静地盯着它反复看着，像是在辨别它的真伪。

　　我无法想象通知书对于他来说会是怎样的感受，我能够想象到的有两层含义：一是我即将要到一个他想也不曾想过的大城市去读书，这是最令他欣慰和激动的，这使他感到荣耀；另一方面这也将意味着一笔不少的生活费用要按月支付给我，而且期限是四年。

　　我爸长时间静默着，他的内心肯定是复杂而难以名状的，但他最终留给我的竟是他难得一见的笑容，是那种权衡了生活之后而又果断做出抉择的笑。对于我爸这次乍现的笑容，我至今依旧时常感到虚幻而又温暖。

　　那段时间我有很多事情要去做，比如转户口、办粮油关系、到学校提档案，还有师生之间简洁的离别聚会，等等。这些事情大多都是我爸领着我东奔西走地去办理的，在这个过程中，我爸表现出的前所未有的热情和耐心，使我感到受之有愧。有时他甚至为了尽快将手续办妥而低声下气地给那些办事的人递上一根烟并及时周到地为对方擦着一根火柴，而这时他有些阿谀的脸正好被火光照得闪亮。我甚至觉得那完全不是他本人，他像是丢失了自己的性格，不再是那个容易暴躁和郁郁寡欢的人。

　　我爸还抓住一切机会，不厌其烦地给我讲这说那，唯恐我一到南方就会被人劫持或拐骗了似的。在他身上，我突然看到那种叫作父爱的东西悄然回归了。这种感觉让我再度感到惶恐和陌生。他的表现让我极难适应，仿佛觉得他内心正深藏着更可怕的东西。我知道他正在为自己的儿子而改变，这使得他的表现往往是笨拙和突兀的。我的想法有些犯贱，我倒是希望他还像过去那样板起面孔瓮声瓮气，这样我会走得更坚决一些，至少，我不想在他们面前流一滴眼泪。

　　同学聚会那晚我回来时已近深夜，我的心里正被师生别离和浓烈的酒精占据着，多年朝夕相处虽情浅意薄，但想到即将分手天各一方，这情感竟也变得浓重和有些难以割舍了。人真是奇怪啊，要知道以前我是多么讨厌这里的一切。

我回来的时候我爸还没有睡，他在深夜的黑暗中静默着，一根接着一根地吸烟。烟蒂明灭之间，我看到他的脸，我感觉他有话要说，而且，他为了这次谈话煞费了一番苦心。

他问我是不是去喝酒了，我连忙窘迫地抿着嘴唇，我的舌头有些痒酥酥的感觉，我知道那是我的男性特征已露锋芒。酒精的感觉十分微妙，我浑身有些发飘。

当他用一种少有的温和语调开始与我交谈时，我真的感到有点不适应。他的目光自始至终都停留在我的脸上，在我的记忆中，他从来没有这样认真地注视过我。而此时，他给我的感觉是我们父子俩像是第一次见面。

"你是家里头最有出息的一个，我早先总想让你跟我学吹号，可后来我觉得你并不喜欢这个，人各有志，不过你还是最有希望的！"我爸的情绪渐渐地激动起来，他的眼神里竟有种想抚摸我的冲动。他接着说："那两个念书赶上了'文化大革命'，你姐在外面成天不学好，我拿她没什么办法，你哥我打骂得相对多一些，可他一样让我伤透了脑筋，不过他总算能浪子回头。只有你像我年轻的时候，自尊、沉默少言，也不那么调皮捣蛋。总之，你是一个有主意的孩子，你知道该把心思用在什么上。"

我到现在时常会想起我爸的这番话，的确有些出乎意料，或许它会影响我整个一生。其实这很好理解，我在此之前一直认为他是最看不上我的，而我终于明白他的良苦用心。我感到我爸早在许多年以前便已为我储存了一笔不小的财富，一个当爸的如果很真诚地告诉自己的孩子你是有希望的，这个做儿子的是幸运的。

最后，我爸还是跟我说起了他和我妈的事情，口气却很勉强，仿佛非要给我一个交代似的。其实，我并不想听他说这些。

　　他不无感慨和愧疚地长叹一声："我们这辈人身上很多东西都垮掉了，我和你妈恩恩怨怨这么些年，有时候想想，我们到底图什么呢？让孩子们跟着吃了多少苦受了多少罪啊，又何苦呢……你以后一个人到外面读书，凡事都要好自为之。"

　　而这时，我无意中看见我爸眼眶渐渐地红了，一些泪水似乎再也藏不住了，必须得流出来，必须当着儿子的面，必须让我清清楚楚地看到这一切。它们流出来的时候，我的内心一阵难过。我多想这些话早在许多年前就能进入我的耳膜，进入我的内心深处，那时候我是多么需要这一切啊。

第七章　紫　篇

27

在南方读了四年书，一张轻飘飘的派遣单就将我判了死刑，我又回到了银川。

这里离吴忠的老家很近，近得几乎感觉不到地理上的差距。我重新开始自己的生活，整个过程像一名战犯的经历一样滑稽。我无法决定自己的命运，更不知道自己未来的流向，在来去之间飘摇不定。几年来就被这样两张盖着不同字样红戳儿的纸片牵引着来来去去。

难怪四孬在火车站接我时说："你去大城市念书真他妈有点儿像是去坐牢，现在终于刑满释放了。"说实话，我长到这么大还没有过四孬那样的牢狱生涯，姑且把这几年的生活当作是吧。

关于四孬，我不想过多地去评价，他比过去老练多了，看上去完全是个大男人，而且，依旧一副很讲义气的样子。这一点恐怕到死也不会改变。同他相比，我仍然显得书生味十足。这几年四孬的运气一直不坏，他不再轻易跟别人动拳脚了，整天满世界乱跑，靠小打小闹加上投机倒把竟也起了家。当时在我们这里他是最先经营牛仔裤的，也算是把时尚和流行带给了大伙儿，街上每十条牛仔裤里至少有一条是经过他的手从外地倒进来的，服装生意干得如火如荼，可以说他是这里流行服装业的开山老祖。这些年他发了一些小财，在街上有了一爿属于自己的服装门面，雇了相貌身材都很惹眼的女店员给他看店。加上有蓝丫在后面替他操心，他活得非常潇洒，每月除了到外地进一两次货，别的事情他统统不管，只做甩手掌柜的，每天除了喝酒，就剩下打麻将了。再说，他也没有别的事情可做。蓝丫里里外外早历练成了一把好手。

蓝丫酷爱穿漂亮的服装，而且，很讲究款式和牌子，她每天早晚用于化妆的时间不会少于三个小时。她跟四孬至今也没有办手续，用她的话说早就习惯了。

而我却觉得，四孬根本没有和她结婚的意思，他们只是在白天共同经营那家服装店，晚上糊里糊涂地住在一起。这几年蓝丫先后为四孬做过两次人流，她必然还没有想好是否跟他真心真意过一辈子。事实上，我估计他俩这种关系连他们自个儿都不知道将来该怎么办。四孬对这件事情的态度："结婚？疯了！为什么要结婚？这样不是挺好的么！"

现在，四孬几乎每晚都在外面瞎胡玩，他俩在一块的时间很有限。蓝丫对四孬的行为深恶痛绝，两人见面时总是没完没了地吵闹。连我这极少回家的人的耳朵都快听出茧子了。他俩吵过之后，几天彼此也不说一句话，跟仇人似的，但过一段时间又莫名其妙地好了。这两人就是这副德行。

四孬偶尔也会摆出一副救世主的面孔，他说："你神气什么，也不撒泡尿照照自己，脸上都生黄雀斑了！你以为你是仙女吗？以前要不是我可怜你，你他妈的恐怕早就横尸街头了！"

这种时候蓝丫只会埋头痛哭，爹死娘嫁的那种，哭声往往要持续一个多钟头。

蓝丫边哭边骂："你这个没良心的小流氓，我对你该有多好啊！我跟上你这个小流氓算是倒了八辈子血霉，你现在嫌我难看，早干什么吃的？"她骂着骂着忽然就自己停下来了，因为她在镜子里看到自己的脸，妆全部给白眼泪冲开了，脸上花花绿绿的，确实很难看。她急忙钻进卫生间，用湿毛巾轻轻地擦拭那张让她煞费苦心经营了多年的脸，然后平心静气地补妆。等她从卫生间出来，四孬早没影了。

蓝丫有一次对我说："你就帮姐姐劝劝他吧！"我知道她这样对我说的时候，她其实已经意识到再也管不住四孬了。也可以说，从当初他俩黏糊在一起的时候，一切就已经注定了。我觉得他们俩这样下去确实有点儿危险，可俗话说得好，清官难断家务事，我跟四孬的关系又比较复杂，我说话他未必听得进去。转念又一想，蓝丫毕竟不是外人，我也不能坐视不管。

四孬出手大方，这天中午，他非要在街上一家饭店给我接风洗尘，蓝丫当然也参加了。四孬又找来社会上的一大帮狐朋狗友助兴，听他介绍这些穿着时髦的男女好像都混得不错。蓝丫似乎很反感四孬那副大大咧咧夸夸其谈的样子。她说："你别信他的，他的话十句有九句都是假的。"四孬立刻反唇相讥，用他的话说，女人都是鼠目寸光，只能看到巴掌大的一片天。他们俩就是这样，争争吵吵，急赤白脸，有时让外人忍俊不禁，总觉得他俩随时都会掀翻桌子打起来。

这种印象让我不由得想起来我爸妈的关系。我不知道这种作风是不是也有遗传，反正蓝丫跟四孬就像一对冤家。当着一大桌子客人，他们俩似乎谁都不懂得谦让，一味地为了嘴巴快活，针锋相对，你有来言我有去语，弄得我这个当弟弟的总是战战兢兢的，唯恐他们反目成仇。

果不其然，饭刚吃到一半，不知为了什么鸡毛蒜皮的事，这两个人又大声叫起来。蓝丫起身要拂袖而去，被另外两个女的硬给拽住了。其他客人都异口同声批评四孬，并要求他当场要给蓝丫赔礼道歉。我估计四孬肯定不会低头的，哪知这家伙突然就来个一百八十度大转弯，摆出一副嬉皮笑脸的无赖相，端着酒杯走到蓝丫跟前，嘴甜得像抹了蜂蜜，他学戏里的小生那样拿腔拖调地说："娘子，小生这厢有礼了，我甘愿罚酒三杯，请娘子宽赦。"

蓝丫被他的怪模样激得面红耳赤，嘴里说："谁是你的娘子，你这个小流氓，谁当了你老婆谁就倒八辈子霉。"她总是这样，不管有人没人都这样叫他。四孬滋啊滋地连喝了三杯，最后还乘机在蓝丫的脸上啭地亲了一口，可以说响声巨大，一时间在座的客人都哄笑起来。

我当然没有笑，只是紧张地注视着蓝丫，她倒好像彻底没了脾气。

我刚回来那些天，我爸似乎比任何人都显得兴奋一些。这种印象仿佛是从几年前我刚拿到录取通知书后一直延伸过来的。我爸从头到脚换上了新衣服，连衬衫也是新的，他还特意到街上理了发刮了胡须，好像马上要过年似的。我妈对他颇有微词，她悄悄对我说，瞧你这一回来，那个老东西几天都乐得合不拢嘴。我妈这样跟我说话的时候，口气多少有点嫉妒和奇怪。

那晚家里准备了一桌子好吃的饭菜，我爸还破天荒地开了一瓶陈年的白酒，这是我有生以来第一次跟作为父亲的他在一个桌子上面对面喝酒。而且，连我杯中的酒都是他亲自给我倒满的。

我爸举起杯子要跟我碰一下，我妈说："你想喝，你自己喝好了，别把孩子也带坏了。"我怕我爸又跟乌眼鸡似的跳起来，就赶紧端起杯子装模作样地抿了一口。酒辣得烧嘴，我爸见我没干掉，就用眼睛盯着我手里的杯子说："这可不行，不能耍赖啊。"我妈立刻白了他一眼，又对我说："你别理他，他天生就是个酒鬼，他这辈子除了会喝酒，你问他还能做啥。"我爸嘿嘿笑着，并不介意的样子，滋地喝完一满杯，又给自己重新倒上，可他手里的酒瓶子却还不放下。

我不想扫他的兴，只好全部喝光。我爸又要给我倒酒，我急忙去抢他手里的酒瓶，说还是我自己来吧。我爸没有坚持，他把酒瓶递给了坐在一边的我哥，不无埋怨地说："你别光闷着个头吃呀，你兄弟好不容易回来了，你这当哥哥的该好好敬他几杯。"

　　显然，我哥的情绪没有我爸那么好，从我回来到现在，他只勉强跟我打过几次招呼，然后就匆匆忙忙地上他的班去了，回到家也不肯多说一句话，感觉像个闷葫芦，一味地沉浸在幽暗中。听说他的恋爱一直谈得不太顺，他好像还死心塌地喜欢着那个方兵，可人家姑娘对他总是若即若离的。我不禁又想起来自己曾给方兵说过的那通话，或许，正是这个缘故使得我哥原本该一帆风顺的爱情大打折扣了。可我对此只能表示遗憾了。所谓此一时彼一时啊，那时的我要不那么做的话，自己会被活活憋死的。这些年里我们的心里都有伤，好在我还有自我修复的能力，也许这就是生活，我知道自己得学会遗忘。

　　天气很热，饭桌就摆在院子里。我们一家四个人吃着、喝着，随便聊着，天色就渐渐暗下来。我爸兴致很好，半瓶酒很快都进了他的肚子里。我妈不停地唠叨，好像我爸从来没有喝过那么多酒似的。可她唠叨归唠叨，我爸只是嘿嘿笑着，像个不懂事的大孩子，酒却是一杯接着一杯下了肚。这中间，在我爸的建议下，我哥敬过我一次，我也回敬过他，但好像喝得并不是心甘情愿。我觉得我这次回家，我哥比以往更加沉默，有时让人觉得他好像并不存在似的。

　　也许是无话找话，我不知怎的又说起来蓝丫的事。我爸我妈听了，半天不吱一声，弄得我多少有些尴尬了。但话头已经扯开了，我索性把自己心里的想法摆明。我说我姐那样下去毕竟不是个长久之计，我很担心她跟四孬的关系，那两人总是争争吵吵的。我的话还没说完，我妈就在旁边一个劲儿地给我递眼色，意思是不让我在我爸跟前提蓝丫。也许蓝丫是我爸心里永远的痛吧，可蓝丫毕竟是她的亲生女儿，这个事实谁也无法否定。

　　我注意到我爸的头默默地低了下去，他给自己点了一根烟，深深地吸着，我能听见我爸的呼吸声突然沉重起来。我知道自己这样做肯定会让他很不舒服的，可有些话还是说开了比较好。我假装不在乎他们的情绪，一味地说下去。我故意找个台阶说："爸，以前的事都怪蓝丫不好，可事情已经过去那么多年了，你们就当她不懂事，毕竟咱们是一家人呀……"我刚说到这儿，我哥突然用力地把筷子摔在桌子上，瓮声瓮气地说："我吃饱了，晚上我还要去厂里加班呢。"说完，站起身来，扬长而去。

这样一来，我就不能再说下去了。眼前忽然浮现出许多年前的那一幕，四孬一砖头砸在我哥的后脑勺上，我哥血流如注。我还记得那天蓝丫咬牙切齿说过的气话，一切好像都是昨天刚刚发生过的事。难怪我哥刚才会那么不痛快地离开。我爸连着抽了两根烟，我妈不满地说："又想往死里抽呢，抽两根就行了。"我爸这才把手里的烟头慢慢地用鞋底摁灭。这当间我妈又忙着给我夹菜，说做的都是我喜欢吃的菜，劝我多吃点儿。

我爸很长时间都没再多说一句话，后来他回屋把他的小号拎出来，说他好久没吹了，今天难得高兴，想给我们吹一曲。我妈瞪了他一眼，冷嘲热讽地说："你都喝醉了，不吹走调才怪呢。"我爸不搭理她，自顾自地把号嘴拔下来，用衬衫的前襟擦了又擦，随后又重新安好，便鼓起腮帮子优哉游哉地吹了起来，先吹的是《啊！朋友再见》，中间打过一次磕巴，我爸连声说："生了生了，这玩意儿老不摸就生了。"接着又吹《莫斯科郊外的晚上》，这是我所听到的他吹得最完整最优美的曲子。

整个过程我一直抬头看天空，我不敢注视他的表情，我想他一定非常的执着，音乐是这一生的最爱啊，音乐给他带来过愉悦，更带来过灾难。这时，深蓝色的夜空里，星星出来了，月亮弯弯地挂在远处的树梢上，异常皎洁。晚风轻轻吹在脸上，酒瓶口敞开着，浓浓的酒味在风中肆意流淌，让人觉得醺醺沉沉，如痴如醉。我不禁想起古人的诗句："举杯邀明月，对影成三人。"此情此景，总让人感慨颇多，想想我们这一家子人吧，早年丢了弟弟，后来姐姐又离家出走，这些年真不知道是怎么熬过来的。还有，我在外读书这几年，爸妈和哥哥又是怎么过的，为了供养我念书，省吃俭用是少不了的，也许还有深深的挂念。

这种时候，我妈一直用手托着下颌，静静地凝视着我爸。我感觉她的眼神如同少女一样纯净，有一丝欣赏和赞美的情愫在其中。我忽然觉得自己的存在似乎有些多余，换句话说，从小到大，这还是我第一次注意到我妈那样恬静温柔地望着我爸。他们之间实在是隔阂太大了。我的眼圈渐渐地温热起来，几乎有种要流泪的冲动。我努力克制着自己的情绪，并借故到外面上公厕，悄悄地溜出了院子。走出家门，我才长长地出了口气，悠扬的小号声依旧从身后飘过来，夜色那么安详，一切都是清晰自然的。

我信马由缰地一路走下去。在月色下，我发现厂里还是有了许多变化，比如家属院又起了几幢单元楼，新建了一所幼儿园，再比如我们的子弟学校焕然一新，过去的平房全都不见了，取而代之的是崭新的四层教学楼和宽阔平坦的操场。其实，这种变化几乎无处不在，随便到街上转转，似乎到处都在搞建设，人人都是忙忙碌碌的样子，就连四孬这样的人嘴里也成天挂着"忙死了忙死了"的话。

我在外面溜达了一大圈，当脚步停下来的时候，我才意识到自己竟鬼使神差地站在了厂里最古老的那幢单元楼前。我在楼下翘首张望，住户的灯光零零星星地亮了起来，我几乎不假思索并准确无误地找到了罗杨家的位置。我当然不会忘记，很多年前这里曾灯火闪烁、门庭喧闹，这里也曾一度传来女人哀怨的哭泣声……然而，如今这里却漆黑一片、人去楼空。

我到外地读书以后，曾跟罗杨通过一段时间的信，刚开始几乎每个礼拜都要写一封，她也隔一两周给我回复一次，信里大多是勉励我学习呀注意身体啦之类的话。我在信里总是很模糊地表明自己对她的思念以及两人的未来。对于这些，她始终保持沉默或视而不见。这样坚持了一个学期，彼此渐渐地冷淡下来，信越写越少，周期由一个礼拜变成一个月，最后是一个学期恐怕也写不了两封。假期我回来，偶尔见上一面，也不过是说一些礼节性的话题，问问彼此的学习情况，等等。总之，我觉得她和我之间渐渐地疏远了。或者说，对于这种疏远，我毫无办法。我们真的长大了，不再像从前那样傻里傻气、无所顾忌。

同罗杨这样维持了一阵子，到第二年冬天的时候，我在学校有了一个真正意义上的女朋友。我们同年级不同班。她是个标准的南方女孩，长相属于那种娇小型的，虽不十分美丽，却很开朗，也很懂事。比起罗杨她要显得成熟许多，这份成熟感来自她身体上的某些重要因素，和她在一起，我总是显得很冲动，而且，只要不是太过分的动作，她都会欣然接受。

记得我第一次跟她接吻的时候，她突然停下来把我推开，用很惊奇的眼光看着我，然后笑着说："你怎么这样笨呀，你以前难道没有接过吻？连这个也不会！"我当时羞愧极了，我不知道她所说的不会是指什么。后来我才明白，这种事情是有技巧的，并不是单纯地将嘴唇挨在一块就可以了。在这方面，她该是我的老师了，她很会使用自己柔软濡湿的唇和灵活的舌尖，而且，在做这些的时候她允许我的手在她的胸脯上摸来摸去。有一次，她甚至主动地将我的手抓过来放在上面。她说她喜欢这种被抚摸的感觉。她的胸脯发育得很好，完全像一个女人，如果可能的话，我相信她能生出很多小孩，并且，绝对奶水充裕。

　　跟女朋友交往了一段时间后，我的胆子越来越大了，有一次在她的宿舍里我们长时间地拥抱在一起，我们都变得激动难耐。我甚至把自己的手邪恶地伸进她的裙子下面，而她也很大胆地用纤细的手指隔着裤子若有若无地接触我的那话儿。我当时觉得自己像一只被点着捻子的爆竹，如果不及时刹车，情况十分危险，随时都可能炸开，把自己炸得粉碎。这种感觉令人慌乱。恰好那时听见楼道里传来的脚步声，我们不得不收敛起来正襟危坐，两个人的脸红得像猴腚，实在见不得人。后来我回想，若不是有同学回来，我和她会做出那种出格的事情。想一想，竟有些后怕。

　　在学校里谈恋爱，说白了主要是打发枯燥和寂寞的时间，充其量也就是为将来的情感生活打打基础热热身，真正能走到一起的凤毛麟角。这一点她比我更清楚，实际上在我们刚刚交往的时候她就提醒过我。我喜欢她这一点，爱憎分明，有原则。

　　女朋友在跟我好之前已经有过两任男友了，第一位是在上初一的时候，另一位就是她现在的同班同学，她有一次还指给我看。刚一到学校他俩就好上了，过了三个学期，他们又分手了，跟陌路人似的，理由是我的女朋友不能容忍他同时跟另一个女生眉来眼去。她对我说起这些的时候，表情十分严肃，甚至有些咬牙切齿。她说她最痛恨男人这样了！接下来，她告诉我她的父母离婚的原因，在她很小的时候，她爸跟另外一个女人偷情，被她妈堵在床上，那时她大概只有十岁。之后，她父亲撇下她们和那个女人去过新的生活去了，剩下她们母女俩相依为命。

　　自打女朋友给我讲述了她的家事以后，我不再对她那么放肆了，甚至，我开始有意地回避她。约会的次数越来越少，除非她主动来找我，我几乎很少再去她的宿舍。当然，跟她在一块的时候，接吻是少不了的，她是一个很会用嘴唇表达情感的女孩，而且，在她的调教下，我已然把这件事情做得出神入化了。她为此还表扬过我，现在想一想，她是唯一可以跟我在这种事情上有所沟通的人。人是很奇怪的东西，比如说我喜欢罗杨，但我坚信我们之间是不会谈论男女之间的事情的，永远也不会。

后来直到毕业，我和女朋友之间都坚守着最后一道防线，我们班上有人因为发生两性关系被学校除名了。一个女生被弄大了肚子，又被开除，后果不堪设想。这种女生实在太愚蠢了，想来也让人怜悯。

我和女朋友只是在分手的时候抱头痛哭过一场，那种感觉好像真的跟生离死别似的。当时南方的雨季还在持续，阴雨连绵的天气使校园里异常潮湿，空气中到处弥漫着霉烂的气息，选择这种雨天分手实在是恰到好处。人的情绪跟天空中浓浓的云团一样随时都可能下雨。事实也正是那样，我们中多数人今生今世再也不可能相见了，哭一下似乎显得很有必要。

毕业前有一个寒假我没能回家。寒假一般很短，总共二十几天，可来回要在路上消耗一个礼拜之久，关键是留下来还有一个女孩陪着，我没有理由拒绝。我觉得自己对女朋友的身体或气味有了一种很奇怪的依赖感。我也许并不懂得爱，我只是觉得自己离不开那种很难形容的感觉，虽然有时它让人陷入迷茫。当然，我还是会偶尔想起罗杨，我们的关系确实变得非常疏远，只建立在少得可怜的书信之上，后来彼此连写信也变得可有可无了。自从有了女朋友以后，我就彻底地疏忽了和她的关系。当然，这并非单纯的喜新厌旧，我只是越发觉得自己不配再跟她过于亲近地交往下去。听说读到高中以后，罗杨的成绩下降得很厉害，有一次在信里她跟我提到了自己的苦恼，她说自己需要静下心来把成绩赶上去，言外之意是，暂时停止跟我的书信往来。后来我再写信，她基本上不回复了，或者，她根本不看我的信。

有时静下心想想，罗杨的心理压力的确太大了，她过早地背负了种种不幸，而且，这种来自生活和社会的无形压力，随着年龄的一天天增长变得越来越大。在我看来，早些年她之所以没有被家事所困囿，跟年少很有关系。现在，一切都更加严酷，人们极善于用一种有色的眼睛看待她，而她日趋成熟的心灵却异常敏感了。第一年参加高考时，罗杨有一天竟晕倒在考场里，被老师送到医院打了两天点滴，第二年她又报名参加了高三补习班，精神压力可想而知。

那段时间我跟罗杨几乎彻底失去了联系，我只给她写过一封信，告诉她我假期不回家过年的打算。她始终没有回信。我想她大概已经把我忘记了，或者她正忙于学习。倒是四孬到外地进货的时候，顺路来学校看过我一次，他遵照蓝丫的吩咐给我留下了三百块钱，这些钱在当时显得举足轻重，几乎够我吃多半个学期的饭菜了。

过去几年的生活费基本上是由家里寄给我的。我时常想象出我爸独自一个人站在小城邮电所的水泥柜台前为我填写汇款单的样子。那时他的神情复杂而又庄重，但他一定想象不到他的儿子正在遥远的南方校园跟一个长相平平的女孩谈情说爱，否则，他会断然终止每月定期走进邮所里的脚步。

如果说有歉疚，这是我对我爸仅有的。这种感觉持续了很长时间。在学校里，我既需要家里寄给我必要的生活费，又无法割舍对一个女孩的最本能的依恋——女朋友的出现使我得到了某种前所未有的心灵抚慰，在我一步步走向成年人的过程中起到了重要的引领作用。她几乎影响了我在性心理方面的发育成长和最初的一些有关性的经验，甚至，在我最渴望那种事情的时候，她坦然地用自己的手帮助我达到那种难以形容的快感。她告诉我这种方法是她在一本医学杂志里看到的，她说女孩子有时候也可以采取这种自慰的方式，这于人于己都有益处，至少，它不会伤害别人。她的话使我对自己过去的某些深感罪恶的行为得以释然，我想，她是对的。我们总是试图为自己的所作所为寻找到自以为是的理由。

罗杨已经很久没有回来住了，听说她也到外边去了，好像是跟一个做生意的南方佬走的，但具体去了哪儿，没人能说得清楚。我后来在白天特意去过一趟她家，敲了老半天门，才从门缝里探出一颗灰白色的脑袋，楼道光线暗淡，看不太清楚脸面。

但那人一张嘴，我立刻意识到他肯定就是罗杨的父亲，曾经风光一时的罗厂长，而今他老了，头发斑白，好像视力也极差，看人的时候目光飘忽而又阴郁，让人有些莫名的紧张。我想起那年我陪着罗杨去劳改农场的事，心里有种说不出的感觉，时间过得飞快，轻轻一晃，罗杨的父亲就成了老人。

我问他罗杨去了哪里，他摇头晃脑地支吾了一阵，好像耳朵也很背，他竟然说死了，她妈死了好多年了。我又喊着跟他说自己是罗杨的同班同学，他眯缝着一双浑浊的眼睛胡乱瞅了瞅我，然后叹口气说："走了，都走了。"直觉告诉我，这个过早衰老的男人多少有些不太正常。没等我再做出任何反应，那扇脏兮兮的房门砰然关上，一股阴风当头吹来，我不由得哆嗦了一下。我失神地在外面愣了好大一会儿，就像自己找错了地方，吃了人家一顿闭门羹。

这就是我最后一次去罗杨家，从此就再也没有去过那里，直到几年后她家的那幢旧楼被夷为平地，改建成小广场，并且安装了群众健身器材。

我妈第二天悄悄对我说，你爸那晚一宿都没睡踏实，躺在床上唉声叹气的。我妈还说其实她早就想去找蓝丫谈谈了，可是又怕蓝丫脾气上来跟他红了脸。

我明白我妈的意思，她是想让我去跟蓝丫好好说一说，最好是能劝着蓝丫回心转意，亲自回家跟我爸认个错。我说这事急也没有用，这些年你们都没再管过我姐的事，她哪能说回来就回来呢，就算是一只丢失多年的狗也不能随便就牵回来。我妈有些不甘心地说，她就是担心我爸再为这事整天气不顺，她夹在里面不好受。我说往后再看吧。

话虽这样说，当晚我还是抽空又去了蓝丫那边。碰巧那天四孬妈也在，正在厨房里叮叮当当地忙乎着，这个老女人似乎更硬实了，她简直就像蓝丫他们花钱雇来的一个地地道道的乡下保姆，干起活儿来不知疲倦。她守寡大概快有二十个年头了吧，家庭的种种不幸并没有摧毁她，相反她比以前活得更充实了，她还是一个人住在食品厂黑漆漆的老房子里。不过每天都要按时到蓝丫这边帮忙下厨，好像她天生就是给儿女们洗衣做饭的。我觉得她可能早就想明白了，自己下半辈子就要依靠蓝丫四孬这俩人了，其他儿女早就指望不上了。

蓝丫一个人躺在沙发上懒洋洋地看电视。四孬妈知道我来了，特意又多做了两个菜。等饭菜都准备齐了，四孬妈走到客厅跟我东拉西扯地絮叨了一会儿，她的记忆力好得惊人，竟然还提起了我跟四孬小时候调皮捣蛋的事。她说我们俩那时候就像两只野狗娃子，整天四处疯跑，身上比猪还脏。她像老母鸡似的边说边咯咯地笑，把我的脸都说红了。然后她眯着眼睛瞅了瞅墙上的挂表，对沙发上的蓝丫低眉顺眼地说："再等等吧，等老四（四孬）回来一起吃。"蓝丫却不客气地说："等他干啥，咱们吃吧。"我说："还是等一下吧。"四孬妈好像有点左右为难。蓝丫像下最后的命令似的说："我肚子饿了，快盛饭。"四孬妈好像多少有点儿怕蓝丫似的，不停地用胸前的围裙揩着油腻腻的手，并冲我做出一种无可奈何的表情，然后就蔫蔫地钻进厨房里去了。

直到吃完饭，四孬也没有回来。四孬妈在厨房里埋头刷洗碗筷。蓝丫气得鼓鼓的，我跟她说话她也爱搭不理的。但我还是闪烁其词地将我妈的意思转达了。蓝丫装作没有听明白，几次从沙发上起来，走到电视机前更换频道，始终不接我的话茬。我知道，冰冻三尺绝非一日之寒，或许，融化这道屏障真的还需要很长很长时间。后来我实在觉得有些无聊，想先走一步，蓝丫说她也要出去走走，于是我陪着她一同从家里出来。

我们沿着街边默默地走了一会儿，姐弟俩这样亲密地并肩而行真的久违了，都让人有些恍惚起来。这时蓝丫却忽然提及我跟罗杨的事情。她说："你还是把她忘了吧，俗话说，长痛不如短痛。"

我顿时一惊。蓝丫的表情很平缓，仿佛刚才的话不是出自她的口。我的脸上像贴上一层燃烧的薄膜，灼热且不透气，思绪变得纷乱复杂。蓝丫的话正击中我内心最柔软的部分，在这种事情上，女人一般比较敏感，且旁观者清。蓝丫刻意加重的语气使我觉得她希望我跟罗杨早早断绝为好。她的察言观色，使我意识到她之所以要跟我一起出门，其实她是有话要对我说，她一直在等待时机。

"有些事情我觉得你应该知道。"蓝丫的口气带着象征性的抚慰，"罗杨她妈，就是那个疯女人，去年年底跳楼自杀了，死得很惨很惨，脑浆都摔出一大摊。"

我愕然了。那种巨大而又刺目的白色似乎在我眼前展开。

"那后来呢？"我不无关切地问。

"没过多久，那个老流氓（指罗厂长）被减刑释放回来，他们父女关系一直很僵，他们经常吵架，没有共同语言，后来有一段时间她好像从家里搬了出来，住在学校的女生宿舍里。"说到这里，蓝丫也许感到一丝凉意，她将身体的一侧朝我靠拢，我们缓缓地往前走着。蓝丫继续她的讲述："按理说学校有规定，本市学生一律不允许住校的，她的班主任出面替她说情，才勉强住下。她以前的性格怎么样，我不太清楚，可自打她住校以后，脾气变得越来越坏，她经常为一点点小事情跟同宿舍的人闹得天翻地覆。寝室里除过她之外，其他几个人都跟她发生过不同程度的摩擦，她甚至用指甲抓破过一个女生的脸，惹得女生的家长来学校大呼小叫要求赔偿……"

这些话如果不是从蓝丫的嘴里说出来，我简直不能相信自己的耳朵，并且坚信那绝对是别人在恶意诽谤。难道这就是那个我一直恋恋不舍的女孩吗？我陷入了不能自拔的沉思冥想中，并将罗杨的行为跟自己在一本心理学方面的书里看到的文章联系起来。

我想着过去所发生的事情，罗杨长期承受着来自方方面面的压力，她大概觉得自己的生活太过于沉重和冤屈了，她从来没有做错什么，应该说她一直是一个自重而又矜持的女孩，她是独生女，从小喜欢学习，家庭生活优越，各门功课成绩都名列前茅。但有一天生活一反常态，她顷刻间被卷入厄运的洪流中，在我看来她一直以同龄人难以忍受的态度面对一切，她甚至觉得自己可以战胜一切。可是，现实却完全相反，高考落榜，母亲自杀，冷嘲热讽，致使她对父亲的怨恨日益加深……这所有的一切对她都极不公平，久而久之，她对外界产生了强烈的敌视和补偿心理，她不再想让自己吃一丁点亏，内心幽闭，待人苛刻，容易暴躁，喜怒无常。尤其是这种心态在理性方面得不到释放和补偿时，就会表现为非理性的冲动，包括以任何方式伤害别人。

"后来你猜怎样了？"蓝丫这样问我时，我感到非常紧张，我几乎没有勇气继续听她讲下去。"那个班主任，他自己的孩子恐怕都快赶上罗杨大了，男人真他妈没有一个好东西……都是臭流氓！"蓝丫一副气愤填膺的口吻，"那以后她就上不成学了，再后来我听四孬说她跟一个有钱的男人走了……"

真的，我不想再听下去了。事实上，到后来我已经听不清蓝丫在说些什么了，我的脑子里嗡嗡隆隆乱响，像是钻进了无数只苍蝇，立刻要爆炸了。长时间陷入思考使我感到惶惑而又疲惫，脚下的路似乎越走越长了。

28

　　我需要尽快在银川那边安定下来。一个人的独立首先是从居住环境开始的。好在单位分给我一间十分简陋的宿舍，平时我就住在这里。

　　刚开始隔三两个礼拜回一趟家，后来人就有点儿疲了，几个月不回去也习以为常。我的内心还是近乎固执地拒绝着回家这件事，更多的时候，家在我心中充满了阴影，充满了使我感到难过的气息。我怕想起那里曾发生过的一切。

　　事实上，我之所以不愿意常回家，还有更重要的原因。

　　我在外读书的这几年也是我哥情感生活最痛苦的时期，当然，这份痛苦中偶尔也渗透出点点滴滴的欢乐。然而，这一切随着这年"五一"传进他耳膜里的一串响亮的鞭炮声彻底地宣告结束了。我哥的梦彻底被这突如其来的炮声惊醒或打碎，因为他苦苦追求了几年的女孩方兵结婚了，当然她没有嫁给他，而是高攀了食品厂领导家的某个公子。听说那个男的刚刚从部队转业到地方上来，也是经人撮合，两人一见钟情，整天出双入对的，不到三个月时间，这俩人就领取了结婚证。

　　在这之前，我哥一直相信自己的实力，虽然方兵在跟他最后的一次约会（时间大概在这年初）上已经很明确地表白了她的态度。那次约会最终不欢而散，此后方兵大概再也没有赴过我哥的任何约会，直到她结婚。

　　我哥根本没有把这件事放在心上，在他看来，那只不过是她对他所采取的一种考验方式。他坚信她迟早是属于自己的。我哥向来都是这样自以为是，喜欢一意孤行。白天他依旧埋头工作，晚上躺在家里翻来覆去地看方兵这些年陆续送给他的一摞书籍（那些书已经快被他翻得散烂了），他近乎封闭地徜徉在这些书带给他的虚幻的梦想之中。有几次他想给她写封信，想在信里告诉她自己的心情，可他最终选择了默然处之。他觉得静下心来等待才是最有效的办法。他不想让她看出来自己的怯懦和担心，他有必要表现出无所谓的样子，以达到欲擒故纵的效果。

　　而我一直在想，设若时空可以倒转，我哥一定不会再这样无味地空等下去的。等待有时会让一个人变得疯狂。

　　人们都说，那是我们厂里历年以来最为隆重的一次婚礼。而我哥突然不合时宜地出现在这次婚礼上（事先对方只邀请了我爸一个人参加），使我家彻底走向了身败名裂的边缘。那天的场面太过于热闹和喧哗了，并没有人特别注意到他。此前，我哥早已喝得醉醺醺的，他手里还拎着半瓶白酒，一路上跌跌撞撞。

　　当时，新郎新娘正殷情而投入地在给宴席上的宾朋们敬酒，我哥猛地闯了进来，他摇摇晃晃地穿过一张张丰盛的桌子和那些面带笑容吃席的人，径自来到方兵他们面前。我哥那时已经有些站不稳当了，但他很突兀地将手里酒瓶冲方兵他们举起来，举在手中的酒瓶和他本人一样不停摇晃着，酒淅淅沥沥地洒到地板上。我哥说：“你结婚为什么不叫我？你想偷偷地把事办了，你是不是心虚，你怕我知道对不对？”

　　众人立刻哗然了。新娘也一时语塞，新郎正满脸狐疑地看着面前的醉鬼。

　　就在这时，我爸不顾一切地冲了过来解围。他面红耳赤，简直无地自容了。就在我爸不停地向主人和大家赔情道歉，并试图将我哥拉开的时候，我哥竟然当着众人的面一阵狂呕起来，那些秽物像一股洪水势不可当地从他的嘴里喷射出来，新娘身上的崭新的衣裙顿时被污染了。新郎异常愤怒地朝我哥扑了过来，死死地揪住我哥的衬衫领子。新郎一反刚才的满面春风、潇洒倜傥的样子，他恶毒地骂着："臭小子你他娘的活腻了，敢来这里搅老子的好事！"然后，对我哥一通拳打脚踢。他大概用力过猛，一只锃亮的皮鞋腾空而起，并准确地落在后面的一张桌子上的汤盆中，滚烫的羊肉汤溅到客人的身上，人们兀自叫喊起来；有个小女孩哇地哭出声来，孩子的妈妈顿时惊慌失措地抱起她，一边哄着她，一边咒骂个不停。我爸被夹在中间，显得碍手碍脚又不知所措。但在关键的时刻，我爸急中生智，上前狠狠地抽了我哥六七只大嘴巴，声响响亮，简直可以说是大义灭亲了。最后，我爸像正在实施刑讯逼供的敌人，竟然端起一杯茶水恼羞成怒地泼在我哥脸上……

　　事情到这里并没有完全结束。我哥在家里像大病一场似的，躺了整整一个礼拜。那时候我妈早已经搬回家来住了，但她好像跟我爸是分开睡的。有时候替他们想想，与其这样，当初还不如离了的好。我哥那些天跟植物人没什么区别，一句话也没有，长时间盯着房中的某个角落发呆，几乎不怎么吃东西。整个人很快地消瘦下去，隔着皮肤可以清楚地看到血管和骨骼的具体位置。

　　就在我哥上班后的第二天早晨，厂里宣布撤销了他质检组长的职务，他被调回销售科干老本行，继续往车上搬送货物。整个过程，我爸始终保持沉默，我妈几次三番劝我爸去给厂长说说情，我爸就是不肯动窝。

　　"你不嫌丢人啊！他狗日的活该这样自作自受！"

　　我哥重新从事繁重而又单调的搬卸工作之后，他脸上曾经闪耀一时的自信和骄傲一扫而光，他又像从前那样变得落落寡合。在家里他不轻易跟我爸妈说一句话，像个哑巴，更不同他们在一个桌子上吃饭。他把碗端到自己的房子里，把门反锁上，像是怕谁抢他的饭碗或别的什么东西似的。他开始抽烟，整个晚上一根接着一根拼命地吸着，直到睡着为止，有时到东方发白。有几次他抽剩的烟头险些将被褥烧着，我爸不得不半夜爬起来冲进他的房间进行抢救，扑灭正在燃烧的卧具。

　　我哥变得嗜酒如命，就像多年以前的父亲。桌子下面摆满了空的酒瓶子，有几十个，而且每隔几天就要增加一两个。他在厂里同样不跟任何人说话，别人问他什么，他总是一脸茫然，根本连头也懒得抬一下。除了干活儿，他什么也不关心。还有，他干活儿也是腰来腿不来的样子，过去一度让人佩服的工作激情完全消失殆尽了。人们普遍认为，这个年轻人彻底毁了，他的人生再也不会闪烁丝毫的光彩了。

　　他依旧成天戴着那顶脏了吧唧的鸭舌帽，只是把帽檐儿压得低低的，唯恐被人看着似的（事实上别人几乎很难看清他的眼睛）。他有很长时间没有再用过刮胡刀，瘦削的脸再加上乱七八糟的胡子，使得很多陌生人第一次见到他的时候，总不免会唐突地喊一声大叔，直到我哥抬起头茫然地看着对方时，那人才渐渐地醒悟到什么，脸上露出尴尬而又好奇的神色。

　　与此同时，我哥莽撞的行为举止，也给方兵婚后的生活带来了许多致命的麻烦和痛苦。据说，那个军人出身的男人是个脾气暴躁而且非常爱面子的家伙，他在洞房花烛的那个深夜，对自己的新婚妻子进行了严厉乃至苛刻的审问，尽管方兵一直在为自己的清白做出种种必要的解释，但他依旧不依不饶，他根本不能原谅自己的婚礼上所出现的闹剧。接下来，那个男人几乎怒气冲冲地跟流着眼泪的方兵过了第一次夫妻生活。那以后，人们再也看不到原先那个朝气蓬勃的女孩方兵，取而代之的是经常鼻青脸肿的一个黯淡失色的小媳妇。后来，那个男的在一次战友聚会上，喝得酩酊大醉才吐露出真话来。

他妈的！我老婆是个烂货！她嫁我之前早被那个搬运工不知干过多少回了！

那个男人之所以说出这种恶怪的话，唯一的证据大概是，方兵在新婚之夜下面没有见血。可是，我却始终相信方兵是清白的，至少我相信她和我哥没有做过那种事。那不像我哥的风格，我比较了解他的为人，他在少年时代做过荒唐的事情，参加工作以后曾跟林秀秀热恋过一阵，可也正是这些过程让他变得畏首畏尾郁郁寡欢，所以，当方兵出现以后，他所采取的谨小慎微战战兢兢的态度，恰恰让他在这种事情上停止不前了。否则的话，方兵也许不会落到那个脾气暴躁的军人手里。

我哥在心里默默接受了现实和命运对自己的一切安排，但他依旧保持着沉默。数月以后，他开始重新考虑一个女人对自己的实际意义，他不再把女人作为自己唯一的精神追求，他只是清楚地意识到来自体内那种对女人最原始的渴望和情欲冲动正像一股无法遏止的潮水跌宕起伏。也就是说，他只是迫切地需要一个女人，一个在深夜可以最大限度消耗他过剩精力的性伴侣，至于这个女人是谁，似乎已经不再重要了。

于是，在这年秋天刚刚来临的一天黄昏，我哥从外面领回来一个长相平庸浑身肉墩墩的女孩，她的脸上还有一丛一丛的麻子和雀斑，言谈显得十分庸俗和泼辣。听说他们是在附近的一个小杂货铺认识的，因为那段时间我哥经常光顾那家铺子买烟和酒，当有一天那个胖女孩伏下身体在柜台里面为他伸长了手臂取东西的时候，我哥恰好无意中瞥见了她的露在领口的一片亮光光的胸脯。

当天晚上铺子关门时，我哥鬼影子似的出现在那个女孩身后，出门之前他理了发刮了胡须，并且换了身干净的衣裤，但没有戴鸭舌帽。他对她说，我一直站在外面等你。胖女孩惊魂甫定地张大了同样肉而油腻的嘴，片刻后她终于认出了他，尽管他新理了发刮了胡子，但此前她毕竟为他从柜台里拿过长达三个月时间的烟和酒。

这天晚上我哥以绝对的优势（事实上他只需稍稍收拾一下就会显现出英俊本色）征服了女孩，当他把自己和胖女孩反锁在房子里的时候，她居然没有表示明确的反对。她进门后始终不停地嗑着瓜子，瓜子皮吐得满地都是。她仅仅象征性地问了声"你爸妈不管吗"，我哥的回答是"他们巴不得我赶快找一个女人结婚"。其实，那时候我爸正在舞会上伴奏呢，而我妈基本上是个没有多少原则的人，当她瞥见我哥很神秘地领回一个女孩时，竟有些心花怒放，因为在这之前，她一直担心我哥会抑郁成疾。

我哥点上一根烟，又让自己喝下三五杯老白干，然后像剥玉米皮一样将胖女孩身上的衣服一件件扒下来。整个过程胖女孩只是咯咯地傻笑着，像是被人挠了胳肢窝。当只剩下一条花哨的内裤时，胖女孩用两只手将自己护住。她说："这样不公平，你为什么不脱？"我哥两眼出神地望着她。胖女孩身体上所发出的白光简直让他晕眩。我哥已经顾不得许多，他只说了三个字——嫁给我！之后，他就扑过去将她压倒在床上。他的手在女孩胖乎乎的燥热的身体上摸来摸去，他的嘴里拼命含咬着对方的奶头。胖女孩发出一次次夸张的尖叫。但当他将自己完全裸露出来准备真枪上阵的时候，那里却早已经崩溃了。胖女孩的手指碰触到一摊濡湿和黏稠。胖女孩说："你怎么了？"我哥瘫软在她的湿溜溜的肥胖的肚皮上，她身上的汗津津的肉正一波一波传来某种渴望的扭动。她接连又问了两声。我哥才慢慢地从她的身上下来。

我哥平平地躺在胖女孩身边的床上，他说："我可能是太紧张了吧。"

这样沉默了一阵，当她潮湿的手再次摸向他那里的时候，我哥又重新趴上了她的身体，他像饥饿的幼儿找到了母亲的乳房似的，再次将她的奶头含在嘴里。他们在床上滚来滚去，有时他让她骑在自己的肚子上。

他们这样连续折腾了几回，我哥那里始终挺不起来。

胖女孩在黑暗中摸索着穿好自己的衣服，她突然变得有些气急败坏，"你小子以前没有做过吗？你是不是有病啊！"

我哥仰面躺着，嘴里一下一下喘着，像一只快死的癞蛤蟆。最后，他光着身体跳下床，一把将门拉开，发出狮子一样怒吼："滚！滚！快给老子滚出去！"说着，他竟动手粗鲁地将胖女孩连拉带拽地轰出家门。

胖女孩临出门前不忘恶狠狠地回敬我哥："你个软蛋子神气什么！没尿事的东西！你不得好死！"

那时，我哥赤身裸体地站在地当间，像根剥了树皮的木头似的，灯光把他裸体的影子拉得很长。又过了很久，他终于一下扑倒在床上，整个脸深埋在被子里，喉咙里发出狼一样痛苦的嗥叫。

到了年末的时候，我哥的婚事才算有了点儿眉目，是我妈托媒人介绍的。

那个女的瘦瘦小小跟豆芽一般，好像完全没有长开似的，胸脯又扁又平，眼睛里闪烁着生怯和呆板的光芒。她跟我哥站到一起显得很不协调，别人肯定认为他们是兄妹俩。我哥和她只见过三次面，当媒人再次来家里询问答复的时候，我爸妈立刻表示出某种含蓄的歉意，他俩基本上持否定意见。可是，正当媒人悻悻地准备离去之际，我哥突然从自己的房子里露出半拉脑袋，闷闷地说："就她了，我要娶她。"之后，他又把自己关在房子里，不给爸妈留有任何交流意见的余地。

　　我哥的婚期定在次年的元旦，这之前他曾领着未婚妻来银川购置一些生活用品和结婚时要穿的衣服，我们见过一次面。临分手前，我哥才将这个重大决定轻描淡写地告诉给我，他说："到那天你要能回来就来参加吧。"他这样说的意思是我可以不回来的，但我急忙接连点头答应下来。

　　看着我哥和那个比他矮小许多的瘦女人渐渐远去的背影，我忽然感觉到某种潜隐已久的哀伤正悄然爬上心头。我哥和那个与他本人极不相称的女人一前一后行走着的样子，始终在我脑海里挥之不去，这种同样不协调的景象，使我对眼前的生活再度感到茫然无措。曾经沧海难为水，也许，我哥已经彻悟到了什么。

　　那一刻，我竟萌生了十分强烈的愧疚，许多年来我对家庭成员几乎没有背负过任何愧疚的心理负荷，然而这一回我却深感不安。我甚至觉得自己就是我哥感情生活中的罪魁祸首，假若没有我曾经自以为是的干预，没有我曾对方兵说过的不地道的告诫，也可能他的生活会完全是另一张面孔吧。

　　等到我哥举办婚礼那天，我按时赶回家来。我先去找蓝丫，想看看她是什么态度。蓝丫还是摆出一副老死不相往来的架势。她说："他结不结婚关我屁事？我和这个家早就一刀两断了。"

　　说心里话，若是放在几年前我大概也会这样的，我哥的确做了许多让人不能原谅的事情，但现在，我一点儿也恨不起来。或者说，我为什么还要记恨他呢？我们都在一天天长大，一天天变老。我已经不止一次地看见我爸头上的几处灰白的头发闪闪发亮，我妈的腰身也弯了许多，眼角爬满皱纹，就连他们俩旷日持久的冷战也早已经偃旗息鼓了。我们都会老的。只要想到老，想到每个人都有生老病死的那一天，我几乎可以原谅一切。

　　蓝丫这样固执己见，我也就无意劝说什么了，我想她之所以这样做是有她自己的道理的。我不能要求每一个人都像我这样暧昧不清。我想在情感问题上自己大概是有些暧昧的。不过，那天蓝丫还是取出礼钱让我帮她带上，但她不让我说出是她给的。如果我不按她的意思做，她以后就不让我到她这里来了。

我哥的婚礼草草了事，那天我没有从他的脸上看出任何别样的东西，既没有喜形于色，也没有痛苦和悲凉，相反，他比我想象中要平静，自始至终都是那样。那种平静的感觉浮现在他狐狸般的脸上几乎是罕见的陌生。

那一天里，我哥酷似一只驯服的猴子，在长辈的引领下给所有的客人点头鞠躬，然后转着圈轮番敬酒。他的新婚妻子穿着十分艳丽的礼服，大概还穿了一双红色的高跟鞋，走起路来，瘦小的身体很不自然地往前一抻一抻的，像是随时都会从地上弹起来。我爸妈的脸上被一群善于嬉闹的亲戚朋友们恶作剧般地涂上了红色和黑色的鞋油（估计是鞋油吧，又鲜又亮，气味嚣张），而且每只耳朵上都挂着干辣椒串，模样十分怪诞，他们俩小丑一样坐在席位上，神情僵硬，不知所措。他们大概做梦也没有想到，自己好容易苦尽甘来熬到当上公婆的这一天，却居然会遭遇如此夸张的戏弄！

事实上，那天婚礼的高潮并非在此。随着瘸子刘庆福鬼使神差般的出现，婚礼的气氛突然异样起来。我有很久未见到这个男人了，他的样子实在让人恶心。刘庆福集中展现出一个令人生厌的瘸子最难堪的一面——头发蓬乱，衣裤褴褛，浑身上下散发出刺鼻难闻的气味。尤其是，他猛禽一样阴毒的目光简直让每一个人望而生畏。刘庆福架着双拐笃笃地飘荡在酒桌之间，他身上的奇臭在空气中招摇不止，使在座的人感到一阵阵的晕眩和窒息。他不说话，只是来来回回地走动，像一只沉浸在玩耍中的狗，间或伸出脏兮兮的手从餐桌上抓起一块食物塞进嘴里。他的行为本身对这种喜庆的场面形成了某种不地道的猥亵和戏耍。

我爸妈显然坐不住了。我爸不便于立即发作，他知道这种场面非同小可，他必须学会忍耐。他已经不再年轻。就在这时，刘庆福突然在他们的桌子前停下来，人们的目光也全部集中在他身上。刘庆福用拐子巧妙地架住自己的身体，忽然间表演一样伸出两只肮脏的手指，哆哆嗦嗦地从桌上的一只盘子里夹起一块大而肥腻的肉，然后，把自己的脸高高地仰起来，嘴巴猩猩一样张大，夹在手指间的肉滴答着清亮的油汁，他像帕金森患者那样剧烈颤抖着将肉塞进张开的嘴里，他肆无忌惮地咀嚼出很响亮的声音。之后，他用同样肮脏的袖子抹了抹嘴角，转身架着拐子朝另一张桌子走去。

那一刻，我爸实在坐不住了，我看不清他的表情（他的脸上被涂抹得太花哨了），但他必须有所反应。令我诧异的是，他的行为不是发作，而是温和，丧失原则的温和。他很客气地迎上去，跟亲兄弟一样搂着刘庆福的肩膀，他的嘴几乎贴在对方的一只耳朵上寒暄着什么。之后，我看见刘庆福也腾出一只黑手使劲地拍我爸的后背，他接过我爸为他准备好的一瓶喜酒和一包香烟揣进裤兜里，然后笃笃地用拐杖敲着地板走了出去。在出门时他黑色的背影仿佛张开的鹰的翅膀瞬间翼蔽了所有光线，里面出现了某种使人感到不适的昏暗。

整个过程中，我妈始终没敢抬头，她的神情一味地沉浸在那种被戏弄之后的难堪之中。这时，在几个年轻工友的起哄声里，我哥表情木讷地亲吻了自己的妻子，由于众人的簇拥和暗地使坏，他俩夸张地拥在一起，那种感觉仿佛是极其不情愿的贴合，双方所表现出来的不是幸福而是牵强和痛苦。但这种场面，人们需要某种精神上的刺激，之后才能食欲大增并且吃得碗碟朝天。

其实，刘庆福成为一个著名的瘸子已经不是一天两天的事情了。据说他龌龊的样子经常出现在各种场合，而且他从来没有放弃过对我们一家人的任何一次有力的打击。几年前，他老婆便带着孩子弃他而去，他整天像个乞丐或无处不在的幽灵，总在人们不经意之间骤然而至。他已经丧失了工作能力，被食品厂除了名，生活毫无着落，近乎穷困潦倒了。

我是后来才偶然获悉的，这些年来刘庆福一直像一个孤儿，被我爸私下里接济着。这个秘密在相当长的时期内，鲜为人知。

29

　　年初的时候回家，我直接去了街上的"蓝丫"服装店。我进去的时候，蓝丫正在暴跳如雷，那个店员像一只垂死的小母鸡战战兢兢地抽泣着，而蓝丫涂成鲜红色的手指正雨点一般不停地戳在她的面门上，使对方躲闪不及。

　　"你个猪脑子！我给你说过多少遍了，一分钱也不能给他一分钱也不能给他！你怎么就是长不长记性啊！"

　　小店员已经开始号啕起来，她的眼泪和蓝丫的唾沫星子搅拌在一起。

　　这种事情以前也发生过几次。四孬曾给我说："你姐简直就是个守财奴，把钱管得死死的。男人身上不装钱是多大的悲哀啊！简直就是耻辱。"我说："这活该，谁让你选她做老婆。"不过，四孬为了弄到钱，什么办法都想过，最卑劣的是从店员手里要钱，店员哪敢不给。为了这事，蓝丫已先后辞掉几个店员了。

　　蓝丫并没有意识到四孬的玩性那么大。四孬经常用他的谬论堵蓝丫的嘴："你说男人不抽烟不喝酒也不打麻将，那他还活着有什么意思？到时候死了恐怕还不如一条狗呢！"每回蓝丫只是跟他婆婆妈妈地纠缠，不善于区分青红皂白，一点儿作用也没有。我知道四孬这种人叛逆心理很强。他照旧我行我素。有时候，蓝丫把他骂急了，他也会毫不客气地给予反抗，甚至会大打出手。蓝丫根本拗不过他，只好认命："你去玩吧！你最好死在外面永远别再回来！"

　　当然，蓝丫不可能把全部的精力放在四孬身上，她还有一大堆的事情要去做：照顾生意，注意最新的服装流行的趋势，按期缴税，计算成本和利润，核定价目，及时降低价钱甩出旧货周转资金，等等。总之，做服装生意就得头脑灵活、眼光敏锐，而且还得能吃苦。四孬现在越来越懒得操心店里的事情，他拿着蓝丫辛苦赚来的钱花天酒地，特别是在麻将桌上，用他的话说，他结识了一堆重要的人物。这些人里面有市长的司机，有税务局局长的亲外甥，甚至还有刑警队队长，他经常混迹在他们当中并随时被他们召来唤去。四孬在玩上很爽快，打牌干脆利索，从不赖账，而且时不时还要慷慨地请大伙儿到外面撮一顿。四孬亲口对我说："你等着吧，我他妈早晚要混出个人样儿让厂子里那帮傻逼看一看！"

　　生意上的事蓝丫不得不亲自出马，进货是头等大事，这个关她得把好。让一个不把心思用在这上面的家伙出去进货，等于是替别人打工，回过头不亏死血本才怪呢！所以，蓝丫现在已经完全赤膊上阵了，她经常坐整整一宿的火车连夜赶到兰州，接下来的整个白天她风风火火地跟批发市场的老板讨价还价，争取以最低的价钱进到她想要的货。到了晚上，她几乎连吃一顿饭的时间也剩不下了，等她拎着大包小包几十件东西好不容易赶到车站的月台上，火车正呜呜叫嚣着准备出站。她迅速地爬上车，动作敏捷得像训练有素的"铁道游击队员"。火车开出一段路程后，她才终于将自己的货物放置到她认为安全可靠的地方，然后狼吞虎咽地吃下一块事先买好的炸鸡腿和夹心面包，再咕咚咕咚地灌进一瓶矿泉水，凶猛地打上两个嗝，之后开始昏昏欲睡。天蒙蒙亮的时候，火车正好开回来。

　　这次我一回来，蓝丫难免要跟我唠叨这些鸡毛蒜皮的杂事。她说："你不知道做生意有多辛苦！四孬整天在外面鬼混，根本不管我的死活!”这种时候，我很少插话，在我看来，他们俩始终在玩周瑜打黄盖的把戏。这怨不得别人。这次，四孬又得逞了，他以到外面进货为由强硬地从小店员手里拿到一笔钱，这些钱够他挥霍一阵的。

要说这事也怪蓝丫，这些天她总是心神不宁，吃不香睡不着，她觉得自己似乎什么地方出了问题。她想找人说说，可四孬至少有两个晚上没有回来。直到昨天早上，或者说是在头一晚的睡梦里，她才有所觉悟。蓝丫那晚做了十分奇异而又大篇幅的梦。

她梦见自己的身体徜徉在一面湖水中，开始的时候她只是很闲散地在水中游弋。很快，她感到某种不适，像是被什么东西所缠绕，所束缚，有一会儿又仿佛被一只巨大的手掌托举着，失重一样的感觉，使她在水中停止不前。她依稀感觉到青绿而茂盛的水藻在她的大腿之间摇曳穿梭，使她感到舒畅却难以忍受和摆脱的异痒。然后，蓝丫看到大片大片的如墨般汹涌的黑潮向她袭来。她的腿脚在那惶恐的一刻痉挛起来，疼痛突然将她攫住，使她无法呼吸和逃脱。她只好闭上眼睛听天由命。寂静。片刻的寂静。似乎一切已经过去了。她矜持地睁开双眼。

蓝丫告诉我："你猜我在梦里看到了什么？是蝌蚪，黑色的小蝌蚪。它们大片大片地将我围在中央。"她感到惊慌。她相信那些铺天盖地而来的黑色的微小生命能够将她瞬间吞噬。但是，可怕的事情并没有发生。那些像海潮一样的黑色又逐渐消失了，她看到的只是其中的一个，明亮的黑色，像羊脂玉一样光滑、细腻，表情朦胧，似笑非笑，憨态可掬。它在她的两条腿之间游来游去，仿若找到了最佳的避风港湾。

事实上，蓝丫的梦使我感到某种似曾相识的亲切，仿佛成为我自己的一次讲述。她梦里出现的那些蝌蚪过去曾长时间占据着我的梦境，我对那种黑色的诱惑也曾无法抗拒。我甚至在想，蓝丫梦里的那些蝌蚪是不是在寻找它们的妈妈？应该说这种猜想更符合一个女人的梦。当然，我并没有将自己的想法告诉她。蓝丫的讲述突然勾起我对往事一连串的回忆，我想起了失去的弟弟，如果他还活着的话，该是一个很大的男孩了。

蓝丫问我："你说那种小东西会有表情吗？"

我无言以对。或许会有吧！可我绞尽脑汁也想象不出来它们到底会有怎样的表情。我被这种空茫的想法折磨着。我觉得它们大概跟我们人刚出生时的样子有些相似，或者，更接近于人在子宫里的形态，可我实在记不得自己那时的模样。有那么一刻，我的眼前似乎出现了一种比较清晰的图像，那是一个和远去的弟弟很接近的可爱的样子，我在内心里默认那大概就是蝌蚪的模样吧。

蓝丫的说法似乎不容置疑。就像刚刚生下的小孩子，眼睛似睁未睁的，看上去很痛苦又很欢乐。蓝丫的神情异常庄重，两只眼睛闪闪发亮，有股很浓的母性的味道。

这时，我的脑子里逐渐浮现出蓝丫所描述的那种模糊的形象，而且愈见清晰，我竟莫名地回想起小时候自己从厂区后面的水沟里捕捉到的小蝌蚪来。看来不同形式的生命在最初的时候都有着惊人的相似之处。比如，当我们还像蝌蚪那样游来游去的时候，我们也是懵懵懂懂，同样无法确定自己的父母是谁，或者为什么会来到这个世界。我们只是在苦苦追寻，寻觅所有跟我们有关的答案。我们用去的时间显然要比那些蝌蚪漫长得多。那种感觉也许才是最美好的，但它一直被我们所忽略。

在蓝丫的梦里，她深情地凝望着那只晃动着黑丝绒一样尾巴的蝌蚪，而它也仿佛接受了某种灵性的暗示和召唤，它渐渐地靠近她浮在水面上的脸。她轻轻地用双手将它从水中掬捧起来，她看到它惊慌无助的一阵摇摆，但它最终在她手中平静自如了。这时，太阳浮出水面，蓝丫感到眼前一片炽烈，精致的红色波纹平静地铺呈在水面上，满目红光正向她轻轻袭来。她的脸上浮动着琢磨不定的红色晕圈，她觉得自己从来没有像此刻这样美丽。

梦醒之后，那种惶惑而又被潮湿包裹着的虚幻与欣喜长时间地在蓝丫心中荡漾。在畅想中，蓝丫终于获得了某种重要的提示，与此同时，她知道问题所在了。她心绪不宁的原因是身上的东西过了时间却迟迟不来。

那天早晨她从妇科的冷冰冰的检查床上缓缓地坐起来，并神圣地将自己的裤子拉回到原来的位置上。她听见帘子外面的大夫一边洗手一边漫不经心地说："你怀孕了，一切正常。"

"呵！一切正常。"蓝丫自言自语。

那时，蓝丫反倒处于一种十分冷静的状态中，比任何时候都要真实，但她的内心萌生了一股难以遏制的冲动。接着，她听见自己说，我有孩子了，这次我要把她生下来。奇怪的是，她没有将它想象成一个男孩，而是一个女孩，和自己一样，并且近乎迫切。

蓝丫告诉我她从来没有像现在这样迫切地需要一个女孩。她还说以前每次怀孕她都恶心得要死，可这回却风平浪静，没有任何征兆，除了莫名的心慌意乱。她坚信这才是她理想中的新生命到来的感觉。

蓝丫的情绪很不稳定，当她凶神恶煞般地训斥过小店员以后，自己开始沉迷在悲伤之中，泪流满面，样子十分可怜。四孬这家伙真是个混尿，即便需要钱也犯不着玩这种把戏，况且，一切顺利的话，他很快就是一个要当爸爸的人了。我觉得我有必要等他回来跟他谈谈。

晚饭后我一直和蓝丫待在一起。说心里话，这是发生在我们姐弟之间一场罕见的促膝长谈。我不知道我的临时决定是否跟她肚子里怀着一个幼小的生命有关，但我和她长时间地相对而坐，我们信马由缰地在往事中穿梭回味。说到动情之处，蓝丫开始涕泪涓涓，我发现她淌着泪的时候样子很美。但是，在我的所有记忆里，她并不是一个随便流眼泪的人，她的性格里有非常坚强的一面，有时甚至近乎孤绝。关于我妈，她依然是只字不提的，也不允许我说起来。她对我妈的那种感情很难用"仇恨"一词来概括。她只是冷冰冰地说："总之，我这辈子永远也不能原谅她！"

在我的印象当中，蓝丫对我妈的称呼就是这样一个再简单不过的"她"字，这已是延续了很久的事情了。而且，每每从她的嘴里说出来时都让人感到难受。

"可这样下去终究不是办法！再怎么说她都是咱妈呀。"

"这些大道理我不是不懂，我现在就是懒得去想那些破事！一想我脑子都要炸了。有些事你也很清楚，你想想那些年她是怎么对待我的，她要是能对我稍微好一点，我想我也不会弄成现在这种样子。你以为我就好受吗？难道我天生就那么贱，就情愿跟着个小二流子混？可现在我不那么想了，我和四孬原本就没有什么区别，我们是一路货色，他也不是打娘肚子里钻出来就那么坏，有时我觉得自己连说说他的资格都没有。现在要怪只能怪我命不好，怪我没有生在一个好的家庭里！我经常对别人说我恨她，其实我是恨我自己……"说着，蓝丫把脸偏向一边，很长时间不再看我，紧接着她冲进卫生间。我想她一定是伤心透了，她不想让我看见她哭的样子。

我只好保持沉默，看来有些事情只能留给时间去解决。我对这个家的冷漠和厌倦情绪一点儿也不比蓝丫少，我只是不善于表达，我的眼泪都一颗一颗装在心里。生活让人渐渐懂得了承受那些曾经无法承受的重荷。蓝丫从卫生间里出来时情绪好一点儿了，她又给我的茶杯里添满水。房子里虽然有暖气，但夜间依旧显得阴森森的，使人不寒而栗。蓝丫给自己身上裹了一条毛毯，问我需不需要，我摇头。我想她大概是替肚子里的小东西考虑的。她有些臃肿地坐在我身旁的沙发里，蓬松的沙发使她身体下陷，却让我感到温暖。女人真是神奇，尤其是当你知道她即将要做母亲以后，她的每一个眼神或每一次细微的动作都变得不同寻常，时时流淌着母性之光。

后来躺下之后，我的脑子里又莫名其妙地浮现出蓝丫梦里的情形——那些我永远也想象不出表情的蝌蚪们。在漫长的冬夜的另一端，我极力想象着我那新婚之夜的哥哥和他瘦骨嶙峋的女人。此刻，洞房中的火炉烧得正旺盛，新式弹簧床垫吱吱作响，一套崭新的被褥正散发出棉花和丝织物混合在一起的暧昧气味，而张贴在墙壁或窗户上的大红"喜"字更是耀武扬威。这所有的一切似乎都在提醒这对青年男女必须做点什么。因为我们来到这个世界上最终的目的似乎就是要做点什么的，并想方设法留下点什么，这几乎已经成为一条亘古不变的法则，谁违背了它谁就成为不食人间烟火的怪物。比如，这样的夜晚也许最适宜于一个新生命的诞生。这一切究竟是对还是错？能经得起怎样的推敲？是谁在黑暗中引领我们一次次去重蹈生活的覆辙？又是谁无谓地仰天长叹、彻夜未眠、半世蹉跎？

外面奇静，黎明依旧黑沉着。

蓝丫忽然被噩梦惊醒，她大喊大叫，热汗淋漓，目光缥缈。我从沙发上跳起来，冲进她的卧室。她突然把我紧紧地抱住。我知道那只是一场梦，因为她最近总是心神不宁，这多少跟怀孕有关。她以前先后做掉过两个孩子，这次她迫切地想要它了，所以她总是感到莫名的紧张。她需要有一个男人守在她身旁，尤其是在这样一个漫长的深夜。我对四孬有些恼火，我觉得他的确是个混蛋，我能接受他以任何方式对待我们，可他这样对待蓝丫（尤其是她已经怀上了他的孩子并且决定将这个孩子生下来）简直该下地狱。

接下来我没有离开她的卧室，我在本该四孬这家伙睡觉的位置上躺下来。蓝丫始终抓着我的手，很快她又昏昏沉沉地入睡了。这是我头一回静静地观察她，卸妆后的容颜清晰明丽，呼吸均匀，心跳轻微，显得十分安详。我发现很多时候，女人更接近于黑夜本身。

窗外的黑色正在缓缓地减弱，像是某个现代派画师正在往天空里融入钛白色的颜料并不露一丝痕迹，那种技巧使人叹服。渐渐地，天空由灰白往青靛过渡，并有适量的曙红色在静静流淌。太阳就要露出脸来，她正在东方的云层里对镜梳妆，又似在悄然孕育着什么。

所有的梦也许都该停止，黎明已经到来。在渐已明亮的房间里，我长时间地注视着躺在我身旁的女人。蓝丫的表情那样平静温柔，熟睡的样子使她更接近于一个纯粹的女人、一个善良的年轻的母亲。这种时候我很想好好地叫她一声姐姐。

眼看又快到了年底，突然接到我妈打来的电话，她在电话里告诉我说蓝丫就要生了。不过我妈一直在强调蓝丫还没有跟四孬领结婚证呢，孩子生下来究竟算怎么回事，将来一旦上不了户口，孩子就成了"黑户"。十月怀胎，一朝分娩，我觉得现在的问题是让她把孩子顺顺当当地生下来，这比什么都重要，而且我早就知道蓝丫需要这个孩子。

在医院里，我首先见到的是四孬妈，这个老寡妇脸上始终笼罩着那种无法抑制的喜悦和庸俗的光亮，由于过度的激动而带来的种种焦虑使她看上去更像一只老猴子似的笨拙地在走廊间踱来踱去。同时，她不停地拉住某个女护士或大夫的手急切地询问蓝丫的情况。有时，四孬妈甚至不顾护士们的劝阻泥鳅一样乘机钻进去。如此几次三番，在遭到大夫们的一通呵斥后，她不得不灰溜溜地走出来。但她的屁股跟生了毒疮似的，根本一刻也不能坐稳。她哼哧哼哧地在我和我妈面前晃来晃去，越发像一只被夺去崽子的母猴。

本来，我妈并非是很情愿地要来医院的。她在电话里告诉我都是那个老东西（我爸）的主意，非让她来一趟不可，否则，她也许不会出现在产房门前。此刻，房内传来惊涛骇浪般的女人的哭喊，再加上四孬妈如坐针毡的愚蠢举动，终于激怒了我妈。

"你就不能安生地坐一会儿？我没见过你这样的女人！难道你没生过孩子吗？"

我妈的挑衅使她们俩立刻开始正面交锋。四孬妈不无讥讽地说："你当然不用着急，你最好弄清楚，是我抱孙子，可不是你！"

我妈也不甘示弱："你这话到底什么意思？蓝丫是我女儿，我为什么不着急？"

"哟哟哟！早他妈干啥吃去了，现在知道女儿是你的，世上没那么便宜的事！"

"你……你用心不良，我不跟你这种人一般见识！"

"哼！我这种人怎么了？我一不偷二不抢，不像有的女人，撂下自己的亲生儿女不管，整天到处招骚……"

"你骂谁？"

"我想骂谁就骂谁，你心虚什么！我骂母狗呢，你也管得着？"

"你敢再骂一句！"

"我就骂，就骂就骂……"

她们放肆的无休止的吵闹，终于遭到年轻护士们毫不客气的叱责与臭骂。俩人只好暂且停火，但彼此依旧不肯善罢甘休，眉目间凝聚着深深的仇恨，犹如两只长时间对峙较劲的母猫，嘴巴虽然不再张开，可四柱发蓝的目光却始终在激烈地碰撞厮杀，仿佛随时都会拼个鱼死网破。

就在这时，我眼前那间产房的门豁然打开了，一阵怒气冲天的啼哭从里面直扑出来。那哭喊声使人觉得新生儿在降临的那一时刻，就对这个陌生的世界充满了极度的愤怒与恐惧（这有可能是先觉）。我身边的女人们这才鸣金收兵，完全焕发了容光，目光不再憎恨，惊喜与憧憬溢于言表。这种时候，她们才如梦方醒，并开始自觉扮演各自的角色，一个是祖母，一个是外婆。她们必须尽可能装得慈眉善目一些。她们大概不想把孩子吓着，不想给孩子留下一个很差的印象。但是，在两人疾步走向产房时，我妈显然是迟疑的，她的脚步远不及四孬妈那样一往无前。我妈犹犹豫豫，甚至有点进退两难。

事实上，蓝丫属于早产，那个她向往已久的小生命至少比预产期提前了一个礼拜。这个迫不及待想要离开母体的小家伙，使我再次想起了我的弟弟，因为这两个孩子都是倒着生下来的。蓝丫和我妈一样，为此备受了分娩带来的巨大痛苦。蓝丫生下的是个男孩，这或许跟她的理想有些出入。

蓝丫的样子看起来令人难过。生育使她那张原本美丽的脸面如同揭去了一层皮，产妇的模样丑陋异常，但这极至的丑里同样萌生着难以想象的美妙。这种情形同样让我回想起许多年之前的那个夜晚，我妈万分痛苦地生下了弟弟。那时我们都还是小孩子，好奇远远大于恐惧。当蓝丫睁开眼睛看着我的时候，我觉得她的目光迷离，仿佛随时都会断裂粉碎、无法聚拢。就在她痛苦而绝望地挣扎的最后一刻，死神与她擦肩而过。那个用不了多久就得管我叫舅舅的小东西，现在仅有小狗崽那么点大，眼皮始终紧紧地闭着，好像还没有长出眼睛，小脸血红血红的而且皱皱巴巴，样子十分难看。

此时此刻，我的脑子里又出现了那些在水中静静游荡着的蝌蚪。这些蝌蚪究竟意味着什么？黑色意味着什么？是意味着新生命的降临和充满活力，还是意味着人的生命原本带有无限的随意性和盲目的乐观？我甚至无法想象蓝丫十个月以来整日迫切盼望的这一刻的最终来临对她意味着什么，她所体验到的人生在世终极的痛苦是否也存在着终极的欢乐？那么，这是怎样的痛苦与欢乐？也许，欢乐与生俱来便已植入痛苦之中，痛苦时时刻刻纠缠着欢乐。就像我驰骋的想象力随时会强化我的痛苦一样，无数次的回想往事总让我感到痛苦无边也无涯，在这个过程里，有时我竟也是欢乐的，但痛苦的记忆总是更加明显。

我妈自始至终躲躲闪闪地站在四爹妈的身后，仿佛必须找一个有力的挡箭牌，生怕被蓝丫看到或猛然间伸出双手将她抓住似的。我觉得她的样子有些滑稽，她这样做倒使人觉得四爹妈才是蓝丫的亲娘，而唯独她是个毫不相干的外人。其实，我相信蓝丫已经看到她了，因为我就站在我妈旁边。我在蓝丫十分惨淡的目光里没有看到什么异样或尖锐的东西，她也许太虚弱了，分娩使她丧失了最起码的打量事物的气力，她根本顾及不了这些。抑或，在经过刚才那种生不如死的煎熬和磨难之后，她已经把一切都看得风轻云淡了，她不再记恨什么，她只是轻轻地又仿佛是用尽最后的一丝力气匆匆地看了我一下，随即便疲惫地合上了眼睛。我注意到她的一只眼角闪耀着晶莹的泪光，但那颗泪水始终不肯轻易落下去。

我想她也许希望睁开眼睛的时候，四爹能奇迹般出现在她眼前，可四爹这个混账东西已经整整两天没露面了，鬼才知道他忙些什么。两个月前四爹曾跟我通过一个电话，说他现在当了一家大公司的总经理，整天忙得连放屁的工夫也没有。我当时很不以为然，连这种没文化的家伙居然都能当总经理，世界简直就是颠倒了黑白，如果有什么积极意义的话，那充其量只能说明我们已经堕落到无可救药的程度。要不然，必定是连狗都不再吃粪了。

四爹妈早已如饥似渴地将孩子抱在怀里，嘴里接连发出啧啧的声音。我妈也急忙乘机逃避似的将眼睛凑过去看着孩子。四爹妈说："你看看他多像我们家四爹小的时候啊！"她的这种观点立即遭到我妈的愤慨和证据确凿的反驳："谁说的！你看他的小嘴还有小鼻子跟蓝丫小的时候简直一模一样！"这次四爹妈竟表现出某种罕见的高风亮节，她毕竟是做祖母的人，况且手里正抱着孙子，心情好得一塌糊涂，她只顾跟孩子一味地亲近，全然不在乎旁人说些什么。

这时，一个穿着浅粉色短裙套装的漂亮女孩鱼一般摇摇摆摆地游进来，她的两只手里各拎着一大包东西，负重使她的两臂显得修长而且气喘吁吁。她一进门就冲我们这边礼貌地走过来。她娇滴滴地将手里的奶粉、麦乳精、蜂王浆、各种新鲜的水果以及一些大大小小的包装精美的盒子一件件连摆带摞地放在蓝丫床头的小柜子上。正当我疑惑不解的时候，穿短裙的女孩开始自我介绍，说她是某某公司的秘书，他们总经理正在跟港商谈一笔重要的生意，派她把这些东西送过来。说完，她端庄地朝我们微笑了一下，然后红色的高根鞋踩出十分响亮的声音并渐渐远去。为什么是红色和浅粉色，它们代表了什么？我的脑子总在开小差。

我随后紧紧跟踪那个秘书样的女孩。她的屁股在裙子里面左一扭右一扭的，我的目光就被她扭动的屁股牵引着来到四孬的公司里。一进去便有两个人高马的的男人将我拦住，口气生硬地问我找谁，有没有预约。我说找四孬。他们面面相觑，说："对不起，我们这里没有什么四闹五闹的，先生你一定是找错了地方！"我本来已是满肚子的气，天下哪有这种鸟人，自己的老婆（虽说没有领证但毕竟在一起睡了那么多年）在医院里生孩子，险些性命难保，可他居然好意思说自己没有时间。说心里话，这么多年我从来没有对四孬产生过如此强烈的鄙视和愤怒，可这次他的做法实在令人失望透了。老婆生孩子，他竟然都能不闻不问，岂有此理！我说："那就让你们总经理给我滚出来，我今天就要找这个王八蛋算账。""我们老总正在开会谁也不见！"我没心思跟这些小喽啰们磨嘴皮子，就径自往里面闯。这时，先前去医院送礼品的女孩正好出来了，她大概觉得我面熟。她依旧像刚才那样娇滴滴地游到我身旁。"请问您是我们总经理什么人？""我说我是他老同学，我现在非见他不可！"女孩这才跟我实话实说："总经理正在外面谈一笔生意，大概明后天才能赶回来，去医院的事也是他一早打来电话特意吩咐我做的。"我暗自攥紧了拳头。这个混蛋，我如果撞见他一定要揍扁他的鼻子！

好在蓝丫母子平安，我可以放心地离开了。令我感到意外的是，我爸对这个没有名分的外孙子表现出惊人的爱惜，他在得到我妈的确切消息后，几乎是撒腿如飞地赶到医院里。我爸甚至顾不上跟我（他的儿子）打招呼，怎么说我们已有多半年没有见面了呀！他从襁褓中异常笨拙地掬起孩子，同时咧开胡子拉碴的嘴近乎狂喜地嘿嘿笑个不停，致使病房里四个相继出生的小家伙一时间哇哇地号叫起来，我的小外甥更是不失时机地给我爸滋了满脸的尿。我爸的样子使我联想起一个险恶的老海盗正狂妄地捧起一大块闪光的金砖。

之后，我爸命令我妈每天按时按点给蓝丫送来可口的饭菜，什么小米红枣粥、炖鸽子、烧鸡、萝卜粉条汇、羊羔肉之类的美食，听说那些天我爸时常出现在菜市场里，回到家就蹲在院子里手杀鸡宰鸽，弄得家里血迹斑斑、毛羽纷飞。然后，我爸像一名造诣深厚的大师傅，没头没脑地钻进伙房，又砍又剁，煎炸烹炖，两只眼睛被葱蒜的辣味熏得红通通的。如果没有记错的话，这是我爸在生下我们兄妹之后十多年里首次展露他难得一见的厨艺。我后来听蓝丫说我爸的红烧肉简直就是一绝，香得让人直淌口水，是许多家庭妇女（包括我妈在内）都望尘莫及的。

几天来，蓝丫总是不停地流着泪，有时她也会面无表情地突然从他们的手中要回自己的孩子，然后低下头将一只饱满的乳房露出来喂奶。她一味地沉默不语，不跟任何人交流，孩子吮吸乳汁的声音响亮而又动听。我发现蓝丫其实是个很爱哭的女人，过去的倔强和执拗似乎一扫而光，取而代之的是无比的脆弱，仿佛孩子在降生的同时，也揭去了覆盖在她身上的那层硬硬的壳儿。她变得更像一个味道十足的女人，柔软、忧伤，泪水涟涟。

这种时候，我爸他们显得异常尴尬，只好悄悄地退到外面静候。我爸的神情似乎从来都没有那么平和舒缓，他在走廊的排椅上双腿并拢坐着，两只手掌不停地在胸前搓来搓去，喜悦和憧憬溢于言表。每过一会儿，他好像不放心似的，又起身走到病房门口，透过门缝很费劲地朝里观瞧着。我妈对他的行为或多或少报以嘲笑，但她也只是嘴角微微一动，并不敢做出大的动静来。有时，病房的门会被护士或别的家属突然打开，我爸立刻像蹩脚的小偷似的暴露在众人面前。这种时候，他完全是个腼腆的大男孩，一副不知所措的笨样子。

尽管四孬妈对我妈总是蛮横无礼，可在我爸面前表现得很乖顺。也许四孬妈并没有忘记自己曾经一度疯狂地纠缠过我们家，可以这样说，那阵子她确实让我爸焦头烂额，惶惶不可终日。现在，四孬妈变得聪明起来，生怕我爸会不合时宜地提及旧账让她下不了台，所以她对我爸恭恭敬敬的，对我爸烧菜的手艺更是赞赏有加。

四孬妈笑眯眯地说："老亲家，你炖的肉能香死人哩，啥时候也教教我嘛！"这种时候我爸反倒又正襟危坐了，他大概不想在这个老寡妇面前丢失尊严，但脸上露出很受用的光彩，他哼哼哈哈不时地点头，间或发表一下自己对做菜的些许见解。我爸说："能不能把菜做好，关键看你用不用心，就像我们学吹号，有人能吹出优美动人的曲调，有人只会制造噪声。"四孬妈立刻露出刮目相看的表情，好像她做了大半辈子饭菜，直到这一刻才拨云见日，如获箴言。

30

自从蓝丫生完孩子以后，我发现自己回家的次数也日渐频繁了。有一段时间，几乎一到周五我就魂不守舍，早早地从单位溜出来，坐上班车往回赶。家对我来说，似乎有了某种吸引力。

这天傍晚，天气阴沉沉的，我还没有踏进家门，心头忽然翻过一阵不祥的预感，就像很多年前得知弟弟忽然丢失的那一刻，又仿佛是旧疾在身体里留下的后遗症突然发作，让人猝不及防。似乎是同样的伤心，同样的哭泣，唯一不同的是，里面除了女人暗哑的声音，还有男人的叹息，沉重的呼吸让人感到压抑，那是我爸。我的心像一团松软的棉花突然被绳捆索绑，力量来自四面八方，迅速抽紧，再用力抽紧。

我不安地推开门走进去，满满一屋子烟，烟雾中的两个人仿佛从噩梦中被惊醒了，他们都有些手足无措的样子。我爸手指间夹着的烟已燃到尽头，灰白色的烟灰神经质地抖颤到桌面上，像一摊散开的蛇蜕；我妈一把一把揩着鼻涕眼泪，那些泪水跟开了闸似的总也擦不清爽，她越想擦干净，它们越流得稀里哗啦。没等我坐下来，我妈就第一时间扑向我，仿佛终于找到了可供依靠的肩膀。这印象也是如此熟悉，可我一时间记不起来了。我恍恍惚惚听见我妈在哭诉："小三儿你可回来了，这下可咋办呀，我和你爸快活活急死了……"

我爸终于不再抽烟了，他接连叹着气，那气也是烟熏火燎的味儿。

我妈从我的胸前勉强抬起头来，这么多年了，她还是第一次那样紧紧地跟我拥抱，这感觉让我战栗不已。我妈转过泪眼对我爸说："你倒说句话呀，儿子回来了，他念的书多，咱们一起想想法子呀！"我爸还是不吭声，却一味地将空烟壳攥在手心里，狠狠用着劲，仿佛积聚着一股深仇大恨。我妈依旧断断续续跟我说着家中发生的事情，我也大吃了一惊，真的做梦也没有想到，我哥竟然做下那种事情。

看来，我当初的想法完全是错的，我以为我哥结婚以后会安安生生地过日子。没料到他依旧忘不掉方兵，特别是当他知道方兵在婚后生活得非常不幸和痛苦的时候，我哥又悄悄地走进了方兵的生活。因为方兵跟我哥本来都在食品厂工作，可以说抬头不见低头见的，我哥又是很有心计的人，他想做的事情总能做成的。反正一来二去，他们俩不知怎的又黏糊到一块了，也许是互相慰藉吧，此时的方兵已经身心憔悴了，我哥恰逢其时地回过头来眷顾，这俩人必定互诉衷肠，我哥肯定又是信誓旦旦的，在泪眼婆娑、凄楚动人的方兵面前，感情的闸门再次敞开，他完全忽略了自己是有妇之夫的事实……

后来的事情可想而知，天底下哪有不透风的墙，那个脾气暴躁的转业军人发现了妻子的出轨行为，当然要惩罚这两个人。很快，他就用欲擒故纵的策略将方兵他们堵在一起。可问题是，我哥并没有束手就擒，他在自己心爱多年的女人面前表现出罕见的勇敢，当然，也可以说是罕见的愚蠢。也许我哥早就有了什么预感，他口袋里一直揣着一把匕首，即便在他跟方兵在外面偷偷约会的时候。那晚，转业军人先怒不可遏地将我哥暴打了一顿，当我哥从地上慢慢爬起来的时候，手里就多了一把明晃晃的刀子，我哥的鼻孔和嘴角流着血，血的腥味弥散开来，让我哥变得疯狂了。这时那个愤怒的转业军人正在一旁对懦弱的妻子拳打脚踢，女人的惨叫声铺天盖地，我哥像狮子一样跳起来扑上去，手中的刀子猛地刺进对方的肚子里去了。

我妈确实要疯了，在我面前声泪俱下，语无伦次。我爸自始至终眉头深锁，一筹莫展，除了不停地吸烟也别无良策。我觉得自己也好像被突然击垮了，腿脚绵软，无力地坐在椅子上，半天也没有再动一下。据说，我那可怜的嫂子在事发当天就跑回娘家去了，看来她极有可能会一去不回头的。

第二天起床以后，我不经意间发现我爸的头顶一片灰白，好像出门时不小心让鸟儿把屎屙在了上面。我的心里陡然生出一股凉意，从头到脚迅速传遍了全身。我们一家（或残缺不全的一家）谁也不想说话，像三块冷冰冰的石头，彼此沉默着，又好像几个陌生的客人住在同一间屋檐下，家的温暖又一次在我们身边消失了。

这种时候，我尽量让自己保持清醒和镇定。这些年爸妈们经历了太多的变故，现在他们都成了惊弓之鸟，似乎再也经不起任何打击了。这种事情让我爸出面去想办法，真不如杀了他呢。好在，方兵的丈夫并没有咽气，正躺在医院里被救治呢。想来想去，我先陪我妈买了些营养品去医院探望病人，我们被其家属愤怒地拒之门外，他们声色俱厉地嚷着："拿上你们的东西滚，别在这猫哭耗子假慈悲了，快滚吧。"这完全是意料中的情形。我妈像一节脱轨的火车，一屁股跌坐在医院走廊里呜呜号哭起来，惹得几个护士冲我们白眼相向。我倒觉得我妈这样做，至少可以表明我们确实也痛心疾首，谁愿意发生这种荒唐的事情呢。

最后，我还是去找四孬想办法。我知道他在社会上朋友多，以前他也跟我吹过牛，说自己跟公安刑警都比较熟。我们见面后，四孬先不说帮不帮忙，而是先从头到脚把我哥损得一无是处。我说："你嘴下积德吧，他毕竟还是你的大舅哥啊。"四孬的脚高高地翘在桌面上，发亮的皮鞋尖直晃人眼。他说："狗屁，有这样的大舅哥不够丢人呢。"看他一副志得意满的小人相，我故意拿话激他，我："说你他妈的就知道吹牛皮放大炮，真正用得着你的时候就蔫了吧。"四孬立刻瞪着眼从皮椅上跳起来，他对我吼："不是我给你吹呢，在这一亩三分地上，没有老子办不成的事。"

不过，他马上又改口说自己先找朋友探探口风，并让我最好去跟蓝丫说一说。四孬说："我可不想出力不讨好，你那母老虎姐姐到时候又跟我没完没了地纠缠。"

我说："你放心吧，我姐根本不是那种人。"

蓝丫现在几乎把全部的心思都放在孩子身上，每天喂奶、洗尿布、抱着孩子在屋子里转来转去。晚上孩子好像总是被噩梦惊醒，她就给孩子一遍又一遍哼唱《摇篮曲》和《映山红》，直至孩子再次进入梦乡。

自从我的小外甥降生后，四孬妈彻头彻尾地变成了一位慈眉善目的好婆婆好奶奶了。她起早贪黑想方设法让蓝丫吃好喝好，一旦蓝丫放手把孩子递交到她怀里，这个老寡妇的眼睛立刻光灿灿的，她羔羔蛋蛋地呼唤着孩子，幸福的模样真叫人羡慕，好像她这一生从来都没有过任何不幸。

有时候碰巧四孬从外面回来，这个老寡妇会抓住一切时机，对自己的儿子软磨硬泡循循善诱，她说："你这臭小子，明天你就去跟蓝丫把婚事办了吧，要不妈就是死也不会瞑目啊。"四孬实在被她缠磨得没辙了，只好一连声应诺。可是，这家伙只是嘴里说说，到现在他跟我姐还是没名没分的。

这事似乎也成了我爸妈的一桩最大的心病了。我爸有一次在饭桌子上突然对我发号施令："你去跟那坏小子说，就说我说了，他再不跟蓝丫完婚，就别怪我不客气了。"我妈却说："你这当老丈人的为啥不直接去问问他？"我赶紧打圆场说："这事还是我去说吧。"其实，我心里也没底儿。有时我真的很纳闷，四孬蓝丫就像一对调皮的孩子，这些年就像在过家家，一切又好像都是真实的，可就是迟迟不肯结婚。

我哥的事早已传得满城风雨，蓝丫当然也知道了。我还没有来得及去找她商量，她却抱着孩子自己回家来了。这两天我爸一直躲在家里不敢出门，这个打击对他来说无异于晴天霹雳，我听见他好几次跟我妈说，早知这样当初就不该让我哥再进这个家门。可气话归气话，我能感觉到我爸这次跟以往是不同的，除了生气之外，更多的是来自内心深处的巨大的悔恨。

这一天，对于蓝丫的突然到来，无论是我爸妈还是我，都毫无心理准备。这个场面似乎是期待已久的，又仿佛是连做梦也想不到的。

当时的情况确实很突然，我爸仰面朝天躺在里屋的床上，我妈在伙房里叮叮当当忙乎着，我刚从四孬的公司那边回来。四孬还算仗义，他已经把情况摸清楚了，我哥属于故意伤害罪，但也可以说成是防卫过当，毕竟那个转业军人对自己的妻子下手极其狠毒（致使方兵当场两根肋骨骨折、手腕脱臼等），如果我哥再不出手阻止的话，后果将是不堪设想的。也就是说，跟对方家属坐下来心平气和地谈谈，对我哥今后的量刑极为重要。

蓝丫好像没有敲门就径自走进屋里，我妈正好端着菜碟从伙房出来，眼睛又红又肿。我在里屋床前跟我爸复述着打听来的情况，劝他别太着急上火，我说：“如果谈得好，再凑一笔钱交上，我哥还有可能取保候审的。”话刚说到这，我就听见我妈突然在外屋的客厅里大叫了一声，好像大白天撞到了鬼似的，那声音颤抖着，犹如一片树叶从枝头簌簌地落下来。

接着，我妈不可抑制地拖着悲喜交加的调子哭叫起来：“他爸他爸……你快起来看看……他爸看谁回来了……”

我听得真真切切的，赶紧从里屋出来，我的脚刚迈出一只便僵住了。

　　我看见我妈已经跟蓝丫抱着头哭成一团了，我那可爱的小外甥被夹在两个痛哭的女人身体中间，想必受到了巨大的惊吓，也哇哇地哭起来。我急忙回过身，任凭泪水在眼圈里转来转去，我冲里屋床上的我爸大声说："爸，我姐回家来了，爸，你快出来看呀，是我姐，她真的回来了……"随即，我的声音完全哑掉了。我像个大姑娘似的哭了，不停地抹着那些不争气的眼泪。

　　当我爸那头乱蓬蓬的灰白头发出现在蓝丫眼前时，蓝丫终于颤抖着叫了一声"爸"，就扑通一声跪在地上了。蓝丫的哭声再度像洪水决堤似的，在昏暗的屋子里泛滥汹涌起来，我妈抱着我那可爱的小外甥哭得正凶呢，蓝丫几乎是号啕大哭，我爸站在地当间老泪纵横。唯独我的哭声哑着，可我知道自己的心始终在抽泣。

　　这样说吧，我家骤然响起的哭声，在这个黄昏直冲云霄，不论是食品厂的职工家属，或是走在大街上的行人，或多或少都能听到一些的。

　　后来等到哭声渐渐低下来的时候，天早已经黑了。这时，蓝丫像女魔术师似的从自己身上掏出厚厚一沓子钱。我这才想起来该把屋里的灯打开才对，家里黑的时间实在太长了。

历史、现实性与力量

——写在《西北往事三部曲》出版之际

一

自2000年伊始，直至2019年岁末，我个人写作生涯的一次长途跋涉终于结束了。

二十年，对于一生不算短了，对于一部长篇小说而言似乎刚刚好。

我曾在一些文学场合，多次提及过自己的幼年经历。那得从1976年初秋的一个早晨说起，那时我父亲尚在人民公社任会计，凭借算盘珠子和一支英雄牌钢笔谋生，他能写一手漂亮的钢笔字，算盘更是打得像当下的年轻人敲击键盘那样飞快，他为人机敏严谨不苟言笑，对我们兄弟几人管束甚严。

那年秋天我四岁多点，我的所有记忆就从那个特殊时刻开始，伟大领袖不幸逝世了，公社的妇女干部们用搪瓷脸盆端来满满一盆白色的纸花，花朵中心以细铁丝拧系，她们挨家挨户登门送花，见人就往胸口处给别上一朵，戴上花朵的人个个沉默无语，有人甚至在小声啜泣，眼圈通红。我太小了，当然没有资格得到那种小白花，我不得不在大人们的高腿中间钻来钻去，像穿行在密不透风的玉米地里，为了看得更清楚些，我还必须爬高蹦低，在屋子的桌椅板凳上猴子样随性跳跃。悲剧就在此刻发生了，我家樟木箱子上有一只雪白晶亮的主席瓷像，它突然就从高处坠落而下，哗啦一声，在砖墁地上摔碎了，瓷片的白光像闪电般刺眼……大约有十几秒的静默，之后，胸口戴了小白花的父亲挤开人群冲我扑来。他像极了一只愤怒的豹子，瞳孔中全是火焰，他的手掌比以往任何时候更加卖力地抽打在我的屁股上，疼痛便如毒蛇紧紧咬住我的肉体和灵魂。在以后的许多年里，这感觉总是如影随形，让我在噩梦中一次次惊醒。

一个孩子最初的记忆就是如此。

记忆绝对是个好东西，它能将有限的生命拉长。

之所以重提这段往事，主要是想证明我的确生于1970年代。关于那个年代，我想别人都说得太多了，小说、诗歌、电影、话剧，各种形式都有，但对于我个人而言，尤其是作为一个执着的写作者，一个跟那个时代靠得最近的一代人，冥冥之中，有一双惊惧无助的眼睛盯着我，那眼神让我想起多年前那个秋天的阴郁早晨，那个阴郁早晨的白色花朵，那些从花朵中心暴露出的狰狞而坚硬的铁丝，这一切都跟我息息相关，跟我的父亲息息相关，跟我的兄弟姐妹以及那个即将远去的时代息息相关。

1999年，我孤注一掷地开始了中短篇小说的学习和写作，到2000年的某一天，因为一部两万来字的中篇小说写作，一下子激发了我对那段历史的浓厚兴趣和深入思考。可以说，《西北往事三部曲》的创作，完全是那篇后来发表在《中国作家》上的小说《一起走过的日子》的副产品。2002年，宁夏青年作家集体进京，参加由《中国作家》杂志社等单位联合主办的作品研讨会，我的那个中篇得到包括崔道怡、牛玉秋等在内的多位专家老师的首肯，他们一致认为那应该是一部长篇小说的样子，或者说已初具规模。我窃喜万分，因为那阵子，它是我一直写写停停的一部小说，当时我还不清楚它未来的模样，我只是服从内心的一次次召唤，想起来就要坐在电脑前，饱含深情地跟那段往事、跟往事中的那些人好好聊上一阵子。

一晃六七年时光过去了，这部小说总算画上了句号。2006年初，长篇小说《西北往事》（卷三）全文刊登在《作家》杂志第三期头题位置，记得当时排在后面的另外两部作品的作者分别是徐则臣和李凤群，二位皆是当下优秀的小说家。我想，对于一个"70后"写作者来说，这个起点应该不算低了。当时，我非常看中《作家》杂志的品质，并由此坚信我的写作是有意义的，著名评论家吴义勤先生在《文艺报》上发表了题为《坚冰是如何融化的》评论文章，他认为："在近年崛起的新生代作家中，张学东是一个对于苦难、成长等深度主题情有独钟的作家，他的小说无心追逐欲望喧嚣的生活表象，而是用心潜入生活的内部和细节，去仔细地品咂、咀嚼、回味生活本身的蕴涵，对生命疼痛、生命震颤的体恤、抚慰和感伤式的追忆，这既是他的小说的基本精神线索，也是厚实、朴拙且不乏沉重的文学风格的基质。"可以说，这段语重心长的点评，对我接下来潜心创作《西北往事》第二部极为关键。

《西北往事》（卷三）主要讲述了西北小县城一家人的悲欢离合与苦闷生活，在那段特殊岁月终结后，家中的每一个成员都在过去和现在、痛苦和悔恨、肉体和心灵之间苦苦挣扎，一个备受创伤的小家庭，一个特殊时代留下的后遗症群落，曾经一度遭遇的种种磨难和伤痛，这些东西依旧在每个成员身上若隐若现，它们像极了某种诡异的毒素，时不时地在这个小家庭的阴暗角落作祟。就像我在多年前那个秋天的遭遇，除了深深记住巴掌的滋味，我更是深刻地铭记了父亲那一刻的惶恐和暴怒，以及周边人群的噤若寒蝉和无动于衷。是的，在父亲巴掌悍然落下来的时候，我确实不记得有谁出面劝阻，大伙儿全都袖手旁观，唯恐惹火烧身，人们的麻木让我感到恐惧。

冰冻三尺非一日之寒，曾经何时，夫妻反目、兄妹龃龉、邻里为仇，还有来自政治和经济的双重压迫，几乎让这个小家庭分崩离析，然而，当日历翻去旧的一页，1980年代到来，人们必须面对现实，重归日常的生活。这部小说的立意就在于此，即便写历史伤痛，也是为了开启一段全新的人的生活。要知道那是一个变化莫测的时代，一切都是不稳定的，大到国家，小到家庭，人们不得不如履薄冰或随波逐流，多数时候是非不分、善恶难辨，好在历史还有尽头，当劫波停歇，生活的指针终究要顺时转动。在这种时候，一个小家庭就如汪洋大海中的一滴水，它折射出的或许就是整个社会的面貌。有时，它更像茫茫海上的一艘船，摇摇晃晃任由雨打风吹，却又一刻不歇地努力驶向彼岸。

在这部作品里，我更多是写此岸的隐晦不定和狂风骤雨，写这一家人在大时代洪流裹挟中的起起落落；自然也写到了我们的父母兄弟，写到了时代后遗症在人们身上的一次次发作又一次次平息——我以为那才是通往彼岸的唯一扁舟。文学评论家牛玉秋老师说："张学东就是这样，在指点着残酷和血腥的同时，他的笔下还一直涌动着温馨柔软的人情。这种温情和柔情像空气和水一样，始终弥漫渗透在他小说中的每一个场景、每一处角落、每一条缝隙。寻常岁月里的那种生命之痛，也因此变成了可以承受之痛。"

二

写作的魅力在于，它能让人不断地向着更为深入的丛林和幽谷迈进。

当然，我这里说的是历史的丛林和人性的幽谷。在此意义上，小说家从来都是逆生长的，是逆着时间河流、向着人类的历史纵深处踽踽而行的。小说家应该特立独行并且饱尝世间的孤独和伤痛，唯有如此，我们的创造才叫创造，我们的文字才能称之为文学，否则，一切不过是无力和苍白的呻吟。

在完成了《西北往事》（卷三），即 1970 年末到 1980 年末叙事之后，我其实已经迫不及待地准备第二部小说的创作了，这一次，我将更加决绝地进入那段历史的硬核部分，我深知那将是一段险途且步步荆棘，但我必须逆流而上，因为很多时候，我觉得这就是"70 后"作家的宿命。

早在新千年之初，在宁夏西夏陵区，考古者首次发现了妙音鸟，它是一种具有中西亚风格特征的人面鸟身的青石雕塑，多为佛教寺庙的建筑装饰。相传，这种神奇的鸟，是从遥远的喜马拉雅大雪山里飞出来的，它自幼在孵壳里就能发声鸣唱，声音极为婉转动听。民间相传它的声音如雅乐琴瑟一样柔和妙曼高雅脱俗，世人只要能听到这种美妙绝伦的叫声，便会自然而然地心有所触，潜心向善，皈依正道。打那时起，我就被这与众不同的神秘发现所深深吸引，并开始留心有关这方面的文字资料。2002 年夏季，我独自到宁夏南部的一个小山村蹲点扶贫。我发现，在那个偏远的贫困村庄，还遗留着特殊时期的许许多多荒唐而又疯狂的故事和历史痕迹。我在大山沟里的那些寂寞的日子里，也曾无数次被那些叫不出名字的鸟的歌声所召唤，那些美妙而又忧伤的声音，总叫人有种莫名的感动，又勾起人心中无限的遐想。

《西北往事》（卷二）的雏形就此诞生了。

这部书的最初想法就是，写 20 世纪六七十年代西北偏远村庄的一段故事，村人们饱尝种种天灾：蝗虫、狼患、瘟疫、疾病、旱涝、地震等自然灾害，同时也不乏人祸，我想以生动粗粝的笔触，呈现出屠户的残忍狡诈与狂妄钻营、队长的骄横跋扈和一手遮天、寡妇的风韵犹存但心性未泯、文书的优柔软弱最终死于非命、教师的半世沧桑而前途未卜、少年的迷茫忧伤直至潜心向佛。当然，这部小说也涉及乡土权利的纷争、人物内心欲望的挣扎、荒唐时代的飓风和扭曲变形的人群，以及物质的极度匮乏与生活的坎坷艰险。妙音鸟在小说中意味深长，面对苦难绵延的历史，民间的文化信念在默默承传，这既是对现实的一种超然，也是对未来美好生活的向往。

正式动笔后，按照原先的思路，一口气写了将七八万字，正在我意气风发、踌躇满志的时候，问题也随之出现了。我忽然对自己失去了信心，我觉得这样写下去毫无指望：小说写得太实了，过于紧贴那段历史，缺乏寓言式的灵动和宏大叙述的超脱，尤其在小说的时间处理上，显得过于笨拙和简单化了。如果一味写下去，这部小说也就彻底毁了。那一阵子，我简直苦恼得要命，整日浑浑噩噩，找不到更好的出路，无奈之中创作搁浅了。在山穷水尽般的困扰当中，2003年已然过半，这一年《上海文学》第8期刊发了我的《送一个人上路》，并荣获第八届上海文学优秀短篇小说奖。10月份我在上海领奖时有幸见到陈思和先生，我们之间有过一些深入的交谈，陈先生对我的创作给予了充分肯定，他说《送一个人上路》好就好在，作品以一个孩子的眼光，打量了非常复杂和残酷的历史问题，并用夸张简洁的笔墨表达了出来，从而使作品有了寓言式的意味。这番话对我确实有很大的触动，也让我一下子就找到了对待复杂历史事件的妙招，新的思路又应运而生，比如：我想用一年的文本时间来涵盖十年的乡村历史，我想让孩童和成人的视角在叙述中交错，我想以狼患开篇，最终又以地震结束，从而暗示在那些特殊的年月，乡村的苦难一天也没有停止过。

解决了时间、结构以及视角等问题，小说似乎还缺点什么。

恰在这时，我去乡下参加一位老人的葬礼，这让我忽然联想到，小时候居住过的村庄，特别是在黑夜到来的时候，神神鬼鬼的故事总是像炊烟一样四处流淌。想到这些，我忽然有种豁然开朗的感觉。于是，我决定在小说里采取魔幻现实主义的表现手法，这在本质上跟那个特殊时代形成一种相辅相成的同构关系。我要让那些死魂灵们一次次粉墨登场，在村庄周围游荡，跟生者畅所欲言，完成在阳世未尽的心愿，而他们的出现总是给活人的世界和身心带来一次次震动和警醒。

后来的一切便水到渠成，有如神助。

那段时间，我的想象力在文本中自由驰骋：狼皮褥子突然复活疯狂地纠缠主人，预示了一个疯狂和躁动不安的时代来临；人的尸骨挖出坟地后会发生自燃，从而伤及人身；叛逃者的飞机飞得太高太快以至于撞到了天上的星星，从而使大地出现了神秘的湖水；人们对黑白颠倒的劳作习惯和夜晚不休白天不醒的嗜睡症的长期困扰视而不见；村子里所有的母鸡下软蛋、牲口烂蹄疫的大面积传播使得禽畜面临灭顶之灾；凶恶的狼群一次次攻击村庄和人畜，但对于一座寺庙却保持敬畏，秋毫不犯；一条充满灵性的勇猛的牧羊狗可以一次次战胜野狼，最终却无法逃脱人类的无情戕害；病入膏肓的男人对领袖像章依旧狂热不减痴迷崇拜；一个十几岁的少年由一时的恶念起（偷盗和伤人），从而开始了一段背井离乡的流浪生活，最终又因机缘对佛经痴迷，毅然走上了向佛之路……总之，魔幻的情节几乎贯穿了夸张、荒唐的故事和叙述。

到 2005 年底，《西北往事》（卷二）终于完成第二、三稿，接下来整整一年时间，我都在马不停蹄地进行修改完善，最终定稿的时间是 2006 年岁末。那时，我恰好被选送到首届上海作家研究生班进修，几乎每天下午课后，我都静坐在位于上海郊区青浦的寝室里，打开电脑文件，继续着漫长又琐碎的修改工作，南方的冬雨时时敲打窗户，室内温度低得令人齿寒，但那段光阴却永远值得珍视。在来上海之前，我最想带的东西就是这部长篇小说，它同我飞越了千山万水之后，终于在 2007 年盛夏刊发在由林建法先生担任主编的《华语文学》上，评论家朱小如先生第一时间将它推荐给了某出版机构，孟繁华先生也撰文如是评价："这部小说的出现，还使我想起了苏联的卫国战争题材。关于这个题材，苏联作家写了几代人，他们对历史执着的表现、检讨的精神感人至深。但我们对重大历史事件似乎都缺乏应有的耐心，或者说，缺乏足够的把握能力和想象力。关于'文革'就是如此。张学东出生于70年代，他不可能经历'文革'。但这个重大的历史事件他却有强烈的愿望要去表达。仅凭这一点就非常了不起！"

师友们的鼓励与鞭策愈发坚定了我的信念，我意识到计划中的那个多卷本长篇小说越来越清晰了。

然而，事情却并非如此。

三

2008年之后，我的写作方向发生了变化，同绝大多数当代作家一样，由于受底层文学思潮的影响，我渐渐远离了自己的初心。有那么六七年光景，我都不再去想那个大部头的事，我总是谨小慎微地有意绕开它，有时过于宿命的东西会叫人讳莫如深，我甚至怀疑自己当初的勇气从何而来。这期间写作看似平顺，中短篇小说发表了二三十篇，还有一两部诉诸现实生活的长篇小说先后问世。

那段时间上小学的女儿在读曹文轩和沈石溪等人的作品，有一天我们父女俩在生活区后面的北塔湖畔散步，她饶有兴趣地跟我谈他们喜欢的那些故事。女儿突然扬起脖子问我，爸爸，你为什么不写一本，我们孩子也喜欢读的书呢？这个问题由女儿提出来，还是让我怔了一下。于是，我们爷俩儿就这个话题海阔天空边走边聊。那天黄昏简直成了我和小家伙的一次文学漫步，多半时间都是她在说，后来在女儿的热情提议下，我答应要为她好好写一部小说了。女儿说，故事里一定要有孩子。我说好。女儿说，还要有动物，比如狗狗，我也答应了。女儿立刻来了兴致，她甚至开动脑筋，帮我虚构起故事中的狗狗应该是什么品种、孩子又是什么模样。那天后来，我跟女儿勾手指的时候说，故事里不仅要有孩子和狗，还要有你们从未经历过的苦难岁月。

为女儿写一部书——这个愿望突然变得异常迫切，我是那种说干就干的人，2015年女儿放了暑假，我便着手《家犬往事》的创作了。跟以往不同，这次首先想到的是女儿，是不断成长中的孩子，这是我平生第一次为她写，我考虑更多的不是评论家，不是文学编辑，更不是书商，而是一个求知欲极强聪明伶俐的小姑娘，一个痴迷于书海的小书虫。因此，在拟定了题目之后，我先在开篇敲下了"写给芳菲及其同龄人"一行字。在我看来这非常重要，我要时刻提醒自己，它是写给谁看的，更重要的是，这部书可能得花上好几年，到那个时候女儿已经是一个亭亭玉立的少女了，我不能把它写成童话寓言之类，它的文学性和思想性必须上乘，同时还要兼顾可读性和趣味性。当然，我最想做的是让女儿跟随小说中的主人公，一同去体味那段不堪回首的往事，我更想为当下生活优渥的孩子们补上这堂公开课，让他们知道幸福生活从来都来之不易，我们也曾有过苦难的昨天。

托尔斯泰在《复活》里写道："人们对自己的死亡已习以为常，已养成了一种习惯死亡的生活态度，听任孩子夭折，妇女超负荷劳动，普遍的，特别是老年人的食物不足……"在我很小的时候，祖辈们经常会在我耳边大谈特谈"三年"的事情，他们会说"三年"那阵子早把你饿死了、就连树皮你都吃不上，这些老生常谈的本意是，借此来批评晚辈们不珍惜粮食、生在福中不知福的行径。我女儿生于新千年初，这代人注定衣食无忧，每天都浸泡在蜜罐里，张口肯德基麦当劳，闭口西餐和披萨，作为父亲，我有责任也有义务带领她穿越一次历史，回到那个可怕的自然灾害时期。

从整个故事的时间节点来看，《家犬往事》理所当然成为《西北往事》的第一卷。在这个开卷故事中，少女一家四口从城市辗转迁徙到西北偏远小镇，父亲作为技术骨干已奔赴大坝工地投身建设了，母亲则带着一双年幼的儿女，在陌生小镇安家落户，当一家人尚未融入新环境的时候，一场自然灾害瞬间将他们抛进了苦难的深渊。这部小说就是以"三年"为背景展开的，在那个物质极端匮乏缺吃少穿的时代，人的生命一如草芥，死人的事经常发生。大时代背景下的小家庭，孱弱无助的少男少女，两条忠诚不渝的看家犬……这些都将在故事里得以重现。我在写下这段涵盖了苦难和坚韧的少年心灵史的同时，我更愿意以"良善、真诚、坚强、隐忍"等品质来塑造少年的情感和心灵，使之成为一部蕴藉之作。

我要感谢女儿，是她让我有勇气完成这未竟的事业，因为我知道这才是我最应该去完成、也是必须要完成的作品，那是我的文学梦开始的地方。

至此，有关20世纪50年代末至80年代中后期这一时间跨度超过了三十年的三卷本系列长篇小说全部完成，不久后它们将与读者见面，相信那些幽暗的岁月、那些远去的面孔和背影，都将在这三部曲中得以重生并闪闪发亮。

我始终相信，历史不仅属于过去，它更应该属于现在和未来。作为小说家，我之所以不断地翻动历史搅扰记忆，为的是灾难和浩劫不被轻易忘却，为的是陈年的伤口不再化脓流血，尽管故事中的人物皆是虚构出来的，但是作家永远无法虚构一段历史，这一点至关重要。

二十年光阴弹指之间，好在我生命中的这部书可以真实地凝固在记忆中。英国作家劳伦斯曾说过，长篇小说何以重要，因为它是闪光的生命之书。而我一再强调这三部曲的重要性，也在于此。写一部闪光的生命之书，是作家一生最荣耀的事，其余的皆可忽略不计。

最后，套用一下马克思论费尔巴哈时的一段话，我想表达的是：作家应该在创作实践中证明自己思维的真理性，即自己思维的现实性和力量，亦即自己思维的此岸性。

　　换言之，身处此岸，我迷恋彼岸的历史，但我更迷恋一切有力量、有现实性的东西，因为对于一个伟大民族而言，任何一场灾难都应具有教科书般的意义，我们不应该轻易忘却，忘却意味着背叛。而当我们学会铭记它的时候，这种来自历史最深处的现实性和力量将引领我们一路前行。

张学东

2019年岁末于西北银川

张学东

1972年生于宁夏。中国作协会员,宁夏文坛"新三棵树"之一,文学创作一级,宁夏作家协会副主席。

个人先后入选国家百千万人才工程、宁夏四个一批文艺人才、宁夏政府特殊津贴享受者、宁夏塞上文化名家、宁夏文化艺术领军人才。

在《十月》《当代》《人民文学》《中国作家》《上海文学》《作家》等刊发表小说逾500万字,多次荣登中国各大小说年度排行榜。

多次获《中国作家》《上海文学》《小说选刊》等刊优秀小说奖,宁夏文学艺术一等奖,小说单行本《家犬往事》被译介到俄罗斯、日本等国。

代表作品

长篇小说
《妙音鸟》

《人脉》

《超低空滑翔》

《尾》

《西西弗的石头》

中短篇小说集
《跪乳时期的羊》

《谁的眼泪陪我过夜》

《裸夜》

《蛇吻》

《阿基米德定律》

《小幻想曲》

《张学东短篇小说名家点评本》

《张学东中篇小说集》

有度文化

北岳好书店

西北往事三部曲·卷三

出 品 人｜郭文礼　　　策划编辑｜刘文飞　　　责任编辑｜刘文飞

助理编辑｜马媛慧　　　复　审｜陈学清　　　终　审｜郭文礼

书籍设计｜张永文　　　印装监制｜郭　勇

项目运营｜有度文化·刘文飞工作室　　　投稿邮箱｜liuwenfei0223@163.com

微　博｜http://weibo.com/liuwenfei0223　　　微信公众号｜bywycbs1984